文庫 SF
924〉

戦いの虚空

老人と宇宙《そら》5

ジョン・スコルジー
内田昌之訳

早川書房

7254

Translated by
Masayuki Uchida
First published 2013 in Japan by
HAYAKAWA PUBLISHING, INC.
This book is published in Japan by
arrangement with
ETHAN ELLENBERG LITERARY AGENCY
through THE ENGLISH AGENCY (JAPAN) LTD.

本書『戦いの虚空』を捧げる――
愛と友情をしめしてくれたヤンニ・カズニアとブライアン・デッカーに。
本書を含む〈老人と宇宙《そら》〉シリーズのすべての本に表紙絵を描いてくれた
ジョン・ハリスに、称賛と感嘆をこめて。あなたのヴィジョンに感謝する。

目次

エピソード1　Bチーム　9
エピソード2　処刑板を歩く　116
エピソード3　必要なのは頭だけ　145
エピソード4　荒野の声　195
エピソード5　クラーク号の物語　230
エピソード6　裏ルート　273
エピソード7　犬の王　305
エピソード8　反乱の音　349

エピソード9　視察団　*375*
エピソード10　ここがその場所　*427*
エピソード11　比較の問題　*460*
エピソード12　やさしく頭をかち割って　*510*
エピソード13　眼下に地球、頭上に空　*538*

付　録
ハリーの災難　*631*
ハフト・ソルヴォーラがチュロスを食べて現代の若者と話をする　*663*
感謝のことば　*679*
訳者あとがき　*684*

戦いの虚空　老人と宇宙《そら》5

登場人物

ハリー・ウィルスン………コロニー防衛軍（ＣＤＦ）の中尉。コロニー連合の外交船クラーク号の技術顧問

オデ・アブムウェ…………コロニー連合の外務省の大使

ハート・シュミット………副大使。アブムウェ大使の部下

ソフィア・コロマ…………クラーク号の船長

ネイヴァ・バーラ…………クラーク号の副長

エリザベス（リズ）・イーガン…………ＣＤＦの大佐。外務省との連絡係をつとめる

エイベル・リグニー………ＣＤＦの大佐。イーガンの同期生

ヘザー・リー………………ＣＤＦの中尉。テュービンゲン号に乗り組む

ターセム・ガウ将軍………コンクラーベのリーダーで創設者。ヴレン族

ハフト・ソルヴォーラ……ガウの部下の顧問官。ララン族

ダニエル・ローウェン……医師の資格を持つアメリカ合衆国の外交官。父親は国務長官

エピソード1　Bチーム

前篇

1

サラ・ベア大使は、ポーク号の艦長からブリッジでダナヴァー星系へのスキップを見学しませんかと招待されたとき、ここは礼儀として断るべきだとわかっていた。艦長は忙しいのだから、じゃまになるだけだし、どのみちたいして見るものもないだろうと。ポーク号がこのあたりの銀河腕で数十光年スキップしたところで、人の目でわかるのは星ぼしのならびがほんのすこし変わったことくらいだ。ブリッジでは、それを窓ではなくディスプレイスクリーンをとおして見ることになる。バスタ艦長が招待したのは、ただの形式にすぎず、断られるとわかっているからこそ、ベア大使とそのスタッフのためにスキップに合わせたささやかな歓迎会の準備をととのえてあるのだ——ポーク号の貨物庫の上に詰め込まれている、ちっぽけな、ふだんは使われない展望デッキに。

ベア大使は、礼儀としてその招待を断るべきだとわかっていたが、あえて空気を読まなかった。コロニー連合の外交団ですごしてきた二十五年間、宇宙船のブリッジにはいったことはいちどもなかったし、こんどいつ招待されるかわからなかったし、礼儀がどうであれ、だれかを招待するならそれが受け入れられた場合にそなえるべきだというのが彼女の考えだった。もしもウチェ族との交渉が成功すれば——現時点では失敗しそうな理由はまったく見当たらない——ここでひとつくらい慣習を破ったところでだれも気にしないだろう。

だからどうでもいい、とにかくブリッジへ行くのだ。

バスタ艦長は、ベアが招待を受けたことに困惑していたとしても、それをおもてには出さなかった。エヴァンズ大尉は、大使とその補佐官であるブラッド・ロバーツを、スキップの五分まえにブリッジへ案内した。艦長が持ち場を離れ、手短に、しかし礼儀正しく、ふたりにあいさつした。儀礼的なやりとりが片付くと、艦長はスキップまえの職務に注意をもどした。それを合図に、エヴァンズ大尉はベアとロバーツをじゃまにならずに見物できる隅のほうへと導いていった。

「スキップがどのような仕組みかご存じですか、大使?」エヴァンズがたずねた。この任務のあいだ、エヴァンズ大尉はポーク号の儀典士官であり、外交団と船のクルーとの連絡係をつとめていた。

「宇宙のある場所にいて、スキップドライヴが作動すると、魔法のようにどこかよその場所へ移るのだと理解していますが」ベアはこたえた。

エヴァンズはにっこりした。「魔法ではなく、物理学です。しかし、最高レベルの物理学は、傍目には魔法のように見えます。スキップと相対論的物理学との関係は、相対論的物理学とニュートン物理学との関係にあたります。つまり、人びとの日常的な体験の二歩先を行っているわけです」

「じゃあ、物理法則を破っているわけじゃないのか」ロバーツが言った。「宇宙船が銀河をスキップすることを考えるたびに、警官の制服を着たアルバート・アインシュタインが違反切符をきっている姿を想像するんだが」

「われわれはどんな法則も破ってはいません。文字どおり抜け穴を利用しているだけなのです」エヴァンズはそう言って、スキップの背景となる物理学についてよりくわしい説明をはじめた。ロバーツはエヴァンズから目をそらさずにこくこくとうなずいていたが、その顔に浮かぶ笑みがなにを意味するか、ベアにはよくわかっていた。ロバーツは彼にとってもっともたいせつな務めを果たしていた。無意味なおしゃべりをしようとする人びとの関心を自分に引き付けることで、ベアが得意なことに集中できるようにしていたのだ——すなわち、周囲の状況に注意を払うことに。

実のところ、ベアの周囲はさほど印象深いものではなかった。ポーク号はフリゲート艦でなかった——エヴァンズなら正確な型式を知っているはずだが、いまは彼の注意を引きもどしたくはなかった——ブリッジは地味だった。二列になったデスクにモニタがならび、わずかに高くなったプラットホームでは艦長や当直士官が作戦行動を監督し、前方にある二台の大型ディスプレイは、情報を表示したり、場合によっては船外の様子を映したりする。このときはどちらのディスプレイも消えていた——ブリッジのクルーは各自のモニタに集中し、バスタ艦長とその副長が彼らのあいだを歩きながら、小声でぼそぼそとつぶやいていた。

それはペンキが乾くのを見物するくらい刺激的だった。より正確に言うなら、しっかりと訓練を受けたクルーの面々が、これといった事件もなく何百回とくり返してきた作業をこなすのを見物するくらい刺激的だった。ベアは、外交団で長年すごしてきたおかげで、訓練された専門家たちの仕事ぶりは観客の心をわしづかみにするようなものではないことを承知していたが、それでもなんとなくがっかりした。派手な娯楽作品に慣れたせいか、もっとアクション系のなにかを期待していたようだ。彼女は自分でも気づかずにため息をついた。

「期待したものとちがっていましたか？」エヴァンズが大使に注意をもどして言った。

「なにを期待すればいいのかわからなかったので」ベアは、相手に聞こえるほどのため息をついてしまった自分にいらだちをおぼえたが、その気持ちは押し隠した。「ブリッジはわたしが思っていたよりも静かですね」

「ブリッジのクルーは長くいっしょに働いてきました。内部ではたくさんの情報をやりとりしていることをお忘れなく」ベアがこれを聞いて片方の眉をあげると、エヴァンズはにっこり笑って自分のこめかみを指さした。

〝ああ、なるほど〟と、ベアは思った。バスタ艦長とブリッジのクルーは、全員がコロニー防衛軍（CDF）のメンバーだ。すなわち、緑色の肌や若々しい外見といった遺伝子操作によるわかりやすい特徴があるだけでなく、脳の内部にブレインパルと呼ばれるコンピュータを持っている。CDFのメンバーはブレインパルを使って会話をしたりデータを共有したりできる――口を動かす必要がないのだ。とはいえ、ああやってぼそぼそつぶやくということは、ときどきは口を使うこともあるようだ。CDFのメンバーは、もともとはふつうの人間で、肌も緑色ではなかったし頭のなかにコンピュータもなかった。古い習慣はなかなかなくならない。

ベアは、惑星イアリで生まれ、この二十年をコロニー連合の母星であるフェニックスから離れてすごしてきたので、肌も緑色ではなかったし頭のなかにコンピュータもなかった。だが、外交官として旅をするなかで、CDFのメンバーとはたくさんの時間をともにしてきたので、いまでは彼らを見ても、仕事でかかわったさまざまな人間たちと比べて特に変わっているとは思えなくなっていた。ときには、彼らが遺伝子操作されているという事実を忘れてしまうほどだ。

「スキップまで一分」ポーク号の副長が言った。ベアの脳内にひとつの名前がふっと浮かんだ――エヴァレット・ローマン中佐。ローマンによって残り時間が告げられた以外、ブリッジではなにも変化は起きていなかった。いまのアナウンスはベアとロバーツのためにおこなわれたのではないだろうか。ベアは部屋の前方にある二台の大型ディスプレイへちらりと目をやった。あいかわらず暗いままだ。

「ローマン中佐」エヴァンズは呼びかけ、副長が自分に注意をむけると、ディスプレイのほうへ頭をふった。副長がうなずいた。二台のディスプレイがぱっと点灯し、片方には星野《せいや》の映像が、もう片方にはポーク号の概略図が表示された。

「ありがとう、エヴァンズ大尉」ベアは小声で言った。エヴァンズはにっこりした。

ローマン中佐がスキップまでの最後の十秒を読みあげた。ベアは星野を表示しているモニタに目をむけた。ローマンがゼロと言った瞬間、視野にひろがる星ぼしがランダムに位置を変えたように見えた。実際に位置が変わったわけではない。これはまったく別の星ぼしなのだ。ポーク号は、振動も音もなく、一瞬で何光年もの旅をしたのだ。

ベアは満ち足りない気分で目をしばたたいた。いま起きたことは、物理的な業績という面から見ればおどろくべきできごとだ。とはいえ、個人的な体験としては……。

「これだけ?」ロバーツがだれにともなく言った。

「これだけです」エヴァンズがこたえた。

「あんまり派手じゃないな」

「派手ではないということは、うまくいったということです」

「で、どこが楽しいんだ?」ロバーツは冗談めかして言った。

「楽しくやるのはほかの人たちにまかせましょう。われわれは正確にやります。みなさんを目的地へ運ぶんです、予定どおりに。今回の場合は、予定よりも早くですね。依頼の内容は、ウチェ族が到着する三日まえにあなたがたをここへお連れすること。実際には三日と六時間まえに着きました。予定より早かったのはこれで二度目ですね」

「そういえば」ベアは口をひらいた。エヴァンズが話を聞こうと大使に顔をむけた。

ブリッジのデッキが三人の足もとで激しく跳ねあがった。

ブリッジ内でかわされる声が急に大きくなり、被害状況が列挙された。船体の破損、動力の喪失、人的被害。スキップでなにか大きな問題が起きていた。

ベアがデッキから顔をあげると、ディスプレイに表示された映像が変わっていた。船体の概略図はあちこちが赤く点滅していた。星野のほうはポーク号の位置をしめす三次元宙域図に置き換わっていた。船はその図の中心にあった。端のほうに別の物体があり、ポーク号へむかって移動していた。

「あれは?」ベアは、デッキから起きあがろうとしているエヴァンズにたずねた。

エヴァンズはスクリーンに目をむけて、いっとき黙り込んだ。ブレインパルにアクセスしてもっと情報を得ようとしているのだ。「船です」

「ウチェ族のか?」ロバーツが言った。「救難信号を送ろう」

エヴァンズは首を横にふった。「ウチェ族ではありません」

「じゃあ何者?」ベアはたずねた。

「わかりません」エヴァンズはこたえた。

ディスプレイがピーッと鳴って、さらに複数の物体がスクリーンにあらわれ、急速にポーク号へ近づきはじめた。

「ああ、まさか」ベアがそう言って立ちあがったとき、ブリッジのクルーがミサイルの接近を報告した。

バスタ艦長がミサイルの迎撃を命じ、それからベアに——よりはっきり言えば、エヴァンズに——顔をむけた。「そこのふたりを脱出ポッドへ。急いで」

「ちょっと——」ベアは口をひらいた。

「時間がないの、大使」バスタ艦長はベアのことばをさえぎった。「ミサイルの数が多すぎる。わたしはこれからの二分間をあなたたちを船から脱出させるために使う。それをむだにしないで」艦長はブリッジのクルーへ顔をもどし、ブラックボックスの準備を指示した。

エヴァンズがベアをつかんだ。「行きましょう、大使」彼はベアをブリッジの外へ引っぱり出し、ロバーツがあとに続いた。

四十秒後、ベアとロバーツは、エヴァンズによって小さな座席がふたつある狭苦しい箱のなかへ押し込められた。「ベルトを締めてください」エヴァンズが声が届くように大声で言った。そして片方の座席の下を指さした。「非常用の食糧と水がそこにはいっています」もう片方の座席の下を指さす。「廃物リサイクル装置はそちらです。空気は一週間分ありますから。元気にすごせますよ」

「わたしのチームの仲間たちは――」ベアはまた口をひらいた。

「それぞれ脱出ポッドに押し込まれているところです」エヴァンズがこたえた。「艦長がこれからスキップドローンを射出してCDFに状況を知らせます。こういう事態にそなえて救助船がスキップ圏内に待機していますから。ご心配なく。さあベルトを締めてください。このての代物の射出は荒っぽいので」彼はポッドから身を引いた。

「幸運を祈るよ、エヴァンズ」ロバーツが呼びかけた。エヴァンズが顔をしかめるのと同時に、ポッドが密閉された。五秒後、ポッドがポーク号から射出された。背中を蹴飛ばされるような感覚があったあと、ふっと重力が消えた。ポッドは小型で装備も必要最小限なので人工重力はない。

「いったいなにが起きたんです？」ロバーツがしばらくして言った。「ポーク号はスキップしたとたんに攻撃を受けていましたよ」

「だれかがわたしたちの到着を知っていたということね」ベアはこたえた。

「今回の任務は機密事項でしたが」

「頭を使いなさい、ブラッド」ベアはいらいらしながら言った。「たしかにわたしたちのほうでは機密事項だった。でも情報が漏れた可能性はある。ウチェ族のほうで漏れたのかもしれない」

「ウチェ族がわれわれを罠にかけたと考えているんですか？」

「わからない。ウチェ族はわたしたちと同じ状況にある。今回の同盟の成立をわたしたちと同じくらい必要としている。こんなバカげた曲芸のためだけにコロニー連合をはめるというのは筋がとおらない。ポーク号を攻撃したところでなんの得にもならない。CDFの船を破壊するというのは明確な敵対行為になるんだから」

「ポーク号なら戦い抜くことができるかもしれませんよ」

「バスタ艦長の話を聞いたでしょう。ミサイルの数が多すぎる。しかもポーク号はすでに損傷を受けている」

「チームの仲間たちがほかの脱出ポッドにたどり着けたことを祈りますか」

「ほかの者が脱出ポッドへ案内されたとは思えない」

「でもエヴァンズは――」

「エヴァンズがああ言ったのは、わたしたちを黙らせてポーク号から避難させるため」

ロバーツは黙り込んだ。

数分後、ロバーツは言った。「ポーク号がスキップドローンを送り出したとして、それがスキップ可能な距離まで到達するのに必要なのは、ええと、一日でしたっけ？」

「そんなところ」

「連絡が届くのに一日、準備をするのに数時間、それからわれわれを発見するまでに数時間。このブリキ缶で二日すごすことになりますね。すべてが順調にいったとしても」

「そのとおり」

「そのあと、われわれは報告をしなければなりません。なのに、だれがなんのために攻撃してきたのかまったく説明できない」

「わたしたちを捜索するときには、同時にポーク号のブラックボックスも探すはず。そこには船が破壊される瞬間までのデータがすべて記録される。どこかの時点で攻撃してきた船の正体が判明していたら、それも記録される」

「ポーク号が破壊されるときに壊れなければの話ですが」

「バスタ艦長はブリッジのクルーにブラックボックスの準備を命じていた。だから、船といっしょに壊れないように手を打つだけの時間はあったはず」

「すると、ポーク号で生きのびたのは大使とわたしとブラックボックスだけなんですね」

「ええ。そうだと思う」

「なんてこった。大使は以前にもこういう経験をしたことがあるんですか？」

「任務が失敗に終わったことなら何度もある」ベアは狭い脱出ポッドを見まわした。「でも、そうね。こういうのはなかった」

「すべてが順調にいくことを祈りましょう。さもなければ、一週間ほどでまずいことになります」

「四日後からは、代わりばんこに呼吸をしないと」

ロバーツは力なく笑い、すぐに真顔にもどった。「笑うのはやめよう。酸素の浪費だ」

ベアも笑い出したが、そのとき、思いがけないことに、肺のなかの空気がいきなり体外へと逆流をはじめた——脱出ポッドが裂けたために、宇宙空間の真空によって吸い出されたのだ。ベアが補佐官の顔に浮かぶ表情をちらりと目にしたその瞬間、爆発で飛来して脱出ポッドをずたずたにした破片が、ふたりの体をも切り裂いてその命を奪った。ベアはなにも考えなかった。意識にのぼったのは、空気が唇のあいだをすり抜けていく感触と、体内をとおり抜けた破片による、一瞬の、痛みもない、ぐっと押されるような感覚だけ。最後に、ぼんやりとした冷たさがあり、それから熱が押し寄せ、あとはなにも感じなくなった。

2

ポーク号から六十二光年離れたところで、ハリー・ウィルスン中尉は惑星ファーナットの海沿いにのびる断崖のへり近くに立っていた。いっしょにいるのは、コロニー連合の外交船、クラーク号に乗り組んでいる数名の仲間たちだ。目がさめるほどよく晴れた日で、暖かいけれど、正装に身をつつんだ人間たちが汗をかくほど暑いわけではなかった。コロニー連合の外交官たちは一列にならんでいた——それと平行にならんでいるファーナット族の外交官たちは、それぞれの外肢に正装の宝飾品をきらめかせていた。人間の外交官たちは派手な装飾の大瓶をそれぞれ手に持ち、そのなかにはクラーク号から特別に持参した水が満たされていた。列の先頭にいるのは交渉にのぞむ両種族の外交団の長だ——ファーナット族のほうはセカール・クヌットディン、コロニー連合のほうはオデ・アブムウェ。いまは、クヌットディンが演壇に立ち、ファーナット族の声門から出る言語で話をしていた。そのわきにいるアブムウェ大使は、見たところ熱心に耳をかたむけ、ときおり頭をうなずかせていた。

「なんて言ってるんだ？」ウィルスンのとなりにいるハート・シュミットが、せいいっぱい声をひそめてたずねた。

「両国家と両種族のあいだの友情にまつわる決まり文句だな」ウィルスンは言った。この外交団におけるただひとりのコロニー防衛軍メンバーとして、彼だけはファーナット語をブレインパル経由で即座に翻訳することができた。ほかの人びとはこれまでファーナット族が用意してくれた通訳に頼っていた。セレモニーに出席している唯一の通訳は、いまはアブムウェ大使の背後に立ち、その耳もとに小声でささやきかけていた。

「もう締めくくりにはいっているように聞こえないか？」シュミットがたずねた。

「どうした、ハート？」ウィルスンは友人にちらりと目をむけた。「そんなに急いでつぎの段階へ進みたいのか？」

シュミットは、ファーナット族の列で自分と同じ位置にいる相手にさっと視線を走らせたが、なにも言わなかった。

すぐにわかったことだが、クヌットディンはたしかに締めくくりにはいっていた。彼は外肢を使ってファーナット族のおじぎにあたる身ぶりをしてから演壇をおりた。アブムウェ大使がおじぎをして、自分のスピーチのために演壇へとむかった。その後方では、通訳がこんどはクヌットディンの背後へ移動していた。

「ふたつの偉大な国家のあいだで育まれている友情について胸を打つおことばをいただきましたこと、クヌットディン貿易代表に感謝したいと思います」アブムウェが口をひらき、同じように決まり文句をならべはじめた。そのアクセントは彼女が第一世代の植民者であることをしめしていた。アブムウェの両親は、娘がまだ赤ん坊だったころに、ナイジェリアからコロニー連合の惑星ニュー・アルビオンへ移住した。ナイジェリアのことばのなごりにニュー・アルビオン特有のしゃがれ声が重なっていて、ウィルスンは、自分の育ったアメリカ中西部のことばを思い起こした。

しばらくまえ、この大使との信頼関係を築こうとしていたころ、ウィルスンはアブムウェに、クラーク号のクルーで地球生まれなのは自分たちふたりだけで、ほかのメンバーはコロニー連合で生まれ育ったのだと指摘したことがあった。アブムウェはすっと目をほそめ、いったいなにをほのめかしているのかと言って、怒ったようにどすどすと歩み去った。ウィルスンは、慄然としている友人のシュミットに顔をむけ、なにがまずかったんだろうとたずねた。シュミットはニュースフィードにアクセスしろとこたえた。

こうしてウィルスンは学んだ。地球とコロニー連合がお試し別居中で、おそらくは離婚するだろうということを。そして、だれが両者の仲を引き裂いているかを。

〝まあなあ〟――ウィルスンは、アブムウェがスピーチを締めくくろうとしているのを見ながら思った。アブムウェはウィルスンと打ち解けることがなかった。自分の船にCDFのメンバーがいるのをなんとなく不快に思っているにちがいない。たとえそれが、ウィルスンのように技術顧問という比較のあたりさわりのない立場の人物だとしても。もっとも、シュミットがよろこんで指摘したように、それはウィルスンにかぎった話ではない。あらゆる点から見て、アブムウェはだれが相手でも心から打ち解けることはなかった。単に人間が好きではないという人はいるものだ。

〝外交官に最適な気質とは言えないな〟――ウィルスンはあらためて思った。

アブムウェが演壇を離れて、セカール・クヌットディンに深々とおじぎをし、体を起こしながら自分の大瓶を取りあげると、ならんだ人間の外交官たちにうなずきかけた。クヌットディンのほうもファーナット族の外交官たちに合図を送った。

「行こう」シュミットがウィルスンに声をかけた。ふたりがいっしょにファーナット族にむかって足を踏み出すと、ファーナット族も人間たちにむかって踏み出した。両種族は、およそ五十センチほどの距離で、平行をたもったまま足を止めた。

練習したとおりに、人間の外交官たちは、アブムウェ大使もいっしょに、それぞれの大瓶をいっせいに前方へ突き出した。「水を交換します」全員が声をそろえて告げ、儀式めいた仰々しいしぐさで大瓶をひっくり返して、ファーナット族の足にあたる部分へ水をぶちまけた。

ファーナット族はこれに応じて、ウィルスンのブレインパルが〝水を交換します〟と翻訳した、なにかを吐きもどすような音をたて、同時に、体内のバラスト袋にためてある海水を口から噴き出し、人間の外交官たちの顔面にまっすぐぶちまけた。人間の外交官たちは、塩気を含んだ、ファーナット族の体温にひとしい水でずぶぬれになった。

「感謝します」ウィルスンは自分のむかいにいるファーナット族に言った。だが、そのファーナット族はすでに顔をそむけ、列を離れていく同胞にむかってしゃっくりをするような音で呼びかけていた。ウィルスンのブレインパルがそのことばを翻訳した。

〝やれやれ、やっと終わった〟そいつは言っていた。〝いつランチにする？〟

「珍しく静かだな」シュミットがウィルスンに言った。ふたりはシャトルでクラーク号へもどるところだった。

「じっくり考えているんだよ、おれの人生や、業《カルマ》について」ウィルスンは言った。「それと、前世でどんなことをやってたら、外交儀式の一環としてエイリアンにつばを吐きかけられることになるんだろうと」

「ファーナット族の文化が海と密接につながっているからだ。おたがいの母国の水を交換するのは、われわれの運命がひとつになったことを物語る象徴的な行為なんだ」

「ファーナット版の天然痘を蔓延させるのにも最適な行為だな」

「だからわれわれは予防注射を受けたんだよ」

「せめて大瓶の中身を相手の頭にぶっかけてやりたかった」

「それはあまり外交官らしい行為ではないな」

「おれたちの顔にむかって吐き出すのは？」ウィルスンの声がわずかに高くなった。

「しかたがない、ファーナット族はああやって取引を成立させるんだから。それに、彼らは人間がだれかの顔につばを吐きかけたり、頭に水をぶちまけたりするのは、まったく別の意味になると知っている。だから、われわれは全員が象徴的な行為として受け入れられるやりかたを考えたんだ。先遣隊があれで同意を取り付けるまで三週間かかった」

「ファーナット族に握手をしてもらうようなやりかたで同意を取り付けることだってできたはずだ」

「できただろうな。しかし、われわれはファーナット族よりもはるかに切実に今回の貿易協定を必要としている。彼らのやりかたに従うしかない。だからこそ、交渉が惑星ファーナットでおこなわれているんだ。だからこそ、アブムウェ大使は短期的には損な取引を受け入れたんだ。だからこそ、われわれはあそこに立って顔につばを吐きかけられながら感謝のことばを伝えたんだ」

ウィルスンは、大使が側近の補佐官たちといっしょにすわっているシャトルの前部へ目をむけた。シュミットはそこに仲間入りできる立場にはなかった。ウィルスンは言うまでもない。ふたりは後部で、安っぽい座席に腰かけていた。「損な取引を受け入れた？」ウィルスンはたずねた。

「受け入れるよう指示されていたんだ」シュミットは、同じように大使をながめながらこたえた。「きみが彼らに装着のしかたを教えた防御用シールドがあっただろう？　われわれはあれと引き換えに農産物を手に入れた。あれと引き換えに果物を手に入れた。だが、われわれには果物など必要がない。ファーナット族の果物は食べられないからな。結局は、彼らが送ってくるものをすべて引き取り、煮込んでエタノールかなにかどうでもいいものをつくることになるだろう」

「だったら、どうしてそんな取引を？」

「われわれはそれを〝目玉商品〟と考えるよう指示されていた。とにかくファーナット族を交渉の席につかせて、あとでもっとマシな取引ができるように」

「最高だな。またつばを吐きかけられるのが楽しみだ」

「いや」シュミットは座席に深々と背をもたせかけた。「このつぎにやってくるのはわれわれではない」

「ああ、そうか。あんたはゴミみたいな外交任務をぜんぶ引き受ける。で、あんたがそのよごれ仕事を片付けると、ほかのだれかがあらわれて栄光を手にすると」

「疑問をはさむ余地があるかのような口ぶりだな。なあ、ハリー。きみはもう長いことわれわれと同行している。われわれの身にどんなことが起きているかを見てきた。われわれが引き受けるのは、低レベルな任務か、もしも失敗したら、そもそもの命令ではなくわれわれに責任が押しつけられるような任務なんだ」

「今回のはどっちの種類だ？」

「両方だ。ちなみに、つぎの任務も」

「おれの業《カルマ》について、また考えずにはいられないなあ」

「おそらく、きみは仔猫たちを丸焼きにしたんだろう。われわれもそばにいたんだ、焼き串を手にして」

「おれがＣＤＦに入隊したころなら、ファーナット族を徹底的に叩きのめして望みのものを手に入れていただろうに」

「ああ、古き良き時代だな」シュミットは皮肉っぽく言って、肩をすくめた。「そのときはそのとき、いまはいまだ。われわれは地球を失ったんだ、ハリー。その事実とむきあうすべを学ばなければ」

「そいつを学ぶにはとんでもない苦労をすることになりそうだ」ウィルスンはしばらくして言った。

「そのとおり」シュミットは言った。「教師になる必要がなくて良かったな」

3

〝会いたいんだが〟エイベル・リグニー大佐は、ＣＤＦで外務長官との連絡係をつとめるリズ・イーガン大佐に送信した。彼はフェニックス・ステーションにあるイーガンのオフィスへむかっているところだった。

〝いまはちょっと忙しいんだけど〟イーガンが返信してきた。

〝重要なことだ〟

〝あたしがいまやっていることも重要なの〟

〝こっちのがもっとずっと重要だ〟

〝まあ、そこまで言うなら〟

リグニーはにやりとした。〝あと二分できみのオフィスに着く〟

〝いまはそこにいない。外務省の会議棟。第7講堂〟

〝そんなところでなにを？〟

〝こどもたちを怖がらせている〟

三分後、リグニーは第7講堂の後方へそっとすべりこんだ。室内は暗く、コロニー連合外交団の中級メンバーが集まっていた。リグニーは上のほうの列で席につき、そこにいる人びとの顔を見渡した。みんなけわしい表情をしている。下のフロアにイーガン大佐が立ち、その背後には、いまは点灯していない三次元ディスプレイがあった。

〝着いた〟リグニーはイーガンに送信した。

〝だったら仕事中なのはわかるでしょ〟イーガンが返信してきた。〝黙ってすこしだけ待ってて〟

イーガンの仕事とは、中級外交官たちのひとりが自分よりも格下だとみなした人びとを相手にするときに見せるさげすむような態度でだらだらと語る話に、じっと耳をかたむけることだった。リグニーは、前世のイーガンがかなり大規模なメディア企業のＣＥＯをつとめていたことを知っていたので、腰を据えてショーを楽しむことにした。

「われわれの置かれた新たな状況がきわめて困難なものであるという意見に反対しているわけではない」その外交官は語っていた。「だが、きみの評価がしめすようにこの状況が解決不可能だと確信しているわけでもないのだ」

「そうですか、ミスター・ディノーヴォ」イーガンが言った。

「ああ、わたしはそう思う」ディノーヴォと呼ばれた外交官が言った。「人類はここではつねに数で劣っている。しかし、大きな枠組みのなかで自分たちの居場所をなんとか守ってきた。重要とはいえささやかな細部は変わったが、基本となる問題はおおむね同じだろう」

「そうですか」イーガンは言った。背後のディスプレイが点灯し、近隣の恒星の配置をしめす映像がゆっくりと回転しはじめた。一連の星ぼしが青く輝いた。「要約すると、これがわたしたちです。人類の惑星があるすべての恒星系。コロニー連合です。そしてこれが、宇宙で活動する人類以外の知的種族の惑星があるすべての恒星系です」二千の星ぼしが色を変えて忠誠をしめし、星野が赤く染まった。

「これまでわれわれが対処しなければならなかった状況となにも変わりはないさ」ディノーヴォと呼ばれた外交官が言った。

「ちがいます。この星図が誤解をまねいているのです。ミスター・ディノーヴォ、あなたはそのことに気づいていないようですね。ここにある赤い色はすべて、かつては独立した何百もの種族をあらわしていて、そのすべてが、人類と同じように、遭遇したほかの種族といちいち戦ったり交渉したりしていました。種族の強弱はいろいろでしたが、ほかの大半の種族を圧倒できるほどの突出した強さや戦術的優位をもった種族はなかった。あまりにも多くの文明があまりにも対等に近い立場にあったため、そのうちのどれかが権力闘争で長期にわたって優位に立つことがなかったのです。

それがなぜ人類に有利にはたらいていたかというと、わたしたちにほかの種族にはない強みがあったからです」イーガンの背後で、人類の各恒星系が描く弧からやや離れた位置にあるひとつの青い星系が、より輝きを増した。「わたしたちには地球があり、それがコロニー連合にきわめて重要なものをふたつ供給していました――植民者たちは、わたしたちが手に入れた惑星に迅速に住民を送り込む役に立ち、兵士たちは、それらの惑星を守ったり新たな惑星を確保したりする役に立ちました。どちらについても、コロニー連合にもたらされた人材の数は、それぞれの惑星から政治的に供給が可能な数を超えていました。おかげで、コロニー連合は戦略面でも戦術面でも優位に立ち、この星域における既存の政治的序列をもうすこしでひっくり返すところまでいったのです」

「その優位はいまでも有効なはずだ」ディノーヴォが口をひらいた。

「それもちがいます」イーガンは言った。「なぜなら、いまではふたつの重大な変化が生じています。第一に、いまはコンクラーベがあります」赤く輝いていた星ぼしの三分の二が黄色に変わった。「コンクラーベを構成する四百のエイリアン種族は、以前はおたがいに争いをくり返していましたが、いまは単一の政体として活動し、圧倒的な規模によりその政策を施行しています。コンクラーベは、非加盟の種族がさらなる植民を進めることを認めていませんが、だからといって、そうした種族が資源確保や安全保障や積年の恨みのためにおたがいを襲撃するのを止めることはできません。そのため、コロニー連合はいまでも、その惑星や宇宙船を標的にする二百のエイリアン種族を相手にしなければならないのです。

第二に、地球のことがあります。ロアノークというコロニーの元リーダーだったジョン・ペリーとジェーン・セーガンの行動により、地球は、少なくとも現時点では、コロニー連合との関係を断《た》っています。いまや地球の人びとは、わたしたちが植民者と兵士を手に入れるために、地球の政治的および技術的な発展をさまたげていたのだと信じています。現実はもっと複雑なものですが、たいていの人間がそうであるように、地球の人びとはシンプルな答を好んでいます。もっともシンプルな答とは、コロニー連合が彼らをだましていたというものです。彼らはわたしたちを信用していません。わたしたちとかかわりを持つことを望んでいません。関係修復まで何年もかかるかもしれないのです」

「わたしが言いたいのは、たとえ地球がなくても、われわれにはやはり強みがあるということだ」ディノーヴォが言った。「コロニー連合は資源の豊富な何十もの惑星に何十億という人口を有している」

「それらのコロニーがあれば、コロニー連合がつい最近まで地球から供給されていた植民者と兵士を代わりに補給できると信じているのですか」

「なんの苦労もないとは言わない。だが、そのとおり、できるはずだ」

「リグニー大佐」イーガンは同期生の名を呼んだが、視線はディノーヴォからはずさなかった。

「ああ」リグニーはいきなり呼ばれてびっくりした。室内にならぶ頭がいっせいに彼のほうをむいた。

「あなたとわたしは同じ新兵クラスでした」イーガンが言った。

「そうだ」リグニーはこたえた。「アメリゴ・ヴェスプッチ号で出会った。おれたちを地球からフェニックス・ステーションへ運んできた船だ。十四年まえのことだ」

「ヴェスプッチ号に何名の新兵が乗っていたかおぼえていますか？」

「CDFの担当官から、新兵は千十五名だと言われたのをおぼえている」

「いまでも生きているのは何名ですか？」

「八十九名だ。なぜ知っているかというと、先週またひとり死んで通知を受け取ったからだ。ダレン・リース少佐」

「では、十四年で死亡率が九十一パーセントということですね」

「そんなところだ。CDFが新兵に伝える公式の統計値では、十年間の軍務における死亡率が七十五パーセント。おれの経験からすると、その公式の統計値は低い。十年たったら軍務を離れることを許されるが、多くの兵士はそのままとどまる」〝また歳をとりたいと思うやつはいないからな〟とリグニーは思ったが、口には出さなかった。

「ミスター・ディノーヴォ」イーガンは外交官に注意をもどして言った。「たしかあなたはコロニーのルース出身でしたね？」

「そのとおりだ」ディノーヴォはこたえた。

「ルースは、その百二十年にわたる歴史のなかで、コロニー連合に兵士を供給するようもとめられたことはいちどもありません。教えてください。コロニー連合から、今後は毎年十万人の市民をコロニー防衛軍へ入隊させることを——依頼ではなく——要求する、そして十年後にはそのうちの七十五パーセントが死亡する、という通達が届くとき、ルースはどのような反応をすると思われますか？　彼らの仕事の一部が各コロニーで起きる反乱の鎮圧であり、それはコロニー連合がしぶしぶ認めているよりもずっと頻繁に起きているという事実を知るとき、ルースの市民はどのような反応をすると思われますか？　ルース出身の新兵たちは同胞にむかって発砲することをどのように感じるでしょうか？　彼らにそれができるでしょうか？　あなたはどうですか、ミスター・ディノーヴォ？　あなたは五十代にはいったところでしょう。それほどたたずにCDFに入隊できる年齢になります。コロニー連合のために戦ってきわめて高い確率で死ぬための心構えができているのですか？　なぜなら、あなた自身が、あなたの言う〝強み〟なのですから」

ディノーヴォは返事をしなかった。

「この一カ月、わたしは外交団のみなさんにこうした説明をしてきました」イーガンは黙り込んだディノーヴォから視線をはずし、室内をぐるりと見渡した。「毎回かならず、こちらのミスター・ディノーヴォのような人が、わたしたちの置かれた状況はそれほど悪くないと主張します。そういう人たちは、やはり、まちがっています。コロニー防衛軍は毎年とんでもない人数の兵士を失っていて、それが二百年以上も続いています。発展中の各コロニーは、自然な繁殖だけで絶滅を避けられるほどの規模まで急速に成長することはできません。コンクラーベの存在が、人類生存の計算式を、わたしたちには想像もできないようなかたちで変えてしまいました。コロニー連合が生存と繁栄を続けてこられたのは、労せずして地球から余剰人員を搾取してきたからです。そんな余り物はもはや手にはいりません。そして、コロニー連合の組織と住民から新たな余剰人員を生み出すだけの時間はないのです」

「じゃあ、どれくらい悪い状況なんだ？」リグニーは思わずたずねた。自分の声に、ほかのだれにも負けないほどびっくりした。

イーガンはちらりとリグニーを見てから聴衆へ注意をもどした。「過去のＣＤＦの死亡率をもとに、事態がこのまま進行すると仮定した場合、あと三年で、他種族による略奪や大量虐殺から各コロニーを守れるだけの兵力を維持することができなくなります。その後は、最善の推定でも、政体としてのコロニー連合は五年から八年で崩壊するでしょう。コロニー連合という包括的な防御構造を失ったあと、残った人類の惑星は二十年以内にすべて攻撃を受けて一掃されるでしょう。つまり、いまこの瞬間からですと、人類の絶滅まであと三十年ということです」

部屋はしんと静まり返っていた。

「わたしがこのようなことを話しているのは、みなさんに家へ駆けもどってこどもたちを抱きしめてもらうためではありません。このようなことを話しているのは、二百年以上のあいだ、外務省がコロニー連合の虫垂《ちゅうすい》だったからです。外務省はコロニー連合の攻撃的な防御および拡大という戦略における補足物でしかなかったのです」イーガンはディノーヴォをじっと見つめた。「凡人が居すわるには都合のいい閑職であり、彼らがそこで実質的な害をおよぼすことはありません。しかし、いまやすべてが変わりました。コロニー連合にはいままでどおりのやりかたを続ける余裕はありません。資源もなければ人材もありません。というわけで、これより外務省にはふたつの使命が生まれます。ひとつ――双方の利益のために、地球との関係を修復すること。ふたつ――できるかぎり、コンクラーベやそこに加盟していないエイリアン種族との紛争を避けること。外交こそがそれを実現する最善の手段です。

それはすなわち、これより先、コロニー連合の外務省が意味のある存在になるということです。そしてみなさんは、生きるために働かなければならないのです」

「きみはいつも、さっきディノーヴォをやりこめたみたいに、こっぴどく人をやりこめるのか？」リグニーはたずねた。第7講堂はすでにからっぽだった。中級外交官たちはぶつぶつ不平をこぼしながら部屋を出ていった。リグニーとイーガンは、ふたたび光の消えたディスプレイのそばでいっしょに立っていた。

「たいていはね」イーガンが言った。「実を言うと、ディノーヴォは役に立った。愚かにも口をひらく彼のような人がひとりいるごとに、口を閉じて話を聞き流そうとする人たちが五十人ほどいるの。こういうやりかたなら、メッセージを全員にぶつけることができる。話を聞いてくれる人がすこしは増えるわけ」

「じゃあ、きみは彼らがほんとうに凡人だと思っているのか」

「全員ではないけどね。ほとんどはそう。あたしが相手をしなければならない連中はまちがいなくそう」イーガンは人影の消えた講堂を身ぶりでしめした。「あの人たちは歯車の歯なの。ここに居すわって、つまらない事務処理に時間をついやしている。すこしでも有能なら、とっくに宇宙へ出ているはず。そっちにいる人たちがAチーム。いや、Bチームもそっちにいるかな。ここにいるのはCからKのチームね」

「じゃあ、この話を聞くのはうれしくないだろうな。きみのAチームのひとつが行方不明になっている」

イーガンは眉をひそめた。「どのチーム？」

「ベア大使のチームだ。付け加えると、フリゲート艦のポーク号もいっしょに」

イーガンはちょっと口をつぐみ、その知らせについて考え込んだ。「行方不明になったのはいつ？」

「ポーク号からスキップドローンが送り返されてきたのが二日まえだ」

「それをいまごろになってあたしに伝えたわけ？」

「もっと早く伝えてもよかったが、きみはこどもたちを怖がらせる姿をおれに見せたがっていただろ。それに、ドローンによる連絡が二日間途絶えたときに警報が発せられるのが通常の流れだ。とりわけ、こういう機密事項とされている任務のときにはな。二日間の中断を確認してすぐに、きみのところへやってきたんだ」

「回収部隊はなにか見つけたの？」

「回収部隊は出ていない。軍のフリゲート艦を今回の任務に使わせてほしいと交渉するだけでもたいへんだったんだ。もしもウチェ族があらわれて、あの宙域に外交官を乗せていない軍艦が何隻もいるのを見たら、なにもかもおじゃんだ」

「じゃあ、偵察ドローンは」

「もちろん。ドローンが到着したばかりだから、確定とは言えないが、いまのところなにも見つかってはいない」

「ドローンを送り込んだ星系にまちがいはないのね」

「おいおい、リズ」

「きくだけはきいておかないと」

「ドローンを送り込んだ星系にまちがいはない。ポーク号を送り込んだ星系にもまちがいはなかった。ダナヴァー星系で会うというのはウチェ族が指定してきたことなんだ」

イーガンはうなずいた。「いくつかのガス惑星と大気のない衛星だけしかない星系ね。だれもそんなところを探そうとはしない。秘密の交渉にはぴったり」

「それほど秘密じゃなかったようだがな」

「あなたはポーク号が悪い結末を迎えたと考えているのね」

「うちのフリゲート艦がなにげなく蒸発したことはいちどもない。しかし、原因となったただれか、あるいはなにかは、すでにダナヴァー星系にはいないはずだ。あそこには惑星と衛星と大きな黄色い恒星以外なにもないからな」

「ウチェ族には伝えたの？」

「まだだれにも伝えていない。司令部の連中を別にすると、この事件を知ったのはきみが最初だ。きみの上役にさえ配下のチームが消えたことは話していない。それはきみにまかせるべきだと思ってね」

「それはどうも」イーガンは顔をしかめた。「だけど、ウチェ族は条約について交渉する相手がいないことに気づいているはずよね」

「ポーク号は予定より三日早く到着したんだ」

「なぜ？」

「おもてむきは、ベアのチームにフェニックス・ステーションの喧噪から離れて準備をする時間をあたえるためだった」

「実際には？」

「必要に応じて迅速に退却できるように軍事方面の準備をしておくためだ」

「思いきったことを」

「ウチェ族が、過去五度の軍事的衝突で三度われわれを叩きのめしたことを忘れないでくれ。むこうからこの同盟のために会いに来るからといって、われわれがやつらをすっかり信用しているわけじゃないんだ」

「ウチェ族がコロニー連合の不信感に気づいているかもしれないとは思わないの？」

「ほぼ確実に気づいているだろうな。ひとつには、こちらが早めに現地入りしようとしているのをむこうに教えたということがある。きみの上役はおもてむきの口実を承認したが、われわれはウチェ族がバカだとは思っていない。ということは、やつらは同盟を切実に望んでいて、あえてわれわれに戦術的優位をあたえているんだ」

「ウチェ族がポーク号を撃破したという可能性は検討したんでしょうね」

「当然だ。しかし、こちらの動きがやつらに筒抜けなのと同じように、やつらの動きもこちらには筒抜けで、そうじゃない部分については、ちゃんとスパイを送り込んである。なにかあるなら事前にわかっていたはずだ。これまでの動きを見るかぎり、やつらがなにか異常なできごとが起きていると考えているふしはない。ウチェ族の外交団はカライム号という船に乗っていて、それはあと一日でスキップ可能な距離まで到達する」

イーガンは返事をせず、ディスプレイをつけて、そちらへ顔をむけた。画面にはフェニックス・ステーションが浮かんでいて、惑星フェニックスの周縁部がその下に見えていた。フェニックス・ステーションからすこし離れたところに、ＣＤＦの艦艇や貿易船が浮かんでいた。画面上では、それぞれの船のわきにその名称がラベルとして表示されていた。映像がひろがって、フェニックス・ステーションと惑星フェニックスがひとつの点にまでちぢみ、コロニー連合の首都に発着する何千もの宇宙船が見えるようになった。映像がさらにひろがると、点で表示された何十隻もの宇宙船が、スキップをおこなうために時空の平坦な宙域へとむかっていた。イーガンはディスプレイに流れる複数のクルー名簿から情報を引き出しはじめた。

「わかった、降参だ」リグニーはしばらくして言った。「なにをしているのか教えてくれ」

「ベア大使はうちのAリストに載っていない」イーガンはクルー名簿に目をとおしながら言った。「載っているのはAプラスのリストのほう。そんな人が交渉に引っぱり出されたんだとしたら、この任務はほんとうに優先度が高いことになる。単に極秘というだけの外交マスターベーションではなく」

「なるほど。それで？」

「それで、あたしとちがって、あなたはガレアーノ長官とは知り合いじゃないでしょ」イーガンがあげたのは外務長官の名前だった。「もしもあたしがガレアーノのオフィスへ出かけて、彼女の最高の外交官のひとりがチームもろとも死んで、その任務も完全な失敗に終わった可能性が高く、しかも代替策の準備がまったくできていないと伝えたりしたら、事態はとても深刻なものになる。あたしは職を失い、あなたは伝令をつとめたというだけの理由でおそらく職を失い、長官のいつになく熱心なはからいにより、あたしたちのつぎの配属先は平均余命がゆで卵用のタイマーで計れるような場所になるはず」

「長官は感じがよさそうな人だな」

「長官はすばらしい人よ。激怒させるまでは」ディスプレイ上でスクロールしていた艦艇やクルーの名簿が急に止まり、一隻の船が表示された。「あった」

リグニーはその画像を見つめた。「なんだ？」

「これはBチーム」

「クラーク号？　聞いたことのない船だな」

「低レベルの外交任務をいろいろこなしているの。主任外交官はアブムウェという女性」いかめしい顔をした黒人女性の画像が浮かびあがった。「彼女が担当したもっとも重要な交渉は、数カ月まえにあったコルバ族との交渉ね。クラーク号に乗っているCDF士官を相手の兵士のひとりと戦わせて、外交的に有意義なかたちで負けさせたの」

「おもしろいな」

「ええ。でも、すべてがアブムウェの手柄というわけじゃない」イーガンが言うと、ふたりの男性の画像がぱっとあらわれた。ひとりは肌が緑色だ。「その戦いをお膳立てしたのが副大使のハート・シュミット。ハリー・ウィルスン中尉は実際に戦った士官」

「で、どうしてこの連中を？　今回の任務を引き継がせるのに適任だという理由は？」

「理由はふたつ。ひとつ、アブムウェは三年まえにウチェ族への使節団に加わっていた。そのときはなにも成果はなかったけど、彼女にはウチェ族との交渉の経験がある。つまり、迅速に状況を把握することができる。ふたつ」イーガンがつぎに表示させたのは、宇宙空間に浮かぶクラーク号の画像だった。「クラーク号は十八時間でスキップ可能な距離まで到達できる。アブムウェとその部下たちなら、これからでもウチェ族より先にダナヴァー星系に到達して交渉の席に着けるし、それがむりでも、日取りをあらためて交渉するための打ち合わせはできる。時間までにそれが可能な外交団はほかに見当たらない」

「Bチームを送り込むのは、なにもしないよりはマシだからか」

「アブムウェとそのチームが無能というわけじゃないの。第一候補ではないというだけ。でも、いまは候補そのものが少ないから」

「なるほど。じゃあ、きみは本気でこのチームを上役に売り込んだ」

「あなたにもっといい考えがあるなら別だけど」

「ないなあ」リグニーはそう言ってから、いっとき眉根を寄せた。「ただ……」

「ただ？」

「そのCDFの士官というのをもういちど見せてくれ」

イーガンはハリー・ウィルスン中尉の画像をふたたびディスプレイに呼び出した。「彼がどうかした？」

「こいつはまだクラーク号に乗っているのか？」

「ええ。技術顧問なの。クラーク号の最近の任務のいくつかで軍のテクノロジーや兵器が交渉の材料になっていたんでしょうね。こちらが提供する機械の使い方を教えてもらうために手元に置いているのよ。なぜ？」

「きみのBチーム計画をガレアーノ長官にうまいこと伝える方法があるかもしれない」リグニーは言った。「そして、おれの上官にも」

4

ウィルスンは、シュミットが顔をあげてアブムウェ大使の会議室のドアのわきに立っている自分の姿に気づいたときに見せた表情に注目した。

「そこまでショックをあらわにすることはないだろう」ウィルスンはひややかに言った。

「すまない」シュミットが言った。彼はクラーク号に乗り組んでいる外交団のほかのメンバーたちを部屋へ招き入れた。

ウィルスンは気にするなというように手をふった。「ふだん、おれは会議のこんな早い段階で参加することはないからな。かまわないよ」

「きみはこれがどういう内容か知っているのか？」

「もういちど言わせてくれ――ふだん、おれは会議のこんな早い段階で参加することはないんだ」

「なるほど。じゃあ、いっしょに行くか？」ふたりは部屋にはいった。

クラーク号のあらゆる場所がそうであるように、会議室もやはり狭苦しかった。テーブルにならぶ八脚の椅子はすでに埋まっており、アブムウェ大使が、部屋にはいってきたシュミットとウィルスンをフクロウのような目で見つめていた。ふたりは大使のむかいの壁ぎわに陣取った。

「これで全員そろったようですね」アブムウェ大使がウィルスンとシュミットに辛辣な視線を送りながら言った。「はじめましょう。賢明なる外務省は、わたしたちはもはやヴィンネドーグにとどまる必要はないと決定しました」

テーブルの周囲からうめき声があがった。「今回はだれにわれわれの仕事をあたえるんです?」レイ・サールズが質問した。

「だれにも」アブムウェは言った。「上層部では、これらの交渉はコロニー連合が関与しなくても魔法のように勝手にケリがつくと考えているようです」

「そんなの筋がとおらないぞ」ヒュー・フッチが言った。

「教えてくれてありがとう、ヒュー」アブムウェは言った。「わたしだけではきっとそのことに思い当たらなかったでしょう」

「すみません、大使」フッチは前言を撤回した。「つまりですね、われわれは今回のヴィン族との交渉に一年以上も取り組んできました。ここでそれを中断して勢いを削《そ》いでしまう危険をなぜおかすのか理解できないんです」

「今日こうしてささやかな会議をひらいているのはそのためです」アブムウェがうなずきかけると、補佐官のヒラリー・ドロレットが自分のPDAのスクリーンにふれた。「各自のメッセージキューにアクセスすれば、新しい任務に関する情報が見つかるはずです」

テーブルについている全員と、シュミットが、それぞれのPDAにアクセスした。ウィルスンは自分のブレインパルにアクセスし、キューに文書を見つけて、その内容を視野の下端でスクロールさせた。

「ウチェ族?」ネルスン・クウォクがほどなく口をひらいた。「コロニー連合は彼らと実際に交渉をしたことがあるのか？」

「三年まえ、まだここへ配属になっていなかったころ、わたしはウチェ族への使節団に参加していました」アブムウェが言った。「当時はなんの成果もないように思われました。しかし、ここ一年ほどのあいだ、ひそかに交渉が進められていたようです」

「リーダーはだれだったんですか？」クウォクがたずねた。

「サラ・ベアです」アブムウェはこたえた。

ウィルスンは、大使がその名前を口にしたときに全員が目をあげたのに気づいた。だれだか知らないが、このサラ・ベアというのはたいした人物らしい。

「なぜベアが交渉からはずれるんです？」サールズがたずねた。

「それは話せません」アブムウェが言った。「とにかく、ベアとそのチームが交渉からはずれて、わたしたちが交渉にあたるのです」

「ベアにとっては気の毒なことだな」フッチが言うと、テーブルのまわりに笑みがひろがった。このベアとわずかでもかかわりを持てることのほうが、クラーク号のもともとの任務よりも望ましいことらしい。ウィルスンはまたもや考えずにはいられなかった——いったいどんな運命のせいで、自分はクラーク号に乗り組んで、あまり愛すべきところのない負け犬の群れに加わることになったのだろう。もうひとつ、いやでも気づいたことだが、テーブルについている人びとのなかでただひとり、ウチェ族との交渉の任につくという見とおしに笑顔を見せていなかったのは、アブムウェ本人だった。

「ずいぶんたくさんの情報がおさめられていますね」シュミットが言った。彼は自分のPDAをひょいひょいとはじいて文書をスクロールさせていた。「交渉がはじまるまで何日あるんですか？」

ここではじめてアブムウェが笑みを浮かべたが、それはどう見ても薄笑いでユーモアのかけらもなかった。「二十時間です」

部屋がしんと静まり返った。

「冗談でしょう」フッチが言った。アブムウェがむけた視線は、彼に対する今日のぶんの忍耐がすでに尽きたということを明白に物語っていた。フッチは賢明にも二度と口をひらかなかった。

「なぜ急ぐんですか？」ウィルスンはたずねた。自分がアブムウェに好かれていないことはわかっていた。ほかのみんなが知りたがっているのに怖くてきけない質問を口にしたところでなにも害はなかった。

「話せません」アブムウェはちらりとウィルスンを見て淡々と言ってから、スタッフに注意をもどした。「たとえ理由を話せたとしても、わたしたちがやらなければならないことは変わりません。ジャンプまでは十六時間で、その四時間後にはウチェ族が到着する予定になっています。そこから先は相手次第です。すぐに会いたがるかもしれませんし、一日おいてから会いたがるかもしれません。わたしたちはウチェ族がただちに交渉をはじめることを望むという前提で行動します。つまり、あと十二時間で情報を頭に叩き込む必要があります。その後、ジャンプの前後に会議をくり返して作戦を練ります。みなさんがこの二日間に充分な睡眠をとっていればいいのですが。なにしろ、これからしばらくはもう睡眠をとる時間はありませんから。なにか質問は？」

質問はなかった。

「けっこう」アブムウェは言った。「わざわざ伝える必要はないと思いますが、今回の交渉が成功すれば、それはわたしたちにとって良いことです。わたしたち全員にとって。逆に交渉が不調に終われば、やはりわたしたち全員にとってまずいことになります。しかし、だれかが情報を頭に叩き込むことができずに、仲間の足を引っぱった場合は、その人にとってだけひどくまずいことになるでしょう。それをはっきりわかっておいてください」

全員がわかっていた。

「ウィルスン中尉、ちょっと話があります」人びとが会議室を離れはじめたとき、アブムウェが言った。「あなたもです、シュミット」部屋に残ったのは、ヒラリー・ドロレット、シュミット、ウィルスンだけだった。

「あなたはどうして、なぜ急ぐんだと質問したのですか？」アブムウェが言った。

ウィルスンは、〝そんなことを叱られるために残されたのか？〟という思いを顔にあらわさないよう努力した。「みんながそれを知りたがっていたのに、だれも質問しようとしなかったからです」

「ほかの人たちは分別があったのでしょう」

「フッチだけは例外かもしれませんが、そうですね」

「しかし、あなたはそうではない」

「いえ、おれだって分別はあります。それでも、だれかが質問するべきだと思って」

「なるほど。中尉、今回の交渉の準備時間が二十時間しかないという事実からどんなことがわかりますか?」

「おれに推測しろというんですか?」

「わたしがそれをもとめているのは明白でしょう。あなたはコロニー防衛軍です。この件について軍人としての見方ができるはずです」

「おれが実際の戦闘にかかわっていたのはずっとまえのことです。CDFの研究開発チームで何年もすごしていたんですよ、クラーク号へ派遣されてあなたの技術顧問をつとめるようになるまえも」

「しかし、あなたはいまでもCDFでしょう? 肌は緑色で、頭にはコンピュータがはいっていて。あなたがその気になれば、軍人としての観点からものごとを見ることができるかもしれないと思ったのです」

「そうですね」

「では、あなたの分析を教えてください」

「だれかがドジをふんだんですよ」

「なんですって?」アブムウェが言った。ウィルスンは、シュミットの顔が急にふだんより白くなったのに気づいた。

「ドジをふんだ」ウィルスンはくり返した。「チョンボをした。大ポカをやらかした。予定が狂ったことを意味する表現を好きに当てはめてください。別に軍人としての経験がなくたってわかりますよ。この部屋にいた人たちはみんな考えていたはずです。サラ・ベアとそのチームがなにをやる予定だったにせよ、それは失敗に終わり、コロニー連合はなんらかの理由で事態を収拾する必要に迫られたので、あなたとあなたのチームがどたんばで代役として選ばれたんです」

「では、なぜわたしたちが？」

「あなたが仕事の面で有能だからでしょう」

アブムウェの薄笑いが復活した。「中尉、おべっかをならべるだけなら、あなたの友人に代わってもらってもいいのですよ」大使はシュミットのほうへ顎をしゃくった。

「わかりました、大使」ウィルスンは言った。「そういうことでしたら、この船がジャンプ可能な宙域の近くにいて簡単に進路を変更できること、あなたにいくらかなりともウチェ族を相手にした経験があること、そして、たとえあなたが失敗したとしても、というか、急な代役なのでたぶん失敗するでしょうが、あなたの地位は外交の階層社会ではわりと低いので、失敗の原因をあなたの無能さのせいにできるからだと思います」ウィルスンがふと目をやると、シュミットはいまにも爆発しそうな顔をしていた。「なんだよ、ハート」ウィルスンは言った。「大使が質問したんだぞ」

「たしかに質問しました」アブムウェが言った。「あなたの言うとおりです、中尉。ただし半分だけ。上層部がわたしたちを選んだもうひとつの理由はあなたです」

「はあ？」ウィルスンは本格的に混乱した。

「サラ・ベアは任務に失敗したわけではなく、消えてしまったのです。率いていた外交団全員とCDFのフリゲート艦ポーク号もろとも。船も人員も、消えました。なんの痕跡も残さずに」

「うれしくない話ですね」

「またわかりきったことを口にしていますよ」

「おれがどうして重要になるんです？」

「上層部は、ポーク号はただ消えたのではなく撃破されたのだと考えています。彼らはあなたにブラックボックスを探させようとしているのです」

「ブラックボックス？」シュミットが口をはさんだ。

「データの記録装置だ」ウィルスンは言った。「ポーク号が撃破されたとしても、ブラックボックスが残っていれば、船になにが起きたのか、だれが攻撃してきたのかを知ることができる」

「きみがいないと見つけられないのか？」シュミットはたずねた。

ウィルスンはうなずいた。「そもそも小さいし、その船専用の暗号化された信号を受信しないかぎり探知用ビーコンを発信しないんだ。なにしろ軍用グレードの暗号だからな。解読にはかなり高レベルのセキュリティ・クリアランスが必要となる。だれにでもあたえられるものじゃないし、CDFの外部の人間だとまずむりだ」アブムウェに注意をもどす。「でも、そこらにいる中尉にあたえられるようなものでもありませんよ」

「では、あなたがそこらにいる中尉でなくて幸運でした」アブムウェが言った。「あなたは過去にとても高いレベルのセキュリティ・クリアランスを有していたそうですね」

「ブレインパルのセキュリティに関する調査をしていたチームにいたことがあるんです。それだって、何年もまえのことです。もうそんなレベルのセキュリティ・クリアランスはありません」

「これまではなかったでしょう」アブムウェがうなずきかけると、補佐官がまた自分のPDAをつついた。ウィルスンの視野の周辺部でメッセージキューにライトがともった。「いまはあります」

「わかりました」ウィルスンはゆっくりと言って、そのセキュリティ・クリアランスの詳細をざっとながめた。一瞬おいて、ふたたび口をひらく。「大使、これは伝えておくべきだと思うんですが、このセキュリティ・クリアランスには幹部クラスの権限が付与されていますので、理屈からいえば、おれは自分の任務を遂行するためにクラーク号のクルーに命令を出すことができます」

「その特権はコロマ船長に対しては行使しないほうがいいですね。彼女は人をエアロックのまちがった側に送り込んだことはありませんが、もしもあなたから命令されたりしたら、特別扱いにすることを考えるかもしれません」

「よくおぼえておきます」

「けっこう。さて、すでに読んだはずですが、あなたにあたえられた命令は、ブラックボックスを発見し、それを解読して、ポーク号になにが起きたのかを突き止めることです」

「わかりました、大使」

「これはわたし自身の上司からほのめかされたことですが、あなたがブラックボックスを見つけるのは、わたしが今回のウチェ族との交渉を成功させるうえでも同じくらいの、あるいはより大きな重要性をもっているようです。ですから、当面のあいだ、あなたには助手をつけることにします」アブムウェはシュミットにうなずきかけた。「わたしは彼を必要としません。あなたが使ってください」

「ありがとうございます」ウィルスンは言った。シュミットのほうは、上司から必要ないと断言されて、見たこともないほど傷ついた顔をしていた。「シュミットはきっと役に立ちますよ」

「そうあってほしいものです。なぜなら、ウィルスン中尉、わたしがスタッフに伝えた警告は、あなたには二倍の重みをもつのです。もしもあなたが失敗したら、たとえわたしが自分の役割を果たしても今回の任務は失敗します。つまり、あなたのせいでわたしが失敗するのです。わたしの地位は外交の階層社会では低いほうかもしれませんが、それでも、あなたを突き飛ばして転落死させられるくらいの地位ではあるのです」アブムウェはシュミットに目をやった。「そして、彼が地面に落ちたあと、あなたを殺すでしょう」

「了解です、大使」ウィルスンは言った。

「けっこう。それともうひとつ。ブラックボックスはウチェ族が到着するまえに見つけるようにしてください。だれかがわたしたち全員を殺そうとしているなら、交渉相手が姿を見せるまえに状況を知っておきたいので」

「ベストを尽くします」

「あなたがベストを尽くしても配属先はクラーク号でした」アブムウェは言った。「もっと努力してください」

5

「頼むからやめてくれ」ウィルスンはシュミットに言った。ふたりはクラーク号のラウンジで腰をおろし、プロジェクトのデータをじっくりと調べていた。

シュミットがPDAから顔をあげた。「なにもしてないよ」

「過呼吸になってるぞ」ウィルスンは言った。ブレインパルが流してくれるデータに集中するため、彼は目を閉じていた。

「わたしの呼吸はまったく正常だ」

「この数分、あんたの呼吸は働きすぎたゾウみたいだ」ウィルスンはやはり目を閉じたまま言った。「そのまま続けていたら紙袋にむかって呼吸しなけりゃいけなくなる」

「そうか。まあ、きみも上司から必要ないと言われればどんな気分になるかわかる」

「部下を管理するアブムウェの能力は最高とはいいがたい。それはわかっていたはずだ。そして、おれはあんたに助手として役に立ってもらう必要がある。だから上司のことを考えるのはやめて、おれたちの置かれた苦しい状況のことをもっと考えてくれ」

「すまない。この助手うんぬんという件についても心おだやかではいられないんだが」

「コーヒーを持ってこいと言ったりはしないと約束する」ウィルスンは言った。「あまり頻繁には」

「ありがとう」シュミットは顔をしかめて言った。ウィルスンはひと声うなり、流れるデータに注意をもどした。

「このブラックボックスだが」シュミットがしばらくして言った。

「どうかしたか？」

「見つけられると思うか？」

ウィルスンはようやく目をあけた。「その質問に対する答は、あんたがおれに楽観的になってほしいか正直になってほしいかによるな」

「正直に言ってくれ」

「たぶんむりだ」

「まちがえた。楽観的なほうを聞きたい」

「手遅れだよ」ウィルスンは目に見えないボールをつかむように手を差し出した。「これを見ろ、ハート。問題の〝ブラックボックス〟は、小さな黒い球体で、大きさはグレープフルーツほどだ。メモリ部分の大きさは指の爪くらい。残りは、探知用ビーコンと、本体が重力井戸へ墜落しないようにするための慣性フィールド発生装置、その両方に電力を供給するバッテリだ」

「なるほど。それで？」

「それで、第一に、ブラックボックスはわざと小さく黒く作ってあるから、CDF以外が見つけるのはむずかしい」

「それはそうだが、別に目で見て探すわけではない。探知信号を送るんだろう。正しい信号を受信すれば、むこうから応答してくれる」

「電力が残っていればな。しかし、残っていないかもしれない。おれたちはポーク号が攻撃を受けたという前提で考えている。攻撃を受けたとすれば、戦闘があったことになる。戦闘があったとすれば、ポーク号は破壊され、その破片が爆発のエネルギーによってそこらじゅうに飛び散っただろう。ブラックボックスはその場にとどまろうとして電力を使い果たしてしまった可能性が高い。その場合、こちらから信号を送っても、応答がないことになる」

「その場合、目で見て探すしかないわけか」

「そのとおり。で、話はもどって、小さな黒いグレープフルーツを、現時点では一辺が数万キロメートルある立方体のなかで探さなけりゃならない。しかも、あんたの上司はウチェ族が到着するまえにそれを見つけて調べろと言っている。となると、スキップしてから三十分以内に発見しないかぎり、おれたちの任務は失敗に終わる」ウィルスンは椅子に背をもたせかけてふたたび目を閉じた。

「きみは失敗が目前に迫っているのに気にしていないようだな」

「過呼吸になってもしょうがない。それに、かならず失敗するとは言ってないぞ。その可能性が高いだけだ。おれの仕事は成功の確率をあげることであり、あんたの苦しげな呼吸がはじまって気をそらされるまでは、それに没頭していたんだ」

「じゃあ、わたしの仕事は？」

「あんたの仕事は、コロマ船長のところへ行って、おれがなにを必要としているかを伝えることだ。リストはたったいまPDAへ送った。愛想よくしてくれよ。そうすりゃ、われらが船長もたいせつな仕事に協力しているんだという気分になれる——CDFの現場技術者に顎で使われたりしているんじゃなくて」

「なるほど。わたしはきつい部分を担当するんだな」

「いや、あんたが担当するのは外交の部分だ」ウィルスンはうっすらと目をあけた。「噂どおりなら、あんたは外交官として訓練を受けてきたんだろう。もっとも、おれが船長のところへ出かけているあいだに、あんたが数百万立方キロメートル分の宇宙空間でこどものおもちゃくらいの大きさの物体を見つける手段を考えてくれるというなら話は別だが」

「では、船長のところへ出向いて話してくるとしよう」シュミットは自分のPDAを取りあげながら言った。

「すばらしい考えだ」ウィルスンは言った。「おれとしては大賛成だよ」シュミットはにやりと笑ってラウンジから去った。

ウィルスンはまた目を閉じて、自分の問題にあらためて意識を集中した。

こんな状況でも、ウィルスンはシュミットよりはおちついていたが、それは友人を役に立つ状態にとどめておくためでもあった。シュミットはストレスがきついとピリピリしてしまうのだ。

実際には、ウィルスンは見た目よりもずっとこの問題で頭を悩ませていた。シュミットには話さなかったが、ブラックボックスが存在しないというパターンもありうるのだ。ウィルスンが手に入れた機密情報のなかには、ポーク号がいるはずの宙域を事前スキャンした結果も含まれていた。デブリの密集地はほぼ皆無だったので、宇宙船が一気に蒸発するほどの強烈な攻撃を受けたか、あるいは、襲撃者がわざわざ時間をとって一辺が五十センチ以上のデブリをすべて原子化したということになる。どちらにしてもうれしくない。

たとえブラックボックスが生きのびていたとしても、バッテリは完全に尽きていて、黒く、静かに、真空中に浮かんでいるという前提で捜索にあたらなければならない。ポーク号がダナヴァー星系の惑星のどれかにもっと近い場所にいたのなら、その惑星の球面を背景にしてブラックボックスを視覚で見つけるチャンスがわずかなりともあったかもしれないが、船がダナヴァー星系へスキップした位置は星系内のガス惑星のどれからも離れていたので、そんな神頼み《ヘイルメリー》的なやりかたも問題外だった。

　というわけで、ウィルスンに課せられた仕事は、たいていの地球型惑星よりも大きな立方形の宇宙空間のなかで、ほとんど存在しないデブリ密集地のなかに、あるかどうかもわからない、黒い、沈黙した物体を見つけ出すこととなる。

　なかなかやっかいな問題だ。

　ウィルスンは自分がおおいに楽しんでいることを認めたくなかった。二度の人生で数多くの仕事をこなしてきたが——企業研究室のぐうたら者からハイスクールの物理教師や兵士や軍の科学者やいまの立場である現場技術指導者まで——いつだって、楽しいのはほぼ解決不可能な問題に何時間もぶっとおしで取り組んでいるときだった。ただし、今回はあたえられた時間が好みよりもかなり少なく、まさにウィルスンの本領発揮といえた。

　〝ほんとうの問題はブラックボックスそのものなんだ〟と考えながら、ウィルスンはその物体に関する手持ちの情報を呼び出した。移動データの記録装置という発想は何世紀もまえからあり、ブラックボックスという呼び名は地球で航空機に搭載されて広く知られるようになった。皮肉なことに、当時はほとんどのブラックボックスは黒《ブラック》くなかった——見つけやすいようにあざやかな色をしているのがふつうだった。CDFはブラックボックスを回収したかったが、適切な人びとだけがそれをできるようにしておきたかった。だから可能なかぎり真っ黒に作ったのだ。

「ブラックボックス、ブラックホール、ブラックボディ」ウィルスンはつぶやいた。

〝おい〟

ウィルスンは目をあけて上体を起こした。

ブレインパル経由で連絡がはいっていた――シュミットからだ。ウィルスンは回線をひらいて呼びかけた。「外交方面はどんな調子だ？」

「うーん」シュミットがこたえた。

「すぐにそっちへ行く」ウィルスンは言った。


ソフィア・コロマ船長はまさに見た目どおりの気分でいるらしく、ごたくに耳を貸すつもりはないと言わんばかりだった。彼女は威圧的な姿勢でブリッジに立ち、ウィルスンが足を踏み入れた入口に視線を据えていた。副長のネイヴァ・バーラがそのとなりに立ち、同じくらい不機嫌な顔をしていた。船長のむかいにはシュミットがいたが、そのわざとらしく淡々とした表情は、外交官としての訓練のなせるわざだった。

「船長」ウィルスンは敬礼しながら言った。

「シャトルが必要だそうだな」コロマは敬礼を無視して言った。「シャトルと操縦士と本船のセンサー装置へのアクセス権が」

「そのとおりです」

「きみがそのような要求しているいま、われわれはほぼまちがいなく敵対的な状況へとスキップしようとしていて、そのすぐあとにはエイリアン種族を相手にデリケートな交渉をしなければならないのだが、きみはそのことを理解しているのか」

「理解しています」

「では、わたしがなぜ、船内のほかのすべての人員の要求よりもきみの要求を優先しなければならないのか説明してくれたまえ。スキップしたらすぐに、わたしは付近に敵がいないかどうかスキャンしなければならない。広範囲にスキャンする必要があるのだ。本船やシャトルが撃墜されるおそれがないと確信できるまで、わたしはクラーク号の唯一のシャトルを格納庫から出すつもりはない」

「ミスター・シュミットから、おれの現在のクリアランスレベルについて説明があったと思いますが」

「あった。さらに、アブムウェ大使がきみの要求を最優先事項としていることも聞いている。それでも、これはやはりわたしの船なのだ」

「船長、あなたは上官の命令にそむくとおっしゃるのですか？」ウィルスンが言うと、コロマの唇がすっと薄くなった。「おれは自分の意見を述べているわけじゃありません。命令はわれわれ両方のずっと上からきているんです」

「わたしには命令に従う強い意思がある。とはいえ、命令に従うのはそれが筋のとおったものであるときだけだ。すなわち、本船の安全が確保され、大使とそのチームの準備がととのったあとのことだ」

「スキャンについては、船長が必要としていることとおれの必要としていることはぴったり一致します。データを共有してもらって、こっちで必要なスキャンをふたつほど追加してもらえば、それでだいじょうぶなんです。おれが必要としているスキャンで、船長のほうのスキャンのセキュリティレベルもいっそう高まるでしょうし」

「われわれの通常のスキャンが終わったあとでならかまわないが」

「かまいません。さて、シャトルのほうですが――」

「シャトルはなし、操縦士もなしだ。アブムウェをウチェ族のもとへ送り届けるまでは」

ウィルスンは首を横にふった。「シャトルはそのまえに必要なんです。大使から、ウチェ族と会うまえにブラックボックスを見つけて調べるよう言われました。われわれだけでなく、ウチェ族にも危険が迫っているのかどうかを知りたがっているんです」

「大使にはこの件についてなんの権限もない」

「しかし、おれには権限があります。そのおれが大使と同意見なんです。ウチェ族が到着するまえに、できるだけのことを知っておく必要があります。どちらかの船が爆発したりしたら、交渉はだいなしです。とりわけ、それが避けられる事態だった場合には」

コロマ船長は黙り込んだ。

「ひとつ提案があるんですが」シュミットがしばらくして口をひらいた。

コロマはシュミットに目をむけたが、その顔つきからすると彼がいることをすっかり忘れていたようだった。「提案？」

「われわれがシャトルを必要としているのはブラックボックスを回収するためです」シュミ

ットは言った。「ブラックボックスを見つけられるかどうかはわかりません。もしも見つけられなかったら、シャトルも必要ありません。最初の一時間かそこらで見つけられなければ、たとえそのあとで見つけたとしても、ウチェ族が到着するまでに回収することはできませんし、船長はアブムウェ大使のチームを送るためにシャトルが必要でしょう。ですから、最初の一時間だけわれわれのためにシャトルを待機させてください。そのあいだにブラックボックスが見つかって、船長のほうで付近に危険がないと確認がとれたら、われわれがシャトルで回収に行きます。一時間がすぎたあとで見つかった場合は、船長が大使のチームをウチェ族のもとへ送り届けるまでわれわれは待ちます」

「それならなんとかなります」ウィルスンは言った。「おれのほうで必要な何種類かのスキャンをそちらの作業に追加してもらえれば」

「もしも安全だという確認がとれなかったら?」コロマが言った。

「それでも回収には行かなけりゃなりません」ウィルスンは言った。「ただ、位置が特定できれば、自動操縦装置とブレインパルを使って、おれが自力で回収します。そちらの操縦士を危険にさらす必要はありません」

「シャトルだけでいい。そんなものはこれっぽっちも重要ではないから、と」

「すみません、船長」ウィルスンはそう言って、待った。

コロマは副長にちらりと目をむけた。「ミスター・シュミットを使ってネイヴァにそちらの情報を渡してくれ。ジャンプまでは四時間。いまから三十分以内がいい」

「わかりました、船長」ウィルスンは言った。「ありがとうございます」彼はもういちど敬礼した。こんどはコロマも敬礼を返した。ウィルスンはきびすを返し、シュミットは船長のかたわらをすり抜けてそのあとを追った。

「中尉、もうひとつだけ」コロマが言った。

ウィルスンは船長をふりむいた。「はい？」

「言っておくが、きみがシャトルを操縦することになった場合、すこしでも傷をつけたりしたら、わたしがきみに不満をぶつけることになるだろう」

「自分の車みたいに扱いますよ」

「期待しよう」コロマはそう言ってきびすを返した。ウィルスンはその意図を察した。

「車を引き合いに出したのはよかったな」シュミットが言った。ふたりはすでにブリッジを離れていた。

「おれが最後に乗った車がどうなったか知っていたら話は別だがな」ウィルスンは言った。

シュミットは足を止めた。

「おちつけよ、ハート。ただのジョークだ。さあ行くぞ。やることは山ほどある」ウィルスンは歩き続けた。

しばらくたって、シュミットもあとを追った。

6

「副長のバーラからだった」シュミットが言った。彼はウィルスンといっしょに使われていない倉庫にいて、ウィルスンはそこに三次元モニタを設置していた。ふたりはダナヴァー星系へスキップするまでずっとその狭い部屋ですごしていた。「クラーク号がポーク号の暗号を使って探知信号を送った。応答はなかった」

「そりゃそうだろう」ウィルスンは言った。「宇宙がおれたちの手間を省いてくれる理由がどこにある？」

「つぎはどうする？」

「その質問には質問でこたえよう。人はブラックボックスをどうやって見つける？」

「本気で言ってるのか？」シュミットはひと呼吸おいて言った。「時間切れが迫っているのに、わたしを相手にソクラテス式問答をしようというのか？」

「ソクラテスのレベルで話すつもりはないが、まあ、そんなところだ。ハイスクールの物理教師だったころのなごりだな。イカれてると思うのはかまわないが、あんたに協力してもらうためには、あんたをなんの役にも立たないサルみたいに扱ったりしないほうがいいと思うんだ。あんたにも脳みそがあるという前提で話を進めるつもりだ」

「感謝するよ」

「というわけで、人はブラックボックスをどうやって見つける？　それも、見つかりたいと思っていないブラックボックスだ」

「熱心に祈る」

「考えようともしないのかよ」ウィルスンはとがめるように言った。

「こういうのは慣れていないんだ。ヒントがほしい」

「いいだろう。まずは、ブラックボックスがもともとくっついていたものを探そう」

「ポーク号だな。というか、その残骸だ」

「上出来だ、若き見習い君」

シュミットはウィルスンをちらりと見てから、話を続けた。「しかし、きみの話だと、自動ドローンによる問題のエリアの事前スキャンではなにも見つからなかった」

「そのとおり。だが、それは簡単な事前スキャンでしかない。クラーク号にはもっと優秀なセンサーがある」ウィルスンは倉庫の照明を暗くしてモニタをつけた。画面の中心に、小さな点がひとつだけぽつんと表示されていた。

「ポーク号ではないんだろうな？」

「これはクラーク号だ」ウィルスンは言った。三本の軸線の上に配置された、一連の同心円があらわれた。「そしてこれが、クラーク号が集中的にスキャンをおこなっているエリアで、距離は対数的に表示されている。外縁部までは一光分ほどだ」

「きみがそう言うのなら」

ウィルスンは餌には食いつかず、クラーク号のそばにまた別の点を表示させた。「これが、ポーク号がスキップのあとで出現するはずだった場所だ。船が到着と同時に撃破されたと仮定してみよう。なにが見えるはずだと思う？」

「船の残骸が、船が本来あるはずだった場所のそばに」シュミットはこたえた。「ただ、さっきも言ったが、ドローンによるスキャンではなにも見つからなかった」

「そのとおり。じゃあ、クラーク号のセンサーによるスキャンを使って、どうなるか見てみよう。ここで使われているのは、クラーク号に標準搭載されているＬＩＤＡＲ《ライダー》およびレーダーによるアクティヴスキャンだ」

黄色い球がいくつかあらわれた。ひとつはポーク号の出現地点の近くだった。

「残骸だ」シュミットがポーク号にいちばん近い球を指さした。

「断定はできない」

「おいおい。あきらかにつながりが見てとれるだろう？」

ウィルスンはほかの球を指さした。「クラーク号が探知しているのは、信号を反射するだけの密度がある物質のかたまりだ。そのすべてが船の残骸とは言いきれない。これもちがう可能性はある。ひょっとしたら、通過した彗星から剥がれ落ちた物質かもしれない」

「もっとそばに寄れないのか？　つまり、ポーク号の近くにあるやつに」

「いいとも」ウィルスンは画像をぐっと拡大した。デブリをあらわす黄色い球が大きくなって消え、代わりに小さな複数の光点があらわれた。「これらは信号を反射する個々の物体をあらわしている」

「たくさんある。ということは、やっぱり船の残骸じゃないのか」

「そうか。しかし、おかしなことがある。データを見ると、これらの物質のかけらで人間の頭よりずっと大きいものはひとつもない。ほとんどは砂利ほどの大きさだ。ぜんぶ合わせたとしても、CDFのフリゲート艦の質量には遠くおよばない」

「ポーク号を襲撃したやつは証拠を残したくなかったのかもしれない」

「こんどは偏執的になってきたな」

「おい」

「いや――」ウィルスンは片手をあげた。「褒めてるんだ。おそらくあんたの言うとおりだろう。ポーク号を襲撃したやつは、なにが起きたのかを突き止めるのをむずかしくしようとしたんだ」

「そのデブリの密集地へ行けば、サンプルを採集できる」

「時間がない。それに、現時点ではポーク号になにが起きたのかを突き止めるのは目的を果たすための手段でしかない。とはいえ、こちらとしては、これがポーク号の残骸であることをあるていどは確認しておく必要がある。じゃあどうすればいい？」

「見当もつかないな」

「考えるんだ、ハート」ウィルスンはモニタ上の画像へ手をふった。「ポーク号の残りはどうなった？」

「たぶん蒸発したんだろう」

「そうだ」ウィルスンはそう言って、待った。

「降参だ。それで？」

ウィルスンはため息をついた。「まさかチンパンジーの群れに育てられたわけじゃないよな、ハート？」

「科学のテストが今日あるなんて聞いてなかったんだよ、ハリー」シュミットはむっとして言った。

「もう自分でこたえたじゃないか。船はたぶん蒸発したんだろう。ポーク号を襲撃したやつは、時間をかけてその大半を切り刻み、分子サイズまで粉々にした。だが、すべての原子を運び去ることはできなかった」

シュミットは目を見ひらいた。「蒸発したポーク号の大きな雲か」

「そういうこと」ウィルスンが言うと、画面が切り替わり、大きな、不定形のしみが表示された。本体部分から触手が何本ものびている。

「それが船か？」シュミットがしみを見ながら言った。

「まあそうだろうな。コロマ船長に頼んだ追加スキャンのひとつは、付近のエリアの分光分析だった。ふつうはそんなスキャンはしないからな」

「なぜしないんだ？」

「なぜするんだ？　身近な宇宙空間で分子サイズのフリゲート艦のかけらを探すなんてのは通常の手順とは言えない。分光分析は大気のサンプリングみたいな科学的調査のときにおこなわれるのがふつうだ。宇宙船がガスの存在を気にすることはめったにない。例外は、船が惑星のそばにいて、大気がどこまでひろがっているかを知る必要があるときくらいだ。すでに調査済みの星系の場合、そうした情報はすべてデータベースにおさめられている。おそらく、襲撃者はそういうことをぜんぶ知っていたんだろう。目に見えない金属原子の雲が発見されることは心配していなかった」

「われわれにそれが見えるとは思わなかったわけか」

「ふつうならその判断は正しいけどな」ウィルスンは画像を縮小して、ほかのデブリの密集地がすべて見えるようにした。「ほかの場所のデブリは、分子の粒子の密度もちがうし、粒子そのものも宇宙船の建造に使われる金属とは種類がことなっている」あらためて画像を拡大する。「というわけで、これがポーク号の残骸なのはほぼまちがいないし、意図的に攻撃を受けて入念に破壊されたのもほぼまちがいない」

「となると、だれかが情報を漏らしたことになるな。今回の任務は秘密だったはずだ」

ウィルスンはうなずいた。「そのとおりだが、おれとあんたがいま心配すべきなのはそっちじゃない。まだブラックボックスを探しているところだからな。良い知らせは——これをそう呼べるならだが——これで捜索しなけりゃならない空間の範囲が大幅に絞り込めたということだ」

「それなら、最初のスキャンにもどって、ポーク号の残骸をたんねんに調べればいい」

「そういう手もあるな。一ヵ月かけられるなら」

「またわたしのことをバカにしようとしているんだろう」

「いや、今回はやめておこう。答がわかりきったものとはいえないからな」

「ほっとしたよ」

「あんたの提案にもどるとして、さっき言ったようなスキャンを実施しても、なにか見つけられる可能性は低い。忘れないでほしいんだが、CDFはブラックボックスを身内以外には発見できないようにしておきたかった」

「だからブラックボックスは黒いんだな」

「ただ黒いだけじゃなく、反射を極力抑えてある。全体を覆うフラクタルコーティングがほとんどの放射線を吸収して残りは散乱させる。センサーでスキャンしてもまっすぐ反射してくるものは皆無だ。センサーアレイの観点から言えば存在しないのと同じだ」

「わかったよ、超天才のハリー・ウィルスン。目で見ることができなくて、センサーでスキャンしてもむだなら、いったいどうやって見つけるんだ？」

「よくぞきいてくれた。ブラックボックスのことを考えていたとき、〝黒体《ブラックボディ》〟ということばが頭に浮かんだ。これは物理学上の理想的な物体で、投射されるあらゆる放射線を吸収してしまう」

「われわれが探しているものと同じだな」

「ちょっとちがう。ブラックボックスは完全な黒体ではない——黒体は実際には存在しないからな。ただ、それで思い出したんだが、現実世界では、すべての放射線を吸収するような物体はかならず熱をもつ。問題のブラックボックスにはバッテリが搭載されていて、プロセッサと慣性抑制装置に電力を供給している。そして、そのバッテリの効率は百パーセントではない」

シュミットはウィルスンをぽかんと見つめた。

「温かいんだよ、ハート」ウィルスンは言った。「ブラックボックスは電源を搭載している。電源からは熱が漏れる。その熱で、周囲にあるものがすべてエントロピーで熱平衡に達したあとも、ブラックボックスは比較的温かな状態を保持し続ける」

「バッテリはあがっているんだ。たとえ温かかったとしても、もう冷めているだろう」

「それは〝温かい〟の定義によるな。このブラックボックスの設計だと、内部に断熱材の役割を果たす部分がある。たとえバッテリがあがっても、ブラックボックスが宇宙空間と均一の温度になるまでには、ただの金属の破片の場合と比べて長くかかるはずだ。この部屋のなかみたいに温かい必要はないんだよ、ハート。周囲のあらゆるものよりほんのちょっとだけ温かければそれでいい」

スクリーンがちらつき、うっすらとひろがったポーク号の分子に代わって、濃い藍色に染まった熱分布図が表示された。ウィルスンはその熱分布図に注意をむけた。

「すると、きみは絶対零度よりほんのすこしだけ温度が高いものを探しているのか」シュミットが言った。

「実際には宇宙空間は絶対零度より二度ほど高い」ウィルスンは言った。「とりわけ惑星系の内部では」

「意味のない相違に思えるが」

「あんたはそれで科学者を自称しているのか」

「いや、してないよ」

「そいつは良かった」

「で、もしもエントロピーが平衡に達していたら？　ブラックボックスの温度が周囲と同じだったら？」

「そりゃまあ、手詰まりだな」

「きみのすがすがしい正直さは好きになれないな」

「おっ！」ウィルスンが言ったとたん、スクリーン上の画像が内側へ降下をはじめ、目に見えないなにかにむかって目のくらむような勢いで迫っていった。ほとんど最後になって明るい部分が見えてきたが、そこまでいっても周囲の藍色との差はほんのわずかだった。

「あったのか？」シュミットが言った。

「疑似色温度のスケールを変えてみよう」ウィルスンは言った。球形の物体がいきなり緑色に変わった。

「ブラックボックスだ」

「大きさも形もぴったりだな。これがブラックボックスじゃないとしたら、宇宙がおれたちをもてあそんでいるということだ。ほかにも温度の高い物体はいくつかあるが、どれも大きさがちがう」

「そっちはなんだろう？」

ウィルスンは肩をすくめた。「ポーク号の破片のなかで、密閉された空気のポケットがあるやつかもしれないな。いまのところ、わからないし、気にすることもない」彼は球体を指さした。「おれたちが探しているのはこいつだ」

シュミットが画像をしげしげと見つめた。「まわりよりどれくらい温度が高いんだ？」

「絶対温度で〇・〇〇三度だ。一、二時間あとだったら見つけられなかっただろう」

「やめてくれ。そんな話を聞くとさかのぼって神経がピリピリする」

「科学はほんのわずかな差異の上に築かれているんだ、我が友よ」

「それで、これからどうする？」

「おれはコロマ船長にシャトルの準備をするよう伝えるから、あんたは上司に伝えてくれ――もしも今回の任務が失敗したとしても、それは彼女のせいであって、おれたちのせいじゃないと」

「そういう言い方は避けるとしよう」シュミットは言った。

「だからあんたは外交官をやってるんだよ」ウィルスンは言った。

7

コロマ船長との対話はあまり楽しいものではなかった。彼女はブラックボックスを発見するまでの手順について報告をもとめ、ウィルスンは時計に目を据えたまま、急いでその要求にこたえた。どうやら船長は、ウィルスンがあたえられた時間内にブラックボックスを見つけるとは思っていなかったので、いざ見つかると途方にくれてしまい、いまは彼にシャトルを使わせない口実をひねりだそうとしているようだった。結局は口実をひねりだすことはできなかったようだが、船長は、セキュリティ上の理由により、シャトルの操縦士は出せないと言ってきた。ウィルスンは、自分が責任者でいるあいだにシャトルになにかまずいことが起きた場合、本来のシャトルの操縦士をクラーク号の船内に置いておいてなんの得があるのだろうとふしぎに思った。それでも、ほかの多くのことと同じように、ウィルスンはこの件を笑顔で流し、敬礼して、ご協力に感謝しますと船長に伝えた。

シャトルの造りは回収作業よりも輸送業務に適していたので、ウィルスンはあれこれ即興をまじえて行動する必要があった。そのうちのひとつは、シャトルの内部を真空の宇宙空間へ開放することだったが、いくつかの理由により、それはあまりうれしくない展開といえた。彼はシャトルの設計書をじっくりながめて、船体がそういう状況に耐えられるかどうか調べてみた。クラーク号は軍用というよりは外交用の宇宙船で、船体もその内部におさまっているものもすべて民間の造船所で造られていたので、ウィルスンがなじんでいる軍の船やシャトルとはことなった設計になっている可能性があった。幸い、問題の外交用シャトルは、内部こそ民間の要求に応じた設計になっていたが、シャーシや構造は軍用のシャトルと共通だった。すこしばかりの真空で壊れるようなことはないだろう。

ウィルスンはそうはいかない。真空では壊れてしまう。もっとも、クラーク号に乗っているほかの人びとと比べたらゆっくりだ。何年も戦闘から離れているとはいえ、彼はコロニー防衛軍のメンバーで、兵士にほどこされる遺伝子その他の改良がまだ生きており、なかでもスマートブラッドという人工血液は、より多くの酸素を運ぶことで、未改造の人間と比べてかなり長いあいだ呼吸をせずに肉体を生きのびさせることができる。はじめてクラーク号に着任したころ、ウィルスンが外交官たちとなじむために披露していた芸は、息を止めてストップウォッチで時間を計ってもらうことだった。五分をすぎるころには、たいていの人はあきてしまったものだ。

それはさておき、クラーク号のラウンジで息を止めるのと、空気のない、冷たい真空中で、体内の空気が肺から宇宙へ噴き出そうとしているときに意識をたもつのとでは、あきらかにちがいがある。すこしばかり防御策をこうじるのが望ましい。

こうして、十数年ぶりに、ウィルスンはコロニー防衛軍の標準仕様である軍用ユニタードに身をつつんだ。

「最新の流行か」シュミットがシャトルへむかうウィルスンを見ながら笑顔で言った。

「そのへんでやめておけ」ウィルスンは言った。

「きみがそういうのを着ているのは見たことがないような気がする。持っていることすら知らなかった」

「規則では、現役のCDF兵士は、たとえ戦闘任務についていないときでもユニタードを装備すべしとされている。宇宙は敵意に満ちているから、遭遇した敵を倒すためにいかなるときも備えをおこたるべきではないと」

「おもしろい考え方だな。銃はどこにある？」

「あれは銃じゃない。MP-35だ。おれの保管用ロッカーに入れてある。ブラックボックスを撃つはめになるとは思えないからな」

「リスクはなくもない」

「あんたの軍事的評価を教えてもらいたいと思ったら、おれからそう言うよ」

シュミットはまたにやりと笑い、手にしているものをかかげた。「では、これは気に入ってもらえるのではないかな。CDF支給のバッテリ付きハードコネクタだ」

「ありがとよ」ウィルスンは言った。ブラックボックスのバッテリはあがっていた。送信機を起動させるためにはすこしばかり電力を送り込んでやる必要があった。

「こいつを飛ばすほうはだいじょうぶなのか？」シュミットがシャトルのほうへ顎をふって言った。

「ブラックボックスまでのルートはもう計算して航行装置に入力した」ウィルスンはこたえ

た。「標準の発船ルーチンもあるしな。その発船ルーチンを決定済みのルートにつないであるんだ。帰還するときはそっくり逆にすればいい。自分で操縦を試みるような事態にならないかぎり、だいじょうぶだろ」

〝なんだこりゃ？〟と、ウィルスンは思った。シャトルの前部モニタ——彼はそこに表示される光源のコントラストを強めて、星ぼしのならびが計器パネルの輝きでかき消されないようにしていた——で、またひとつ星が姿を消した。この三十秒でふたつ目だ。シャトルとブラックボックスとのあいだになにかあるらしい。

ウィルスンは眉をひそめ、エンジンを始動してシャトルを静止させてから、クラーク号で集めておいた探査データを呼び出した。

その物体はデータに載っていた——周囲の空間よりほんのすこしだけ温度の高いデブリのかたまり。それなりに大きさがあるので、シャトルが衝突したら損傷を受けるだろう。

〝結局、操縦するしかなさそうだな〟ウィルスンは、探査データをシャトルのルート計算に適用しておかなかった自分にいらだちをおぼえた。これでは再計算でよけいな時間をとられることになる。

「なにか問題でも？」シュミットがたずねた。声は計器パネルから聞こえていた。

「心配ない」ウィルスンは言った。「進路になにかあるんだ。迂回する」熱源の探査データによれば、その物体のサイズは一辺がおよそ三、四メートルで、標準スキャンで発見されたほかの物体よりはかなり大きかったが、進路を大きく変更するほどではなかった。ウィルスンは、シャトルを物体の二百五十メートル下まで降下させてからブラックボックスへの接近を続ける新しいルートを作成し、それを航行装置に入力した。装置はなにも文句を言わずに変更を受け入れた。ウィルスンは旅を再開し、問題の物体がシャトルの動きに合わせてほかのいくつかの星をかき消していくのをモニタで見つめた。

ほどなく、シャトルはブラックボックスに到達した。目で見ることはできなかったが、最初に発見したときに追加のスキャンをいくつか実施して、十センチ以内の誤差で位置を特定してあったので、これからの作業には充分だった。最後の航行シーケンスを起動すると、一連のこまかな操船がおこなわれた。これでまた一分ほどかかった。

「さあ行くぞ」ウィルスンはつぶやき、ユニタードに命じて顔面をぴたりと覆わせた。彼はユニタードのフェイスマスクの感触が大きらいだった。頭全体をダクトテープでぐるぐる巻きにされたような気がしてくる。今回はマスクを着けないよりはマシというだけだ。ウィルスンの視界はフェイスマスクで完全にふさがれていた。ブレインパルがそれを補うために視覚データを送ってきた。

それがすむと、ウィルスンはシャトルに船内から空気を排出するよう命じた。コンプレッサが起動し、シャトルの空気をタンクのなかへ吸いあげはじめた。三分後、船内には、周囲の宇宙空間とほとんど同じくらい空気がなくなっていた。

ウィルスンはシャトルの人工重力を切り、ベルトをはずして操縦席を離れると、そっと体を押し出して扉のすぐまえで止まり、わきの手すりをつかんで体が流れていかないようにした。扉の開放ボタンを押すと、それはするりとシャトルの壁におさまった。わずかに残った人間にやさしい大気の分子がひらいた穴から流れ出ていった。

まだ手すりをつかんだまま、ウィルスンは宇宙へ——そっと!——手をのばし、すぐにひとつの物体をつかまえて、それをぐっと引き寄せた。

ブラックボックスだった。

〝すばらしい〟ウィルスンは手すりを放して扉のボタンを押し、ふたたびシャトルの内部を密閉した。シャトルにむかって空気を船内へもどして人工重力をつけるよう命じ——そのとたん、あやうくブラックボックスを落としかけた。見た目よりも重かった。

一分後、ウィルスンはフェイスマスクをひらき、肉体的には必要ないが心理的な満足感を得るために大きく空気を吸い込んだ。操縦席へもどって、ハードコネクタを取り出し、ブラックボックスの謎めいた表面を調べて、コネクタをつなぐための小さな穴を探した。数分後に穴が見つかったので、ボックスにコネクタを挿入し、カチリとはまるのを確認して、エネルギーを転送するために必要な三十秒間待ってから、ブラックボックスの受信機と送信機を起動した。

ウィルスンはブレインパルを使って暗号化された信号をブラックボックスへ送信した。一瞬おいて、ブレインパルに情報が流れ込んできたが、その勢いの激しさは流れを体で感じとれそうなほどだった。

ポーク号の最後の瞬間。

データをひらけるようになるとすぐに、ウィルスンはブレインパルで情報のスキャンをはじめた。

一分とたたないうちに、みなが強く疑っていたことを事実として確認できた――ポーク号は攻撃を受け、戦闘中に撃破されたのだ。

さらに一分後、一機の脱出ポッドがポーク号から射出されたことが判明したが、それもブラックボックス自体が射出されてデータが途切れる十秒ほどまえに破壊されてしまったようだった。ウィルスンは、その脱出ポッドの乗員は使節団の大使かそのスタッフのだれかだろうと推測した。

その三分後、また別のことが判明した。

「うわ、ヤバい」ウィルスンは思わず声に出した。

「たったいま〝うわ、ヤバい〟と聞こえたが」シュミットの声が計器パネルから流れた。

「ハート、いますぐアブムウェとコロマへ回線をつないでくれ」

「大使は交渉にそなえた説明会の真っ最中だ。じゃまをされるのはいやがるだろうな」

「すぐにじゃまをしなかったら、大使はもっとひどくあんたに腹を立てることになるぞ」ウィルスンは言った。「ここはおれを信じろ」

「ポーク号がなにに攻撃されたと言いました?」アブムウェ大使が言った。大使とコロマはビデオ会議の回線でつながっていた——コロマは自身の待機室から、アブムウェはシュミットに引きずるようにして連れ込まれた未使用の会議室から。

「少なくとも十五基のメリエラックス・シリーズ・セブン艦対艦ミサイルです」ウィルスンは操縦席の計器パネルと小型カメラにむかって言った。「いくつかシステムがダウンしたあとはデータが乱れてしまっているので、実際はもっと多いかもしれません。しかし、最低でも十五基です」

「なぜ問題になるのです？　ポーク号を破壊したのがどのような種類のミサイルかということが？」アブムウェがいらいらしながらたずねた。

ウィルスンがコロマ船長の映像へ目をやると、こちらは顔面蒼白になっていた。とにかく船長は気づいたようだ。「なぜかというと、大使、メリエラックス・シリーズ・セブン艦対艦ミサイルはコロニー連合で製造されています」ウィルスンは言った。「ポーク号を攻撃したのは我が同胞のミサイルなんです」

「そんなことはありえません」アブムウェがひと呼吸おいて言った。

「データはそう語っているんです」ウィルスンは、〝そんなことはありえない〟という台詞の愚かしさについてまくしたてるのはやめておいた。ここでは逆効果になる可能性が高かったからだ。

「データはまちがうこともありますよ」

「おことばですが、大使、ＣＤＦは自分たちをめがけて発射されたものの正体を突き止めるのがすごく得意なんです。ポーク号がミサイルの型式をメリエラックスとみなしたとすれば、それは、形、大きさ、スキャン特性、推進シグネチャーなど、複数の確認ポイントによって特定できたということです。それらがメリエラックス・シリーズ・セブンではないという可能性は低いです」

「宇宙船についてはなにかわかっているのか？」コロマ船長が言った。「ポーク号にむかって発砲したやつだ」

「ごくわずかですね」ウィルスンはこたえた。「相手は身元を明かしていませんし、ポーク号には基本スキャンを実行するだけの時間しかありませんでした。探査情報からわかるのは、ポーク号とほぼ同じ大きさだということ。それ以外は、あまり言えることはないです」

「ポーク号はその宇宙船に反撃したのか？」

「少なくとも四基のミサイルを発射しています。やはりメリエラックス・シリーズ・セブンで、目標に命中したかどうかについてはデータがありません」

「わかりませんね」アブムウェが言った。「なぜわたしたちが同胞の宇宙船を攻撃して破壊するのです？」

「コロニー連合の宇宙船だと決まったわけではない」コロマが言った。「ミサイルがそうだったというだけだ」

「そのとおりです」ウィルスンは指を立てて反証をあげようとした。

「コロニー連合がほかの種族にミサイルを売ったのかもしれない」コロマが言った。「その種族がわれわれを攻撃した」

「可能性はありますが、ここで考えなければならないことがふたつあります」ウィルスンは言った。「第一に、われわれのおこなう武器貿易はもっと高性能なものを対象にしているということです。宇宙船を建造できる種族ならミサイルも作れます。メリエラックス・シリーズはごくありきたりなミサイルです。ほかのどんな種族でもこのレベルのミサイルは持っています。第二に、今回の交渉がおもてむきは秘密にされていることです。われわれを攻撃するためには、われわれがここにいることを知っている必要があったのです」コロマが口をひらこうとした。「つぎの質問にこたえてしまいますが、われわれは問題のミサイルをウチェ族に売っていません」ウィルスンが言うと、コロマは口を閉じて視線を虚空に据えた。

「すると、謎の宇宙船がコロニー連合を、そのコロニー連合のミサイルで狙っているということになりますね」アブムウェが言った。

「はい」ウィルスンはこたえた。

「その宇宙船はいまどこに？　なぜわたしたちは攻撃を受けていないのです？」

「われわれが来たのを知らなかったんでしょう。クラーク号は今回の任務にどたんばで駆り出されました。ふつうなら、コロニー連合が新しい使節団を準備するには最低でも数日はかかります。そのころには交渉は失敗に終わっていたはずです。われわれがその場にいられないのですから」

「だれかが外交交渉をぶち壊すために宇宙船をまるごと破壊したというのか？」コロマが言

った。「きみはそう考えているのか？」

「ただの推測です」ウィルスンは言った。「正解を言えるほど現在の状況がよくわかっているふりをするつもりはありません。とにかく、コロニー連合にはなにが起きたかをできるだけ急いで伝えるべきでしょう。船長、すでにデータはクラーク号のコンピュータに転送してあります。そのデータとおれの予備分析を、ただちにスキップドローンでフェニックスへ送ることを強く提案します」

「同感です」アブムウェが言った。

「この通話を切ったらすぐに手配しよう」コロマが言った。「さて、中尉、きみとシャトルにはただちにクラーク号へ帰還してもらいたい。アブムウェ大使には申し訳ないが、わたしはこの宙域から脅威が消えたと確信したわけではない。こちらへもどりたまえ。きみが到着したらすぐに本船は出発する」

「なんですって？」アブムウェが言った。「わたしたちにはまだ任務があります。わたしにはまだ任務があります。ここへ来たのはウチェ族と交渉するためなのですよ」

「大使、クラーク号は外交用の船だ」コロマが言った。「攻撃用の武器は搭載していないし、防御力もぎりぎり最低限でしかない。ポーク号が攻撃を受けたことは確認できた。ポーク号を攻撃した敵がまだひそんでいる可能性があるのだ。われわれはこのデータをフェニックスへ送る。フェニックスからウチェ族に警告が伝えられたら、彼らはほぼまちがいなく自分たちの宇宙船を呼びもどすだろう。交渉は中止になる」

「それはわかりませんよ」アブムウェが言った。「ウチェ族が情報を処理するのに数時間かかるかもしれません。ウチェ族の到着予定時刻まではあと三時間を切っています。たとえわたしたちがここから立ち去るとしても、ウチェ族が到着するころにはまだこの星系にいるでしょう。とすれば、ウチェ族が最初に目にするのは、わたしたちの逃げていく姿ということになります」

「逃げるわけではない」コロマがぴしゃりと言った。「それに、決めるのはあなたではないのだよ、大使。クラーク号の船長はわたしだ」

「これは外交船です。わたしはその外交団の責任者です」

「大使、船長」ウィルスンは言った。「おれがこの会話に参加する必要はありますか？」ウィルスンの見ているまえで、大使と船長が同時にそれぞれのスクリーンへ手をのばした。どちらの映像も切断された。

「つまり〝必要ない〟ってことだな」ウィルスンはつぶやいた。

8

クラーク号への帰還ルートを入力しているとき、ウィルスンはなにかが気にかかっていた。ポーク号は少なくとも十五基の艦対艦ミサイルで攻撃されたが、そのいずれも命中していない段階で、なにかの爆発が船体をゆるがしていた。ところが、データにはその爆発につながるできごとは記録されていなかった。ポーク号はスキップし、近隣エリアの初期スキャンをおこない、その最初の爆発が起きるまではなにもかも完璧に正常だった。爆発が起きたとたん、すべての状況が急激に悪化した。だが、それ以前にはなにもなかった。異常が起きていることをしめすものは皆無だった。

シャトルの航行装置が帰還ルートを受け入れて動作を開始した。ウィルスンは座席のベルトを締めて体の力を抜いた。シャトルはじきにクラーク号へ到着し、そのころにはコロマかアブムウェが権力闘争で勝利をおさめているだろう。ウィルスンはどちらが勝とうとかまわなかった。どちらの主張にも一理あるし、どちらも同じくらいウィルスンのことをきらっているようだから、どちらに決まろうが得になるわけではないのだ。

〝おれは自分がやるべきことをやった〟ウィルスンはそう考えながら、乗客席に置いたブラックボックスへちらりと目をむけた。椅子にひらいている、黒々とした、くすんだ、光を吸収する穴。

なにかが頭のなかでひらめいた。

「ヤバい」ウィルスンはつぶやき、大急ぎでシャトルを静止させた。

「また〝ヤバい〟と言ったな」シュミットの声が聞こえてきた。「そして、シャトルは静止している」

「たったいますごく興味深いことを思いついた」ウィルスンは言った。

「シャトルを動かしながら考えるわけにはいかないのか？　コロマ船長はそれをもどすことについてはひどくきっぱりしているんだが」

「ハート、あとでちゃんと話すから」

「なにをするつもりだ？」

「あまり聞きたくない話かもしれない。あんたは知らないのがいちばんだ。責任を問われてもちゃんと否定することができる」

「なんの話をしているのかさっぱりわからないぞ」

「たしかに」ウィルスンはそう言って、友人との回線を切った。

数分後、ウィルスンはフェイスマスクを装着し、シャトルの空気の抜けた船室でふわふわと浮かびながら、扉のわきの手すりをつかんでいた。ぴしゃりとボタンを叩いて扉を開放する。

外にはなにも見るものがなかった。

それはありえないことだった。ウィルスンのブレインパルが可視光線の範囲内にある星の光を増幅しているはずなのに。なにも見えない。

手すりをつかんでいないほうの手をのばしてみた。なにもない。体の位置を変え、ほぼ全身を扉の外へ出してから、もういちど手をのばす。こんどはそこになにかがあった。

なにか大きくて黒くて目に見えないもの。

〝よう〟ウィルスンは胸のうちでつぶやいた。〝おまえはいったいなんなんだ？〟

大きくて、黒くて、目に見えないものは返事をしなかった。

ウィルスンはブレインパルにふたつの指示を出した。ひとつは、フェイスマスクを装着してからどれくらいの時間がたったかの確認——およそ二分間だった。あと五分もしたら体が空気をもとめて叫びはじめるだろう。もうひとつは、軍用ユニタードのナノロボット生地の特性を調節して、ユニタードの両手と、両足の裏と、両膝にわずかな電流を流すこと——自分の体熱と動くことで生じる摩擦熱によって生み出される電流だ。それがすむと、ウィルスンはもういちど、その大きくて黒くて目に見えない物体へ手をのばした。

手はその物体にそっと張りついた。〝磁力さまさまだ〟と、ウィルスンは思った。

宇宙空間へうっかり死のダイブを敢行しないようにそろそろと動きながら、ウィルスンはシャトルを離れて探検をはじめた。

「問題があります」ウィルスンは言った。彼はコロマとアブムウェを相手に、ふたたびビデオ会議をひらいていた。シュミットの姿がアブムウェの背後に音もなく浮かんでいた。

「問題があるのはきみだ」コロマが言った。「四十分まえにそのシャトルをもどすよう命じたはずだ」

「別の問題があるんです。こっちでミサイルを見つけました。弾頭付きの。こいつはウチェ族を待っているんです。そして、製造者はコロニー連合です」

「なんだと？」コロマが一瞬おいて言った。

「またもやメリエラックス・シリーズ・セブンです」ウィルスンはブラックボックスを差し

あげた。「ミサイルを格納している小型サイロは、こいつと同じ波長吸収物質で覆われています。通常のスキャンでは見つかりません。ハートとおれが見つけられたのは、ブラックボックスを探すときに高感度の熱スキャンを実行したからで、そのときでさえ、目的のものではなかったために考慮の対象外にしていました。ポーク号のデータを調べていたら、原因のわからない爆発が起きていたんですが、それはポーク号が目に見える宇宙船とミサイルで攻撃を受けるまえのことでした。おれの頭のなかでそのふたつが結びついたんです。シャトルでブラックボックスへむかっていたとき、この物体のそばを通過していました。今回は止まって近くからよく見てみたんです」

「それはウチェ族を待っていると言いましたね」アブムウェが言った。

「はい」

「なぜわかるのですか?」

「ミサイルをハッキングしたからです。サイロの内部へもぐりこみ、制御パネルをこじあけてから、こいつを使いました」ウィルスンはCDFの標準コネクタを差しあげた。

「宇宙遊泳をしたって?」シュミットが、アブムウェの肩越しに言った。「ほんとに正気をなくしたのか?」

「一、二の、三でな」ウィルスンは言った。アブムウェがふりむいてシュミットをにらみつけていた。「息を止めていられるあいだだけだった」

「ミサイルをハッキングしたと言ったな」コロマが話を本題へもどした。

「そうです」ウィルスンは言った。「ミサイルには弾頭がついていて、ウチェ族の船からの信号を待っていました」

「なんの信号だ？」

「ウチェ族の船がわれわれにあいさつをするときだと思います。ウチェ族が艦対艦コミュニケーションで送る信号の周波数は、われわれがふだん使っているものとはちがいます。このミサイルはその周波数を使う宇宙船に狙いを定めるようプログラムされていました。となると、ウチェ族を待っていたことになります」

「目的は？」アブムウェがたずねた。

「明白じゃないですか？ ウチェ族がコロニー防衛軍のミサイルで攻撃を受け、損傷をこうむるか撃破される。当初のコロニー連合の外交団はCDFのフリゲート艦に乗り込んでいました。われわれがウチェ族を攻撃したように見えるでしょう。交渉は決裂し、外交関係は断絶し、コロニー連合とウチェ族はいがみあう関係にもどります」

「だが、ポーク号は破壊されてしまった」コロマが言った。

「そのことを考えていたんです」ウィルスンは言った。「CDFから送られてきた今回の任務に関する情報によると、ポーク号はウチェ族の到着予定時刻の七十四時間まえに現地に着くことになっていました。ブラックボックスのデータストリームでは、ポーク号はウチェ族の到着予定時刻の八十時間まえに着いています」

「ポーク号が早めに到着して、だれかが罠を仕掛けているのを見つけたということか」

「〝見つけた〟かどうかはわかりません。犯人がだれであれ、そいつは罠を仕掛けている真っ最中で、ポーク号の到着におどろいたんだと思います」

「ついさっき、あなたはこのミサイルがウチェ族を狙っていたと言いました」アブムウェが言った。「いまの話では、そのうちのひとつがポーク号にも命中したようですが」

「罠を仕掛けていた連中が近くにいたとしたら、ミサイルのプログラムを変更するのは簡単なことです。ミサイルは受信状態にセットされていますから。そして、いったんそんなものが命中してしまったら、ポーク号は対応で大忙しになりますから、見知らぬ宇宙船がセンサーにひょいとあらわれても注意を払ってはいられません。手遅れになるまで」

「ポーク号が早く到着したせいで敵の計画はだいなしになった」コロマが言った。「なぜミサイルがいまだに残っているのだ？」

「ミサイルのせいで計画が変更になったんだと思います。敵は、いきなりあらわれたポーク号をやむなく破壊し、なにが起きたかを明確にさせないために、できるかぎりその痕跡を消しました。しかし、CDFのミサイルの破片がウチェ族の宇宙船の残骸のなかにまじってさえいれば、任務は達成できます。ポーク号を行方不明にしておくというのは、そういう意味では好都合です。CDFがその船を隠しているように見えるじゃないですか――おもてに出してミサイルを発射していないことを証明するのではなく」

「しかし、わたしたちはポーク号になにが起きたかを知っています」アブムウェが言った。

「だれであれ、敵はそのことを知らないんです」ウィルスンは指摘した。「クラーク号はトランプのジョーカーみたいなものですからね。それでも、ウチェ族がいまも標的になっているという事実は変わりません」

「ミサイルを無効化できないのか？」コロマがたずねた。

「むりです。ミサイルの命令セットを読み取ることはできますが、それを変更することはできません。手が出せないんです。無効化するための道具もないですし。もっとも、こいつを無効化したところで、あたりにはほかのミサイルがひそんでいます。ハートとふたりで作った熱分布図には、これ以外にさらに四基のミサイルが表示されています。ウチェ族の到着予定時刻まで、すでに一時間を切りました。それまでにミサイルを物理的に無効化にする方法はありません」

「では、どうやっても攻撃は止められないのですね」アブムウェが言った。

「いや、待て」コロマが言った。「きみは〝物理的に〟無効化する方法はないと言った。ほかの方法で無効化できるのか？」

「破壊する方法がひとつあるかもしれません」ウィルスンは言った。

「話したまえ」

「船長は気に入らないと思います」

「ウチェ族が攻撃されるのを黙って見ていてその後に責任をかぶせられるよりはマシな方法ではないのか？」

「そう思いたいんですが」

「では話したまえ」

「シャトルが関係してるんです」ウィルスンは言った。

コロマは両手をあげて降参した。「そんなことだろうと思ったよ」

9

「ほら」シュミットが小さなコンテナとマスクをウィルスンの両手に押し込んだ。「補助酸素だ。ふつうの人間ならこれで二十分ほどもつ。きみの場合にどれくらいになるかは知らないが」

「約二時間だな」ウィルスンは言った。「充分すぎるくらいだ。もうひとつのほうは？」

「手に入れた」シュミットは別の物体を差しあげた。「酸素コンテナよりやや大きい。「高密度、急速放電バッテリ。機関室からの直送品だ。こっちはコロマ船長の直接介入が必要だったよ。バスケズ機関長が手放すのをいやがったからな」

「なにもかもうまくいったら、ちゃんと返してやるさ」

「じゃあ、なにもかもはうまくいかなかったら？」

「そのときは、全員がもっと大きな問題をかかえることになるな」

ふたりはシャトルを見つめた。クラーク号の格納庫でひと休みしたあと、ウィルスンはふたたびそれに乗り込もうとしていた。

「きみはほんとうに正気をなくしているよ」シュミットがひと呼吸おいて言った。

「いつも思うんだが、他人があんたはどんなやつだよと言うのはおかしなことだよな」ウィルスンは言った。「本人が知らないとでも思ってるのか」

「シャトルの自動操縦をセットして、送り出せばいいじゃないか」

「たしかにできるだろうな。シャトルがアクセルペダルにレンガを載せておけば進むような乗り物だったとしたら。だが、そうはいかない。人間が操縦席にいるのを前提とした設計なんだ。たとえ自動操縦でも」

「きみがシャトルのプログラムを変更すればいい」

「ウチェ族の到着までだいたい十五分。自分の技量に信頼をおきたいのはやまやまだが、ちょっとむりだ。時間が足りない。どのみち、やるべきことはシャトルを送り出すことだけじゃないしな」

「正気じゃない」シュミットはくり返した。

「おちつけよ、ハート。頼むから。こっちまでピリピリしてきた」

「すまない」

「気にするな。さて、おれが出発したあとであんたがやることを復唱してくれ」

「わたしはブリッジへ行く。もしもきみがなんらかの理由で失敗した場合、クラーク号から通常の周波数でメッセージを送信して罠があることをウチェ族に警告し、彼らが艦対艦コミュニケーションのときに使う周波数でメッセージに返信したり、それ以外のなにかを発信したりしないようにする。そのうえで、できるだけ急いでダナヴァー星系を離れるよう要請する。船長とのあいだでなにか問題が起きたときは、きみのセキュリティ・クリアランスを持ち出す」

「よくできました」

「ヴァーチャルで頭をなでてくれてうれしいよ」

「愛があるからだ」シュミットはきっぱりと言った。

「なるほどね」ウィルスンはそっけなくこたえ、もういちどシャトルへ目をむけた。「ほんとうにうまくいくと思うか？」

「おれはこういうふうに見ている」ウィルスンは言った。「たとえうまくいかなくても、こっちにはウチェ族への攻撃を阻止するためにできるだけのことをしたという証拠がある。それはなにかしら意味をもつはずだ」


ウィルスンはシャトルにはいり、発進シーケンスを起動して、それが実行されているあいだに、高密度バッテリを取りあげてポーク号のブラックボックスに接続した。バッテリに保存された電力がただちにブラックボックスへ流れ込みはじめた。

「さあ行くぞ」ウィルスンがそうつぶやくのは、この日二度目だった。シャトルがクラーク号の格納庫からそっとすべりだした。

シュミットの言うとおりだ——シャトルが遠隔操縦できるなら、この仕事はずっと容易だったろう。物理的な障壁があるわけではない。人類は何世紀もまえから遠隔操縦ができる乗り物を使ってきた。しかし、コロニー連合は輸送用シャトルに人間の操縦士を乗せることにこだわった。それは、コロニー防衛軍がMPライフルを発砲するときにブレインパルの信号を必要とするのとだいたい同じ理由で、正しい人びとが、正しい目的でのみ使用できるようにするためだった。シャトルの航行用ソフトフェアを改変して人間がいなくてもだいじょぶなようにするのは、かなりの時間が必要なだけでなく、法的には反逆罪とみなされる。

ウィルスンはできることなら反逆罪は避けたかった。というわけで、いまこうしてシャトルに乗り込み、ある愚かな行動をとろうとしているのだった。

シャトルのディスプレイに、自分で作成した熱分布図とタイマーを表示させた。熱分布図にはミサイルのサイロと思われるそれぞれの物体の位置が載っていた。タイマーはウチェ族の到着予定時刻までの秒読みを続けていて、いまはすでに十分を切っていた。アブムウェ大使から受け取った使節団のデータから、ウチェ族がダナヴァー星系のどのあたりへスキップしてくるかはだいたいわかっていた。ウィルスンは、まったくちがう方向へのルートを設定して、クラーク号とのあいだに充分な距離をとるためにシャトルを前進させ、キロメートルの数字をかぞえて、安全と思われる距離までたどり着いた。

〝ここからがむずかしいところだ〟ウィルスンは計器パネルをつつき、ウチェ族が使う周波数帯で信号の送信をはじめた。

「出てこい、出てこい、隠れ家から」ウィルスンはミサイルたちにむかって呼びかけた。

ミサイルはウィルスンの声を聞かなかった。その代わり、シャトルからの信号を受信してそれぞれのサイロから発進した――一、二、三、四、五基。ウィルスンはそれを二度確認した。はじめはシャトルのモニタで、ついで、ブレインパルに接続されたクラーク号のセンサーデータで。

「五基のミサイルが発進、シャトルをロックして追尾中」計器パネルからシュミットの声が流れた。

「さあこい、遊ぼうぜ」ウィルスンは全速力でシャトルを発進させた。ミサイルと同じ速さとはいかなかったが、それは重要ではなかった。ポイントはふたつ。ひとつは、ミサイルをウチェ族の到着地点からできるだけ遠ざけること。もうひとつは、それぞれのミサイルの間隔を詰めて、シャトルに命中する最初のミサイルの爆発でほかのすべてのミサイルをいちどに破壊すること。動きが速すぎるので損傷を受けないよう回避するのはむりなのだ。

これを実現するために、ウィルスンは、五基のサイロからなるべく等距離にあり、しかもクラーク号が安全な距離をとれる場所から信号を送っていた。すべてがうまくいけば、ミサイルはそれぞれ一秒と間をおかずに爆発するはずだ。

ウィルスンは五基のミサイルの飛跡を見つめた。ここまでは順調だ。最初の爆発までおよそ一分。時間は充分にある。

操縦席を離れて、酸素のコンテナを取りあげ、軍用ユニタードのコンバットベルトに装着し、口と鼻の上にマスクをかぶせた。ユニタードに命じて顔を覆わせ、マスクをその内側に密閉した。ブラックボックスを取りあげて充電状況をチェックする――八十パーセント、これだけあればだいじょうぶなはずだ。外部バッテリをはずし、左右の手でそれぞれブラックボックスとバッテリをつかんでシャトルの扉まで歩いた。正しいと思われる場所で位置についてから、大きく息を吸って、バッテリを扉の開放ボタンへほうり投げた。バッテリはボタンに命中し、扉がするりとひらいた。

爆発的な減圧がウィルスンの体を扉の外へ吸い出したが、それは予想よりほんのすこしだけ早かった。あと一ミリほどで頭がひらきかけの扉に激突するところだった。

噴き出した空気に押されて、ウィルスンはくるくるとシャトルから離れたが、前方へむかう動きはシャトルと歩調をそろえたままだった。ニュートン物理学の証《あかし》だ。これでは、およそ四十秒後に最初のミサイルが命中するときにはまずいことになる。大気がないので衝撃波で内臓をゼリーに変えられることはないとはいえ、から揚げにされたうえに破片で穴だらけになるだろう。

腹のあたりにしっかりと留めてあるポーク号のブラックボックスを見おろし、宇宙船から射出されたことを伝える信号を送った。それから、いまや視覚情報はブレインパルから流れてきているにもかかわらず、周囲でぐるんぐるん回転している星ぼしが引き起こすめまいと戦うために目を閉じた。ブレインパルはこの動作を正しく解釈し、外部からの映像を遮断して、代わりに戦術ディスプレイを表示した。ウィルスンは待った。

〝やるべきことをやるんだ、ベイビー〟ウィルスンは胸のうちでブラックボックスに呼びかけた。

ブラックボックスが信号を受信した。慣性フィールドが、ウィルスンの質量を計算に入れた状態でびしっと周囲に張りめぐらされる感覚があった。ブレインパルの表示する戦術ディスプレイでは、シャトルをあらわす画像がぐんぐんスピードをあげて遠ざかり、複数のミサイルがウィルスンのそばを瞬時に通過して、彼が減速しているあいだにも速度をあげてシャトルへと迫っていった。数秒後、ウィルスンは充分に減速して、もはやシャトルの爆発でただちに危険にさらされることはなくなった。

全体として、ウィルスンのささやかな計略は、ここまではそれなりに成功していた。

〝それでも二度とやりたくはないな〟ウィルスンは自分につぶやいた。

〝同感だ〟自分がつぶやきを返した。

「最初のミサイルの命中まであと十秒」シュミットの声がブレインパル経由で聞こえた。ウィルスンはブレインパルに命じて、外の宇宙空間の安定した補正済み映像を表示させ、すでに見えなくなったミサイルの群れが、運の悪い、やはり見えなくなったシャトルをつらぬくのを見守った。

短く、鋭い閃光が、立て続けにほとばしった。通り二本先でちっぽけな爆竹が破裂しているみたいだった。

「命中」シュミットが言った。ウィルスンはにっと笑った。

「くそっ」シュミットが言った。ウィルスンは真顔にもどり、ブレインパルの戦術ディスプレイへさっと目をむけた。

シャトルと四基のミサイルは破壊されていた。生きのびた一基のミサイルが、標的を探してうろうろしていた。

戦術ディスプレイの周縁部に、新しい物体がひとつ出現した。カライム号だ。ウチェ族が到着したのだ。

〝いますぐあのメッセージをウチェ族へ送れ〟ウィルスンは頭のなかでシュミットに呼びかけ、ブレインパルがそれをウィルスン自身の声にそこそこ似た音声に変換した。

「コロマ船長が拒否している」シュミットが一瞬おいて言った。

〝なに？〟ウィルスンは送信した。〝これは命令だと言ってやれ。おれのセキュリティ・クリアランスを持ち出して。いますぐやるんだ〟

「船長は黙れと言ってる。気が散るから」

〝なにから気が散るってんだ？〟

クラーク号がウチェ族にむかって警告を送信しはじめた。ミサイルによる攻撃があるから、いっさいの通信をせずにダナヴァー星系から退避するよう警告したのだ。

ウチェ族の送信周波数で。

最後のミサイルが標的をロックオンし、クラーク号めがけて突進していった。

〝なんてこった〟ウィルスンは思い、ブレインパルがその思いをシュミットへ送った。

「命中まであと三十秒」シュミットが言った。

「二十秒……」

「十秒……」

「これまでだ、ハリー」

沈黙。

10

ウィルスンが空気の残りはあと十五分だなと見積もったとき、ウチェ族のシャトルが彼のそばへにじり寄ってきて外部エアロックを開放した。なかにいた宇宙服姿のウチェ族が、ウィルスンを招き入れ、エアロックを閉じて、空気の循環が完了すると、船内へ通じる密閉部をひらいた。ウィルスンはユニタードの頭部をひらき、酸素マスクをはずして、大きく息を吸い込み、思わず咳き込みそうになるのをこらえた。ウチェ族のにおいは人間にとってそれほどすばらしいものではなかった。ウィルスンが目をあげると、数名のウチェ族が興味津々で彼を見つめていた。

「やあ」ウィルスンはだれにともなく言った。

「だいじょうぶか？」ひとりのウチェ族がたずねた。息を吸い込むときに音を出しているような声だった。

「だいじょうぶだ」ウィルスンは言った。「クラーク号はどうなった？」

「きみの船のことをたずねているのか」別のウチェ族が、やはり息を吸い込むような声で言った。

「そうだ」

「たいへん損傷した」最初のウチェ族がこたえた。

「死者は出たのか？　負傷者は？」

「きみは兵士だ」ふたり目のウチェ族が言った。「われわれの言語を理解できないか？　そちらでしゃべるほうが簡単だ」

ウィルスンはうなずき、クラーク号への新たな命令と同時に受け取った、ウチェ族用の翻訳ルーチンを起動した。「あんたたちのことばで話してくれ。おれも自分のことばでしゃべるから」

「わたしはスエル大使」ふたり目のウチェ族が言った。大使がしゃべると同時に、もうひとつの声が英語でかぶさってきた。「きみの船の損傷の度合いや死傷者についてはまだわかっていない。なにしろ、いましがた通信回線を復旧させたばかりで、しかもクラーク号は非常用送信機を使っているのだ。最初に連絡がついたとき、われわれは支援を申し出て、きみたちのクルーをこちらの船に乗せるつもりだった。だが、アブムウェ大使は、クラーク号のところへ来るまえに、まずきみを救出しろと主張した。彼女はたいへん頑固だった」

「酸素が切れかけていただけに、大使の頑固さには感謝しないとな」ウィルスンは言った。

「わたしは准大使のドーブ」最初のウチェ族が言った。「きみがどうしてそばに船もない宇宙空間で漂流することになったのか教えてもらえるか？」

「船はあったんだ」ウィルスンは言った。「ミサイルの群れに食われたが」

「残念ながら、わたしにはそれがどういう意味なのか理解できない」ドーブは、彼の（彼女の？　それの？）上司をちらりと見てから言った。

「よろこんで説明するよ」ウィルスンは言った。「クラーク号へむかう道すがらに説明するほうがもっとうれしいけどな」


アブムウェ、コロマ、シュミット、それとクラーク号の外交団のほとんどが顔をそろえるまえで、ウチェ族のシャトルの扉がレンズの絞りのようにひらき、スエル大使とドーブ准大使が姿をあらわした。ふたりのすぐ背後にはウィルスンがいた。

「スエル大使」アブムウェが口をひらくと、首にかかった装置がそのことばを翻訳した。彼女はおじぎをした。「わたしはオデ・アブムウェ大使。人間の通訳がいなくて申し訳ありません」

「アブムウェ大使」スエルが自分の言語で言って、おじぎを返した。「謝罪は必要ない。そちらのウィルスン中尉が、きみがベア大使の代理でここへ来ることになったいきさつと、きみとクラーク号のクルーがわれわれのためにしてくれたことについて、たいへん手早く説明してくれた。もちろんこちらでもデータを確認する必要はあるが、それまでは、われわれの感謝の気持ちを伝えたいと思う」

「感謝していただくのはありがたいのですが、その必要はありません。わたしたちはなすべきことをしただけです。データについては」アブムウェがうなずきかけると、シュミットが進み出てデータカードをドーブ准大使に差し出した。「そのデータカードには、ブラックボックスに残されたポーク号の記録と、クラーク号がダナヴァー星系へ到着してからわたしたちが記録したすべてのデータがはいっています。なにもかもオープンにすることで、今回の交渉におけるわたしたちの意図あるいは行為について、疑いの余地を残さないようにしたいのです」

ウィルスンは思わず目をしばたたいた。ブラックボックスのデータやクラーク号の記録データはほぼまちがいなく機密事項だ。条約に署名するまえにそれらをウチェ族に提供すれば、アブムウェはとてつもないリスクをおかすことになる。ウィルスンはちらりと目をむけてみたが、アブムウェの表情からはなにも読み取れなかった。なにはともあれ、いまは完全な外交モードにはいっているようだ。

「ありがとう、大使」スエルが言った。「しかし、わたしは今回の交渉については当面延期するべきではないかと思っている。きみたちの船は損傷を受けているし、クルーにはまちがいなく負傷者が出ているはずだ。まずは同胞のことに集中するべきだろう。もちろん、われわれには支援の用意がある」

コロマ船長が進み出てスエルに敬礼した。「ソフィア・コロマ船長です。クラーク号へようこそ、大使」

「ありがとう、船長」スエル大使が応じた。

「大使、クラーク号は損傷を受けて修理が必要ですが、生命維持およびエネルギー供給の各システムについては安定しています。本船にはわずかですがミサイル攻撃にそなえる時間があり、そのおかげで、最小限の負傷者は出したものの死者を出さずに攻撃を乗り切ることができました。特に通信システムの修理については、あなたがたの支援を歓迎しますが、現時点で本船は切迫した危険にさらされているわけではありません。どうかわれわれをあなたがたの交渉の障害物にはしないでください」

「それはよかった」スエルが言った。「とはいえ――」

「大使、よろしいでしょうか」アブムウェが口をはさんだ。「クラーク号のクルーが、自分たちの命を含めたあらゆるものを危険にさらしたのは、あなたとあなたのクルーの安全を確保し、今回の条約交渉を実現するためでした。わたしのスタッフであるこの男は」――アブムウェはウィルスンにむかってうなずきかけ――「四基のミサイルに自分を追跡させたあげく、シャトルから冷たい真空の宇宙へ身を投げることで死をまぬがれました。彼らの努力に対し、わたしたちがみずからの仕事を〝先送り〟することで報《むく》いるというのは、いかにも敬意に欠けるのではないでしょうか」

スエルとドーブが意見を聞きたそうな様子でウィルスンに目をむけた。ウィルスンはちらりとアブムウェを見たが、大使はやはり無表情だった。

「まあ、おれとしては、二度とここへもどってくるようなはめにはなりたくないですね」ウィルスンはスエルとドーブにむかって言った。

スエルとドーブはいっときウィルスンを見つめてから、なにやら音をたてた。ウィルスンのブレインパルの翻訳によると、それは（笑い声）だった。

二十分後、ウチェ族のシャトルが、アブムウェとその外交団を乗せてクラーク号から離れていった。シャトルの格納庫にある制御室では、コロマとウィルスンとシュミットがその様子を見守っていた。

「やっと終わったな」コロマ船長が、シャトルを見送ったあとで言った。彼女はきびすを返し、ウィルスンとシュミットには目もくれずにブリッジへもどろうとした。

「ほんとうは船の安全は確保されていないんですよね」ウィルスンは船長の背中にむかって呼びかけた。

「もちろんだ」コロマはふり返った。「わたしが口にしたことで事実だったのは、死者が出なかったという点だけだが、それも、いまのところは出ていないというほうが正確かもしれない。ほかの部分について言うと、生命維持とエネルギー供給の各システムは危機に瀕しているし、それ以外のほとんどのシステムは壊れたり故障したりしているから、クラーク号が自力でこの場所から動くことができたらそれは奇跡だ。そしてなにより、どこかのバカ者がわれわれのシャトルを破壊してしまった」

「それについては申し訳ないです」

「ふむ」コロマはそう言って、ふたたびきびすを返しかけた。

「すごいことでしたよ、ウチェ族のために自分の船を危険にさらしたのは」ウィルスンは言った。「おれはあんなことは頼んでいません。あれはあなたの考えでした、コロマ船長。言わせてもらえば、あれはまさに大勝利でした」

コロマはいっとき足を止めたが、なにも言わずにそのまま歩き去った。

「おれは船長にはあまり好かれていないみたいだな」ウィルスンはシュミットに言った。

「きみの魅力を表現するのに最適なことばは〝変わり者〟だからな」シュミットが言った。

「じゃあ、なんであんたはおれが好きなんだ？」

「きみのことが好きだと認めたことはいちどもないと思うんだが」

「そう言われてみると、そのとおりかもしれない」

「まあ退屈はしないな」

「あんたはおれのそういうところをいちばん気に入ってるわけだ」

「いや、退屈するのは良いことだ」シュミットはそう言って、シャトルの格納庫をぐるりと手でしめした。「これじゃ命がいくつあっても足りない」

エイベル・リグニー大佐とリズ・イーガン大佐は、フェニックス・ステーションの目立たない場所にある販売部でチーズバーガーを食べていた。

「こりゃうまいチーズバーガーだな」リグニーは言った。

「遺伝子改良で絶対に脂肪のつかない体の持ち主だからなおさらね」イーガンはそう言って、またハンバーガーをひと口かじった。

「たしかに。もうひとつ食べようかな」

「どうぞ。自分の代謝能力を試してみたら」

「で、きみは報告書を読んだんだな」リグニーはハンバーガーをかじりながら言った。

「あたしの仕事は報告書を読むこと。報告書を読んで中級官僚を怖がらせること。あなたが言っているのはどの報告書のこと？」

「ウチェ族との交渉の最終ラウンドに関するやつだ。クラーク号と、アブムウェ大使と、ウィルスン中尉が出てくる」

「読んだ」

「クラーク号の最終的な処遇はどうなるんだ？」

「あのミサイルの破片についてなにかわかったの？」

「こっちが先に質問したんだぞ」

「あたしは小学校二年生じゃないんだから、そんな言い分は通用しないよ」イーガンはまたハンバーガーをかじった。

「きみのほうのドック作業員たちがクラーク号から取り出したミサイルの破片に部品番号がついていた。出所はブレイナード号というフリゲート艦だ。報告によれば、問題のミサイルは十八カ月まえに実弾射撃演習で発射されて破壊されたことになっている。おれが調べたすべてのデータがその公式報告を裏付けていた」

「じゃあ、ミサイルの幽霊が、謎の宇宙船によって秘密の外交交渉をぶち壊すために利用されたわけね」

「だいたいそんなところだ」リグニーはそう言って、ハンバーガーを下に置いた。

「ガレアーノ長官は、CDFのミサイルが外務省の船を大破させたと知ったら不快に思うでしょうね」

「それはかまわない。おれの上役たちが不快に思っているのは、外務省にいるスパイが、CDFのミサイルできみのところの船を攻撃しただれかに、その船が到着する予定になっていた場所や、だれと交渉していたかについて教えたということだ」

「それは証拠があるの？」

「いや。でも、ウチェ族が漏らしていないというかなりしっかりした証拠はある。そこからは消去法ってやつだな」

「そのウチェ族についての証拠も見てみたいな」

「おれだってきみに見せたい。ただ、きみにはスパイの問題がある」

イーガンは目をすっとほそめてリグニーを見つめた。「そういうことを言うときは笑顔のほうがいいんじゃない、エイベル」

「誤解のないように言っておくが、おれは心の底からきみを信頼している——いっしょに戦闘に従事していたころからずっとだ。おれが心配しているのはきみじゃない。きみの省にいるほかの連中のことだ。ウチェ族との協議について知っているほど高いセキュリティ・クリアランスを有するだれかが、反逆行為をおこなっているんだよ、リズ。同胞を敵に売り渡しているんだ。どの敵かはわからない。ただ、味方ならわれわれの船を吹き飛ばしてさらに二隻目を狙ったりはしない」

イーガンはこれについてはなにも言わず、フライドポテトをケチャップに突き刺した。

「そこで話はクラーク号にもどる」リグニーは言った。「あの船はどうなるんだ？」

「完全なオーバーホールとスクラップにして新しい船を建造するのと、どっちが安上がりか判断しようとしているところ。スクラップにするなら、最低でも回収作業の費用はかけずにすむし」

「そこまでひどいのか」

「CDFは優秀な艦対艦ミサイルを作っているからね。なぜそんなことをきくの？」

「一介のBチームにしては、アブムウェとそのチームはなかなかみごとな働きをしたと思わないか？」

「よくやったと思う」

「そうなんだよ」リグニーは片手をあげて、ポイントを指折りかぞえはじめた。「ウィルスンとシュミットは新しい手法を考案して、電力を失ったCDFのブラックボックスのありかを突き止め、ポーク号になにが起きたかをあきらかにするデータを回収した。それから、ウィルスンはCDFの軍用ユニタードだけを身につけて複数回の宇宙遊泳をおこない、CDFのミサイルでウチェ族の外交使節団を攻撃する計画があることに気づいた。ウィルスンがそれらのミサイルのうち四基を破壊し、最後の一基については、コロマ船長がみずからの船を犠牲にしてウチェ族の船に命中するのを阻止した。その後、コロマは自分の船の状態について ウチェ族に嘘八百をならべて、アブムウェが交渉にとりかかれるようにしてやり、アブムウェは基本的には力ずくでウチェ族を——あのウチェ族を——相手に交渉を完了させた。これだけのことを、彼らはわずか一日だけの準備でやり遂げたんだ」

「よくやったと思う」イーガンはくり返した。

「きみは彼らにこれ以上なにをさせたいんだ？　水の上を歩けとでも？」

「これはいったいどういう話になるの、エイベル？」

「きみは言っていたが、この連中は、以前に担当したもっとも重要な交渉でも、やはりみずから機転をきかせて行動することを強いられていた。アブムウェとそのチームがBリストに載っているのは、彼らの仕事ぶりに問題があるからではなく、きみたちが彼らをふさわしい状況で使っていなかったせいだとは思わないか？」

「あたしたちには今回の交渉が〝ふさわしい〟状況になることはわからなかった」

「それはそうだが、これでどういうのが彼らにふさわしい状況かわかっただろう。ハイリスク・ハイリターンで、成功への道が用意されてはおらず、毒ヒキガエルでいっぱいのジャングルを山刀《マチェーテ》で切り開かなければならないような状況だ」

「毒ヒキガエルというのは気がきいてるね」イーガンはまたフライドポテトに手をのばしながら言った。

「おれがなにを言わんとしているかはわかるだろう」

「わかるよ。でも、長官を説得できる自信はない――Bリストにいるチームこそ、ハイリスク・ハイリターンの任務にふさわしいなんて」

「なんでもかんでもというわけじゃない。通常の外交的なあれこれではうまくいかない任務のときだ」

「なぜあなたが気にするの？　一週間まえには存在すら知らなかった連中のことなのに、ずいぶん熱心になっているみたい」

「きみだって外務省の中級官僚たちを怖がらせるときに言ってるじゃないか。われわれには時間が足りない。もはや地球が利用できない以上、生きのびるためにはいま以上にたくさんの味方が必要だって。そのなかにクラーク号のクルーのような連中がいてもかまわないじゃないか――ほかに打つ手がなくなったときにパラシュート降下させる特命チームだ」

「彼らが失敗したときには？」

「そのときは、失敗して当然の状況で失敗したというだけだ。だが、もしも成功すれば、われわれはおおいに得をすることになる」

「彼らを、あなたの言うこの〝特命チーム〟に任命したら、それだけで彼らのすることに対する期待が高まってしまうけど」

「それについては簡単な解決策がある。彼らに自分たちが特命チームだということを教えなければいい」

「とんでもなくあこぎなやり口ね」

リグニーは肩をすくめた。「アブムウェとその部下たちは、自分たちがおとなのテーブルについていないということを自覚している。アブムウェがなぜウチェ族を威嚇してまで交渉の席につかせたと思う？　彼女はチャンスを目ざとく見つける。そのチャンスをつかみとるために、チームの仲間たちといっしょに頭を絞るんだ」

「で、それをつかむためなら自分たちの船さえ破壊するみたいね。この特命チームというアイディアは高くつくかもしれないよ、すごく」

「クラーク号のクルーはどうなるんだ？」

「まだ決まってない。アブムウェとその外交チームは別の船に乗せるかも。コロマは意図的にミサイルを船に命中させた件で取り調べを受けなければならないし。結局はおとがめなしだろうけど、それが決まりだから。ウィルスンはＣＤＦの研究開発チームからの出向。どこかの時点で返せと言ってくるでしょうね」

「クラーク号のクルーの処遇を決めるのを何週間か延期できないか？」

「この連中にえらくご執心なのね。でも、あなたの楽しみのために彼らをキャリアの保留状態に置いたとしても、長官があなたの〝特命チーム〟構想を認めるという保証はどこにもないのよ」

「CDFのほうで、銃撃よりも外交手段で鎮火したほうがいい火災のリストを提供したら役に立つかな？」

「ああ。やっとわかってきた。そのアイディアがどういう結果を引き起こすかは目に見えてるね。あたしがはじめてCDFの連絡係として長官のチームに加わったときには、六週間たつまで、長官との会話は単音節の単語ばかりで、しかも三つを超えることはなかった。もしもあたしがCDFからの要求とみずから選んだチームのリストを持っていったら、彼女はうなり声だけであたしと会話するでしょうね」

「なおさらこのチームを使うべきだな。ここにいるのは名もない連中ばかり。長官はうまくわれわれを利用できると思うだろう。まずこちらの要求を伝えてから、この連中を勧めてみてくれ。すばらしく効果があるはずだ」

「あたしが話しているあいだ、彼女があなたをイバラの茂みへ投げ込んだりしないよう頼んではしい？」

「とりあえずはこの要求だけでいい」リグニーは言った。

イーガンはちょっと口をつぐんで、フライドポテトをつまんだ。リグニーは自分のハンバーガーを食べ終えて待った。

「この件について長官の熱意をたしかめてみる」イーガンはようやく口をひらいた。「でも、あたしがあなたたなら、期待しすぎないようにするよ」

「期待しすぎたことなんかない。おれはそうやっていままで生きのびてきたんだ」

「それまでのあいだ、クラーク号のクルーがよそへ配置換えにならないようにしておく」

「ありがとう」

「これは貸しね」

「当然だな」

「さあ、もう行くよ」イーガンはテーブルから立ちあがった。「またこどもたちを怖がらせないと」

「なんだか楽しんでいるみたいだな」

「わかってるくせに」イーガンはむきを変えて立ち去ろうとした。

「おい、リズ」リグニーは呼びかけた。「きみがこどもたちに伝えている、人類があと三十年で絶滅するという推定があるだろ。あれはどれくらい誇張しているんだ?」

「ほんとうのことを知りたい?」

「ああ」

「ほとんど誇張してないよ。どちらかといえば楽観的かも」

イーガンは去った。リグニーは食事の残りをじっと見つめた。

「まあ、いいさ」リグニーはつぶやいた。「人類がおしまいなら、やっぱりチーズバーガーをもうひとつ食べようかな」

エピソード2　処刑板を歩く

［筆記録の開始］

チェンジーラ・エル＝マーズリ　――だから、きみの医務室にだれがいようが興味はないんだ、オーレル。いまはあの貨物コンテナを見つけることで頭がいっぱいだ。もしも見つからなかったら、これからの数ヵ月はあまり幸せにはすごせないぞ。

オーレル・スパーリア　そのふたつが関係していると考えていなかったら、きみをわずらわせたりはしないさ、チェン。これは録音しているのか、マグダ？

マグダ・ガナス　レコーダを動かしはじめたところ。

スパーリア　チェン、医務室にいる男はこのあたりの者ではないんだ。

エル＝マーズリ　〝このあたりの者ではない〟ってどういう意味だ？　ここは無法コロニーだぞ。このあたり以外にはどこにも居場所はない。

スパーリア　男はイアリ・モーニングスター号から来たと言っている。

エル＝マーズリ　それはおかしいだろう。イアリ・モーニングスター号がだれかをここへおろしたりするはずがない。あれは自動操縦でコンテナを落とすだけだ。そういうやりかたをするのは、まさに人間を排除するためだからな。
ガナス　みんなそれはわかってるのよ、チェン。貨物船のスケジュールが作成されたとき、あたしたちもその場にいたんだから。だからこそあなたに男と会ってもらわないと。ほかのことはともかく、あの男はあたしたちの仲間じゃないわ。どこかよそから来たの。イアリ・モーニングスター号が二日まえに荷物を届ける予定で、男が今日ここにいるとすれば、貨物船からやってきたという言い分が事実だと考えるのはおかしくないでしょ。
エル＝マーズリ　じゃあ、きみはその男がコンテナのひとつでおりてきたと言うのか。
ガナス　可能性は高いわね。
エル＝マーズリ　楽しい旅行ではなかっただろうな。
スパーリア　そこでだ。チェン、急いで伝えておくことがふたつある。ひとつ、男は体をだいぶ傷《いた》めていたから、われわれのほうで鎮痛剤をあたえている。
エル＝マーズリ　おれは命令を出したはずだが――
スパーリア　きみがわたしに文句をつけるまえに、効果が残る範囲でせいいっぱい水で薄めてあたえた。とにかく信じてくれ、あの男にはなにかしら必要なんだ。ふたつ、男は脚をロットにおかされている。
エル＝マーズリ　ひどいのか？
スパーリア　かなりひどい。できるだけ洗浄したが、すでに血液中にはいりこんでいる可能性が高い。その意味はわかるだろう。ところが、男はこのあたりの者ではないから、それがなにを意味するかわかっていないし、わたしとしてもこの時点で本人に伝える理由は見つけられない。わたしがやろうとしているのは、きみが話をするまで男の意識をなるべく明瞭にたもち、その後はあまり痛みに苦しまないようにしてやって、そのあいだに彼をどうするかを決めることだ。

エル＝マーズリ　おいおい、オーレル。その男がロットにおかされているなら、どうするべきかはよくわかっているはずだ。

スパーリア　いまは血液検査の結果を待っているところだ。まだ血液中にはいりこんでいなければ、脚を切断して命を救うことができる。

エル＝マーズリ　そのあと男をどうする？　まわりを見てみろ、オーレル。おれたち以外のだれかを養うだけでもきつそうなのに、脚を切ったばかりでなんの仕事もできない男なんか論外だろう。

ガナス　まずあなたがその人と話をしてから、〝群れ〟にほうりだすかどうか決めるべきかもしれないね。

エル＝マーズリ　そいつの置かれた状況に同情しないわけじゃないんだ、マグダ。しかし、おれの仕事はコロニー全体について考えることだ。

ガナス　コロニー全体がいま必要としているのは、あなたがこの男の話を聞くこと。どう考えればいいのか手がかりが得られるはず。

エル＝マーズリ　その男の名前は？

スパーリア　マリク・ダマニス。
エル＝マーズリ　マリクか。わかった。
［ドアがひらき、途中で止まる］
エル＝マーズリ（静かに）すごいな。
スパーリア　これが腐敗《ロット》と呼ばれるわけだ。
エル＝マーズリ　ああ。
［ドアがいっぱいにひらく］
エル＝マーズリ　マリク……おい、マリク。
マリク・ダマニス　はい。すみません、うとうとしてて。
エル＝マーズリ　かまわないよ。
ダマニス　ドクター・スパーリアはいますか？　また痛みだして。
スパーリア　いるよ。もう一本注射を打ってあげるが、すこし待ってほしい。うちのコロニーのリーダーと話をするのに、頭をはっきりさせておいてほしいんだ。
ダマニス　あなたが？
エル＝マーズリ　そうだ。わたしの名前はチェンジーラ・エル＝マーズリ。
ダマニス　マリク・ダマニスです。ええと、知ってますよね。
エル＝マーズリ　知っている。マリク、ここにいるオーレルとマグダから聞いたが、きみはイアリ・モーニングスター号から来たそうだね。

ダマニス　そうです。
エル＝マーズリ　船でなにをしていたんだ？
ダマニス　ふつうの甲板員です。おもな仕事は荷物の積みおろしです。
エル＝マーズリ　きみはずいぶん若く見える。はじめて乗った船か？
ダマニス　標準年で十九歳です。いえ、以前はシャイニング・スター号という別の船に乗っていました。イアリ年で二十歳になってからずっとこの仕事です。標準年だと十六歳くらいですか。モーニングスター号では今回が初仕事です。というか、でした。
エル＝マーズリ　過去形なのか。
ダマニス　はい。船はもうないです。
エル＝マーズリ　ないというのは、つぎの目的地へ出発したということか？
ダマニス　いえ。もうないんです。奪われました。船に乗っていた仲間たちはみんな死んだと思います。
エル＝マーズリ　マリク、もうすこしわかりやすく説明してくれ。船はこの星系へスキップしてきたときにはぶじだったのか？
ダマニス　ぼくの知ってるかぎりでは。船はイアリ時間のままで、スキップしたときは真夜中でした。ガジーニ船長がそういうやりかたを好んでいるのは、そうすれば荷物を動かすときには乗組員が朝いちばんで元気だからです。とにかく、本人はそう言ってました。ここへ届ける荷物は、積み込んだときにはもう梱包されていたので、それはたいした問題じゃなかったんですが。船長には船長のやりかたがありますから。そういうわけで、船はこっちの都合で真夜中に到着したんです。
エル＝マーズリ　そのとき、きみは働いていたのか？
ダマニス　いいえ、乗組員の船室で、ほとんどの仲間たちといっしょに寝ていました。あの時間は夜警が立っていました。なにか起きていることに最初に気づいたのは、船長が一般警報を鳴らしたときでした。警報音で全員が寝棚から飛び出しました。そのときは、だれもなんとも思っていませんでした。
エル＝マーズリ　一般警報でなんとも思わなかった？　それはふつう、非常事態が起きているという意味じゃないのか？
ダマニス　そうなんですが、ガジーニ船長はしょっちゅう訓練をするんです。商船だからといって規律が必要ないわけじゃないって。だから、三度か四度スキップするたびに訓練があって、船長は真夜中にスキップするのが好きですから、ぼくたちはしょっちゅう一般警報で叩き起こされるわけです。
エル＝マーズリ　なるほど。
ダマニス　それで、みんなで寝棚からころげだして、服を着て、こんどはどんな訓練だろうとアナウンスを待ちました。微小隕石で穴があいたのかな、それともなにかのシステムエラーかな、とかなんとか。それからやっと、一等航海士のコーサが船内放送で伝えました――〝乗り込まれた〟。新しいパターンだったので、みんな顔を見合わせました。そういう訓練はやったことがなかったんです。どうすればいいのか見当もつきませんでした。ドクター、脚がひどく痛むんですが。
スパーリア　わかってるよ、マリク。話が終わったらすぐになにかあげるから。
ダマニス　そのまえになにかもらえませんか？　なんでもいいんですが。
ガナス　イブプロフェンならすこしあげられるけど。
スパーリア　それは残り少ないだろう、マグダ。
ガナス　わたしが自分でとっておいたのがあるの。
スパーリア　わかった。
ガナス　マリク、イブプロフェンを取ってくるから。一分だけちょうだい。
ダマニス　ありがとう、ドクター・ガナス。
エル＝マーズリ　きみは乗り込まれたときの訓練はしたことがないと言った。だが、宙賊はどこにもいるだろう。
ダマニス　宙賊に追われたときの訓練はしていました。その場合、クルーの大半が船内に閉じこもるあいだ、防衛チームは対抗策を用意し、貨物クルーは積荷を投棄する準備をします。ぼくたちの活動の場は宇宙空間です。宙賊はロープにぶらさがって船に乗り移るなんてことはできません。追いかけて積荷を引き渡せと威嚇します。そのときはじめて、宙賊は船に乗り込み、積荷を奪って逃げます。だから最後の手段が積荷の投棄なんです。積荷さえなければ、宙賊には追跡する理由がなくなりますから。

エル＝マーズリ　すると、そいつらは宙賊ではなかったのか。
ダマニス　正体はわかりません。はじめは、敵がいることもわからなかったんです。みんなまだ訓練だと思っていました。コーサ一等航海士から船に乗り込まれたと言われて、どういう意味だろうとみんなが二、三秒考え込んでいたら、コーサがまた船内放送で伝えたんです──「これは訓練ではない」それでみんなも、実際になにかが起きているんだと気づきました。でも、どうすればいいのかわからなくて。そういう事態にそなえた訓練はしていなかったんです。みんな突っ立って顔を見合わせていました。すると甲板長のザラーニが船室へやってきて、敵に乗り込まれたから、自分か船長から〝警報解除〟の合図があるまで、各自船室にとどまるようにと言いました。それから、船員を七人選んでいっしょに連れていきました。
エル＝マーズリ　その人が選んだ理由は？
ダマニス　ぼくをですか、それともみんなを？
エル＝マーズリ　両方だ。
ダマニス　七人を選んだのは警備隊を結成するためです。ぼくを選んだのは、たぶん、目につくところにいたからでしょう。警備隊の一員に選ばれたことがわかったのも、彼がぼくたちをオフィスへ連れていって、小型トランクをあけて、ショックスティックをくばりはじめたときでした。
スパーリア　ショックスティック？　なぜ銃器を持たなかったのかね？
ダマニス　宇宙船ですからね。弾丸を撃ち出す銃を真空中で活動する船で使うのは、いい考えとは言えません。そもそも船内に武器があるのは、だれかが喧嘩をはじめたとか酔っぱらって暴れ出したとかいうときのためでしかないんですよ。それならショックスティックで充分です。ビリビリッとやって、相手が倒れたら、酔いがさめておちつくまで監禁室に押し込んでおけばいい。だからショックスティックがあるんです。ザラーニはみんなにそれをくばりました。ぜんぶで八人なのにスティックは六本だったので、ぼくとタリク・マワーニには行き渡りませんでした。ザラーニは、これから偵察に出かけるから、PDAを一般回線にセットして全員が敵の居場所を把握できるようにしろと言いました。ぼくにはなんの意味があるのかわかりませんでした。敵が侵入してくる場所は決まっていると思ったので。

エル゠マーズリ　エアロックをとおって。

ダマニス　はい。敵はエアロックを外からあけて侵入してくるはずです。ザラーニとガジーニ船長も同じことを考えていたんでしょう。ザラーニはショックスティックを持ったクルーをふたり連れて左舷の整備用エアロックへむかい、ほかの三人は右舷の整備用エアロックへむかいました。でも、ぼくたちはまちがっていたんです。

エル゠マーズリ　敵はどうやって侵入してきたんだ？

ダマニス　船首と船尾に穴をあけて、それぞれから十名ほどの兵士たちを送り込んできたんです。船尾の穴から兵士たちがなだれこんでくるのを見たとき、ぼくは自分のPDAにむかってそのことを叫び、逃げました。兵士たちがライフルを手にしていたからです。

スパーリア　宇宙船では銃弾を発射する武器は好まれないのではなかったか。

ダマニス　ぼくたちはそうです。兵士たちはちがいます。彼らの仕事は船を乗っ取ることです。それに、船体に大きな穴をふたつあけていたので、そこらへんに銃弾でいくつか穴があこうが気にしなかったのかも。
ガナス　はいこれ。三錠あるから。
ダマニス　ありがとう。
ガナス　水を持ってくるわね。
ダマニス　手遅れです。もうのみこんでしまいました。どれくらいで効きますか？
ガナス　特別に強いやつだから、それほどかからないよ。
ダマニス　よかった。脚がひどく痛むんです。どんどんきつくなるみたいで。
スパーリア　見せてくれ。
ダマニス　うあああああっ――
スパーリア　すまない。
ダマニス　かまいません、ドクター。でも、さっきも言ったように、ひどく痛むんです。
スパーリア　話が終わったらもういちど洗浄できるかどうか見てみよう。
ダマニス　それならよっぽど強い鎮痛剤がないと。いまさわられたときは天井まで跳びあがりそうでした。
スパーリア　できるだけ慎重にやるよ。
ダマニス　せいいっぱいやってくれているのはわかってます、ドクター・スパーリア。

エル＝マーズリ　きみはその連中を兵士だと言ってる。コロニー防衛軍だったのか？
ダマニス　ちがうと思います。ＣＤＦの制服を着ていませんでした。もっとごわごわした感じで黒くて、頭にはヘルメットをかぶっていました。顔もなにもほとんど見えませんでした。宇宙空間からやってきたんですから当然ですけど。
ガナス　兵士たちが船体に穴をあけて侵入したんだとすれば、漏出をふせぐために隔壁が閉じたんじゃないかしら？
ダマニス　閉じるはずだと思うんですが、自動システムは圧力の減少に反応します。敵は穴をあけるまえに臨時のエアロックを船体の外側に据えつけたんだと思います。
エル＝マーズリ　きみの船長なら侵入をふせぐために隔壁を閉じられたはずだ。
ダマニス　船首の穴はブリッジのあるデッキの真上でした。ぼくの知るかぎり、敵がまず最初にやったのはブリッジとガジーニ船長をおさえることでした。ブリッジを制圧したあと、敵は船の制御を奪いました。ブリッジのクルーから聞いたんですが、侵入してきたとき、敵は船長に指令コードを教えろと命じたようです。船長が拒否すると、やつらはコーサ一等航海士の腹を撃ちました。コーサがデッキに倒れて悲鳴をあげている横で、敵は船長に、おまえが指令コードを教えなければブリッジにいる連中すべての腹を撃つと言いました。船長がやむなくコードを教えると、やつらはコーサの頭を撃ち抜いて苦しみを終わらせてから、船の制御を手に入れました。
エル＝マーズリ　それからどうなった？

ダマニス　兵士たちは船内をまわって、銃口を突き付けてクルーを貨物ベイに集めました。ぼくやそのほかの警備隊員はせいいっぱい兵士たちから逃れようとしましたが、結局は全員見つかってしまいました。ぼくがつかまったのは食堂の近くでした。通路に踏み出したとたん、両側から兵士がひとりずつ、ライフルでぼくの胸と頭に狙いをつけながら迫ってきました。食堂へ引き返そうとしたんですが、ふりむくと、そこに別の兵士がライフルをかまえて立っていました。ぼくは両手をあげ、それでおしまいでした。ほかのみんなと同じように貨物ベイへ連れていかれました。

エル＝マーズリ　そのあいだずっと、兵士たちはなんの要求もしなかったのか。

ダマニス　はい。ぼくが貨物ベイへ連れていかれたとき、ほかのクルーは全員そこにいて、膝をつき、両手を頭のうしろで組んでいました。甲板長のザラーニだけは立っていて、兵士たちのひとりにむかって、コロニー連合の商業宙事法について話していました。その兵士はしばらく無視していたようでしたが、いきなり銃を抜きました。甲板長は顔を撃ち抜かれて死にました。そのあとは、もうだれも質問はしませんでした。

スパーリア　では、クルーは全員そこにいたのか。

ダマニス　船長と操舵手のカラットだけは別です。コーサもですが、彼はもう死んでいました。

エル＝マーズリ　じゃあ、きみたちはみんな貨物ベイにいたわけだ。きみはどうやってそこからここへ来たんだ、マリク？

ダマニス　イアリ・モーニングスター号には四台の自動操縦式貨物コンテナが搭載されていました。そのうちの二台はこのコロニーへ届ける補給品を満載していました。あとの二台はからっぽでした。兵士たちはその二台の扉をあけて、ぼくたちになかへはいれと命じました。半数ずつ、それぞれのコンテナへ。

エル＝マーズリ　きみもなかへはいったのか？

ダマニス　抵抗したのはふたりだけ。どちらも頭を撃ち抜かれました。兵士たちは説得したり交渉したりといった手間をかけなかったんです。ぼくの知るかぎり、ブリッジで船長から指令コードを聞き出したやつら以外、兵士たちはまったく口をききませんでした。そんなことをする意味はなかったし、ぼくたちに言うことを聞かせるために話をする必要もなかったんです。

エル＝マーズリ　全員がはいったあと、なにが起きたんだ？

ダマニス　やつらはぼくたちを貨物コンテナのなかへ閉じ込めました。真っ暗になって悲鳴があがりはじめたので、何人かがPDAをつけてスクリーンの光をともしました。それですこしおちつきました。そのあとは、人が動きまわったり話したりしている音は聞こえましたが――兵士たちはあきらかにぼくたちじゃなくておたがいにむかって話していました――会話の内容やなにをしているかまでは聞き取れませんでした。それから別の音が聞こえてきました。貨物ベイの空気が抜けていく音です。これでまた悲鳴があがりはじめました。貨物ベイの扉がひらいて、全員が外へほうりだされようとしていたんです。

ガナス　兵士たちはクルーを船外へ投棄しようとしていたのね。

ダマニス　そうです。もっとも、ぼくのコンテナにいたクルーのひとりは別のことを連想していました。コンテナが動き出して、船外へ捨てられようとしているのがはっきりすると、だれかがわめきはじめたんです。〝おれたちは処刑板を歩いてるんだ！　処刑板を歩いてるんだ！　処刑板を歩いてるんだ！〟それが一分ほど続いたあと、ゴンという音がして、男は静かになりました。だれかが男を殴って黙らせたんだと思います。

エル＝マーズリ　貨物コンテナは生き物を運ぶ構造にはなっていない。

ダマニス　そうです。気密性はあるし断熱もされていますから、宇宙でも内部が凍りつくことはないし再突入でひどく温度があがることもありません。ただ、人工重力や体をどこかへ固定する場所もありません。それにいちばん近いのは、コンテナの底にならんでいるパレット固定具です。貨物用のパレットをストラップで留めるためのものなんですが、自分がパレットでないかぎりあまり意味はありません。それでも、ぼくはそのひとつをつかんで腕に縛り付け、できるだけ固定具に体をくっつけて、せめて体が浮かびあがらないようにしました。大気圏に突入するときに役に立つかもしれないと思って。

エル＝マーズリ　役に立ったのか？

ダマニス　すこしは。コンテナが大気圏へ突入すると、あらゆるものが激しく揺れはじめました。ぼくはパレット用のストラップにしがみつきましたが、ストラップがアンカーのまわりを回転するので鞭のようにふりまわされてしまいました。コンテナの床に叩きつけられては、またぐるんとまわって反対側へ叩きつけられるんです。せいいっぱい体をまるめ、両腕で頭をかかえて守ろうとしましたが、充分とはいえませんでした。二度ほど気を失ってしまったんです。もしもストラップを腕に巻き付けていなかったら、仲間たちといっしょにコンテナのなかで舞いあがっていたはずです。

ガナス　ほかの人たちはどうなったの？

ダマニス　みんなが壁や床やおたがいにぶつかりはじめて、降下すればするほど激しくなっていきました。二度だれかにぶつかられましたが、ぼくは床の近くで伏せていたので、たいていの場合はほかの人たちがおたがいや壁にぶつかっていました。みんなが悲鳴をあげて宙を舞っていて、ときどきボキッという音がしたかと思うと、だれかの悲鳴がいっそう大きくなったり急に消えたりしました。いちどすごく強い揺れがあったとき、ひとりの女の人がぼくのそばの床に頭からぶつかって、首の折れる音が聞こえました。その人の悲鳴は消えました。コンテナには少なくとも五十人はいました。たぶん、十人から十五人くらいの人たちが再突入のときに死んで、それと同じくらいの人数が腕や脚を折ったと思います。

スパーリア　そのストラップにつかまっていて良かったな。

ダマニス　（笑い）この脚を見てくださいよ、ドクター。ぼくがどれほど幸運か、もういっぺん言ってもらえますか。

ガナス　イブプロフェンは効いてきた？

ダマニス　すこし。あと、水をもらえませんか？

ガナス　ええ、もちろん。
エル＝マーズリ　大気圏の第一層を突破して、状況はおちついた？
ダマニス　いくらかは。自動操縦が作動して揺れはおさまったんですが、そこでパラシュートがひらいて、浮かんでいた人たちがみんなコンテナの床に叩きつけられました。また骨の折れる音がしましたが、重力がもどったので、とにかく全員が床におりることができました。それから激突音がして、みんなそこらに投げ出されました。コンテナが木々のあいだを、というか、ここで木々にあたるもののあいだを突き抜けたんです。そのあと最後の衝撃があって、コンテナが横倒しになり、扉がばんとひらいて、ぼくたちはようやく地上に到着しました。
ガナス　水よ。
ダマニス　ありがとう。
スパーリア　その時点での体のぐあいはどうだったのかね、マリク？
ダマニス　かなり痛みがきつかったです。まちがいなく脳震盪《のうしんとう》を起こしていました。それでも、歩くことはできたし骨も折れていなかった。パレット用のストラップをはずして扉へむかい、外へ出たら、先に出ていた何人かのクルーが小さな空き地に立ち、空を見あげて指さしていました。それで、ぼくも彼らが見ているほうを見あげました。
エル＝マーズリ　なにを指さしていたんだ？
ダマニス　もうひとつのコンテナでした。くるくると落下していました。自動操縦が壊れでもしたのか、揺れはおさまらないしパラシュートもひらいていなかったんです。二十秒か三十秒ほどたったころ、コンテナは木立に突っ込んでそれ以上見えなくなりました。その数秒後には木が折れる音と大きな激突音がしました。コンテナがほぼフルスピードで地面にぶつかったんです。あのコンテナのなかで直前までだれかが生きていたとしても、とても助からなかったでしょう。少なくとも、生きのびられる状況を思いつきません。

エル＝マーズリ　それ以外のコンテナが落ちるのを見たか？

ダマニス　そのあとは見るのをやめました。

エル＝マーズリ　マリク、ちょっと席をはずしていいかな？

ダマニス　いいですよ。もう話は終わったということですか？　あの注射を打ってもらえますか？

エル＝マーズリ　ちょっと待ってくれ、マリク。もどってきていくつか質問するから。

ダマニス　脚がほんとに痛いんです。

エル＝マーズリ　長くはかからないよ。オーレル、マグダ？

［ドアがひらき、閉じる］

エル＝マーズリ　なぜそのレコーダを持ち出してきたんだ？

ガナス　あなたがいなければマリクはなにもしゃべらないわ。

エル＝マーズリ　いまは切ってあるのか？

ガナス　ええ。

エル＝マーズリ　マリクはどこから来たんだ？　つまり、方角は？
スパーリア　彼を見つけた夫婦の話によると、コロニーの東の森から出てきたということだった。
エル＝マーズリ　その方角でだれかコンテナを探しているのか？
スパーリア　マグダ？
ガナス　五つのチームが別々の方角へむかったから、少なくともひとつのチームは東へむかっているはずよ。
エル＝マーズリ　ほかのチームを呼びもどして東へむかわせるんだ。補給品はそっちの方角にあるかもしれない。
スパーリア　宙賊が積荷を捨てると思うのかね、チェン？
エル＝マーズリ　イアリ・モーニングスター号を乗っ取った連中は、積荷じゃなくて船を目的としていたんだと思う。だから船長と操舵手だけ残して、あとのクルーに処刑板を歩かせたんだ。クルーといっしょに積荷を捨てた可能性は充分にある。もしそうなら、なんとしても見つけないと。おれたちにはあの補給品が必要なんだ。
ガナス　生存者のほうは？
エル＝マーズリ　生存者？
ガナス　マリクの話だと、同じコンテナにいた何人かのクルーは死なずに地上へおりているわ。そっちの捜索にも人を出さなくていいの？

エル＝マーズリ　いちばんの優先事項は補給品を見つけることだと思う。

ガナス　ちょっとひどいんじゃない、チェン。文字どおり空から落ちてきて不時着した人たちがいるのに、ぜんぜん気にも留めないなんて。

エル＝マーズリ　いいか。おれはいざとなったら、ほかのだれよりもこのコロニーの住民を優先するが、そのことを謝るつもりはない。きみたちがおれをコロニーのリーダーとして雇ったのはそのためだろう？　きみたちがもとめたのは、開拓地の経験があって、人類文明の最前線で厳しい決断をくだすことに慣れている人材だ。これがそういう決断なんだよ、マグダ。ここの住民はいまは健康だが、もしもイアリ・モーニングスター号が積んできた土壌改良剤と種子と非常食糧が届かなければ、ごく近いうちにそうはいかなくなるから、その補給品を見つけることをまず優先するか。それとも、まったく見ず知らずの、しかもその大半は怪我をしているか死にかけていて、おれたちのほぼ枯渇しつつある資源を消費するだけでしかない一団の人びとを優先するか。おれはコロニーのリーダーだ。どちらかを選ばなければならないから、仲間を選ぶ。きみはそれを非人道的と思うかもしれないが、いまはそんなのは知ったことじゃない。ここの土壌はおれたちが植えるものをすべて殺す。ここで育つものや生息しているもののほぼすべてが、人間には食べることができないか、人間を殺そうとするか、あるいはその両方だ。貯蔵品の残りはあと三週間分しかなく、それも節約しての話だ。二百五十名の住民が、生きのびるためにおれを頼っている。それがおれの仕事だ。それを成し遂げるために、おれはまず第一に貨物コンテナを探せと人びとに命じている。話は以上だ。

スパーリア　せめて、どこに着陸したのかを彼にきくべきではないかね。そうすれば捜索の範囲を絞り込むことができる。それがどこであれ、彼はいまよりほんのすこしだけマシな体調でそこからここまで歩くことができたんだ。つまり、それほど遠くはない。情報が多ければ、貨物コンテナが存在する場合、それだけ探しやすくなる。

エル＝マーズリ　きみがあいつにきいてくれ。

スパーリア　わたしが質問しても、彼は鎮痛剤のことしか言わないだろう。約束したんだよ——彼がきみに話をして、それがすんだら、わたしがなにかあげると。だからきみが話をしなければ。

エル＝マーズリ　血液検査の結果が出るまでどれくらいかかる？　ロットが全身にまわっているかどうかわかるまで。

スパーリア　きみが彼と話をしていたときにPDAをチェックしてみた。培養物はまだ成長している。あと三十分かそこらでわかるはずだ。

エル＝マーズリ　いいだろう。マグダ、捜索チームに知らせてくれ。東に集中しろということと、捜索範囲についてもっとくわしい情報が得られる可能性があるということを。ドルー・タルフォードに広帯域で送信するよう言うんだ。それぞれのチームに順番に呼びかけるより早い。

ガナス　捜索チームのどれかが、たまたまイアリ・モーニングスター号の生存者たちを見つけたらどうするの？

エル＝マーズリ　居場所だけ記録して、とりあえず接触は避けるんだ。もしも補給品のはいった貨物コンテナを発見したら、もどって生存者に対処すればいい。だが、いまはそのままにしておけ。ほかに優先すべきことがある。
ガナス　これを、オーレル。マリクが言うことはぜんぶ録音しておいてね。
スパーリア　わかった。
エル＝マーズリ　よし、医務室へもどるか。
［ドアがひらき、閉じる］
ダマニス　忘れられたのかと思いました。
エル＝マーズリ　そんなことはないよ、マリク。
ダマニス　良かった。こんなに時間をとらせてしまってすみません。コロニーのリーダーとして仕事がたくさんあるでしょうに。
エル＝マーズリ　まあ、ここまでの話は有益なものだったが、もうすこし協力してもらいたいことがあるんだ。
ダマニス　どんなことでしょう？
エル＝マーズリ　きみがどこに着陸してどうやってここまで来たのかくわしく話してほしいんだ。着陸した場所がわかれば、ほかのクルーを見つける役に立つ。
ダマニス　それはかまいませんが、ほかのクルーを見つけられるとは思えません。みんな死んだと思います。

エル＝マーズリ　さっきの話だと、少なくとも何人かは着陸したときに生きていたはずだ。きみだっていままで生きている。だったら、ほかにも生きている人がいるかもしれないと考えるのは当然だろう。
ダマニス　うーん。
エル＝マーズリ　なぜ首を横にふるんだ？
スパーリア　マリク、きみがここへ来るまえにクルーの身になにかあったのかね？
ダマニス　はい。
エル＝マーズリ　話してくれ。役に立つかもしれない。
ダマニス　着陸したあと、あまり怪我をしなかったぼくたちは、もっとひどい目にあった仲間たちの手助けをはじめました。その時点では十人ほどいました。コンテナのなかへもどって、だれが生きていてだれが死んでいるかをたしかめたんです。死体はコンテナの片側へ寄せておきました。生きている人たちについては、怪我のぐあいを見るためにコンテナの外へ出しました。およそ半数は骨折していましたが、意識もあって、まだ動ける人もいました。残りは意識がないか、怪我がひどかったり痛みがきつかったりして動けませんでした。ぼくたちはコンテナのなかへもどり、死体の服をぬがせて、三角巾と添え木をこしらえたり、包帯代わりにして出血している傷口や骨が出ているところにあてがったりしました。
スパーリア　すると、ほとんど怪我のなかった者が十名、ほかに十名から十五名が軽傷で、それと同じくらいの人数が重傷だった。残りは死んでいたと。

ダマニス　はい。もうすこし水をもらえますか？
スパーリア　いいとも。
ダマニス　それがすむと、まだ怪我のなかった者が集まってこれからどうするか話し合いました。あなたたちのコロニーを見つけようという者もいました。もともとあなたたちのためにこの惑星へ来たんですから、ここにコロニーがあることも、それほど遠くないはずだということもわかっていました。でも、みんなのPDAは墜落のときに壊れていて、信号を送ることも、それを使ってだれか人がいないか探すこともできませんでした。仲間たちの多くは、もっとまともなキャンプを設営して態勢をととのえ、水と食べ物を見つけてから行動を起こそうという意見でした。ぼくは、死体をコンテナから出して生きている人をなかへもどせば、少なくとも避難所になると言いました。ナディーム・ダヴィという男が死体を食糧として利用する可能性について検討すべきだと言いだしました。そのことでえんえんと議論になってしまったために、森でなにが起きているかに気づかなかったんです。
エル＝マーズリ　なにが起きていたんだ？
ダマニス　森はひどく静まり返っていました。ちょうど捕食動物がうろついているときのような感じです。食われる側にいるものはみんな口を閉じて身をひそめるだけ。音をたてていたのはぼくたちの怪我人だけでした。そのとき――
スパーリア　そのとき、動物の群れが襲いかかってきたんだね。
ダマニス　あいつらのことを知ってるんですか？

エル＝マーズリ　おれたちはただ〝群れ〟と呼んでいる。ほかの呼び方をしないのは、これまでいちども単独行動している姿が目撃されていないからだ。まったく見かけないか、数十頭の群れを見かけるか。そのあいだはない。

ダマニス　そんなことは知りませんでした。やつらが木立のあいだから出てくるのを見たとき、祖母が話してくれたアフリカのハイエナの話を思い出しました。とにかくたくさんいたんです。ぼくたちひとりひとりにつき一、二頭。

エル＝マーズリ　ひとりで森の奥へはいってはいけないということを学ぶまでに、おれたちは十四人の仲間を失った。出かけるときは四人か五人のグループで、かならず武装するようにしている。やつらはライフルのことがよくわかっているらしい。以前ほど頻繁に見かけることはなくなった。

ダマニス　その埋め合わせにぼくたちを襲ったんですね。やつらはまず怪我人を襲い、まっすぐ首や傷口を狙いました。そのときはどうすることもできませんでした。怪我の軽かった何人かは走ったり這ったりして逃げようとしましたが、群れはその人たちの傷口も狙いました。そうすればいちばん痛みがひどいから、弱らせて仕留めやすいとわかっているみたいでした。そのあと、少なくとも二十頭ほどがさらに小さな群れをつくって、怪我をしていなかったぼくたちのほうへむかってきました。何人かは逃げようとしましたが、別の小さな群れが側面に控えていることに気づきませんでした。ナディームもそのひとりでした。彼はあっというまに倒されて、ぼくたちがなにをする間もなく六頭に食いつかれました。それから、残ったやつらがぼくたちに襲いかかってきたんです。
スパーリア　きみはどうやって逃げきったのかね？
ダマニス　はじめは逃げきれませんでした。群れの一頭にふくらはぎに咬みつかれて肉をえぐられたんです。なんとかそいつを蹴り飛ばして、別の方向へ全速力で走りました。そのころにはほかのクルーがみんな倒れていて、群れもそれで充分だと判断したんでしょう。ぼくを追いかける必要がなかったんです。ぼくはこの脚がもたなくなるまでひたすら走り続けました。
エル＝マーズリ　もっぱらどの方角へ走ったかおぼえているか？　北？　南？
ダマニス　わかりません。だいたい南かな？　太陽が見えるときは右手にあったし、着陸したときは朝だったと思います。だから、南ですか？
エル＝マーズリ　それからどうなった？
ダマニス　ひと休みしましたけど、それほど長くはなかったです。脚がもう痛みはじめていたし、そのせいで体がこわばるのもいやだったので。そのまま南へ進んで、しばらくすると、十分くらいかな、一本の小川に出ました。まえにどこかで、森で迷ったら川を見つけて下流へ歩きなさいというのを読みました。そうすれば遅かれ早かれ文明社会へたどり着くからって。それで、すこし水を飲んで傷口を洗ったあと、とにかく下流へむかって歩きはじめました。歩いて、しばらく休んで、それからまた歩き出して。そうやって森を抜けたらあなたたちのコロニーが見えたんです。野原に人がふたりいました。
スパーリア　ヤングス夫妻だろう。自分たちのソルガム畑になるはずだった土地で彼を見つけたんだ。
エル＝マーズリ　続けてくれ、マリク。
ダマニス　ふたりにむかって叫んで手をふったんですが、聞こえたかどうかわかりませんでした。そこで気を失って、目がさめたらここにいて、ドクター・スパーリアがぼくの脚を治そうとしていました。それで目がさめたんです。
エル＝マーズリ　むりもないな。
ダマニス　これでぜんぶです。ぼくが知っていることは。
エル＝マーズリ　わかった。ありがとう、マリク。
ダマニス　どういたしまして。これで鎮痛剤をもらえますか？　いまにも泣き出してしまいそうなんです。
スパーリア　もちろんだよ、マリク。一分ほどチェンと話をしたら、もどってきて楽にしてあげるから。
［ドアがひらき、閉じる］
エル＝マーズリ　さて、これでとにかく彼がロットに感染した理由はわかった。群れに咬まれたせいだ。
スパーリア　さもなければ、小川の水で傷口を洗ったせいだね。
エル＝マーズリ　小川にロットの細菌がうようよしているのを知らなかったからといって、責めるわけにはいかないな。

スパーリア　信じてくれ、そんなつもりはないよ。ところで、たったいま彼の血液検査の結果が届いた。
エル＝マーズリ　悪い知らせか？
スパーリア　気にしているような声を出さないでくれ、チェン。
エル＝マーズリ　いいから話せ。
スパーリア　血液中に侵入していた。二十四時間もしたら敗血症で体内からやられるな。
エル＝マーズリ　そのあいだずっと楽にしてやれるだけの鎮痛剤はないぞ、オーレル。もともとそのせいで鎮痛剤がこんなに不足しているんだからな。
スパーリア　わかっている。
エル＝マーズリ　じゃあ、この件はきみのほうで対処してくれ。
スパーリア　部屋にもどったら、彼が眠りにつけるだけの量を投与するよ。そのあとで対処する。
エル＝マーズリ　きみにこんなことをさせてすまない。
スパーリア　納得しているよ、チェン。ほんとうに。ただ、わたしが死んでヒッポクラテスに会うことがあったら、ひどくがっかりされるだろうな。
エル＝マーズリ　あいつはどのみち死ぬんだ、それも苦しみながら。なにもしてやれることはないんだ。
スパーリア　話題を変えるとしよう——ほら、マグダが来たぞ。

ガナス　東へむかったチームが、イアリ・モーニングスター号のクルーを乗せたふたつのコンテナを見つけたわ。

エル＝マーズリ　どんな報告だ？

ガナス　全員死んでた。片方には着陸の衝撃による死者。もう片方には群れに襲われたと思われる死者。両者は一キロメートルも離れていなくて、衝撃で死んだほうの現場がいちばん北に位置していた。チームのほうで写真を撮影したから、今夜悪夢を体験したいんだったら、見ることもできるわよ。

エル＝マーズリ　ほかにコンテナはなかった？

ガナス　たとえあるとしても、まだ発見されてはいない。

エル＝マーズリ　捜索を続けさせろ。ほかの捜索チームにも座標を教えて、そこから散開させるんだ。

ガナス　マリクのぐあいはどう？

エル＝マーズリ　ロットが血液に侵入している。

ガナス　うわ。

スパーリア　ニューシアトルではありふれた申し分のない一日だな。

エル＝マーズリ　こういうふうに考えてみよう。これ以上悪くなりようがないんだよ。

ガナス　縁起でもない。

エル＝マーズリ　ありがとう、オーレル、マグダ。もしも補給品を見つけたら知らせる。

スパーリア　ありがとう、チェン。
ガナス　あれこそ正真正銘のゴミ野郎ね。
スパーリア　雇ったときからどういう男かはわかっていただろう。
ガナス　そうだけど、こうしょっちゅう思い出させられるとしんどいよ。
スパーリア　彼がいなければ、われわれはとっくに死んでいたかもしれない。
ガナス　それをしょっちゅう思い出させられるのもしんどい。
スパーリア　さあ行こう。マリクに鎮痛剤をあたえないと。
ガナス　チェンからそのあとでケリをつけろと言われた？
スパーリア　言われたよ。
ガナス　やるの？
スパーリア　わからない。
ガナス　あなたはほんとにまっとうな人ね、オーレル。心からそう思う。どうしてこんな無法コロニーにいるのかさっぱりわからない。
スパーリア　きみに言われたくないな、マグダ。さあ病室にもどろう。
ガナス　わかった。
スパーリア　あと、そいつを止めてくれ。どうするにせよ、自分の良心以外の場所にその記録を残しておきたくない。
［筆記録の終了］

エピソード3　必要なのは頭だけ

ハート・シュミットは、アブムウェ大使から連絡を受けてフェニックス・ステーションにある大使の臨時オフィスへむかったが、彼女はそこにいなかった。大使がオフィスにいないというのは、シュミットが呼ばれたときに参上しない正当な理由とはならないので、彼はPDAを駆使して大急ぎで上司を探した。三分後、シュミットは展望ラウンジにいる大使のもとへ歩み寄った。

「大使」シュミットは呼びかけた。

「ミスター・シュミット」大使はこたえたが、ふりむこうとはしなかった。シュミットは彼女の視線を追って、展望デッキの壁全体にひろがる窓の外へ目をむけ、ステーションからわずかに離れたところに浮かぶひどく損傷した宇宙船を見つめた。

「クラーク号ですね」シュミットは言った。

「よくできました、シュミット」アブムウェの口ぶりはこう告げていた——シュミットが彼女の外交団の下っ端職員として口にしてきたことばの多くがそうだったように、いまもまた、そこには彼女がすでに知っている以外の情報はなにもないと。

シュミットは思わず神経質な咳払いを返した。「今日、ネイヴァ・バーラを見かけましたよ」それはクラーク号の副長の名前だった。「彼女の話だと、クラーク号の状況はかんばしくないようです。このまえの任務で負った損傷がかなり甚大で。修理にかかる費用が新しい船を建造するのとあまり変わらないそうです。スクラップにされる可能性が高いのではないかと」

「クルーはどうなるのですか？」アブムウェが言った。

「なにも言ってませんでした。とりあえず、クルーは一カ所に集められているそうです。コロニー連合が新しい船を用意してクラーク号のクルーを乗せる可能性はあります。クラーク号と名付けることだってあるかもしれません。こいつをスクラップにするなら」シュミットは窓の外の船を身ぶりでしめした。

「ふううん」アブムウェはそう言ったきり、クラーク号を見つめてまた黙り込んだ。

シュミットはしばらくおちつかない時間をすごしたあと、また咳払いをした。「連絡をいただいたようですが、大使？」自分はここにいるのだと念を押す。

「クラーク号のクルーはまだ配置転換の命令を受けていないのですね」アブムウェは、ふたりの会話に長い間《ま》があいていたことを忘れたように言った。

「いまのところは」

「ところが、わたしのチームは命令を受けたのです」アブムウェはようやくシュミットに目をむけた。「とにかく、その大半は。外務省からはこの配置転換は一時的なものだと言われていますが——別の任務でわたしの部下が穴埋めに必要とされているのです——さしあたり、わたしのもとに残った部下はふたりだけです。ひとりはヒラリー・ドロレット、もうひとりがあなたです。ヒラリーが残った理由はわかります。わたしの補佐官ですから。わからないのは、チームのほかのメンバー全員を連れ去って、おそらくは重要と思われる任務に割り当てておきながら、なぜあなたを仕事もないまま残したのかということです」

「それについてはわたしも良い答を思いつきません」シュミットが自分の外交官としてのキャリアをただちに危険にさらすことなく口にできるのはそれくらいだった。

「ふううん」アブムウェはもういちど言って、クラーク号に顔をもどした。

シュミットが、これを自分が退散するきっかけと受け取って、展望デッキからじりじりとあとずさり、手近の販売部できつい酒でもあおるかなと思ったとき、アブムウェがふたたび口をひらいた。

「PDAを持ってきていますか？」

「はい、大使」

「チェックしてください。新しい指令が届いています」

シュミットはPDAをジャケットのポケットから取り出し、さっと画面をつけて、メールキューで点滅していた新しい指令に目をとおした。「ブーラ族との交渉に出席することになっています」彼は指令書を読みながら言った。

「そのようですね。ザーラ副大使が虫垂の破裂で出席できなくなったのです。通常であれば彼女の補佐官が代理として交渉を続けるのですが、ザーラの担当する項目はまだ正式にははじまっていませんし、コロニー連合にとっては、おもに儀礼上の理由により、それなりの地位にある者がこの部分の交渉にあたることが重要なのです。それでわたしたちが呼ばれたというわけです」

「わたしたちは交渉のどんな部分を担当するんですか？」

「あなたに指令書を読ませているのには理由があるのですよ、シュミット」アブムウェが言った。いつもの口調がもどっていた。彼女はふたたびシュミットにむきなおった。

「すみません、大使」シュミットはあわてて言って、PDAを身ぶりでしめした。「まだそこまで読んでいなかったもので」

アブムウェは顔をしかめたが、頭のなかで駆けめぐったであろうシュミットにまつわるコメントを口には出さなかった。「ブーラ族の各世界との貿易および観光の権利に関する交渉です。宇宙船の数、その宇宙船の大きさ、惑星ブーラティやそのコロニー惑星へいちどに滞在できる人間の数、など」

「以前にもやりましたよ。どうということはないでしょう」

「その指令書には載っていない問題点があるのです」アブムウェが言った。シュミットは自分のPDAに目をむけた。「ブーラ族のコロニーのなかにワンジと呼ばれる惑星があります。コンクラーベによって非加盟の種族による植民が禁じられるまえにブーラ族が手に入れた最後の惑星のひとつです。ブーラ族はまだその惑星に植民者を送り込んでいませんが、それはコンクラーベがどのような反応をするかわからないからです」

「それがなにか？」

「三日まえ、CDFのもとにワンジからのスキップドローンが到着しました。そこには緊急救難メッセージがはいっていました」

〝公式には居住者のいない惑星にいるブーラ族が、なぜコロニー防衛軍に救難メッセージを送るんです？〟シュミットはあやうく質問しそうになったが、やめておいた。それこそまさに、アブムウェ大使にこの男は彼女が考えていた以上のバカ者だと思わせるたぐいの質問だと気づいたのだ。その代わりに、シュミットは自分の頭で質問を考えようとした。

数秒後、シュミットは思いついた。「無法コロニーですか」

「そうです。現時点ではブーラ族がその存在すら知らないと思われる無法コロニーです」

「ブーラ族にそのことを伝えていないんですか？」

「いまはまだ。CDFはまず宇宙船を送り出しています」

「戦艦をブーラ族の領土へ送り込んで、本来はそこにあるはずのない人類のコロニーを調べさせようというんですか？」シュミットは疑いのこもった声で言った。「大使、それはとてもまずい考えでは――」

「もちろんまずい考えです！」アブムウェがぴしゃりと言った。「わかりきったことを口にするのはやめなさい、シュミット」

「すみません」

「この交渉におけるわたしたちの仕事はふたつあります。まずは貿易および観光の権利について交渉すること。もうひとつは、交渉をなるべくゆっくり進めて、テュービンゲン号がワンジに到着して問題の無法コロニー――あるいはその残骸――を惑星上から排除するための時間を稼ぐこと」

「ブーラ族にそのことを伝えずに」シュミットはできるだけ疑いの気持ちを声にあらわさないようにした。

「考え方として、いまブーラ族が気づいていないのなら、わざわざ教える理由はないということです。もしもブーラ族が気づいたら、無法コロニーの住民たちは本格的な外交問題が生じるまえに排除されるでしょう」

「ブーラ族が自分たちの惑星のそばでうろうろしているCDFの宇宙船を見逃してくれればの話ですよね」

「考え方として、テュービンゲン号はブーラ族に存在を知られるずっとまえに現場を離れるということです」

シュミットは〝それでもまずい考えです〟と言いたくなるのをこらえて、別のことを口にした。「そのコロニー惑星へむかうのはテュービンゲン号だと言いましたよね」

「ええ。それがどうかしましたか？」

シュミットはPDAにアクセスしてメッセージキューを検索した。「ハリー・ウィルスンが数日まえにテュービンゲン号に配属になっています」彼はPDAを大使へむけて、ウィルスンから送られてきたメッセージを見せた。「搭乗しているCDFの小隊がブリンドルでシステム担当者を失ったんです。ハリーはその小隊の現行任務のために駆り出されたようです。それが今回の任務ということですよね」

「わたしのチームのメンバーがまたひとり出向になったと。なにが言いたいのですか?」

「今回の件で現場に身内がいれば便利なんじゃないかということです。われわれがかなり厳しい状況にあるのはたしかでしょう。最低限、ハリーから実際にどれくらい厳しいのか教えてもらえるはずです」

「あなたのCDFの友人に進行中の軍の作戦についてたずねるというのは、銃殺されるにはちょうどいい方法でしょうね、シュミット」

「たしかにそうですね」

アブムウェはちょっと黙り込んでから言った。「あなたがそのために逮捕される危険をおかすべきだとは思いません」

「よくわかりました、大使」シュミットはそう言って、きびすを返した。

「シュミット」

「はい、大使」

「わかっていると思いますが、先ほどわたしは、あなたがわたしのもとに残されたのは基本的にあなたが役立たずだからだとほのめかしました」

「はい、わかっています」シュミットはひと呼吸おいてこたえた。

「そうでしょう。では。わたしがまちがっていることを証明しなさい」アブムウェはクラーク号へ目をもどした。

〝やれやれ、ハリー〟シュミットは展望ラウンジを出ながら思った。〝きみがいまのわたしよりはマシな日々をすごしていることを祈るよ〟


テュービンゲン号からのシャトルは、岩が土の堰堤に打ち込まれるように惑星の大気圏へ突入すると、高熱を発しながら、なかにいるコロニー防衛軍の小隊の兵士たちを幼児用ポッパーにおさまったプラスチック製のボールみたいに揺さぶった。

「すごいな」ハリー・ウィルスン中尉は、だれにともなくそう言ってから、小隊の隊長であるヘザー・リー中尉に目をむけた。「空気みたいなもんがこんなにガタつくってのはおかしな話だな」

リーは肩をすくめた。「拘束シートがあるでしょ。そもそも、これは社交上の訪問じゃないし」

「わかってる」ウィルスンは言った。シャトルがまた揺れた。「しかし、これはいつだって任務でいちばんいやな部分だな。まあ、撃ったり殺したり撃たれたりエイリアンに食われたりというのは別として」

リーはウィルスンに感銘を受けている様子はなかった。「最後に大気圏突入してからしばらくたつの、中尉？」

ウィルスンはうなずいた。「戦場ですごしたあとは、研究開発や外交団の技術顧問をまかされてきた。頻繁に大気圏突入するような仕事じゃないからな。たとえやるときでも、すいすいと楽におりるんだ」

「これは再教育コースだと思えばいい」リーは言った。シャトルがまた揺れた。なにかが不安なきしみをあげた。

「宇宙か」ウィルスンは拘束シートに身を沈めた。「最高だな」

「ほんとに最高ですよ、中尉どの」リーのとなりにいる兵士が言った。ウィルスンは無意識にブレインパルに命じてその男の身元を照会させた。たちまち兵士の頭の上にテキストが浮かび、いま話している相手はアルバート・ジェファースン二等兵と判明した。ウィルスンがリーにちらりと目をやると、小隊長はその視線に気づき、〝新入りだから〟と言わんばかりに、ほんのすこしだけ肩をすくめた。

「いまのは皮肉だったんだよ、二等兵」ウィルスンは言った。

「わかってます」ジェファースンは言った。「でも、わたしは本気です。宇宙は最高ですよ。なにもかも。すばらしいです」

「まあ、寒さや真空や耐えがたい沈黙のなかでの死を別にすればな」

「死？」ジェファースンはにっこり笑った。「おことばを返すようですが、死は故郷の地球のほうにありました。三カ月まえにわたしがなにをしていたかわかりますか？」

「歳をとっていたんだろうな」

「透析装置につながれて、七十五歳の誕生日まで生きのびられますようにと祈っていたんです。すでにいちど移植をしていて、どのみちいなくなるのだからと二度目の移植は望まれていませんでした。透析装置につないでおくほうが安上がりだったんです。ほんとにぎりぎりでした。それでも、七十五歳にたどり着いて、入隊手続きをして、一週間後には、ポポーンと。新しい肉体、新しい人生、新しい職務。宇宙はすばらしいです」

シャトルがなにかのエアポケットに行き当たり、輸送機がでんぐり返ったが、操縦士がすぐに機体を立て直した。「なにかを殺すはめになるかもしれないというささやかな問題がある」ウィルスンはジェファースンに言った。「あるいは殺されるとか。あるいは空から墜落するとか。おまえはもう兵士だ。そういうのが職業上の危険なんだよ」

「フェアな取引です」

「なるほど。これがはじめての任務か？」

「はい、中尉どの」

「おまえの返事が一年後でも同じかどうか知りたいもんだな」

ジェファースンはにやりとした。「中尉は〝コップは半分からっぽ〟タイプの方みたいですね」

「実を言うと、〝コップは半分からっぽで毒がはいっている〟タイプの男なんだよ」

「はい、中尉どの」

リーが唐突にうなずいたが、それはウィルスンやジェファースンにむかってではなく、ブレインパル経由で受け取ったメッセージに対してだった。「二分後に地上へおりる」彼女は言った。「班単位で」兵士たちが四人ずつのグループに分かれた。「ウィルスン。あなたはあたしといっしょに来て」ウィルスンはうなずいた。

「知ってますか、わたしは最後に出発した人びとのひとりなんですよ」ジェファースンがウィルスンに言った。一分ほどたって、シャトルが着陸地点へ迫っているときだった。

「出発って？」ウィルスンは気もそぞろに言った。彼はブレインパルで任務の内容についておさらいしていた。

「地球を出発した人びとですよ。わたしがナイロビの豆の木《ビーンストーク》をのぼったその日に、あの男がエイリアンの艦隊を引き連れて地球の軌道上にあらわれました。みんな死ぬほど怯えましたよ。攻撃を受けていると思ったんです。それから、その艦隊がコロニー連合に関するありとあらゆる情報を送信しはじめました」

「たとえば、コロニー連合が地球を何世紀ものあいだ社会的に操作して、植民者と兵士の供給を続けさせていたこととか」

ジェファースンはふっと鼻を鳴らした。「あれはすこしばかり誇大妄想っぽいと思いませんか？　あの男は――」

「ジョン・ペリーだな」

「――そもそもどうやってエイリアンの艦隊を率いることになったのか、きちんと説明するべきだと思います。とにかく、わたしの輸送船は地球のドックを出た最後の宇宙船の一隻でした。あとにもう一、二隻いましたが、それ以降、地球は兵士と植民者を送り出すのをやめたんだそうです。地球人たちはコロニー連合との関係について交渉をしたがっていると、そんなふうに聞きました」

「あれこれ考え合わせると、理不尽とは言えないな」

シャトルがこもったドスンという音とともに着陸し、地上に腰を据えた。

「はっきりしているのは、このペリーという男がわたしの出発まで待ってくれて良かったということだけです」ジェファースンは言った。「さもなければ、いまでも年老いたまま、腎臓のことでくよくよしながら死に近づいていたでしょう。ここでなにがあろうと、あんな状態よりはマシです」

シャトルの扉がわずかにひらいて外の空気がなだれこんできた。熱く、ねっとりしていて、死と腐敗のにおいが充満していた。小隊の一部でうめき声があがり、少なくともひとりがゲエッと喉を鳴らした。それから、兵士たちは班ごとに地面へおりはじめた。

ウィルスンがジェファースンに目をむけると、その顔は惑星から押し寄せるにおいの影響をもろに受けていた。「おまえが正しいことを祈りたい」ウィルスンは言った。「だが、このにおいからすると、おれたちもここで死に近づいているみたいだぞ」

兵士たちはシャトルから新世界へと足を踏み出した。

ブーラ族の准大使は、その同族がみなそうであるように、なんとなくキツネザルに似ていて、外交団における地位をあらわす宝石入りのおまもりを身につけていた。彼女は発音不可能な名前の持ち主で、それはいろいろ考えてみると珍しいことではなかったが、アブムウェとそのスタッフには〝ティング准大使〟と呼んでほしいとのことだった。「政府の仕事としては似たようなものです」彼女はアブムウェと握手をしながら、ひもにさげた翻訳装置をとおして言った。

「ではようこそ、ティング准大使」アブムウェは言った。

「ありがとう、アブムウェ大使」ティングは、会議室のテーブルで彼女とその二名のスタッフのむかいにすわるよう、アブムウェとドロレットとシュミットをうながした。「これほど間際になってあなたのような方に交渉に出席してもらえて、われわれはたいへんよろこんでいます。カテリーナ・ザーラの件は残念でした。どうぞよろしくお伝えください」

「承知しました」アブムウェはそう言って、腰をおろした。

「破裂した〝虫垂〟というのはなんなのですか?」ティングがすわりながらたずねた。

「消化器系に付属している痕跡器官です。炎症を起こすことがありまして。破裂すると敗血症の危険があり、処置しなければ死ぬこともあります」

「怖いですね」

「早期に発見されましたので、ザーラ副大使の身に特別な危険はありません。数日で元気になるでしょう」

「それは良かった。そんなに小さな器官が全身の健康をおびやかすというのはおかしなことですね」

「まったくです」

ティングは気さくな雰囲気でちょっと黙り込んだあと、はっとして、補佐官が彼女のまえに置いたPDAをつかみあげた。「さて、はじめましょうか。わたしたちのせいで双方の外交システムが停止するようなことがあってはいけませんから」

コロニーのはずれに設置された手作りの看板には〝ニューシアトル〟と記されていた。ウィルスンに見える範囲では、コロニーにあるもので燃えていないのはそれだけだった。

「各班、報告を」リー小隊長が言った。近くにいるのは彼女自身の班だけだったが、その声はブレインパルによって伝達された。ウィルスンは頭のなかで一般回線をひらいた。

「第一班です」班長のブレイン・ギヴンスが言った。「こちらには燃えた小屋と死体しかありません」

「第二班です」ムハマッド・アーメドが言った。「こっちも同じです」

「第三班」ジャネット・マーレイが言った。「だいたい同じですね。ここでなにがあったにせよ、いまはもうおさまっているようです」

ほかの三つの班からも同じ内容の報告が届いた。

「だれか生存者を見つけた？」リーが問いかけた。返事がつぎつぎと届いた——いまのところ見つからない。「捜索を続けて」

「おれはコロニーの本部へ行かないと」ウィルスンは言った。「そのために来てるんだ」

リーはうなずき、自分が率いる班を前進させた。

「もう植民はしていないのかと思ってました」コロニーへむかう道すがら、ジェファースンがウィルスンに言った。「エイリアンたちから、新たに惑星に植民したらそこを蒸発させると言われたでしょう」

「〝エイリアンたち〟じゃない」ウィルスンは言った。「あれはコンクラーべだ。ちがいがあるんだ」

「ちがいってなんですか？」

「おれたちが相手にしているエイリアン種族はおよそ六百。その三分の二くらいがコンクラーべに加盟している。残りはおれたちと同じ、非加盟種族だ」ウィルスンは、道にころがっている黒焦げになった植民者の死体をまわりこんだ。

「それがどういう意味をもつんですか？」ジェファースンはやはり死体をまわりこみながらたずねたが、その視線は死体のあたりをぐずぐずとさまよっていた。

「そいつらもおれたちと同じ立場ということだ。どこかで植民を進めたら、コンクラーべに叩きのめされる」

「でも、これはコロニーですよ」ジェファースンはウィルスンに視線をもどした。「われわれのコロニーです」

「これは無法コロニーだ。コロニー連合の認可を受けていない。どのみち、ここは他人の惑星だしな」

「コンクラーベの？」

ウィルスンは首を横にふった。「いや、ブーラ族だ。まったく別のグループのエイリアンだ」彼は周囲の焼け落ちた小屋や倉庫を身ぶりでしめした。「この連中は自力でここへやって来たんだ。コロニー連合の支援も受けずに。身を守るすべもなしに」

「じゃあ、われわれのコロニーじゃないんですね」

「そのとおり」

「エイリアンたちもそう考えてくれるんですか？　つまり、どちらのグループも？」

「そう考えてくれなかったら、おれたちはどのみち困ったことになるから、そう祈るしかない」ウィルスンが目をあげると、いつのまにか彼自身もジェファースンもリーに遅れをとっていた。「急げ、ジェファースン」彼は小隊長に追いつくために小走りになった。

二分後、ウィルスンとリーの班は、なかば崩壊しかけたプレハブ小屋のまえにたどり着いた。「たぶんこれね」リーがウィルスンに言った。「本部、ということ」

「なぜわかる？」ウィルスンは言った。

「コロニーでいちばん大きな建物だから。町の集会をひらくための場所がいるでしょ」

「その理屈には反論の余地がないな」ウィルスンは小屋をながめて、その強度に不安をおぼえた。彼はリーとその部下たちに目をむけた。

「お先にどうぞ、中尉」リーが言った。ウィルスンはため息をつき、小屋のドアをこじあけた。

小屋には死体がふたつあり、内部はめちゃめちゃになっていた。

「なにかがこのふたりを襲ったみたいね」リーは足で死体のひとつをつついた。ウィルスンがふと見ると、ジェファースンは死体を凝視して、よりいっそう病的な緑色の陰を濃くしていた。

「ふたりが死んだのはいつごろだと思う？」ウィルスンはたずねた。

リーは肩をすくめた。「彼らが救難信号を送ってからあたしたちがここへ着くまでのあいだのどこか？　一週間以内ということはないね」

「いつから無法コロニーが報告を返すようになったんだ？」

「あたしは命じられた場所へ出かけるだけよ、中尉」リーはジェファースンを手招きし、死体のひとつを指さした。「その死体を調べてIDチップを探して。植民者たちはおたがいの居場所を追跡できるようにチップを身につけていることがあるから」

「死体をさぐれというんですか？」ジェファースンが恐怖をあらわにして言った。

「探知信号を送って」リーはいらいらと言った。「ブレインパルを使うの。チップがあれば応答があるから」

ウィルスンは、リーとジェファースンのなんとも切実な議論に背をむけて、小屋のさらに奥へとむかった。死体があった広い場所は、リーの直観どおり、コロニーの集会で使われていたものと思われた。その奥は仕切り部屋のならぶスペースになっていて、小さな個室がひとつだけあった。

仕切り部屋のほうはひどく荒らされていた。個室のほうは、外から見るかぎりでは、とりあえず壊れてはいなかった。ウィルスンはコロニーのコンピュータや通信機器がそこにありますようにと願った。

個室のドアはロックされていた。ウィルスンは、ドアの取っ手を二度引いてそれをたしかめてから、ドアの反対側へ目をむけた。多目的ツールを取り出して、それをバールに変形させ、ドアの蝶番《ちょうつがい》からピンを順に引き抜いた。はずしたドアをわきへ置いて、部屋のなかをのぞきこむ。

すべての機器が原形をとどめないほど叩き壊されていた。

「くそっ」ウィルスンは思わずつぶやいた。それでも部屋のなかへはいり、回収できるものはないかと探してみた。

「なにか見つかった？」数分後、戸口にあらわれたリーが呼びかけてきた。

「パズルが好きなやつがいたら、こいつは楽しいだろうな」ウィルスンは立ちあがり、機器の残骸を身ぶりでしめした。

「なにも使えるものはないのね」

「ない」ウィルスンは上体をかがめて破片をひとつ取りあげ、リーに差し出した。「それはメモリコアのはずだ。つぶされて使えなくなってる。とにかく持ち帰ってなにか読み出せないか試してみるが、希望は薄いな」

「植民者のコンピュータやタブレットになにか残っているかも。これから部下に集めさせてみるよ」

「そいつはいい。もっとも、すべてがこの中央サーバにつながっていたとしたら、こいつが壊されるまえにデータはぜんぶ消されたかもしれない」

「それは戦闘の最中に壊れただけじゃないのね」

ウィルスンは首を横にふり、残骸をしめした。「部屋はロックされていた。建物のこの部分にはほかの損傷はない。しかも、ここの壊れぐあいはやけに念がいってる。だれがやったにせよ、そいつはここに保存されているものを奪われたくなかったんだ」

「でも、ドアはロックされていたんでしょ。ここを襲ったやつはそのコンピュータをチェックしなかったことになる」

「ああ」ウィルスンはこたえ、リーに目をむけた。「あんたのほうは？　死体からなにかわかったか？」

「ええ、ジェファースンがやっと自分のやっていることを理解してくれたからね。マーティーナとヴァシリー・イヴァノヴィッチ。特に否定する証拠もないから、とりあえずあのふたりがここでコンピュータを操作していたと判断した。各班に指示してほかの死体のＩＤチップもチェックしてる」

「名前しかわからないのか？」

「ふつうの生体認証データだけ。テュービンゲン号のデータベースに情報がないか問い合わせてみたけど、なにも見つからなかった。期待はできなかったんだけどね、ふたりがたまたま元CDFでもないかぎり」

「とてつもなく軽率な植民を試みた愚か者がふたり増えただけか」

「愚か者はほかにも百五十人ほどいるよ」

「コロニー連合だってどっこいどっこいだけどな」ウィルスンが言うと、リーはふんと鼻を鳴らした。

遠くからだれかが嘔吐している音が聞こえてきた。リーは首をのばしてふりむいた。「あ、見て、ジェファースンだ。はじけちゃった」

ウィルスンは立ちあがってそちらを見た。「おれの予想よりすこしだけ遅かったな」

「あいつのやる気満々な発言のせいでみんな頭がおかしくなりそう」

「新入りだからな」

「早く興奮が冷めてほしい。仲間たちに殺されるまえに」

ウィルスンはにやりと笑い、残骸をよけながらジェファースンのもとへ引き返した。

「すみません」ジェファースンは亡きヴァシリー・イヴァノヴィッチの死体の横で膝をついていて、そのわきにはゲロだまりができていた。同じ班のほかの二名はどこかよそへ避難していた。

「一部が腐って、一部が食われたふたつの死体のそばにずっといたんだ」ウィルスンは言った。「気持ち悪くなるのはごくあたりまえの反応さ」

「中尉どのがそう言うなら」

「おれがそう言うんだよ。はじめての任務のとき、おれは小便を漏らしかけた。ゲロを吐くのはマシなほうだ」

「ありがとうございます」

ウィルスンはジェファースンの背中をぽんと叩き、ヴァシリー・イヴァノヴィッチにちらりと目をむけた。男は無惨な姿で、体はふくれあがり、腹のかなりの部分を死肉あさりに食われていた。高い位置からだと、食べ残されたイヴァノヴィッチの消化器系をのぞきこむことができた。

その奥でなにかがきらりと光った。

ウィルスンは眉をひそめた。「あれはなんだ？」

「あれってなんですか？」ジェファースンがたずねた。

ウィルスンはそれを無視してもっと近くから死体をのぞきこんだ。すこしたって、彼は手袋をはめた手をイヴァノヴィッチの腹のなかへ突っ込んだ。

ジェファースンはゲエッと喉を鳴らしたが、もう吐くものが残っていなかったので、ウィルスンの血まみれの手とともにあらわれた、小さな、きらきら光るものをぽかんと見つめた。ウィルスンは反対の手でそっとそれをつまんで、光のなかにかざした。

「それはなんです？」ジェファースンがたずねた。

「データカードだ」ウィルスンは言った。

「なんでそんなものが腹のなかに？」

「さっぱりわからん」ウィルスンはそう言ってから、頭をめぐらして怒鳴った。「リー！」

「なに？」リーが小屋の奥から怒鳴り返してきた。

「あんたの部下たちに、作動するPDAを見つけてすぐにおれのところへ持ってくるよう指示してくれ。データカードが使えるやつだ」

すこしたって、ウィルスンはデータカードを一台のタブレットに差し込み、ブレインパルでそのコンピュータに接続した。

「なぜあの男はデータカードをのみこんだの？」リーが作業を見守りながら言った。

「データを敵の手に渡したくなかったんだ」ウィルスンはそうこたえながら、同時に、データカードに保存されているファイルの階層をたどっていた。

「だからコンピュータと通信機器を壊したのね」

「いまやっていることに集中させてもらえたら、もっといろいろなことを教えてあげられるんだがね」ウィルスンが言うと、リーはすこしむっとして口をつぐんだ。ウィルスンはそれを無視し、目を閉じてデータに意識を集中した。

数分後、ウィルスンは目をひらき、驚愕に近い感情をあらわにしてイヴァノヴィッチを見つめた。

リーがそれに気づいた。「どうしたの？　なにかあった？」

ウィルスンはぼんやりとリーを見てから、イヴァノヴィッチに視線をもどし、ついでマーティーナ・イヴァノヴィッチの死体に目をむけた。

「ウィルスン」リーが言った。

「このふたつの死体は持ち帰ったほうがいいと思う」ウィルスンは言った。

「なぜ？」リーが死体を見つめながらたずねた。

「あんたに話せるかどうかわからない。必要な資格がないと思う」

リーはウィルスンに目をもどして、いらだちをむきだしにした。

「あんただけのことじゃない」ウィルスンは言った。「ほぼまちがいなく、おれにも資格がないはずだ」

リーは、納得はしなかったが、イヴァノヴィッチ夫妻に目をもどした。「じゃあ、これをテュービンゲン号へかついで帰れというのね」

「ぜんぶ持っていく必要はない」

「なんですって？」

「体全体を持っていく必要はないんだ」ウィルスンは言った。「ふたりの頭があればそれでいい」


「あなたも感じるでしょう」アブムウェがシュミットに言った。いまは交渉の休憩時間だった。ふたりは会議室の廊下でシュミットが運んできた紅茶を飲んでいた。

「感じるって、なにをですか？」シュミットは言った。

アブムウェはため息をついた。「シュミット、自分が完全な役立たずではないということをわたしに信じさせる努力をずっと続けたくないのなら、ほんとうに役に立つ存在になるしかないのですよ」

シュミットはうなずいた。「了解しました。ティング准大使にはなにかおかしなところがありますね」

「そのとおり。では、なにがおかしいのか教えてください」

「わかりません」シュミットは言った。彼はアブムウェの顔つきを見て、断固としたしぐさで手をあげた。「わからないと言ったのは、原因がはっきりしないということです」シュミットはあわてて言った。「すみません」アブムウェはぎょっとして黙り込んだ。「でも結果のほうはわかっています。ティングは交渉でわれわれに甘すぎます。われわれは望みのものを多すぎるほど手に入れています。これではあまりにも安易です」

「ええ。わたしはその理由を知りたいのです」

「ティングは単に交渉がへたくそなのかもしれません」

「ブーラ族は、交渉のこの部分を、より細部まで詰めたいというだけの理由で延期しました。とすれば、ブーラ族にとって取るに足りない問題ではないのです。さらに、ブーラ族はちょろい交渉相手として知られているわけではありません。彼らがこの段階でお粗末な交渉役を立ててくるとは思えません」

「ティングについて、なにかわかっているんですか？」

「ヒラリーの調査ではなにも。コロニー連合の外交使節に関するファイルで重視されるのは中心となる外交官であり、補佐役の外交官ではありません。調査は継続させていますが、それほど多くの情報は見つからないでしょう。さて、あなたの提案は？」

シュミットは、アブムウェが本気で彼の意見をもとめていることに一瞬だけ無言でおどろきを表明してから、口をひらいた。「いまやっていることを続けましょう。われわれは望みのものをティングから手に入れつつあります。現時点で心配しなければならないのは、それを早く手に入れすぎて、テュービンゲン号がその任務を片付けるまえにすべてが終わってしまうことです」

「なにか理由をでっちあげて交渉を明日まで延期してもらうことならできますよ。ある特定のポイントについてもうすこし調査したいとか言って。それほどむずかしいことではありません」

「わかりました」

「テューービンゲン号の件ですが、あなたの友人からなにか知らせは？」

「船に届くつぎのスキップドローンで、暗号化したメモを送りました」

「わたしたちの暗号を信頼してはいけませんよ」

「わかっています。ただ、任務の内容を考えると、わたしが彼に暗号化していないメモを送るというのは不審な行動になっていたはずです。メモ自体はどうでもいい退屈な話で、そのなかにこういう言いまわしがあります――〝フェニックス・ステーションのときとよく似ていた〟」

「それはどういう意味です？」

「基本的には〝なにかおもしろいことがあったら教えてくれ〟という意味です。彼にはわかるでしょう」

「あなたたちはどのようにしてふたりだけに通じる暗号を使うようになったのです？　六歳のときにふたりで考案したとか？」

「えーと」シュミットはそわそわと言った。「自然にそうなった感じですかね」

「ほう」

「ハリーが、なにかの交渉であなたがわたしを叱りとばすのを見て思いついたんです――あとでくわしく知りたいということをわたしに伝える方法として」シュミットはせかせかと言った。目はあさってのほうをむいていた。

「あなたはそこまでわたしを怖がっているのですか、シュミット？」アブムウェがひと呼吸おいて言った。

「〝怖がっている〟というのはちがいます。あなたの仕事のやりかたに健全なる敬意を払っていると言うべきですね」

「そうですか。とりあえず、あなたのびくびくした卑屈さがわたしの役に立つことだけはないでしょう。だからやめなさい」

「努力します」

「それと、あなたの友人から連絡があったら教えてください。ティング准大使がなにをたくらんでいるのかもわかっていません。どうもおちつかないのです。ただ、ワンジにある無法コロニーがそれに関係しているような気がしてなりません。もしそうなら、わたしはだれよりも先にそのつながりを知りたいのです」

「わたしになにをやれって?」ドクター・トメックが言った。結局、イヴァノヴィッチ夫妻の死体はそのまま運ばれて、いまはどちらも診察台の上に寝かされていた。ドクター・トメックはプロの女医だったので、腐乱死体の姿やにおいに不快感をあらわすことはなかったものの、ウィルスン中尉がそれらを予告なしで医務室へ運び込んだことをうれしく思っているわけではなかった。

「脳をスキャンしてくれ」ウィルスンは言った。「探しているものがあるんだ」

「なにを探しているの?」

「見つけたら話すよ」

「悪いけど、そういうわけにはいかないよ」トメックは、兵士たちがイヴァノヴィッチ夫妻を医務室へかつぎこんだあとも残っていたリー中尉に目をむけた。「この男は何者?」彼女はウィルスンを指さしながらたずねた。

「一時的にミチュスンの代理をつとめているの」リーがこたえた。「ある外交使節団からの借り物。あと、その人にはちょっと別のこともあってね」

「え？」

リーはウィルスンのほうへ頭をふって説明をうながした。

「おれにはトップレベルのセキュリティ・クリアランスがあって、艦内のだれにでも命令をすることができる」ウィルスンはトメックに言った。「前回の任務からのなごりでね。上の連中が忙しくて取り消すのを忘れてたんだ」

「その件についてはもうオーガスティン艦長に文句を言ってある」リーが言った。「艦長もそれはムカつくと賛同してくれたけど、いまのところあたしたちにはどうしようもないと言ってた。艦長はつぎのスキップドローンで苦情を送るつもり。それまでは、あなたもこの人の言うことを聞くしかない」

「それでも、ここはわたしの医務室だから」トメックが言った。

「だからあんたにスキャンをしてくれと頼んでるんだ」ウィルスンは医務室の奥の棚に押し込まれているボディスキャナのほうへ顎をしゃくった。「おれはそいつの修理をしたこともあるし、使い方の訓練も受けている。自分でスキャンすることもできるんだ。けど、あんたがのほうがうまくやれる。おれはあんたを締め出そうとしているわけじゃない。ただ、おれが探しているものがまちがいなくそこにないときは、この偏執的妄想はおれの胸のうちにとどめておくのがだれにとっても最善だろう」

「もしもそれがあったら？」

「そのときは、いろいろとマジでややこしいことになる。だから見つからないことを祈るとしようや」

トメックがちらりとふり返ると、リーが肩をすくめた。ウィルスンはそのしぐさの意味を見てとった――〝このバカに調子を合わせておいて。じきに追い出せるんだから〟とりあえず、それはウィルスンにとって都合が良かった。

トメックが奥の棚に歩み寄り、スキャナと反射板を取り出して、ヴァシリー・イヴァノヴィッチの横たわる診察台へもどってきた。彼女は手袋をはめ、イヴァノヴィッチの頭をそっと持ちあげると、反射板をその下へ差し込んだ。

「映像はどこで見られるんだ？」ウィルスンはたずねた。トメックが頭で診察台の上のディスプレイをしめした。ウィルスンはそれをつけた。「あんたさえ良ければ準備完了だ」ウィルスンが言うと、トメックはスキャナを所定の位置に据え、起動して、二秒後にディスプレイを見あげた。

「なにこれ？」トメックが一瞬おいて言った。

「すばらしい」ウィルスンはディスプレイを見つめながら言った。「いまの〝すばらしい〟は、〝ああ、くそっ〟という意味だから」

「それはなんなの？」リーが、ウィルスンとトメックの見ているものをよく見ようと近づいてきた。

「ヒントをあげよう」ウィルスンは言った。「おれたちみんなが頭のなかに持ってる」

「ブレインパル？」リーが画面を指さして言った。

「大当たり」ウィルスンはディスプレイのほうへ身を乗り出した。「おれがCDFの研究開発チームにいたころにいじくったバージョンとは、ちょっと造りがちがうみたいだな。とはいえ、ほかのなにものでもない」

「この男は民間人でしょ」トメックが言った。「なぜブレインパルを頭に仕込んでるの？」

「考えられる説明はふたつある」ウィルスンは言った。「ひとつ、これはブレインパルではなく、おれたちが見ているのはたまたまよく似た形をした腫瘍である。ふたつ、われらがヴァシリー・イヴァノヴィッチはほんとうは民間人ではない。このうちのひとつが、もうひとつよりも可能性が高い」

トメックがマーティーナ・イヴァノヴィッチへ目をむけた。「女のほうは？」

「たぶん、おそろいだろうな。調べてみるかい？」

ふたりはたしかにおそろいだった。

「これがどういう意味かわかるよね」トメックがスキャナを停止したあとで言った。

ウィルスンはうなずいた。「ややこしいことになると言っただろ」

リーがふたりに目をむけた。「話が見えないんだけど」

「民間人のように見えるふたりの頭にブレインパルがあった」ウィルスンは言った。「となると、ふたりはおそらく民間人ではない。すなわち、この無法コロニーは巷《ちまた》で言われているような勝手な植民の試みではない可能性がある。ついでに言うと、コンピュータや記録がすべて植民者たちの手で破壊された理由がはっきりした」

「あなたがこの男の体内で見つけたデータチップだけは残ったけど」リーがヴァシリー・イヴァノヴィッチを指さして言った。

「こいつはチップを救うためにのみこんだんじゃないと思う」ウィルスンは言った。「たぶん、敵に襲われてほかのやりかたで壊す時間がなかったんだろう」

「チップにはなにが？」トメックが言った。

「日々の状況報告がごっそりと」ウィルスンは言った。「重要なのはチップにどんなデータがはいっていたかということじゃない。データが保存されていたメモリ構造がブレインパル専用のものだったということだ。そんなチップが存在するなら、だれかがブレインパルを使っていたことになる。ブレインパルが存在するなら、ここはただの無法コロニーではないということになる」

「オーガスティン艦長にこの件を伝えないと」リーが言った。

「彼は艦長なのよ」トメックが言った。「もう知っているかもしれない」

「艦長がもしも知っていたら、おれがあんたにこのふたりを調べさせるのを許すことはないはずだ」ウィルスンは言った。「おれのセキュリティレベルがどうだろうとな。うん、おれたちと同じように、この件は艦長にとっても寝耳に水の話だと思う」

「じゃあ話さないと」リーが言った。「話してかまわないんだよね？」

「ああ」ウィルスンは言った。「艦長はスキップドローンを送っておれたちの発見をくわしく報告するだろう。たぶん、そのあとすぐに、新しい命令が届いて、これは植民者を排除するだけの仕事じゃなくなるだろうな」

「こんどはなんになるわけ?」リーがたずねた。

「隠蔽工作ね」トメックが言うと、ウィルスンもうなずいた。「ここが無法コロニーではないことをしめす証拠をすべて抹消する」

「どのみち証拠を抹消することになっていたと思うけど」リーが言った。

「あの場所だけの話じゃない」ウィルスンはそう言って、イヴァノヴィッチ夫妻の死体を指さした。「そのふたりを、ブレインパルもろとも、こまかな粉末に変えるってことだ。おれたちがたったいま知った事実にまつわるあらゆる情報と、例のデータカードを消し去るのは言うまでもない。それにしても、そのふたりがほんとうに現役のCDFだったとしたら、ちゃんとショットガンで自分たちの頭を吹き飛ばさなかったということで、死後に降格させられるだろうな」

リーはオーガスティン艦長と話をしにいった。トメックは死体を保管した。ウィルスンはコーヒーを飲むためにぶらぶらと士官用食堂へむかった。途中でブレインパルのメッセージキューに問い合わせてみたら、ハート・シュミットからのメッセージが届いていた。ウィルスンはにやりとして、シュミットに特有のよわよわな神経症的性格を楽しく拝見させてもらうことにした。その笑みが消えたのは、シュミットが、いまはアブムウェ大使の右腕としてブーラ族との交渉にあたっていて、ティング准大使の性格が、彼とウィルスンがフェニックス・ステーションで出会った別のブーラ族とよく似ていた、と記しているのを知ったときだった。

「くそっ」ウィルスンはつぶやいた。シュミットがその文章のなかでその言いまわしを偶然に使うことはありえなかった。

ウィルスンはしばらく考えてから、「クソくらえ」とつぶやき、メモを作成してそれを暗号化した。それから、ブレインパルを使って、手に入れたコーヒーを撮影し、それと暗号化したメモで電子透かしの画像を生成して、シュミットのアドレスを付加し、つぎのスキップドローンで送信できるようにデータキューへ送り込んだ。リーがたったいまオーガスティン艦長にぶつけている爆弾の大きさを考えれば、スキップドローンはすぐにも送り出されるはずだった。

ウィルスンは、曲芸じみた暗号化によってコーヒーの画像に挿入されたメッセージが、ずっと気づかれずにすむとは思っていなかった。彼が期待していたのは、せめてシュミットがその情報をもとに必要な対策をとれるまでのあいだ、暗号が解読されずにいてくれることだった。

「あまり長くかからないといいんだが」ウィルスンはコーヒーにむかってつぶやいた。彼のコーヒーはその件については無言だった。ウィルスンはすこしだけコーヒーをすすると、ヴァシリー・イヴァノヴィッチのデータカードからブレインパルへ転送しておいたデータを呼び出した。そこにあるのはコロニーの暮らしに関するありふれた報告ばかりだったが、ウィルスンはすでにそのなかに重要なものを見つけていた。ほかのものもなにひとつ見逃したくなかった。すべて消去しろと命じられるまで、データを調べるための時間はそれほどたくさん残されていないはずだった。

シュミットは、アブムウェ大使がどんな策を弄するはめになったのか知らなかったが、彼女がなにかやったのはたしかだった。シュミットとアブムウェとテーブルをはさんでむかいあっているのは、ブーラ族との交渉にあたる使節団の責任者をつとめるアニッサ・ローダバウであり、コロニー防衛軍と外務省との連絡係であるリズ・イーガン大佐だった。残るエイベル・リグニー大佐は、どんな立場でここにいるのかよくわからなかったが、やはりその存在はいささか不安をかきたてるものだった。三人はアブムウェをひややかに見つめ、アブムウェもひややかな視線を返していた。だれもシュミットには注意を払っていなかったが、シュミットとしてはそれでなにも問題なかった。

「全員集まりました」イーガンがアブムウェに言った。「あと五分であなたとローダバウ大使は協議にもどらなければなりません。なぜこんなにあわててわたしたちと会う必要があったのか教えてください」

「あなたがたはこのワンジの無法コロニーについてわたしに包み隠さず話していたわけではなかったようですね」アブムウェが言った。

シュミットは、そのてきぱきした口調を耳にして、アブムウェがとてもいらいらしていることに気づいた。そして、テーブルについているほかの人たちもそのことに気づいているのだろうかと考えた。

「どのようなことを?」イーガンがたずねた。

「あそこが無法コロニーではなく、秘密のコロニー防衛軍の前哨基地だということを」

およそ十秒ほど沈黙がおりた。ローダバウもイーガンもリグニーも注意ぶかくおたがいの視線を避けていた。

「あなたがなぜそのように考えたのかよくわかりません」イーガンが言った。

「そんなたわごとでこれからの五分間をむだにするつもりですか、大佐?」アブムウェが言った。「それとも、これがわたしたちの交渉にどのような影響をおよぼすかについてきちんと話し合うつもりですか?」

「交渉にはなんの影響もないし——」ローダバウが口をひらいた。

「そうですか」アブムウェが相手のことばをさえぎって言った。シュミットは、ローダバウの悔しそうな表情に気づいたが、彼女とアブムウェは形の上では外交官として同じランクにいるので、なにができるわけでもなかった。「なぜなら、アニッサ、昨日ずっとブーラ族の准大使と話をして、わたしはほぼ確信したのです——彼女はこのコロニーとやらについてわたしよりもくわしく知っているのだと。結果的に、わたしはとてもあぶない橋をわたっているのだと思います。わたしが突き落とされたら、交渉全体がわたしもろとも墜落するでしょう。自分のミスで交渉に失敗するなら、わたしはそれを受け入れます。身内にじゃまをされたせいで失敗するなら、わたしはそれを受け入れるつもりはありません」

ここまで黙っていたリグニー大佐が、シュミットに顔をむけた。「きみの友人のハリー・ウィルスンがテュービンゲン号に乗っているな。いまブレインパルでチェックした。彼がきみに情報を流しているのか」

シュミットは口をあけたが、そのときアブムウェが手をのばしてシュミットの肩にふれた。シュミットはあまりのショックに口をつぐんだ。いまだかつてアブムウェに体にふれられたおぼえはなかった。

「たとえハートかハリー・ウィルスンがなにかやったとしても、それはわたしの命令に従っただけです」アブムウェは言った。

「要するに、きみは彼とウィルスンに命じてコロニー防衛軍の任務をスパイさせたのか」リグニーが言った。

「彼らにはわたしが外交団としての目的を達成するための手助けをする義務があるということを思い出させてあげたのです」

「コロニー防衛軍の任務をスパイすることで」リグニーはくり返した。

「リグニー大佐、話をわき道へそらすことで時間をなくそうとするあなたの努力はよくわかりますが、どうかやめてください。もういちど言います――ブーラ族の惑星では軍の任務が進行しています。わたしたちが交渉しているブーラ族は、ほぼまちがいなくそのことに気づいています」

「証拠はあるの？」ローダバウが言った。

「確実なものはなにも」アブムウェは言った。「しかし、相手が誠実に交渉していないときにはわかるのです」

「それだけ？　ただの勘？　あなたが交渉している相手はエイリアン種族なのよ。彼らの心理は人間とはまったくことなっているのに」

「それは問題ではありません。なぜなら、現実に違法な軍の前哨基地がこのエイリアン種族の惑星にあるのです。わたしがまちがっていた場合、なにも失うものはありません。しかし、もしもわたしが正しかったら、交渉全体が失敗に終わる危険があるのです」

「わたしたちにどうしろと言うのですか、大使？」イーガンがアブムウェにたずねた。

「ほんとうはなにが起きているのかを知りたいのです。攻撃を受けた無法コロニーを排除するためにこっそり軍艦をブーラ族の領土へ送り込んだことをブーラ族に知られる可能性がある、という状況で交渉にのぞむだけでも厳しいのですが、少なくとも、それなら必要とあらばごまかすことができます。CDFの軍艦が秘密の軍事施設を助けにやってくるというのでは、ごまかしようがありません」

「あれは秘密の軍事施設ではなかった」リグニーが身を乗り出して言った。

イーガンがこれに注意を引かれた。「本気で相手をするつもりなの、エイベル？」彼女はリグニーに目をむけて言った。

「大使はすでに知るべきではないことまで知っているんだ、リズ」リグニーは言った。「この段階ですこしばかりの事情説明をしたところで問題があるとは思えない」彼はアブムウェに顔をもどした。「あれはたしかに無法コロニーなんだ」

「CDFの兵士がいる無法コロニーですか」アブムウェは言った。その声に含まれる疑いの念は聞き逃しようがなかった。

「そうだ。コンクラーベによって人類やそのほかの非加盟種族が植民を禁じられてから、われわれは数名のCDFのメンバーをあちこちの無法コロニーへ潜入させてきた。ほかの植民者たちはなにも知らない。肉体や外見はふつうの人間のように改造してあるが、ブレインパルは残してあるんだ。彼らはデータを記録してときどきそれを送ってくる。技術的な仕事の経験があるCDFのメンバーを送り込むと、たいていは彼らがコロニーの通信システムの管理をまかされるようになる」

「目的はなんですか？」

「コンクラーベが無法コロニーにどんな反応をするか見てみたいんだ。それを脅威とみなすのかどうか、正式なコロニーに対するのと同じ反応をするのかどうか、さらには、無法コロニーこそが――というか、無法コロニーのふりをしたコロニーこそが――われわれがコンクラーベとの衝突を回避しながら領土をひろげるひとつの手段なのかどうか」

「とっくにほかの種族が権利を主張している惑星に植民するのが賢明なことだと考えたわけですね」

リグニーは両手をひろげた。「われわれは惑星を選ぶわけじゃない。配下の兵士たちにコロニーで諜報活動をさせているだけだ」

「ワンジには何名のCDFが潜入していたのですか？」

「送り込まれるのは二名がふつうだ。ほとんどの無法コロニーは規模が小さい。植民者五十名につき一名の割合だな」リグニーはシュミットに顔をむけた。「きみの友人のウィルスンが見つけたのは何人だった？」

シュミットがちらりと目をやると、アブムウェはうなずいた。「二名です、大佐」シュミットはこたえた。

「だいたい合ってるようだな」リグニーはそう言って、椅子に背をもたせかけた。

「この件についてわたしたちはどうすれば？」アブムウェは言った。

「〝わたしたち〟というか、〝きみ〟だろう」

「そうです」

「われわれはなにもしません」イーガンが言った。「ブーラ族はこの件についてなにも言ってきていませんから」

「この件についてこちらから話を持ちだすつもりはないの」ローダバウが言った。「もしもブーラ族が無法コロニーについて質問してきたら、そのことがわかった時点でただちに排除したとこたえるだけ――急いでいたので事前に許可をいただけなかったのは、たいへん申し訳ないと」

「では、もしもブーラ族が植民者のなかにCDFのメンバーがいることを発見したら？」アブムウェはたずねた。

リグニーがシュミットを指さした。「死体はこちらにある。ふたつとも。より明確に言うなら、ふたりの頭部がこちらにある。ブレインパルのおさまっている部分だ」

アブムウェは三人をまじまじと見つめた。「冗談を言っているのですか？　ブーラ族はそこまでバカではありませんよ」

「だれもブーラ族がバカだとは言ってない」リグニーは言った。「だが、諜報員からの報告によれば、ブーラ族は無法コロニーがあったことを知らないし、彼らがあそこを攻撃したわけでもない。交渉についてはいままでどおりに進めるだけだ」

「ブーラ族が直接わたしにそのことを質問してきたら？　予想に反してそうなる可能性はあるでしょう」アブムウェは言った。

「そのときは、あなたはなにも知らないことにすればいいわ」ローダバウが言った。

「要するに、ブーラ族に嘘をつけというのですね」アブムウェは言った。

「そうよ」

「言っておきますが、わたしはこれは良い考えではないと思います」

ローダバウはあきらかにアブムウェにいらついていたが、先に返事をしたのはイーガンだった。「この件に関する指示はわれわれ全員のずっと上からきているのです、大使。ここにいるだれひとりとして、それに反論する権利はありません」

「なるほど」アブムウェは立ちあがり、それ以上なにも言わずに部屋から出ていった。

テーブルのむこう側で、ローダバウとイーガンとリグニーがシュミットに目をむけた。

「わざわざご足労ありがとうございました」シュミットは言った。笑顔を見せようとしたが、失敗した。

ハリー・ウィルスンはテューービンゲン号のブリッジにはいった。ジャック・オーガスティン艦長が、副長やそのほかのクルーとともに、ぎょっとして顔をあげた。艦長は二秒でブレインパルに問い合わせてウィルスンにラベルをつけた。それから口をひらいた。「問題が起きたようだな」

ウィルスンが見守るまえで、オーガスティン艦長はこの型破りな闖入者に飛びかかるべきかどうか頭のなかで議論し、わずか半秒で決断をくだした。「説明しろ」艦長は言った。

「いま二名のCDFの死体が肉の保管庫にはいっています」ウィルスンは言った。

「ああ。それが？」

「もうひとりそこに入れなければいけないと思いまして」

「なんだって？」

「ここにあるCDFの死体はふたつ。コロニーにはもうひとつあるはずです。ヴァシリー・イヴァノヴィッチのデータを調べてみました。そこにブレインパルで読み取れる型式で保存されたデータがあったんです。ところが、いくつかの文書はヴァシリーの作成したものではありませんでした。そのうちの一部は、マーティーナ・イヴァノヴィッチが作成し、ブレインパル間転送によってヴァシリーに送ったものでした。さらに別の一部は、ドルー・タルフォードという男から届いたものでした。その男もやはりブレインパル間転送を使っていたんです」

「いま惑星上には兵士たちがおりて、死者の身元確認をおこなっている。その男もいずれ発見されるだろう」

「男はすでに発見されているんです。それを確認していなければ、艦長をわずらわせたりはしません」

「すでに発見されているなら、なにが問題なの？」テュービンゲン号の副長をつとめるセレーナ・ユアンが口をはさんだ。

「ぜんぶが発見されたわけじゃありません」ウィルスンは言った。「頭がないんです」

「大勢の植民者が四肢や胴体の一部を失っているはずだ」オーガスティンが言った。「彼らは攻撃を受けたのだ。しかも一週間たっているから、死肉あさりに荒らされている」

「大勢が体の一部を失っています」ウィルスンはそう言ってから、オーガスティンとユアンにブレインパル経由で画像を送信した。「しかし、胴体からきれいに切り離された一部がなくなっている植民者はほかにいません」

オーガスティンとユアンは送られた画像をじっくりと吟味した。「その頭は見つかっていないのか」オーガスティンがしばらくしてたずねた。

「はい」ウィルスンは言った。「二時間ほど入念に探させました。頭のない死体はいくつもありましたが、ふつうはそれほど遠くないところで見つかっていますし、切断面はぼろぼろです。この男の頭は体のそばにはありません。どこにもないんです」

「動物がくわえて逃げたのかもしれない」ユアンが指摘した。

「可能性はあります」ウィルスンは言った。「しかし、CDF兵士の頭が胴体からきれいに切り離されていて、その頭がどこにも見つからないとしたら、動物がそれをおやつにしたと考えるのは賢明とは言えないでしょう」

「コロニーを襲撃しただれかが持ち去ったと考えているのか」オーガスティンが言った。

「はい。こうなると、ブーラ族はコロニーがここにあることを知らない、とわれわれに説明した連中は、とんでもない考えちがいをしていたと思います。ブーラ族はコロニーがあったことを知っているだけではなく、そもそも襲撃をもくろんだ黒幕なんだと思います。たとえブーラ族がコロニーのことを知らなかったとしても、まずまちがいなく襲撃者は問題の頭をブーラ族に引き渡したはずです。なにしろ、ブーラ族の惑星のひとつにCDFが存在したという証拠は、すこしばかりの現金よりもはるかに大きな価値がありますから」

「でも、CDFがここにいることをブーラ族が知っているなんてありえない」ユアンが言った。「わたしたちでさえ知らなかったのに」

「現時点では、ブーラ族が以前から知っていたかどうかは問題ではないと思います」ウィルスンは言った。「肝心なのは彼らがいま知っているということです。そして、いま知っているとしたら――」

「われわれがここにいることも知っているわけだ」オーガスティンが言った。

「そのとおりです」ウィルスンは言った。「その場合、現時点でもっとも大きな外交上の問題は無法コロニーではありません。われわれです」

オーガスティンはすでにウィルスンを無視して、地上部隊を惑星から引き上げさせるために連絡をとろうと集中していた。

なんとか半数を引き上げさせたところで、ブーラ族の六隻の戦艦がワンジの上空へスキップしてきて、すでに発射準備をととのえた武器の照準をテュービンゲン号に合わせた。

アブムウェがティング准大使と進めていた交渉がそろそろ終わろうとしていたとき、シュミットは准大使のPDAから気持ちのいい呼び出し音が流れるのを聞いた。ティングはちょっと話を中断して、PDAを取りあげ、そこに表示されたメモを読むと、ブーラ族の笑みに相当するしぐさを見せた。

「良い知らせですか？」アブムウェはたずねた。

「そうかもしれません」ティングはそう言って、PDAを下へおろした。彼女は補佐官に顔をむけ、身を乗り出してその耳もとへ静かにささやきかけた。補佐官は立ちあがって部屋から出ていった。

「申し訳ありませんが、交渉を締めくくるために必要なものがあって、いまはまだ手元に届いていないのです」ティングは言った。「わたしの補佐官がそれを運んでくるまで、すこしお待ちいただけますか」

「もちろんです」アブムウェは言った。

「ありがとう。あなたとわたしは良好な信頼関係を築いてきたと思います、アブムウェ大使。わたしが過去に出会ったどの交渉相手とも、こんなふうに気持ちのいい仕事ができればよかったのですが」

「ありがとうございます。交渉に不必要な対立を持ち込んだりしなくても、話し合わなければならない問題は山積みですから」

「まったく同感です」ティングが言った。彼女の背後でドアがひらき、中型サイズのケースを運んできた補佐官が、それをテーブルの上に置いた。「わたしは、そうした一般的な認識が、ここでわたしたちふたりの助けになると考えています」

「それは？」アブムウェはケースを身ぶりでしめしてたずねた。

「大使、昨日、ザーラ副大使の虫垂について話をしたことをおぼえていますね」ティングはアブムウェの質問を無視して言った。

「ええ、もちろんです」

「わたしはあなたに、そんなに小さな器官が全身の健康をおびやかすというのはおかしなことだと言いました」

「はい」アブムウェはケースを見つめながら言った。

「それならあなたにも理解できるでしょう。コロニー連合とブーラ族とのあいだで進んでいるより重大な交渉から遠く離れた、この小さな控えの間で、あなたがわたしにこれから語ることが、交渉全体の成否にたちまち影響をおよぼすことを。わたしがこれを実行する権利をもとめたのは、おたがいの惑星を実際に訪問するという今回のような交渉のやりかたが、この任務にはふさわしいと考えたからです。わたしがやらなければいけなかったのは、必要な情報がすべて手にはいるまで待つことだけでした」

アブムウェはにっこりした。「残念ですが、お話がよくわかりません、ティング准大使」

「それが真実でないことはよくわかっているのですよ、アブムウェ大使。ワンジに滞在しているコロニー防衛軍について、知っていることを教えてください」

「なんですって？」

「ワンジに滞在しているコロニー防衛軍について、知っていることを教えてください」

シュミットはアブムウェをちらりと見て、上司の首すじや姿勢にうかがえる緊張は、人類の生理学的な手がかりに特別くわしいわけではないエイリアンにも見てとれるものなのだろうかと思いめぐらした。

「わたしはコロニー防衛軍の一員ではありませんから、どの世界のことであろうと、それが滞在しているかどうかという質問にこたえられる立場にあるとは思えません」アブムウェは言った。「ただ、あなたの質問により良い回答ができるCDFの人びとを知っています」

「大使、それはすばらしく芸術的な言い逃れですね」ティングが言った。「わたしがあなたの立場でも、そこまでうまくはできないでしょう。しかし、残念なことに、今回はどうしてもあなたから直接お返事をいただかなければなりません。ワンジに滞在しているコロニー防衛軍について、知っていることを教えてください」

「それについてはなにも話せないのです」アブムゥェは両手をひろげて、〝できることなら協力したいのですが〟という身ぶりをしてみせた。

「〝話せない〟というのは、ここで使うと戦略的にあいまいなことばとなります。知らないから話せないのか？　それとも、話すなと命じられているから話せないのか？　わたしがいけないのかもしれませんね、大使。質問があまりにも正確さに欠けていました。やりなおしましょう。この質問には〝はい〟か〝いいえ〟でこたえてもらいます。アブムゥェ大使、あなたはワンジにコロニー防衛軍が滞在していることを知っていますか」

「ティング准大使――」アブムゥェは口をひらきかけた。

「アブムゥェ大使」ティングは楽しげな、しかし力のこもった声で言った。「この質問に対して〝はい〟か〝いいえ〟でお返事をいただけない場合、残念ですが、今回の交渉は一時中断しなければなりません。わたしが交渉を一時中断した場合、わたしの上司たちもそれぞれの交渉を中断することになります。あなたが直接的な質問に明確な回答をしてくれないために、すべての交渉がおじゃんになるのですよ。この点についてはきちんと理解していただけたと思います。さて、これが最後です――あなたはワンジにコロニー防衛軍が滞在していることを知っていますか」

「いいえ」アブムゥェは言った。「わたしはそのことは知りません」

ティングがブーラ版の笑みを浮かべ、とても人間じみたしぐさで両手をひろげた。〝ほら、どうです？〟と言わんばかりに。「必要なのはそれだけです、大使。直接的な質問に対する明確な回答。ありがとう。わたしたちの交渉にこのような対立を持ち込んでしまったことを、そしてとりわけ、あなたに対してそうしたことを謝罪します。先ほど言ったように、わたしたちはこれまでにすばらしい信頼関係を築いてきたと信じていますので」

シュミットはアブムウェの首すじと両肩から緊張が抜けていくのを見た。「謝罪には感謝しますが、そんな必要はありません。わたしはただ仕事を片付けたいだけですから」

「ああ、片付きましたよ」ティングはそう言って立ちあがった。アブムウェとシュミットも急いで立ちあがった。「あなたがわたしに嘘をついた瞬間に」

「わたしがあなたに嘘を」アブムウェは言った。

「ええ、たったいまです。おぼえておいてほしいのですがね、アブムウェ大使、わたしはあなたがわたしに嘘をつくよう上司から命令されたとほぼ確信しています。これまでに大勢の人間と交渉してきたので、相手が嘘をつくよう命じられているときにはわかるのです。にもかかわらず、あなたはたったいまわたしに嘘をついた。それはあなたが嘘をつくかどうかのテストだったのですが、あなたは嘘をついた」

「ティング准大使、わたしがなにを知っているとあなたが信じているにせよ、わたしの行動によって交渉全体に影響をおよぼすようなことがあってはならないと――」

ティングが手をあげた。「約束します、アブムウェ大使、あなたたちとわたしたちとの交渉が終わってしまうことはありません。ただし、交渉の内容については、大幅な変更が生じるでしょう」准大使はケースを身ぶりでしめした。「さて、ようやくこれについて話すことができます」

「ケースにはなにがはいっているのですか？」

「贈り物です。ある種の。より正確に言うと、もとはコロニー防衛軍に属していたものを返そうとしているのです。実際にはふたつの物体で、ひとつがもうひとつの内部におさまっています。われわれのほうでふたつ目をひとつ目から取り出そうとしたのですが、そこで気づきました。あなたが——あなた個人ではなく人間たちが——ふたつ目はひとつ目から出てきたのではないと主張するかもしれないと。だから、そのままにしておくのがいちばんだと考えたのです」

「話が漠然としていますね」

「ええ。おどろきをだいなしにしたくないのかも。よければあけてみてください」

「あけないほうがよさそうですね」

「お好きなように。しかし、あなたの上司にわたしの上司からのメッセージを伝えていただけると助かります」

「どのような？」

「彼らがケースをあけたあと、双方がふたたび顔を合わせるときには、コロニー連合がコロニー防衛軍を不当にわれわれの領土に滞在させたことに対する代償が、交渉の主題となります。ワンジに設置した非合法の居留地だけでなく、われわれが現在拘留している戦艦も対象になります。たしか、テューービンゲン号という名前でしたね」

「テューービンゲン号を攻撃したのか？」シュミットは口走り、すぐにその失態を悔いた。

「いいえ」ティングはシュミットに顔をむけて言った。楽しげに。「しかし、あの戦艦を自由にするつもりもありません。クルーはいずれあなたがたのもとへ帰るでしょう。これからはじまる交渉で、戦艦そのものを返却するための価格が決まるはずです」准大使はアブムウェに顔をもどした。「あなたの上司にもその旨伝えてかまいませんよ、アブムウェ大使」

アブムウェはうなずいた。

ティングはにっこり笑ってPDAを取りあげた。「さて、それではさようなら、アブムウェ大使、ミスター・シュミット。このつぎの交渉では、あなたがたもうまくやれるかもしれません」准大使は部屋から出ていき、補佐官がそのあとを追った。ケースはテーブルに残されたままだった。

アブムウェとシュミットはケースを見つめた。どちらもそれをあけようとはしなかった。

エピソード4　荒野の声

アルバート・バーンバウム――改革者気取りで〝荒野の声《あれの》〟を自称し、かつてはアメリカ合衆国で四番目に有名なオーディオトークショーのホストだった――は、プロデューサーに電話をかけるよう車に指示した。「数字は出たか？」彼は相手が応答するやいなや質問し、自分の名を告げるような手間はかけなかった。発信者番号が通知されることはおいておいても、彼が口をひらいたとたんにわかって当然なのだ。

「数字は出たわ」ルイーザ・スマートがこたえた。バーンバウムが、ヘッドセットをかぶってデスクにむかっているスマートの姿を思い浮かべたのは、それ以外の状況で彼女を見たことがほとんどないというのが大きな理由だった。

「どうだった？」バーンバウムはたずねた。「良かったか？　先月よりあがったか？　先月より良かったと言ってくれ」

「あなたいますわってる？」

「いま運転中なんだよ、ルイーザ。もちろんすわってるさ」

「自分で運転するのはだめなはずでしょ」スマートはあらためて言った。「あなたはもうマニュアルの運転免許はないんだから。停車を命じられたときに、車のトリップモニタを調べられてオートドライヴを切っていることがバレたら、罰金ものよ」

「きみはぼくのプロデューサーだろう、ルイーザ。ママじゃない。さあ、引き延ばすのはやめて数字を教えてくれ」

スマートはため息をついた。「先月より十二パーセントさがったわ」

「なんだって？　でたらめ言うなよ、ルイーザ」

「アル、なぜあたしが嘘をつかなくちゃいけないの？　あなたがパニックになるのを聞くのをよろこんでるとでも？」

「そんなのでたらめに決まってる」バーンバウムはスマートのことばを無視してことばを継いだ。「たった一カ月で八人にひとりものリスナーを失えるはずがない」

「別に数字をでっちあげてるわけじゃないわ、アル。そのまま伝えてるだけ」

バーンバウムはちょっと黙り込んだ。それから、ダッシュボードを叩きはじめて、路上で車を蛇行させた。「くそっ！　くそっくそっくそっくそったれ！」

「たまにおどろかされるわ、あなたがしゃべるのを仕事にしてるってことに」

「いまは勤務中じゃない。ひとりのときに言語不明瞭になろうと勝手だ」

「この数字が意味するのは、あなたが一年で三分の一のリスナーを失ったということ。あなたは広告ギャランティを手に入れそこねることになる。またしても。それはすなわち、あたしたちが空《あ》いた広告枠を無料で提供しなければいけないということ。またしても」

「どういう仕組みかはわかってるよ、ルイーザ」

「それはすなわち、あたしたちがこの四半期を赤字で終えるということ。ここ三度の四半期で二度の赤字。それがなにを意味するかはわかるでしょ」

「つぎの四半期になんとしても黒字にしなければならないという意味に決まってる」

「またもやはずれ。それはすなわち、ウォルターがあなたを監視リストに載せるということ。そしてウォルターの監視リストに載るということは、あなたがあと一歩で契約を解除されるということ。そうなったら、例の〝荒野の声〟ってやつも気のきいた看板にすらならなくなる。あなたはほんとうに忘れ去られてしまうのよ」

「ウォルターが契約を解除するはずがない。ぼくは彼のお気に入りのトークショーホストだからな」

「ボブ・アロヘッドをおぼえてる？　あなたの前任者だった人。彼もウォルターのお気に入りだったのよ。それが、三度の四半期で立て続けに成績が悪かっただけでクビになった。ウォルターは、お気に入りに情けをかけることで数十億規模のメディア帝国を築いたわけじゃないの。たとえ相手が自分の祖母だろうと、三度の四半期で立て続けに赤字を出したら契約を解除するわ」

「いざとなればひとりでやっていけるさ。独力で野心的な事業を経営するんだ。まちがいなくやれる」

「ボブ・アロヘッドはまさにそれをやってるところ。うまくいってるかどうか本人にきいてみるといいわ。もしも彼を見つけられれば。もしも彼を見つける方法を知っている人を見つけられれば」

「ああ、だけど彼にはきみがいないからな」バーンバウムは俗っぽいお世辞を口にすることをためらわない男だった。

そして、スマートはそれを相手の顔に投げ返すことをためらわない女だった。「もしも契約解除になってシルヴァーデルタ社を離れることになったら、あなたにもあたしはいないのよ。あたしが契約している相手は会社であって、あなたじゃないんだから。でも、頭をなでようと努力してくれたことにはお礼を言うわ。ところで、いまどこにいるの？」

「ベンのサッカーの試合を見にいくところだ」

「息子さんのサッカーの試合がはじまるのは四時半よ、アル。あなたのスケジュールを画面に表示させている相手には、もっとマシな嘘をつかないと。放送事業者協会の会合で出会った例のグルーピーのところへむかっているんでしょ？」

「だれの話をしているのかわからないな」

スマートはため息をつき、そのあと、静かな声で五つかぞえた。「あのね。あなたの言うことは正しい。あたしはあなたの母親じゃない。あなたがどこかのグルーピーとまたもやパコパコやろうが、そんなことはかまわない。ただ忘れないで。あなたがウォルターの稼ぎ頭《がしら》だったころは彼も口止め料を惜しまなかったけど、二度の四半期で連続して赤字を出しているいまはそうはいかないの。あなたには婚前契約書がないでしょ。ジュディスはあなたのふたりめの奥さんとちがってバカじゃないけど、あなたはバカかもしれないから、彼女にまるめこまれて婚前契約をかわさなかった。中年の自尊心の確認と三分間の運動にそれだけの価値があるといいんだけどね」

「きみの助言は心に留めさせてもらうよ、ルイーザ。特に、ぼくのセックスの腕前に関するささやかな皮肉はね」

「グルーピーとパコパコやる時間を減らして、自分のショーにもっと時間をついやして、アル。あなたの勢いが衰えているのは、あなたの政治的信条が急に人気をなくしたからじゃないの。あなたの勢いが衰えているのは、あなたがなまけて退屈になっているから。この業界でなまけて退屈になったらどうなると思う？　仕事がなくなるのよ。そしてグルーピーもいなくなる」

「すてきな将来像に感謝するよ」バーンバウムは言った。

「冗談を言ってるんじゃないのよ、アル。立ち直るチャンスはつぎの四半期しかない。それはあなたもわかってるし、あたしもわかってる。仕事をしたほうがいい」スマートは回線を切った。


追いつかれたのは、ホテルのロビーを出ようとしていたときだった。「ミスター・バーンバウム」若い男が呼びかけてきた。

バーンバウムは片手をあげてそのまま歩き続けようとした。「いまはサインはだめだ。息子のサッカーの試合に遅れてしまう」

「サインをもらいに来たわけではありません」若者は言った。「ビジネスの提案があるんです」

「そういうのはマネージャーをとおしてくれ」バーンバウムはずんずん歩きながら背後の若者へ大声で言った。「そのためにチャドに金を払ってるんだ——いろんなビジネスの提案をさばいてもらうために」

「今月は十二パーセント落ちましたね、ミスター・バーンバウム」若者は回転ドアへむかうバーンバウムに呼びかけた。

バーンバウムは回転ドアをくるりと一周して若者のところへもどった。「なんだって？」

「〝十二パーセント落ちましたね？〟と言ったんです」

「どうやってぼくの数字を知ったんだ？　公表されていない情報なのに」

「あなたのように文書やビデオの漏洩にかかわりの深いトークショーホストが、そんな質問をする必要はないでしょう。わたしがどうやってあなたの数字を知ったかはここでは問題ではないんです、ミスター・バーンバウム。ここで重要なのは、わたしがその数字を上げるお手伝いができるということです」

「すまないが、きみが何者なのか見当もつかない。当然ながら、きみの話に耳を貸さなければならない理由も思いつかない」

「マイクル・ワシントンです。わたし自身は、あなたが特に気にかけるような者ではありません。わたしが代表する人びとについては、あなたも耳を貸したくなるかもしれません」

「それはだれなんだ？」

「双方に利益をもたらす関係のメリットをよく知るグループです」

バーンバウムは笑みを浮かべた。「それだけ？　本気で言ってるのか？　正体不明の謎めいたグループ？　なあ、マイクル、たしかに、ぼくはときどき陰謀説にかたむくことがあるかもしれない――そういうのは楽しいし、リスナーもよろこんでくれるからね。だからといって、そんなものが実在すると信じているわけじゃないんだよ」

「彼らは正体不明でもなければ謎めいてもいません。現時点では匿名でいることを選んでいるだけです」

「そりゃあ良かった。その人たちがやりたいことに本気になって、グループに名前もついたら、チャドと話をしてくれ。さもなければ、きみはぼくの時間とその人たちの時間をむだにしているだけだ」

ワシントンはバーンバウムに名刺を差し出した。「よくわかりました、ミスター・バーンバウム。お時間をとらせて申し訳ありませんでした。しかし、明日ウォルターと面会したあとで、もしも気が変わったときは、こちらに連絡をください」

バーンバウムは名刺を受け取らなかった。「明日はウォルターとの面会の予定はない」

「あなたが予定していないからといって、面会がないとはかぎりませんよ」ワシントンは名刺をかすかに揺らした。

バーンバウムは、名刺を受け取ることもなく、ワシントンをふり返ることもなくその場を離れた。

彼はベンのサッカーの試合に遅刻した。ベンのチームは負けた。

バーンバウムは朝のショーを終えて、例の新しい遊び相手につぎの密会についてメールを打っていた。ふと目をあげると、ウォルター・クリングが、その六フィート十インチある体軀で、彼の目のまえに立っていた。

「ウォルター」バーンバウムは言った。ボスの姿を見てうろたえそうになるのをこらえた。

クリングはバーンバウムのPDAへ顎をしゃくった。「ジュディスにメッセージを送っているのか？」

「まあね」

「けっこう。あれはすごい女だぞ、アル。きみの過去最高に賢明だった行動はジュディスと結婚したことだろう。おろそかにするようなことがあったら大バカだ。わたしがそう言ったことを彼女に伝えておいてくれ」

「わかったよ。今日はなんでまたこんな岩塩坑の底までおりてきたんだ、ウォルター？」シルヴァーデルタ社の録音スタジオは、ワシントンDCにある自社ビルの一階と二階にあった。ウォルターのオフィスは最上階の十四階をそっくり占拠していて、エレベーターで屋上へあがると自家用ヘリコプターがあり、彼はそれを使って毎日アナポリスから通勤していた。このシルヴァーデルタ社のCEOは、どんな日であろうと、めったに十階より下へおりてくることはないのだった。

「ひとり解雇しようと思ってな」クリングが言った。

「解雇？」バーンバウムはミョウバンのかたまりでもなめているみたいに唇をすぼめた。

「アリス・ヴァレンタだ。ちょうどこの四半期の数字が出たところでな。彼女はもうずっと沈んだままで、まったく浮上してこない。そろそろ潮時だろう。わたしがこういうときにどんな気持ちでいるかは知ってるよな、アル。だれかを解雇するというのは下請けに出せるようなことじゃない。自分の犬は自分の手で処分するべきだし、自分の部下は自分の手で解雇するべきだ。それが敬意を払うということだ」

「まったく同感だよ」

「そう言ってくれると思った。リーダーシップ基礎講座だな」

バーンバウムは急にことばを失い、ごくりとつばをのんでうなずいた。

「これまできみのために下へおりてくることにならなくてほんとうに良かったよ、アル」クリングはぐっと身を乗り出すような格好になった。七フィート近い長身なのでしかたがないことではあるのだろうが、バーンバウムは、自分がどれほど下の立場であるかを痛感せずにはいられなかった。目をそらさずにいるには強靭な意志の力が必要だった。「きみはわたしにそんなことをさせないよな？」

「もちろんだよ、ウォルター」バーンバウムは言った。そのことばを口にしたとき、演技用の声に切り替えたのは、ふだんの声だとかすれてしまいそうだったからだ。

クリングは上体を起こし、バーンバウムの肩をつかんだ。「それを聞きたかった。近いうちにランチでもどうだ。ずいぶんごぶさただからな」

「よろこんで」

「よかった。ジェイスンに手配させよう。たぶん、来週のどこかだな」

「楽しみだよ」

「さて、失礼させてもらうよ、アル。今日出席する打ち合わせが、どれもこれほど楽しいものになるわけではないからな」バーンバウムがうなずくと、クリングはそれ以上なにも言わずにふらりと歩き出し、廊下を第8スタジオへとむかった。もうじき、そこはアリス・ヴァレンタにとって過去の仕事場となるのだ。

バーンバウムは、クリングの姿が見えなくなるのを待ってから、ほうっと息を吐き出して身をふるわせた。ズボンのポケットに手を入れて、車のキーを取り出すようなふりをしてみたが、ほんとうはチビっていないことをたしかめるためだった。

バーンバウムのPDAが振動し、メッセージの受信を通知した。内容は――［いつ会いたい？］バーンバウムは、よく考えてみたら今週中はホテルでの密会はむりだ、と書きかけたところで、それが新しい遊び相手からのメッセージではないことに気づいた。彼はテキストを消去した。

［だれだ？］バーンバウムは入力し、送信した。

［マイクル・ワシントンです］という返信が届いた。

「このPDAのことをどうして知ってる?」バーンバウムは送信した。それは私用のPDAだった。番号を知っているのは、ジュディスと、ベンと、ルイーザ・スマートと、例の新しい遊び相手だけのはずだった。
[あなたが奥さんではない女性といっしょにいたホテルを突き止めたのと同じ方法です。あなたはそういうのを控えて、自分の仕事を守ることにもっと集中するべきでしょう、ミスター・バーンバウム。会いたいですか?]
バーンバウムは応じた。

待ち合わせの場所となった〈ボナーズ〉は、ウッドパネルが張られているタイプのバーで、エンタテイメントショーを製作する人びとが利用するいっぽうで、政治家たちが謎めいた連中と打ち合わせをするような場所だった。

「これ以上なにか話したり行動したりするまえに、きみがどうしてぼくのことをそんなによく知っているのか教えてもらいたい」バーンバウムは、ボックス席に腰をおろしたワシントンにむかって、社交辞令をすっ飛ばして言った。「きみはぼくのプライベートとビジネスの両面について、世界中でほかにだれも知らないことを、あるいは知るべきではないことを知っている」

「ルイーザ・スマートは知っていますよ」ワシントンはおだやかに言った。

「すると、きみは彼女から情報を得ているのか? ぼくのプロデューサーに金を払ってスパイさせているのか? そうなのか?」

「いいえ。ミスター・バーンバウム。十年も付き合っているのですから、ご自分のプロデューサーのことはよくわかっているでしょう」

「じゃあどうやってるんだ？ きみは政府の関係者か？ この国の政府の？ どこかよその政府の？」バーンバウムは無意識のうちに偏執的発言モードにはいりこんでいた。もっと若いころには、それが彼の名声をいっそう高めたものだった。「ぼくに関する調査はどれほど広範囲までおよんでいるんだ？ ぼく以外の人びとも監視しているのか？ どれくらい上の連中まで関与しているんだ？ 誓って言うが、どこまでだろうと、この件は徹底的に追及するからな。ぼく自身の命と自由を賭けてでも」

「政府があなたに対する陰謀をくわだてていると本気で信じているのですか、ミスター・バーンバウム？」

「知りたいのはこっちだ」

ワシントンはPDAを差しあげた。「あなたのPDAを」

「ぼくのPDAがどうした？」

「ちょっとだけ貸してください」

「ぼくのPDAに盗聴器を仕掛けたのか？」バーンバウムは語気を強めた。「根っこのところでネットワークに侵入しているんだな！」

「PDAをお願いします」ワシントンは手をのばしたまま言った。バーンバウムはすこし手をふるわせながらPDAを差し出した。ワシントンはPDAを受け取り、何度か指をすっと動かしたあと、スクリーンを押して、それをまた差し出した。バーンバウムはPDAを受け取り、困惑をあらわにした。

「〝荒野の声〟アプリが表示されているが」バーンバウムは言った。

「はい。あなたが公開している無料アプリで、人びとがあなたのショーを聴いたり、そのあとでテキストや音声でコメントを送ったりできるものです。それぞれのコメントには位置情報のタグがついているので、あなたがそれを読んだり放送で流したりするときには、地理的にどこから届いたのかがわかります。つまり、あなたのアプリには音声を送受信するだけでなく、あなたの行動を追跡する能力があるわけです。あなたはそのアプリを安上がりに開発するために、こういうアプリを粗製濫造して金を稼ぐ定額プログラマを利用したので、ハッキングはきわめて容易なのです」

「待った。ぼくを調べるためにぼく自身のアプリを使ったのか？」

「はい。あなたはプログラマに支払っただけのものを手に入れたんですよ、ミスター・バーンバウム」

「ウォルターの件は？　きみはぼくがウォルターと面会すると言って、事実そのとおりになった。どうしてわかったんだ？」

「毎月の数字は入手済みでした。この四半期はもう終わります。成績の悪かったショーのホストは何人かいました。クリングが解雇するときに直接会うことはよく知られています。だからわたしは推測しました。あなたが今日ウォルター・クリングと会う可能性に賭けたんです。事前に面会のことをあなたの頭に入れておけば、どんなかたちの出会いでも、あなたにとっては的中したことになるでしょう。あとは、あなたのPDAを監視して、〝面会〟が終わったあとで連絡するだけでした」

バーンバウムは微妙な表情で自分のPDAを押しやった。

ワシントンがそれに気づいた。「がっかりしたようですね。わたしが政府の人間ではなかったので。あなたを追跡する地球規模の陰謀団がなかったので」

「バカなことを。ぼく自身はそういうものは信じていないと言ったじゃないか」バーンバウムの表情は変わらなかった。

「申し訳ないです。わたしがもっと極悪人だったり、国家や世界の政治の謎めいた一角とつながりが深かったりしなくて」

「じゃあ、きみはだれなんだ？」

「まえに言ったとおり、あなたが現在かかえるさまざまな問題に解決策を提供するグループを代表しています」

バーンバウムはあやうく〝ほんとうの依頼人はだれだ？〟と質問しそうになったが、ワシントンのことばで気を削がれてしまった。「で、わたしのかかえる問題とは？」

「はっきり言いますと、あなたはリスナーを加速度的に減らしていて、国内政治の話題においては過去の人になりつつあります」

バーンバウムはその断定に反論しようかと思ったが、それではなんの回答も得られないと気づいたので、聞き流すことにした。「で、きみの友人たちはどうやってその問題を解決しようというんだ？」

「あなたに考察すべき話題を提案することで」

「これは買収か？　金を払ってある特定の意見を支持させようとか？　ぼくがそういうことをしないから」実を言えば一回か二回か十回かもっと何回かはそういうことをしたことがあって、正直な話、交渉はしばしば〈ボナーズ〉でおこなわれていた。バーンバウムは、自分のモラルと折り合いをつけるために、それは自分がどのみちしゃべりたかったことだと思い込むようにしていた。それなら、彼の行為は違法なだけで、不道徳ではない。とはいえ、買収できない人物という見かけをたもつのはたいせつだ。そうすれば買収しようとする連中に達成感をあたえられる。

「引き替えに差し出すお金はありません」ワシントンが言った。

バーンバウムはまた微妙な顔をした。ワシントンは声をあげて笑った。「ミスター・バーンバウム、あなたには充分すぎるほどのお金があります。とにかく、いまのところは。わたしの依頼人たちが提供するのは、お金よりはるかに貴重なもの——あなたがすこしまえまで手にしていた名声と権力に満ちた地位へ復帰するだけでなく、もっと上までのぼりつめるための能力です。あなたはかつてこの国で四番目に有名なオーディオトークショーのホストでしたが、それほど長続きしたわけではありません。わたしの依頼人たちはあなたにナンバーワンとなってそこにとどまるチャンスを提供します——あなたがそこにとどまりたいと思うかぎり」

「どうやってそれを実現するんだ?」バーンバウムもそこは知りたかった。

「ミスター・バーンバウム、あなたのようなお仕事をしている方なら、ウィリアム・ランドルフ・ハーストのことはご存じでしょう」

「新聞の発行人だな」バーンバウムが知っているのはそれくらいだった。彼のアメリカ史の知識は、建国にまつわることと過去五十年間については豊富だったが、それ以外については抜けが多かった。

「そうです。新聞の発行人です。十九世紀の末に、アメリカとスペインがキューバをめぐって戦争の準備にとりかかったとき、ハーストはひとりのイラストレーターをキューバへ送って、その事件の絵を描かせようとしました。現地に着いたイラストレーターは、ハーストに電報を送り、見たところ戦争は起こりそうもないので帰国すると告げました。ハーストはこれに返信して、そのまま現地にとどまるよう命じたうえで、こう言いました。〝きみは絵を用意しろ、わたしが戦争を用意してやるから〟そして、そのとおりにしたのです」

バーンバウムはワシントンをぽかんと見つめた。

「ミスター・バーンバウム、わたしの依頼人たちも、そのときと同じように、絵を送ってくれる人物を必要としています」ワシントンは続けた。「議論のきっかけとなる人物です。いったん議論がはじまれば、あとのことはわたしの依頼人たちが引き受けます。しかし、どこかで議論がはじまる必要がありますし、それはわたしの依頼人たち以外のところでなければなりません」

「ぼくが絵を用意して、その人たちが戦争を用意する」バーンバウムは言った。「ここで言っている戦争というのは？」

「現実の戦争ではありません。実際には、あなたのことばで現実の戦争を阻止できるかもしれないのです」

バーンバウムは考え込んだ。「だが、報酬はない」

ワシントンはにっこりした。「ありません。聴衆と名声と権力だけです。とはいえ、金はそれらについてくるものです」

「で、きみは最初の三つを保証できると」

「絵を用意してください、ミスター・バーンバウム。そうすれば戦争になります。付け加えると、かなり早急に」


バーンバウムが絵を用意するチャンスはその翌日にやってきた。

「世界政府について話せませんか？」カノガパークのジェイスンがバーンバウムに話しかけていた。カノガパークのジェイスンは、バーンバウムにとってもっともブレの少ないリスナーのひとりだった。なにしろ、あらゆる話題が遅かれ早かれ世界政府へもどってしまうのだ。世界政府への不安とか、議論の対象となるすべてのトピックがいかにして世界政府へつながるかとか。世界政府の時計はカノガパークのジェイスンに合わせてもいいくらいだ。

「ぼくが世界政府について話すのが大好きなのは、きみもよく知っているだろう」バーンバウムは、なかば機械的にこたえた。「今回はどういう流れで？」

「いやあ、それは明白じゃないですか？」ジェイスンが言った。「いま大きな議論になっているのは、われわれがコロニー連合との外交関係を再開すべきかどうかということです。この〝われわれ〟に注意してください、アル。ここで言う〝われわれ〟は〝われわれアメリカ合衆国〟ではないですよね？　もちろんちがいます。ここで言う〝われわれ〟は〝われわれ地球の人間たち〟です。つまり、すぐ目と鼻の先でひそかに創設されようとしている〝われわれ地球の世界政府、ということです。コロニー連合との関係について日々話し合うたびに、コロニー連合へ外交官を送るべきかどうかについて日々議論するたびに、世界政府の触手が個人の自由の喉元をますます締め付けていくんですよ、アル」

「それは注目すべき意見だね、ジェイスン」バーンバウムは言った。そのことばは、彼の胸のうちでは〝きみの話は完全にバカげているが、ここで議論するのは無意味だから、これから話題を変えるよ〟という意味だった。「ところで、いまのきみの話で、ぼくが近ごろおおいに関心をもっているトピックが出てきた。つまりコロニー連合のことだ。きみはコロニー連合にまつわる公式の談話を追いかけているかな、ジェイスン？」

「世界政府に関係のあるやつですか？」

「もちろん。あわせてそれ以外のトピックもね。公式の談話で、いまの政府が前面に押し出していて、ほかのすべての政府もそれにならっているのは、この――どれくらい？　二百年ほど？――のあいだ、コロニー連合が地球の人びとにほんとうのことを隠していたという事実だ。彼らは自分たちの同意抜きで地球人が惑星を離れるのを禁じてきた。兵士や植民者を繁殖させるために地球を利用してきた。テクノロジーを分けあたえず、宇宙における人類の立場を理解させないことで、地球人の進歩を阻害してきた。知ってるかい、ジェイスン？いまワシントンにいる政権はこの六年間いろいろな面でまちがってきたし、その数もえらく多かったけど、それはまあ妥当だ。いずれも妥当な主張といえる。

だが、それらはまちがった主張でもある。それらは近視眼的な主張なんだ。それらは――言うべきかな？　あえて言うか？　まあ言ってしまおう――それらはこの政権にとって政治的に都合の良い主張なんだ。事実を見てごらん。ここ三、四年のアメリカの経済成長はどんなぐあいだ？　そう、まさにゴミ箱に落ちている。きみも知ってる。ぼくも知ってる、みんなが知ってる。じゃあ、どうしてゴミ箱に落ちているのか？　この政権が進めてきた経済政策のせいで、何億ものまっとうなアメリカ人が、毎朝起きて出勤して自分のやるべき仕事をこなし、依頼された仕事をこなしている人びとが――ぼくやきみのような人びとのことだよ、ジェイスン――その……みんな苦しんでいるんじゃないか？　たしかに苦しんでいる。一年中、毎日のように。

いまやぼくたちは、われらが愛すべきリーダーが、あのホワイトハウスの住人が、もはや世界同時不況とかいうデマの陰で隠しとおすことができず、アメリカの国民とともにその政策の結果を潔《いさぎよ》く受け止めなければならないところまできている。そのとき、まるで空からふってきた奇跡のように、ジョン・ペリーとあのコンクラーベの艦隊があらわれて、大統領ではなく、現政権の政策でもなく、いわゆる世界的景気後退でもなく、コロニー連合こそが人びとの苦しみの根元なんだと告げる。われらが愛すべきリーダーにとっては、実に都合のいい話だと思わないか、ジェイスン？」

このころには、ルイーザ・スマートが調整室からガラスをこつこつと叩いていた。バーンバウムはそちらへ目をむけた。〝なにをやってるの？〟と、スマートが無言で口を動かした。バーンバウムはなだめるように両手をあげた——〝心配ない、ちゃんとわかってる〟

「世界政府となんの関係があるのかよくわからないんですが」ジェイスンが疑わしげな口調で言った。

「いやいや、これは世界政府とおおいに関係があるだろう、ジェイスン？」バーンバウムは続けた。「ここ数カ月、人びとが話すことといえばコロニー連合のことばかりだ。コロニー連合に関してなにをするべきか、コロニー連合についてどうするべきか、コロニー連合は信用できるのか。そうやって毎日のようにコロニー連合のことを話していれば、そのぶんだけ、自分たちの要求や、自分たちの問題や、自分たちの政府——そして現在の政権——の失策について話すことがなくなる。そろそろ議題を変えるときなんだ。そろそろ公式の談話を変えるときなんだ。そろそろ真実に到達するときなんだよ、わき道にそれるのではなく。

そして、ここに真実がある。ぼくはいまそれをきみに伝えたい。それはけっして大衆受けすることはないだろう。公式の談話にすこしばかり反するものかもしれないし、行政当局やマスコミの内部でそれを支える連中が公式の談話をどれほど熱心に守っているかは、みんなよく知っているだろう？　だが、これは真実なのだから、とにかく、まずはサイズを試して、気に入るかどうか見てみるといい。

コロニー連合？　それは地球という惑星にかつて起きた最高のできごとだ。断トツの一位だよ、勝負にならない、銀メダルも銅メダルもない。たしかに、コロニー連合は地球をその安全なバブルのなかに閉じ込めていた。だが、きみも報告書を見ただろう？　宇宙のこのあたりには、たしか、ええと、六百の知的エイリアン種族がいて、そのほとんどすべてがなんらかのかたちで人類を攻撃したことがある。そこに含まれるジョン・ペリーの神聖なるコンクラーベは、もしもコロニー連合が阻止しなかったら、ひとつの惑星のコロニーをそっくり消滅させるところだったろう？　彼らにコロニーを消滅させる力があるのなら、もしも地球が重要な存在とみなされた場合、それだけが大目に見てもらえる理由がどこにある？

あるいはこんな意見もある。まあ、たしかに、コロニー連合は地球を守ってくれていたけれど、ぼくたち地球人は、兵士か植民者にならないかぎり宇宙へ出ていくことができなかったじゃないか。しかし、それがなにを意味するのか考えてごらん——それはつまり、地球から宇宙へ出ていく人びとはだれもが、星の世界で人類を守るか、星の世界で人類の居場所を築く役割を果たすということだ。ぼくは軍服を着てこの国のために働いている人びとに対して、ほかのだれにも劣らない称賛と敬意をいだいている。地球に暮らすぼくたちを含めたすべての人類を守るために軍服を着て働いている人びとのことを、どうしてそれより下に見たりできる？　人類すべての生存がかかる局面では、コロニー連合はぼくたちに——地球人のことだよ、みなさん——頼ることになる。公式の談話はそれを〝隷属〟と呼んでいる。ぼくはそれを〝義務〟と呼ぶ。ぼくが七十五歳になったら、この地球でロッキングチェアにすわって、あの世へ行くまでうたた寝をしてすごしたいだろうか？　とんでもない！　ぼくを緑色に塗って宇宙へ連れ出してくれ！　現政権は、ぼくやほかの人びとがコロニー防衛軍に加わるのを阻止することで、ぼくをコロニー連合から守っているわけじゃない。ぼくたちみんなの安全を守るために作られたひとつの組織から資源を奪うことで、人類全体の生存をおびやかしているんだ！

きみたちのなかには、あいかわらず公式の談話にしがみついて、こんなふうに言う人もいるだろう——でも、コロニー連合は地球をテクノロジー的にも社会的にも低レベルなままにしていただろう？　ぼくはたずねたい。そうなのか？　ほんとうにそうだったのか？　ひょっとしてコロニー連合は、宇宙にいるすべての人類のなかで、地球人だけはテクノロジー面で完全に自給自足できるようにしたんじゃないのか？　ぼくたちにはほかのエイリアン種族がどんなふうにやっているのかを知る機会はない。なにかやりたければ、自分たちでやるしかない。地球人にはほかの種族には対抗するすべもないほどの知識基盤がある——なぜなら、彼らはまわりの種族からテクノロジーを盗むことにばかりかまけていたからだ！　コロニー連合は、ぼくたちを支配するどころか、この地球上に放置して独自の政治的および国家的宿命を追求させてきた。ジェイスン、もしもコロニー連合がこれまでずっと地球を守っていなかったら、ぼくたちは世界政府を避けることができていたと思うかい？　ほぼ確実だったエイリアン種族による征服という事態に直面したら、人びとは世界政府の創設をもとめて叫んでいたんじゃないか？」

「ええと――」ジェイスンが言った。

「きみにはわかっているはずだ」バーンバウムは続けた。「ひょっとすると、北京やニューデリーやカイロやパリのような政府がここに樹立されることを望んでいる人びともいるのかもしれないが、ぼくはちがう。世界政府がこのアメリカの政府と同じようなものになると信じるほどぼくたちはうぶなのか？　あろうことか、現政権はぼくたちの権利を下取りに出して、ぼくたちをほかのあらゆる人びとと均一なものにしようとするのに大忙しだ！

だからぼくは言いたい。公式の談話なんか投げ捨てよう、みんな。真実をつかむんだ。ほんとうは、コロニー連合は地球人を低レベルなままにしてきたわけじゃない。地球人の自由を守ってきたんだ。自分をあざむいてそれ以外のことを信じていたら、ぼくたちはそれだけ種としての破滅に近づいていく。たぶん、ぼくだってすべての答を知っているわけじゃない――なにしろ、トークショーでしゃべっているひとりの男にすぎないからね――だけど、これだけはわかっている。最終的には、人類は宇宙で生きのびるために戦うしかない。ぼくは戦士たちとともに立ちたい。みんなはどこに立つ？　コマーシャルのあとで、その質問について話してみたい思う。カノガパークのジェイスン、電話をくれてありがとう」

「もうひとつ言いたいことが――」

バーンバウムは回線を切ってジェイスンのことばをさえぎり、ルイーザ・スマートにコマーシャルの合図を送った。

「さてと、まじめな話、あれはいったいなんだったの？」スマートがヘッドセットを通じて言った。「いつからそんなにコロニー連合に興味をもつようになったわけ？」

「きみが言ったんじゃないか、どうやってショーを立て直すかを考えることにもっと時間を使ってくれと」

「二百年ものあいだ地球をコケにしてきた連中を擁護するのが勝利の戦略だと？　ふだんにも増して、あなたの判断には疑問をもたずにはいられない」

「信じてくれ、ルイーザ。これはきっとうまくいく」

「たったいまベラベラしゃべったこと、あなたもほんとは信じていないのね？」

「それで数字があがるなら、ぼくはひとこと残らず信じるよ。きみの仕事のために言っておくけどね、ルイーザ、きみだってそうするべきだ」

「あなたがここにいようといまいと、あたしには仕事があるの」スマートはあらためて言った。「だから、あたしは自分の意見を〝大売り出し〟の棚に入れたりはしない。あなたにとってどうせ同じことならね」彼女は自分のモニタを見おろし、顔をしかめた。

「どうした？」

「あなたは〝だれかさん〟を怒らせたみたい。ここに〝アメリカ国務省〟って表示されてる。国務省からここへ連絡がはいるなんてめったにあることじゃない、それだけは確実」

「まちがいなく国務省からなのか？」

「いま名前をチェックしているところ。あった。宇宙局の副次官。全体の枠組みのなかでは雑魚《ざこ》ね」

「問題ない。番組にもどったらその男をつないでくれ。ぼくが機嫌をとってやるから」

「女よ」スマートが言った。

「どっちでもいいさ」バーンバウムはそう言って、戦いにそなえた。


絵を用意し終えたので、バーンバウムはワシントンの依頼人たちが戦争を用意するのを充分に予想していた。予想していなかったのは大進撃だった。

バーンバウムのその日のショーの数字は、実際には平均よりおよそ一パーセント低かった。百万人に満たない人びとが彼の熱弁を生で聴き、各自の好みの聴取装置でストリーミング再生した。ところが、熱弁がはじまって十分後には、熱弁のアーカイブ版がリスナーを集めはじめた。はじめは比較的ゆっくりと、アーカイブ版の数字が上昇をはじめ、リンクする政治的なサイトの数も増えていった。二時間後には、アーカイブ版のリスナーだけで百万人に達した。三時間後には二百万。四時間後には四百万。ショーのアーカイブ版の再生数は、それからの数時間はおおよそ幾何級数的な勢いで増えていった。ひと晩で、〝荒野の声〟のPDA用アプリは七百万ダウンロードを達成。つぎの日のショー――それからの数日のショーは全篇がコロニー連合の話題だけで占められた――がはじまるころには、生の聴取者は五百二十万人。その週の終わりには、ショーごとに二千万のストリーム再生数となった。

負担のかかりすぎたダムにできたひび割れのように、バーンバウムのコロニー連合を応援する熱弁は、さまざまな政治的団体の礼儀正しい沈黙を急速に崩壊させ、そのあとに、コロニー連合を寄せつけまいとする現政権の方針を攻撃するバーンバウムへの圧倒的な賛同の洪水が続いた。バーンバウムは、メディア言説のなかでうまい位置を占めていた――人気がないかもしれない（しかも常軌を逸しているかもしれない）意見を売り込むことができないほど影響力があるわけではなかったが、変人として完全に無視されるほど目立たないわけでもなかった。ワシントンにいる大勢の事情通や政治家やジャーナリストがバーンバウムのことをよく知っていた。

政権のほうは、このトピックに関して津波のような反対意見が押し寄せることをまったく予期していなかったので、バーンバウムとその支持者に対する当初の反応でへまをやらかした。まず最初に、不運にもなにも事情のわからない宇宙局の副次官が、バーンバウムのショーに電話を入れたものの、徹底的に論破されてしまったため、三日後には辞表を提出して故郷のモンタナ州へ帰り、最終的にハイスクールの歴史教師になった。

少なくとも、彼女はうまく逃れることができた。政府の反応はあまりにもお粗末だったので、数日間は、そのぶざまな対処ぶりのせいでコロニー連合そのものに関する議論が覆い隠されそうになってしまった。

それでも実際に覆い隠されることがなかったのは、好機を見逃さないバーンバウムが、それを許さなかったせいでもあった。バーンバウムは、新たに獲得した優位な立場から意見をひろめ、二週間まえなら会ってもらえなかった事情通たちから役に立つ情報のかけらを集めて、コロニー連合を題材とした議論のために日々の予定を組んでいった。

もちろん、ほかの人びとはバーンバウムから主導権を奪おうとした。ライバルであるトークショーホストたちは、彼の突然の勢いに呆然とし、同じようにコロニー連合の話題をとりあげたが、先行している相手にはまったくかなわなかった。(かつては)より影響力の大きかったショーホストたちでさえ、この件については敗者となった。最終的に、もっとも察しの悪い連中をのぞくすべてのライバルたちが、このトピックに関する優先権をバーンバウムに譲り、ほかの話題へと焦点を合わせていった。政治家たちは話題を変えようとした。バーンバウムは、彼らをショーに呼んで自分の目的にかなうよう利用し、スタジオへ足を踏み入れようとしない連中についてはこきおろした。

いずれにせよ、この話題はバーンバウムのものであり、彼はそれをとことん利用して、政治家のような影響をあたえるために慎重にメッセージを微調整した。あるときはこんなふうに言う。もちろん、コロニー連合がぼくたちを闇に閉じ込めていたことを許すべきではないが、その決定がくだされた流れは理解しなければいけない。また別のときにはこんなふうに言う。いや、ぼくたちはコロニー連合に隷属するべきではないし、彼らの連合の単なるひとつのコロニーになったりするべきではないが、対等なパートナーとして同盟を組むならはっきりしたメリットがある。そしてまたあるときにはこんなふうに言う。もちろん、コンクラーベの立ち位置を考慮して、それと話し合いをすることにどんなメリットがあるかを見きわめるべきだが、ぼくたちは人類だということを忘れるべきではないだろう? 結局のところ、同族でもない相手に対して、ぼくたちは心からの忠誠を尽くす義務があるのかな？

ときおり、ルイーザ・スマートから、あなたはこの広範囲におよぶ新たな聴衆にむかって語っていることを、自分でも本気で信じているのかと問いかけられた。バーンバウムは、その質問に対する自分の最初の返答をくり返すだけだった。やがて、スマートは質問するのをやめた。

最新の月間報告が届いた。ショーの生の聴衆は二千五百パーセントの増加だった。アーカイブ版のほうも同じくらい増えていた。PDA用アプリのダウンロード件数は四百万。バーンバウムはエージェントに連絡して、シルヴァーデルタ社との最新の契約について再交渉するよう依頼した。前回の契約からまだ二年もたっていなかったが、エージェントは指示に従った。ウォルター・クリングは、身長六フィート十インチで根っからのボス猿ではあったが、かかとの低い靴で身長五フィートしかない、ニューヨーク出身のねばり強いユダヤ人のおばあちゃん、モニカ・ブラウスティンのことを妙に怖がっていた。しかも、彼は聴取率の一覧表を読むことができたし、金鉱を見逃すこともなかった。

バーンバウムの生活はショーと睡眠だけになった。愛人のほうは、相手にしてもらえないことに腹を立てて、彼を捨てた。三人目の妻で、とても利口で、婚前契約書をかわさないよう夫をあやつったジュディスとの関係は、ほぼすべての面で状況にふさわしい改善を見せた。息子のベンのサッカーチームはほんとうに試合で勝った。この最後の点については、バーンバウムも自分の手柄にできる気はしなかった。

「いつまでも続くわけがないわ」二ヵ月たったころにスマートが指摘した。

「どうしたんだ？」バーンバウムは言った。「気がめいってるのか」

「現実を見てると言ってよ、アル。あなたが現時点でなにもかもうまくいっているのはうれしいわ。でも、いまあなたがショーでとりあげる問題はひとつしかない。いずれにせよ、この問題はそれほど遠くない未来になんらかのかたちで解決にむかうはず。そのときあなたはどうする？　もはや過去のブームでしかなくなるのよ。あなたが新しいピカピカの契約を結んだことは知っているけど、それでもクリングは、三度の四半期で連続して成績が悪かったらあなたをクビにする。そのときあなたは、好むと好まざるとにかかわらず、もっと、もっと下まで転落してしまう」

「ぼくがそれに気づいていないと思うなんて愉快だな。ふたりのどちらにとっても幸いなことに、ぼくはそのときにそなえて準備を進めている」

「教えて」

「〝大集会〟だよ」バーンバウムは〝大〟に力をこめて言った。

「ああ、集会」スマートは〝大〟を省略した。「あなたがいまから二週間後に予定している、コロニー連合を支援するためのモールでの集会ね」

「ああ、それだ」

「その集会のテーマもコロニー連合でしょ。ということは、いつもと同じでちっともひろがりはない」

「大集会がどうとかいうことじゃない。そこに出席する人物が重要なんだ。上院多数党リーダーと下院少数党リーダーの両方が、ぼくといっしょにステージにあがることになっている。この六週間、ぼくは彼らとの関係を育《はぐく》んできたんだよ、ルイーザ。彼らはあらゆる種類の情報を流してくれる。なにしろ中間選挙が迫っているからね。彼らは下院で多数党の地位を取りもどしたいし、ぼくにはそれを実現できる力がある。そこで、大集会のあと、ぼくたちはコロニー連合から離れて、より身のまわりの問題へともどっていく。もちろん、コロニー連合の波には可能なかぎり乗り続けるよ。でも、こうすれば、そっちの波がおさまったときでも、ぼくはこの国の政治の動きに影響をおよぼす地位を維持できる」

「あなたがひとつの政党の使い走りでいることを気にしないかぎりはね」

「ぼくとしては〝陰の政策決定者〟という呼び方が好きだな。もしもこの選挙で成功をおさめることができたら、もっと別の呼び名に変えられるんじゃないかと思ってる。すべてが上向きだよ」

「そのときは、あたしはあなたのとなりに立って、耳もとで〝忘れるな、そなたも死をまぬがれぬことを〟とささやくことになるのかしら？」

「その引用はよくわからないな」バーンバウムの世界史の知識は、アメリカ史の知識よりもさらにすこしばかり不足気味だった。

スマートはあきれた顔になった。「そりゃそうでしょうね。とにかくおぼえておいて、アル。いつか役に立つ日がくるかも」

バーンバウムはそれを頭にメモしようと思ったが、ショーや、大集会や、そのあとに続くいろいろなことで忙しくて忘れてしまった。ふと思い出したのは、大集会の当日、下院少数党リーダーと上院多数党リーダーによる十五分間の感動的なスピーチのあとで、大集会のステージの演壇にあがって演説台のまえに立ち、七万人の顔の海（期待していた十万人には届かなかったものの、充分な数だったし、どのみち人数は推定でしかないのでさばを読んでいた）を見渡したときのことだった。それらの顔は、ほとんどが男性で、ほとんどが中年だったが、いまはバーンバウムを見あげて、称賛の念と、熱意と、自分たちがなにか大きなことに、このアルバート・バーンバウムがはじめたなにかに参加しているという思いをあらわにしていた。

〝忘れるな、そなたも死をまぬがれぬことを〟バーンバウムの頭のなかに、ルイーザ・スマートのことばが響いた。彼はにっこり笑った。ルイーザは結婚式があるので大集会には出席していなかった。その件についてはあとでからかってやろう。バーンバウムは演説台のモニタにメモを呼び出し、口をひらいてしゃべりだそうとしたが、すぐにひどい困惑に襲われた。彼は演壇でうつぶせに倒れ、魚みたいに口をぱくぱくさせて、肩の残骸からねっとりした血をほとばしらせていた。遠い雷の音がようやく雷光に追いついたかのように、両耳にパンッという音が届き、そのあとに、悲鳴とパニックに駆られた七万人の人びとが逃げ出そうとする音が聞こえ、そして世界は闇につつまれた。

バーンバウムが見あげると、マイクル・ワシントンが彼を見おろしていた。

「どうやってここにはいったんだ？」バーンバウムがそうたずねたのは、自分が何者で（アルバート・バーンバウム）、ここがどこで（ワシントン聖心カトリック病院）、いまが何時で（午前二時四十七分）、自分がなぜここにいるのか（銃で撃たれた）を二分ほどかけて思い出したあとだった。

ワシントンは手袋をはめた手で胸のバッジを指さし、バーンバウムは相手が警官の制服を着ていることに気づいた。「ほんものじゃない」バーンバウムは抗議した。

「実はほんものです」ワシントンは言った。「ふだんは私服で動いているんですが、いまはこれが役に立つので」

「きみはなにかのフィクサーだと思っていた。だって依頼人がいるんだろう」

「そのとおりですし、依頼人もいます。副業でバーテンダーをする警官もいます。わたしがやっているのはこれなんです」

「冗談だろう」

「その可能性も充分にありますね」

「なぜここにいる？」

「仕事が片付いていないからです」

「なんの話かわからないな。きみはぼくにコロニー連合を応援する話をひろめるよう頼んだ。ぼくはそのとおりにした」

「あなたの仕事ぶりはすばらしいものでした。ただ、最後になって勢いが衰えましたね。あの集会に参加した人びとは、あなたの予想よりも少なかった」

「十万人集まったよ」バーンバウムは弱々しく言った。

「いいえ。しかし、あなたがそのための努力をしてくれたことには感謝します」

バーンバウムは意識がさまよいはじめるのを感じたが、がんばってもういちどワシントンに集中した。「じゃあ、片付いていない仕事というのは？」

「あなたが死ぬことです。あなたは集会で暗殺されることになっていたんですが、われわれの狙撃手が的をはずしました。本人は自分と標的のあいだで突風が吹いたせいだと言っています。そこでわたしの出番となりました」

バーンバウムは混乱した。「なぜぼくを死なせたいんだ？　頼まれたことはやったのに」

「くり返しますが、あなたの仕事ぶりはみごとでした。しかし、いまや議論はつぎの段階へ進める必要があります。あなたを大義のための殉教者に仕立てあげればそれが実現するのです。あるテーマを国民の意識へ埋め込むには、おおやけの場での暗殺ほど適したものはありません」

「ぼくには理解できない」バーンバウムはますます混乱していた。

「そうでしょうね」ワシントンは言った。しかし、あなたはいちどたりとも理解しなかったのですよ、ミスター・バーンバウム。そこまでは理解したくなかったのだと思います。あなたはわたしがだれのために働いているのかさえ本気で知ろうとはしなかった。あなたが興味をもったのは、わたしがあなたのまえにぶらさげた餌だけでした。あなたはそこからいちどたりとも目をそらさなかった」

「きみはだれのために働いているんだ？」バーンバウムはかすれ声で言った。

「もちろん、コロニー連合のために働いていますよ。彼らは会話の流れを変えるための手段を必要としていました。あるいは、わたしはロシアとブラジルのために交互に働いています。この両国は、コロニー連合に関する国家間の討議をアメリカが仕切っていることに腹を立てていて、その風潮を壊したがっています。そうではなく、わたしはホワイトハウスにはいない政党のために働いていて、選挙の票読みを変えようとしています。実を言うと、いまの話はぜんぶ嘘です――わたしは世界政府の創設を願う秘密結社のために働いています」

バーンバウムは目をむいてワシントンを見つめた。信じられなかった。

「答をもとめるなら、仕事を引き受けるまえにするべきでしたね、ミスター・バーンバウム。いまとなっては永遠に知ることはできません」ワシントンは注射器を持ちあげた。「あなたが目ざめたのは、わたしがこれで注射をしたからです。こうして話をしているあいだも、あなたの神経系の働きは止まろうとしています。その目的は明白です。われわれはあなたが暗殺されたことにしたいのです。追跡劇のためにいろいろな場所にたくさんの手がかりを仕込んであるのです。これであなたはもっと有名になるでしょう。その名声とともに影響力も生まれます。もちろん、あなたがそれを行使することはできません。しかし、ほかの人びとが行使すれば、それで充分なのです。名声、権力、そして大勢の聴衆。すべてあなたに約束されたものです。いまそれがあたえられたのです」

バーンバウムは返事をしなかった。彼は話の途中で死んでいた。ワシントンは笑みをたたえ、注射器をバーンバウムのベッドのすきまに押し込むと、病室から出ていった。

「暗殺者がビデオに映ってたんです」カノガパークのジェイスンが言った。相手は、追悼番組のためにショーを一時的に引き継いでいる、ルイーザ・スマートだった。「彼に注射をして、彼が死ぬまで話をしていた男の姿がビデオに映ってたんです。そのときなんですよ。男が世界政府の構想について暴露したのは」

「それは事実かどうかわかりません」スマートは言った。もう百万回も思ったことだが、バーンバウムはこんなリスナーたちと話をしていながら、どうして回線をたどって彼らを絞め殺しにいきたいと思わずにいられたのだろう。「あのビデオは解像度が低かったし音声は記録されていなかったんです。ふたりがなにを話していたかはわからないんです」

「ほかにないでしょう？　ほかのだれにあんなことができます？」

「それは注目すべき意見ですね、ジェイスン」スマートはそう言って、つぎのリスナーからの電話に切り替える準備をした。どんなバカげた理論が待っているかは知らないが。

「アルがいなくなって残念ですよ」ジェイスンが回線を切られる直前に言った。「彼は自分のことを〝荒野の声〟と呼んでいました。でも、もしそうだったのなら、ぼくたちはみんな彼といっしょに荒野にいたことになります。こんどはだれがその声になるんです？　だれがぼくたちに呼びかけるんです？　そして、どんなことを語るんです？」

スマートは良い返答を思いつかなかった。そこでつぎのリスナーの相手に移った。

エピソード5 クラーク号の物語

「さて、コロマ船長」外務省副次官のジェイミー・マッキジュウスキーが言った。「宇宙船の船長がだれでも自分の船をミサイルの進路へ意図的に移動させるわけではありません」

ソフィア・コロマ船長はぐっと歯をくいしばりながらも、奥歯をかみ砕いてしまわないよう懸命に努力していた。ダナヴァー星系におけるコロマの行動を調べる最終審問がどのような流れになるかについては、自分でもいろいろと予想していた。こんな冒頭陳述はその予想には含まれていなかった。

コロマの頭のなかで、さまざまな返答を網羅したリスト――そのほとんどが彼女のキャリアを救うためにはまったくふさわしくなかった――が流れすぎていった。数秒後、使えそうなのがひとつ見つかった。「その件につきましては詳細な報告書を提出してあります」コロマは言った。

「ええ、たしかに」マッキジュウスキーはそう言ってから、外務省艦隊指揮官のランス・ブロードと、CDFの連絡係であるエリザベス・イーガンを片手で指し示した。マッキジュウスキーとともに最終審問会の一員をつとめる面々だ。「あなたの詳細な報告書は受け取っています。それだけでなく、あなたの副長であるバーラ中佐と、アブムウェ大使と、事件が起きたときにコロニー防衛軍から補佐役としてクラーク号に派遣されていたハリー・ウィルスンの報告書も」

「ドック長のゴロックからの報告書もある」ブロードが言った。「クラーク号がミサイルで受けた損傷の概要だ。彼女がきみにたいへん感心していたことは伝えておきたい。きみがクラーク号をフェニックス・ステーションへ帰還させたという事実がそもそも奇跡に近いとのことだ。本来なら、スキップ可能な距離まで加速した段階で、材料にかかる圧力によって船体はまっぷたつになっていたはずだと」

「ゴロックはさらに、クラーク号の損傷があまりにも大きいので、修理にはロバートスン級の外交船を新たに建造するよりも長い時間がかかると言っています」マッキジュウスキーが言った。「修理するほうが高くつくかもしれないと」

「それと、あなたが危険にさらした人命の問題もある」イーガンが言った。「あなたのクルーの命。ウチェ族への外交使節団の命。合計すると三百名を超える」

「わたしはリスクを可能なかぎり小さくしました」コロマは言った。〝およそ三十秒で作戦を練るしかなかったのに〟と思ったが、口には出さなかった。

「そうね」イーガンが言った。「あなたの報告書を読んだ。この行動による死者は出ていない。でも、負傷者は出ていて、何人かは生死にかかわるほどの重傷だった」

〝わたしにどうしろと？〟コロマは審問会の面々にむかって怒鳴りたい気分だった。クラーク号はそもそもダナヴァー星系にいるはずではなかった。あの外交チームは、行方不明になっておそらくは全滅した、ウチェ族への外交使節団の代役として急遽選ばれた。クラーク号が現地に着いてみると、盗まれたコロニー連合のミサイルを使ったウチェ族への罠が仕掛けられていた。人類がウチェ族の外交使節団を攻撃したように見せかけるためだ。ウィルスンが──コロマは、その名前を考えるだけで痛烈なことを言いたくなるのをこらえなければならなかった──クラーク号のシャトルをおとりにしてそれらのミサイルを撃破したが、一基だけは残ってしまった。シャトルは破壊され、ウィルスンはあやうく命を落としかけた。そこへウチェ族が到着したので、コロマはやむなく最後のミサイルをクラーク号へ引き付けたのだ。あのミサイルがウチェ族の船へ突進して、命中していたら、コロニー連合が現時点では資源を割く余裕のない戦争がはじまっていただろう。

〝わたしにどうしろと?〟コロマはもういちど胸のうちで問いかけた。その質問を口にするつもりはなかった。出だしから審問会にそんなことを言わせている場合ではない。答はいずれわかるし、それは彼女がやってきたこととは別のなにかになるはずだった。

そこで、コロマは言った。「はい、負傷者は出ました」

「それは避けられたかもしれない」イーガンが言った。

「はい。避けることはできたでしょう。あのミサイルを──コロニー連合製のメリエラックス・シリーズ・セブンを──攻撃を予期しておらずなんの備えもしていなかったウチェ族の船に命中させれば。その場合、たとえ完全に撃破されることはなかったとしても、船体はほぼ確実に大破し、相当数の負傷者が出たでしょうし、そこに何十という死者が含まれた可能性もあります。より望ましい行動とは思えませんでした」

「あなたの行動で、ウチェ族の船が大損害をまぬがれ、コロニー連合がやっかいな外交問題をまぬがれたという点については、だれも異議をとなえていません」マッキジュウスキーが言った。

「しかし、それでもクラーク号の問題は残る」ブロードが言った。

「クラーク号の問題はよくわかっています」コロマは言った。「わたしの船ですから」

「もはやそうではない」

「なんですって？」コロマは指の爪を手のひらにくいこませて、部屋のむこうへ突進してブロードの胸ぐらをつかみそうになるのをこらえた。

「きみはクラーク号の指揮官から解任された」ブロードは続けた。「あの船はスクラップにするという決定がくだったのだ。指揮権は船を解体する港湾クルーへ移行した。これは船がスクラップになるときの通常の手続きだ。きみの勤務成績を反映したものではない」

「わかりました」コロマは言ったが、疑いは残った。「わたしはつぎにどこで指揮をとるのでしょう？　それと、わたしのスタッフとクルーの配属先は？」

「それもこの審問の目的のひとつなのよ、コロマ船長」イーガンが言って、ちらりとブロードへひややかな視線を送った。「あなたの船が廃棄されることを、この審問の場で、このようなかたちで伝えることになったのは残念だと思う。ただ、こうして事実を伝えたいま、あなたには、わたしたちがこれからくだす決定が、あなたの過去の行動を考えた結果ではなく、あなたがつぎに行くべき場所を考えた結果だとわかってもらう必要があるの。あなたはこのちがいを理解している？」

「申し訳ありませんが、理解しているかどうかよくわかりません」コロマは言った。全身が冷たい汗に覆われると同時に、自分はいまや船を持たない船長になってしまったのだという実感がわきあがってきた。それはつまり、本質的には、彼女はもはや船長ではないということだ。体がふるえたがっていた、いま感じている寒けをふり落としたがっていた。コロマはあえてそれをこらえた。

「じゃあ、これだけは理解して。いまのあなたにできる最善のことは、あなたがひとつひとつの行動をとったときになにを考えていたかを、わたしたちが理解するのを助けること。あなたの報告書は読んだ。あなたがなにをしたかはわかっている。わたしたちはその理由についてもっと知りたいの」

「理由はわかっているはずです」コロマは思わず口走り、ほぼ即座に後悔した。「戦争を阻止するためにやったのです」

「あなたが戦争を阻止したことについては全員が認めています」マッキジュウスキーが言った。「この審問会では、あなたがそのときにとった手段から考えて、あなたに今後も指揮権をあたえて良いのかどうかを決めなければならないのです」

「わかりました」コロマは言った。声に敗北感がまじるのを許すつもりはなかった。

「たいへんけっこうです」マッキジュウスキーが言った。「では、問題のミサイルをあなたの船に命中させるという判断からはじめましょうか。一秒ずつ、順を追って」

クラーク号は、ほかの大型船と同じように、フェニックス・ステーションに直接ドッキングしてはいなかった。すこし離れた、修理のために割り当てられているセクションに停泊していた。コロマは修理用の輸送ベイに立ち、クラーク号へむかう作業用シャトルにクルーが乗り込んでいくのを見つめていた。価値のあるものや回収できるものを残らず剝ぎ取ってから、船体を切断して扱いやすいプレートへと切り分け、なにかまったく別のものに再利用する——別の船とか、宇宙ステーションの構造部材とか、兵器とか、ひょっとしたら食べ残しをつつむホイルとか。コロマは、食べ残しのステーキのかけらがクラーク号の外板にくるまれるところを想像して苦笑し、すぐにその笑みを消した。

認めざるをえないことだが、この二週間、コロマは実にみごとにおちこんでいた。

視野の隅に、近づいてくる人影が見えてきた。ふりむかなくても副長のネイヴァ・バーラだということはわかった。バーラは歩き方がちょっとぎこちなく、本人は、若いころに乗馬で怪我をしたせいだと言っていた。近づいてくるとすぐに身元が判明するのは便利だ。たとえ頭に袋をかぶっていても、コロマにはそれがバーラだとわかるだろう。

「最後にもういちどクラーク号を見ているんですか？」バーラは歩きながらコロマに呼びかけてきた。

「ちがう」コロマが言うと、バーラがたずねるような目で彼女を見た。「あれはもうクラーク号ではない。退役処分になったとき、名前も奪われた。いまはただのＣＵＤＳ‐ＲＣ‐１８１だ。とにかく、解体されて部品の山になるまでのあいだは」

「名前のほうはどうなるんです？」

「また使いまわすことになる。いずれは別の船が受け継ぐだろう。あまりにも不名誉なのでついでに引退させるという決定がくだれば話は別だが」

バーラはうなずいたが、すぐに船を身ぶりでしめした。「クラーク号であろうとなかろうと、あれはやはりあなたの船です」

「ああ」コロマは言った。「ああ、そのとおりだ」

ふたりは無言でその場にたたずみ、かつてはふたりのものだった船へむかってシャトルがつぎつぎと発進していくのを見守った。

「で、なにがわかった？」コロマはしばらくしてバーラにたずねた。

「まだ保留状態です」バーラはこたえた。「わたしたち全員が。あなたも、わたしも。クラーク号の上級スタッフすべてが。一部のクルーはほかの船の欠員を埋めるために転属になりましたが、士官はほとんど動いていませんし、中尉より上の階級の者となると全員がそのままです」

コロマはうなずいた。部下の転属については船長をとおすのがふつうだが、厳密に言えば、彼らはもはやコロマの部下ではなかったし、コロマも彼らの船長ではなかった。バーラは外務省の上層部に友人がいる、というか、より正確に言うなら、外務省の上層部で助手や補佐官をしている友人がいる。情報面でいえばどちらも同じように役に立つ。「なぜ上級スタッフがだれも転属にならないのか、なにか思い当たることはあるか？」

「ダナヴァー事件の調査がまだ続いていますが」

「ああ、だがうちのクルーだと、そのことが関係するのはきみとわたしとマルコス・バスケスだけだ」コロマがあげたのはクラーク号の主任エンジニアの名前だった。「そして、マルコスはわれわれふたりとはちがって取り調べを受けていない」

「それでも、わたしたちを近くに置いておくほうが面倒はないんでしょう。ただ、考えるべき点がもうひとつあるんです」

「というと？」

「クラーク号の外交チームも正式には転属になっていないんです。すでに進んでいる任務や交渉に一時的に加わっている者はいますが、常勤になった者はひとりもいません」

「そのことをだれから聞いたんだ？」

「ハート・シュミットです。彼とアブムウェ大使は、先週ブーラ族との交渉に駆り出されていました」

コロマはこれを聞いてたじろいだ。ブーラ族との交渉は惨憺《さんたん》たる状況になっていて、その原因のひとつは、コロニー防衛軍がブーラ族の低開発のコロニー惑星にこっそり基地を設立していて、それを退去させようとしたところを現行犯でおさえられたことだった。とにかく、そういう噂だった。アブムウェとシュミットがそれとは無関係だったとしても、交渉で有利に働くことはなかっただろう。

「では、全員が宙ぶらりんのままなのか」

「そのようです」バーラが言った。「少なくとも、あなただけが特別扱いというわけではありません」

コロマは声をあげて笑った。「特別扱いではなく、まちがいなく罰を受けているのだ」

「なぜわたしたちが罰を受けるのかわかりません。外交交渉の場にどたんばでいきなりほうりこまれて、罠を見つけて、その罠がパチンと閉じるのを阻止したんですよ。ひとりの死者も出さずに。しかも、ウチェ族との交渉は成功のうちに終わりました。勲章をもらってもいいくらいです」

コロマはかつてクラーク号だったものを身ぶりでしめした。「上層部はあの船にすごく愛着があったのかもしれないな」

バーラはにっこりした。「それはなさそうですね」

「なぜだ？　わたしは愛着があったぞ」

「あなたは正しいことをしたんです、船長」バーラは真顔になった。「わたしは審問会でそう言いました。アブムウェ大使やウィルスン中尉もそうです。それがわからないというのなら、くたばっちまえという感じですね」

「ありがとう、ネイヴァ。そう言ってもらえてうれしい。われわれが曳航船へ転属になったときに思い出すとしよう」

「もっとひどい配属先だってありますよ」

コロマが返事をしようとしたとき、PDAの着信音が鳴った。彼女はメッセージキューをひらいて、そこに届いていたメールを読んだ。それから、スクリーンを消してPDAをしまいこみ、かつてクラーク号だったものへ視線をもどした。

バーラはしばらく船長を見つめてから言った。「もうがまんできないんですが」

「曳航船よりもっとひどい配属先もあると言ったことをおぼえているか？」

「わたしが口にしたふたつまえの台詞ですが、おぼえていますよ。なぜです？」

「われわれはまさにそういう配属先のひとつにあたったようだ」コロマは言った。

「船の名前はポーチェスター号」エイベル・リグニー大佐が言った。「少なくとも、就役してからの三十年、CDFに所属するハンプシャー級のコルベット艦だったあいだはそうだった。その後、外務省へ引き渡され、かつての長官の名前をとってバランタイン号と改名された。それからの二十年は外交文書や補給品の運搬船として活躍した。退役になったのは去年のことだ」

コロマは、リグニーとバーラといっしょにブリッジに立ち、静まり返ったモニタの列を見渡した。船内の空気は薄くて寒々としていて、もはやクルーも任務もない船にふさわしいものだった。「なにか退役になった理由でも？」コロマはたずねた。

「古いこと以外で？」リグニーが言った。「ないな。こいつはよく走っていた。いずれ性能試験をすればわかるだろうが、いまもよく走るはずだ。古くなっただけだよ。この船はとてもたくさんの距離を走破していて、しまいには、こいつに乗ることが過酷な任務とみなされるようになってしまった」

「ふーむ」

「だが、すべては見方の問題でしかない」リグニーは急いで言って、たったいま意図せずにほのめかしてしまったコロマへの侮辱をやりすごそうとした。「もしも宇宙旅行をするのがはじめてで、自分の艦隊を持っていなければ、きみやおれには古くて盛《さか》りをすぎたように見えるものも、ピカピカの新品に見えるだろう。地球から来る、われわれがこの船を売りつけようとしている人びとは、こいつを広い宇宙への第一歩とみなしている。彼らにはふさわしい船なんだよ」

「では、それがわたしの仕事なのか。おさがりの船を見せて、世間知らずの人びとに、あなたたちが手に入れるのは最高級品だと納得させるわけだ」

「そうは言ってないよ、船長。われわれは地球から来る人びとをだまそうとしているわけではない。こちらが最新テクノロジーを提供していないことは彼らもわかっている。だが、彼らは自分たちが未熟でまだ最新鋭艦を扱う準備ができていないことも自覚している。彼らが所有している唯一の宇宙旅行テクノロジーは、惑星の軌道上に浮かぶ宇宙ステーションの付近で作業にあたるシャトルだけだ。いままではわれわれがそれ以外のものをすべて管理していたからな」

「つまり、彼らに補助輪のついた船をあたえようとしているわけだ」

「われわれとしては、これから学んで開発の基礎とするための古典的なテクノロジーを提供していると考えたいね。地球の人びとがいまはコロニー連合のことをこころよく思っていないのは知っているだろう」

コロマはうなずいた。だれでも知っていることだ。しかし地球人を責める気にはなれなかった。もしもコロマが地球の出身で、コロニー連合に惑星全体を兵士と植民者の繁殖のために利用されていたと知ったら、やはり激怒しただろう。

「きみはおそらく知らないだろうが、地球の人びとはわれわれとだけ話をしているわけではないのだ」リグニーが言った。「もしも地球がコンクラーベに加盟すると決めたら、コロニー連合にとっては非常にまずいことになるし、それは植民者と兵士を補充できないという理由だけではない。この船は地球との関係を改善するための手段のひとつなのだ」

「では、なぜ彼らにこれを売るのです？」バーラがたずねた。「譲渡してしまえばいいのではありませんか？」

「われわれはこれまでに多くのテクノロジーを地球の人びとにあたえてきた」リグニーは言った。「補償を申し出ていると思われたくはないのだ。どのみち、地球の各政府はわれわれを疑っている。われわれがトロイの木馬を差し出しているのではないかと心配しているのだ。この船の代金を支払ってもらえば、より信用してもらえる可能性が高くなる。心理学についての質問はしないでくれよ。おれは上から言われたことを伝えているだけだ。それでも、売価は大幅に値引きしているし、そのほとんどは物々交換だ。トウモロコシとの交換が中心なんだよ」

「この船を地球に売るのは、玄関のドアに足を突っ込むためなのだな」コロマは言った。

リグニーはコロマにむかってくるりと手を返した。「そのとおり。だからきみときみのクルーのところへ来たんだ。きみが退役船への一時的な配置換えをダナヴァーでの一件に対する懲罰とみなすのはむりからぬことだ。しかしだ、コロマ船長、バーラ中佐、われわれがきみたちに依頼しているのはコロニー連合にとってきわめて重要な任務だ。きみたちの仕事は、この船の見所を紹介し、地球の人びとにそれを手に入れれば得になると感じさせ、あらゆる質問にこたえて、彼らにコロニー連合との前向きな経験をさせてあげることだ。もしもうまくやってのけたら、きみたちはコロニー連合にひとつの貢献をすることになる。とても重大な貢献だ。それはすなわち、きみたちが将来の計画を立てられるということだ」

「それを約束してくれるか、大佐？」コロマはたずねた。

「いや」リグニーは言った。「だが、おれが言いたいのはそこだ。この船を売ればおれの約束など必要なくなる」

「了解した」コロマは言った。

「けっこう」リグニーは言った。「さてと。船内を見てまわって、システムをチェックして、必要なものを教えてくれれば、こちらで用意する。だが急いでくれよ。二週間後には、この船になにができるのかを見るために地球からの代表団が到着する。彼らのために準備をしてくれ。われわれのためにも準備をしてくれ」

「問題があります」マルコス・バスケスが、船のエンジン室にのびるチューブを指さして言った。彼は部下が機器の交換や修理にはげむ騒音のなかで声を張りあげていた。

「チューブが見えるな」コロマは言った。

「それはパワーコンジットです」

「それで?」

「宇宙船に搭載されるエンジンは二種類あります。従来のエンジンは通常宇宙で船を航行させ、スキップドライヴは時空に穴をあけます。どちらも動力源は同じですよね? 最近はやりかたもわかってるので、エンジンとスキップドライヴを同じ場所に据えつけることができます。五十年まえ、このクソの山が組み立てられたときには、そのふたつを別々にしなければいけませんでした」バスケスはパワーコンジットを指さした。「これらはエンジンからスキップドライヴへエネルギーを送るものです」

「なるほど」コロマは言った。「それがなにか?」

「それで、これらは劣化しているんで交換が必要なんです」

「じゃあ交換したまえ」

バスケスは首を横にふった。「そんな簡単な話なら、船長に伝えたりはしません。このエンジンの設計は半世紀まえのものです。この船は運行していた最後の一隻でした。同じ設計のエンジンを搭載した船はどこにもありません。もう十年以上まえから、このエンジンの交換用部品は在庫がないんです」

「交換用のコンジットがどこにもないからコンジットを交換できないと」

「そうです」

「パワーコンジットならいまでも製造されている。クラーク号のそこらじゅうにある」

「そうです。ただし、このレベルで出力されるエネルギーには適合しないんです。現行の標準コンジットをここで使うのは、チワワのセーターにグレードデーンを押し込むようなものですから」

コロマはバスケスに言われたことを想像して、いっとき口をつぐんだ。「いまあるコンジットは今回の任務が完了するまでもたないのか？ ルース星系までスキップしてもどってくるだけなんだが」

「それに対する返事のしかたはふたつあります。ひとつは、これらのコンジットが過負荷で破断したり、船内のこのセクションを壊したり、船殻に亀裂を入れたり、たいせつな地球からの訪問者も含めた船内にいるすべての人びとの命を奪ったりすることは、おそらくないでしょう。もうひとつは、船長がこれを交換しないと決めるなら、申し訳ないですがわたしは遠隔操作で作業を進めさせてもらいます。たとえばフェニックス・ステーションから」

「きみの提案は？」

「出航までどれくらいの時間があるんですか？」

「十二日間」

「選択肢はふたつです。CDFと民間の造船所をくまなく探して、このサイズのコンジットを見つけ出し、ここにあるやつほど劣化していないことを祈る。あるいは、いちからの製作を造船所に発注して、期日までに届くことを祈る」

「両方やりたまえ」

「ベルトとサスペンダー、たいへん賢明です。船長のほうで例のリグニーという男にメモを送って、期日までに部品を入手できるよう各方面にハッパをかけてくれと伝えてもらえますか？　必要な容量があるかどうかこっちで確認するのに二日ほど必要です」

「つぎの打ち合わせにむかう途中でやっておこう」

「だからあなたと仕事をするのが好きなんですよ、船長」バスケスはそう言って、配下のエンジニアたちのひとりへ注意を移した。その男はあきらかにハッパをかける必要がありそうだった。

リグニーは、フェニックス・ステーションにあるCDFの造船所のコンジット専門家に仕事を依頼することを約束し、バスケスのほうからじかにその男へ仕様書を送らせてくれと言った。リグニーとの会話を終えたとき、コロマは笑みを浮かべていた。資材や専門家の割り当てという話になると、民間の船長や船はほとんどいつでもコロニー防衛軍の船より優先順位が低くなる。たまには列の先頭になるのもいいものだ。

コロマのつぎの打ち合わせ場所は、船内の狭い会議室のひとつで、相手はハリー・ウィルスン中尉だった。

「船長」ウィルスンが、近づいていくコロマに呼びかけて、敬礼した。

「なぜそんなことを？」コロマは会議室のテーブルにむかって腰をおろした。

「はい？」ウィルスンは腕をおろした。

「なぜわたしに敬礼する？　きみはコロニー防衛軍だが、わたしはちがう。民間人の船長に敬礼をする必要はないだろう」

「それでもあなたのほうが地位は上ですから」

「ダナヴァーではそんなことは言わなかったな。きみがわたしにむかってセキュリティ・クリアランスをふりかざし、シャトルをよこせと命じたときには。あのあと、きみはシャトルを壊した」

「それについては申し訳ありません。あのときは必要なことだったので」

「あのセキュリティ・クリアランスをまだ保持しているのか？」

「はい。上の連中はおれにあたえたことを忘れてるんだと思います。おれが持っていてもなんの害もありませんし。使うのは、おもに地球の野球の試合のスコアをチェックするときくらいです」

「つい最近まで捕虜になっていたそうだが」

「はい、船長。ブーラ族とのあいだで不幸な事件がありまして。その結果、やつらの六隻の軍艦がおれたちを空から吹き飛ばそうとしたんです。アブムウェ大使が、おれたちを解放した外交チームにいました。まだ賠償金の詳細を詰めているところだと思います。やつらがおれたちを早期に解放したのは誠意をしめすためでしょう。むこうにはほかにもこっちを脅すネタがあるので」

「きみは興味深い事件の渦中にいることが多いようだな」

「そんな才能はなくても困らないんですが」

「きみに仕事がある。わたしはこの船を地球からの代表団に見せて、その後に売りつけるための準備を進めている。彼らがこの船にいるあいだ、ガイドと連絡役をつとめる人物が必要だ。きみにそれをやってもらいたい」

「そういう仕事を頼むなら、あなたのところに外交官がどっさりいるんじゃないですか。おれはCDFの技術屋ですよ」

「きみは地球の出身だろう。わたしのほうで使える外交官たちはみなコロニー連合の出身だ。わたしの仕事は、来訪者たちが船内でくつろげるようにすることだ。彼らのことばを話せる者がいれば役に立つのではないかと思う」

「彼らのことばは話せないかもしれません。地球には二百種類ほどのことばがあるんで」

「言いまわしの話だ」コロマはいらいらしながら言って、PDAを取り出した。「地球人たちと歴史を共有し、コロニー連合のもつ長所を説得力のあることばで説明できるということだ。きみの技術方面の知識があれば、船のこまごました部分についてもうまく説明できるだろうが、それはふつうの外交官にはできないことだ。さらに、今回の代表団の資料によると、彼らは全員がアメリカかカナダの出身だ。きみなら彼らのことばを話せるだろう」コロマはPDAの上で指を動かした。「よし。彼らの情報をきみにも送っておいた」

「ありがとうございます。おれの力が必要だというなら、よろこんでつとめさせてもらいます。おれはただ、あなたに選ばれたことにびっくりしただけです。おれはあなたのブラックリストに載ってると確信していたので」

「載っていたよ。いまも載っている。だが、これに協力してくれれば、リストから脱出できるだろう」

「はい、船長」

「よろしい。では話は終わりだ。退出してよろしい」

「了解しました」ウィルスンはそう言って、もういちどコロマに敬礼した。

「それは必要ないと言ったはずだが」

「あなたは自分の船を、あるエイリアン種族を殺そうとしたミサイルの行く手へ割り込ませ、コロニー連合が負けるに決まっている戦いに巻き込まれるのをふせぎました」ウィルスンは言った。「それは敬礼に値すると思います」

コロマは敬礼を返した。ウィルスンは会議室を出た。

バスケスは出航の一日まえに問題のコンジットを手に入れたが、すこしもよろこんでいなかった。「これじゃ取り付けでせいいっぱいで、テストするどころじゃありません」バスケスはPDAをとおして言った。「しかも、ここのエンジニアリングシステムを更新する時間がなかったんです。いまだに五十年まえのステーションで作業を続けています。リグニーに出航を延期するよう頼まないと」

「すでに頼んでみたが返事はノーだった」コロマは言った。彼女はシャトルベイの管制室でバーラとウィルスンとともに地球の代表団の到着を待っていた。「お客さんたちはスケジュールがきついからな」

「爆発でも起きたら、そのだいじなスケジュールが崩壊しますよ」

「ほんとうに問題が起きそうなのか？」

PDAのむこうでいっとき間があった。「いいえ」バスケスは認めた。「荷ほどきしたときにスループットに関しては予備テストをやりました。もつはずです」

「スキップ可能な距離まで三日かかる。テストをする時間なら十二分にあるだろう」

「このドックのなかでテストするほうがいいんですが」

「きみの意見に反対しているわけではないのだよ、マルコス。だが、われわれが決められることではないのだ」

「わかりました。このクソなコンジットは六時間ほどで取り付けて、エンジニアリングステーションのほうでさらにいくつかテストをしてみます。もし可能なら、明日のうちに新しいソフトウェアでステーションを更新します。そのほうが正確な数字が出るかもしれません」

「よろしい。終わったら知らせたまえ」コロマは回線を切った。

「なにか問題でも？」バーラがたずねた。

「バスケスが偏執的になっている以外はなにも」

「エンジニアが偏執的なのは悪いことではありませんよ」

「わたしだってそのほうがいい。こちらがほかのことで忙しくしているとき以外は」

「シャトルは距離十二キロメートルで減速しています」ウィルスンが言った。「ベイの空気を排出して扉をあけます」

「やりたまえ」コロマは言った。ウィルスンがうなずき、頭のなかにあるコンピュータ、ブレインパルでシャトルベイのシステムとじかにやりとりをした。ベイの回収装置がゴオッと音をたてて空気を吸い込み、再放出にそなえて保管した。充分に空気が抜けると、ウィルスンはベイの扉をひらいた。シャトルが音もなく外に浮かんでいた。

「地球人たちのおでました」ウィルスンが言った。

シャトルが着船した。ウィルスンが扉をしめて空気を再注入した。空気がもどると、三人はぞろぞろと管制室を出て、シャトルの扉がひらいて乗客を吐き出すのを待った。

コロマの目には、地球人たちの姿はさほど印象的ではなかった。三人の男と二人の女、全員が中年で、外見も態度も似たような雰囲気だ。コロマは自分とバーラとウィルスンを紹介した。地球の代表団のリーダーは、マーロン・ティージと名乗り、同じようにチームの面々を紹介していったが、二度ほど名前を呼びそこねた。「すみません」彼は言った。「長旅だったもので」

「そうでしょうとも」コロマは言った。「こちらに滞在中は、ウィルスン中尉がみなさんとの連絡役をつとめます。このあと、彼がみなさんを船室へご案内します。船内では世界標準時を使っていまして、フェニックス・ステーションへは明日の朝、〇五三〇時に出発する予定になっています。それまでは、どうぞ休んでくつろいでください。なにか必要なものがありましたら、ウィルスンがご用意いたします」

「なんなりとお申し付けください」ウィルスンはそう言って、にっこりと笑った。「資料によりますと、あなたはシカゴの出身だそうですね、ミスター・ティージ」

「そのとおりです」ティージが言った。

「カブス、それともホワイトソックス？」

「きくまでもないでしょう？　カブスですよ」

「では、道義上わたしはカージナルスのファンだとお伝えしなければなりません。そのことで外交問題が起きなければいいのですが」

ティージはにっこりした。「今回にかぎって聞き流すとしましょうか」

「野球の話をしているんですよ」ウィルスンは、当惑といらだちがまじったようなコロマの表情に気づいて説明した。「アメリカで人気があるチームスポーツです。この人のひいきのチームとわたしのひいきのチームが同じ地区にいて、それはすなわち、両チームがライバルでしょっちゅう試合をしているということです」

「ほう」コロマは言った。

「こっちには野球がないんですか？」ティージがウィルスンにたずねた。

「ほとんどないです」ウィルスンはこたえた。「植民者たちは地球のあちこちから来ているので。多くのコロニーでやっている似たものといえばクリケットですね」

「なんてバカげた話だ」

「よくわかります」ウィルスンは手をふって、地球の代表団をシャトルベイの外へとうながした。ティージはカブスについてぺらぺらと話し続けていた。

「どういうことだ？」コロマがしばらくしてバーラにたずねた。

「船長が言ったんですよ、彼らのことばを話せる人材がほしいって」バーラがこたえた。

「わたしもすこしは話せると思っていたんだが」コロマは言った。

「クマの赤ちゃん《カブス》についてもっと勉強したほうがいいですね」バーラは言った。

旅の初日は、ウィルスンによる訪問者たちの船内ツアーだった。コロマは、地球からの代表団がブリッジにあらわれてもなんの感動もなかったが、今回の旅の目的は彼らに船を売りつけることだったので、船に関する無意味な質問にこたえる以外に特にすることのない、礼儀正しく、仕事熱心な船長という好印象をあたえるために最善を尽くした。その合間にときどきウィルスンへ目をむけると、こちらはなんだかうわのそらだった。

「どうした？」コロマはウィルスンにたずねた。地球の代表団のほうは、バーラが生命維持およびエネルギー管理用ディスプレイのところへ案内していた。

「どうしたとは？」ウィルスンが言った。

「なにかに気をとられているようだが」

「なんでもありません——あとで話します、船長」

コロマはさらに追及しようとしたが、そのとき、ティージとその仲間たちがもどってきたので、ウィルスンは彼らをどこかへ連れていってしまった。コロマは、あとで忘れずにウィルスンから話を聞くことにして、その後は船の日々の管理作業に没頭していった。

船はリグニーが宣伝していたとおりだった——古いとはいえ充分に使える。どのシステムもきちんと動いたが、コロマもほかのクルーも古めかしいシステムについての知識が足りないためにトラブルが起こることはあった。いくつかのシステムは、たとえばエンジン室で使われているもののように、いちども更新されていなかったが、それは関連するシステムがやはり更新されていないせいだった。それ以外のいくつかのシステムは船が軍から民間へ引き渡されたときに刷新されていて、残りのシステム——たとえば兵装システム——は完全に撤去されていた。

とはいえ、いずれのシステムも十五年以上まえのものであり、それはコロマ自身が外務省の船隊局ですごしてきた期間より二年長かった。幸い、CDFも外務省も指令システムのインターフェースを根本的に変えるような組織ではなかった。エンジニアリングシステムの五十年まえのコンソールでさえ、いったんその古めかしさに慣れてしまえば、操作は充分にシンプルだった。

〝悪い船ではないな〟コロマは胸のうちでつぶやいた。地球の人びとは新しいものは手に入れないが、ポンコツを手に入れるわけでもない。とはいえ、これをクラシックとまで呼ぶのはためらわれた。

しばらくたって、コロマのPDAの着信音が鳴った――バスケスからだ。

「ひとつ問題が起きたようです」バスケスが言った。

「どんな問題だ?」コロマはたずねた。

「船長が下へおりてきてじかに説明を聞きたくなりそうな問題です」バスケスは言った。「コンソールでエンジニアリング用ソフトウェアの更新を試みていたんですが、コンソールが五十年まえのものでハードウェアが新しいソフトウェアに追いついていないので、うまくいかなかったんです」バスケスはそう言って、自分のPDAをコロマに渡した。「そこで、逆のやりかたをしてみました。ソフトウェアをコンソールからこのPDAへ転送して、それを走らせるための仮想環境を構築しました。それから、その環境内で更新をかけてソフトウェアの反応性を向上させました。そこでこいつを見つけたんです」バスケスはPDAの、あるセクションを指さした。光り輝くチューブに似たものの画像が表示されていた。

コロマは目をすがめた。「見つけた? わたしはなにを見ているのだ?」

「船長がいま見ているのは、新たに取り付けた部分のコンジットを通過するエネルギーの流れです。そしてこれが——」バスケスはもういちどPDAのあるセクションを指さし、そこをつついて強調した。「——流れのなかにある乱れです」

「それはなにを意味するのだ？」

「現時点ではなにも意味しません。スキップドライヴの準備とテストのために、コンジットには容量の十パーセントのエネルギーを流しているだけですから。乱れは全流量の一万分の一くらいのものです。あまりにも小さいので、ソフトウェアを更新しなかったら見逃していたでしょう。実を言えば、エネルギーの流れをできるだけ円滑にしなければならないのには理由があります——乱れはカオスにつながり、カオスは破断を引き起こしかねません。このコンジットにさらに負荷をかけたら、最悪の場合、乱れが幾何級数的あるいは対数的な勢いで拡大して、それから——」

「それから破断が起きて、なにもかもめちゃめちゃになる」

「きわめて小さなリスクですが、コロニー連合はこの船を支障なく出発させるよう船長に命じています。で、これは支障です。支障となる可能性があります」

「きみはどうしたいのだ？」

「問題の部分のチューブをはずして、内部をスキャナで調べてみたいんです。なにが問題を引き起こしているのかを突き止めるために。コンジットそのものや内部の被膜に欠陥があるのなら、ここで修理することができます。原因がほかのことだとしたら……まあ、物理的な欠陥以外にどんな原因がありうるのか見当もつかないんですが、もしもなにかほかのことだとしたら、それがどんなことで、われわれにどんな手が打てるのかを突き止めなければなりません」

「これはわれわれの旅行プランに遅れを生じさせるのか？」

「可能性はありますが、絶対ではありません。およそ九十九・九九パーセントの確率で、問題はここで解決できるはずです。わたしの部下たちなら、九十分ほどで問題の部分を取りはずし、さらに六十分で必要なスキャンをおこない、見つけ出した欠陥を十分で修復したあと、また九十分でもとどおり取り付けていくつかのテストを実行できます。すべての検査が完了したら、予定どおり増量したエネルギーを流すことができます。スキップが遅れることはないでしょう」

「説明するのはやめて行動に移れ」

「はい、船長。なにもかも片付いたらお知らせします」

「よろしい」コロマがきびすを返すと、そこへウィルスンが近づいてきた。「生徒たちとはぐれたようだな」コロマはウィルスンに言った。

「はぐれたわけじゃありません。士官用ラウンジにほうりこんでビデオを見せています」ウィルスンは言った。「それから船長を探しにブリッジへ行ったら、バーラからここにいると言われたので」

「なにかあったのか？」コロマはたずねた。

「地球人たちのことです」ウィルスンは言った。「ほぼまちがいなく、連中は地球から来たんじゃありません。とにかく、最近ではないですね」

「あなたの疑いの根拠は野球チームだと言うの？」ネイヴァ・バーラが信じられないという口ぶりで言った。コロマが自分とウィルスンのいる会議室へ副長を呼び、いましがた聞いた話をウィルスンにくり返させたところだった。

「ただの野球チームじゃない、これはカブスなんだ」ウィルスンはそう言って、なすすべもなく両手をひろげた。「いいか、これだけは理解してくれ。あらゆるプロスポーツの歴史において、カブスは大失敗をあらわす究極のシンボルなんだ。野球の選手権はワールドシリーズと呼ばれているんだが、カブスが優勝したのはずっとまえのことで、いま生きている者はだれひとり、最後にカブスが優勝したときのことをおぼえていない。あまりにもまえだから、いま生きている者はだれひとり、カブスが優勝したときに生きていた者と知り合いだったことすらない。みじめな失敗が何世紀も続いていたということだ」

「それがなにか？」

「そのカブスが二年まえにワールドシリーズで優勝した」ウィルスンはそう言って、コロマのほうへ顎をしゃくった。「おれはコロマ船長に、野球の試合のスコアをチェックするために例のセキュリティ・クリアランスを使ったとジョークを言ったことがある。実は、あれは嘘じゃなくて、ほんとにやってる。故郷への接続ができるのはうれしいね。昨日、ティージがカブスのファンだと言ってたから、おれが地球を離れた時点までさかのぼるカブスのシーズンごとの成績を問い合わせてみた。カージナルスのファンとして、ティージのひいきのチームの連続する失敗ぶりを見せつけてやりたかったんだ。ところが、そこでカブスの連続記録が途絶えていたことを知った」

バーラはウィルスンをぽかんと見つめた。

「二年まえ、カブスは百一勝をあげた」ウィルスンは続けた。「もう一世紀以上もそんなにたくさん勝ったことはなかった。プレーオフ全体でも負けたのは一試合だけで、地区シリーズではカージナルスに——おれのひいきのチームに——三たてをくらわせた。ワールドシリーズの第四戦では、ホルヘ・アラマザーとかいうガキが、二十世紀以来初となるワールドシリーズでの完全試合をやってのけた」

バーラが船長に目をむけた。「このスポーツのことはわかりません」彼女は言った。「なにを意味しているのかさっぱりです」

「つまりだ」ウィルスンは言った。「過去二年間に地球上にいたカブスのファンが、だれであれ野球ファンを相手にしたときに、カブスがワールドシリーズで優勝したことを口にしないということはありえないんだ。おれがカージナルスのファンだと自己紹介したとき、ティージはまず最初に、おれにむかってカブスの勝利を宣言しなければならなかった。なにも言わないなんてありえない」

「ティージはそれほどのファンではないのかも」バーラが言った。

「シカゴ出身なら、絶対に見すごすようなことじゃないんだよ。それに、ゆうべふたりで野球のことをじっくり話して確信したんだが、ティージはちょっとしたファンというレベルじゃない。もっとも、あんたの言うとおり、彼がそれほどのファンじゃないとか、すごく礼儀正しいからカブスが数世紀におよぶ不振にケリをつけたことは口にしなかったという可能性もある。だからたしかめてみた」

「どうやって？」

「カブスがプロスポーツにおける失敗の究極のシンボルだという話はしたよな。おれはその件でティージを十分間ものあいだひやかし続けた。あいつはそのとおりだと認めたよ。カブスがワールドシリーズで優勝したことを知らないんだ。なぜ知らないかと言えば、コロニー連合がいまでも地球からのニュースに報道管制を敷いているからだ。なぜ知らないかと言えば、ティージが生まれつきの植民者か、元コロニー防衛軍だったのが引退して植民者になったかのどちらかだからだ」

「同じチームにいるほかの人たちは？」

「全員と話をして、地球での生活についてさりげなく質問をしてみた。みんなティージと同じで、気のいい連中ばかりだが、たとえここ十年ほどのあいだに地球で起きたできごとをなにか知っているとしても、おれにはわからなかった。だれひとり、アメリカやカナダから来たやつなら当然知っているはずのことを具体的に言えなかったんだ。たとえば、いまの大統領や首相の名前とか、ポピュラー音楽やエンタテイメント方面の有名人とか、去年あった重大な事件とか。去年はハリケーンがサウスカロライナ州を襲って、チャールストンをほぼ壊滅させた。ケレ・ラフリンという女は、チャールストン出身だと言ってるのに、そのハリケーンのことをまったくおぼえていないらしい」

「じゃあ、なにが起きているわけ？」バーラはたずねた。

「われわれも同じ疑問をいだいている」コロマが言った。「地球からのチームがこの船をコロニー連合から買おうとしている。だが、地球から来たのではないとしたら、彼らはいったいどこから来たのか？　そして、この船でなにをしようとしているのか？」

バーラがウィルスンに顔をむけた。「彼らから目を離すべきではないわね」

「クルーにドアを監視させている」ウィルスンは言った。「だれかが抜け出そうとしたら知らせてくれることになっている。各自のPDAも追跡しているが、いまのところ、分かれて行動してはいないようだ。とにかく、こっそり動きまわろうとする気配はないな」

「われわれがいま判断しようとしているのは、リグニー大佐がこのことを知っているのかどうかということだ」コロマが言った。「今回の任務の窓口はリグニー大佐だ。このへたくそな芝居の裏に彼がいないのはありえないように思える」

「断言はできませんよ」ウィルスンは言った。「コロニー防衛軍は根っからの陰謀好きですからね。もともとそのせいでわれわれは地球とトラブルになったんです。もっと上にいるだれかがリグニーをまんまとだましている可能性は充分にあります」

「でも、やっぱり意味がわからない」バーラが言った。「だれが偽の地球の代表団をここへ送り込んだにせよ、わたしたちはこの船を地球にいるだれにでも売るわけじゃない。こんな芝居はつじつまが合わないわ」

「おれたちにはわからない事情がなにかあるんだ」ウィルスンは言った。「必要な情報がすべてそろっているわけじゃないのかも」

「どこで必要な情報を入手できるのか教えてくれ」コロマ船長が言った。「あらゆる提案を受け付けよう」

コロマのPDAの着信音が鳴った——バスケスからだ。

「問題が起きました」バスケスが言った。

「また〝エネルギーの流れがどうこう〟とかいうたぐいの問題か？」コロマがたずねた。

「いいえ、こんどは〝なんてこった、われわれはみんな宇宙の冷たく果てしない闇のなかでおそろしい死を遂げることになるぞ〟というたぐいの問題です」バスケスはこたえた。

「すぐにそっちへ行く」コロマは言った。


「ふん、こいつはおもしろい」ウィルスンは指先に載っているピンの先くらいの大きさの物体を見つめながら言った。彼とコロマとバーラとバスケスは、作業場へおりて、コンジットの一部と、バスケスがコンジットを調べるときに使う器材のかたわらに立っていた。バスケスは部下たちをしっしっと追い払い、その部下たちはすこし離れたところをうろうろしながら、なんとか話を聞こうとしていた。

「爆弾ですね」バスケスが言った。

「ああ、そうだと思う」ウィルスンは言った。「その大きさの爆弾でどれくらいの損傷をあたえられる？」コロマが言った。「わたしにはほとんど見ることもできない」

「内部に反物質が仕込んであったら、かなりの損傷をあたえられますよ」ウィルスンは言った。「大爆発を起こすのにそれほどたくさんの量は必要ないので」

コロマはあらためてそのちっぽけな物体を凝視した。「もしも反物質なら、勝手に消滅していそうなものだが」

「そうとはかぎりません」ウィルスンはピン先を見つめながら言った。「おれがCDFの研究開発部で働いていたときに、丸薬サイズの反物質格納ユニットを開発しているチームがありました。浮遊エネルギーフィールドを生成し、それをバッテリのように作用する化合物で包みこんで、内部のエネルギーフィールドを保持します。やがてバッテリが切れると、エネルギーフィールドは崩壊し、反物質がその包みと接触します。ドッカン」

「成功したんですか？」バスケスがたずねた。

「おれがいたときにか？　いや」ウィルスンはちらりとバスケスに目をむけた。「だが、すごく頭のいいやつらだった。しかも、当時はコンスー族から拝借した最新テクノロジーをいくつか解読しているところだった。こういうことに関しては人類より最低でも二千年は進んでいる種族だからな。そして、おれがあそこにいたのは二年まえのことだ」ウィルスンはピン先に目をもどした。「だから、この小さなベイビーを完成させる時間はあったかもしれないな、たしかに」

「そんなもので船全体を破壊できるはずはないでしょう」バーラが言った。「反物質であろうとなかろうと」

ウィルスンは口をひらいたが、バスケスが先にこたえた。「そんな必要はないんです。とにかくコンジットを破断させてしまえば、あとはそこを流れるエネルギーが引き受けてくれます。いや、破断させる必要すらないでしょう。こいつがコンジットの内部にあるていどの傷をつければ、エネルギーの流れが乱れてコンジットはこっぱみじんです」

「しかも、爆弾ではなくて材料の破損で引き起こされた爆発に見せかけられるという利点もある」ウィルスンは言った。

「そうです」バスケスが言った。「もしもブラックボックスが残っても、破断が起きたという記録が残るだけです。爆弾の炸裂ではなく」

「時限装置をつけて、スキップの直前、スキップドライヴにエネルギーを送り込んでいるときに爆発させる」ウィルスンは言った。「実にうまいやり口だ」

「リグニーからはスケジュール厳守と言われましたね」バスケスがコロマに言った。

「待って、まさかわたしたちがこの爆弾を仕掛けたと思ってるわけじゃないよね？」バーラが言った。

コロマ、ウィルスン、バスケスが黙り込んだ。

「わけがわからないでしょ」バーラは力をこめて言った。「コロニー連合が自分たちの船を爆破するなんて筋がとおらない」

「コロニー連合が偽の地球人をここへ送り込んでくるのだって筋がとおらない」ウィルスンは言った。「だが、現実に彼らはここにいる」

「ちょっと、え？」バスケスが言った。「あの外交官たちは地球から来たんじゃないんですか？　なんでそんな？」

「あとにしろ、マルコス」コロマが言った。バスケスは口をつぐんだが、この新たな急展開に顔をしかめていた。コロマはウィルスンに目をむけた。「提案を受け付けるぞ、中尉」

「答はありません」ウィルスンは言った。「いまの段階では、ここにいるだれも答をもっていないんじゃないかと思います。だから、答を手に入れるための別の手段を探してみたらどうでしょう」

コロマはちょっと考え込んでから言った。「それならやりかたはわかる」

「すべて準備完了だ」コロマがPDA経由でウィルスンに言った。船長のことばはブレインパルに直接流れ込んできたので、それを聞いたのは彼ひとりだった。ウィルスンは、偽の地球人たちとともにシャトルベイの床の上に立ち、管制室にいる船長へほんのかすかにうなずいてみせた。それから、彼は地球人たちに注意をもどした。

「もうわれわれはシャトルベイを見学したよ、ハリー」マーロン・ティージがウィルスンに言った。「これは二度目だ」

「まったく別のかたちで見せてあげるよ、マーロン、約束する」ウィルスンは言った。

「わくわくするねえ」ティージは笑顔で言った。

「楽しみにしてくれ。ただ、そのまえにひとつ質問がある」

「どうぞ」

「もうわかってるだろうが、おれはカブスのことであんたをからかって楽しんでいる」

「そうしなかったら、きみはカージナルスのファンクラブから蹴り出されるだろう」

「ああ、そのとおりだ。それにしても、もしもカブスがほんとうにワールドシリーズで優勝したら、あんたはどんなふうになるんだろうな」

「それはつまり、わたしが心臓発作を起こすまえの話かな、あとの話かな？　たぶん目につくすべての女性にキスするだろう。それと、ほとんどの男性にも」

「カブスは二年まえにワールドシリーズで優勝したんだよ、マーロン」

「なんだって？」

「ヤンキースに四たてをくらわしたんだ。シリーズの最後の試合で、カブスの投手は完全試合をやってのけた。シーズン百一勝をあげてプレーオフに進出したんだ。カブスはワールドチャンピオンなんだよ、マーロン。きみなら知っていると思ったんだが」

コロマはマーロン・ティージの顔を見て、この男の人相はふたつの感情――カブス優勝の知らせを聞いた純粋なよろこびと、嘘をついていたことがバレてしまったという動揺――をいっぺんにあらわすにはむいていないなと思った。とはいえ、コロマがそのふたつの感情を同時に隠そうとする男の顔が演ずるスペクタクルを楽しんでいないかと言ったら、そんなことはなかった。

「あんたはどこの出身なんだ、マーロン？」ウィルスンはたずねた。

「わたしはシカゴの出身だ」ティージは気を取りなおして言った。

「いちばん最近はどこにいたんだ？」

「ハリー、よせよ。こんなのバカげてる」

ウィルスンはそれを無視して、女性陣のひとり、ケレ・ラフリンに顔をむけた。「チャールストンは去年ハリケーンに襲われた」彼は女が真っ青になるのを見守った。「あんたならおぼえているはずだ」

ラフリンは無言でうなずいた。

「そりゃいい」ウィルスンは言った。「そのハリケーンにつけられた名前は？」

コロマはラフリンの顔が早くも絶望に染まるのを見てとった。

ウィルスンはティージに顔をもどした。「取引だ、マーロン」彼は管制室を指さした。ティージはその指のしめすほうへ目をむけて、コロマ船長がコンソールのうしろにすわっているのを見た。「おれが合図を送ったら、船長はこのシャトルベイから空気を排出しはじめる。循環が完了するまでは一分だ。さて、おれのことは心配しなくていい。おれはコロニー防衛軍だから、必要とあらば優に十分は息を止めていられるし、いまは服の下に軍用ユニタードを着こんでいる。だからだいじょうぶだ。しかし、あんたとお友だちは、肺がつぶれて真空中に血を吐きながら、ひどく苦しい思いをして死ぬだろう」

「そんなことができるものか」ティージが言った。「われわれは外交使節団だぞ」

「ああ、だがどこからの？　だって地球から来たんじゃないだろう、マーロン」

「断言できるのか？　もしもきみがまちがっていて、きみたちがわれわれを殺したことを地球が知ったら、なにが起こるか考えてみろ」

「そうだなあ」ウィルスンは小さなプラスチック製のケースを取り出した。そこには、綿の玉の上に載ったピン先ほどの爆弾がおさめられていた。「こいつが爆発したあとで、きみたちはどのみち死んでいたはずだな、おれたちといっしょに。このやりかたなら、おれたちのほうは生き残ることができる。最後のチャンスだぞ、マーロン」

「ハリー、わたしにはとても――」ティージが言いかけ、ウィルスンは片手をあげた。

「好きにしろ」ウィルスンはそう言って、コロマにうなずきかけた。船長が空気の排出をはじめた。シャトルベイは空気がタンクへ吸い込まれていく轟音で満たされた。

「待て！」ティージが言った。ウィルスンはコロマにむかって事前に決めておいた身ぶりで合図し、ブレインパル経由で船長のＰＤＡに〝中断〟のメッセージを送った。コロマは排出を中断して待った。

マーロン・ティージは汗をだらだら流してそこに突っ立っていた。それから、悲しげな笑みを浮かべてウィルスンに顔をむけた。

「わたしはシカゴ出身で、最近は惑星イアリで暮らしている。この使節団について知っていることはすべて話すと約束しよう。だが、そのまえにひとつ教えてくれ、ハリー」

「なんだ?」ウィルスンはたずねた。

「カブスの話は嘘じゃなかったんだよな」ティージは言った。

「説明をしてほしいのか」フェニックス・ステーションで、エイベル・リグニー大佐がデスクのむこうからコロマ船長に言った。デスクのまえの椅子では、エリザベス・イーガン大佐がすわってコロマを見つめていた。

「なにをしてほしいかと言えば、あなたにエアロックから外へ出ていってほしい」コロマはリグニーに言った。椅子のなかのイーガンにちらりと目をむける。「それと、あなたにも彼のあとから出ていってほしい」コロマはリグニーに視線をもどした。「だが、とりあえずは、説明をしてほしい」

リグニーはかすかに笑みを浮かべた。「もちろん、きみはダナヴァー星系の件をおぼえているだろう。CDFのフリゲート艦ポーク号が撃破され、ウチェ族の船が標的となり、きみ自身の船も大破した」

「おぼえている」コロマは言った。

「それと、ブーラ族とのあいだで最近起きた事件についても知っているはずね」イーガンが言った。「彼らの世界のひとつにあった人類の無法コロニーが襲撃を受けて、そこに改造されたCDFのスパイが三人まぎれこんでいたことが判明した。わたしたちがコロニーの後始末をしにいったら、ブーラ族に船を包囲されて、その船とクルーを取りもどすために賠償金を支払うはめになった」

「その件についてはウィルスンとアブムウェ大使の部下からすこしだけ聞いている」コロマは言った。

「そうだろうな」リグニーが言った。「問題は、ダナヴァー星系でポーク号ときみの船を待ち伏せしたやつらが、ポーク号の任務に関する情報をわれわれから入手していたのではないかということだ。ブーラ族の領土にあった無法コロニーの件でも同じことが言える」

「CDFから情報を得ていたと?」コロマはたずねた。

「あるいは外務省から」イーガンが言った。「あるいは両方から」

「スパイがいるのか」

「おそらくは複数でしょうね。このふたつの任務両方となると、ひとりでカバーするのはきついはず」

「どこから情報が漏れていて、どれだけのことが知られているのかを突き止めるための手段が必要だった。そこで、われわれは釣りをすることにした」リグニーが言った。「退役になった宇宙船が一隻あって、クラーク号の一件のあとは、船のないクルーもそろっていた。釣り糸を垂らしてなにがかかるかを見てみるにはぴったりのタイミングだった」

「釣り針にかかったのは爆弾で、それはわたしの船を破壊し、すべての乗員を殺すところだった。あなたの偽の地球からの使節団もいっしょに」コロマは言った。

「そうね」イーガンが言った。「でも、それでなにがわかったと思う？　あなたの船に破壊工作を仕掛けた相手は、機密扱いになっているコロニー防衛軍の調査について知ることができる。コロニー防衛軍の各回線を流れる通話の内容を知ることもできる。CDFの造船所と製作工場にも出入りできる。こうして手に入れた大量の情報をふるいにかけて、わたしたちを裏切ったひとりまたは複数の人物を絞り込めば、また同じようなことが起きるのを阻止できる。これ以上だれかが死ぬのを阻止できるの」

「けっこうな感傷だな」コロマは言った。「わたしとわたしのクルーとあなたたちの部下が全員死ぬという部分はどうでもいいのか」

「やむをえないリスクだった」リグニーが言った。「きみに話せなかったのは、どこから情報が漏れているかわからなかったからだ。われわれの部下にもやはり話さなかった。彼らはCDFを退役した人びとで、緑色の軍人では人目につきすぎる仕事があるときにわれわれを手伝ってくれている。死の危険があることはみんな承知している」

「われわれは知らなかった」コロマは言った。

「敵が今回の任務を妨害するかどうかを知る必要があった。それははっきりしたし、敵の動きについてもいままでより多くのことがわかった。われわれのとった行動について謝罪するつもりはないよ、船長。そんな行動が必要だったのが残念だということは言えるがね。それと、きみたちが死ななくてほんとうに良かったということは」

コロマはちょっと考え込んでから言った。「これからどうなるんだ？」

「どういう意味？」イーガンがたずねた。

「わたしには指揮権がない。船もない。わたしとクルーは宙ぶらりんだ」コロマは身ぶりでイーガンをしめした。「あなたの最終審問でわたしの今後がどのように決まったのかは知らない」リグニーに目をもどす。「あなたはわたしに、この任務をうまくやってのけたら、将来の計画を立てられると言った。これが成功だったのかどうかはわからないし、たとえ成功だったとしても、あなたの約束は、あなたがこれまでわたしに語ったあれこれと同程度の真実でしかないのかもしれない」

リグニーとイーガンは顔を見合わせた。イーガンがうなずいた。

「われわれの見地からすれば、今回の任務は成功だった」リグニーが言った。

「最終審問のことだけど、ダナヴァー星系におけるあなたの行動は、指揮官としても外交官としても最良のものだったと判断された」イーガンが言った。「あなたは表彰を受けていて、それはすでにファイルに記録されている。おめでとう」

「ありがとう」コロマはすこし呆然としながら言った。

「船の件だが」リグニーが言った。「きみにはすでに一隻あるようだ。少々古いし、そこに配属されるのは過酷な任務とみなされている。とはいえ、過酷な任務はまったく任務がないよりはずっとマシだ」

「あなたのクルーはすでに船になじんでいるはず」イーガンが言った。「それに、船団には新しい外交船が必要なの。アブムウェ大使とそのスタッフには山ほど仕事があるのに、現場へ出かける手段がない。あなたが望むなら、あの船はこのままあなたのものになる。あなたが望まなくても、やっぱりあなたのものになる。おめでとう」

「ありがとう」コロマはもういちど言った。こんどは完全に呆然としていた。

「どういたしまして」イーガンは言った。「では以上です、船長」

「はい、大佐」

「そうそう、コロマ船長」リグニーが呼びかけた。

「はい、大佐」

「あの船にいい名前をつけてやってくれ」リグニーはイーガンに顔をもどし、ふたりはそのまま話をはじめた。コロマはドアから外へ出ていった。

バーラとウィルスンがリグニーのオフィスの外で待っていた。

「どうでした?」バーラが言った。

「表彰を受けた」コロマはこたえた。「船をもらった。クルーはそのまま残る。アブムウェのチームもいっしょだ」

「どの船です?」ウィルスンがたずねた。

「いま乗っているやつだ」

「あのおんぼろですか」

「ことばを慎め、中尉」コロマは言った。「あれはわたしの船だ。名前もある。あれはクラーク号だ」

エピソード6　裏ルート

「将軍、人類の問題に話をもどそう」ウンリ・ハドが言った。

演壇の上、コンクラーベのリーダーをつとめるターセム・ガウ将軍のうしろの席で、ハフト・ソルヴォーラはせいいっぱい静かにため息をついた。コンクラーベが創設されて〈大議会〉がつくられ、全加盟種族の代表たちがその新たに出現した四百を超える種族より成る政体の法律やしきたりを定める場ができたとき、ガウ将軍は約束した。一サール——四十標準日——ごとに、ガウ自身と、幹部として彼に従う者が議場に立ち、代表たちからの質問にこたえると。ガウなりのやりかたで、リーダーの地位にはつねに説明責任があることをコンクラーベの各メンバーに保証したのだった。

当時、ハフト・ソルヴォーラは、ガウの信頼する顧問としてこう進言した——そんなことをしたら、貪欲で野望に燃える議会のメンバーたちにスタンドプレーの機会をあたえるだけで、あらゆる面で時間のむだになるだろうと。ガウ将軍はいつものように彼女の率直な意見に感謝したが、結局はそのまま実行に移した。

ソルヴォーラは、こうした質疑応答セッションの場でガウがいつも彼女を自分の背後にすわらせるのは、あのことが原因なのだと思うようになっていた。この配置なら、ガウは彼女の顔に浮かぶ〝だから言ったでしょう〟という表情を見なくてすむ。ソルヴォーラはいまもその表情を浮かべながら、エルプリ族の、あのやっかいなハドが、またもや人類のことでガウを悩ませるのを聞いていた。

「またその問題へもどるのかね、ハド代表？」ガウが明るく言った。「これまでの話し合いからすると、きみはどうしてもその問題をほうっておけないようだ」

これを聞いて、席についている代表たちのあいだから、おもしろがっていることをあらわすさまざまな音がわきあがったが、ソルヴォーラは、群衆のなかにすこしも陽気な雰囲気ではない顔や表情があることに気づいていた。ハドはやっかい者で少数意見の持ち主ではあるが、彼の属する少数派がまったく取るに足りない存在というわけではないのだ。

ハドは、割り当てられた席で立ちあがり、ソルヴォーラもよく知っている不快感をあらわす形状に顔を動かした。「からかっているのか、将軍」

「からかってなどいないよ、ハド代表」ガウはやはり明るい口調で言った。「きみがこの種族のことを心配しているのがよくわかると言っているだけだ」

「よくわかるなら、わたしに——この議会に——教えてくれ。彼らの封じ込めについてどんな計画があるのかを」

「どの〝彼ら〟かな？　きみも承知のとおり、いま人類はふたつの陣営に分かれている——コロニー連合と地球だ。地球はわれわれにとってなんら脅威ではない。彼らには宇宙船もないし、いまは仲たがいしているコロニー連合の許可がないかぎり宇宙へ出ていく手段がなにひとつない。コロニー連合は兵士と植民者の供給を地球に頼っていた。現在、その供給は途絶えている。いまやコロニー連合は、兵士と植民者を失ったら補充がきかないことを知っている。そのために両者の消費についてはひかえめかつ用心ぶかくなっている。聞くところによると、コロニー連合はいまや日常的に外交努力を試みているそうだ！」これには、さらに多くのおもしろがっている声があがった。「親愛なるハド代表、人類がほんとうにほかの種族と良好な関係を築こうとしているとすれば、それは現時点で彼らがどれほど用心ぶかくなっているかをしめす証拠なのだ」

「将軍は、人類は外交努力をしているからもはや脅威ではないと考えているのか」

「とんでもない。人類は以前のように脅威たりえないから、いまは外交努力を試みているのだと思う」

「ふたつのちがいがよくわからないな」

「わかりにくいのは充分に承知しているよ、ハド代表。しかし、ちがいはたしかに存在している。しかも、現時点でコロニー連合がもっとも重視しているのは地球との和解だ。人類の封じ込めについてどんな計画があるのかと質問されたので、きみがすでに知っているはずの事実を指摘するとしよう。すなわち、ジョン・ペリー少佐を乗せたコンクラーベの貿易船団が地球にあらわれてからというもの、われわれは地球において活発な外交的存在感を維持してきている。おもな国家の首都のうち五つに外交使節を置き、地球の各政府と人びとに、たとえコロニー連合と和解しないという選択をしたとしても、地球にはつねにコンクラーベに加盟する道があるのだと意識させている」

議場にざわめきがひろがったが、それはむりからぬことだった。コロニー連合はロアノークというコロニーの軌道上でコンクラーベの艦隊を撃破したのだが、その艦隊にはコンクラーベに加盟する各種族が一隻ずつ軍艦を供出していたのだ。コンクラーベの加盟種族はすべて、人類によって傷を負わされていたし、その大失態の余波によってコンクラーベが崩壊寸前までいったことをよくおぼえていた。

ハド代表はだれよりも激昂したようだった。「コンクラーベを崩壊させようとした種族の加盟を認めようというのか」

ガウはその質問に直接はこたえず、代わりに別の代表に顔をむけて話しかけた。「プローラ代表。立ってもらえますか」

オウスパ族のプローラ代表は、ひょろりとした脚でのそのそと立ちあがった。

「ハド代表、わしの記憶が正しければ、それほど遠くない過去に、エルプリ族とオウスパ族はおたがいの存在を宇宙と歴史から消し去ろうとしてかなりの量の血と資産を投じた」ガウは言った。「両種族の憎しみのために、双方で何百万という数の市民が亡くなったのではないかね？　それでも、きみたちはこの尊い会議にそろって出席し、平和にすごしている。両方の世界がいまは平和であるように」

「われわれはおたがいを攻撃したのだ、コンクラーベではなく」ハドが言った。

「それでも原則は当てはまるはずだ」ガウは、ハドがそんな主張をするのはとても信じられないという口ぶりで言った。「いずれにせよ、コンクラーベを攻撃したのはコロニー連合であって地球ではない。地球を、あるいはそこに住む人間たちを、コロニー連合の行動によって責めるのは、地球自体がどのように利用されていたかをあやまって解釈することにひとしい。そして、ハド代表、地球がコロニー連合と手を組む——あるいは、そのままコロニー連合に加盟する——のをわれわれの外交努力によって阻止しているあいだは、人類がわれわれの玄関先で災いをなすのを阻止することができる。それこそきみがもとめていることではないのかね？」

ソルヴォーラはハドがいらいらしている様子を見守った。もちろん、ハドはそんなことをもとめていたわけではない。彼がもとめたのは、コンクラーベが人類という種族を、そのしがみついている手がかりから残らず叩き落とすことだ。だが、さしあたっては、ガウがハドをコーナーに追いつめていた。どうやら、ガウがこのバカげた質疑応答セッションを実施したそもそもの理由のひとつはそこにあったらしい。この将軍は敵をコーナーに追いつめるのがとても上手なのだ。

「消えた宇宙船の件は？」別の声がして、ソルヴォーラを含めた全員が、呼ばれたあと立ちっぱなしだったプローラ代表のほうへ顔をむけた。プローラは、急に自分が注目の的になったことに気づいてたじろいだが、席にはすわらなかった。「報告によれば、コンクラーベの領域と人類の領域の境界付近で十隻以上の宇宙船が行方不明になっている。あれは人類のしわざではないのか？」

「だとしたら、なぜわれわれは対応しないのだ？」ハドがコーナーから逃れて言った。

ガウ将軍がこれを聞いてちらりとソルヴォーラを見た。ソルヴォーラは〝だから言ったでしょう〟という表情を浮かべそうになるのをこらえた。

「たしかに、ここ数サールに何隻かの宇宙船が消えている」ガウ将軍は言った。「その多くは商船だ。しかし、問題の星系は宙賊行為が皆無とされている場所でもない。人類がこの問題の背後にいるという推測にとびつくまえに、うわべはコンクラーベ市民をよそおった襲撃者たちが原因であるという、より可能性の高い説明について調べてみるべきだろう」

「なぜ断言できる？」ハドが言った。「最優先で調べてみたのか、将軍？　それとも、あなたはまたもや人類の力を過小評価しようというのか？」

議場が静まり返った。ガウはロアノークにおける大敗北の責任を負っていたし、自分に責任がないというふりをしたことはいちどもなかった。この問題でガウを追及するのは愚か者だけであり、ウンリ・ハドはまさにその愚か者のようだった。

「われわれの政府にとって、行方不明になった市民を探すのはつねに優先事項だ」ガウは言った。「われわれはきっと彼らを見つけ出し、その事件の背後にいる者を見つけ出す――それがだれであろうと。ハド代表、われわれがやらないのは、これらの宇宙船の消失事件を利用することで、窮地に追いつめられて戦うしか選択肢がないと悟ったときにわれわれを打ち破るためにすさまじい情熱をしめした連中と戦いをはじめることだ。きみはわしに人類を過小評価するつもりかと問う。それはないと断言するよ。わしがいぶかしく思うのは、きみがどうしても人類を過小評価しようとしているその理由だよ」

あとになって、ソルヴォーラはガウ将軍の専用オフィスをおとずれた。そこは、そもそもが長身の種族であるララン族でなかったとしても狭苦しく感じる場所なのに、ハフト・ソルヴォーラは同胞のなかでも背が高いほうだった。

「かまわんよ」デスクにむかっていたガウが、頭をさげて戸口をくぐったソルヴォーラにむかって声をかけた。「言いたまえ」

「なにをですか？」ソルヴォーラはたずねた。

「きみはいつも、このオフィスの戸口をくぐって、なかにはいり、体を起こして、あたりを見まわす。きみはいつも、なにかすこしばかり不快なものに咬まれたような表情をその顔に浮かべる。だから気にせずに言いたまえ――わしのオフィスは狭苦しい」

「こぢんまりしていると言うべきでしょう」

ガウは種族特有のやりかたで笑った。「きみならそう言うだろうな」

「あなたの地位を考えたらこのオフィスは狭すぎるという意見は、よそからも出ています」

「会議のために、それと、当然ながら相手を感心させたいときのためには、広い公用オフィスがある。立派なオフィスのもつ力がわからないわけではない。しかし、わしは宇宙船のなかで生涯のほとんどをすごしていて、それはコンクラーベの創設にとりかかったあとも同じだった。狭い空間には慣れるものだよ。わしにはここのほうが居心地がいい。それに、加盟種族の代表たちよりも自分に多くをあたえているとか言われずにすむ。そういうのもいろいろと役に立つのだ」

「よくわかりました」

「けっこう」ガウは身ぶりで椅子をしめした。あきらかにソルヴォーラのために持ち込んだものらしく、それは彼女の身体機能にぴったり合っていた。「すわりたまえ」

ソルヴォーラはすわって待った。ガウは彼女をそのまま待たせようとしたが、ララン族を待たせるとろくなことにならないのだった。「わかったよ、きみが考えているほかのことを言いたまえ」

「ウンリ・ハドのことです」

「きみが警告していた貪欲で野望にあふれるタイプだな」

「ハドがあきらめることはないでしょう。そして、彼の味方がまったくいないわけではありません」

「きわめて少ない」

「しかし増えつつあります。あなたがわたしをあのセッションに同行させるのは、その数をかぞえるためでしょう。かぞえていますよ。セッションをおこなうたびに、ハドの意見に賛同したり引き寄せられたりしている者の数は増えています。今回や次回、ひょっとしたらその後の数回のセッションではハドの心配をする必要はないでしょう。しかし、このまま続いたら、いずれはひとつの派閥が生まれ、その派閥が人類の根絶をもとめて騒ぎたてるでしょう。ひとり残らず抹殺しろと」

「われわれがコンクラーベを創設した理由のひとつは、ある種族をそっくり根絶することができるとかそうするべきだとかいう考えを排除することだった」

「それはわかっています。わたしの同胞があなたとコンクラーベに忠誠を誓っている理由のひとつですから。とはいえ、理想を実践するのはむずかしいものですし、その理想が新しいものであるときはなおさらです。コンクラーベのどの種族も、人類に対する評価は……その……もっとも上品な表現をするなら〝やっかい者〟でしょうか」

「そのとおりだよ」

「あなたは人類を抹殺するのがそんなにむずかしいと本気で思っているのですか？」

ガウはソルヴォーラに珍しい表情を見せた。「よりによってきみの口から出るとは思えない、おどろくべき質問だな」

「わたし自身は人類に消えてほしいとは思っていません。少なくとも、積極的には。ララン政府も種族の根絶という考え方は支持していません。しかし、あなたはハドにむかって人類はおそるべき敵になるとほのめかしていました。あなたがそれを信じているのかどうかを知りたいのです」

「人類がコンクラーベに艦対艦、兵士対兵士でたちうちできるか？　いや、もちろんそれはむりだ。四百隻もの艦を破壊された、ロアノークにおける大敗北でさえ、われわれの勢力に対する重大な一撃とは言えなかった。加盟種族がそれぞれ所有している何十何百とあるうちの一隻でしかなかったからな」

「では、信じていないのですね」

「そうは言っていない。人類はわれわれに艦対艦ではたちうちできないと言ったのだ。しかし、もしも人類がわれわれとの戦争に突入するなら、それは艦対艦の戦いにはならない。ロアノークで人類の軍艦が何隻われわれに立ち向かった？　ゼロだ。それでもわれわれは敗北した――しかもその一撃は強烈だった。コンクラーベは崩壊しかけたのだよ、ハフト。それはわれわれの物質的な力がそこなわれたためではなく、精神的な力がそこなわれたためだった。人類が狙ったのはあの艦隊ではなかった。われわれの団結力だった。人類はあやうくわれわれをばらばらにしかけたのだ」

「あなたは人類ならもういちどそれをやってのけると信じているのですね」

「もしもわれわれが人類に圧力をかけたら？　当然そうなるだろうな。コンクラーベの各国家が以前のようにおたがいどうし戦争をくりひろげる状況になれば、人類にとっては最良の結果だ。われわれが戦いに忙殺されるあいだに、人類は力をたくわえてその地位を取りもどすだろう。いちばんの疑問は、圧力を受けた人類が――コロニー連合が――コンクラーベを攻撃して破壊できるかどうかということではない。いちばんの疑問は、なぜ人類がロアノーク以降それを試みていないかということだ」

「あなたが言ったように、地球との関係修復で忙しいのでは」

「それが長くかかることを祈るとしようか」

「ひょっとしたら、すでにコンクラーベとの戦争をはじめているのかもしれませんよ」ソルヴォーラは指摘した。

「行方不明になった宇宙船のことを言っているのか」

「はい。ハド代表にはもううんざりですが、これだけ多くの宇宙船が人類の宙域の近くで姿を消しているというのはあっさり見逃せることではありません」

「見逃しているわけではない。船団の代表者の指示で、調査官たちが現場と近くの有人惑星をくまなくまわって手がかりを探したのだ。いまのところなにも出てきていない」

「宇宙船がこんなにまとまって消えることはめったにありません。痕跡がないとすれば、それ自体がなにかを意味しています」

「だが、それだけではだれに責任があるのかはわからない」ガウは手をあげて、なにか言おうとしたソルヴォーラを制した。「言っておくが、コロニー連合の内部では諜報員たちが超過勤務までして人類とこの消失事件とのつながりを見つけようとしている。ちゃんとやっているのだ。しかし、たとえつながりが見つかったとしても、扱いは慎重にして、ハドと議会にいるその仲間たちが熱望しているおおっぴらな戦争行為は避けねばならん」

「ひそかにことを進めようとするあなたの姿勢が、ハドたちをいらだたせているのです」

「やつらがいらだつのは別にかまわん。コンクラーベを守るためのささやかな代償だ。ところで、きみを呼んだのは消えた宇宙船について議論するためではないのだ、ハフト」

「どうぞなんなりと、将軍」

ガウはデスクから一枚の文書を取りあげてソルヴォーラに渡した。

ソルヴォーラは興味ありげな顔でそれを受け取った。「コピー文書ですか」ガウから任務が伝えられるときは、ふつうはコンピュータ経由だった。

「コピーではない」ガウが言った。「きみが手にしている文書は、コンクラーベ全体でその情報が記録されている唯一の場所だ」

「なんなのですか？」

「人類の新しいコロニーのリストだ」

ソルヴォーラは純粋にショックを受けてガウを見つめた。コンクラーベは非加盟種族による新しい惑星への植民を禁じていた。そのような試みがあった場合、新しいコロニーは強制退去の憂き目にあい、もしも植民者が出ていこうとしないときは破壊される。「人類がそこまで愚かとは思えませんが」

「もちろんちがう。少なくとも、おもてむき、コロニー連合はちがう」ガウは文書を指さした。「それは人類が〝無法コロニー〟と呼んでいるものだ。つまり、コロニー連合からは承認も支援も受けていない。そのてのコロニーはほとんどが一年以内に消滅する」

「では、わたしたちがコロニー連合を非難する材料にはなりませんね」

「いかにも。ただし、こういう噂がある――ブーラ族が、自分たちの世界のひとつに人類が無法コロニーを設置しようとしているのを発見したところ、少なくとも数名の植民者がコロニー防衛軍だったという。コロニー連合はその無法コロニーを排除しようとしたが、そこをブーラ族に見つかってしまった。同胞を取りもどしてブーラ族の口止めをするためにかなりの賠償金を支払うはめになったようだ」

「では、これらの無法コロニーは実際には非公式のものではないのですね。すると、人類がそこまで愚かなのかどうかという疑問にもどることになります」

「良い質問だが、わしのほんとうの心配ごととはほとんど関係がない」

ソルヴォーラは手にした文書をふった。「ハドとその仲間たちがこの事実を突き止めるのではないかと心配しているのですね」

「そのとおり」ガウはもういちど文書を指さした。「それは唯一の手書きのリストで、簡単に宇宙に漏れてしまうのをふせぐためにいちどだけしか書かれていない。だが、わしはバカではないし、諜報員たちがわしとしか話をしないと信じたりはしない。ハドとその仲間たちはいずれ突き止めるだろう。もしもやつらがこの事実を知り、これらのコロニーにほんとうにコロニー防衛軍のメンバーが混じっていた場合、われわれとしてはそのコロニーを立ち退かせるしかない。そのコロニーが立ち退こうとしなかったら、破壊するしかない」

「わたしたちがそれを破壊したら、コロニー連合との戦争になりますよ」

「あるいは、かぎりなく戦争に近づくだろう。人類は自分たちがまずい立場にいることを承知しているのだ、ハフト。彼らは絶好調のときでも危険な獣でしかない。ここで人類を刺激したら、関与するすべての者にとってろくでもない結果になるだろう。わしはこの問題を内密に解決したいのだ。おおやけの問題になるまえに」

ソルヴォーラはにっこりした。「そこでわたしの登場となるわけですね」

「実はコロニー連合につながる裏ルートをあけてある」

「どうやってそんなことを？」

「わしからワシントンDCにいる使節へ。その使節からジョン・ペリーへ。ジョン・ペリーからCDFの特殊部隊にいる彼の友人へ。といった調子で指揮系統をのぼり、またくだってくる」

ソルヴォーラは同意の身ぶりをしてみせた。「わたしの仕事はその裏ルートと会うことですね」

「そうだ。今回の場合、きみより低い地位にいる者になる──申し訳ないが、人類はピリピリしているのだ」ガウのことばに、ソルヴォーラは手をあげて気にしていないことをしめした。「エイベル・リグニー大佐だ。とりたてて地位が高いわけではないが、ことを進めるにはちょうどいい位置にいる」

「その人にこのリストを見せて、CDFの兵士のことを知っていると伝えるのですね」

「きみにはそいつを怖がらせてほしいのだ。きみの独特のやりかたで」

「はて、将軍」ソルヴォーラは、またショックを受けたような顔をしてみせた。「あなたがなにを言っているのかさっぱりわかりません」

ガウ将軍はにやりと笑った。

「へえ、ずいぶん背の高い人だったんですね」ソルヴォーラはリンカーン記念館にある彫像を見あげながら言った。

「たしかに、人間としては背が高かった」リグニー大佐が言った。「彼の時代だとずいぶん高いほうだったろう。エイブラハム・リンカーンがアメリカ合衆国の大統領だったのは、人類が宇宙へ乗り出すずっとまえのことだ。当時はだれでも栄養を充分にとれるわけではなかった。人びとはもっと小柄だった。だからリンカーンは突出していたはずだ。きみたちの種族に混じったらチビとみなされていただろうがね、ソルヴォーラ顧問官」

「それはまあ、わたしたちは付き合いのあるたいていの種族から背が高いと思われていますからね。しかし、ララン族と同じくらいの身長がある人間もいるはずでしょう」

「バスケットボールの選手がいる。人間としてはとても背が高い。いちばん背の高い選手ならいちばん背の低いララン族と同じくらいかもしれない」

「おもしろいですね」ソルヴォーラはまだリンカーンを見つめていた。

「話をするのにどこか行きたい場所はあるのかな、顧問官?」リグニーが、思いにふけるソルヴォーラのために間をとってから言った。

ソルヴォーラは人間に顔をむけて笑みを浮かべた。「申し訳ありません、大佐。わざわざこんな観光の名所で会っていただいて」

「なんでもないさ。むしろ良かった。地球を離れるまえ、おれはこのあたりに住んでいたんだ。きみのおかげでなつかしい場所をおとずれる口実ができた」

「すてきですね。こちらに滞在しているあいだに家族や友人と会ったのですか?」

リグニーは首を横にふった。「妻はわたしが地球を離れるまえに亡くなったし、こどもはいなかった。友人はみんなもう八十代か九十代で、人間としては高齢だから、ほとんどは亡くなっているし、生きているやつもおれが二十三歳くらいの姿でひょいひょい歩いているのは見たくないと思う」

「それが問題になるというのはわかります」

リグニーはリンカーンを指さした。「彼はおれが旅立ったときと同じ姿に見える」

「そうあってほしいですね！」ソルヴォーラは言った。「大佐、できれば歩きながら話せませんか？　ここに来るまえにモールを歩いていたら、だれかが〝チュロス〟というものを売っていました。人間の料理を試してみたいと思うのですが」

「ああ、チュロスか。いい選択だ。もちろんかまわないよ、顧問官」

ふたりはリンカーン記念館の階段をおりてモールへむかった。ソルヴォーラはゆっくり歩いて、リグニーが追いつくために小走りにならずにすむようにした。ほかの人間たちに好奇の目をむけられていることには気づいていた。地球にいるエイリアンはまだまだ珍しいのだが、現在のワシントンDCでは、人びとが平静さをかなぐり捨てるほど珍しいというわけでもなかった。彼らはソルヴォーラのとなりにいる緑色の人間も同じようにまじまじと見つめていた。

「会ってくれてありがとうございます」ソルヴォーラはリグニーに言った。

「こちらこそ」リグニーは言った。「おかげで地球を再訪する口実ができた。ＣＤＦのメンバーにとってはめったにないことなんでね」

「地球がわたしたち双方の政府にとって中立地になってくれたのは便利なことです」

リグニーはこれを聞いてたじろいだ。「ああ、まあね。公式には、おれはそういう展開をよろこんではいけないことになっているんだが」

「よくわかります。さて、大佐。仕事の話です」ソルヴォーラはガウンのひだのなかへ手を入れ、なにかの文書を取り出してリグニーに手渡した。

リグニーはそれを受け取り、しげしげとながめた。「残念ながら読めないな」

「よしてください、大佐。あなたの頭のなかに、ほかのコロニー防衛軍のメンバーと同じように例のコンピュータがはいっていることはよく知っています。あのおかしな名前、なんといいましたっけ？」

「ブレインパルだ」

「ああ、そうでした。ですから、あなたはその文書の内容をすべてコンピュータに記録しただけでなく、すでに翻訳もすませているはずです」

「わかったよ」

「大佐、あなたがこんな些細なことですら抵抗するようでは、わたしたちはなんの成果もあげられませんよ。わたしたちがこうして裏ルートをひらいたのは、どうしても必要なことだったからです。お願いですから、はじめての外交任務についている相手に接するような態度はやめてください」

「申し訳ない、顧問官」リグニーは文書を返した。「つねにすべては明かさないというのが習慣になっていてね。無意識の反射行動といったところかな」

「わかりました」ソルヴォーラは文書を受け取り、もとどおりガウンのひだのなかへしまいこんだ。「さて、もう翻訳文をスキャンし終えたでしょうから、この文書になにが書かれているかはわかったでしょう」

「居住者のいない惑星のリストだな」

「その改変には異議を申し立てざるをえませんね、大佐」

「公式には、きみがなんの話をしているのかさっぱりわからない。非公式には、きみがどうやってそのリストを作成したのかをぜひ知りたいね」

「残念ながら、それを明かすことはできません。そもそも知らされていないというだけの理由ではありませんよ。とにかくこれで、あってはならない場所に十の人類のコロニーがあったりはしないという他人行儀な作り話はなしですませることができると思います」

「あれらは認可されたコロニーではない。無法コロニーだ。人びとが宇宙船の船長に金を払って、われわれの許可なしにどこかの惑星へ連れていってもらうのを止めることはできないからな」

「できたはずですよ、まちがいなく。しかし、当面の問題はそこではありません」

「コンクラーベはそういう無法コロニーがあるからという理由でコロニー連合を非難しているのか?」

「わたしたちはそれらがそもそも無法コロニーなのかどうかという点に疑問をいだいているのです、大佐。通常の無法コロニーでは、コロニー防衛軍の兵士たちが植民者たちのなかに混じることはありません」

リグニーはこれには返事をしなかった。ソルヴォーラはその態度が変わるかどうかちょっと待ってから続けた。「リグニー大佐、あなたは理解しているはずです――わたしたちがこれらのコロニーを蒸発させたいと思っていたら、とっくにそうしていたはずだと」

「実のところ、理解はしていない。この会話の要点がなんなのか理解していないように」

「あなたの言う要点とは、わたしがガウ将軍からコロニー連合宛ての個人的なメッセージと取引の話をあずかっているということです。すなわち、これは個人としてのガウ将軍からの届け物であって、コンクラーベのリーダーであるガウ将軍からのものではありません――コンクラーベとは四百の種族からなる同盟で、その力を結集すればあなたがたをわずらわしい害虫のように叩きつぶすことができます」

リグニー大佐の顔に、コロニー連合の評価に対する不快感がちらりとあらわれたが、彼はすぐにそれを打ち消した。「そのメッセージを聞かせてもらおうか」

「メッセージはシンプルです。ガウ将軍はあなたがたの〝無法コロニー〟が実際にはそのようなものではないことを知っているので、もっと別の状況であれば、その事実に気づいたことを伝えるために、あなたがたの玄関先に艦隊を出現させ、そのあと、これ以上の植民の試みをやめるよう強く説得するための別の報復をおこなうことになるだろう、と」

「こう言ってはなんだが、顧問官、最後にきみたちの艦隊がうちの玄関先に出現したときは、きみたちの艦隊にとって良い結果にはならなかった」

「あれは最後から二番目のときです。最後にわたしたちの艦隊があなたがたの玄関先に出現したときには、あなたがたは地球を失いました。それに、おたがいにわかっていることですが、あなたがたがロアノークでの裏技を再現する機会を得ることはありません」

「すると、将軍はわれわれに、ふつうならこれらのコロニーは蒸発させているところだと念を押しているのか」

「ガウ将軍がそうやって念を押すのは、現時点ではそのような行為には興味がないことをはっきりさせるためです」

「なぜ興味がないんだ？」

「なぜでも」

「ほんとうか？」リグニーは思わず足を止めた。「〝なぜでも〟が理由なのか？」

「理由は重要ではありません。将軍は現時点ではこれらのコロニーをめぐって戦いたくないと言うだけで充分でしょう。しかし、コンクラーベにはよろこんでその戦いをしようとする連中がいます。それはあなたも将軍も望んでいないことですが、理由はほぼまちがいなくこととなっています。いまのところ、コンクラーベの政治的カースト内でそのリストの存在を知っているのは将軍とわたしだけですが、あなたも政治のことはよくご存じでしょうから、秘密は長く秘密ではいられないことがわかるはずです。そのリストの内容が、コンクラーベにおいて、あなたがたのコロニーに——そしてコロニー連合に——勇んで火をつけようとする連中の手にわたるまで、ごくわずかな時間しかないはずです」ソルヴォーラはふたたび歩き出した。

一瞬おいて、リグニーもあとを追った。「ごくわずかな時間しかないと言うが、その〝ごくわずか〟を定義してくれないか」

「ガウ将軍がつぎに〈大議会〉で質問を受けるよう要求されるまでです。そのころには、議会にいる主戦論者たちはほぼ確実に、少なくとも一部のコロニーについては、その存在をつかんでいるはずです。そこにCDFの兵士たちがいることも。彼らはコンクラーベに行動を起こすよう要求し、将軍にはほかの選択肢がなくなるでしょう。わたしたちの標準日で三十日後。あなたがたコロニー連合の暦ではおよそ三十六日後になります」

「メッセージについてはそれくらいにしよう。取引というのは？」

「やはりシンプルです。問題のコロニーをすべて消し去ればコンクラーベは攻撃しません」

「口で言うのは簡単だけどな」

「わたしたちの知ったことではありません」

「コロニー防衛軍の兵士たちがそれらのコロニーにいると仮定してだが、その連中を排除するだけでは足りないのか？」

ソルヴォーラが頭の弱いこどもを相手にするような目つきになった。リグニーはその意図を察して両手をあげた。「すまない。よく考えずに口に出してしまった」

「これらのコロニーは本来存在してはいけないのです。ほんとうに無法コロニーなら、無視できないほど拡大しないかぎりは、こちらも見逃すかもしれません。しかし、そこにはCDFの兵士たちがいることがわかっています。彼らをコンクラーベの標的にするわけにはいきません。わたしたちが公式にその存在に気づくまえに、彼らには消えてもらう必要があるのです。さもなければ、おたがいの政府にとってどんな結果になるかはおわかりでしょう」

リグニーはまた黙り込んだ。「でまかせじゃないんだな、顧問官？」

ソルヴォーラは〝でまかせ〟ということばを知らなかったが、前後の文脈から意味を察した。「でまかせではありません、大佐」

「十あるコロニーのうち九のコロニーについては退去させるのはむずかしくない。それらの植民者たちは、ありきたりな不満だらけのコロニー連合市民で、圧制からの同胞の解放とかそういったことについては漠然とした考えしかもっていなかったり、ほかの人びとのことがあまり好きではなくて二百人くらいの同類たちといっしょにいるのが限度だったりする。六つのコロニーについては、どのみち飢え死にしかけているから、よろこんで脱出したがるだろう。おれが彼らの立場だったらそうだからな」

「しかし、残るもうひとつのコロニーがあるんですね」

「ああ、残るもうひとつのコロニーがある。きみの同胞たちのなかに人種差別主義者はいるか？　ほかのすべてのタイプの知性ある人びとより自分たちのほうが生まれつきすぐれていると信じこんでいる連中だ」

「いくらかはいます。一般的には大バカ者とみなされていますが」

「それだ。で、この残るもうひとつのコロニーは、住民のほとんどが人種差別主義者で占められている。ほかの知性ある種族——彼らがきみのことをどう思うかを想像するとふるえがくる——をきらうだけじゃなくて、自分たちと同じ外面的形質をもたないほかの人間たちをもきらっているんだ」

「ずいぶんすてきな人たちみたいですね」

「ゴミ野郎どもだよ。だが同時に、よく武装し、よく組織され、資金も潤沢なゴミ野郎どもであり、しかもこのコロニーにかぎっては繁栄している。彼らが離脱したのは雑種だらけのコロニー連合の一員になるのが気に入らなかったからだし、われわれのことが大きらいだから、自分たちが炎のなかで倒れるときにわれわれもいっしょに地獄へ送れると思ったら、むしろ楽しくてたまらないだろう。この連中を立ち退かせるのは至難のわざだ」

「CDFにとってそれはほんとうに問題になるのですか？　遠慮がなさすぎると思われたくはないのですが、CDFは自分たちが叩きつぶす相手のことをあまり深く気にかける組織ではないでしょう」

「そうだな。いざとなったら、なんとしても排除するさ。さもないとえらいことになる。ただ、やつらはよく武装し、よく組織され、資金も潤沢なうえに、コネが多い。リーダーがコロニー連合政府の上層部にいるだれかの息子なんだ。親とは疎遠になっているらしい——母親は息子がクソな人種差別主義者になったことをひどく恥じている——が、息子であることに変わりはないからな」

「なるほど」

「さっきも言ったように、至難のわざだよ」

ふたりはチュロスの屋台にたどり着いた。売り子がソルヴォーラを見あげて、あっけにとられた顔をした。リグニーがふたりぶんの注文をして、それぞれチュロスを受け取ったあと、ふたりはまた歩き出した。

「おいしい！」ソルヴォーラがチュロスをひと口かじって叫んだ。

「そう思ってくれてうれしいよ」リグニーは言った。

「リグニー大佐、あなたはこの人種差別主義の、頑固きわまりない、クソな植民者たちを排除するには、流血が避けられないと心配しているのですね」ソルヴォーラはまたひと口かじりながら言った。

「ああ。戦争を避けるためとはいえ、別の選択肢があればと思う」

「なるほど」ソルヴォーラはチュロスをもぐもぐやりながら言った。「頼んでいるのはわたしなのですから、可能性のある解決策を提示しないのはまちがっていますよね」

「聞かせてくれ」

「わたしがこれから提案することはけっして起こらないできごとだということを理解してください」

「この会話はそもそも起きていないことなんだから、別にかまわないさ」

「そのまえに、もうひとつ頼まなければならないことがあります」

「というと？」

「もうひとつチュロスを買ってください」ソルヴォーラは言った。

「あと一歩近づいてみろ、ゴミムシ、きさまの頭を吹き飛ばすぞ」ソルヴォーラの目のまえにいる植民者が言った。その男はショットガンを彼女の胸にむけていた。

ソルヴォーラは足を止めて、デリヴァランスと呼ばれるコロニーの境界付近に静かにたたずんだ。シャトルをコロニーが位置する広い草地のはずれに着陸させ、コロニーそのものへむかって何分か歩いたところだった。動くたびにガウンがさらさらと音をたて、首飾りに内蔵された装置からは音声と映像がシャトルへ送られていた。ソルヴォーラはゆっくりと歩いていたので、コロニーには歓迎パーティやそのほかの目的で人を集める時間が充分にあったはずだった。いまは厳重に武装した五人の男たちが彼女のまえに立ち、武器をかまえていた。さらにふたりがコロニーの屋根で伏せて、長距離ライフルで彼女に狙いをつけていた。ソルヴォーラは見えないところにもっといるのだろうと思ったが、いまはそちらには関心がなかった。じきにいやでも意識することになるはずだ。

「おはようございます、みなさん」ソルヴォーラは、男たちの皮膚についているしるしを身ぶりでしめした。「すてきですね。とてもトゲトゲして」

「黙れ、ゴミムシ」植民者が言った。「黙ってむきを変えて、さっさと自分のシャトルへもどって、虫けららしく飛んでいけ」

「わたしの名前はハフト・ソルヴォーラです」彼女は愛想よく言った。「〝ゴミムシ〟ではありません」

「きさまはゴミムシだ。それに、きさまが自分をなんと呼ぼうが知ったことか。出ていけ」

「おやおや」ソルヴォーラは感心して言った。「ずいぶん強引ですね」

「クソくらえ、ゴミムシ」

「しかし、少々くどいようです」

植民者がショットガンを持ちあげて、こんどはソルヴォーラの頭に狙いをつけた。「いますぐ出ていくんだ」

「実を言うと、出ていくつもりはありません。あなたや、あなたの陽気なお仲間のだれかがわたしを撃とうとした場合、あなたは引き金をひくまえに死ぬでしょう。いいですか、みなさん、わたしがあなたがたの敷地へむかって歩いていたあいだに、軌道上にいるわたしの宇宙船は、コロニーにいる、重量があなたがたのキログラムで十を超えるすべての生物の熱放射を捕捉して標識をつけていました。いまやあなたがた全員が船の攻撃用データベースに記録され、十数基の粒子ビームがそれぞれ二十から三十の標的を追跡しています。ひとりでもわたしを殺そうとする人がいた場合、あなたがたはおそろしい死を遂げ、そのあと、それぞれの粒子ビームが標的リストを順ぐりに参照して、コロニーにいるすべての人びとを始末するでしょう。あなたがたはひとり残らず——家畜も、大型のペットも含めて——あなたがたの時間でおよそ一秒後には死ぬのです。あなたがたの頭にいまおさまっているものがあたりに飛び散るので、わたしはひどいありさまになるでしょうが、死ぬことはありません。シャトルにはきれいな着替えもありますし」

植民者とその友人たちはソルヴォーラを呆然と見つめた。

「では、仕事にとりかかるとしましょう」ソルヴォーラは言った。「わたしを殺そうとするか、それとも、わたしにここへ来た目的を果たさせるか。とてもすてきな朝なので、わたしとしてはそれをだいなしにしたくはありませんが」

「なにが望みだ？」別の植民者が言った。

「あなたがたのリーダーと話をしたいのです。名前はヤコ・スミートでしたか」

「彼はきさまと話したりしない」最初の植民者が言った。

「なぜでしょう？」

「きさまがゴミムシだからだ」それが世界でいちばん明白な事実であるかのような口ぶりだった。

「それは残念なことですね。なぜなら、あなたがたの時間で十分以内にわたしがミスター・スミートと話をしていなかったら、さっき言った粒子ビームが標的を順に始末するので、やっぱりあなたがたは全員死ぬのです。しかし、ミスター・スミートがむしろみんな死んだほうがいいと思うのなら、わたしにとっては同じことです。みなさんはその瞬間をご家族とともに迎えたいかもしれませんね」

「おれは信じないぞ」三人目の植民者が言った。

「むりもありません」ソルヴォーラはそう言って、小さな囲いを指さした。「あの動物はなんと呼ぶのですか？」

「あれはヤギだ」

「かわいらしいですね。何頭なら犠牲にできますか？」

「一頭だって犠牲にはできない」

ソルヴォーラはいらいらとため息をついた。「ヤギを一頭も犠牲にできないというのなら、わたしはどうやって実演すればいいのです？」

「一頭だ」最初の植民者が言った。

「一頭なら犠牲にできるんですね」

「そうだ」最初の植民者がそうこたえると、最後まで言い終わらないうちに一頭のヤギが爆発した。ほかのヤギたちは、恐怖に襲われ、血のりをあびたまま、囲いのいちばん遠くをめざして突進していった。

四分二十二秒後、ヤコ・スミートがソルヴォーラのまえに立った。

「お会いできてうれしいです」ソルヴォーラは男に言った。「あなたもそのトゲトゲしたしるしをつけているのですね」

「なにが望みだ、ゴミムシ？」

「また〝ゴミムシ〟ですか。意味はさっぱりわかりませんが、あまり良いことばではなさそうですね」

「なにが望みなんだ？」スミートはくいしばった歯のすきまから言った。

「わたしが望むのではなく、あなたが望むのです。そして、あなたの望みはこの惑星を離れることです」

「なんだって？」

「話はきわめて明快だと思いますが、もうすこし事情を説明しましょう。わたしはコンクラーべの代表者です。ご存じかもしれませんが、わたしたちは人類やそのほかの種族に新たな植民を禁じています。あなたがたは、少なくとも全体像から判断するかぎりでは、人類です。ここにいてはいけないのです。わたしが手配をしましたから、あなたはコロニー全体を連れて出ていってください。今日これから」

「クソくらえだ」スミートが言った。「おれはコロニー連合には従わないし、コンクラーべにも従わないし、おまえにも絶対に従わないんだよ、ゴミムシ」

「もちろんそうでしょう。それでも説得をさせてください。ここを離れれば、あなたがたは生きのびるでしょう。ここを離れなければ、あなたがたは殺され、コンクラーべとコロニー連合は戦争状態におちいるでしょうが、それはコロニー連合にとても悲惨な結果をもたらす可能性が高いのです。それはあなたでも気になるはずです」

「自分の種族と自分の生き方のために殉死する以上の死にざまは思いつかないな。コロニー連合がおれたちとともに滅びるというのなら、その雑種の住民どもを、おれたちが地獄へむかうときの儀仗兵として歓迎してやるよ」

「胸を打たれる感傷ですね。あなたがたは種族の純化とかそういったことを信じているそうですが」

「種族はたったひとつで、それは人類だ。人類はその純粋さを維持したまま保存されなければならない。人類にとっては、現在のような変性物のままでいるくらいなら、滅びるほうがマシだ」

「すばらしい。あなたがたの文献を読んでみなければ」

「ゴミムシがおれたちの聖典を読むことはありえない」

「あなたがこうした種族的理想のために身を捧げる姿はいっそ感動的なほどです」

「おれはその理想のために死ぬ」

「ええ、あなたのお仲間たちもそうなるでしょうね。なぜって、考えてもみてください。今日このコロニーを離れなかったら、あなたは死にます——あなたはそれでかまわないんですよね——しかし、あなたが死んだあと、わたしはあなたの純粋なコロニーにいる人びとすべてを研究して、あなたがたの本質をしっかりと把握します。それから、コンクラーベがコロニー連合へ最後通告を突き付けます——人類のうちであなたの言う純粋な人種をひとり残らず死なせるか、あるいはすべての人類を死なせるか。そして、その……〝雑種ども〟がどういう考えをするかはご存じでしょう、ミスター・スミート。彼らは完璧な純粋さなどまったく評価しないのです」

「そんなことができるものか」スミートが言った。

「もちろんできますよ」ソルヴォーラは言った。「コンクラーベはありとあらゆる面でコロニー連合を圧倒しています。問題はわたしたちが実行するかどうかなのです。そして、わたしたちが実行するかどうかはあなたにかかっているのです、ミスター・スミート。いますぐここを出ていくか、それとも、人類という種族を永遠に雑種どもの手にゆだねるか。十分だけ考える時間をあげましょう」

「なんとも胸くそ悪い戦術を使ったものだな」ガウがそう言ったのは、ソルヴォーラからデリヴァランスの植民者たちとの遭遇についてくわしく説明を聞いたあとのことだった。

「まあ、当然でしょう」ソルヴォーラは言った。「胸くそ悪い連中を相手にするときは、それに合わせたことばで話しませんと」

「で、うまくいったと」

「ええ、いきました。あのおかしな男はよろこんで全人類を絶滅させるつもりでしたが、対象が彼と同じ外面的形質をもつちっぽけな個体群だけになったとたん、怖《お》じ気《け》づいてしまいました。それに、彼はわたしたちがほんとうにそうすると信じていました」

「ほかの人間たちにはそんなことはしないと保証したんだろうな」

「わたしが話をしていたリグニー大佐には保証する必要はありませんでした。わたしがなにをもくろんでいたか、彼は最初からわかっていました。わたしがあのみじめな男に退去を認めさせたとたん、リグニーとそのチームが彼らをシャトルに乗せて惑星から連れ出してしまいました。なにもかもあの惑星での日没までに片付きました」

「きみはうまくやったわけだ」

「将軍に言われたことをやっただけです。ただ、ヤギのことだけは残念でしたね」

「リグニーとの裏ルートはあけておいてほしいものだな。きみが彼とうまくやってくれれば、われわれはおたがいの道に割り込まずにすむかもしれん」

「あなたの人類への配慮はいずれ障害になると思います、将軍。それに、今回の会合がうまくいったとしても、遅かれ早かれこのふたつの文明はおたがいに対峙することになると思います。裏ルートでそれが変わることはありません。人類は野心が強すぎるのです。それはあなたにも言えます」

「では、その日が早くではなく遅くなるように努力しよう」

「そういうことなら、これがいりますね」ソルヴォーラはガウンから文書を取り出してガウ将軍に渡した。「そこに記された情報が――そのすべてが――ハド代表に伝わるようにしましょう。彼が〈大議会〉でその件を持ち出すよう仕向けるのです。そのときがきたら、あなたはすでにそのリストを見ていて、部隊をそれぞれの惑星へ派遣してみたが、人類の居住地の痕跡はどこにもなかったと宣言します――コロニー連合は証拠を徹底的に消し去ったので、実際に痕跡はないのです。そのあとは、ハドを主戦論者と非難してもいいですし、文書を捏造したと告発することもできるかもしれません。ハドはそこで自滅するか、少なくともダメージを負って、当分は不安要素にならなくなるでしょう」

ガウは文書を受け取った。「きみの独特のやりかたで怖がらせるというのは、こういうことを言っていたんだよ、ハフト」

「はて、将軍」ソルヴォーラは言った。「あなたがなにを言っているのかさっぱりわかりません」

エピソード7　犬の王

「それを踏むな」ハリー・ウィルスンがハート・シュミット副大使に言った。前者が作業をしているシャトルへ、後者が歩み寄ろうとしたところだった。部品と工具が作業用の敷布の上にひろげたててあり、シュミットはその端に立っていた。ウィルスン自身は片腕をシャトルの外部隔室の奥深くへ突っ込んでいた。その隔室の内側からはガンガンゴリゴリという音が聞こえていた。

「なにをしているんだ?」シュミットがたずねた。

「そこの工具と部品と小型の宇宙機のなかに突っ込まれたおれの腕を見て、まだなにをしているとか質問する必要があるのか?」ウィルスンが言った。

「きみがなにをしているかはわかる。わたしが疑問なのは、きみにその能力があるのかということだ。きみはこの使節団の現場技術者だが、その専門技術がシャトルにまで適用できるとは知らなかった」

ウィルスンは片腕をシャトルに突っ込んだ状態でできる範囲で肩をすくめた。「コロマ船長が人手を必要としたんだ。彼女の〝新しい〟宇宙船は、いまじゃ船団で最古の現役船だから、ほかのクルーはそのシステムを顕微鏡で隅々まで調べさせられている。シャトルにまで手がまわらないんだよ。おれはほかにすることもなかったから、志願したってわけだ」

シュミットは一歩あとずさり、シャトルをしげしげとながめてから言った。「見覚えのないデザインだな」

「それはたぶん、こいつがはじめて軍務についたときに、あんたがまだ生まれていなかったせいだろう。このシャトルはクラーク号よりも古いんだぞ。上の連中はヴィンテージの話題が途絶えないようにしておきたいのかもな」

「で、きみはこいつを修理する方法をちゃんと知っているのか？」

ウィルスンはあいているほうの手で自分の頭をとんとつついた。「こいつはブレインパルと呼ばれているんだよ、ハート。頭のなかにコンピュータがあれば、どんな分野でもあっというまに専門家になれる」

「だれかちゃんとした資格のある者が手を入れるまで、このシャトルへは足を踏み入れないようにするかな」

「弱虫め」ウィルスンはそう言ってから、勝ち誇ったような笑みを浮かべた。「よし」彼は腕をシャトルの隔室から引き抜いた。手のなかには小さな黒い物体があった。

シュミットが身を乗り出してのぞきこんだ。「それは？」

「あえて言うなら鳥の巣だな。しかし、フェニックスにはそもそも鳥が住んでいないことを考えると、なにかほかのものの巣だろう」

「シャトルの内部に動物の巣があるというのは悪いきざしだな」

「それは悪いきざしじゃない。悪いきざしは、これがおれの見つけた三つ目の巣だということだ。上の連中は、このシャトルを文字どおり廃品置き場から引っぱり出しておれたちによこしたんじゃないかと思う」

「すごいな」

「コロニー連合の外交団で最下層の地位にいると退屈する暇がないよ」ウィルスンは巣を下におろし、タオルを取りあげて手についた煤とよごれをぬぐった。

「ようやくきみに会いにきた理由を話せるな。ついさっき、われわれに新しい任務があたえられた」

「ほう。こんどの任務ではおれが捕虜になるのか？　それとも、外務省のスパイを見つけるために吹き飛ばされたりするのか？　そういうのはもう経験済みなんだけどな」

「最近の二度の任務でわれわれの得た結果が、伝統的に見て良好なものとは言えなかったのはわたしがいちばんよく承知している」シュミットが言うと、ウィルスンは薄笑いを浮かべた。「しかし、こんどの任務はわれわれを勝ち組へ復帰させてくれるかもしれない。きみはイチェロー族のことを知ってるか？」

「聞いたことないな」

「気のいい連中だよ。ダニとの交配で生まれたクマにちょっと似ているが、だれもが美しく生まれつくわけじゃないからな。彼らの惑星では、内戦が断続的に勃発する状態が二百年ほど続いている。なぜかというと、王が宮殿から行方不明になっていて、片方の党派がもう片方の党派を糾弾しているんだ」

「そいつらに責任があるのか？」

「彼らはちがうと言っている。だが、実際には責任があるかもしれない。いずれにせよ、王には後継ぎがいないし、聖なる王冠は消えたままだ。このふたつの要素のせいで、どちらの党派も合法的に王位を主張することができず、それが二世紀におよぶ内戦の原因になっているようだ」

「ほらな、だからおれは統治システムとしての君主制を支持できないんだ」ウィルスンは手をのばして、分解してあったシャトルの一部をあらためて組み立てはじめた。

「良い知らせは、だれもが現状にうんざりしているから、全員が面子《メンツ》をたもちながら対立を終わらせる方法を探していること。悪い知らせは、対立を終わらせようとしている理由のひとつが、コンクラーベに加盟することを考えているからだということ。コンクラーベはひとつの惑星にひとつの政府という状態でなければ加盟を認めないからな。そこでわれわれの出番となる」

「イチェロー族がコンクラーベに加盟するために内戦を終わらせる、その手伝いをしようというのか？　そいつはおれたち自身の目標に反している気がするなあ」

「たしかに、われわれはふたつの党派の仲立ちを買って出た。それによってたっぷりと誠意をしめし、イチェロー族がコンクラーベではなく、われわれと同盟を結んでくれることを期待しているんだ。さらには、彼らの協力によってほかの種族と同盟関係を築くという狙いもあり、将来的にはコンクラーベの対抗勢力の設立をにらんでいる」

「それはまえにも試したじゃないか」ウィルスンはスパナに手をのばしながら言った。「あのガウ将軍とかいうやつがコンクラーベをまとめあげたとき、コロニー連合はその代わりとなるものをつくろうとした。反コンクラーベだ」

シュミットはスパナをウィルスンに渡した。「だが、あれは実際に同盟を結成したわけじゃない。コンクラーベを混乱させて、その創設を阻止しようとしたんだ」

ウィルスンは薄笑いを浮かべた。「そしておれたちは、どうして宇宙にいるほかの知的種族は、あるていどまでしかコロニー連合を信用してくれないんだろうと悩むわけだ」彼はスパナで作業を再開した。

「だからこそ今回の交渉が重要なんだよ。コロニー連合はダナヴァー星系での交渉によって大きな信用を得た。みずからの船をミサイルの進路に置いたことで、多くのエイリアン種族に対して、われわれは本気で外交による解決をもとめているとしめしたわけだ。もしもイチェロー族の件で善意の交渉者および仲介者という評価を得ることができたら、われわれの立場はこれからぐんぐん向上していくだろう」

「わかったって」ウィルスンはシャトルの外部パネルをもどして密閉にとりかかった。「おれにむかって任務の宣伝をする必要はないぞ、ハート。どのみち出かけるんだ。なにをするのか教えてくれればそれでいい」

「ひとつ言っておくと、アブムウェ大使は今回の仲介の指揮はとらない。大使もほかの仲間たちも、フィリッパ・ウェイヴァリー大使の支援にまわることになっている。ウェイヴァリー大使はイチェロー族の相手をした経験があって、交渉委員会の件で両党派の仲介役をつとめているガンスター政務官と仲がいい」

「筋がとおっているな」

「ウェイヴァリー大使はひとりでは旅行をしない。彼女はすこし風変わりなんだ」

「わかった」ウィルスンはゆっくりと言った。シャトルの隔室は完全に密閉されていた。

「あとおぼえておくべきことは、外交使節団に小さな仕事などないということと、どんな任務もそれぞれに重要だということだ」

「待った」ウィルスンはそう言ってから、くるりと体をまわしてシュミットにまっすぐ顔をむけた。「さて、話してもらおうか。そんな前置きがつくところを見ると、あんたがおれにさせようとしているささやかな仕事は、よっぽど立派なものにちがいないからな」

「もちろん、ガンスター政務官、あなたもタフィのことはおぼえておられるでしょう」フィリッパ・ウェイヴァリー大使が、連れている小型犬を身ぶりでしめした。そのラサアプソ種の犬は、イチェロー族の外交官にむかって、愛嬌のあるしぐさで舌をだらりと垂らしていた。ウィルスンは犬の首輪につながっている引き綱を握っていた。彼もガンスター政務官にむかって笑みを見せていたが、気づいてはもらえなかった。

「もちろんですとも」ガンスター政務官のさえずるような叫び声は、ひもでさげた装置できちんと翻訳されていた。彼が上体をかがめると、犬は興奮して跳ねまわった。「あなたの忠実なる伴侶をどうして忘れられるでしょう。実は検疫を通過できないのではないかと心配していたのですよ」

「タフィもわたくしたちと同じように除染処置を受けなければいけなかったんですよ」ウェイヴァリーは、ほかの人間の外交官たちにむかってうなずきかけた。そこにはアブムウェとそのスタッフも混じっていた。全員がイチェロー族の外交官たちに正式に紹介されていたが、ウィルスンだけは例外で、犬の付属物とみなされているようだった。「とてもいやがっていたけれど、この子もあなたとお会いする機会は逃したくないに決まっていますから」

ラサアプソ種のタフィがこれを聞いてワンと吠えた。ガンスター政務官のそばにいる興奮で膀胱を空にしたくなるほどうれしいと、念を押すかのように。

引き綱の端で、ウィルスンはちらりとシュミットに目をむけたが、シュミットは熱心に彼の視線を避けていた。ここに集まったグループは、人間もイチェロー族もひとしく、王宮での公式プレゼンテーションに出席しているところだった。この非公開の庭園は、ずっと以前に謎の失踪を遂げて惑星を内戦状態におちいらせた王が、最後に目撃された場所でもあった。双方のグループが顔を合わせた中央の広場は、円形に配置された低いプランターの列に囲まれていて、そこには惑星全土から集められた植物が飾られていた。どのプランターにも咲いているフルール・デュ・ロワ——王の花——は、すばらしく甘い香りのする在来種で、法律によって王だけが栽培を許されていた。惑星上のここ以外の場所では、自生しているものしか認められていないのだ。

ウィルスンはぼんやりと思い出していた――フルール・デュ・ロワは、地球のアスペンと同じように、実際には群体植物であり、咲いている花はすべてがおたがいのクローンで、数キロメートルにおよぶ広大な根系によってつながっている。彼がなぜそんなことを知っているかというと、犬の世話という職務の一環として、庭園にある植物でタフィにおしっこをかけられても耐えられるものを見つけておく必要があったからだ。もしもそういう事態になった場合、というかほぼ確実にそうなるのだが、フルール・デュ・ロワなら丈夫だろう。タフィはこの惑星にいる唯一の犬だ。マーキングすべきなわばりは広大だ。

「これで全員の紹介がすみましたので、そろそろ最初の会議をはじめるとしましょう」ガンスター政務官が犬からウェイヴァリーへ注意をもどした。「今日は、行動計画の確認や幕開けの公式声明といった手続き的な問題を片付けるだけでいいかなと思いまして」

「もちろんかまいませんわ」ウェイヴァリーが言った。

「すばらしい。今日のスケジュールが少ない理由のひとつは、大使とみなさんのために特別な配慮をしたいと思ったからです。ご存じないかもしれませんが、この王宮は惑星上でもっとも広大な洞窟系の上に建っていまして、その末端は地中へ二キロメートル近くのび、一本の広い地下の川へとつながっています。これらの洞窟は、王宮の保管庫として、避難所として、さらには王族の墓地としても使われてきました。イチェロー族以外はだれも立ち入ったことのないこれらの洞窟に、ぜひみなさんをご案内したいと思います。これは、コロニー連合がこのような議論を引き起こしかねない交渉の仲介役を買って出てくださったことに対する、われわれからの感謝のしるしです」

「なんと名誉なことでしょう。もちろんお受けしますわ。洞窟はほんとうに惑星のそんな奥深くまでのびているのですか？」

「はい。ただし今日はそんなに奥のほうまでは行きません。安全上の理由で閉鎖されているのです。それでも充分に広い範囲をご覧になれますよ。ここの洞窟系はあまりにも広大なので、いまでも完全には探索が終わっていないのです」

「ほんとにわくわくします。少なくとも、今日の仕事をできるだけ早く片付けようという意欲がわきますわ」

「それもありましたね」ガンスターが言うと、みながそれぞれの種族のやりかたで笑い声をあげた。その後、人類もイチェロー族も全員そろって、王宮内の、交渉のために用意されている続き部屋へとむかった。

移動がはじまったとき、ウェイヴァリーがちらりとアブムウェを見て、そのアブムウェがウィルスンとともにうしろで控えていたシュミットをちらりと見た。ウィルスンは引き綱をつかんで小さな犬を抑えていたが、犬のほうは女主人が自分を置いて去っていこうとするのを見てだんだん不安をつのらせていた。

「というわけで、今日は二時間だけだ」シュミットが言った。「行動計画はすでに双方の合意がとれているから、形式的に手続きをすませるだけだ。きみはここで会議が終わるまでタフィの相手をしてくれればいい。明日以降は、きみとタフィは会議のあいだわれわれの大使館に残ることになる」

「了解」ウィルスンは言った。「こいつはたしかに小難しい仕事ではないな」

「必要なものはみんなあるか？」

ウィルスンはジャケットのポケットを指さした。「餌とおもちゃはここ」続いてズボンのポケットを指さす。「うんち袋はここ。おしっこはひろわないぞ」

「文句はないよ」

「こいつが排便することはむこうも承知してるんだろ？　ちっちゃなタフィがうんちをするためにしゃがんでいるのを王宮の管理スタッフに見られても、でかい外交問題になる心配はないんだよな？　おれにはそういうたぐいの事件に対処する準備はないんだぞ」

「それはきみがここに残る理由のひとつでもある。ここは非公開の庭園だ。タフィの排便は認められている。穴を掘らせるのはやめてくれと頼まれてはいるが」

「もしも穴を掘り出したら、おれがタフィを持ちあげるだけさ」

「まえにも言ったが、この件については申し訳なかった、ハリー。犬の世話はきみの職務明細に含まれていないのに」

「どういたしまして《デ・ナーダ》」ウィルスンはそう言ってから、シュミットのきょとんとした顔を見て言い直した。「なんでもないさ、ハート。シャトルの修理をするようなもんだ。だれかがやらなけりゃいけないが、ほかのみんなにはもっと有意義な仕事がある。たしかに、おれは犬の監視役としては能力が高すぎる。それはつまり、あんたはなにも心配する必要がないってことだ。あと、この件が片付いたら一杯おごってくれよ」

「わかった」シュミットは笑顔で言った。「だが、なにかあったときのために、PDAできみからの連絡を受けられるようにしておくから」

「ここはもういいから、だれかのために有意義な仕事をしにいけよ。タフィがあんたのブーツにさかるまえに」

タフィが期待に満ちた顔でシュミットを見あげた。シュミットはあわてて立ち去った。タフィはウィルスンに顔をむけた。

「おれのブーツに手を出すなよ、相棒」ウィルスンは言った。

〝問題が起きた〟およそ一時間後、ウィルスンはシュミットに送信した。

〝なにがあった?〟シュミットがPDAのテキスト送信機能で返信してきた。会議のじゃまをしないためだ。

〝じかに会って説明するほうがいいな〟

〝犬に関することか?〟

〝ある意味では〟

〝ある意味では? 犬はぶじなのか?〟

〝まあ、生きてはいる〟

シュミットはできるだけすばやく静かに席を立ち、庭園へとむかった。

「きみに頼んだのはひとつだけだ」シュミットはウィルスンに近づきながら言った。「たったひとつだけ。犬を散歩させることだ。なにも心配する必要はないと言ったじゃないか」

ウィルスンは両手をあげた。「おれのせいじゃない。神かけて誓うよ」

シュミットはあたりを見まわした。「犬はどこだ？」

「ここにいるよ。とりあえず」

「どういう意味だ？」

どこかでこもった吠え声がした。

シュミットはあたりを見まわした。「犬の声がした。なのに姿が見えない」

吠える声はさらに何度か聞こえた。シュミットは声を追って、フルール・デュ・ロワの花があふれるプランターの端までたどり着いた。

シュミットはウィルスンに顔をむけた。「わかった、降参だ。どこにいる？」

また吠える声。プランターのなかから。

いや、プランターの下から。

シュミットは混乱してウィルスンを見た。

「その花が犬を食べたんだ」ウィルスンは言った。

「なんだって？」

「神かけて誓うよ。タフィはそのプランターのなかで花におしっこをかけていた。つぎの瞬間、足の下の地面がぱっくりひらいて、なにかが犬を引きずり込んだ」

「なにが引きずり込んだんだ？」

「わかるわけがないだろう？」ウィルスンは憤然として言った。「おれは植物学者じゃない。近づいて見てみたら、土の下になにかがあった。花はそこから生えているんだ。全体の一部でしかないんだよ」

シュミットはプランターをのぞきこんだ。土があたりに散っていて、その下に大きな繊維質のふくらみがあり、てっぺんの部分に長さ一メートルほどの閉じ目がのびていた。

また吠える声。ふくらみのなかからだ。

「そんな、まさか」シュミットが言った。

「まったくだ」ウィルスンは言った。

「ハエトリグサとかそんなやつに似ている」

「犬にとってはありがたくない話だな」ウィルスンは指摘した。

「どうしよう？」シュミットはウィルスンに顔をむけた。

「わからん。だからあんたを呼んだんだよ、ハート」

犬がまた吠えた。

「このままにしておくわけにはいかない」シュミットが言った。

「同感だ」ウィルスンは言った。「提案は受け付けるぞ」

シュミットはちょっと考えてから、急に庭園の入口へむかって走り出した。ウィルスンは呆然とそれを見送った。

数分後、シュミットはひとりのイチェロー族を連れてもどってきた。そいつはほこりまみれで、身につけている道具にも土がこびりついていた。

「こちらは庭園の管理人さんだ」シュミットが言った。「彼と話してくれ」

「あんたがおれのことばを翻訳してくれないと」ウィルスンは言った。「ブレインパルで彼の言うことは翻訳できるが、おれは彼のことばを話すことはできない」

「ちょっと待って」シュミットはPDAを取り出して翻訳プログラムを起動し、それをウィルスンに渡した。「しゃべるだけでいい。あとはこいつにまかせて」

「やあ」ウィルスンは管理人にむかって言った。PDAがイチェロー族の言語でなにやらさえずった。

「こんにちは」管理人はこたえ、犬をのみこんだプランターへ目をむけた。「わしのプランターになにをしたんだ？」

「あー、つまり、そこが問題なんだ。おれはプランターになにもしていない。逆に、プランターのほうはおれの犬を食べてしまった」

「人間の大使が連れてきた、あのやかましい小動物のことか？」

「ああ、それだ。そいつがプランターにはいっておしっこをしたら、つぎの瞬間にはまるごとのみこまれていた」

「まあ、そりゃそうだろう。なにを期待していたんだ?」

「なにも期待なんかしてない。この庭園に犬を食べる植物があるなんてだれも教えてくれなかった」

管理人はまずウィルスンを、ついでシュミットを見た。「だれもあんたたちに王の花のことを話さなかったのか?」

「おれが知ってるのはこれが群体植物だということだけだ。大半は土のなかにあって、見えるのは花だけだと。肉食性だなんていうのは初耳だ」

「その花は誘いの餌だ。野生では、森林地帯の生物がその花におびき寄せられて、花を食っているあいだに地下へ引きずり込まれる」

「そうだよ。犬もそのとおりになったんだ」

「花の下には消化腔がある。広いから大型動物でものぼって逃げることはできない。結局はふたつのうちのどちらかになる。飢えて死ぬか、窒息して死ぬか。あとは、植物がその生物を消化して栄養素を群体の隅々まで行き渡らせる」

「それまでどれくらいかかるんだ?」シュミットがたずねた。

「ここの時間で三日から四日だな」管理人はそう言って、プランターを指さした。「この王の花は、王が行方不明になるまえからこの庭園にある。ふだんは十日かそこらにいちど餌としてカーンをあたえている。明日が餌をやる日だから、こいつはすこしばかり腹をすかせていた。だからあんたの動物を食べたんだ」

「だれかがまえもって教えてくれたらよかったのになあ」ウィルスンは言った。

管理人はイチェロー族なりのやりかたで肩をすくめた。「あんたは知っていると思ってた。だからふしぎだったんだよ。なぜあんたの、なんて言ったかな、犬か？」ウィルスンがうなずく。「なぜあんたの犬を王の花のなかでうろつかせているのかと。だが、こっちは事前にあの生物には庭園で自由にさせてやれと指示されていた。だから、わしには関係のない問題だと判断したんだ」

「犬が食べられるかもしれないと知っていたのに」

「あんたは犬を食べさせたがっているのかもしれない。王の花へあたえるごちそうとして犬を連れてきたのが外交辞令だという可能性も充分にある。わしにはわからん。ただ植物の世話をするだけだ」

「じゃあ、おれたちは犬を食べられたくないとして、どうやって取りもどせばいい？」

「見当もつかないな。そんな質問はいちどもされたことがない」

ウィルスンがちらりと目をやると、シュミットはどうにもならないというように両手をあげた。

「言い方を変えよう」ウィルスンは言った。「おれがあの犬を取りもどそうとしたらなにか問題はあるか？」

「どうやって取りもどすんだ？」管理人は興味をしめした。

「犬と同じやりかたでなかへはいる。そして同じやりかたで出られることを祈る」

「おもしろいな」管理人は言った。「ロープをとってこよう」

「花にすこし体をこすりつけないと」管理人はそう言って、フルール・デュ・ロワを身ぶりでしめした。「あんたの犬はとりたてて大きいわけじゃない。王の花はまだ腹をすかせているはずだ」

ウィルスンは疑わしげに管理人を見たが、足で花をちょっとつついた。「これじゃどうにもなりそうにないな」と言って、彼は花を蹴飛ばした。

「まあ待て」

「いつまでこんな――」ウィルスンが言いかけたとたん、土が飛び散って、繊維質の触手が彼の両脚に巻きつき、ぐいぐい締めあげた。

「うわ、まずいな」シュミットが言った。

「助けにならないぞ」ウィルスンはシュミットに言った。

「すまない」

「植物があんたの外肢の血行を止めても心配しなくていい」管理人が言った。「それはごくふつうの流れだから」

「あんたが口で言うのは簡単だよな」ウィルスンは言った。「自分の両脚の感覚を失いかけているわけじゃないんだから」

「その植物があんたを食べようとしているのを忘れるなよ。そいつはあんたを逃がすつもりはない。抵抗しちゃだめだ。おとなしく食べられるんだ」

「気を悪くしないでほしいんだが、あんたの助言は百パーセント参考になるとはいいがたいみたいだな」植物はいまやウィルスンを地中へ引き込みはじめていた。

「すまんな。うちで王の花にあたえているカーンは死んでいるのがふつうだ。生き物が食われるところは見たことがない。こりゃなかなか刺激的だ」

ウィルスンは目をむきそうになるのを必死でこらえた。「あんたがショーを楽しんでくれてうれしいよ。できればそのロープをとっていただけませんかね？」

「あん？」そこでようやく、管理人は自分の手のなかにあるものに気づいた。「そうだった。すまんな」彼がロープの片方の端を手渡すと、ウィルスンは大急ぎでそれを山登りのときに使うやりかたで自分の体に結びつけた。シュミットが反対の端を管理人から受け取った。

「手を放すなよ」ウィルスンは言った。彼はすでに両脚の付け根まで植物にのみこまれていた。「完全に消化されたくはないからな」

「だいじょうぶさ」シュミットが励ました。

「このつぎはあんたの番だからな」

「パスする」

さらに触手が何本ものびてきて、ウィルスンの肩と頭に巻きついた。

「わかった、もう本格的にこいつが気に入らなくなってきた」ウィルスンは言った。

「痛むのか？」管理人がたずねた。「科学的好奇心なんだが」

「質問はあとまわしにしてもらえないか？　いまはちょっと忙しいんだ」

「ああ、悪かった。もうわくわくするんだよ。しまった！」イチェロー族は着ている服をぱたぱたさぐりはじめた。「こいつは録画しておかないと」

ウィルスンはシュミットにちらりと目をむけて、この状況でできるせいいっぱいのいらだちをあらわにした。シュミットが肩をすくめた。なんともおかしな日だった。

「いよいよだ」ウィルスンは言った。いまや地表に残っているのは頭だけだった。締め付ける触手にぐいぐいと引っぱられ、フルール・デュ・ロワの脈打つような蠕動《ぜんどう》運動によって地中へのみこまれながら、彼はこの先何カ月もトラウマによる記憶の再現を体験することになりそうだと確信していた。

「息を止めて！」管理人が言った。

「なぜだ？」ウィルスンは知りたかった。

「害はないだろう！」管理人が言った。ウィルスンは皮肉っぽい返事をしかけて、ふと気づいた。たしかに害はない。彼は大きく息を吸った。

植物はウィルスンを完全に地中へのみこんだ。

「こんなに楽しい日ははじめてだよ」管理人はシュミットに言った。

ウィルスンは、一分か二分ほど植物を相手に息の詰まりそうなふれあいをしたあと、消化腔のなかへ吐き出された。そして、喉の部分から胃袋のなかへと墜落した。落下を止めたのは、底にあるスポンジのような湿ったかたまり――植物の消化床だった。

「なかにはいったか？」シュミットがブレインパル経由で呼びかけてきた。

「ほかにどこにいるってんだよ？」ウィルスンは声に出して言った。ブレインパルがその声をシュミットへ中継した。

「タフィは見えるか？」

「ちょっと待ってくれ。ここは暗いんだ。目が慣れるのにすこしかかる」

「ごゆっくり」

「ありがとうよ」ウィルスンは皮肉まじりに言った。

三十秒後、ウィルスンの遺伝子改造された両目が頭上からのほんのわずかな光に適応して、まわりが見えるようになった。湿っぽい、涙のしずくの形をした、生々しいカプセルで、立ちあがって両腕をひろげられるだけの広さがあった。

ウィルスンはあたりを見まわしてから言った。「ちぇっ」

「〝ちぇっ〟？」シュミットが言った。「〝ちぇっ〟はふつうはいい感想じゃないぞ」

「管理人にきいてくれ、こいつがなにかを消化するのにどれだけかかるのか」

「ふつうは数日だと管理人は言ってる。なぜだ？」

「問題が起きた」

「タフィがもう死んでるのか？」シュミットが不安げに言った。

「わからない。あいつはここにはいないんだ」

「どこへ行ったんだ？」

「それがわかったら、いまごろ〝ちぇっ〟なんて言ってるわけがないだろ？」ウィルスンはいらいらとこたえた。「すこし待ってくれ」彼は薄暗がりに目をこらした。一分後には、両手と両膝をついて、カプセルの底近くに見える小さな影に近づいていた。「ここに裂け目がある」ウィルスンはその影をじっくり調べてから言った。「裂け目のむこうには、狭いトンネルかなにかがのびている」

「管理人によると、王宮の下の岩盤は亀裂とトンネルだらけらしい」シュミットが短い間をおいてこたえた。「地下にひろがる洞窟系の一部だとか」

「そのトンネルや亀裂はどこかにつながっているのか？」

「管理人は〝たぶん〟と言ってる。全体の地図を作ったことはないそうだ」

暗いトンネルの奥から、ほんのかすかに、エコーのかかった吠える声が聞こえてきた。

「よし、いい知らせだ」ウィルスンは言った。「犬はまだ生きている。悪い知らせは――犬がまだ生きている場所は、とても狭くて暗いトンネルのどこかだ」

「そのトンネルにはいれるか？」シュミットが言った。

ウィルスンは目をこらし、カプセルの壁を手でさぐってみた。「われらが管理人どのはどう思うかな――おれがこの植物の壁をすこしばかり切り裂いたら？」

「野生では、こういう植物は体内を蹴ったり引き裂いたりする動物たちの相手をしょっちゅうしているから、そんなにひどく傷つくことはないと言ってる。必要以上に切らなければそれでいいと」

「了解。それとな、ハート、下へライトを落としてくれないかな」

「わたしが持っているライトはPDAについているやつだけだ」

「管理人にきいてみてくれ」

トンネルの奥で、突然、びっくりしたキャンキャンという声がした。

「急ぐよう頼んでくれ」ウィルスンは言った。

二分後、植物の口がひらいて、小さな物体がカプセルのなかへくるくると落ちてきた。ウィルスンはライトを手にとり、スイッチを入れると、裂け目を持ちあげてトンネルの奥へむけ、ぐるりと周囲を照らして大きさを把握しようとした。這って進めば、かろうじてトンネルをたどることができるかもしれない。トンネル自体はとても長かったので、明かりに照らされた部分の先は真っ暗だった。

「ロープをほどかないと」ウィルスンは言った。「このトンネルをずっとたどるには長さが足りない」

「それはいい考えとは思えないな」シュミットが言った。

「たしかに肉食性の植物にのみこまれるのはいい考えじゃない」ウィルスンはロープをほどきながら言った。「それに比べれば、ロープを手放すくらいなんてことないさ」

「下で道に迷ったらどうする？」

「ブレインパルがおれの居場所をあんたに伝えるし、もしも立ち往生したらちゃんと知らせるさ。声がパニックで悲鳴になるからすぐにわかる」

「わかった。それと、これはいますぐきみが知っておくべき情報かどうかわからないが、っいさっきウェイヴァリー大使の補佐官から連絡があった。交渉はあと一時間もあれば片付くから、そのあとで大使がタフィに会いにくるそうだ――嘘じゃなく、〝すこし寄り添う時間が必要だから〟と言ってたよ」

「最高だな。まあ、少なくともこれで残り時間はわかったわけだ」

「一時間。洞窟探検を楽しんでくれ。なるべく死ぬなよ」

「了解」ウィルスンは膝をついて裂け目をすこしひろげ、体を押し込んでそこをくぐり抜けると、ライトを口にくわえ、両手と両膝で這い進みはじめた。

最初の百メートルがいちばん楽だった。トンネルは狭くて高さもなかったが、乾いていたし、比較的まっすぐに岩盤のなかをくだっていた。あえて推測するなら、かつて溶岩が流れたときにできたトンネルではないかと思われたが、いまはとにかく自分の上に崩れ落ちてこないでくれと願うだけだった。ふだんは閉所恐怖など感じないのだが、そのいっぽうで、岩のなかを何十メートルもくだった経験もなかった。すこしくらい不安をおぼえるのはしかたがない。

百メートルかそこら進むと、トンネルの高さと幅はすこしひろがってきたが、ごつごつしてカーブが多くなり、降下する角度もかなり急になった。途中のどこかで、ぐるりとむきを変えられるくらいにトンネルがひろがってくれるといいのだが。犬を引きずって尻から先にあとずさりするはめになるのはごめんだ。

「調子はどうだ？」シュミットが呼びかけてきた。

「自分でおりてくればわかる」ウィルスンはライトをくわえたまま返事をした。シュミットは遠慮した。

二十メートルくらい進むたびに、ウィルスンがタフィに呼びかけると、ときどきは吠える声が聞こえたが、それ以外はだめだった。一時間近く這い進んだとき、やっと吠える声が近づいてきているのがわかるようになった。きっかり一時間がすぎたころ、ウィルスンはふたつのことを耳にした——シュミットが地上で汗をかきはじめた気配と、すこし先で生き物が動いているかさかさという音だ。

トンネルがいきなりひろがって暗闇のなかへ溶け込んでいた。ウィルスンは、いまやトンネルのふちとなった場所へそろそろと近づき、くわえていたライトを手にしてあたりをぐるりと照らした。

その洞窟は長さがおよそ十メートル、幅が四、五メートルあり、深さはだいたい五メートルだった。トンネルのふちのわきに岩屑が積みあがっていて、それが洞窟の床まで続く急な斜面をかたちづくっていた。だが、ふちの正面はまっすぐ下へ落ち込んでいた。ウィルスンはライトで岩屑の上をざっと照らし、ほこりっぽい足の跡を見つけた。タフィは墜落を回避していた。

ウィルスンはライトを洞窟の床へむけながら犬の名を呼んだ。犬は吠えなかったが、床に爪のあたる音が聞こえた。すると突然、タフィが円錐形の光のなかにあらわれ、緑色に光る両目でウィルスンを見あげた。

「そこにいたのか、この困ったちゃん」ウィルスンは言った。犬はほこりまみれになっていたが、それ以外は、ささやかな冒険のあとでも怪我はしていないようだった。口になにかくわえている。ウィルスンは目をこらした。なにかの骨らしい。やはり、フルール・デュ・ロワにのみこまれた生き物はタフィが最初ではなかったのだ。ほかのなにかが消化腔へ落ちて、裂け目の奥のトンネルへ逃れ、結局はこの行き止まりの洞窟で死んだのだ。

タフィが光を見あげるのにあきて、あたりをうろつきはじめた。その拍子に、ウィルスンはなにか光るものが犬にくっついているのに気づいた。動きまわる犬にライトをむけて、そのきらきら光るものを照らしてみる。どうやってかタフィにくっついているそれは、犬の片方の肩に巻きついて腹のほうへとのびていた。

「なんだありゃ？」ウィルスンはつぶやいた。そのままライトの光でタフィを追いかけていたら、犬が嚙んで遊ぶのに使っていた生き物の骸骨をやっと目にすることができた。骸骨は一メートル半ほどの長さで、おおむね原形をとどめていた。なくなっているのは肋骨らしきものが一本——いまタフィがとても満足そうに嚙んでいるのがそれだ——と、頭の部分だった。ウィルスンがライトをわずかにふると、なにか丸いものが白く反射した。〝そうか〟ウィルスンは思った。〝じゃあ、やっぱり頭はあるんだ〟

数秒後、ウィルスンは自分の見ているものがイチェロー族のおとなの骸骨だと気づいた。

さらに数秒後、タフィが円錐形の光のなかをすり抜けて、きらりと光を放ったとき、ウィルスンはそれがどのイチェロー族の骸骨であるかに思い当たった。

「ああ、くそっ」ウィルスンは声に出して言った。

「ハリー？」シュミットが急に割り込んできた。「あー、ひとこと言っておくが、こっちにいるのはもうわたしひとりではないんだ。さらに言うと、こちらではちょっとした問題が発生している」

「こっちでもちょっとした問題が発生しているぞ、ハート」ウィルスンは言った。

「そちらの問題は、ウェイヴァリー大使が飼い犬を探している件とはちがうんだろうな」

「ちがう。もっとずっとでかい問題だ」

回線のむこうで憤然とした金切り声が響いた。どうやら、シュミットがPDAのマイクの上に手を置いて、大使の爆発ぶりをウィルスンに聞かせまいとしているようだった。「タフィは？　タフィはぶじなの？」またもや金切り声。「タフィは、その、生きてるの？」

「タフィはぶじです、タフィは生きてます、タフィは絶好調です」ウィルスンは回線のむこうへ返事をした。「ただ、いま言ったことがひとつも当てはまらないやつをこっちで見つけたもんで」

「どういう意味だ？」シュミットがたずねた。

「ハート」ウィルスンは言った。「たったいま行方不明の王様を見つけたみたいだ」

「あれが聞こえますか？」ウェイヴァリー大使は、王宮にある数多くの居間のひとつで窓の外を指さした。窓はあいていて、遠くではリズミカルなさえずりが響いていた。ウィルスンはそれを聞いて、中西部の夜をホワイトノイズで満たすセミたちのことを思い出した。いま聞こえるのはセミではなかった。

「抗議しているのです」ウェイヴァリーは続けた。「何千ものイチェロー族の反動主義者たちが集まって王制への復帰を要求しています」彼女はウィルスンを指さした。「あなたがやったのです。一年以上にわたる根回しと説得と策略によって、わたくしたちはようやく交渉の席についたのに――一年以上にわたってドミノをならべて、今回の交渉をコンクラーベに対する合法的な反撃の第一歩と位置づけたのに――あなたはたった二時間ですべてをぶち壊してしまいました。おめでとう、ウィルスン中尉」

「ウィルスンは行方不明の王を見つけようとしたわけではないのですよ、フィリッパ」アブムウェ大使がウェイヴァリーに言った。彼女はウィルスンとウェイヴァリーといっしょに部屋にいた。シュミットまでそこに呼ばれていたのは、彼がウィルスンのおふざけの――ウェイヴァリーに言わせると――〝共犯者〟だったからだ。タフィもいて、王宮のスタッフが用意してくれたおもちゃのボールにかじりついていた。ウィルスンは、いっしょにあの洞窟を出るずっとまえに、タフィを王の骨から慎重に引き離していた。王冠はあいかわらず犬といっしょだった――なぜかくっついていて離れようとしないのだ。以上の五名全員が、緊急の会議に呼ばれたガンスター政務官がもどるのを待っていた。

「ウィルスンがなにをしようとしたかは問題ではありません」ウェイヴァリーはすぐさま反論した。「問題は彼がなにをやったかです。彼は長期にわたる外交プロセスをたったひとりで崩壊させました。いまやイチェロー族はふたたび内戦の瀬戸際に立ち、その責任はわたくしたちにあるのです」

「そこまでひどいことでもないでしょう」アブムウェは言った。「少なくとも、そもそもの内戦の原因だった王の失踪の謎は解決されました。内戦がはじまったのは、片方の党派が別の党派を、王を誘拐して殺したと非難したせいです。今回の一件でそれが事実ではなかったことが判明しました」

「それだって問題ではないのですよ。あなたも知ってのとおり、王の失踪は、ふたつの党派がおたがいを銃とナイフで追いまわすための儀礼的な虚構でしかありませんでした。もしも王が失踪していなければ、なにか別の理由を見つけておたがいの喉元を狙ったでしょう。いま重要なのは彼らがその戦いを終わらせたがっていたということです」ウェイヴァリーはまたウィルスンを指さした。「それなのに、彼があのいまいましい王を引きずりあげて、両陣営の強硬派におたがいを攻撃するための無意味な口実を新たにあたえてしまいました」

「そういう結果になるかどうかはわからないでしょう。あなたはこれまでのプロセスに自信をもっていました。結局のところ、イチェロー族はやはり平和を望んでいるのです」

「しかし、いまでもわたくしたちをまじえた平和を望んでいるでしょうか？」ウェイヴァリーは視線をさまよわせながら言った。「わたくしたちはイチェロー族の平和へのプロセスをむだに妨害し、かえってややこしくしたのですよ？　そこが疑問なのです。あなたが正しければいいとは思います、オデ。心からそう思います。でも信じられないのです」彼女はウィルスンに目をもどした。「あなたはこの件についてなにか思うことはありますか、ウィルスン中尉？」

ウィルスンはちらりと視線を走らせたが、アブムウェの表情は淡々としていたし、シュミットのほうは早くも顔面蒼白になっていた。「あなたの仕事をむだに妨害して申し訳ありませんでした、大使」ウィルスンは言った。「謝罪します」視野の隅で、シュミットが目を丸くしていた。こういう従順な態度はまったく予想していなかったらしい。

「謝罪ですか」ウェイヴァリーがウィルスンに近づきながら言った。「申し訳ないと。あなたの言うべきことはそれだけですか」

「はい、そう思います。なにか付け加えるべきことがあると大使が思われるなら別ですが」

「辞表の提出がふさわしいと思います」

ウィルスンはにっこりした。「コロニー防衛軍はあまり辞職を熱心に勧めたりはしないんですよ、ウェイヴァリー大使」

「それがこの件に関するあなたの最後のコメントですか」ウェイヴァリーはくいさがった。

ウィルスンが一瞬だけちらりと目をやると、アブムウェがほとんどわからないくらい小さく肩をすくめていた。「まあ、ひとつだけ言うなら、このつぎ同じようなことが起きたときにどうするべきかはわかりました」

「というと？」

「植物には犬を食わせてやること」

ガンスター政務官が部屋のドアをあけたため、ウェイヴァリーはウィルスンにむかって爆発する機会を逸した。大使はくるりとガンスターにむきなおったが、その突然の荒々しい身のこなしは、人間の感情を読み取るのがあまり得意ではない政務官でさえ見逃しようがなかった。「なにも問題はありませんか？」ガンスターがたずねた。

「もちろんですわ、ガンスター政務官」ウェイヴァリーが堅い口調で言った。

「それはよかった」ガンスターは、ウェイヴァリーがそれ以上なにか言うまえにまくしたてた。「いくつかお知らせすることがあります。良い知らせもありますし、それほどでもない知らせもあります」

「どうぞ」ウェイヴァリーが言った。

「良い知らせは――最高の知らせは――両党派のリーダーたちが、王の死については王自身以外のだれにも責任がないと認めたことです。王が大酒飲みで夜中にときどき庭園をぶらついていたことはよく知られていました。どう見ても、王が酔っぱらって、王の花のプランターへ倒れ込み、植物に地中へ引きずり込まれたのはあきらかです。目がさめたあと、王は脱出しようとしてトンネルをくだって命を落としたのでしょう。あの庭園は王の私邸の一部で、しかも王は独身でした。朝になってスタッフが起こしにいくまで、だれも王を探すことはなかったのです」

「当時は、あの植物の内部を見てみることをだれも思いつかなかったのですか？」アブムウェが言った。

「もちろん思いつきました」ガンスターは言った。「しかし、それはだいぶたって、もっとあたりまえの場所の捜索が終わったあとのことでした。そのころには、もう王の痕跡は残っていなかったのです。王はトンネルのなかへさまよいこみ、すでに死んでいたか、洞窟へ墜落したときの怪我がひどくて助けを呼べなかったのかもしれません。骨を見ると、背骨が数カ所で砕けていましたので、墜落の裏付けになると思います」

ウィルスンは、タフィが肋骨以外に少なくとも二本は別の骨をかじっていたことを思い出したが、なにも言わなかった。

「これがなぜ良い知らせかというと、両党派のあいだでずっと懸案となっていたのが、王の失踪という事態を処理することだったからです」ガンスターが続けた。「非難と責任の問題はやはり不愉快な話題です。というか、でした。もはやそれは問題ではありません。討議のあいだに、王を支持する党派のリーダーは、王を暗殺したといって扇動者たちを非難したことをとりあえず謝罪しました。扇動者たちの党派のリーダーは、王の死に対してとりあえず悲しみの気持ちをあらわしました。あの状態が続くかぎり、こちらの仕事はかなり楽になるでしょう」

「へえ」ウィルスンは言った。「おれはてっきり、王の失踪はいがみあうふたつの党派がおたがいを攻撃するための手ごろな口実でしかなかったのかと思っていましたよ」

「とんでもない」ガンスターはウィルスンに顔をむけて言った。おかげで、彼はウェイヴァリーが首から顔まで真っ赤になったのを見逃した。「はっきり言いまして、あのふたつの党派は戦う気満々でした。しかし、内戦があれほど長引いて、あれほどの流血の事態になったのは、片方の党派が他方を王殺しと非難したからです。というわけで、ウィルスン中尉、イチェロー族はあなたが今日してくださったことに大きな恩義を感じているのです」

「感謝するならウェイヴァリー大使にするべきですよ、ガンスター政務官」ウィルスンは言った。「大使がいなければ、おれがあなたがたの失踪した王を見つけることはなかったでしょう。なにしろ、タフィを連れてきたのは大使なんですから」

「ああ、そうですね」ガンスターはウェイヴァリー大使にむかってイチェロー族のやりかたでおじぎをした。大使は、あいかわらずウィルスンに腹を立ててはいたものの、たったいま彼が功績を譲ってくれたことは理解していたので、無言でうなずいた。「残念ながら、ここで話は悪い知らせのほうにつながります」

「悪い知らせといいますと?」ウェイヴァリーが言った。

「タフィのことです」ガンスターは言った。「王冠がくっついているのです」

「ええ。タフィの毛にからみついていますね。こちらではずしますよ。必要なら毛を刈り込んでもかまいませんし」

「それほど簡単なことではないのです。王冠がはずれないのは、毛にからみついているからではありません。王冠がはずれないのは、そこからのびる顕微鏡レベルの繊維が物理的にタフィにつながって、彼の肉体と王冠を一体化させているからです」

「なんですって?」

「あの王冠は恒久的にタフィにくっついているのです。タフィが地上へ連れもどされたときにわれわれの医学者たちがおこなったスキャンで、それが判明しました」

「どうすればそんなことが起こるのですか?」アブムウェがたずねた。

「王冠は、王にとってきわめて重要なシンボルです。いったんかぶったら、二度とぬぐことはないのです」ガンスターは自分の頭の一連の隆起を指さした。「あれは王の頭に載せたら二度とはずす必要のない造りになっています。けっしてはずれないようにするために、内側の表面に張りめぐらされたナノバイオ繊維が、王の遺伝子シグネチャーに接続するよう調整されています。さらに、生体から生じる電気信号も感知するようになっています。あの王冠がはずれるのは、脳と肉体の活動がすべて停止したときだけです」

「どうしてタフィにくっついたんでしょう?」ウェイヴァリーが言った。「あなたがたの王とは遺伝子的になんの関係もないのに」

「それはわれわれにとっても謎です」ガンスターが言った。

「ふーむ」ウィルスンが言った。

「どうかしましたか、ウィルスン?」アブムウェが言った。

「王冠が生体を認識するためにはどれくらいの遺伝物質が必要なんですか?」

「それはわれわれの科学者たちにきいてください」ガンスターが言った。「なぜです?」

ウィルスンは、うとうとしているタフィを身ぶりでしめした。「おれが見つけたとき、こいつは王の骨のかけらをかじっていました。あの骸骨のなかやまわりで少なくとも一時間はすごしていたはずです。王の遺伝物質を全身にあびるには充分すぎる時間です。王冠のプログラムのできが良くなかったら、その遺伝物質を認識し、タフィからの電気信号で生存を確認して、こう判断するかもしれません――〝まあ、だいたい同じだな〟」

「だったら、タフィを風呂に入れて、王の、あー、ほこりをぜんぶ洗い流せば、王冠ははずれる」シュミットが言った。「そうだな？」

ウィルスンがガンスターに目をむけると、否定的なしぐさが返ってきた。

「いいえ。王冠がはずれるのは持ち主が死んだときだけです」ガンスターはそう言ってから、ウェイヴァリー大使にむきなおった。「残念なことに、委員会はどうしても王冠をはずすと言っています」

ウェイヴァリーはまるまる十秒ほどガンスターをぽかんと見つめて、ようやく政務官の言わんとするところを理解した。ウィルスンはシュミットとアブムウェにちらりと目をむけた――〝さあ来るぞ〟

「**わたくしの犬を殺したいというのですか！**」ウェイヴァリーがガンスターに叫んだ。

ガンスターはすぐさま両手をあげて、早口に言った。「タフィを殺したいわけではありません。しかし、わかってください、友よ。あの王冠には歴史的にも政治的にも社会的にもたいへん大きな価値があるのです。われわれイチェロー族にとってもっとも偶像的かつ意義深い事物のひとつと言ってもおおげさではありません。それがもう何世代ものあいだ失われていたのです。われわれにとっての重要性は計りしれません。あなたの犬はそういうものをくっつけているのです」

「それはタフィの責任ではありません」ウェイヴァリーが言った。

「たしかに、そのとおりです。しかし、最終的にはどちらかをとるしかありません。委員会は全員一致で王冠を犬につけておくことはできないという結論に達しました」ガンスターは窓の外を、王宮のまえに集まってさえずる群衆を指さした。「門のところにいる反動主義者たちは全体の意見を代表しているわけではありませんが、あれだけいればトラブルの種になります。もしも彼らが、失踪した王の王冠をペットが身につけていると知ったら、暴動は何日も続くでしょう。それに、あなたに嘘をつきたくないので言いますが、委員会にはタフィが王冠を身につけていることを重大な侮辱とみなしている者もいます。そのうちのひとりはタフィのことを〝犬の王〟と呼びはじめているほどです。愛情のかけらもない口ぶりで」

「タフィが王冠を身につけていることで、わたしたちの外交交渉がだいなしになる危険性があると言うのですね」アブムウェが言った。

「まだだいじょうぶです」ガンスターはこたえた。「あなたがたが失踪した王を発見したという事実は、王冠の問題よりもはるかに重みがありますから。しかし、王冠を取りもどすのに時間がかかれば、交渉委員会でも疑問の声があがりはじめるでしょう。最終的にはまちがいなく危険にさらすことになるのです——あなたがたの任務と、あなたがたの立場を。さらにはコロニー連合の立場をも」

「フィリッパ」アブムウェがウェイヴァリーに呼びかけた。

ウェイヴァリーは無言で全員を見渡してから、タフィのそばへ近づいた。タフィはあおむけに寝ころがり、足をかわいらしく空中にあげて、小さくいびきをかいていた。ウェイヴァリーは飼い犬のかたわらでしゃがみこみ、そっと抱きあげて眠りから起こすと、その小さな背中へむかって涙をこぼしはじめた。タフィは頭をあおむけて、雄々しくも飼い主の頭をなめようとしたが、舌は空を切った。

「ちょっと、かんべんしてくださいよ」ウィルスンが言ったのは、部屋にいる全員がぎこちなく黙り込んで三十秒ほどたったあとのことだった。ウェイヴァリー大使だけはまだすすり泣いていた。「なんか、十二歳にもどって『黄色い老犬』の最後の何章かを読み直しているような気分になってきました」

「ウィルスン中尉、いまはウェイヴァリー大使にタフィと最後のひとときをすごさせてあげるのが賢明かと思います」ガンスター政務官が言った。「友にお別れを言うのはつらいものですから」

「じゃあ、犬は殺すということで全員が同意したんですね」ウィルスンは言った。

「ウィルスン」アブムウェがぴしゃりと言った。

ウィルスンは片手をあげた。「こんなことをきいたのは、自分がゴミ野郎とみなされるためじゃありません。そうなることで全員が同意したんだったら、おれがとてつもなく常軌を逸した解決策を提案しても、変人を見るような目つきをされずにすみますよね」

「解決策って？」アブムウェがたずねた。

ウィルスンはウェイヴァリーとタフィのそばへ近づいた。タフィはウィルスンにむかって舌をだらんと垂らした。ウェイヴァリーは疑いに満ちた目でウィルスンを見あげた。

「へたな設計のテクノロジーでこういう問題が起きたわけです」ウィルスンはタフィとウェイヴァリーを見おろした。「ひょっとしたら、もっとマシなテクノロジーで解決できるかもしれません」


「ほら」シュミットはそう言って、端に押し込み式のボタンがついたスティックをウィルスンに渡し、そわそわしているイチェロー族の二名の技術者たちのほうへ頭をふった。「そのボタンを押すと、なにもかも落ちる。もういちどボタンを押すと、なにもかもまたあがってくるはずだ」

「了解」ウィルスンは言った。イチェロー族の別の技術者がタフィを運んできて、ステンレス製のテーブルに載せた。小さな作業用タオルをまんなかに敷いて、犬の足を冷やさないようにしてあった。

「技術者たちからは、ボタンを押す役を引き受けてくれたきみに感謝を伝えてくれとも言われている」シュミットは言った。

「当然だろう。それでなくてもウェイヴァリー大使はおれを心底憎んでるんだ。それに、こいつがうまくいかなかったときのことを考えると、イチェロー族じゃなくておれたちのだれかのほうがいい」

「むこうもまったく同じ考えだ」

「ところで、ウェイヴァリー大使はどうしてる?」ウィルスンはたずねた。彼はもう何時間も大使の姿を見ていなかった。

「いまはアブムウェがいっしょにいる。アルコール漬けにしようという作戦じゃないかな」

「悪くない作戦だ」

シュミットは友人に目をむけた。「気分はどうだ?」

「いい気分だよ、ハート。とはいえ、さっさとこいつをすませたい」

「ジュースかなにか持ってくるか?」

「それよりタフィを連れてきた技術者を手伝ってやってくれ」ウィルスンは、じたばたするタフィを押さえているイチェロー族の技術者を顎でしめした。「いまにも逃がしそうな感じだ」シュミットはあわてて技術者から犬を受け取り、テーブルの上に押さえこんだ。急いで退却していった技術者は、重荷から解放されてほっとしているようだった。ほかの二名の技術者も静かに離れていった。

「わたしも行ったほうがいいかな?」シュミットがタフィをあやしておとなしくさせながらたずねた。

「いいや、あんたには手伝ってもらわないと。ただ、両手は引っこめたほうがいいかな」

「ああ、そうか」シュミットは犬から一歩あとずさった。

タフィがシュミットを追いかけようとしたが、ウィルスンは「タフィ！」と言って指をパチンと鳴らし、犬の注意を自分のほうへ引き付けた。

「いい子だ」ウィルスンが言うと、タフィは幸せな犬の笑みを浮かべて、ふわふわの小さな尻尾をぱたぱたとふった。

ウィルスンはブレインパルにアクセスして、犬が体につけている二台の小型モニタからのデータを確認した。一台は犬の頭のてっぺん、もう一台は胸の心臓に近いあたりに装着してある。二台のモニタはタフィの脳と心臓の電気的活動を表示していた。犬の体には、首のうしろの、脊髄と脳がつながるあたりに、もうひとつくっついているものがあった。ウィルスンにはそれをモニターするすべはなかった。

「タフィ！　おすわり！」ウィルスンは言った。

犬は愛想よく命令に従った。

「いい子だ！　死んだふり！」ウィルスンは手のなかのボタンを押し込んだ。

タフィの脳と心臓のモニタの表示がたちまちフラットになった。ラサアプソ種の犬は小さくキュッと鳴いて、突風に吹かれたぬいぐるみのように、ばったりと倒れ込んだ。

「〝死んだふり〟？」シュミットがそう言ったのは、十秒後、犬の体を調べたあとのことだった。「残酷すぎるな」

「こいつがうまくいかなかったら、悪趣味なジョークなんかよりずっとでかい問題をかかえることになるんだ」ウィルスンは言った。「さあ、二分ほど黙っててくれ、ハート。なんだか緊張してくる」

「すまない」

ウィルスンはうなずき、テーブルの上の犬に歩み寄った。

タフィは死んでいた。

ウィルスンは死体を指でつついた。反応はない。

「いつでもいいぞ」ウィルスンは言った。イチェロー族によると、彼らの生体システムは地球の脊椎動物のそれと充分に似かよっているとのことだったので、ウィルスンは思いきってこのささやかな実験に挑戦してみたのだ。とはいえ、王冠がその装着者の死に気がつくのはなるべく早いほうがありがたかった。

一分経過。二分。

「ハリー？」シュミットが言った。

「静かに」ウィルスンは王冠をじっと見つめていた。まだ犬の体にくっついたままだ。

さらに二分が経過した。三分。

「これが失敗したらどうするんだ？」シュミットがたずねた。

「第二の計画があるかどうかきいているのか？」ウィルスンはたずねた。

「そうだ」

「悪いな、ないよ」

「なんでいま話すんだ？」

「なんでもっとまえにきかなかったんだ？」

さらに一分。

「ほら」ウィルスンは指さした。

「どうした？」

「王冠が動いた」

「なにも見えなかったぞ」

「おれの遺伝子改造された両目はあんたのより十倍は優秀だということを忘れたのか？」

「ああ、そうか」

「王冠をはずしてくれ」

シュミットが犬に手をのばし、その体からそっと王冠を持ちあげた。簡単にはずれた。

「やった」シュミットは言った。

「ありがとう」ウィルスンは言った。「もうさがっていいぞ」

シュミットはテーブルから離れた。

「よーし、タフィ」ウィルスンは犬に目をむけてスティックを持ちあげた。「新しい芸をおぼえるとしようか」

ウィルスンはもういちどボタンを押し込んだ。

犬はびくんと体をふるわせ、小便を漏らしてじたばたとテーブルから起きあがると、猛烈な勢いで吠えはじめた。

「うわ、漏らしたぞ」シュミットが笑顔で言った。

「おしっこを漏らして、怒りの声を漏らして——どっちも実に適切な反応だな」ウィルスンも笑顔で言った。

イチェロー族がどっと部屋になだれこんできた。ひとりは赤い液体のはいった袋を手にしていた——タフィの体からとった血だ。

「待った」ウィルスンは呼びかけたが、イチェロー族にはなにを言っているかわからないことに気づいた。彼は身ぶりで全員を押しとどめてから、シュミットに顔をむけた。「だれでもいいからウェイヴァリー大使を呼んでくるよう伝えてくれるか。彼女の犬がぶじなところを見せてやりたいんだ、この気の毒なやつにまた輸血をするまえに」

シュミットはうなずき、PDAを通じてイチェロー族に話しかけた。ひとりが急いで部屋を出ていった。

別のイチェロー族のひとりが犬を指さしてウィルスンに顔をむけた。「どうしてきみの血をこの動物に輸血できたのだ？」ウィルスンのブレインパルがイチェロー族のさえずりを翻訳してくれた。「同じ種ですらないのに」

ウィルスンは手をのばしてシュミットのPDAを借りた。「こいつはスマートブラッドという」PDAを顔のまえにかまえて説明する。「完全な非有機物だから、犬の肉体が拒絶反応を起こすことはない。しかも、酸素を運ぶ能力が何倍も高いから、肉体の活動を長く止めても組織を生かしておくことができる」ウィルスンは手をのばし、まだ湿っているタフィを持ちあげた。犬はもう吠えてはいなかった。「おれたちがやったのはそういうことだ。このおちびさんの血をおれの血と入れ替えてから、心臓と脳の活動を、王冠がこいつは死んだと判断するまで止めておく。そのあとで、また蘇生させたというわけだ」

「リスキーに思えるが」イチェロー族が言った。

「まちがいなくリスキーだよ。だが、さもないともっとひどいことになった」

「われわれがあなたたちとの外交関係を断ち切るということか」別のイチェロー族が言った。

「実を言うと、おれが考えていたのは犬が死ぬことだった」ウィルスンは言った。「でもまあ、それもある」

　ウェイヴァリー大使が戸口に姿をあらわし、アブムウェとガンスター政務官がそのうしろに続いていた。タフィが女主人の姿を見てうれしそうに吠えた。ウィルスンは犬を床におろした。タフィは床すれすれに尻尾をかわいらしくなびかせながら、ウェイヴァリーのもとへ走った。

　全員がひとかたまりの喝采へと溶け込んでいった。

「これはほぼ完璧なエンディングじゃないか？」シュミットが静かに言った。

「ほぼな」ウィルスンは認めた。

「こんどもまた、絶対に口外しないよう約束させられるんだろうなあ」

「それがいちばん賢明だと思うぞ」

「そうだな。ついでに、これからいっしょに飲んだくれるというのはどうだろう」

「いいとも。この件が片付いたらあんたに一杯おごってもらえることになっていた気がするんだが」

「そのまえに、きみがタフィにあげたぶんのスマートブラッドをもどしてほしいか？」

「いや、なくてもだいじょうぶだと思う」

ふたりが見守るなか、ウェイヴァリーとタフィはいっしょに部屋を出ていき、そのあとを、困りきった顔をした数名のイチェロー族が、タフィの血の袋を手に追いかけていった。

エピソード8　反乱の音

ヘザー・リーは、衝撃を感じるよりも先に、平手打ちが迫るかすかな音を聞きとった。意識を取りもどさせるための一発。叩かれたとき、彼女はすばやく息を吸い込んで方向感覚をつかもうとした。

リーはすぐに三つのことに気づいた。ひとつ、彼女は裸の体の上にごわごわした毛布をかけられ、なにかの椅子にすわっていた。

ふたつ、彼女は拘束されていて、左右の手首と、左右の足首と、首と腰を椅子に縛り付けられていた。

三つ、彼女は目が見えず、頭と顔のまわりになにかがしっかりとくくりつけられていた。

リーの考えでは、いずれもありがたい展開とはいえなかった。

「気がついたか」妙に調子はずれな声が言った。音の高さも音色もあっちこっち跳ねまわっていた。

リーは興味をひかれてたずねた。「その声はどうしたの？」

返事のまえに短い間があった。「それはおまえのふたりの仲間がした最初の質問とはちがうな。あいつらが気にしていたのは、自分がどこにいてなぜ拘束されているのかということだった」

「ごめんなさい。決まり事があるとは思わなかったから」

くすくすと笑う声がした。「おれが声を変えているのは、おまえが頭のなかにコンピュータを持っているのを知っているからだ。いまはまだおれの声を録音していないとしても、いずれはそうするだろうし、それを使っておれの身元を突き止めることができるのもわかっている。そういうことにはなってほしくない。目隠しをしているのも同じ理由で、そうしておけば、おまえはおれたちの正体につながるような視覚情報を記録することができない。もちろん、拘束しているのはとりあえずおとなしくしていてもらうためだ。戦闘服をぬがせたのは、それがおまえに力と防御の面で強みをあたえることがわかっているからで、こちらとしてはそういうのも避けたい。そのことについては謝罪する」

「謝罪するんだ」リーは、状況が許すかぎりせいいっぱい冷淡な声を出した。

「ああ。現時点でおまえにはおれを信じる理由はひとつもないが、わかってもらいたいのは、肉体的にも性的にも、おまえを虐待することにはまったく関心がないということだ。戦闘服をぬがせたのは防御のための行動であり、それ以上の意味はない」

「平手打ちで起こしたりしなかったらもうすこし信じられたんだけど」

「おまえはおどろくほどなかなか目をさまさなかった。気分はどうだ？」

「頭痛がする。筋肉痛もある。死ぬほど喉が渇いてる。おしっこがしたい。拘束されている。

なにも見えない。あなたはどう？」

「おまえよりマシだというのは認める。シックス、水を」

〝なに？〟リーがそう思ったとき、なにかが唇に押しつけられた。硬質プラスチック製の乳首。そこから液体が流れ出した。リーはそれを飲んだ。水としか言いようがなかった。

「ありがとう」リーはしばらくして言った。「なぜ〝6《シックス》〟と言ったの？」

「おまえと同じ部屋にいる者がシックスと呼ばれているからだ。数字に意味はない。ランダムに選ばれているんだ。みんな任務のたびに変えている」

「あなたは何番なの？」

「今回は2《トゥー》だ」

「で、あなたはあたしと同じ部屋にはいない」

「すぐ近くにいる」トゥーが言った。「だが、自分の声を漏らしておまえに身元を突き止められたいとは思わない、だから、おれは聞いて見るだけで、シックスがそれ以外のあらゆることに対応する」

「やっぱりおしっこはしたいんだけど」

「シックス」トゥーが言った。シックスの動く音がしたかと思うと、すわっている椅子の座面の一部が急に消え失せた。「どうぞ」トゥーが言った。

「冗談でしょ」

「残念ながらちがう。これについても謝罪する。だが、おれがいましめを解くと本気で期待したわけではないだろう。たとえ裸で目隠しをされていても、コロニー防衛軍の兵士は手ごわい敵だからな。椅子の下に防水パンがあって、それがおまえの排泄物を受け止める。あとはシックスが始末する」

「シックスに謝らなくちゃいけない気がする。いずれはおしっこ以外のものも落とすことになるんだし」

「シックスがこういうことをするのははじめてではない。ここにいる者はみなプロだ」

「すごく励まされるね」リーは内向きに肩をすくめて排尿した。それがすむと、防水パンが引きずりだされる音と、椅子の座面がもとどおりになる別の音がした。足音がして、そのあとに、ドアがひらいてまた閉じた。

「おまえの仲間たちの話によれば、おまえはヘザー・リー中尉、コロニー防衛軍のテュービンゲン号に乗り組んでいた」トゥーが言った。

「そうよ」リーはこたえた。

「では、リー中尉、これからどういう流れになるかを説明しよう。おまえはとらえられて捕虜になっている。おれがこれから質問をするから、おまえは正直にそれにこたえる。できるだけきちんと、抜けのないように。おまえが言われたとおりにして、おれたちの質問が終わったら、そのまま解放してやる。いまいる場所から遠く離れた場所になるが、解放にはちがいない。おまえが言われたとおりにしなかったり、たとえいちどでも嘘をついたことがわかったりしたら、おれはおまえを殺す。拷問したり、虐待したり、レイプしたり暴力をふるったりといった無意味なことはしない。ただショットガンをおまえの頭に当てるだけだ。おまえを殺し、その頭のなかにあるコンピュータを破壊するために。古めかしいやりかただが効果的だ。おまえの仲間のひとり、ジェファースン二等兵は、すでにその点でおれを試そうとして、不幸にもおれのことばがジョークではないことを学んだ。その段階で教訓を得ても本人にはなんにもならない。この実例がおまえにとって役に立つといいのだが」

リーはこれには返事をせず、ジェファースンのことを考えた。いつでもバカがつくほど熱い男だった。

ドアがひらいた。シックスが部屋にもどってきたのだろう。「シックスがおまえに食べ物をあたえ、望むならおまえの体を拭き、それから出ていく。おれはこれから数時間、別の用事に対応しなければならない。それまでのあいだ、おれが言ったことをよく考えてみるといい。おれたちの言うとおりにすれば、おまえにはなんの害もない。おれたちの言うとおりにしなかったら、おまえは死ぬ。選択肢はふたつにひとつ。おまえが賢明な選択をすることを祈る」

ひとりきりで残されて、リーは自分が置かれた状況を再確認した。

第一に──自分が何者であるかはわかっていた。ヘザー・リー、ノースカロライナ州ロブスン出身。母はサラ・オクセンディン、父はジョセフ・リー、姉妹がアリー、兄弟がジョセフ・ジュニアとリチャード。かつての人生ではミュージシャンだった──演奏会によってギターを弾いたりチェロを弾いたり。CDFに入隊したのは六年まえ、テューービンゲン号に配属されてからは二年半たっている。これらすべてが重要だ。自分が何者であるかがはっきりしていないと、知識ベースにもっと別の重大な空白が生まれて、それがなんなのかわからなくなってしまう。

第二に――ここがどこなのかは、概要としてはわかっていたし、なぜここにいるのかもわかっていた。ここは惑星ツォン・グオ。リーとテューービンゲン号の仲間たちは、州都ツォウシャンで起きた分離主義者たちによる反乱を鎮圧するために派遣された。反乱軍は現地の行政本部と放送局を占拠して、ついでに人質をとり、長たらしい演説を流して、ツォン・グオがコロニー連合から独立して地球――彼らの表現では〝人類の生まれた真の故郷〟――との新たな同盟をめざす旨を宣言した。地元の警察が出動して排除しようとしたが、おどろいたことに、反乱軍のほうが火力が上だった。反乱軍は二十名以上の警察官を殺して、さらに数名の人質をとり、たくわえている人間の盾に追加した。

この反乱の成功がきっかけとなって、リウチョウ、カシュガル、チフェンといったほかの都市や町でも〝地球統治〟を主張する一連の抗議活動が勃発し、とりわけチフェンでは、暴徒が中心部の商業地区を練り歩き、見たところ手当たり次第に商店やビルに放火したため、深刻な物的損害が発生した。このころには、惑星の首都であるニュー・ハルビンの行政当局もがまんの限界を超えてCDFに介入を要請していた。

リーとその小隊は、電磁波クローキングを装着して夜間に高々度より通常降下をおこなった。彼らが行政本部と放送局の内部にはいったとき、反乱軍のほうは敵が屋上におりたことにすら気づいていなかった。戦いは短時間かつ一方的だった。反乱軍にいる優秀な戦闘員はほんのひと握りで、地元の警察との戦いで最前線に立ったのも彼らだった。それ以外の反乱軍は若くて興奮しやすい層から集められた人びとで、スキルよりも熱意が先行していた。反乱軍ではまともなスキルをもつ戦闘員たちも、訓練を受けたコロニー防衛軍の兵士たちの肉体面でも戦術面でも卓越したスキルのまえでは相手にならず、たちまち鎮圧されるか殺されるかしてしまった。ほかの人びとはあまり抵抗することなく降伏した。

行政本部の外にあった反乱軍の二台の車輌がビルにむかって発砲したものの、軌道上から狙いを定めていたテューービンゲン号によって光り輝くスラグの山へと変えられた。会議室のならぶ地下棟に閉じ込められていた人質たちは、ほこりまみれで疲れてはいたが、おおむね怪我はなかった。すべてが三十分とかからずに片付き、CDF側の人的被害は皆無だった。

任務が完了したあと、CDFの兵士たちはツォウシャンでの上陸休暇を申請して認められ、そこで地元民から熱烈に歓迎された、というか、そのように見えたのだが、上陸休暇ではコロニー連合がコロニー防衛軍の勘定をもつため、気のゆるんだ兵士たちはバカみたいに金を使い地元の商店や行商人は法外な請求をすることが、よく知られているせいだったのかもしれない。たとえツォウシャン市民たちのあいだに反乱軍のシンパがいたとしても、彼らは口を閉じてCDFの金を集めた。

リーが、この部屋で目をさますまえのことで最後におぼえているのは、ジェファースンとキアナ・ヒューズ二等兵を連れて、ドイツ発祥の「ホフブロイハウス（ツォン・グオは、中国式の命名規則を採用しているにもかかわらず、住民のほとんどが中央および南ヨーロッパ出身なので、父方に中国人の祖先をもつリーとしては、なんとなく愉快な感じだった）で夕食をとっていたことだった。あのときは三人ともかなり酔っぱらっていて、いまから思えばそれは危険な徴候だった。CDF兵士の遺伝子改造された生理機能を考えれば、彼らが泥酔するのはほぼ不可能なのだ。だが、その場では気持ちのいい酔いとしか思えなかった。土地の時間でとても遅くなってからホフブロイハウスを出て、ぶらぶらとホテルへむかっていたときに敵につかまり、あとの記憶は目がさめるときまで残っていなかった。

リーは、CDFの活動に対する地元民の熱狂ぶりを自分がどんなふうに判断していたかを思い出してがっくりした。あきらかに、全員がよろこんでいたわけではなかったのだ。

記憶の確認がすむと、リーは自分がいまどこにいるのかという問題に注意をむけた。ブレインパルに内蔵されているクロノメーターによれば、意識を失っていたのは六時間ほど。それだけの時間があれば、リーと、どうやら死んだらしいジェファースンと、やはり死んだ可能性が高いヒューズは、ツォウシャンからぐるりとめぐった惑星の裏側まで来ていてもふしぎはない。だが、それはないだろう。トゥーとシックスが、リーを裸にしたり椅子に縛り付けたりなんやかやして、彼らがもくろんでいることをするための準備をととのえるには、あるていどの時間が必要だったはずだ。さらに、トゥーの話によれば、彼（彼女かもしれないが、リーはとりあえず頭のなかで〝彼〟でいくことにしていた）はすでに、ジェファースンやヒューズとそれなりの時間話をして、協力しないジェファースンを殺していた。これらの理由から、ここはまだツォウシャンのどこかなのではないかとリーは判断した。

さらに、リーがいまだにトゥーとシックスの手中にあって小隊によって救出されていないという事実を考えると、この場所にはブレインパルが現在地を送信するのを妨害するシールドが張られているのではないかと思われた。リーはこれをたしかめるために、まずヒューズと、ついで小隊のほかの何名かと連絡をとってみた——応答はない。テュービンゲン号にも連絡してみた——やはり応答はない。この部屋だけに信号遮蔽の機能があるのか、あるいは、どこか信号を遮断できるよう設計された（または機能の一部としてその能力を有する）場所にいるのか。もしも後者だとしたら、ツォウシャンにあるかもしれない、可能性のある建物の数を絞り込むことができる。

自分の置かれた状況について、もういちど、より深く考えてみたら、尻の下に手がかりがあることに気づいた。これはある種の拘束用の椅子だ——もっと言うと、座面にスライド式の扉があって排泄物を落とせるようになっていることから考えて、人が長時間すわっていられるように設計された拘束用の椅子だ。リーは拘束システムの鑑定家を自認しているわけではないが、すでに八十年を越える人生において、ひとつかふたつはそういうものを目にしていた。その経験からすると、拘束用の椅子が使われる場所は三つある——病院、刑務所、そしてなにより特殊な売春宿。

三つのうち、リーはまず売春宿を排除した。可能性がないわけではないが、売春宿は商売で使うところなのであまり信頼がおけない。そこで暮らす人や働く人がいるし、もしも繁盛しているなら、あらゆる種類の新しい顧客が一日中出入りする。たしかにプライバシーは確保されているが、ショットガンの銃声がすれば気づかれるだろうし、建物からひとつふたつ死体を引きずりだすなんていうのは論外だ。

病院なら死体はだいじょうぶだが、ショットガンの銃声はやはり問題だろう。閉鎖された病院ならそれも解決できるかもしれないが、ふつうの病院は信号を遮断するようにはなっていない――それを実現しようとしたら膨大な医療情報が電気的に締め出されてしまう。

となると、刑務所か拘置所がもっとも可能性のありそうな場所となる――椅子、信号を遮断する構造、そして、自前の死体安置所を持っていることからくる死体廃棄の容易さ。それはまた、リーとヒューズを監禁している連中に、刑務所という場所に目立つことなく人を出入りさせる能力があるということでもある――地元の警察か、少なくとも地元の政府の関係者だろう。

今回の任務の状況説明の一環として、リーはツォウシャンの地図を受け取っていた。ブレインパルでそれを呼び出したとたん、頭のなかのコンピュータが視覚皮質を活性化させたので、リーはちょっとたじろいだ。何時間も実際にはものを見ていなかったせいで、光の幻覚にすらわずかに痛みを感じた。リーは脳が視覚情報に慣れるのを待ってから、地図に目をとおしはじめた。

見える範囲では（いまは少々皮肉な表現だが）、ツォウシャンにはリーがいる可能性のある建物が二棟あった。地元の拘置所はツォウシャンの商業地区にあり、リーたちがつかまるまえにいたホフブロイハウスから一キロメートルも離れていなかった。州刑務所はツォウシャンの中心部から十キロメートルは離れていた。どちらの建物についても詳細な地図はなかった――あるのは行政本部と放送局の地図だけ――が、いずれにせよ、自分がいる可能性のある場所がわかっただけでも気は楽になった。いずれ役に立つかもしれない。

つぎに自分自身の状況に注意を移してみたが、こちらはあいかわらず明るい見とおしがなかった。裸でいることは、いままで自分の肉体について特に自意識過剰になることはなかったので気にもならなかったが、防具をつけていないのは不安だった。トゥーが言っていたように、CDFの戦闘服はその着用者の身を守り、力の面で優位をもたらすが、ここでいう力とは能動的なものではなく受動的なものだ。戦闘服を着ているからといってリーの力が強くなるわけではない。よりタフになるだけだ。それがないと、どう保証されようがいずれはありそうな肉体への攻撃に対して弱くなってしまう。ショットガンの銃弾に対して弱くなるのは言うまでもない。

それを言うなら、防具をつけていないだけでなく武器もなかった。これは問題だが、リーがそのことを心配した時間はごくわずかだった。武器を持っていないときに武器がほしいと思ったところで意味はない。

拘束されているという点はやはり気にかかった。できるだけひかえめに、リーは拘束具のぐあいを試してみた。堅くて曲がらないとかいうことはなく、やわらかくて、すべすべして、柔軟性がある。となると、金属製の手錠みたいなものではなく、なんらかの織物だろう。左腕の拘束具をぐっと引っぱってゆるまないか試してみたが、まったくだめだった。右腕の拘束具も同じだ。ＣＤＦ兵士の遺伝子改造による強烈な腕力をもってしても、それに影響をおよぼすことはできなかった。拘束具にほんのすこしでも裂け目があれば、いろいろ試してみることもできるのだが、リーにわかるかぎりでは、拘束具は健全きわまりない状態にあるようだった。

最後に、リーは持ち物を確認してみた。現時点では、自分の脳くらいで、それ以外はほとんどない。目もないし、肉体的な力もないし、だれかと連絡をとる手段もない。例外は、彼女にはなんの役にも立たないトゥーと、およそ会話になりそうもないシックスだけ。リーの脳は、総合的に見てなかなか優秀なものだとは思うが、それも頭のなかに閉じ込められている状態では、できることはあまりなかった。

「ああ、くそっ」リーはそのことばを口に出し、自分の声が部屋のなかで反響する音を聞いた。部屋はそれなりの広さがあって、壁は音響学的に弾力のある材質でできていた——おそらくむきだしの岩かコンクリートだろう。

〝おーい〟リーの脳が言った。

それからの三十分、リーは頭のなかでひとりきりですごし、ときおり鼻歌をうたったりした。もしもトゥーが見ていたら、すこし困惑したかもしれなかった。

ようやく、部屋のドアがひらいて、シックス（と思われる人物）がもどってきた。

「リー中尉」トゥーの声がした。「はじめてかまわないか？」

「いくらでもしゃべり倒してあげるよ」リーは言った。

それから二時間、リーはえんえんとしゃべり続けた。トゥーが知りたがることは多岐にわたっていて、現在のＣＤＦの兵力と配備状況、地球との離縁にまつわるＣＤＦとコロニー連合の主張、地球からの人的資源の喪失を埋め合わせるためにふたつの組織がおこなっていること、あちこちのコロニーで起きている反乱の状況などを、リーの実体験と、ほかの兵士やコロニー連合のスタッフからの伝聞の両方で語ることをもとめられた。あとは、リー自身のツォン・グオにおける任務の詳細だ。

リーは、話せることについては事実を、話せないことについては推量と憶測を、必要とあらばとっぴな想像を語り、どれがどれかということとその理由をきちんと伝えたので、ふたりのあいだに誤解が生じる余地はまったくなかった。

「おまえはたしかに率直だな」トゥーがある時点で言った。

「ショットガンを顔にむけられたくないから」リーは言った。

「生き残っているおまえの仲間よりもかなり多くの情報が出てくるという意味だ」

「あたしは中尉だからね。部下の兵士たちよりも多くのことを知るのが仕事なの。もしもあたしがヒューズ二等兵より多くのことを語っているとしたら、それはあたしのほうが多くを知っているからであって、彼女がなにかを隠しているということじゃない」

「たしかに。ヒューズ二等兵にとっては良い知らせだな」

リーはにっこりした。これで、つかまっているもうひとりの兵士はヒューズで、少なくとも現時点ではまだ生きていることがはっきりした。「ほかに知りたいことは？」

「いまのところはない。だが、あとでもっと質問を用意してもどってくる。それまでは、シックスがおまえの世話をする。協力に感謝する、リー中尉」

「どういたしまして」リーが言うと、トゥーは自分の用事を片付けるためにマイクから離れていったようだった。おそらく、共謀者たち（少なくとも五人はいると思われた）と話をするのだろう。

シックスが部屋のなかで動きまわる音がした。「話をしてかまわないかな？」リーは呼びかけた。「あなたが返事をできないのはわかってる。でも、いろいろあったせいで神経がたかぶってるの」彼女は自分のこども時代のことを中心に話をはじめた。そのあいだに、シックスはリーに食べ物と水をあたえてから、排泄物の処理をした。二十分後、シックスは部屋を出ていき、リーは口を閉じた。

それは室内の反響音から思いついたことだった。リーには過去にミュージシャンとして何年ものあいだ演奏やレコーディングをした経験があった。仕事の一部は、そのとき使う部屋が、自分の楽器やバンドの音をだいなしにしないようにすることだった。石やコンクリートの壁の地下室では何度も演奏したことがあったので、壁で反響する音がどれくらい演奏に悪影響をおよぼし、どんな素材がどういう種類の音を響かせるかはよく知っていた。部屋のなかで目を閉じて、音を出せば、そこがどれくらいの広さで、どんな素材でできていて、なにか音を反響する物体があるかどうかがだいたいわかる。残念ながら、リーには、その方法で部屋全体の見取り図を作るだけの能力はなかった。

だが、ブレインパルにはあった。

二時間半のあいだ、リーはほぼ休むことなく話し続けながら、首の拘束具で肌がすりむけるのもかまわず、できるだけせっせと頭を動かした。そうやって話しているあいだに、ブレインパルはリーの声（それとトゥーの声）からデータを集め、それを利用して部屋の見取り図を描いていった。音が反響するすべての面にしるしをつけ、左右の耳に届く音のずれから面の位置を特定し、それぞれのデータの断片をつなぎあわせて完全な音響像をつくりあげたのだ――部屋と、シックスと、聞こえる範囲にあるすべてのものについて。

これでわかったのは――

ひとつ、トゥーはPDAで（より正確に言うと、PDA経由でしゃべっていて）、それは一メートル半離れた、リーの真正面にあるテーブルに置かれていた。同じテーブルの上にはボトルがならんでいて、シックスはそこからスープと水をリーにあたえていた。

ふたつ、シックスは女性で、身長はおよそ百六十五センチ、体重はおよそ五十五キロ。シックスの顔にまっすぐ話しかけていたときに、リーはシックスの〝見た目〟をそれなりに把握した。おそらく、年齢は四十歳か五十歳くらいで、CDFに所属した経験はいちどもないようだった。

三つ、椅子のとなり、一メートルも離れていないところに別のテーブルがあって、そこにはショットガンと、外科手術用の切ったり削ったりするための器具が載っていた。これではっきりしたのは、拷問をしないというトゥーのことばが大嘘で、リーはおそらくこの部屋から生きて出られないだろうということ——ヒューズも自分の部屋からは出られない。

リーの予想はこうだった。いずれシックスがもどってきて、トゥーが残念そうに、もういちど、こんどは痛みというかたちですこし発奮材料を加えながら、質問にこたえてもらわなければならないと宣言する。それが終わったら、リーにはショットガンがあたえられ、トゥーとその友人たちは、リーから得た情報とヒューズから得た情報とのあいだに矛盾がないかどうか確認する。それはすなわち、正確にはわからないがごくわずかな時間のうちに、この拘束具から抜け出し、ヒューズを救出して、どこであれこの場所から脱出しなければならないということを意味する。

リーにはどうすればいいのか見当もつかなかった。

「冗談じゃない」リーはつぶやき、後頭部をヘッドレストに、首の拘束具の許す範囲でせいいっぱい強く叩きつけた。たいした成果はなかったが、顎がガチッと鳴って、左の切歯が舌のへりに突き刺さった。ぴりっと痛みが走り、奇妙な、銅とはまったくちがう味のするスマートブラッドが、傷口からにじみだしてきた。

リーは顔をしかめた。スマートブラッドの味にはどうしても慣れない。それはCDFが兵士の体内にある人間の血と入れ替えるために使うもので、酸素を運ぶ能力がはるかに高かった。ナノロボットが赤血球と比べて何倍もの酸素を保持してくれるのだ。つまり、CDFの兵士は、ふつうの人間よりもはるかに長時間、息をしないで生きのびることができる。さらに、スマートブラッドが大量の酸素を取り込めることを利用して、CDFの兵士たちはこんな隠し芸を得意としていた。ブレインパル経由でプログラムをしておき、スマートブラッドのなかのナノロボットを強制的に一瞬で燃焼させるのだ。これは血を吸う昆虫を抹殺するときにはおどろくほどの効果を発揮する——血を吸わせておいて、虫が飛び立ったら、そいつの体内にあるスマートブラッドを発火させればいい。

〝シックスが吸血鬼なら、目にもの見せてやれるのに〟リーは口のなかにたまったスマートブラッドをぺっと吐き捨てたが、うまくいかず、右の手首とその拘束具の上にはねかけてしまった。

〝おーい〟リーの脳がまた言った。

それと同時に、ドアがひらいた。リーは部屋の画像化ウインドウをひらいて、新しく聞こえる音とその反響音の追跡をはじめた。数秒後、シックスの姿が視界にはいってきて、リーが拘束されている椅子とショットガンや外科用器具が載っているテーブルとのあいだに立った。リーがじっと〝見て〟いると、シックスをあらわすシルエットは、動きが止まって呼吸以外の音がしなくなったためにほとんど消えかけたが、トゥーの声がPDAから流れ出したとたん、また見えるようになった。

「残念ながらとても悪い知らせがあるのだ、リー中尉」トゥーは言った。「おまえが提供してくれた情報を仲間のもとへ持ち帰ったところ、彼らはおまえの協力的な態度に感心したものの、そのせいで疑いもいだいた。彼らはCDFの兵士が進んで情報を、というか、あれほどの情報を提供するはずがないと考えている。一部は真実かもしれないが、すべてが真実というわけではないのではないかと」

「知っていることはぜんぶ話したのに」リーは声にパニックの気配をまじえた。

「それはわかっている。おれだけはおまえを信じている。だからおまえはまだ生きているんだよ、中尉。だが、おれの仲間たちは疑っている。おれはみんなにどうすれば疑いを晴らすことができるのかときいた。仲間たちはもういちど質問をすることを提案した。こんどはすこし……切迫感を加えて」

「なんだかいやな響き」

「申し訳ない。おれは拷問はしないと言った。あのときは、それですむと思っていた。残念だが、もはやそうはいかないようだ」

リーは返事をしなかった。こうしてじっとしていれば、泣きそうになるのをこらえているように見えるはずだった。

「シックスはそれなりに有名な開業医だ」トゥーは言った。「おまえにあたえる痛みは必要最小限で、それ以上の痛みはけっしてないと約束する。シックス、はじめてくれ」

リーは口をほんのすこしあけて、怯えたすすり泣きに聞こえてくれそうな音を出した。

シックスはテーブルに手をのばし、外科用メスを取りあげると、リーの右の薬指に近づけて、その先端を爪の下へ差し込もうとした。

舌を数秒間思いきり嚙んでいたリーは、スマートブラッドの血のりをシックスにむかって吐き出し、女の腕とナイフを握っている手にはねかけた。血を吐いた音に反応して、シックスの顎がさっと動いた――頭をまわしていぶかしげにリーを見たらしい。

「こんどはあんたにすこし音をたててもらうよ、シックス」と言って、リーは吐き出したすべてのスマートブラッドに、めいっぱい激しく燃えあがるよう命じた。

シックスが音の輝点と化し、さっと身をのけぞらせて、腕と手を焼かれながら激しく泣き叫んだ。彼女は逆むきにくるりと体をまわし、トゥーのPDAを載せたテーブルにぶつかった。PDAはまえのめりにぱたりと倒れ、トゥーはつぎになにが起こるか見ることができなくなった。

リーのほうも、自分の手首に落ちたスマートブラッドで激しく皮膚を焼かれて、思わず悲鳴をあげた。だが、すぐに歯をぎゅっとくいしばり、スマートブラッドで繊維を焼かれて弱くなっている右の手首の拘束具を、渾身の力をこめて引っぱりはじめた。

一回、二回、三回……四回。ビリッという音がして、右腕が自由になった。リーは、手首の火を消したり目隠しをはずしたりといった手間はかけずに、テーブルに手をのばして大ばさみをつかみあげ、ほかの拘束具を大急ぎで切りはじめた――左の手首、首、腰、そして左右の足首。

リーが足首にとりかかったとき、シックスが苦しみをこらえて大声で叫んだ。リーがなにをもくろんでいるかにようやく気づき、急いでショットガンが載っているテーブルへむかっているのだ。リーは最後の拘束具を切断してテーブルへとびついたが、手遅れだった。シックスがショットガンを手にしていた。

リーは叫び、シックスが落としたメスをつかんで上体を起こすと、ショットガンの銃身が描く半径の内側へ飛び込み、メスをシックスの腹へ突き立てた。シックスは、ざくっという鋭い痛みにおどろきのあえぎ声をあげ、ショットガンを落として地面にくずおれた。リーはやっと目隠しをはずし、脳内の音響像を消してシックスを見おろした。シックスはふしぎそうな顔でリーを見あげていた。全身血まみれだ。

「どうやったの？」シックスは痛みにぜいぜいとあえぎながらささやいた。

「耳がいいの」リーは言った。

シックスは返事をしなかった。もうどんなことにも返事はできなかった。

リーはショットガンをつかみあげ、装塡されているのをたしかめてから、急いでドアのわきで位置についた。二十秒とたたないうちに、ドアがばんとひらき、拳銃をかまえたひとりの男がはいってきた。リーは腹を撃ってその男を倒すと、くるっと体をまわして、戸口にあらわれたふたり目の男の胸を撃ち抜いた。弾の切れたショットガンは捨てて、拳銃を取りあげ、弾倉をチェックしてからドアを抜けた。

外は廊下がのびていて、五メートルほど先にもうひとつドアがあった。リーはふたり目の死んだ男の体をつかみ、廊下をずるずると引きずっていくと、ドアを蹴りあけて死体をそのなかへほうりこんだ。もう一挺のショットガンの発砲音が聞こえるまで待ってから、まだショットガンを握っている男を撃った。そいつは倒れた。リーはテーブルに置かれたPDAに狙いをつけなおし、それをばらばらに吹き飛ばした。部屋にはいって椅子に目をやると、ヒューズが、裸で、拘束されて、当然ながら不安な顔をしていた。

「ヒューズ二等兵」リーは言った。「だいじょうぶ？」

「このクソな椅子を離れる気満々ですよ、中尉」ヒューズが言った。

リーは、手術用の器具が置いてあるテーブルに手をのばし、ヒューズのいましめを切断した。ヒューズは目隠しを頭からはずし、裸の中尉の姿を見て、目をぱちくりさせた。

「最初に見るのがこういうものとは思ってもみませんでした」ヒューズは言った。

「よしなさい」リーはそう言って、ドアの外からほうりこんだ男の死体を指さした。「そいつが拳銃を持っていないかチェックして、ここから脱出するよ」

「はい、中尉」ヒューズは死体のほうへむかった。

「こいつは自分のことをなんと呼んでいた？」リーは、ショットガンを持っていた男を指さしてたずねた。

「ワンです。でも、本人はいちども自分をそう呼びませんでした。こいつが男だということさえ、いまはじめて知りました。自分をトゥーと呼んでいただれかが、こいつをワンと呼んでいたんです」ヒューズは拳銃を見つけて、装塡されていることを確認した。

「わかった。あたしは、そっちの男やシックスと呼ばれていた女も含めて、ほかに三人殺している。となると、四人が死んで、少なくともふたりはまだ生きている」

「そいつらと出くわすまで待ちますか？　わたしは気乗りがしないんですが」

「同感よ。行きましょう」

ふたりはドアへむかった。ヒューズが先に立った。リーがやってきたほうへ、廊下を引き返していく。リーがいた部屋の五メートルほど先にもうひとつドアがあった。あけてみると、そこにはだれもおらず、灰色の物質と液体が床に飛び散っているだけだった。

「ジェファースン」リーは言った。ヒューズが悲しげにうなずき、ふたりはそのまま進み続けた。

最後のドアが階段室のそばにあった。蹴りあけて突入すると、テーブルに載ったPDA以外にはほとんどなにもない小さなオフィスになっていた。

「ここがトゥーの部屋か」リーは言った。

「あのクソ野郎はどこへ行ったんでしょう？」ヒューズが言った。

「あたしが彼の友人に火をつけたとき、ビビって逃げたんだと思う」リーはPDAを取りあげた。「ドアを見張ってて」リーはヒューズに言った。

PDAには、リーとヒューズとジェファースンのビデオファイルのほかに、どうでもいい文書がいろいろはいっていた。リーはそれをぜんぶスクロールしてとばし、PDAのファイルシステムのなかに特定のプログラムを探した。「あった」リーは画面に表示されたボタンを押した。

リーのブレインパルが急に活気づき、軍曹や、艦長や、テュービンゲン号そのものからの、だんだんと切迫感が増すメッセージの長い列が表示された。

ヒューズが、同じような緊急メッセージの列を受信したらしく、にやりと笑った。「会いたがってもらえるのはうれしいものですね」

「こちらの居場所を伝えて」リーは言った。「それと、あたしが合図したら、このあたりをぺちゃんこにしてもらうよう手配しないと」

「了解しました、中尉」

ふたりはオフィスを出て階段をのぼった。リーはPDAを持ち出してわきにかかえこんでいた。階段をのぼりきるとまた短い廊下があって、そのあたりはホテルのひとつの棟みたいに見えた。慎重にそこをとおり抜けて、角をまがると、正面に閉じたドアがあった。リーがうなずき、ヒューズがドアをあけてそのなかへ押し入った。

ふたりが出た先はロビーのわきのあたりで、そこには、私服姿の高齢の人びとと、ほとんどなにも着ていないとても魅力的な若い人びとが大勢集まっていた。

「いったいどこなんですか、ここは？」ヒューズが言った。

リーは声をあげて笑った。「なんとまあ。やっぱり売春宿だったのね！」

ロビーが静まり返り、売春宿の働き手と顧客候補たちがリーとヒューズに目をむけた。

「なに？」ヒューズは銃をおろさずに言った。「あんたたちみんな、裸の女をはじめて見たような顔をしてるよ」

「この件について、これまでに三度話したときとちがったかたちで話すことができるとは思えないんですが、大佐」リーはエリザベス・イーガン大佐に言った。リーの理解するところでは、イーガンは外務省との連絡係のようなものらしく、その外務省が彼女の拉致と脱出に大きな関心をしめしているのだった。

「いま知りたいのは、このトゥーという人物に関してなにか付け加えられる情報はないかということなんだけど」イーガンが言った。

「ありません、大佐。姿はまったく見ていませんし、声にしても、PDA越しの加工されたものを聞いただけです。わたしが作成したファイルはすべて提出しましたし、あのとき持ち出したPDAにはいっていたファイルもすべてそちらにあるはずです。あの男について言えることは、ほかになにもないのです」

「女よ」

「なんですって？」

「女なの。トゥーはほぼまちがいなくエリシア・ゴーハムという女で、あなたが監禁されていた売春宿、〈蓮の花〉の支配人をつとめている。あなたがPDAを見つけた部屋は彼女のオフィスで、彼女はあなたがいた地下の階層にはだれも立ち入れないようにすることができた。あなたたち三人が監禁されていた部屋は、ちょっと荒っぽいお楽しみが好きな顧客とか、簡単に設営や解体ができる特別なイベント用の部屋がほしい顧客のための専用室だった。信号の遮蔽機能があったのもそれで説明がつく。ああいう部屋を借りるような連中は、自分たちのプライバシーだけは確保したがるから。おかげで、あなたたち三人を監禁しておくにはぴったりの場所になっていたわけ」

「最初にわれわれに薬を盛ったのはだれなんですか？」

「調べてみたらホフブロイハウスのバーテンダーだった。あなたたちの飲み物に薬を盛ったら給料の一カ月分を払うと言われたそうよ。金が必要だったみたい。手に入れられて良かったわね、もう解雇されてしまったから」

「われわれに薬が効くとは思っていませんでした。それがスマートブラッドの利点のひとつだったはずですから」

「生物学的なものだったら効かない。あなたたちに盛られた薬は、スマートブラッドを念頭において開発されていたの。今後は注意をする必要がある。すでにＣＤＦの研究開発部に連絡がいっているわ」

「良かったです」

「スマートブラッドと言えば、あなたが敵を活動不能に追い込んだのはなかなかうまい考えだった。周囲の状況を音で視覚化するというアイディアもすぐれている。どちらの行為についても表彰の対象になっているから。昇進はなしよ、残念だけど」

「ありがたいのですが、表彰や昇進のことは特に気にしていません。それより知りたいのはジェファースンを殺した連中のことです。彼らに尋問されていたとき、分離独立運動や、コロニー連合ではなく地球と手を組みたがっているグループについてなにを知っているか、たくさん質問されました。わたしはそれについてはなにも知らないのですが、そのせいで部下がひとり殺されました。もっとくわしく知りたいのです」

「言えるようなことはなにもないよ。いまはコロニー連合にとっておかしな時期だから。わたしたちは地球との関係を修復するのに大忙しで、そのあいだにも、各コロニーはさまざまな事件にせいいっぱい対処しようとしている。組織だった分離独立運動なんてものは存在しないし、地球がコロニーの勧誘に積極的になっているわけでもない。わたしたちの知るかぎり、こういうのはどれも孤立したグループのしわざね。ツォン・グオのグループはほんのすこしだけ組織化されていたけど」

「そうですか」リーは言った。嘘をつかれたのはわかったが、それについてはなにも口にすべきではないということもわかっていた。

イーガンが立ちあがり、リーも続いて立ちあがった。「いずれにせよ、中尉、それはいまあなたが心配すべきことではないから。表彰といっしょにたっぷり二週間の上陸休暇があたえられることになっている。ツォン・グオ以外のどこかでとることを薦めるわ。それと、当分のあいだホフブロイハウスには近づかないことね」

「はい、大佐」リーは言った。「ありがたい助言です」彼女は敬礼し、イーガンが去っていくのを見送った。それから、目を閉じて船内の音に耳をすました。

エピソード9　視察団

「ウィルスン中尉」オデ・アブムウェ大使が言った。「はいりなさい。どうぞすわって」

ハリー・ウィルスンは、新しいクラーク号に用意されたアブムウェの船室にはいった。以前の宇宙船にあった船室よりさらに狭くて、居心地もよくなかった。「こぢんまりしていますね」ウィルスンは腰をおろしながら言った。

「その〝こじんまり〟が〝ほとんど侮辱的なほど狭苦しい〟という意味なら、ええ、まさにそのとおりです。その〝こじんまり〟をほんとうの意味で使っているとしたら、あなたは個人的な快適さについてもっとマシな基準をもつべきですね」

「実は最初のほうの意味でした」

「そうですか。まあ、乗っていた宇宙船をミサイルで撃ち抜かれて、代わりの宇宙船が築半世紀の代物を梱包用ワイヤとゴム糊でつなぎあわせたものだったりすると、手元にあるもので間に合わせるしかないのですよ」アブムウェは壁を身ぶりでしめした。「コロマ船長の話によれば、ここは船内でもっとも広い個室のひとつだそうです。船長室より広いとか。ほんとうかどうかは知りませんが」

「おれは士官用の寝室を使っています。広さはこの船室の三分の一くらいですかね。寝返りは打てますが、両腕を左右にひろげることはできません。ハートのほうはもっと狭くて、しかもルームメイトがいます。いずれ殺し合いをはじめるか、自衛のためにいっしょに寝るようになるかのどちらかでしょうね」

「では、ミスター・シュミットが休暇をとっているのは良かったですね」

「まったくです。気分転換にホテルの部屋でひとりきりですごす予定だと言ってました」

「夢のような外交官生活ですね、ウィルスン中尉」

「おれたちは夢のなかに住んでいるんですよ、大使」

アブムウェはちょっとウィルスンを見つめて、ふたりでいっしょに自虐的なジョークを口にしたことが信じられないとでも言いたげな顔になった。そうだとしても、ウィルスンは大使を責める気にはなれなかった。ウィルスンがアブムウェの使節団に配属になってからというもの、ふたりが仲良く付き合えたことはほとんどなかった。アブムウェは辛辣で人を寄せ付けない女だった。ウィルスンは皮肉屋で腹立たしい男だった。そしてどちらも、より大きな世の中の仕組みのなかで、自分たちが外交界の梯子のいちばん下の横木にぶらさがっていることを自覚していた。とはいえ、この数週間はだれにとっても奇妙な日々だった。ふたりがいまだに友好的と呼べる関係にないとしても、少なくとも、この状況によってふたりが同じ側に立たされたことはたしかだった——それ以外のほぼすべての宇宙に対して。

「ウィルスン、以前あなたが、わたしたちのあいだに共通点があると教えてくれたことをおぼえていますか?」アブムウェが中尉にたずねた。

ウィルスンは眉をしかめて記憶をさぐり、しばらくして言った。「もちろん。どちらも地球の出身だってことです」

アブムウェはうなずいた。「そうです。あなたは地球で七十五年すごしてからコロニー防衛軍に入隊しました。わたしはこどものときに移住しました」

「おれがそのつながりを指摘したとき、大使はあんまりうれしそうじゃなかったような気がするんですが」

アブムウェは肩をすくめた。「あなたがそう言ったのは、地球とコロニー連合が仲たがいをしたばかりのころでした。なにかほのめかしていると思ったのです」

「大使を軍に勧誘しようとしていたんですよ、実は」ウィルスンは思いきってすこし軽口を叩いてみた。

「そのような印象は受けませんでした。あなたが悪趣味なジョークを口にしていると思っただけです」

「ああ——なるほど」

「しかし、結局のところ、この共通点がわたしたちに異例の任務をもたらしました」アブムウェはPDAを取りあげて起動し、スクリーンをつついた。一瞬おいて、ウィルスンのブレインパルで着信音が鳴り、視野にメモがポップアップした。アブムウェがファイルを送ってきたのだ。

ウィルスンはそれを解凍してすばやくファイルをスキャンし、目を閉じて意識を集中した。一分後、彼はにっこり笑った。「地球人たちがやってくるんですか」

「そうです、コロニー連合は不安なのです」アブムウェは言った。「コロニー連合が地球と接するときの透明性について、いまだに地球側は疑いをいだいているのではないか。そして、地球は最終的に独自路線を歩むことになるのではないか、最悪の場合、コンクラーベに加盟するための交渉をはじめるのではないかと。そこで、誠意のしるしとして、地球からの視察団に対して外交交渉への無制限な立ち会いを許可することになりました。視察団が選んだのが、わたしたちがこれからおこなうバーフィノール族との貿易交渉でした。聞いたところでは、これは外務長官自身の考えで、地球とわたしとの――そしてわたしのスタッフ、すなわちあなたとの――個人的なつながりが、コロニー連合と地球との関係に有意義な影響をおよぼすだろうとのことでした」

「大使はそんな説明を信じるんですか？」ウィルスンは目を丸くして言った。

「もちろん信じません。わたしたちが選ばれたのは、バーフィノール族との交渉が重要なものではないからです。交渉の対象となっているバーフィノール族の生物医学テクノロジーは、類似のものを見たことがない人にとっては実に印象的なものであり、地球の人びとはたしかに見たことがないでしょう。といって、それほどデリケートな交渉というわけでもありませんから、なにをしているかを地球人に見られたところで問題はありません。あなたとわたしに地球とのつながりがあるとかいうのはただの口実です」

「その連中はほんとうに地球から来ているんでしょうね？　コロマ船長とおれは、しばらくまえに偽の地球人たちともめたことがあります。ＣＤＦが元兵士たちを地球からの代表に見せかけてスパイを見つけようとしたんです。おれたちはいちど利用されてるんですよ、大使。また利用されているのかどうか、もしそうなら、それがなぜなのかをたしかめる必要があります」

アブムウェが笑みを浮かべた。あまりにも珍しいことだったので、ウィルスンは注目せずにはいられなかった。「わたしも同じ考えです。そこで、フェニックス・ステーションにいる同僚たちに調べてもらいました。わたしの見るかぎりでは、この視察団については確認がとれています。とはいえ、わたしはあなたほど地球になじみがあるわけではありませんから、なにか見落としているかもしれません。視察団の五名の委員全員のファイルをあなたに渡します。それに目をとおして、なにか気になることがあったら教えてください」

「了解です。おれのが役立つときがきたようですね」

「ええ。それともうひとつ。あなたが地球を離れたのはほんの十年まえのことです。地球の人びとの考え方や行動をまだおぼえているでしょうから、彼らがコロニー連合やわたしたちとの関係についてどのように考えているかを見抜けるでしょう」

「まあ、それはことによりけりですね。おれはアメリカ合衆国の出身です。もしも委員たちがよその地域の出身だったら、特別に役に立つということはないかも」

「たしか、ひとりはアメリカだと思います。ファイルに載っていますから。あとで見てください。もしもそうなら、その人と親しくなるのです」

「わかりました。ひとつ確認しておきますが、おれは今回の任務で大使のためにほかの仕事をやることになっていますよね──具体的には、バーフィノール族がおれたちに提供する機器のテストですが」

「もちろんです」アブムウェはすこしいらいらして言った。「本来の仕事をしたうえで、この仕事もしてください。いっそのこと、ふたつを組み合わせて、視察委員のだれかにあなたのテストを手伝ってもらったらどうですか。透明性という面ではさらに得点を稼げるはずです。そのあいだに、あなたも地球人たちからいろいろ学べるでしょう」

「彼らをスパイするんですね」

「わたしは〝観察する〟という言い方のほうが好きです」アブムウェは言った。「なにしろ、彼らはわたしたちを観察しにくるのです。お返しをしない理由はないでしょう」

地球から来た人間たちは、惑星全体を代表するよう慎重に選抜されたグループで、単一の大陸や政治的グループや利害関係者に集中してはいなかった。ヨーロッパ代表のフランツ・マイヤーは、経済学者であり作家でもある。南アメリカ代表のルイーザ・カヴァーホは、弁護士であり外交官でもある。アフリカ代表のチエリ・ボークーはエンジニア。北アメリカ代表のダニエル・ローウェンは医師。アジア代表のリウ・コングは外交官で、視察団の団長をつとめている。

アブムウェ大使は彼らをクラーク号へ暖かく迎えて、コロマ船長とネイヴァ・バーラ副長を紹介し、自分のスタッフに引き合わせた。ウィルスンは、視察団とアブムウェとの連絡係として最後に紹介された。「なにか必要なものや質問がありましたら、こちらのウィルスンが対応します」アブムウェは言った。

ウィルスンはうなずき、リウと握手をして、アブムウェと取り決めたとおり、標準の中国語で彼に話しかけた。「われわれの船へようこそ、みなさんのお手伝いをできるのが楽しみです」ウィルスンは外交官に言った。

リウはにっこり笑い、アブムウェをちらりと見てからウィルスンに注意をもどした。「ありがとう、中尉。あなたが英語以外のことばを話すとは知らなかったもので」

ウィルスンはブレインパルの翻訳を待ってから、頭のなかで返事をした。ブレインパルがそれを翻訳して発音を指示したので、彼はそれを口に出した。「話しません。頭のなかにあるコンピュータがあなたのことばを翻訳して、同じ言語でどう返事するかを教えてくれます。ですから、あなたは好きな言語で話しかけてかまいません。ただし、できれば返事は英語でさせてください。いまもあなたのことばをめちゃめちゃにしているはずですから」

リウは声をあげて笑った。「たしかに」彼はなまりのない英語で言った。「発音はぼろぼろですね。しかし、努力には感謝します。わたしの同僚たちのためにも同じことができるのですか？」

もちろんできたので、ウィルスンは、ブラジルポルトガル語と、アラビア語と、ドイツ語でそれぞれ短く会話をかわしてから、ローウェンに注意をむけた。

「あなたとなら翻訳うんぬんは必要なさそうですね」ウィルスンは彼女に言った。

「もういちど、お願いできますか《レペテシルヴプレ》？」

「あー」ウィルスンは、大急ぎでフランス語で返事をしようとした。

「いやいや、ちょっとからかってみただけ」ローウェンがすぐさま言った。「あたしの出身はコロラド州」

「知り合って三十秒しかたってないのに、もうあんたは扱いにくい相手だとわかったよ、ミズ・ローウェン」ウィルスンは試しに言ってみた。

「意欲をかきたてる相手と思ってほしいわね、ウィルスン中尉。あなたなら対処できると思ったから」

「気にしてないよ」

「あなたは中西部の出身みたいに聞こえる。オハイオ州かな？」

「インディアナ州だ」

「カブスのこと聞いた？」

ウィルスンはにっこりした。「なんとなく聞いたことがある」

「ついにカブスがワールドシリーズを制覇したのに世界は終わらなかった。すべての予言が大はずれ」

「がっかりだよ、ほんとに」

「あたしはがっかりしてない。持ち物はみんな地球に置いてあるから」

「ウィルスン中尉とは仲良くやっているようですね、ドクター・ローウェン」ふたりのやりとりを見ていたリウが言った。

「ええ、おたがいのことばを話せるみたいなの」ローウェンが言った。

「よければあなたが中尉との窓口になってくれませんか」リウは言った。「こちらの要望については、つねにだれかひとりをとおすほうがやりやすいと思いますので」

「あなたがそれでいいなら、リウ大使」ローウェンはそう言ってから、ウィルスンにむきなおった。「あなたはかまわないの、中尉？」

「要望はぜんぶフランス語で伝えてもらえるのかな？」ウィルスンはたずねた。

「あたしがハイスクールで習った悲惨きわまりないフランス語を、あなたがもっともっと体験したいというなら、別にいいけど」

「じゃあ、話はついたな」

「すばらしい《メルヴェイユ》」

ウィルスンがちらりとアブムウェに目をやると、その顔つきはおもしろがっているようでもあり、いらだっているようでもあった。〝いや、あんたがアメリカ人と親しくなれと言ったんだろ〟とウィルスンは思った。


バーフィノール族との交渉は順調には進まなかった。

「残念な報告がある。うちのほうの貿易大臣から、今回の交渉の初期条件はわれわれにとってあまりにも不利であるとの指摘があった」ブルブルブルブルブ・ドゥードゥードゥが言った。この名前の前半部分を人間が正確に発音するなら、指で舌をすばやくふるわせるのがいちばんで、それから後半部分をやさしくささやけばいい。

「ほんとうに残念なことです」アブムウェが言った。ウィルスンは会議室のうしろのほうに控えて、結局は披露することのなさそうな報告の準備をしていた。アブムウェの顎のこわばりぐあいを見れば、彼女がこの予想外の障害物にいらだっているのはあきらかだが、彼女とそれなりの時間をすごしていない人たちがそれに気づくとは思えなかった。少なくとも、地球からの視察委員たちはだれひとり気づいていないようだった。彼らはドゥードゥードゥのほうに注意を奪われていた。ウィルスンは、地球人たちはまだエイリアン種族と同席することに慣れていないのだと自分に言い聞かせた。バーフィノール族は、この地球人たちがじかに対面する、最初の知性をもつエイリアン種族なのかもしれなかった。「そのような意見の変更があったことについて、もうすこしくわしく説明していただけませんか？」アブムウェは言った。

「われわれが提供する生物医学スキャナによりコロニー連合が利益を得るのは疑いのないことだ」ドゥードゥードゥが言った。

「ウィルスン？」アブムウェが中尉に目をむけずに呼びかけた。

「評価用に渡された装置の予備的診断をおこないました」ウィルスンは言った。「少なくともこちらで作業をしていたあいだは、宣伝どおりの能力を発揮しました。つまり、われわれのスキャナと比べて桁ちがいの診断能力があるということです。もっと時間をかけて調べてみる必要がありますし、ほかの交渉品目についてはまだ手つかずです。しかし、全体として、スキャナは彼らが言うとおりのものです」

「そのとおり」ドゥードゥードゥが言った。「あれはきみたちのコロニーにとって計り知れない価値がある」

「それは、あなたたちにとってのわたしたちの宇宙船も同じでしょう」アブムウェは指摘した。「コロニー連合は、最近退役になった五隻のフリゲート艦をバーフィノール族に売りたいと考えています。数百台のスキャナと引き替えに」

「しかし、テクノロジーの面で根本的なミスマッチがあるのではないかな？　われわれが提供するテクノロジーは生物医学分野の最先端だ。あなたがたが提供するのは、あなたがたの最新鋭の軍艦より数世代遅れたものだ」

「テクノロジーそのものは頑健です。言っておきますが、わたしたちがここへ乗ってきた宇宙船は、あなたがたに提供する宇宙船より何世代も古いものです。いまでも充分に宇宙を航行できますし、手入れも行き届いています」

「それはそうだろう。われわれもクラーク号がこれらの価値がさがった品物を売るための広告塔になっているのは承知している。しかし、大臣はバランスが悪すぎると感じているのだ。こちらとしては再調整をもとめたい」

「これらの初期条件は、もともとあなたがたの大臣が要求したものです。それを変更するというのはきわめて異例です」

ドゥードゥードゥは眼柄の付け根をそっと引っぱった。「大臣は状況が変わったと考えているのだと思う」一本の眼柄が、おそらくは無意識に、くるりとまわって地球人の視察委員たちを見渡した。

アブムウェはそれが意味するものを見逃さなかったが、いまはどうしようもなかった。代わりに、ドゥードゥードゥをせっついて、彼らの大臣に交渉条件の変更を考え直すよう要求してもらおうとした。ドゥードゥードゥは、人間の外交団に対してきわめて愛想よく同情的だったが、なにも約束はしなかった。

このあいだずっと、リウをはじめとする地球からの訪問者たちは、なにも言わず、考えをおもてに出すこともしていなかった。ウィルスンはローウェンの視線をとらえて手がかりをつかもうとしたが、彼女はドゥードゥードゥをじっと見つめたままだった。

その日の交渉はそれからほどなくして終わり、いらだちをかかえた人間たちは、無言でシャトルに乗り込んでクラーク号へもどり、やはり無言のままシャトルベイで解散した。ウィルスンは、アブムウェが補佐官を従えて去っていくのを見送った。シャトルに乗っていたアブムウェのほかのスタッフは、いっときうろうろしてから、それぞれに散っていった。シャトルベイの片隅では、地球の視察団が集まってすこし話をしていた。途中で、ローウェンが顔をあげてウィルスンのほうへ目をむけた。ウィルスンはそこに意味を読み取ったりしないようにした。

結局、地球人たちも解散し、リウとローウェンがまっすぐウィルスンに近づいてきた。

「ごきげんよう、地球のみなさん」ウィルスンは言った。

リウは上品に困惑していた。ローウェンがにやりと笑った。「その台詞を使うまでどれくらい待ったの？」

「少なくとも十年だな」ウィルスンは言った。

「やりたかったのはそれでぜんぶ？」

「そうだ」

「今日の貿易交渉はたいへん興味深いものでした」リウが外交官らしく言った。

「そういう言い方もできますかね」ウィルスンは言った。

「で、あれはいったいどういうことだったの？」ローウェンが言った。

「あんたが言ってるのは、どうして型どおりの貿易協定がレールをはずれて、コロニー連合が、その外交的手腕の高さを印象づけようとしていた視察団の目のまえで、逆に恥をかかされたのかということかな？」ウィルスンは、この日のできごとの要約を聞いて、リウがわずかとはいえ表情を変えたことに気づいた。

「ええ、あたしが言っているのはまさにそのこと」

「その答は質問のなかに含まれている。あんたはその場にいただろう。バーフィノール族はコロニー連合が地球との関係で苦労しているのを知っている。おそらく、あんたたちの目のまえで恥をかくのがいやさに、こっちがどんな取引にでも応じると踏んだんだろう」

「それはうまくいかなかった」

「ああ。バーフィノール族はアブムウェ大使のことをよく知らない。あの大使はねばり強いし、不意打ちは好きじゃないんだ」

「これからどうなるのですか？」リウがたずねた。

「おそらく、アブムウェ大使が明日また出かけて、ドゥードゥードゥに対して、新しい条件はいっさい受け入れられないと通告し、交渉を打ち切るぞとせいいっぱい礼儀正しく脅すでしょう。その段階で、われらがバーフィノール族の友人たちは、新しい条件の要求を引っこめるはずです。なぜなら、コロニー連合にとって最新の生物医学スキャナを入手できるのはありがたいことですが、バーフィノール族はエロージ族とのあいだでちょっとした境界紛争に突入しかけていて、宇宙船の数が不足しています。つまり、バーフィノール族はわれわれよりも切実に今回の貿易協定を必要としていて、もしも破談になったら、もっと多くのものを失うんです」

「興味深いですね」リウがもういちど言った。

「みなさんを退屈させたくなかったもので」ウィルスンは言った。

「それだけじゃなく、あなたたちはコロニー連合にとって不利な外交交渉をあたしたちに見せたくなかったはずよね」ローウェンがウィルスンをまっすぐ見つめていった。

「今日の流れにはおどろきましたか？」ウィルスンは、リウとローウェンを均等に見ながらたずねた。

「いいえ」リウが言った。「ただ、あなたがそれを認めたことには少々おどろきました」

ウィルスンは肩をすくめた。「おれは栄えある技術サポート係であって、訓練された外交官ではないんです。わかりきったことを話しても問題はありません」

「あなたのボスは、あなたが〝わかりきったこと〟をあたしたちに話すのをこころよく思わないかも」ローウェンが言った。

リウがウィルスンより先に口をひらいた。「むしろ、アブムウェ大使はなにもかもわかったうえで、ウィルスン中尉を連絡係としてわれわれにつけたんだと思います」

「大使は愚か者とは対極にありますから」ウィルスンは認めた。

「それはわかってきました」リウはそう言って、あくびをした。「すみません。宇宙旅行にはまだ慣れていないので、だいぶ消耗しているようです。すこし休もうと思います」

「船室はどうでした？」

「こじんまりしていました」

「実に外交官らしい表現ですね」

リウは声をあげて笑った。「まあ、たしかに。それが仕事ですから」彼は失礼しますと言ってシャトルベイから出ていった。

「いいやつだな」ウィルスンは、リウが姿を消したあとで言った。

「すばらしい人よ」ローウェンが言った。「世界でもトップクラスの外交官だし、人柄のほうもこれ以上は望めないくらい。個室さえフランツに譲って、チエリといっしょの部屋にはいってるの。フランツはちょっと閉所恐怖症の気があるからね。彼はもっと広い独房を見たことがあると言ってた」

「たぶん事実だろうな」

「皮肉なことに、これでいちばん割をくうのはチエリなの。リウはほんとうにすばらしい人だけど、いびきがまるで貨物列車みたいでね。いまごろチエリは苦しんでいるはず。これからの数日、彼がすごく、すごく疲れた顔をしていてもおどろかないでね」

「あんたならなにか眠れるものを処方してあげられるだろう。なにしろ医者なんだから」

「あたしの処方権は海王星の先までは認められないと思う。どのみち、フランツが旅の友として睡眠を助けるホワイトノイズ発生器を持ってるの。当分はそれをチエリに貸してあげるはず。チエリはだいじょうぶよ。きっと」

「それは良かった。あんたは？　船室はどうだった？」

「最悪ね。しかもルイーザがさっそく下の寝棚を占拠したし」

「厳しい人生を送っているなあ」

「せめてみんながそれを知ってくれていれば。ところで、このあたりでお酒を飲むにはだれを殺せばいいの？」

「幸い、だれも殺す必要はない。三階層下に士官用ラウンジがある。まずいライトビールにお粗末なスピリッツという悲しい品揃えが待ってる」

「それならなんとかできるよ。あたしの旅の友は十八年もののラフロイグだから」

「そいつはかならずしも健康的とは言えないな」

「おちついて。あたしが正真正銘のアルコール中毒だったら、もっと安い酒を持ってくるはずでしょ。あれを買ったのは、ひょっとしたら、だれかにおべっかを使って親しげなふりをしなくちゃいけないとかそういう可能性を考えたから」

「あんたがそんなことをするはめにならなくて良かった」

「ここに着くまえは、アブムウェ大使にお酒が好きかどうかきこうかと思ってた。でも、あの人は上手なおべっかに感謝するようなタイプには見えないし」

「あんたは大使を正しく評価していると思うよ」

「ひるがえって、あなたは」ローウェンはウィルスンを指さした。

「おべっかは大歓迎だよ、ドクター・ローウェン」ウィルスンは請け合った。

「すてき。最初の停車場が、あなたたちが冗談で船室と呼んでいる巣穴。つぎの停車場が士官用ラウンジ。そこがもっと広いといいんだけど」

　士官用ラウンジは広かったが、とても広いわけではなかった。

「コロニー連合は個人空間というものになにか恨みでもあるの?」ローウェンが、ラフロイグをとても小さなテーブルに置いて言った。士官用ラウンジにいるのは、ローウェンと、ウィルスンと、ラフロイグだけだった。

「古い船だからな」ウィルスンは説明をしながら、ラウンジの戸棚でカップをひと組選び出した。「昔は、人間がもっと小さくて、気持ちよく寄り添うのが奨励されていたんだ」

「あなたの発言が正しいとは思えないんだけど」

「賢明かもな」ウィルスンはテーブルに近づいてカップを置いた。カップはテーブルに当たってカチンと音をたてた。

ローウェンはふしぎそうにカップのひとつに手をのばした。「磁石ね」彼女はカップを持ちあげながら言った。

「ああ。人工重力が切れることはめったにないが、そのときはカップがばらばらに浮かびあがったりしないほうがありがたい」

「カップの中身は？　どうなるの？」

「もうびちゃびちゃだよ」ウィルスンは自分のカップを取りあげて、それをローウェンのまえで揺らしてみせた。ローウェンはウィルスンにひややかな目をむけて、ラフロイグのボトルをあけると、指一本半ぶんそそいでから、自分のカップにも同じ量をそそいだ。「人工重力に」彼女はカップをかかげた。

「人工重力に」ウィルスンは言った。

ふたりは飲んだ。

二杯目、数分後――

「で、簡単なの？」ローウェンが言った。

「簡単って、なにが？」ウィルスンはたずねた。

ローウェンは手をふってウィルスンの体をしめした。「緑色でいるのは」

「あんたがそんな話をするとは思わなかった」

「わかってる。何十光年も彼方で、カーミットの人形使いとその後継者たちが、それぞれの墓のなかでショックを受けてるはず」

「おもしろいジョークだよ。少なくとも、おれが最初に聞いた六百回はそうだった」

「まじめな質問なんだってば！　医学的な好奇心からきいてるの。コロニー防衛軍の兵士たちにほどこされる改良ってやつが、ほんとにそういうものなのか知りたいだけ」

「じゃあ、まず手始めに、おれは何歳に見える？」

ローウェンはじっと見つめた。「わからないけど、二十二歳くらい？　どんなに上でも二十五歳？　緑色だと年齢がわかりにくいね。あたしよりはずっと若いけど。ちなみにあたしは三十五歳。でも、ほんとはあたしより若くないんでしょ？」

「九十歳だ」

「まさか」

「だいたいだけどな。こっちで長くすごしていると、確認しないかぎりよくわからなくなるんだ。なにしろ、ＣＤＦの兵士でいるかぎり実際には歳をとらないからな」

「どうしてそんなことができるの？　ここでもエントロピーは作用するでしょ？　物理学が

完全に崩壊してるわけじゃないよね？」「あんたはつまらない錯覚をしている。人間に似ているからといって、人間だということにはならない。この肉体に含まれているのは、人間の遺伝物質よりも、厳密には人間のものじゃない遺伝物質のほうが多い。おまけに、がっつりと機械が統合されている。おれの血は、実際には流動性をもつナノロボットの群れだ。おれもほかのCDFの兵士たちも遺伝子改造されたサイボーグなんだよ」

「でも、あなたはやっぱりあなたでしょ？　地球を離れたときと〝人格〟は同じはず。意識がそのままなんだから」

「おれたち兵士のあいだでは、そこのところが議論の種になっている」ウィルスンは腕をおろした。「だれかが新しい肉体へ転送されるとき、転送用の機械は、ほんの一瞬だけそいつがふたつの肉体に同時に存在しているような感覚をあたえる。それで人格が転送されたような感じがするんだ。しかし、おれには同じくらい可能性があるように思えるんだよ——ほんとうは、各自に用意された脳に記憶だけが転送されていて、そっちが目をさましたら、ふたつの脳のあいだのやりとりで転送しているんだという錯覚をあたえてから、古いほうの脳を停止しているのかもしれない」

「その場合、あなたは現実には死んでいる。ほんもののあなたは。そして、こっちのあなたは偽物になる」

「そうだ」ウィルスンは酒をまたひと口飲んだ。「いいか、CDFはいろんなグラフや図表を見せて、意識の転送がほんとうに起きていると説明することはできる。だが、これは外部の情報から判断できるようなことじゃないんだ。おれとしては、自分が偽物のハリー・ウィルスンだという可能性を受け入れるしかない」

「そのことは気にならないわけ」

「形而上学的には、もちろん気になる。だが日常的には、あまりそれについて考えることはない。内心ではたしかに九十年生きてきたと感じるし、結局のところ、このバージョンのおれは生きていることが好きだからな」

「うわ、この会話はあたしが予想もしなかったほうへ進んじゃった」

「気味が悪いと思うなら、まずはこれを聞いてくれ――スキップドライヴの仕組みのおかげで、いまのあんたはまったく別の宇宙にいて、友人や家族とは二度と会うことができないんだよ」

「待って、え?」

ウィルスンはラフロイグのボトルを身ぶりでしめした。「もう一杯ついだほうがいいな」


四杯目、もうすこし時間がたって――

「コロニー連合のどこが問題か知ってる?」ローウェンが言った。

「問題はひとつだけしかないのか?」ウィルスンは言った。

「傲慢なのよ!」ローウェンはウィルスンの質問を無視した。「いったいどんな政府が、賢いやりかたは、思慮深いやりかたは、利口なやりかたは、ひとつの惑星をまるごと発展が止まった状態にしておくことだなんて考えるわけ？　植民者と兵士を育てて利用するだけのために？」

「おれがコロニー連合の行状を弁護することを期待しているんだったら、議論はあっというまに終わるぞ」

「それもただの惑星じゃないよ」ローウェンはまたもやウィルスンを無視した。ウィルスンはにっこりした。どうやらローウェンは酔ってくると自動巻き状態になるらしい。「地球なんだよ！　だからさ、マジな話、あたしをからかってるわけ？　宇宙における人類の揺りかご、あたしたちみんなが生まれた場所、あたしたちの故郷の惑星なんだよ、ったく。それなのに、二百年まえ、フェニックスにいたどっかのクズどもが考えたんだ――なあ、あいつらを利用してやろうぜ。正直な話、あなたたちはどうなると思ってたわけ？　あなたたちの搾取がどれほどひどかったか、そしてどれだけ長きにわたっていたかを知られたときに？」

「くり返すが、おれがコロニー連合を弁護することを期待しているなら、あんたはひどくがっかりすることになるぞ」

「でも、あなたはあいつらの仲間でしょ！　少なくとも、あいつらがどう考えるかを知ってるでしょ？　で、あいつらはなにを考えてたわけ？」

「彼らが考えていたのは、地球がなにかを見つけることなど絶対にありえないということだったと思う。それと、正確を期すために言っておくが、二世紀のあいだ、地球を闇に閉じ込めるという点でコロニー連合はみごとな仕事ぶりを見せていた。もしも、おれの友人を、その家族全員を、そのコロニーを政治的な都合で抹殺しようなどと考えなかったら、彼らはいまでもうまくやりおおせていたかもしれない」

「ちょっと待って。あなたジョン・ペリーを知ってるの?」

「おれたちは同じ船で地球を離れた。いっしょの友人グループにいたんだ。自分たちのことをオイボレ団とか呼んだりしてな。仲間は七人いた。いま残っているのは三人だけだ。おれと、ジョンと、ジェシー・ゴンザレスと」

「その女性はどこにいるの?」

「イアリのコロニーにいる。おれとジェシーはしばらくいっしょに働いていたんだが、ジェシーは最終的にCDFを離れ、おれは残った。彼女はイアリで結婚して、いまは双子の娘がいる。幸せにやってるよ」

「でも、それ以外はみんな死んだのね」

「入隊したとき、新兵の四分の三は十年以内に死ぬと言われた」ウィルスンはちょっと思いにふけってから、ローウェンに顔をむけてほほえんだ。「だから、パーセンテージから言えば、オイボレ団は確率に打ち勝ったんだ」彼は酒を飲んだ。

「思い出させちゃってごめんなさい」ローウェンがしばらくたってから言った。

「こうやって話をして、酒を飲んでいるんだ、ドクター・ローウェン。あれこれ思い出すのはあたりまえだよ」

「あたしのことはダニエルと呼んで。でなきゃダニー。どっちでもいいよ。いっしょにスコッチをこれだけ飲んだんだから、ファーストネームで呼び合うべきだと思うの」

「それについては異論はないな。じゃあ、おれのことはハリーで」

「やあ、ハリー」

「やあ、ダニエル」

ふたりはカップをカチンと打ち合わせた。

「あたしのハイスクールなんか、あなたの友だちにちなんで名前を変えたのよ。まえはヒッケンルーパー・ハイスクール。それがいまじゃペリー・ハイスクール」

「それ以上の名誉はないなあ」

「ほんとはちょっと困ってるの。いまじゃメールに〝ごきげんよう、ペリーの卒業生のみなさん〟とか書いてあるから、こっちは〝はあ？　そんな学校行ってないよ〟って」

「もしもジョンが知ったら、あんたのハイスクールの名前をあんたがいたころの名前と変えてしまったことにすこしばかり困惑するだろうな」

「まあね、公平を期すなら、たしかにジョン・ペリーは、あたしの惑星を、コロニー連合による組織的かつ二世紀の長きにわたる抑圧と社会操作から解放してくれた。だから、ハイスクールの件なんかで彼を恨むべきじゃないんでしょうね」

「おそらくはな」

「でもそうなると、もとの疑問にもどってしまう——コロニー連合はいったいなにを考えていたのか？」

「まじめな答を知りたいか？」

「うん、あんまりややこしくなければ。いまちょっと酔ってるから」

「簡単なことばを使うようにするよ」ウィルスンは約束した。「賭けてもいいが、当初のコロニー連合は、それを正当化するためにこんなふうに考えていたはずだ――自分たちは、地球から注意をそらしてコロニー連合の各世界へむけることで地球を守り、同時に、地球からの新たな移民と兵士を活用して各コロニーをできるだけ早く成長させることで人類全体を手助けしているのだ」

「じゃあ、最初はそうだったと。その後はどうなの？」

「その後？　習慣さ」

ローウェンは目をぱちくりさせた。「〝習慣〟？　それだけ？　それだけしか言うことはないの？」

ウィルスンは肩をすくめた。「おれだって良い答だとは思っていない。まじめなだけだ」

「あたしが外交官で良かったね。さもなければ、あたしがほんとうに考えていることをあなたへぶつけていたはず」

「想像はつくよ」

「で、あなたはどう思ってるの、ハリー？　地球とコロニー連合は同盟を結ぶべきだと思ってる？　あれだけのことがあったあとでも？」

「その質問にこたえるのに、おれが適任かどうかわからないな」

「ちょっと、よして」ローウェンは士官用ラウンジを身ぶりでしめした。あいかわらず、そこにいるのはふたりとラフロイグだけだった。「いまはあなたとあたしだけ」

「宇宙は怖い場所だと思う──なのに、そこにいる人間は少ない」

「でも、コンクラーべはどうなの？ 熱心に殺し合いをすることがない四百のエイリアン種族。それを聞いたらすこしは怖くなくなると思わない？」

「その四百の種族にとって？ もちろん怖くない」ウィルスンは言った。「その状態が続くかぎりはな。それ以外のみんなにとっては？ やっぱり怖いな」

「あなたは明るい人ねえ」

「〝現実主義者〟と呼んでほしいね」

六杯目、さらに時間がたって──

「あなたはどこもかしこも緑なの？」ローウェンがたずねた。

「なんだって？」ウィルスンは言った。

「純粋に科学的な見地からきいてるのよ」

「そりゃどうも」ウィルスンはそっけなく言った。「おかげでずっと気が楽になった」

「というか、あなたが非科学的な理由できいてほしいのなら別だけど」

「おい、ドクター・ローウェン……」ウィルスンはショックを受けたふりをした。「おれはそういうタイプの男の子じゃないぞ」

「くり返すけど、信じられない」

「あのなあ。そういう質問をするのは、上等なシングルモルトのスコッチウイスキーのボトルをいっぺんに空けそうになったりしていないときにしてくれ。あんたがそれでも質問するというなら、おれも別の答を返すかもしれない」

「わかった」ローウェンはむすっとして言ってから、どことなくフクロウっぽい目つきでウィルスンをしげしげと見た。「酔ってないのね」

「ああ」

「あたしと同じくらい飲んでて、あたしはべろべろだってのに。体の大きさを考慮したって、あなたも酔ってなくちゃおかしい」

「この新しい体のおかげだよ。アルコール耐性がすごく高くなってる。もうすこし複雑な話だけど、もう時間も遅いしあんたは酔ってるから、説明は明日にとっておくよ。そういえば、そろそろあんたは巣穴へもぐりこむ時間じゃないかな。明日の交渉で二日酔いに苦しみたくはないだろう」ウィルスンは立ちあがり、ローウェンに手を差し出した。

ローウェンはその手を取り、ほんのすこしふらついた。「わあ。人工重力の調子がおかしいみたい」

「ああ。そのとおりだ。行くぞ」ウィルスンはローウェンを誘導して通路を抜け、コロマ船長が視察団に割り当てた船室のある階層まであがった。

「もうじきだ」ウィルスンはローウェンに言った。

「そろそろだね」ローウェンは言った。「あなた、観光ルートをたどったんでしょ。ちょっとぐるぐるしてる観光ルート」

「水を持ってきたほうがいいかな。あと、クラッカーをすこし」

「すばらしい意見だわ」ローウェンはそう言ってから、急に聞こえた音にぎくりとした。どこかの船室のドアが勢いよくひらいて隔壁にぶつかったのだ。

ウィルスンが音のしたほうへ目をむけると、チエリ・ボークーがいた。ひどく興奮している。「だいじょうぶですか、ミスター・ボークー？」ウィルスンは呼びかけた。

ボークーはウィルスンに顔をむけ、彼の腕にすがりついているローウェンを見ると、いきなり駆け寄ってきた。「ダニー、ダニー、急いで来てくれ。コングが」

「コングがどうしたの？」ローウェンがたずねた。さっきよりすこし元気になり、舌もまわるようになっていた。ボークーの顔にあらわれたパニックと、その切迫した声で、酔いがいくらかさめたのだ。「なにがあったの？」

「息をしていない」ボークーが言った。「真っ青になって息をしていないんだ」彼はローウェンの手をつかみ、通路を船室のほうへと引っぱっていった。「息をしてないし、もう死んでいるかもしれない」

「横になったときはなんともなかった」ボークーが言った。「ぼくたちはふたりとも疲れていたから、同じころにうたた寝をしたんだ。やがてコングがいびきをかきはじめて、ぼくはホワイトノイズの機械のスイッチを入れた。それから眠ったんだ。目をさましたあと、なにかお茶をいれてくるけど希望はあるかとコングにたずねた。返事がなかったから、揺り起こそうと近づいた。そのとき、彼の唇が真っ青になっているのに気づいたんだ」

視察団の面々は全員がクラーク号の医務室に集まり、ウィルスン、アブムウェ、コロマ船長、クラーク号の主任医官であるドクター・インゲ・ストーンも顔をそろえていた。リウ・コングはストレッチャーに寝かされていた。

「疲れたという以外、なにか言いませんでしたか？」ストーンがボークーにたずねた。「もっと別の痛みや不快感について不平をこぼしたりとかは？」

ボークーは首を横にふった。「コングと知り合って十年になる。彼はいつだって健康だった。彼の身に起きた最悪のできごとといえば、道路を横断していたときにオートバイにひかれて足の骨を折ったくらいだ」

「いったいなにが起きたんだ？」フランツ・マイヤーが言った。リウがいないときは、彼が使節団のなかでいちばん地位の高い外交官となる。

「なんともいえません」ストーンが言った。「一酸化炭素中毒のようにも見えますが、それは筋がとおりません。同室のミスター・ボークーは影響を受けていませんが、一酸化炭素中毒ならそれはありえませんし、いずれにせよ船室の近くにそんなガスを発生させるものはないんです」

「ホワイトノイズ発生器は？」ローウェンが言った。彼女はすでにカフェインとイブプロフェンと精神力で頭をすっきりさせていた。「あれがこういう症状を引き起こすことは？」

「あるわけがない」マイヤーがなかばあざけるように言った。「スピーカー以外に可動部がない。あれが出力するのはホワイトノイズだけだ」

「アレルギーや過敏症はどうでしょう？」ストーンがたずねた。

マイヤーはこんどは首を横にふった。「コングは乳製品は受け付けないが、それでこんなことにはならない。ほかにはアレルギーもなにもない。チエリが言ったとおりだ。彼は健康だ。健康だった」

「ひとつ見落としていることがあるんじゃない？」ルイーザ・カヴァーホが言った。全員が彼女に目をむけた。人びとが医務室に集まってから、彼女が口をひらいたのはこれがはじめてだった。

「見落としているとは？」コロマ船長が言った。

「これが自然死ではないという可能性」カヴァーホは言った。「コングは健康で、過去に体調面で問題はなかったのよ」

「失礼ですが、ミズ・カヴァーホ、それはわれわれのもとめる説明とはかけ離れているのではありませんか」ストーンが言った。「ミスター・リウは、これまで診断のついていなかった病気の犠牲になった可能性のほうが高いでしょう。珍しいことではないんですよ。とりわけ、うわべは健康な人の場合は。そういう人は、明白な健康問題がないために、ほかの人たちよりも医者にかかる頻度がさがります。それで、あまり明白でない問題が忍び寄ってくるんです」

「ふつうはいちばん単純な説明が正しいというのはわかるの」カヴァーホは言った。「あたりまえよね。ただ、わたしの故郷のブラジルでは、毒を使った暗殺がまたはやりはじめているの。去年はマトグロッソ州の上院議員が砒素で殺された」

「政治的暗殺ですか？」アブムウェが口をはさんだ。

「ちがう」カヴァーホは認めた。「補佐官と寝たせいで妻に毒を盛られたの」

「ぶしつけな質問ですが、そのような状況がここで起きていたとは考えられませんか？」アブムウェはたずねた。

マイヤーは同僚たちを見まわした。「われわれのなかにはコングと寝ていた者はいないと言ってまちがいないと思う」彼はアブムウェにむかって言った。「職業上の理由でコングを殺したがっていた者もいないと言って差し支えないだろう。チエリを別にすると、今回の任務のまえからコングと知り合いだった者はいない。選抜基準における政治的要素はほかの要素となにもちがいがない。われわれ全員が、故郷ではそれぞれことなった政治的勢力を代表しているので、直接の競合や職業的な嫉妬とも縁がない」

「あんたのところの派閥はみんな仲良くやってるのか？」ウィルスンはたずねた。

「たいていは」マイヤーはそうこたえてから、ローウェンを指さした。「ドクター・ローウェンはアメリカ合衆国の代表だが、そのアメリカは、よかれあしかれ、惑星全体の政治において異論の多い第一位の立場をいまも維持している——とりわけペリー以降は。ほかの政治的勢力は、今回の視察団でアメリカの影響力をできるだけ小さくしようとした。リウ・コングがアメリカの反対を押し切って団長に選ばれたのも、ここにいるアメリカ代表が——すまないね、ダニー——もっとも年下なのもそのせいだ。とはいえ、そうしたことが陰謀を引き起こすレベルにまで発展することはない」

「どのみち、あたしはこちらのウィルスン中尉と何時間もいっしょだったし」ローウェンが言った。これを聞いてマイヤーとアブムウェがそろって眉をあげた。「コングから、状況をより把握するために、コロニー連合の連絡係に接近してくれと頼まれたの。だからそうしたわけ」彼女はウィルスンに顔をむけた。「悪く思わないでね」

「気にしてないさ」ウィルスンは愉快そうに言った。

「とすると、毒や暗殺の可能性はなさそうですね」ストーンが言った。

「手をくだした人がコロニー連合側にいるなら話は別よ」カヴァーホが言った。

アブムウェ、ウィルスン、コロマがちらりと視線をかわした。

これはさすがに気づかれた。「ちょっと、それはなんなの？」ローウェンが言った。

「突然の、意味ありげな目くばせのことかな？」ウィルスンが、アブムウェやコロマが口をひらくまえに言った。

「そう、あたしが言ってるのはそのこと」ローウェンは言った。

「ここしばらく妨害工作が続いているのです」アブムウェがウィルスンにいらだたしげな視

線を送りながら言った。

「この船で？」マイヤーがたずねた。

「本船で起きたわけではない」コロマが言った。「だが、本船に影響はあった」

「これもその一環だと思っているのか？」マイヤーが言った。

「その疑いはあります」アブムウェが言った。

「しかし、百パーセント確実ではないだろう」マイヤーはくいさがった。

「それはそうです」アブムウェが言った。

「話が見えないんですが」ストーンがアブムウェとコロマにたずねた。

「あとにしたまえ、インゲ」コロマが言った。ストーンは悲しげに口を閉じた。

「ひとつの可能性が出てきたようだな」マイヤーが言った。

「これからどうするか、なにか提案はありますか？」アブムウェが言った。

「検死が必要だと思う」マイヤーが言った。「早ければ早いほどいい」

「ドクター・ストーンなら可能だが」コロマが言うと、マイヤーが首を横にふった。コロマは眉をひそめた。「受け入れられないか？」

「彼女ひとりではだめだ」マイヤーは言った。「ドクター・ストーンには悪いが、これは政治的にデリケートな問題になってきた。コロニー連合のだれかがあなたがたの活動を妨害しているとしたら、コロニー連合の関係者すべてが容疑者となる。ドクター・ストーンがきちんと検死をおこなってくれるのはまちがいない。とはいえ、コロニー連合の医師が地球の外交官の変死についてコロニー連合の疑いを晴らしたとなれば、まずまちがいなく、地球の政治家たちのなかにそれを自分の目的のために利用しようとする者があらわれるだろう。それがどんな目的であれ」

「では、困りましたね」ストーンが言った。「わたしのスタッフは全員がコロニー連合の者ですから」

メイヤーがローウェンに目をむけた。ローウェンはうなずいた。

「あたしがあなたといっしょに検死をするわ」ローウェンはストーンに言った。

ストーンは目をしばたたいた。「あなたは医師なんですか？」

ローウェンはうなずいた。「ペンシルベニア大学で血液学と腎臓学を専攻した。三カ月ほどそれを生かした実務についてから、顧問として国務省にはいったの」

「ドクター・ローウェンは省略したが、彼女の父親はアメリカ国務長官のソール・ローウェンだ」マイヤーは笑顔で言った。「父親の命令によってむりやりこの役割を押しつけられたようなものだな。その事実はいささかも彼女の能力を減じるものではないが」

「それはともかく」ローウェンは、マイヤーのコメントにちょっとばつの悪い思いをしているようだった。「あたしには学位もあるし経験もある。あたしたちふたりがいれば、だれも検死の結果に文句はつけられないはず」

ストーンがコロマに目をむけ、コロマはアブムウェに目をむけた。アブムウェはうなずき、コロマもうなずいた。

「わかりました」ストーンは言った。「いつはじめますか？」

「あたしはすこし眠らないと」ローウェンが言った。「みんなもすこし眠ったほうがいいんじゃないかな。明日は忙しい一日になるから」

ストーンが同意のしるしにうなずいた。地球の視察委員たちはあいさつをしてそれぞれの船室へむかった。

「きみはいったいなにを考えていたのだ?」一行がいなくなったところで、コロマがウィルスンに言った。

「つまり、地球人たちに妨害工作の件を教えたことですか?」ウィルスンが言うと、コロマはうなずいた。「いいですか。彼らはすでにこちらの目くばせに気づいていました。なにかあるとわかってしまったんです。われわれにできたのは、適当な嘘をついて信頼をなくすか、真実を話してすこしでも信頼を獲得するかのどちらかでした。視察団のリーダーが亡くなって、その原因がわからないんですよ。信頼はすこしでも稼いでおくほうがいいでしょう」

「こんど外交的決断をくだしたい衝動に駆られたら、まずわたしを見なさい」アブムウェが言った。「あなたは以前にそうしたことがあるのだから、できることはわかっています。これはあなたの任務ではなく、地球人たちになにを言ってなにを言わないかを決めるのはあなたの役割ではありません」

「はい、大使」ウィルスンは言った。「意図的にあなたの仕事をむずかしくしようとしたわけじゃないんです」

「中尉、わたしはあなたの意図になど興味はありません。もうわかっていると思っていたのですが」

「わかっています。すみません」

「もうさがりなさい、ウィルスン。おとなたちだけで話すことがあります」アブムウェはコロマとストーンに顔をむけた。ウィルスンは空気を読んで医務室を出た。

ローウェンが通路で待っていた。

「寝たんじゃなかったのか」ウィルスンは言った。

「謝ろうと思って」ローウェンは言った。「あなたといっしょにいたことについて医務室で言ったことはまちがいだったみたい」

「リウの命令でおれといっしょにいたと言ったことか」

「うん、それ」

「おれもボスからあんたといっしょにいろと命じられていたと言ったら、すこしは気が楽になるのかな？」

「そうでもない」

「じゃあ、おれはそれを認めるつもりはない。少なくとも、あんたに自分のことばを訂正する時間ができるまでは」

「ありがとう」ローウェンは顔をしかめた。

ウィルスンは手をのばし、同情をこめてローウェンの腕にふれた。「よし、まじめな話だ。あんたはだいじょうぶなのか？」

「ああ、わかるでしょ。あたしのボスが死んで、彼はすごくいい人だったのに、明日にはその人の体にメスを入れて、だれかに殺されたのかどうかを調べなくちゃいけない。ほんとに最高の気分」

「こいよ」ウィルスンはローウェンの体に腕をまわした。「船室まで送るから」

「ボスにそうしろと言われたの？」ローウェンが冗談めかして言った。

「いや」ウィルスンは真顔で言った。「これはおれの勝手だ」


アブムウェは、初日の終わりに起きた貿易交渉の脱線と、リウ・コングの死とそれによって生じる影響により、交渉の二日目にはあきらかにいらだちが頂点に達していた。アブムウェは、手始めにドゥードゥードゥを、ウィルスンが見たこともないほどみごとな悪意に満ちた礼儀正しさでずたずたにした。ドゥードゥードゥとその同胞の交渉者たちは、バーフィノール族なりのやりかたでほんとうにすくんでしまったが、その姿は、ウィルスンの目には陰嚢がちぢみあがっているようにしか見えなかった。

アブムウェ大使がその仕事を、復讐のよろこびに近い態度で進めていくのを見守りながら、ウィルスンは、大使もときどきリラックスしたらいいのではないかというかねてからの思いが、あきらかにまちがいだと気づいた。この大使が最高の仕事をもっとも効率的にやり遂げるのは、本気で怒り狂っているときなのだ。アブムウェにくつろいでもらいたいと望むのは、群れの最上位にいる肉食動物に穀物食に切り替えろというようなものだ。要するに的はずれなのだ。

ウィルスンのブレインパルに着信があったが、頭のなかなので、交渉中のほかの人びとに気づかれることはなかった。ローウェンからだ。〝いま話せる？〟メッセージはそう告げていた。

〝いや、だが聞くだけならできる〟ウィルスンは送信した。〝ブレインパルを経由しているからな。だれにも迷惑はかからない〟

〝待って、音声に切り替える〟と、メッセージが届いたかと思うと、ローウェンの声が流れてきた。「でかい問題が出てきたみたい」

〝問題というのは？〟ウィルスンは送信した。

「検死が終わったの。肉体的には、コングはどこも悪くなかった。どこもかしこも健康そのもので、あの年齢の男性としては完璧に近いように見えた。破裂も動脈瘤もないし、臓器には損傷も瘢痕も見当たらなかった。なにもなかった。コングが死ななければならない理由はなかったの」

〝つまり犯罪行為があったと？〟

「ええ。でも、ほかにも問題があって、あなたにこうして話しているのはそのためなの。検査のためにコングの血をすこしとってみたら、おかしな点がたくさんあった。いままで見たこともない異物が高濃度で混入しているの」

〝毒性化合物？〟

「そうは思えない」

〝ストーンに見せたのか？〟

「まだ。この件についてはあなたのほうが助けになるかもしれないと思って。画像は受け取れる？」

〝もちろん〟

「じゃあ、いま送ってるから」ローウェンが言うと、ウィルスンの視野の隅に画像を受信したことを知らせる通知があらわれた。ウィルスンはそれをひらいた。

〝血液細胞だな〟

「ただの血液細胞じゃないよ」

ウィルスンがよくよく見てみると、細胞のなかに小さな粒が混じっていた。そこにズームしてみる。粒が大きくなって細部が見えるようになった。ウィルスンは眉をひそめ、別の画像を呼び出してふたつを比べてみた。

〝スマートブラッドのナノロボットに似てるな〟ウィルスンはようやく送信した。

「あたしもそうかもしれないと思ったの。まずいよね。だって、そんなものがあるはずはないんだから。コングが死ぬはずはなかったのと同じ。死ぬはずがなかった人がいて、死をもたらすような物的な理由もなくて、しかもその血液のなかに高濃度の異物が存在していたとしたら、そこにつながりがあると推測するのはむずかしいことじゃない」

〝じゃあ、きみはコロニー連合がやったと思うのか〟

「だれがやったかは見当もつかない。わかるのはそれがどう見えるかということ」

ウィルスンには返事のしようがなかった。

「まずストーンにこのことを話して、そのあとでフランツに伝えなくちゃいけない。ストーンはコロマとアブムウェに話すはず。最悪の事態になるまで一時間ほどだと思う」

〝わかった〟

「それまでに地獄行きを阻止する方法をなにか思いついてくれてもいいのよ」

〝なにができるか考えてみる〟

「ごめんなさい、ハリー」ローウェンは接続を切った。

ウィルスンは無言ですわりこんだまま、アブムウェとドゥードゥードゥが、宇宙船と生物医学スキャナとの適正な貿易バランスについて、ことばによる外交のダンスをくりひろげるのを見守った。それから、彼はアブムウェのPDAに優先メッセージを送った。

〝十分間の休憩をとってください。おれを信じて〟

アブムウェはしばらくその優先メッセージに気づかなかった。ドゥードゥードゥを叩きのめすのに大忙しだったのだ。バーフィノール族の代表がやっとのことで会話に割り込んだとき、アブムウェはちらりとPDAを見おろして、ウィルスンに目をむけた。ほかのだれにも読み取れない、そのわずかな表情の変化は、〝これはクソな冗談なんでしょうね〟と語っていた。ウィルスンはこれを見てとり、同じくらい微妙に表情を変化させて、〝クソな冗談なんかじゃありません〟と伝わることを祈った。アブムウェはさらに一秒ほどウィルスンを見つめてから、ドゥードゥードゥの話に割り込んで短い休憩をもとめた。調子が出てきたと思っていたドゥードゥードゥは、この提案にめんくらったが、同意した。アブムウェは身ぶりでいっしょに廊下へ出るようウィルスンをうながした。

「昨夜の話し合いをおぼえていないようですね」アブムウェが言った。

「ローウェンがリウの血液のなかにスマートブラッドのナノロボットと似たものを見つけました」ウィルスンはアブムウェの発言を無視して言った。「まだストーンからあなたへ報告がはいっていないとしても、じきにメッセージが届くでしょう。マイヤーやそのほかの視察委員にも」

「それで？　気にならないわけではありませんが、リウはすでに死んでいて、こちらの交渉は継続しているのですから、いずれわかることをわたしに伝えるために割り込む必要はなかったはずです」

「その件で割り込んだわけじゃありません。割り込んだのは、バーフィノール族に例のスキャナのテスト用ユニットをもどしてくれるよう頼んでもらう必要があったからです。それもいますぐに」

「なぜです？」

「リウの血流で見つかったスマートブラッドのナノロボットには、どこかすごくあやしい部分があると思うからです。もっとよく調べてみたいんです。医務室にある装置はクラーク号が五十年まえに竣工したときの標準仕様品です。もっとマシな装置が必要なんです」

「なぜいますぐ必要なのですか？」

「今日の交渉が終わるころには、とんでもない事態になるはずだからです。大使、地球から来た外交官が死んで、コロニー連合がその犯人であるように見えるんですよ。マイヤーとそのほかの視察委員たちは、クラーク号にもどったら、フェニックス・ステーションとそこにいる地球の使節団にドローンを送るでしょう。マイヤーたちは呼びもどされ、われわれはただちに彼らを連れもどさなければならなくなります。そうなったら、大使は今回の交渉に失敗し、地球とコロニー連合とのあいだにはより深い溝ができて、その全責任がわれわれに押しつけられるんです。またもや」

「それまでにあなたが謎を解き明かせば話はちがってくると」

「はい。スマートブラッドはテクノロジーです。テクノロジーはおれの得意分野です。あのスキャナについては、評価作業をしていたときにいじりましたから、使い方はわかっています。ただし、いますぐ必要なんです。大使に手に入れてもらわなければならないんです」

「うまくいくと思いますか？」

ウィルスンは両手をあげて、〝ひょっとしたら？〟という身ぶりをした。「わかっているのは、これを試さなかったら、おれたちはおしまいだってことです。闇夜に銃を撃つようなものだとしても、撃たなけりゃ当たりませんから」

アブムウェは自分のPDAを取り出して、補佐官のヒラリー・ドロレットへの回線をひらいた。「ドゥードゥードゥに廊下で会いたいと伝えてください。いますぐに」それから接続を切って、ウィルスンに目をもどした。「ほかにほしいものはありますか？　わたしが要求を受け入れているうちですよ」

「シャトルを借りてクラーク号へもどりたいんですが。ローウェンとストーンにも立ち会ってもらって、なにを見つけようが疑いの余地がないようにしたいんです」

「いいでしょう」

「それと、大使には今日の交渉をできるだけ長引かせてもらいたいです」

「それは問題ないと思います」

ドゥードゥードゥが廊下に姿をあらわし、申し訳なさそうに眼柄を揺らした。

「もしも可能なら、交渉は今日中に片付けるほうがいいかもしれません」ウィルスンはドゥードゥードゥを見ながら言った。「念のために」

「ウィルスン中尉、わたしはこの件ではとっくにあなたのはるか先を行っているのです」アブムウェは言った。


「この部屋に人殺しがいる！」ウィルスンは言った。

「みんなが来たときにそんなことを口走らないでよ」ローウェンが言った。

「だからいま口走ってるんだよ」

ウィルスン、ローウェン、ストーンは医務室のなかにいて、アブムウェ、マイヤー、ボークー、コロマの到着を待っていた。コロマはブリッジを出て移動をはじめていた。ほかの人びとはドッキングしたばかりのシャトルからやってこようとしていた。

「みんなこっちへむかってるよ」ローウェンがPDAをちらりと見て言った。「フランツの話だと、交渉のほうも今日で終わったって。アブムウェはスキャナの取引ですばらしい成果をあげたみたい」

「よし」ウィルスンはいままで使っていたスキャナをぽんと叩いた。「となると、これはそのままもらえるかもな。ほんとによくできてる」

コロマが到着した。一分後に、アブムウェ、マイヤー、ボークーがあとに続いた。

「全員がそろったので、はじめるとしましょう」ウィルスンは言った。「みなさんのPDAをチェックすれば、おれが送ったいくつかの画像が見られるはずです」ウィルスンとストーンとローウェン以外の全員が、それぞれのPDAに手をのばした。「そこに表示されているのは、リウ・コングの血液のサンプルです。赤と白の血球と、血小板と、なにか別のものが見えるはずです。そのなにか別のものはスマートブラッドのナノロボットに似ています。地球から来たみなさんのために説明しますと、スマートブラッドというのは非有機物で、コロニー防衛軍の兵士たちの体内に血の代わりにはいっています。とても高い酸素処理能力とかいろいろな利点があります」

「どうしてそんなものが彼の血液のなかにはいったのかね？」マイヤーが言った。

「興味深い質問です。同じくらい興味深いもうひとつの質問は、いつ彼の血液のなかにはいったかということです」

「これがコロニー連合の製品だとしたら、宇宙へ来てから彼の体内にはいったんじゃないかと思うけど」ボークーが言った。

「おれもそう考えたはずでした。しかし、そこでおれは、ナノロボットをもっとよく調べてみました。みなさんに送ったふたつめの画像を見てください」

彼らは二枚目の画像に目をむけた。よく似たふたつの物体がならんで表示されていた。

「ひとつ目の物体は、リウの血液のなかで見つけたもののクローズアップです」ウィルスンは言った。「ふたつ目の物体は、実際のスマートブラッドのナノロボットのクローズアップで、おれの体内にあるやつを二時間ほどまえに撮影したものです」彼は親指をあげて、そこにある針の穴をしめした。

「わたしにはまったく同じに見えるな」マイヤーが言った。

「はい、たぶんそう見えるようにしてあるんでしょう。内部をのぞいて、かなり細部まで見てはじめて、明確なちがいに気づくんです。クラーク号の設備だけだったら、そのちがいを見分けることはできなかったでしょう。コロニー連合の最先端の設備があっても、しばらく時間がかかったはずです。幸い、われわれには新しいおもちゃがありました。では、つぎのページへ進んでください」

全員が三枚目の画像へ進んだ。

「みなさんにこれがなんなのかわかるとは思えませんが、スマートブラッドを技術者として扱った経験があれば、内部構造に大きなちがいがふたつあることがわかります。ひとつ目はナノロボットが酸素隔離をどのようにおこなうかということ。ふたつ目はロボットの内部の電波受信機です」

「それらのちがいはなにを意味しているのですか？」アブムウェがたずねた。

「酸素隔離に関しては、つまりロボットがかなり多くの酸素分子をつかまえておけるという意味です。しかし、それでなにかをするわけじゃありません。スマートブラッドは体組織への酸素の運搬を手助けする造りになっています。ところが、リウの血液のなかにあるものはそうではありません。ただ酸素をとらえるだけです。肺のなかの酸素をつかまえて、二度と放しません。本来の赤血球が運ぶ酸素は減り、体組織が取り入れる酸素も減ります」

「これがコングを窒息させたのね」ローウェンが言った。

「そのとおり」ウィルスンは言った。「受信機のほうですが、あー、スマートブラッドはその所有者のブレインパルから暗号回線経由で指示を受けて、デフォルトで酸素の運搬という第一の役割にもどります」彼はアブムウェのPDAを指さした。「そいつも暗号化された信号でやりとりをします。しかし、デフォルト状態はオフになっています。そいつが仕事をするのは信号を受信したときだけです。しかし、その信号はブレインパルからは来ません」

「じゃあどこから来るんだ？」マイヤーがたずねた。

ローウェンがひとつの物体をかかげた。マイヤーのホワイトノイズ発生器だ。

「ありえない」マイヤーが言った。

「ありえるんです」ウィルスンは言った。「事実そうだということは、われわれが確認しました。さもなければこれがなにをするかを説明できるわけがないでしょう？　それでさっき、興味深い質問はこれがいつリウの血液にはいったかだと言ったんです。なぜならこれは」ウィルスンは、ローウェンがテーブルに置いたホワイトノイズ発生器を指さした。「あなたたちが地球を離れるまえにそれが起きたことを強く示唆しているんです」

「どうしてわかったのですか？」アブムウェが言った。

「わたしたちはリウの死について検証してみました」ストーンが言った。「リウがいつ亡くなったかはわかっていて、これらのロボットが送信機を必要とすることもわかっていて、そこへミスター・ボークーが、リウのいびきをかき消すためにホワイトノイズ発生器を作動させたと言ったんです」

「まさかぼくがやったと思ってるわけじゃないだろうな」ボークーが言った。

「あなたはこれを同じ部屋で作動させました」ウィルスンは言った。

「それはぼくのものですらない。フランツが貸してくれたんだ。それは彼のものだ」

「そのとおりです」ウィルスンはマイヤーにむきなおった。

マイヤーはショックを受けた顔をしていた。「わたしはコングを殺していない！　いずれにせよ、理屈に合わないじゃないか。コングは個室を割り当てられるはずだった。この装置は同じ部屋にあるはずじゃなかったんだ」

「たいへん良い指摘です」ウィルスンは言った。「そこで発生器のロボット送信機の有効送信半径をチェックしてみました。およそ二十メートルです。あなたの船室はすぐとなりにあって、船室は幅が狭いため、リウの寝室はその半径に充分おさまります——たとえ通常の壁を通過した際の信号減衰を考慮に入れたとしても」

「われわれは一週間以上旅をしてきてここに着いた」マイヤーが言った。「それ以前は各自に個室があったが、それでもこいつが作用するくらいには近くにいた。わたしはそれを毎晩使っていたんだ。コングの身にはなにも起きなかった」

「おもしろいことに、ホワイトノイズ発生器の内部には送信機がふたつあります」ウィルスンは言った。「そのうちのひとつはロボットを制御します。もうひとつは最初の送信機を制御します。オンとオフを切り替えるんです」

「それであなたたちがここに着くまでなにも起こらなかったのね」ローウェンが言った。

「こんなのバカげている」マイヤーが言った。「わたしはこんなもののリモコンなんか持っていないぞ！　わたしの船室へ行くがいい！　自分で調べるがいい！」

ウィルスンはコロマ船長に目をむけた。

「クルーに命じて彼の船室を調べさせよう」コロマは言った。

「最近ゴミを捨てましたか？」ウィルスンはたずねた。

「いや」コロマは言った。「通常はフェニックス・ステーションへ帰還するまで捨てないし、たとえ捨てるときでも、よその星系でやることはない。不作法だからな」

「それならゴミを調べてみましょう」ウィルスンは言った。「もしも役に立つなら送信周波数を教えます」コロマはうなずいた。

「なぜこんなことをしたんだ？」ボークーがマイヤーにたずねた。

「わたしはやっていない！」マイヤーはわめいた。「きみだって犯人の可能性があるじゃないか、チエリ。ホワイトノイズ発生器はきみが持っている。船室をわたしに譲るようコングを説得したのもきみだ。わたしが頼んだわけじゃない」

「あなたが閉所恐怖症だと主張したから」

「閉所恐怖症なんてジョークに決まってるだろうが」

「それに、コングにあの提案をしたのはぼくじゃない。ルイーザだ。だからぼくに罪を着せるのはやめてくれ」

マイヤーの顔に奇妙な表情が浮かんだ。ウィルスンはそれを見てとった。アブムウェも見てとった。「どうしました？」アブムウェがマイヤーにたずねた。

マイヤーは、なにかを言うべきかどうか迷っているような顔で一同を見まわし、ため息をついた。「三カ月ほどまえから、わたしはルイーザ・カヴァーホと寝ている。今回の任務の選抜過程がはじまりで、それからずっとだ。付き合っているわけではなく、おたがいにチャンスを利用しているにすぎない。ふたりとも任務のためにほかのメンバーを選ぶ立場にいたわけではなかったから、それが問題になるとは思わなかった」

「わかりました」アブムウェが言った。「それで？」

「それで、ルイーザはいつもわたしの眠りが浅いと文句を言っていた」マイヤーはホワイトノイズ発生器を指さした。「二週間まえ、だれが任務に参加するかを知ったあとで、ルイーザがわたしにそれを買ってくれた。眠るのを助けてくれると言って」ボークーが言った。「コングのいびきに対抗するために」

「ルイーザがマイヤーに発生器をぼくに貸すよう勧めたんだ」ボークーが言った。「コングのいびきに対抗するために」

「ミズ・カヴァーホはどこです？」ストーンが言った。

「自分の船室にもどると言っていました」アブムウェが言った。「ウィルスン中尉が彼女の参加をもとめなかったので、わたしも同行をもとめなかったのです」

「だれかに彼女をつかまえに行かせるべきかもしれませんね」ウィルスンは言ったが、コロマはすでにPDAを手にして、部下に指示を出していた。

ほとんど間をおかずに、コロマのPDAの着信音が鳴った。ネイヴァ・バーラからだ。コロマは副長の声をスピーカーに流して、部屋にいる全員に聞こえるようにした。「問題が起きました」バーラが言った。「左舷の整備用エアロックに人がいます。地球から来ただれかのようです」

「映像を送れ」コロマが言った。映像がはいると、彼女はそれを部屋にいる全員のPDAへ転送した。

ルイーザ・カヴァーホだった。

「なにをしているのかな？」ローウェンが言った。

「エアロックを閉鎖しろ」コロマが言った。

「手遅れです」バーラが言った。「彼女はすでに空気の循環をはじめてしまいました」

「なんらかの手段で話を聞いていたようですね」アブムウェが言った。

「どうやってエアロックにはいったんだ?」コロマが怒りのこもった声で言った。

「リウを殺すためにマイヤーとボークーに手伝わせたのと同じ手段でしょうね」ウィルスンは言った。

「だが、どうしてそんなことを?」マイヤーが言った。「ルイーザはだれと手を組んでいるんだ? だれのために動いているんだ?」

「その答は得られそうにないですね」ウィルスンは言った。

「でも、ひとつだけわかることがある」ローウェンが言った。

「というと?」

「ここであなたたちの妨害工作をしているのがだれであれ、その連中は地球でその仕事をやっているみたいよ」

「しかも、もうすこしでやりおおせるところだった。あのスキャナがなかったら、コロニー連合がリウを殺したように見えたはずだ。真実があきらかになるころには、もはや関係は修復不能になっていただろうな」

だれもこれには返事をしなかった。

ビデオ映像のなかで、カヴァーホがカメラのあるほうを見あげた。医務室にいる人びとを見つめるかのように。

カヴァーホが手をふった。

エアロックから空気が抜けた。カヴァーホはゆっくりと息を吐き出して船殻の扉がひらくまで意識をたもとうとした。

カヴァーホは外へ出ていった。

「ダニー」ウィルスンは呼びかけた。

「ええ、ハリー」ローウェンがこたえた。

「あのラフロイグはまだあるか？」

「あるよ」

「良かった」ウィルスンは言った。「いまはみんながあれを必要としているはずだからな」

エピソード10　ここがその場所

ハート・シュミットは、シャトルでクラーク号からフェニックス・ステーションへ移動したあと、ステーション間トラムで中央通勤ベイまで移動し、そこで十五分おきに発着しているフェリーをつかまえた。フェリーの行き先であるフェニックス・ステーション・ターミナルがある場所は、フェニックス・シティ・ハブ——PCH——と呼ばれ、人類にとってもっとも古くてもっとも人口の多い恒星間コロニー惑星のもっとも古くてもっとも人口の多い都市において、ほとんどの民間大量輸送機関を集約していた。

フェリーをおりたあと、ハートは宇宙港のCターミナルを歩いて抜けて、ターミナル間トラムに乗り込み、PCHの中央ターミナルへとむかった。三分後、ハートはトラムをおりて、プラットホームからとんでもなく長いエスカレータで中央ターミナルへあがった。そこは単体のビルとしては人類史上もっとも大きなもので、巨大なドーム型の建物のなかには、商店やオフィスやホテルから、ハブで働く人たちのための集合住宅、そのこどもたちのかよう学校、さらには病院や拘置所まであったが、ハートは最後のふたつについては個人的に利用したことはなかった。

中央ターミナルへあがってその床に足をおろしたとき、ハートは笑みを浮かべた。頭のなかで、いつものように、あわただしく行き交う大勢の人びとが急にとなりの人と手をつないでいっせいにワルツを踊る場面を思い浮かべたのだ。映画でそういう場面を見たおぼえがあって、この中央ターミナルか、どこかのよく似たターミナルか駅が舞台になっていた。もちろん、そんなことはけっして起こらなかった。だからといって、ハートがそれを期待することをやめるわけではなかった。

最初の立ち寄り先はPCHキャンベル中央ターミナルホテルだった。標準タイプより一ランク上の部屋にチェックインして、バッグをクイーンサイズのベッドの足もとにおろしたとたん、急によろこびがわきあがってきた。クラーク号で何カ月ものあいだ掃除道具入れサイズの〝士官用船室〟をほかの外交官と共用してきたあとで、自分以外にだれもいない四十平方メートル近い居住空間を手に入れたのだ。

ハートは満足げなため息をつき、そのままばったりと眠り込んだ。三時間後に目をさまして、不作法なほど熱くしたシャワーを不作法なほど長々とあび、ルームサービスを注文して、ホットファッジサンデーもなおざりにはしなかった。ルームサービスを運んできた係員に法外なチップをはずんで、腹がはち切れそうになるまで食べ、エンタテイメントディスプレイを古典映画チャンネルに切り替えて、とっくに亡くなった俳優が主演をつとめる、植民初期のドラマや冒険を題材にした百年まえの映画をつぎつぎと観賞しているうちに、自分ではなにもしていないはずなのに両目が勝手にぱたりと閉じた。そして、ディスプレイをつけたまま、十時間近く夢も見ずに眠った。

翌朝遅くにキャンベルホテルをチェックアウトし、別のターミナル間トラムで列車用のAターミナルへむかい、カタフーラ、ラフォーシェ、フェリシアナ経由テレボーン行きの31号に跳びのった。たどり着いたテレボーンでは、タンギパホア行きの急行への乗り継ぎで走らされ、しまりかけたドアへなんとかすべりこんだ。タンギパホアでアイビーリア行きのローカル線に乗り換え、三つめのクロウリーという駅でおりた。そこには一台の車が待っていた。運転手のブルサード・クエルツォの姿を見て、ハートはにっこり笑った。

「ブルス！」ハートは呼びかけ、その男と抱擁をかわした。「収穫祭おめでとう！」

「ひさしぶりだな、ハート」ブルスが言った。「収穫祭おめでとう」

「元気でやっているか？」

「あいかわらずさ。おまえのおやじさんのために働いて、そのケツをあちこちへ運んでいる。クエルツォ家の伝統を守って、シュミット家の王座の陰で力をふるってるよ」

「おいおい。うちの一家もそこまで頼りないことはないだろう」

「おまえがそう思うのはかまわない。だが、ひとつ教えてやろう。先月のある日、おれはママを検査のために病院へ連れていかなけりゃならなくて、おまえのおふくろさんは組織の会合で出かけていた。おまえのおやじさんはおれのママのPDAに電話をかけてきて、コーヒーメーカーの使い方を教えてくれと言った。ママは採血の途中だったが、どのボタンを押せばいいかひとつひとつ教えてやったんだ。おまえのおやじさんはフェニックスでもっとも権力のある人物のひとりだが、ひとりきりにされたら一日で飢え死にするな」

「文句はないよ」ハートは言った。「おかあさんのぐあいは？」マグダ・クエルツォは、シュミット家の王座の陰で力をふるっているのかどうかは別として、家族のほとんどからとても好かれているのはまちがいなかった。

「だいぶ良くなった。実を言うと、いまはほんの数時間後におまえがその喉に詰め込む食事の用意で大忙しだから、おれたちもそろそろ行かないとな」ブルスはハートのバッグを取りあげて、車の後席へほうりこんだ。ふたりは前席へひょいと乗り込んだ。ブルスが目的地を入力すると、車は自動的に走り出した。

「これはそれほどきつい仕事とは言えないな」車が駅を離れたところで、ハートはあえて言ってみた。

「そこが重要なところでな」ブルスが言った。「いわゆる余暇時間に、おれは詩作の仕事をしていて、それがたまたま順調にいってるんだよ、いやありがとう。とはいえ、それは詩の世界で言う順調ということであって、つまりはきわめて相対的な状況が何世紀もまえから続いているわけだ。おれはいまじゃ詩人としてそれなりの地位があるのに、そこからの稼ぎはほとんどない」

「それは残念だな」

ブルスは肩をすくめた。「そう悪いことでもないさ。おまえのおやじさんはああいう調子で気前がいいからな。知ってるだろう。いつだって、世界で自分の道を切り開こうとする連中や、正直な日々の労働ってやつを応援してくれるんだ。助成金を出すなんてのは死んでもいやだろう。その代わり、おやじさんはおれにバカみたいに楽な仕事をあてがって、おれが自分のことばに取り組むのに充分な給料を支払ってくれる」

「そのとおり。おやじはパトロンになるのが好きなんだ」

「おやじはパトロンになるのが好きなんだ」

「そのとおり。去年、おれが著作でノヴァ・アケイディア詩作賞をとったとき、おやじさんはおれ以上にそのことを誇りに思ってくれた。メダルはおやじさんのオフィスに置いてもらっているよ」

「おやじらしいな」

ブルスはうなずいた。「おやじさんはリサにも同じことをしてくれた」それは彼の妹の名前だった。「自宅のトイレ掃除を一年間やらせてから、ウイルス学の大学院でやっていけるだけの報酬を払ってくれた。リサの博士学位の授与式に出席してたよ。どうしても写真をとるんだと言って。それもデスクに載ってる」

「すごいな」

「おまえとおやじさんのあいだにいろいろあるのは知ってる」

「おやじはいまでも、ぼくがフェニックスの政界じゃなくてコロニー連合の外交部へ進んだことに腹を立ててるんだ」

「いつかわかってくれるさ」

「きみはいつまでこの仕事を続けるつもりなんだ？」ハートは話題を変えた。

「おまえがそれをきくのか」ブルスはこの進路変更についてきた。「メダルのおかげでメテリー大学の講師になれることになった。この秋からの予定だったんだが、おれのほうから一学期だけ遅らせてくれと頼んだんだ。選挙期間中におまえのおやじさんの手伝いをするためにな」

「そっちはどうなったんだ？」

「おいおい。なんにも聞いてないのか？」

「宇宙にいたからね」

「厳しかった。もちろん、おやじさんのことじゃない。このあたりじゃだれもあの人にはかなわない。いずれオフィスからかついで運び出すしかないだろう。だが、PHPは壊滅的だった。地区議会では六十議席失った。惑星議会では九十五議席失った。ニューグリーン党がユニオン党と連立を組んで新しい首相を立て、各省のトップにも人を送り込んだ」

「どうしてそんなことに？　しばらく離れていたとはいえ、フェニックスが急にぐだぐだになるほどじゃなかったはずだ。ぼくがそれをぐだぐだと言うのはわかるだろ」

「わかる。おれも地区議会ではニューグリーン党に投票した。おやじさんには言うなよ」

「深く暗い秘密だな」ハートは約束した。

「PHPは怠け癖がついたんだ。あんまり長く権力の座についていたから、自分たちが選挙で負ける可能性があることを忘れてしまった。重要な役職に登用された不適切な人材、いくつかのバカげたスキャンダル、そしてニューグリーン党のカリスマ的な党首。それらぜんぶが合わさって、民衆が新しいものに賭けてみようという気になった。長くは続かない、と思う。ニューグリーン党とユニオン党はさっそく仲たがいをしているし、PHPのほうは大掃除にとりかかっている。だが、さしあたり、おまえのおやじさんはそのせいでいらいらしている。惑星議会で党の戦略を立ててるメンバーのひとりだからなおさらだ。惨敗のせいでおやじさん自身の立場も悪くなった、というか、本人はそう思っている」

「やれやれ。楽しい収穫祭になりそうだな」

「ああ、おやじさんは機嫌が悪い。おふくろさんが行儀よくさせてはいるが、今回の収穫祭では家族全員が家に集まることになるし、一族全員を相手にするときのおやじさんがどうなるかは知ってるだろう。特に、ユニオン党で名をあげているブラントがいるときは」

「シュミット家のこどもたち。ブラントは裏切り者、ハートは期待はずれ、ウェスは……まあ、ウェスはな」

ブルスがにっこりした。「姉さんのことを忘れるなよ」

「キャサリンのことはだれも忘れたりしないよ、ブルス。忘れえぬキャサリンだ」

「みんなもう集まってるぞ。家に。ゆうべのうちに着いたんだ。こどもたち全員、その配偶者にこどもたちも全員。おまえに嘘をつくつもりはないんだ、ハート。おれがおまえを迎えにきた理由のひとつは、ほんの数分でも静けさがほしかったからだ」

ハートはにやりとした。

ほどなく、シュミット家の敷地が視界にはいってきた。広さ百二十エーカー、母屋は丘の上に建ち、まわりにひろがる果樹園や、野原や、芝生を見おろしている。我が家だ。

「おれが六歳のとき、ママはここへ働きに来た」ブルスが言った。「ここまで車でのぼってきたとき、ひとつの家族がこんなに広い場所で暮らしているわけがないと思った」

「まあ、きみたちが来たあとは、家族はひとつだけじゃなかったけどな」

「たしかに。おまえがよろこびそうな別の話をしてやろう。カレッジにいたころ、ガールフレンドをあのガレージハウスへ連れていったら、住むところが広いといって感心されちまった。そのあとは、彼女を母屋へ連れていくのが怖くなった。彼女がおれに興味をなくしてしまうんじゃないかと思ってな」

「そうだったのか？」

「いや。彼女がおれに興味をなくしたのはまったく別の理由だった」ブルスは運転を手動に切り替え、邸内路の残りをたどって、玄関のまえで車をとめた。「さあ着いた。家族全員がなかにいて、おまえを待ってるぞ」

「いくら払ったら駅までもどってくれる？」ハートはおどけて言った。

「二日後なら無料だ」ブルスが言った。「それまでは、友よ、脱出は不可能だ」

「おや、放蕩宇宙飛行士のお帰りか」ブラント・シュミットが言った。彼はシュミット家のほかのきょうだいたちといっしょに、母屋の裏のパティオでくつろぎ、芝生の屋敷に近いあたりにいるそれぞれのこどもたちや配偶者たちをながめていた。ブラントがハートに近づいてきてハグし、そのあとにキャサリンとウェスが続いた。ブラントは手に持っていたカクテルをハートの手に押しつけた。「これはまだ口をつけてない。おれはまたつくるから」

「ママとパパはどこ？」ハートは酒をすすりながら言った。そして眉をひそめた。ジントニックだが、ジンがすこしばかりきつかった。

「ママはマグダといっしょに夕食の支度で大騒ぎだよ」ブラントはパティオのバーへ近づいていって、自分用にカクテルのおかわりを用意しはじめた。「じきにもどるだろう。パパはオフィスにいて、フェニックス《P》・ホーム《H》党《P》の職員を怒鳴りつけてる。しばらくかかるだろうな」

「ああ」ハートは言った。それは近づかないほうがよさそうだ。

「このまえの選挙の話は聞いたのか」

「すこしだけ」

「だったら、パパがちょっと不機嫌なのはわかるだろう」

「あなたがそのことでパパを刺激し続けるのもよくないしねえ」キャサリンがブラントに言った。

「刺激なんかしてない」ブラントは言った。「おれはただ、パパに最近の選挙の歴史についてちゃんと見直したほうがいいと勧めているだけだ」

「それはほぼ〝刺激〟と同じ意味じゃないか」ウェスがぶっきらぼうに言った。彼は寝そべっているソファを限界近くまでリクライニングさせていた。目は閉じていて、なにか茶色いものがはいったタンブラーを、のばした手の先でパティオにじかに置いていた。

「パパがいまは聞きたくないことを話してるのはわかってるさ」ブラントが言った。

「刺激してる」キャサリンとウェスが同時に言った。双子なのでときどきそういうことがあるのだ。ハートは笑みを浮かべた。

「わかったよ、刺激してるよ」ブラントはジントニックをひと口飲んで、眉をしかめ、バーへ引き返してグラスにトニックを注ぎ足した。「だけどな、パパからはそれぞれの選挙の歴史的重要性とそこでPHPが果たした役割についてさんざん聞かされてきたんだから、すこしくらい仕返しをしたっていいじゃないか」

「この収穫祭に必要なのはまさにそれね」キャサリンが言った。「マグダが用意する完璧な夕食が冷めてしまうのは、あなたとパパがテーブルでその話を蒸し返すから」

「勝手に決めないで」ウェスが言った。「そんなことで食べるのをやめたりはしないよ」

「まあ、あなたは昔からまわりを無視する特殊な才能をもっていたものね」キャサリンが言った。「おかげでみんなは食欲をなくすんだけど」

「政治にすこしでも関心をもっているのがほかにだれもいないからといって、おれは謝ったりしないぞ」ブラントが言った。

「だれもあなたに謝ってほしいなんて思ってないわ」キャサリンが言った。「あなたも知ってのとおり、わたしたちはみんな政治に関心があるんだし」

「別にないけど」ウェスが言った。

「わたしたちはみんな政治に関心があるけど、ウェスは別」キャサリンは訂正した。「彼は家族に優秀な政治家がいることで生まれる利益を享受するだけで幸せなの。だからね、ブラント、あなたは好きなだけパパと政治について議論して。パイが出てくるまで待ってくれたら、あとはふたりで乱戦に突入してかまわないから」

「政治とパイか」ウェスが言った。「うーん」彼は飲み物を手さぐりして見つけると、それを口もとへ運んだ。目は閉じたままだ。

ブラントがハートに顔をむけた。「助けてくれよ」

ハートは首を横にふった。「ぼくとしては、兄さんとパパがことばのナイフを投げ合ったりしないまま収穫祭が終わったとしてもいっこうにかまわない。ここへ来たのは政治について話すためじゃない。ここへ来たのはぼくの家族とすごすためだ」

ブラントはあきれた顔で弟を見た。「おまえ、おれたちの家族と会ったことがあったっけ、ハート？」

「ほらほら、惑星側の政治のことでハートを悩ませないで」キャサリンが言った。「ハートが家ですごすのは、最後がいつだったか思い出せないくらいひさしぶりのことなのよ」

「このまえの収穫祭だよ」ハートは自分から言った。

「ハートはコロニー連合全体の危機に立ち向かっているんだから、フェニックスの比較的ささやかな政治のことまで追いかけられるはずがないでしょ」キャサリンはブラントにそう言ってから、くるりとハートに顔をむけた。「あなたが最近になって恒星間でおさめた外交的勝利にはどんなものがあるの、ハート？」

「ある和平交渉を救うために犬を感電死させたよ」ハートは言った。

「え？」キャサリンは一瞬とまどった。

ウェスが目をわずかにひらいてハートを見た。「ニワトリを神の生け贄《にえ》にするようなものかな？」

「聞いた感じより複雑な話なんだ」ハートは言った。「付け加えると、犬は生きのびた」

「まあ、それだけは良かったな」ブラントはそう言ってから、妹に顔をむけた。「訂正するよ、麗しきキャサリン、ハートはあきらかに政治なんかより重要なことを考えている」

キャサリンが反撃するよりも先に、イザベル・シュミットがやってきていちばん下の息子を抱きしめた。「ああ、ハート」彼女は息子の頬に軽くキスした。「会えてほんとうにうれしいわ。まる一年たったなんて信じられない」一歩あとずさる。「見た目はちっとも変わっていないわね」

「実際にちっとも変わっていないんだよ」ブラントが言った。「まだ若いからみっともなく老化しないんだ」

「まあ、ブラント、お黙りなさい」イザベルの叱責にはやさしさがあった。「ハートは三十歳よ。みっともなく老化しはじめるには充分な歳だわ。あなたなんか二十七歳ではじまったんだから」

「そりゃないよ、かあさん」ブラントは言った。

「あなたが持ち出した話でしょ」イザベルはそう言って、ハートに注意をもどした。「いまでもコロニー連合で外交官の仕事を満喫しているの？　退屈してない？」

「退屈ではないよ」ハートは認めた。

「いまでも上役は、ええと、あの女性の名前はなんだったかしら――オトゥムワ？」

「アブムウェ」

「そう、その人。ごめんなさいね。名前をおぼえるのが苦手で」

「かまわないよ。うん、いまでも上役はアブムウェだ」

「あいかわらずムカつく人なの？」キャサリンが言った。「このまえあなたが帰ってきたときの話だと、すごく扱いにくい人みたいに聞こえたけど」

「おまえの助手たちはおまえについてどんな話をしている？」ブラントが妹に言った。

「わたしの話なんかしたら、みんな助手ではいられなくなってるわ」キャサリンは言った。

「だいぶマシになったよ」ハートは言った。「というか、少なくとも、ぼくが彼女のことを理解できるようになってきたと思う」

「それは良かったわねえ」イザベルが言った。

「ハートに犬のことをきいてみて」ウェスがソファからものうげに言った。

「犬？」イザベルはウェスに目をむけてから、あらためてハートを見た。「犬がどうかしたの？」

「ええとね、そのことはあとで話すよ、ママ」ハートは言った。「夕食のあとにでも」

「犬にとって気の毒な終わりになるの？」

「終わり？　いや。犬にとってすばらしい終わりになるよ。なかほどは気の毒だけど」

「外交というのはたいへんなものだな」ウェスが言った。

「みんなあなたは昨日着くのかと思ってたのよ」イザベルが話題を変えた。

「ハブで足止めをくらってね」ハートはホテルの部屋のことを思い出しながら言った。「朝いちばんで出発するほうが楽だったんだ」

「でも、一週間はいられるんでしょう？」

「五日だけどね」ハートは、クラーク号へもどるまえにキャンベルホテルをもうひと晩予約していた。それは利用するつもりだった。

「そう、良かった」イザベルが言った。「時間があるなら、会わせたい人がいるのよ」

「ちょっと、ママ」キャサリンが言った。「本気でまたやるつもりなの？」

「ハートにいくつかの選択肢を紹介するのは悪いことじゃないでしょう」

「その選択肢に名前はあるの？」ハートはたずねた。

「リジー・チャオよ」イザベルは言った。

「それは同じハイスクールにかよっていたリジー・チャオのことかな？」

「そうだと思うわ」

「彼女は結婚してるよ」

「別れたのよ」

「つまり、リジーは乗り換えの選択肢付きで結婚していたと」キャサリンが言った。

「ママ、リジーのことならおぼえてるよ」ハートは言った。「タイプじゃないんだ」

「リジーには弟がいるぞ」ウェスがソファから言った。

「そっちもタイプじゃない」ハートは言った。

「最近はだれがあなたのタイプなの、ハート？」イザベルがたずねた。

「最近はタイプはいないよ。ママ、ぼくは一年を通じて宇宙船で働いているんだ。共同で使っている船室はうちのキッチンの食料庫よりも狭い。日々の交渉では、もうあなたたちを吹き飛ばしたりはしませんとエイリアンたちを説得している。フルタイムの仕事なんだ。そういう状況を考えたら、なんであれ関係を築こうとするのはバカげたことだ。相手に対してフェアじゃないし、それを言うなら、自分に対してもフェアじゃない」

「ハート、あたしはステレオタイプの母親みたいに思われるのが大きらいなの。でも、あたしのこどもたちのなかであなただけが結婚してこどもをつくっていない。ウェスでさえやり遂げたというのに」

「ありがとう、ママ」ウェスが片手をあげてものうげに揺らした。

「あなたに、人生における良いできごとは自分を素通りしていくんだと思うようになってほしくないの」イザベルはハートに言った。

「そんなふうには思わないよ」ハートは言った。

「いまはそうでしょう」イザベルは言った。「でもね、あなたは三十歳なのにまだ副大使レベル。あと一年か二年のうちに大使になれなければ、ずっとなれないでしょう。そのときあなたはどうするの？　あたしはあなたを愛していて幸せになってほしい。でも、そろそろこういうことを現実的に考えて、コロニー連合の外交官というのがあなたの才能と人生の最善の使い途《みち》なのかどうか判断しないと」

ハートは上体を乗り出して母親の頬に軽くキスした。「上にあがって荷物をほどいて、それからパパの様子を見てくるよ」そう言って、彼は残った酒を飲みほし、屋敷のなかへはいっていった。

「遠回しなやりかたにも価値はあるのよ、ママ」屋敷にはいったときキャサリンの声が聞こえた。だが、母親が返事をしたのかどうかはわからなかった。

ハートは、父親のアレステア・シュミットを、屋敷内のオフィスで見つけた。三階の両親用の区画には、ふたりの寝室と、続きのバスルームと、付属のと独立したのと両方のクロゼットと、各自のオフィスと、書庫と、応接間があった。屋敷のこどもたち用の区画は、設備はすこしも劣ることはなかったが配置がことなっていた。

アレステア・シュミットはデスクのむこうに立ち、政治方面の下っ端のだれかからスピーカーをとおして報告を聞いていた。その下っ端はフェニックス・シティにあるPHPの本部にいるらしく、収穫祭を家族と祝うためにオフィスから脱出しようとやっきになっていたが、党だけでなく惑星フェニックス全体の政治における大御所のひとりであるシュミットの強烈な注目をあびて、デスクに釘付けになっていた。

ハートはひらいたドアをまわりこむように頭を突き出し、手をふって自分が帰ってきたことを父親に知らせた。父親はぶっきらぼうに息子を手招きしてから、運の悪い下っ端に注意をもどした。「なぜデータを見つけるのがむずかしいのかと質問しているわけではないのだ、クラウス」アレステア・シュミットは言った。「なぜそれが手にはいりそうにないのかと質問しているのだ。〝見つけるのがむずかしい〟と〝手にはいらない〟はまったく別のことだろう」

「それはわかっています、シュミット大臣」下っ端のクラウスが言っていた。「わたしが言っているのは、祝日が作業のさまたげになっているということです。ほとんどの職員が休んでいます。われわれの申請はきちんと処理されますが、みながもどってくるまで待たなければいけないのです」

「だが、きみはそこにいるのだろう？」

「はい」クラウスはこたえた。彼の声からは、その事実に対するかすかな悲しみが聞き取れた。「しかし――」

「それに、たとえ惑星全土の祝日であろうと、政府全体が端から端まですっかり休業になるわけではあるまい」アレステアは、クラウスがさらに異議をとなえるまえにそのことばをさえぎった。「だから、きみがいまやるべきことは、きみと同じように今日まで働いている者をかき集めてデータと予測を用意し、わしが今夜ベッドにはいるまでに、それを暗号化ファイルでわしのデスクに届けることだ。言っておくがね、クラウス、わしは収穫祭の日には早めにベッドにはいることが多い。あのパイのせいでな」

「わかりました、シュミット大臣」クラウスが悲しげに言った。

「よろしい。収穫祭おめでとう、クラウス」

「おめで——」クラウスの声は途中で消えた。アレステアが回線を切ったのだ。

「彼の収穫祭は楽しいものにはなりそうにないね、パパに収穫祭の日まで働かされてるんじゃ」ハートは言った。

「わしは昨日のうちにデータを用意しろと頼み、あの男はそれを引き受けた」アレステアは言った。「そのとおりにしていれば、彼もいまごろは家に帰って鳥肉にかぶりついていただろう。だが、そうしなかったから、彼は帰れない。本人の責任だ」

「まだパパのことを〝大臣〟と呼んでいたね」

「ああ、では選挙の結果を知っているのか。ブラントはほくそ笑んでいただろう?」

「教わったのはほかの情報源からだよ」

「公式には、グリーン＝ユニオン連立政権は、PHPに対する和平の申し出として、わしに運輸貿易大臣の地位にとどまることをもとめている。非公式には、この連立政権には大臣をつとめる力量のある者がひとりもいないことがわかってしまったので、たとえどこかの省で大失敗をやらかすことになるとしても、食糧をあるべき場所へ届けたり人びとの仕事を確保したりする省ではどうしても失敗したくないのだ」

「理にかなってるね」

「個人的には、このグリーン・ユニオン連立政権が早く崩壊すればするほど、わしはそれだけ幸せになれるので、当初はこの申し出をはねつけることも考えた――その後に起きる列車事故を見物するだけのためにな。だが、そこで気づいたのだ。列車事故はほんとうに起こりそうだし、そのときは連立政権内の連中の頭だけではなく、全員の頭に大釘が突き刺さることになるだろうと」

ハートはにっこりした。「有名なるアレステア・シュミットの思いやりだね」

「おまえまでやめてくれ。そういうのはブラントからさんざん言われてる。もちろん気にかけていないわけではない。気にかけているさ。とはいえ、選挙の結果にいまでも腹を立てているのも事実だ」アレステアはデスクのまえの椅子を身ぶりでしめして、ハートにすわれとうながした。ハートは椅子に腰をおろした。アレステアも自分の椅子にすわり、息子に目をむけた。

「コロニー連合の外交団での生活はどんな調子だ？　地球とコロニー連合との関係が崩壊している現状では、さぞかし刺激にあふれているんだろう」

「たしかに、興味深い日々をすごしているよ」

「おまえの上役のアブムウェ大使は、このところ大忙しのように見えるな。既知宇宙のそこらじゅうで任務から任務へと駆けまわっている」

「大使は忙しくさせられているね」

「おまえも忙しいのか？」

「たいていはね。ハリー・ウィルスン中尉と組んでたくさんの仕事をしている。ハリーはCDFの技術者で、外交団のためにいろいろ骨折ってくれているんだ」

「知っている。わしにも外務省につとめている友人がいるのだ。クラーク号からの外交方面の報告書については情報がはいってくる」

「そうなんだ」

「犬を感電死させることにあまり将来性はないだろう、ハート」

「そうでもないよ」

「わしがまちがっていると？」

「報告書をちゃんと読んだの、パパ？　犬についての報告書を読んだのならわかっているはずだけど、ぼくたちは最終的に和平交渉を救って、コンクラーベとの同盟にかたむきかけていた種族がコロニー連合と同盟を組む手助けをしたんだよ」

「たしかに、おまえは不注意によって犬を肉食性の植物に食わせてしまい、失踪によってその種族の内戦のきっかけをつくった王の死の現場を発見したが、その発見により、それまではどこから見ても問題のなかった和平交渉があやうく決裂しそうになった。自分でつけた火を消したからといって功績を認められることはないぞ」

「公式の報告書にはパパの解釈とはちがうことが書いてあるんだよ」

「それはそうだろう。わしがおまえの上司だとしても、やはりそのように書くはずだ。しかし、わしはおまえの上司ではないから、たいていの連中よりはうまく行間を読み取ることができる」

「この話はどこかへつながるのかな、パパ？」

「おまえもそろそろフェニックスへもどるべきだと思っているのだ。おまえはコロニー連合のために最善を尽くしているが、彼らはおまえの才能の使い方をまちがえている。彼らはおまえを、成功の見込みのない任務ばかりを何年も担当してきた外交チームに縛り付け、ガリ勉女の下でつまらない仕事をさせている。おまえは人がいいから文句を言わないし、ひょっとしたら楽しんですらいるのかもしれないが、それでは先がないのだ、ハート。キャリアの初期にはそれでもいいかもしれないが、おまえはもはやキャリアの初期はすぎている。行き詰まりだよ。おしまいだ」

「それは同意できないな。でも、どうして気にするの？　パパはいつも、自分の道は自分で切り開くべきだと言ってたし、沈むも泳ぐも自分次第だと言ってたじゃないか。この件については、パパは〝愛の鞭〟系の比喩の宝庫だった。たとえぼくが沈みかけていると思ったとしても、勝手に沈ませるべきだよね」

「なぜなら、おまえだけの問題ではないからだ、ハート」アレステアは、さっきクラウスにむかって怒鳴っていたスピーカーを指さした。「わしはもう七十二歳だ。どこかのバカ者が収穫祭を楽しむのを止めるために時間を使うことを望んでいると思うか？　ちがう。わしが望んでいるのは、ＰＨＰにわし抜きでなんとかやっていけと伝え、自分の孫たちともっと多くの時間をすごすことだ」

ハートはぽかんとして父親を見つめた。過去のいかなる時点であれ、彼の父親が孫たちに対してほんの上っ面以上の興味をしめしたことはいちどもなかった。〝それは孫たちがまだ興味の対象にならないせいかも〟頭の片隅で声がして、ハートはそれが意味するものを理解した。彼の父親は、こどもたちが成長するにつれて深くかかわりをもつようになった。それにやさしい一面もある。ハートは壁にかかるメダルケースをちらりと見た――ブルスのノヴァ詩作賞をおさめたものだ。

「それができないのは、あとを継ぐ適切な人材がいないからだ」アレステアは続けた。「ブラントがほくそ笑んでいるのはユニオン党が権力の一部を手に入れたからだが、そういうことが起きたのは、PHPが新しい才能を育成してこなかったからで、いまわれわれはそのしっぺ返しをくらっているのだ」

「ちょっと待って。ぼくにPHPに加わってほしいということ？　言っておくけど、それはありえないよ」

「要点はそこではない。PHPは新しい才能を育ててこなかったが、それはグリーン党にしてもユニオン党にしても同じだ。わしがいまだにこの職についているのは、フェニックスにおける次世代の政治的才能が、ごくわずかな例外をのぞいて、どうしようもない役立たずばかりだからだ」アレステアは家族が集まっているパティオのほうを指さした。「ブラントは、わしがあいつに腹を立てているのはあいつがユニオン党にいるせいだと思っている。わしがあいつに腹を立てているのは、あいつがなかなかリーダーの地位へのぼっていこうとしないからだ」

「ブラントは政治が好きだよ。ぼくはちがう」

「ブラントは政治にまつわるあらゆることが好きなのだ。いまのところ、政治そのものについてはなんとも思っていない。だが、いずれはそういう時期がくる。キャサリンにもそういう時期がくる。あの子は慈善事業の世界で支持基盤を築くのに忙しい。人びとに投資をして、その感謝のしるしとして自分の活動への支持を集めている。キャサリンがいずれ政界へ乗り出したら、首相の座まで一直線だろう」

「ウェスは？」

「ウェスはウェスだ。どの家族にもひとりはいる。愛してはいるが、あいつのことは皮肉っぽいペットだと思っている」

「ぼくならそのことはウェスには言わないと思うよ」

「あいつ自身がずっとまえに悟っているさ。そのおかげでなにも要求されることがないのだから、おそらく満足しているのだろう。くり返すが、どの家族にもひとりはいる。ふたりはだめだ」

「じゃあ、ぼくに家に帰ってほしいわけだ。そのあと、ぼくはなにをするの？　パパが選んでくれた政治的な役割をこなすだけ？　だれもそういうことを露骨な身内びいきとは思わないだろうね、パパ」

「わしの狡猾さをすこしは信用してくれ。ブラントが自分だけの力でユニオン党でいまの地位についたと、おまえは本気で信じているのか？　そうではない。彼らがシュミットという有名な名前に価値を見いだしていたから、われわれは取り決めをしたのだ――ブラントを組織の出世コースに乗せる見返りに、彼らになにを提供するかについて」

「ぼくならそのことはブラントには絶対に言わないよ」

「当然だ。しかし、おまえにこうして話しているのは、おまえならこういうものごとの仕組みを理解してくれるからだ」

「身内びいきにはちがいないけどね」

「能力があるとわかっている者を引き上げると言ってほしいな。おまえは能力がある者ではないのか、ハート？　おまえには、外交官としてのキャリアで磨かれた、高いレベルですぐに活用できるスキルがあるのではないか？　おまえはほんとうに底辺からスタートしたいと思っているのか？　そういう考えをするにはすこしおとなになりすぎただろう」

「たったいま、コロニー連合の外交団がぼくのスキルを磨いたと認めたじゃないか」

「おまえにスキルがなかったとは言っていない。それが持ち腐れになっていたと言ったのだ。それを正しく活用したいと思わないか？　ここがその場所なのだ、ハート。そろそろコロニー連合のことはコロニー連合にまかせておけ。フェニックスへもどるのだ、ハート。わしはおまえを必要としている。われわれはおまえを必要としている」

「リジー・チャオもぼくを必要としているしね」ハートは悲しげに言った。

「いやいや、あの女には近づくな。あれは要注意人物だ。わしのクロウリーのオフィスの責任者とやりまくってる」

「パパ！」

「おかあさんには言うなよ。リジーのことをすてきな娘だと思っているからな。たしかにすてきなのかもしれん。すぐれた判断力がないだけで」

「そんなものいらないよ」

「おまえはこれまでの人生でさんざん悪い判断をくだしてきた」アレステアは言った。「そろそろもうすこしマシな選択をはじめるべきだ」

「こんなに早くまた会えるとは思っていなかったな」ブルス・クエルツォが言った。彼は車に身をもたせかけて、ＰＤＡに表示されたメッセージを読んでいた。ハートはガレージハウスに近づいてきたところだった。

「ちょっと家族から離れる必要があってね」ハートは言った。

「早くもか？」

「ああ」

「まだ四日もあるんだぞ。幸運を祈るよ」

「ブルス、ひとつ質問をしていいか？」

「もちろん」

「ぼくたちを恨んだことはあるか？　ぼくを恨んだことは？」

「つまり、おまえが自分ではなんの努力もしていないのに、鼻持ちならないほどの金と権力と惑星でもっとも重要な家族の一員という立場を手に入れていることや、ほしいものはなんでも大皿でひょいと差し出されていながら、ほかの連中にとってそれがどれほどたいへんなことかまったく知らないことを？」

「あー、そうだな」ハートはちょっと不意をつかれた。「うん。そういうことだ」

「まあ、そんな時期もあったよ。だって、そりゃそうだろう？　恨みってのは、ティーンエイジャーという存在のおよそ六十パーセントを占めるものだ。しかもおまえたちは――おまえも、キャサリンも、ウェスも、ブラントも――自分がどれほど希有な環境で暮らしているかさっぱりわかっていなかったしな。こっちはこんな草地で、ガレージの上に住んでるんだぜ？　ああ、たしかに恨む気持ちはあったよ」

「いまでも恨んでいるのか？」

「いや。理由のひとつとして、例のカレッジのガールフレンドをこのガレージハウスへ連れてきたことで痛感したんだ。ひっくるめて考えると、おれはなかなか恵まれてるってな。おまえと同じ学校にかよってたし、おまえの家族はおれと妹とママを支えて気づかってくれた――それも、どっかのよそよそしい高貴な御方としてじゃなく、友人として。あのなあ、ハート。おれは詩を書いてるだろ？　あれはおまえたちのおかげなんだ」

「わかった」

「だからさ、おまえたちはいまでも階級差に無知なところはあるんだよ、これは嘘じゃない。ちょっと鼻持ちならない感じでおたがいをからかったりすることもあるしな。ただ、おれが思うに、たとえ金がなかったとしても、ブラントは出世命だろうし、キャサリンは強引にことを進めるだろうし、ウェスはふらふらしているだろうし、おまえはおまえらしく、目を光らせて手助けをするだろう。おまえたちはやっぱりおまえたちだ。それ以外のことは周辺事情でしかない」

「きみがそう思っているのを知って良かった」

「思ってるよ」ブルスは言った。「かんちがいするなよ。もしもおまえが家族の信託基金のうち自分のぶんを売却しておれにくれるというなら、おれはそれを受け取る。その場合、必要ならガレージの上で寝かせてやるし」

「ありがとう」ハートは顔をしかめて言った。

「なんでこんな尋問になったのかきいてもかまわないか？」

「ああ、わかるだろ。おやじから外交団をやめて家族の仕事に加われと圧力がかかった。仕事というのは惑星を運営することみたいだけど」

「ああ、それか」

「うん、それだよ」

「それもまた、おれがおまえたちを恨まない理由のひとつだ。こういう〝生まれながらの支配者〟とかいうのはすごくしんどそうだ。おれがしなくちゃいけないのは、おまえのおやじさんを車で運ぶことと、ことばをつなぎあわせることだけ」

「きみは支配したくなかったらどうする？」

「支配しない。でも、なぜそんなことをきくのかよくわからないな。おまえはいままでうまいぐあいに支配せずにきたじゃないか」

「どういう意味だ？」

「おまえたちは四人いる。ふたりは家族の仕事をするための準備をしている——ブラントはそれにともなう特権が大好きだし、キャサリンはほんとうにそれが得意だから。ふたりはそれにかかわりたくない——ウェスは、だれかひとりはダメなやつになると早いうちに気づいて、だったら自分がなればいいじゃないかと考えた。そしておまえだ。ダメなやつ枠がもうウェスで埋まってたから、貴族の三男坊にできるもっとも論理的な行動をとった——どこかよそで成功しようとしたわけだ」

「うわ、きみはこういうことをよく考えていたんだな」

ブルスは肩をすくめた。「おれは作家だからな。それにおまえたちを観察する時間はたっぷりあった」

「もっとまえに話してくれればよかったのに」

「きかれなかった」

「ああ」

「それに、おれはまちがっているかもしれない。時がたつうちに、自分もほかのみんなと同じクズ野郎だということがわかってきた」

「いや、そんなことはないと思う。つまり、まちがってないよ。〝クズ野郎〟のほうは保留にしておくけど」

「そりゃそうだ。こんなことを言うのはなんだが、聞いた感じだと、おまえはみずからの存在にまつわる運命の岐路に立っているみたいだな」

「そうかもしれない。成長したらなにになりたいかを決めようとしているんだ。三十歳で考えることじゃないけどね」

「そういうことを考えるのに年齢は問題じゃないと思う」ブルスは言った。「たいせつなのは自分で答を出すことだ――だれかにおまえの望みを、しかもまちがったやつを教えてもらうまえにな」


「今年はだれが乾杯のあいさつをするの？」イザベルが問いかけた。全員がテーブルについていた――アレステアとイザベル、ハート、キャサリン、ウェス、ブラント、それに各自の配偶者たち。こどもたちはとなりの部屋に隔離され、低いテーブルをはさんでエンドウ豆やロールパンを投げ合い、子守りたちがその騒ぎをおさめようとしていた。

「わしがやろう」アレステアが言った。

「あなたは毎年やってるじゃないの」イザベルが言った。「それにあなたのあいさつは退屈なのよ。長すぎるし政治のことばっかり」

「家族の仕事だぞ。これは家族の夕食だ。ほかになにをしゃべるというんだ？」

「それに、あなたはまだ選挙のことで不機嫌だし、今夜はもうそういう話は聞きたくないの。だからあなたのあいさつはなし」

「おれがあいさつしようか」ブラントが言った。

「だめだ、とんでもない」アレステアが言った。

「アレステアったら」イザベルがさとすように言った。

「おまえはわしの乾杯のあいさつが長くて退屈で政治のことばっかりだと思っているんだろう。ここにいるほくそ笑み屋は、おまえのわしに対する期待をはるかに凌駕するぞ」

「それは一理あるね」キャサリンが言った。

「じゃあ、あなたがしなさいよ」イザベルがキャサリンに言った。

「そうだよ」ブラントは自分のあいさつの申し出が却下されたことにすこし傷ついているようだった。「おまえが去年出会って叩きのめした連中の話でもしてくれ」

「どうでもいいよ」ウェスが言って、マッシュポテトに手をのばした。

「ウェス」イザベルが言った。

「なに？」ウェスはスプーンでポテトをすくいながら言った。「だれがあいさつをするかが決まるころには、なにもかも乾いて冷たくなってる。マグダの仕事に大きな敬意を払っている者としては、そんなのは許せない」

「ぼくが乾杯のあいさつをするよ」ハートは言った。

「ほう！」ブラントが言った。「初登場だな」

「静かになさい、ブラント」イザベルがそう言って、いちばん下の息子に目をむけた。「はじめていいわよ」

ハートは立ちあがり、ワインのグラスを取りあげてテーブルを見渡した。

「毎年、乾杯のあいさつをする人は、その一年に自分の人生にどんなことがあったかを話している。まあ、この一年はいろいろあった。エイリアンたちに外交交渉の一環としてつばを吐きかけられた。乗っている船がミサイルで攻撃を受けてあやうく爆発しそうになった。また別の、ぜんぜんちがう交渉では、エイリアンから人間の頭を届けられた。そして、みんなも知ったばかりだけど、三つめの交渉では犬に電気を流して気を失わせた。そのあいだずっと日々をすごしていた船は、外交団で最古のもので、寝棚ときたらぼくの体がぴったりおさまる幅しかないし、同室の男はたいていの夜はいびきをかくかおならをする。

こうして考えてみると、なんだかバカみたいな生活だ。事実そうだしね。それに、最近指摘されたことだけど、ぼくにとってあまり将来のある生活ではなさそうだ。上役になったランクの低い大使は、もっと上にいる外交官たちが才能と能力のむだづかいだと言って拒否するような任務を必死になってこなさなけりゃいけない。自分がなぜこんなことをしているのかふしぎになるよ。なぜこんなことをしてきたのか。

でも、そのとき理由を思い出すんだ。このうえなく奇妙な、身も心も疲れ果てる、ときには屈辱すら味わう仕事だとしても、一日が終わって、すべてがうまくいったとき、それはかって経験したことがないほど刺激的なできごとになっている。とても信じられなくなるんだよ。自分が、人間ではないけれど判断力のある相手と顔を合わせるグループの一員だったということが。双方がいっしょになって判断をくだし、その判断をとおして、おたがいに殺し合ったり、必要以上のものを要求したりすることなく、ともに生きていくことに同意したということが。

しかも、それが起きているのは、人類の歴史上かつてなかった危機的な時期だ。ぼくたちには、宇宙にいるみんなには、これまでのように地球から保護と成長がもたらされることはもうない。そのせいで、外交世界の底辺にいるこんなぼくたちでさえ、なにか交渉をするたびに、なにか協定を結ぶたびに、なにか行動をとるたびに、人類の未来に影響をおよぼしている。この惑星の未来に、似たようなすべての惑星の未来に。このテーブルについている全員の未来に。

ぼくは家族みんなを愛している。パパのフェニックスへの献身とそれを動かしていこうとする思いを愛している。ママのぼくたちひとりひとりへの気づかいを、たまの厳しい批判もひっくるめて愛している。ブラントの野心と意欲を愛している。キャサリンがいずれみんなを支配する日がくるという事実を愛している。ウェスが家族の道化師となって、ぼくたちの誠実さを守ってくれていることを愛している。みんなを、みんなの妻や夫やこどもたちを愛している。ぼくたちと人生をともにしてくれているマグダとブルスとリサを愛している。

最近ある人に、もしもぼくがちがいを生み出したいと思うなら、ここがその場所だと言われた。ここ、フェニックスが。愛と敬意をこめて、ぼくはそれを否定する。パパとブラントとキャサリンはぼくたちのためにフェニックスを守るだろう。ぼくの仕事はそれ以外のすべてを守ることだ。いまもそうしている。これからもそれを続けていく。ぼくの存在意義はそこにある。

だから、ここにいるみんなに、ぼくの家族に、乾杯しよう。ぼくのためにフェニックスを守ってほしい。ぼくはそれ以外のことをぜんぶやる。来年また収穫祭でもどってくるときには、どんな調子で進んでいるかを報告する。これは約束だ。乾杯」

ハートはワインを飲んだ。全員が同じようにしたが、アレステアだけは、息子の視線をとらえるまで待った。それから、彼はもういちどグラスをかかげてワインを飲んだ。

「ポテトをがまんしただけのことはあったね」ウェスが言った。「さあ、グレイビーソースをまわしてくれるかな」

エピソード11　比較の問題

　そのミサイルがクラーク号へ迫ってくるのを知ったとき、ソフィア・コロマ船長がまず思ったのはこうだった――〝またか〟。つぎに彼女は、操舵手のカボットに回避行動をとれと叫んだ。カボットはみごとな反応を見せて、船を回避モードへ切り替えると同時に電波妨害を開始した。クラーク号がベクトルの急激な変化にきしみをあげた。一瞬、人工重力がぶつっと切れて船内の固定されていないすべての物体が時速二百キロメートルで隔壁にむかって打ち出されるのではないかと思われた。

　人工重力はもちこたえ、船は物理空間へダイブし、妨害電波はミサイルを幻惑して標的を見失わせた。ミサイルはクラーク号を通過し、すぐさま標的を探しはじめた。

「ミサイルはACKEタイプ」カボットがコンソールに表示されたデータを読みながら言った。「クラーク号はミサイルの送信機を記憶しました。敵が変更しないかぎり、混乱させ続けることができます」

「さらに二基のミサイルが発射されて接近中」ネイヴァ・バーラ副長が言った。「命中まで六十三秒」

「同タイプです」カボットが言った。「電波妨害を開始」

「どちらの船が発射した？」コロマはたずねた。

「小さいほうです」バーラがこたえた。

「もう一隻はなにをしている？」

「最初の船を攻撃しています」

コロマは自分のコンソールに戦術イメージを表示させた。小さいほうの船——長い針のいちばん後方に球根状のエンジン室がついていて、前方にもそれより小ぶりな球根がついている——は、クラーク号のコンピュータ上では正体不明のままだった。だが、大きいほうの船はニューリマル号と判明した。ララン族が建造したフリゲート艦だ。

ことばを変えると、コンクラーベの戦艦だ。

〝くそっ〟コロマは思った。〝罠にまともに踏み込んだか〟

「こんどのミサイルは電波妨害に反応していません」カボットが言った。

「回避」コロマは命じた。

「こちらの動きについてきます。このままでは命中します」

「フリゲート艦の左舷にならぶビーム砲が動き出した。われわれのほうへ旋回している」

〝コンクラーベはあのもう一隻の船をわれわれだと思った〟コロマは考えた。〝だからあの船を攻撃して、反撃を受けたのだろう。それで、われわれがあらわれたとき、あの船は防御のために攻撃してきたのだ〟

いま、ニューリマル号は、真の敵がどれであるかに気づき、時間をむだにすることなく対応を開始していた。

〝外交はもうたくさんだ〟コロマは思った。〝つぎの人生では艦載砲のある船に乗るぞ〟

ニューリマル号が粒子ビーム砲を撃った。集束高エネルギービームがすっとのびて標的をつらぬいた。

クラーク号をめざしていたミサイルが、船から数キロメートルの地点で爆発した。クラーク号から百キロメートル近く離れた地点をさまよっていた最初のミサイルも、それからほんの数秒後に蒸発した。

「これは……わたしの予想とはちがいましたね」バーラが言った。

ニューリマル号がビーム砲を旋回させて、第三の船に狙いをつけ、そのエンジンポッドを撃ち抜いた。船のエンジンは粉々になり、船体から分離していった。船の前部が動力を失って暗くなり、エンジン室の爆発によって得た角運動量により回転をはじめた。

「やったか」コロマはたずねた。

「少なくとも、もうわれわれを攻撃はしてきません」カボットが言った。

「そういうことだな」コロマは言った。

「クラーク号がもう一隻の船の正体を確認しました」バーラが言った。

「ニューリマル号だろう」コロマは言った。「わかってる」

「そちらではありません、船長」バーラが言った。「たったいま撃破されたやつです。アーシ・ダーメイ号。イーソ族のコルベット艦ですが、すでにコンクラーベの外交部へ引き渡されています」

「そんな船がなぜわれわれを攻撃するんだ？」カボットが言った。

「そして、ニューリマル号はなぜそいつを攻撃したのだ？」コロマは言った。

「船長」通信・警報士官のオラパン・ジュンターサが言った。「ニューリマル号からの呼びかけです。呼びかけてきている者は艦長だと言っています」ジュンターサはちょっと口をつぐんで、耳をすました。彼女は目を見ひらいた。

「どうした？」コロマはたずねた。

「われわれに降伏したいと言っています」ジュンターサが言った。「あなたに」

コロマはこれを聞いてしばらく黙り込んだ。

「船長？」ジュンターサが言った。「ニューリマル号になんと返事をしましょう？」

「そちらのメッセージは受け取ったから待ってくれと伝えろ」コロマはそう言ってから、バーラに顔をむけた。「アブムウェ大使をいますぐここへ呼んでくれ。そもそもわれわれがここにいるのは彼女のためだからな。それとウィルスン中尉も呼んでくれ。彼はほんとうの軍人だ。わたしには降伏を受け入れていいかどうかの判断がつかない。中尉ならまちがいなく判断できるだろう」

ハフト・ソルヴォーラは長身で、ララン族の基準から言っても長身であり、そのせいでクラーク号の狭い通路を進むのはたいへんだった。彼女のために、ニューリマル号の降伏交渉はクラーク号のシャトルベイでおこなわれた。ソルヴォーラに同行してきたのは、ニューリマル号の艦長で、クラーク号に乗っていることをこれっぽっちもよろこんでいないように見えるプスラン・フォーテューと、ソルヴォーラの助手であるムータル・ウォールだ。人類側は、コロマ、アブムウェ、ウィルスン、それと、ウィルスンが要求してアブムウェが同席を認めたハート・シュミット。彼らがならんで席についているテーブルは、士官用の食堂から大急ぎで運んできたものだった。ウィルスンは、生理機能から考えて、椅子のほうはララン族にはちょっと合わないかもしれないと思っていた。

「これは興味深い状況ですね」ハフト・ソルヴォーラが人間たちに語りかけた。そのことは、彼女がブローチとして身につけている小型の装置によって翻訳されていた。「あなたがたのひとりはこの船の船長。ひとりはこの船に乗っている外交使節団の責任者。そしてひとりは」——彼女はウィルスンにうなずきかけ——「コロニー連合の軍隊の一員。わたしの艦長が降伏する相手はだれなのでしょう？」

コロマとアブムウェがウィルスンに目をむけた。ウィルスンはうなずいた。「おれはコロニー防衛軍のウィルスン中尉です。コロマ船長とアブムウェ大使は、コロニー連合の民間政府のメンバーで、こちらのミスター・シュミットも同じです」ウィルスンは友人にむかってうなずきかけた。「ニューリマル号はコンクラーベの軍艦ですから、手続き上、降伏する相手としてはおれがふさわしいでしょう」

「ただの中尉なのに？」ソルヴォーラが言った。ウィルスンはララン族の生理機能に精通しているわけではなかったが、それでも、おもしろがっている表情が浮かんでいるような気がした。「残念ながら、うちの艦長があなたのような地位の相手に降伏するのは少々きまりが悪いかもしれません」

「わかります」ウィルスンはそう言って、台本から離れた。「よろしければ、ソルヴォーラ大使──」

「ソルヴォーラ顧問官のほうがより正確です、中尉」

「よろしければ、ソルヴォーラ顧問官」ウィルスンは訂正した。「そもそもなぜあなたの艦長が降伏しようとするのか教えてもらえませんか。ニューリマル号は戦闘力であきらかにクラーク号を凌駕しています。あなたがその気になれば、われわれを空から吹き飛ばすこともできるはずです」

「だからこそ、わたしはフォーテュー艦長に、あなたがたの船に降伏するよう命じたのです。わたしたちがあなたがたにとってなんの脅威にもならないとしめすために」

ウィルスンは、かしこまっているフォーテュー艦長にちらりと目をむけた。顧問官が降伏を命じたとすれば、いまの艦長の態度やフォーテューとソルヴォーラとの関係など、多くのことに説明がつく。ウィルスンには、アブムウェ大使から降伏を命じられたからといってコロマ船長が受け入れるとは思えなかった。そんな要求が出たら血の雨がふりかねない。「その姿勢をより明確にしようと思ったら、外交使節団を軍艦で送り届けたりしなければよかったのではありませんか」ウィルスンは指摘した。

「ああ、しかしわたしたちがそうしていたら、あなたがたはいまごろ死んでいました」

〝もっともだ〟ウィルスンは思った。「アーシ・ダーメイ号はコンクラーベの船ですね」

「かつてはそうでした。厳密に言えば、いまでもそうかもしれません。とはいえ、あなたがたの船を――そしてニューリマル号を――攻撃したとき、アーシ・ダーメイ号はコンクラーベやその軍隊の指揮下にあったわけではありませんし、クルーもコンクラーベの市民ではなかったのです」

「その主張を裏付ける証拠はありますか？」

「現時点ではありません。わたしから提供できるようなものは。この話し合いが進めば、いずれ出てくるかもしれません。それまでは、わたしのことばだけです――あなたがたにとってそれにどのような価値があるにせよ」

ウィルスンがちらりと目をやると、アブムウェが小さくうなずいた。彼はフォーテュー艦長に顔をむけた。「失礼ながら、艦長、あなたの降伏を受け入れることはできません。コロニー連合とコンクラーベは戦争状態にあるわけではないですし、あなたの軍事的行動は、おれが見たかぎりでは、クラーク号自体やコロニー連合全体を標的にしたものではありませんでした。それどころか、あなたの行動とあなたのクルーの行動は、クラーク号とそのクルーや乗客の命を救いました。従って、おれはあなたの降伏を拒否すると同時に、あなたに感謝を捧げたいと思います」

　フォーテュー艦長は、いっときその場で目をぱちぱちさせた。「ありがとう、中尉」彼女はようやく言った。「あなたの感謝を受け入れ、クルーにも伝えましょう」

「たいへんけっこうです」ソルヴォーラがウィルスンに言った。彼女はアブムウェに顔をむけた。「軍人にしては、彼は悪い外交官ではありませんね」

「たまには使えることがあるのです、顧問官」アブムウェが言った。

「ところで、アーシ・ダーメイ号についてはどうするのだ？」コロマ船長が言った。「損傷を受けているとはいえ、完全に破壊されたわけではない。われわれのどちらにとってもまだ脅威は残る」

　ソルヴォーラがうなずくと、フォーテュー艦長がコロマにむかって話しはじめた。「アーシ・ダーメイ号のミサイル発射装置には、九基のミサイルが搭載されていました。三基はあなたがたへむけて発射されました。三基はわれわれにむけて発射されました。残る三基については われわれの兵器が狙いをつけています。たとえ発射されても、ミサイルは発射管から出るまえに破壊されるでしょう。そもそも、アーシ・ダーメイ号にわれわれの船に狙いをつけてミサイルを発射するだけのエネルギーが残っていればの話ですが」

「あの船と連絡をとったのか？」コロマがたずねた。

「降伏を命じ、クルーの救助を申し出ました。戦闘後はまったく連絡がありません。あなたがたへの降伏について結論が出るまで、こちらからはほかになにもしていません」

「もしもウィルスン中尉がわたしたちの降伏を受け入れていたら、救助活動はあなたがたが仕切ることになっていたでしょう」ソルヴォーラが言った。

「あの船に生存者がいるとしたら、とっくに合図をしているはずです」フォーテューが言った。「われわれかあなたがたへ。アーシ・ダーメイ号はもうおしまいですよ、船長」

コロマは黙り込んだが、納得はしていなかった。

「あなたがたはこの事件をどのように説明するつもりですか？」アブムウェがソルヴォーラにむかって言った。

「どういう意味でしょう？」ソルヴォーラがこたえた。

「つまり、どちらの政府も、このような協議は実際にはおこなわれていないということで合意しています。協議すらおこなわれていないとすれば、戦闘行為はさらに説明がむずかしいと思うのですが」

「戦闘行為を政治的に扱うのはむずかしくありません。しかし、降伏を説明するのは困難です。それもまた、わたしたちがこちらのウィルスン中尉の政治的判断に感謝する理由のひとつです」

「それほど感謝しているのなら、わたしたちがここまできて手に入れたいと思っている答を教えていただけませんか」

「どのような答でしょう？」

「コンクラーベがコロニー連合の艦船を標的として攻撃している理由です」

「たいへん興味深いお話です」ソルヴォーラは言った。「なぜなら、わたしたちもあなたがたにまったく同じ質問をするつもりだからです。わたしたちの艦船について」

「この一年で十六隻の艦船が行方不明になっている」エイベル・リグニー大佐がアブムウェに説明した。ふたりはリズ・イーガン大佐のオフィスにいて、そのイーガンは彼らとともに会議用テーブルにむかっていた。「そのうちの十件はこの四ヵ月のできごとだ」

「〝行方不明〟とはどういうことです？」アブムウェがたずねた。「撃破されたとか？」

「いや、ただ消えたんだ。スキップしたあとで完全に消息不明になった。ブラックボックスもなく、スキップドローンもなく、いかなる種類の連絡もなかった」

「残骸もない？」

「見つけられるようなものはなかったの」イーガンが言った。「蒸発した船が残すガスの雲もなかった。ただ宇宙空間がひろがっていただけ」

アブムウェはリグニーに注意をもどした。「どれもコロニー防衛軍の艦船なのですか？」

「ちがう」リグニーは言った。「より正確に言うなら、もうちがう。行方不明になったのはすべて退役したCDFの船だ。きみたちのクラーク号が、もとはCDFのコルベット艦だったのと同じだな。ある船がCDFではもう使えないとなったとき、われわれはそれをどこかのコロニーの政府機関や、コロニー間輸送を専門にする営利企業へ売却する」

「消えたのが軍艦ではなかったせいで、こちらも最初はなかなか気づかなかったの」イーガンが言った。「民間用や商業用の船はときどき行方不明になるのがふつうだから。スキップで入力をまちがえたり、襲撃者や宙賊の餌食になったり、あってはいけない場所にある無法コロニーへ物資を運ぼうとして撃破されたり。コロニー連合は、その宙域内における合法的な輸送や旅行はすべて追跡しているから、船が破壊されたり行方不明になったりすればわかる。でも、それがどういう種類の船である——今回のケースでは〝だった〟——かは、かならずしもわかるわけじゃない」

「船の登録を担当しているどこかのオタクが、特定のタイプの船が行方不明になっていることに気づいたとき、はじめてわれわれもこの件に注目したんだ」リグニーが言った。「たしかに、そいつの言うとおりだった。このリストにある船はどれも退役したフリゲート艦かコルベット艦だ。すべてこの五年以内に退役になっている。その大半はコンクラーベの領土の近くの星系で行方不明になっていた」

アブムウェは眉をひそめた。「コンクラーベらしくないやりかたですね。彼らはわたしたちの新たな植民を認めてはいませんが、それ以外については、コロニー連合に対しておおっぴらに敵意をむけることはなくなってきています。そんな必要がないのです」

「同感ね」イーガンが言った。「でも、コンクラーベがコロニー連合を攻撃する理由はいくらでもある。コンクラーベはあたしたちよりはるかに巨大だとはいえ、あたしたちが彼らを崩壊寸前まで追いつめたのはそれほどまえのことじゃないんだし」

アブムウェはうなずいた。CDFがコンクラーベの艦隊をロアノークのコロニー上で撃破したことは彼女もおぼえていた。それによって、コロニー連合全体が、はるかに巨大ではるかに怒りに満ちたエイリアンの同盟とあやうく戦争に突入しかけたのだ。

そのときコロニー連合を救ったのは、皮肉なことに、コンクラーベのリーダーであり創設者であるターセム・ガウ将軍が、内乱をおさめて組織の団結を維持したからだった——CDFの目標がガウの失脚にあったことを考えると、ささやかな皮肉どころではない。

「ガウにはコロニー連合を舞台から消し去りたいと思う理由があるはずです」アブムウェは言った。「退役した元軍艦を何隻か行方不明にさせることで、どうしてそれが達成できるのかはわかりませんが」

「それについてはわれわれにもわからない」リグニーが言った。「消えた船は軍艦としてはもう役に立たない。兵器や防御システムはすべて撤去されている。現役のCDFの軍艦と混同されることはありえないんだ。そんなものを消し去ったところでわれわれの軍事力にはなんの影響もない」

「可能性はほかにもある」イーガンが言った。「個人的には、こちらのほうがありそうなことだと思ってる。つまり、コンクラーベはこの消失事件にまったく関与していない。犯人はほかのだれかで、それをコンクラーベのしわざに見せかけることで、彼らとわたしたちとをふたたび争わせようとしている」

「いいでしょう」アブムウェは言った。「この問題がわたしになんの関係があるのか教えてください」

「この件でコンクラーベとの裏ルートを確立する必要がある」リグニーが言った。「もしも彼らが背後にいるのなら、われわれはもはやがまんするつもりはないということを伝えなければならない――こちらが軍事資源をどこへ集中させるかを敵に知られることがないようなやりかたで。もしもコンクラーベが背後にいないのなら、そのときは、だれが犯人かを突き止めるのは双方にとって利益になる――やはり、できるだけ静かに」

「あなたにこの仕事を依頼するのは、ぶっちゃけた話、コロニー連合がほかの種族や政府とおこなっている取引を何者かが妨害しようとしていることを、あなたがすでに知っているからなの」イーガンが言った。「いちから説明する必要がないし、あなたとあなたの部下たちが口を閉じていられることはもうわかっている」

アブムウェはうっすらと皮肉な笑みをたたえた。「あなたの率直さに感謝します」

「誤解のないように言っておくけど」イーガンが言った。「あなたの仕事ぶりが優秀だということもあるのよ。ただ、この件では慎重さがとりわけ重要だから」

「わかりました。では、どのようにアプローチすればいいのでしょう？　コンクラーベとの直接の連絡役はいないのですが、そういう相手を知っていそうな者はいます」

「ウィルスン中尉のこと？」イーガンはたずねた。

アブムウェはうなずいた。「彼はジョン・ペリーを個人的に知っています」彼女が名前を出した元ＣＤＦの少佐は、ロアノークでの事件のあとコンクラーベのもとへ身を寄せ、エイリアンの貿易船隊を引き連れて地球をおとずれ、その惑星とコロニー連合とのいびつな関係を暴露したのだった。「熱心に活用したいコネではありませんが、必要とあらば使うことはできます」

「その必要はない」リグニーが言った。「われわれはガウ将軍の側近と直接のつながりがある。ソルヴォーラという顧問官だ」

「どうしてソルヴォーラを知っているのです？」アブムウェはたずねた。

「ペリー少佐がコンクラーベの貿易船隊とともに地球上空にあらわれるという不快なできごとがあったあと、ガウ将軍は、あたしたちが彼の側近と話をするための非公式な手段を公式に用意しておくほうが都合がいいと判断したの」イーガンは言った。「これ以上の意図せぬ不快なできごとを避けるために」

「こちらで場所を指定すれば、ソルヴォーラはそこにあらわれる」リグニーが言った。「あとはきみがそこへ行くだけでいい」

「それと、あなたが行くことをほかのだれにも知られないようにすること」イーガンが付け加えた。


「わたしたちはあなたがたの船をいっさい攻撃していません」アブムウェはソルヴォーラに言った。

「おかしいですね」ソルヴォーラが言った。「あなたがたの時間でこの数カ月に、わたしたちの二十隻の船が突然の失踪を遂げているのです」

「コンクラーベの軍艦ですか？」

「いいえ。ほとんどは商船で、あとはリサイクル船が何隻か」

「続けてください」

「ほかに言えることはあまりないのです。船が消えたのはいずれもコロニー連合の宙域との境界付近でした。どれもなんの痕跡も残さずに消えています。船が消えて、クルーも消えて、貨物も消えて。なにか反応を引き出そうとするための行動にしては数が少なすぎます。ただの偶然やめぐりあわせで片付けてしまうには数が多すぎます」

「もどってきた船は一隻もないのですね」

「一隻だけもどりました。それがアーシ・ダーメイ号です」

「冗談でしょう」ウィルスンが口をはさんだ。

「いいえ、ウィルスン中尉」ソルヴォーラは彼に顔をむけながら言った。「アーシ・ダーメイ号は最初のころに行方不明になった船であり、わたしたちにもっとも大きな不安をあたえた船でもあります。外交船なので、それが消えるということは、わたしたちから見れば戦争行為の可能性があったのです。しかし、通常の回線ではその件に関してなんの情報もはいってきませんでした。こういう事件があれば、なにかしらはいってくるものなのです」

「それなのにコロニー連合が背後にいると考えているのですか」アブムウェが言った。

「確信があったなら、こうした裏ルートではなく、とっくに正規ルートでそちらに連絡をしていたでしょう」ソルヴォーラは言った。「たしかに疑いはありますが、疑いだけでコロニー連合と戦争をはじめるつもりはありません。あなたがたが疑いだけでわたしたちと戦争をはじめるつもりがないのと同じことです」

「アーシ・ダーメイ号がここに出現したことで、われわれのしわざではなかったことは納得してもらえたはずだ」コロマ船長が言った。「あの船はわれわれを攻撃したのだ」

「あの船は両方の船を攻撃したのです」フォーテュー艦長が言った。「しかもわれわれのほうが先でした。われわれはあなたがたよりひと足先にここへ到着しました。そのとき、あの船はもうここにいたのです」

「もしもわれわれが先に着いていたら、われわれはあれがコンクラーベの外交船だと思っただろう」コロマが言った。「あれがクラーク号をおびき寄せて攻撃するつもりだったのは明白だ」

「それはひとつの見方でしかありません」ソルヴォーラが言った。「別の見方をすると、あなたがたが拿捕したコンクラーベの船を使って非武装の外交船に偽の攻撃を仕掛け、それを宣伝の道具にするつもりだったのかもしれません。コロニー連合なら、正義の怒りをかきたてるために、船の一隻やコロニーのひとつくらい犠牲にするでしょう」

コロマがこれを聞いて顔をこわばらせた。アブムウェが手をのばしてコロマの腕をつかみ、おちつかせた。「そういう状況だったと本気で思っているわけではないでしょう」

「ちがいます」ソルヴォーラは認めた。「わたしが言いたいのは、現時点ではどちらも答よりも疑問を多くかかえているということです。どちらの船も行方不明になっていた。それがここに出現した。それが両方の船を攻撃した。いまのところ、だれが本来の標的だったのかということは些細な問題です。結局はどちらも標的になったのですから。わたしたちが問いかけるべき疑問は、だれがわたしたち両方を標的にしたのか？　そいつらはわたしたちがここへ来ることをどうやって知ったのか？　それはあなたがたの船を行方不明にさせたのと同じ連中なのか？」

ウィルスンはフォーテューに顔をもどした。「あなたはアーシ・ダーメイ号はもうおしまいだと言いましたよね？」

「少なくとも活動不能でしょう」フォーテューは言った。「いずれにしても脅威にはなりえません」

「だったら提案があります」

「どうぞ」ソルヴォーラが言った。

「そろそろ合同で現地調査に出かけたらどうですか」ウィルスンは言った。

「妙なことはするなよ」ハート・シュミットがウィルスンに言った。ふたりはクラーク号のシャトルベイにいた。ニューリマル号のシャトルが、操縦士とふたりのコンクラーベの軍人とともに、ウィルスンの搭乗を待っていた。「まわりを見て、できるだけのことを調べたら、さっさと出てくるんだ」

「あんたはいつからおれの母親になったんだよ」ウィルスンは言った。

「きみはとんでもないことばかりする。しかも、いつもわたしをそこに巻き込む」

「だれかほかのやつにおれを監視させてもいいんだぞ」

「バカなことを言うな、ハリー」シュミットはウィルスンの戦闘用スーツをあらためてチェックした。「酸素供給は自分で確認したな」

「ブレインパルがつねに監視している。それに、戦闘用スーツは真空の環境を想定した設計になっている。しかも、おれはいちどに十分間は息を止めていられる。頼むよ、ハート。あんたは友人だが、このままじゃ殺すしかなくなる」

「わかった。すまない。ブリッジで見守っているからな。音声と映像の回線はつねにひらいておくんだぞ。コロマとアブムウェもいっしょにいる予定だ——きみからなにか質問があるときや、その逆のときにそなえて」

「ちょうど頭のなかにいてほしかった方々だ」

コンクラーベの兵士の片割れであるララン族が、シャトルから頭を突き出してウィルスンを手招きした。「おれの搭乗する番か」ウィルスンは言った。

シュミットは目をほそめてその兵士を見た。「あいつらには気をつけろよ」

「あいつらがおれを殺すことはないよ、ハート。体裁が悪すぎる」

「いつか、きみはこういうことで判断をあやまるぞ」

「そのときは、あんたから遠く離れていることを祈ってくれ」ウィルスンが言うと、シュミットはにやりと笑ってシャトルベイの管制室へもどっていった。

ウィルスンはシャトルに乗り込んだ。操縦士と兵士のひとりは、ソルヴォーラやフォーテュー艦長と同じララン族だった。もうひとりの兵士は、フフリクト族というずんぐりした毛深い種族だった。そいつが身ぶりでウィルスンに席へ着けとうながした。ウィルスンは席に着き、MP-35を足もとにしまいこんだ。

「われわれの翻訳回路はスーツに内蔵されている」フフリクト族が自分の言語で言うと、翻訳されたことばがベルトのスピーカーから流れ出した。「おまえは自分のことばでしゃべればいい。おれは翻訳を音声回線で聞くことができる」

「こっちも同じだよ」ウィルスンはそう言って、スピーカーを指さした。「なんならそれは切ってもかまわない。こっちはあんたの言うことをちゃんと理解できるから」

「そりゃいい」フフリクト族はスピーカーを切った。「こいつから流れる声が気に入らなくてな」片手をあげて付属肢を二度収縮させ、あいさつをする。「おれはナヴィル・ウァード中尉」そいつはふたりのララン族を指さした。「アーグルン・ハウェル操縦士、レズル・カーン伍長」

「ハリー・ウィルスン中尉だ」

「真空の環境を経験したことはあるのか？」ウァードがたずねた。

「一度か二度は」

「そりゃいい。さて、聞いてくれ。これは合同任務だが、だれかがリーダーをつとめなければならないので、おれが立候補させてもらう。なぜなら、おれはすでにあっちのふたりのリーダーとみなされているし、これはおれのシャトルだ。異議はあるか？」

ウィルスンはにやりとした。「ありません、サー」

「性別がちがう。だが、おまえたちの〝マーム〟もしっくりこないから、そのまま〝サー〟と呼んでもかまわない。話をややこしくする必要はない」

「イエス、サー」

「よし。こいつを発進させるとするか」ウァードは操縦士に顔をむけてうなずいた。操縦士はシャトルを密閉して、クラーク号に出発の準備ができたと合図した。クラーク号がベイの空気の循環を開始した。カーン伍長が副操縦士の席に腰をおちつけた。

「人間といっしょに働くのははじめてだ」ウァードがウィルスンに言った。

「ここまではどんなぐあいかな？」ウィルスンはたずねた。

「悪くない。ただ、おまえはちょっと醜いな」

「よく言われるよ」

「だろうな。おれは気にしないでいてやるぞ」

「ありがとう」

「だが、体臭がきつかったら、エアロックからほうりだす」

「了解」

「おたがいに納得できて良かった」

「中尉はだれに対してもこんな調子なんですよ」カーン伍長がウィルスンをふり返って言った。「あなただけじゃありません」

「おれ以外のだれもが醜いのはおれのせいじゃない」ウァードは言った。「みんながおれのように華麗になれるわけじゃないからな」

「そんなに華麗でどうやって日々を切り抜けるんですか、サー？」ウィルスンはたずねた。

「わからない」ウァードは言った。「ただ希望と美貌の指針となるだけだ、と思う」

「わたしの言ったことがわかったでしょう」カーンが言った。

「こいつは嫉妬しているだけだ」ウァードは言った。「それに醜い」

「あんたたちはほんとにおもしろいな」ウィルスンは言った。「なのに、おれの友人のハートときたら、あんたたちがおれを殺そうとすると思ってたんだ」

「もちろん殺したりはしない」ウァードが言った。「それは次回の任務にとっておく」

シャトルはうしろむきにベイを出て、アーシ・ダーメイ号へとむかった。


「よし、この船のおかしなところをおれに教えたいのはだれだ？」ウァードがだれにともなく言った。中尉の声はウィルスンのブレインパルをとおして聞こえてきた。ウィルスンとウァードとカーンは、それぞれ船の別の区画にいた。

「生きている者がまったく見当たらないことですか？」カーンが言った。

「近いが、ちがう」ウァードが言った。

「それは〝おかしな〟ことじゃないんですか？ それがおかしなことじゃないとしたら、いったいなにが？」

「生きている者が乗っていた痕跡がまったく見当たらないことだな」ウィルスンは言った。

「人間が正解だ」ウァードが言った。「こんな奇妙な代物は見たことがない」

三人の兵士は、回転するアーシ・ダーメイ号の先端部へ慎重に接近した。シャトルの操縦士がその破片と回転を合わせ、三人は磁力鉦につながったガイドケーブルを伝って宇宙空間を横断していったのだった。全員が船にたどり着くと、シャトルは危険の少ない距離まで後退したが、回転は合わせたままだった。

船体がそれなりに回転しているおかげで、ウィルスンとウァードとカーンは、船内のレイアウトにまったくそぐわない角度で隔壁に押しつけられていた。歩くときには注意が必要だった。ひらいたままの通信回線には、とても背の高いカーン伍長がなにかにぶつかったときに発する悪態がときどきまぎれこんできた。

アーシ・ダーメイ号の先端部はメインの動力源からは切り離されていたものの、区画別に用意されたバッテリによる非常用電源はまだ生きていた。通路を照らす非常灯は薄暗かったが、役に立つていどの輝きはになっていた。通路には最近だれかが歩いたような痕跡は見当たらなかった。ウィルスンはドアをつぎつぎと引きあけていった――居住区、会議室、ベンチと食事を準備するエリアらしきものから判断して食堂と思われる部屋。

どこもからっぽで生きている者の気配はなかった。

「この船はプログラムされていたんでしょうか？」カーンが言った。「スキップドローンみたいに」

「この船とニューリマル号との戦闘をビデオを見た」ウァードが言った。「アーシ・ダーメイ号がとった戦術はただのプログラムとは思えなかったな、少なくともおれには」

「同感だな」ウィルスンは言った。「たしかにここにだれかいたように見えた」

「遠隔操作だったのかも」カーンが言った。

「クラーク号で付近のエリアは捜索した」ウィルスンは言った。「ドローンや小型船はいっさい発見できなかった。フォーテュー艦長もニューリマル号で同じことをしたはずだ」

「だれも乗っていないのに、この船はどうやって戦ったんです？」カーンが言った。

「幽霊についてどう思う？」ウァードが言った。

「おれは死んだらそのままでいてほしい」ウィルスンは言った。

「またもや人間が正解だ」ウァードが言った。「だから、われわれはこのまま船内で生きている者を探し続ける」

数分後、カーンの声が回線に流れた。彼がなにか音をたてると、一瞬おいて、ウィルスンのブレインパルがそれを〝あー〟と翻訳した。

「どうした？」ウァードがたずねた。

「なにか見つけたみたいです」カーンが言った。

「生きているのか？」ウィルスンはたずねた。

「そうかも？」

「カーン、もうすこし具体的に説明してくれ」ウァードが言った。翻訳装置をとおしてさえ、その声からはいらだちが聞き取れた。

「わたしはブリッジにいます。ここにはだれもいません。ただ、点灯しているスクリーンがひとつあります」

「わかった。それで?」

「それで、わたしがスクリーンのまえを通過したら、そこにことばが表示されました」

「なんと表示されていた?」ウィルスンはたずねた。

「〝もどってきて〟」

「ブリッジにはだれもいないんじゃなかったのか」ウァードが言った。

「いないんですよ――ちょっと待って、またスクリーンになにか表示されました」

「こんどはなんだ?」

「〝助けて〟」カーンは言った。


「おまえはテクノロジーにくわしいと言ったな」ウァードがウィルスンに言って、ブリッジのスクリーンを指さした。それはふたりの頭上でななめに浮かんでいた。「こいつを操作してくれ」

ウィルスンは顔をしかめてスクリーンを見あげた。表示されているのはララン族のことばだった。ブレインパルが翻訳したメッセージをその上にかさねて表示していた。キーボードもなければ操作ツールらしきものもなかった。手をのばしてスクリーンをつついてみる。反応はない。「ふだんはどうやってスクリーンを操作しているんだ？」ウィルスンはウァードにたずねた。「コンクラーベにはなんらかの標準的なアクセスインターフェースがあるんだろう？」

「おれは部下を指揮して敵を撃つ」ウァードが言った。「アクセスインターフェースは専門外だ」

「標準的なデータ送信用の周波数帯があります」カーンが言った。「音声送信用の周波数帯ではなく、もっと別のことに使うやつが」

「ハート？」ウィルスンは言った。

「いま用意している」シュミットの声がウィルスンの頭のなかに流れた。

「見て」カーンがスクリーンを指さした。「新しいことばが」

〝データ用の周波数帯は必要ない〟ララン族のことばだった。〝きみたちの声は音声用の周波数帯で聞くことができる。だが、理解できるのはララン語だけだ。翻訳モジュールが損傷したので〟

「あんたはどのことばをしゃべるんだ？」ウィルスンは言って、ブレインパルにそれを翻訳させた。

〝イーソ語だ〟ことばが表示された。

ウィルスンがブレインパルに問い合わせると、その言語がシステム上に展開された。「これで良くなったか？」ウィルスンはたずねた。

〝ああ、ありがとう〟

「あんたはだれだ？」

〝わたしの名前はライス・アブラント〟

「アーシ・ダーメイ号の船長か？」

〝ある意味ではそうだ〟

「なぜクラーク号とニューリマル号を攻撃した？」

〝その件については選択の余地がなかった〟

「ほかのみんなはどこにいる？」ウァードがたずねた。やはり翻訳データベースにイーソ語があったらしい。

〝わたしのクルーがどこにいるかという意味か〟

「そうだ」

〝だれもいない。わたしだけだ〟

「あんたはどこにいるんだ？」ウィルスンはたずねた。

〝それは興味深い質問だ〟

「船に乗っているのか？」

〝わたしが船なのだ〟

「聞きまちがいじゃないですよね？」カーンがしばらくして言った。「翻訳がおかしかったわけじゃないですよね？」

「われわれもこちらで同じ質問をしている」シュミットが言ったが、アーシ・ダーメイ号の乗客のなかでその声が聞こえるのはウィルスンだけだった。

「あんたが船なのか」ウィルスンはくり返した。

〝そうだ〟

「ありえないな」ウァードが言った。

〝それについてはきみが正しければと思う〟

「ウァード中尉の言うとおりだ」ウィルスンは言った。「いまだかつて真の知性をもつ機械が開発されたことはない」

〝わたしが機械だとは言っていない〟

「どうもイラつくな」ウァードがウィルスンに言った。「なぞなぞばかりだ」

「彼に聞こえるぞ」ウィルスンは手でなにかを切るようなしぐさをした――〝ウァード、黙ってろ〟。「ライス・アブラント、もうすこしわかりやすく説明してくれないか。だれもあんたが言っていることを理解していないと思う」

〝見せるほうが早い〟

「わかった。見せてくれ」

〝うしろをふりむいてくれ〟

ウィルスンはふりむいた。彼の背後にはディスプレイの列と大きな黒い戸棚があった。彼はスクリーンにむきなおった。

〝あけてくれ。そっとだ〟

ウィルスンはあけた。

〝やあ〟

「ああ、ちくしょう」ウィルスンは言った。

「彼は箱のなかの脳です」ウィルスンは言った。「文字どおり箱のなかの脳なんです。戸棚をあけたら容器がひとつあって、そのなかにイーソ族の脳と神経系が置かれていて、非有機物のデータファイバーにつながっていました。脳はなにかの液体に浸かっていますが、おそらくそれが酸素と養分を供給しているんだと思います。外へのびたチューブがフィルター装置らしきものにつながっていて、別のチューブがその反対側からのびていました。すべてが循環しているんです。すごく印象的なんですよ——そこにほんものの知性ある存在が閉じ込められていることを忘れているうちは」

ウィルスンはふたたびクラーク号のシャトルベイにいて、アブムウェ、ソルヴォーラ、ムータル・ウォール、ハート・シュミットとともにすわっていた。コロマ船長とフォーテュー艦長はそれぞれの持ち場にもどっていた。アブムウェとコロマは、ブレインパル経由でウィルスンの視点からライス・アブラントの姿を見ていたが、ソルヴォーラは報告も聞きたがった。ウィルスンはソルヴォーラにブレインパルの映像を提供すると言ったが、彼女は〝生の説明〟のほうが好きだと言ってそれを断った。

「このアブラントというのは？」ソルヴォーラがたずねた。「彼にも人生があったのでしょう……こうなるまえに」

「アーシ・ダーメイ号に乗っていた操縦士だったと、本人は言っています」ウィルスンは言った。「その件はおれよりあなたのほうがうまくチェックできますよね、顧問官」

ソルヴォーラがウォールにうなずきかけると、助手はタブレットでメモをとった。「彼はクルーのひとりだった」ソルヴォーラは言った。「アーシ・ダーメイ号に乗っていたのは中心となるクルーが五十名に外交使節団が十名ほど。彼らはどうなったのです？」

「あいつはなにも知らないと言っています。眠っていたときにアーシ・ダーメイ号が最初の襲撃を受けて、侵攻のあいだは殴られて気を失っていたとか。目がさめたらこうなっていたんです。あいつにこういうことをした連中は、ほかのクルーについてはなにも言わなかったそうです」

「だれなのですか、彼にこういうことをした人びとというのは？」

「あいつはそれも知らないと言っています。厳密にはいちども話をしていないそうです。テキストでやりとりをしたとか。意識を取りもどしたときに説明されたんです——彼の仕事はひとりきりでアーシ・ダーメイ号を操縦して航行する方法を学ぶことであり、充分に上達したら任務をあたえられると。これがその任務でした」

「彼がその人びとのことを知らないという話を信じるのですか」

「下品な言い方になりますが、顧問官、あいつは肉体を離れたクソな脳です。あたえられた以上の観察力があるとは思えません。船がスキップするまでは外部入力すらなかったそうです。任務の前半はなにも見えないまま飛んでいたんです。あいつが彼らに言われたことしか知らない、つまり、ほとんどなにも知らない可能性は充分にあると思います」

「あなたは彼を信じるのですね」

「同情はしてます。それだけでなく、信用もできると思います。あいつがこの件に進んで関与しているんだとしたら、なにも脳だけを箱に入れて必要なことをやらせたりする必要はなかったはずです」

「顧問官に、彼がこの任務の報酬についてどんな説明を受けたか話してあげて」アブムウェがウィルスンに言った。

「もしもこの任務をやり遂げたら、脳を体にもどして故郷へ連れ帰ってやると言われたそうです」ウィルスンは言った。「報酬は自分自身を取りもどせること」

ソルヴォーラはちょっと口をつぐんで考え込んだ。それから、体の位置をずらしてアブムウェに語りかけた。「これからひどく無遠慮な話をしますが、すこしだけがまんしていただけますか」

「遠慮なくどうぞ」アブムウェが言った。

「コロニー連合が昔からこういうことをしてきたのは秘密でもなんでもありません」ソルヴォーラは、ウィルスンを身ぶりでしめした。「ここにいるあなたの中尉は、もとの肉体から遺伝子改造された肉体へ意識が転送されて生まれたということになっています。彼の脳内にはコンピュータがあり、その両者をつなぐ無機物のケーブルは、少なくとも機能面では、この哀れな生き物につながっているものと似ています。あなたがたの特殊部隊の兵士たちは中尉よりもさらに改造されています。なかには人間と似ても似つかない姿をした者もいると聞いています。そして、コロニー防衛軍が違法行為をした兵士にあたえる罰のひとつに、その脳を容器のなかへ一定期間閉じ込めるというものがあることも聞いています」

　アブムウェはうなずいた。「要点をどうぞ、顧問官」

「要するに、だれがライス・アブラントにこんなことをしたにせよ、そのやり口はコンクラーベよりもコロニー防衛軍のほうに近いということです」

　アブムウェはまたウィルスンにうなずきかけた。「ライス・アブラントの受けた命令について話してあげて」

「あいつの受けた命令は、スキップしたあとでそこに出現する船があったらすべて破壊せよというものだったそうです」ウィルスンは言った。「あいつの雇い主のほうは船を区別する気はなかったんです。あいつをわれわれ両方に突き付けて、最善の結果を期待しただけなんです」

「なんの目的で？」ソルヴォーラが言った。

「それが問題ですか？」アブムウェが言った。「もしもわたしたちが撃破されていたら、コロニー連合は待ち伏せをしたとあなたがたを非難したでしょう。もしもあなたがたが撃破されていたら、コンクラーベが同じようにわたしたちを非難したでしょう。もしも両方の船が撃破されていたら、このふたつの政府はとっくに戦争に突入していたかもしれません。さっきあなたが言ったとおりですよ、顧問官。現時点では、〝なぜ〟はほんの些細な問題で、優先されるのは〝だれが〟のほうです」

「ウィルスン中尉の言うことが正しくて、このライス・アブラントには自分がだれのために働いているのかを知るすべがないとしたら、わたしたちにもそれが〝だれなのか〟を知るすべはないことになります」ソルヴォーラが言った。「いま手がかりになるのは手法だけであり、こうした手法はわたしたちよりもあなたがたに近いのです」

「ライス・アブラントは自分がだれのために働いているのかを知りませんが、手がかりが彼だけというわけじゃありません」ウィルスンは言った。

「説明してください」

「あいつは箱にはいった脳です。そして、箱は多くのことを教えてくれます。たとえば、どのテクノロジーで製作されているとか。もしも一部でも既製品が使われていたら、それは手がかりになります。たとえすべてが特注品だとしても、リバースエンジニアリングでいちばん近いものを見つけられるかもしれません。いまはなにもわからないんですから、それよりはマシでしょう」

「そのために必要なものは？」

「まず第一に、ライス・アブラントをアーシ・ダーメイ号から取りはずしたいですね。早いほうがいい。時計がカチコチと動いていますから」

「どういうことですか」

「ライス・アブラントが最初にわれわれに言ったのは〝助けて〟でした。実は、生命維持システムの非常用バッテリが切れかけているんです。電力の供給が途絶えるまで八時間ほどしかありません」

「彼をここへ連れてきたいのですね」ソルヴォーラはクラーク号をしめした。

ウィルスンは首を横にふった。「あいつはコンクラーベの船に乗っています。あの箱がどこから来たにせよ、インターフェースはコンクラーベの給電ネットワークに対応したものです。クラーク号よりニューリマル号の給電システムのほうが、アーシ・ダーメイ号のそれと合致しやすいはずです」ウィルスンはにやりと笑った。「それに、あなたたちの船にはビーム砲があります」

ソルヴォーラも笑みを返した。「ではそうしましょう、中尉。ただし、ここにいるあなたの上司が、コンクラーベがあのテクノロジーを保持することをよろこぶとは思えないのですが」

「ウィルスン中尉がそのテクノロジーを詳細に調査することと認めてもらえるなら、わたしには異議はありません」アブムウェが言った。「テクノロジーは彼の専門です。きっと必要なことを学ぶでしょう」

「あなたの上司はそれをよろこばないかもしれませんよ、アブムウェ大使」ソルヴォーラが言った。

「そうかもしれません。しかし、それはあなたのではなく、わたしの問題です」

「いつはじめられますか？」ソルヴォーラはウィルスンにたずねた。

「あなたがウァードとカーンにもういちどおれに協力するよう要請したらすぐに」ウィルスンは言った。「幸い、脳の箱はあまり大きくはないんですが、船内があういう状況なので動かすのがむずかしいんです。それともちろん、運搬用のシャトルがいります」

ソルヴォーラがうなずくと、助手がまたタブレットに手をのばした。「ほかには？」ソルヴォーラはたずねた。

「ひとつお願いがあります」

「なんでしょう」

「ライス・アブラントをあなたの船に運び込んだら、そちらのネットワークに接続してやると約束してください」

「その理由は？」

「あの気の毒なやつは、宇宙船の操縦シミュレーションをえんえんと続けてきました。友人はみんな死んで、あいつを箱に詰め込んだゴミ野郎どもを別にすれば、だれとも話をしていないんです」ウィルスンは言った。「たぶん寂しいと思うんですよ」

〝ひとつ質問をしていいか？〟ライス・アブラントがウィルスンに言った。ウィルスンがデータ用の周波数帯をひらいていたので、ライス・アブラントは、ディスプレイではなくブレインパル経由でじかに話しかけることもできた。彼がテキストを使い続けていたのは、そのほうが正しいように思えたからだ。

「ああ、かまわないぞ」ウィルスンは言った。彼はアーシ・ダーメイ号のブリッジのデッキの下からバッテリを引っぱり出すのに大忙しで、耐真空戦闘用スーツのなかに汗をかきはじめていた。

〝なぜきみがわたしを助けようとするのか知りたいのだが〟

「あんたが助けてくれと言ったんだろ」

〝わたしはきみが乗っている船を撃破しようとしたのに〟

「それはあんたがおれと知り合うまえのことだ」

〝申し訳ないことをした〟

「気にするなとは言わない。ただまあ、自分の体を取りもどしたいという気持ちはわかる」

〝もう取りもどすことはできない〟

「あんたにこんなことをしたクズどもにはできないだろう。だからといって、永遠にできないと決まったわけじゃない」

〝可能性は低そうだ〟

「あんたが話している相手は二番目の肉体を使っている男なんだぞ。あんたの苦境について、おれはあんたよりもすこしだけ楽観的だ」ウィルスンはバッテリを引き抜き、それまでに集めたほかのバッテリのとなりにならべた。ヴァードとカーンは、アーシ・ダーメイ号のどこか別の場所にいて、やはりバッテリの抜き出しをおこなっていた。ぶじにニューリマル号へ移るまでのあいだ、これがライス・アブラントの脳の箱に電力を供給してくれる。アーシ・ダーメイ号からニューリマル号への移動はほんの数分のことだが、ウィルスンは、だれかが死ぬ可能性があるときにはやりすぎなくらいがいいと心から信じていた。

〝いろいろとありがとう〟

「射撃がへたくそでありがとうよ」ウィルスンは作業にもどった。

〝知ってのとおり人間は評判が悪い。ほかの種族のあいだでは〟

「聞いてるよ」

〝信用できないとか。契約や条約を破るとか。ほかの種族を怖がっていて、その解決策として皆殺しにしようとするとか〟

「明るい面をあげると、歌声はみんなきれいだぞ」

〝こんなことを言うのは、きみにはそんなところがまったく見えないからだ〟

「人間だってみんなと変わらないさ。イーソ族はだれもかれも善人なのか？　コンクラーベができるまえ、あんたの政府はつねに最善の道を選んだか？　いま、コンクラーベはつねに最善の道を選んでいるか？」

〝すまない。政治的な議論をはじめるつもりはなかった〟

「これは議論じゃない。おれはあらゆる知的生物の本質について話しているんだ。おれたちはだれだって、身のうちにあらゆる可能性を秘めている。個人的には、ほかの連中に多くを期待するつもりはない。だが、おれ自身については、なるべくなら、どうしようもないクズにならないよう努力している」

〝そこに箱にはいった脳を救うことも含まれると〟

「まあ、人を救うことは含まれているよ。相手が現時点では箱にはいった脳だとしても」ウィルスンはまたひとつバッテリを引き抜いた。

ヴァード中尉が、自分の集めたバッテリを引きずってブリッジにあらわれ、それをウィルスンのバッテリのとなりに置いた。バッテリは船の回転によって生じるわずかな疑似重力のなかで押し合いへし合いした。「あとどれくらいこういうのが必要なんだ？」ヴァードがウィルスンにたずねた。「宇宙船をまるごと解体するのは、おれの職務明細には含まれていないはずだが」

ウィルスンはにやりと笑ってバッテリの数をかぞえた。「もう充分だと思う。この箱はデッキにしっかり固定されているわけじゃないから、わりあい簡単に取りはずせるはずだ。ものを持ちあげるのはあんたの職務明細に含まれているかな？」

「ああ。しかし、おろすほうは別料金だ」

「さてと、これからやらなけりゃいけないのは、箱をアーシ・ダーメイ号のシステムから切り離してバッテリにつなぐときに、電力供給をあまり長く途絶えさせないことだ」ウィルスンは、箱の外部コンセントと、そこからうねうねとのびて船の電源システムにつながっているケーブルを指さした。「おそらく箱そのものにバッファ機能があるはずだ。そこにどれだけのエネルギーがたくわえられるのか調べる必要がある」

「なんでも指示してくれ、ウィルスン中尉。今回はおまえがリーダーだ」

「ありがとう、ウァード」ウィルスンは箱の扉を、やはり慎重な手つきであけて、なかの部品がはずれたりしないよう気をくばった。「あんたとおれとカーンがこうして協力し合えるというのは、おたがいの国家が平和と調和のなかで共存できることを暗示しているな」

「皮肉は人間だけのものではない」ウァードが言った。「だが、おまえがそれを得意にしているのは認めよう」

ウィルスンは返事をしなかった。代わりに箱のなかをじっと見つめた。

「どうした?」ウァードがたずねた。ウィルスンは頭をふって、もっと近くへ来るよううながした。ウァードはそばへ寄った。

ウィルスンは、ライス・アブラントの脳と神経系をおさめた容器につながっている太いワイヤの束をどけて、電源ケーブルが箱につながっているあたりをのぞきこんだ。そこには思ったとおり電源バッファらしきものがあった。電源喪失でシステムが停止したときにそなえて、一分かそこらは使えるだけのエネルギーをためてあるのだ。

だが、その電源バッファにはなにか別のものがくっついていた。

「ああ」ウァードが言った。ウィルスンはうなずいた。「カーン」ウァードは通信回線にむかって呼びかけた。

「はい、中尉」カーンが応答した。

「ウィルスン中尉とおれは、いくつかの道具を忘れたことに気づいたから、おまえにそれを持って手伝いに来てもらう必要がある。シャトルへもどってくれ。おれたちもそっちで合流する」

「中尉？」カーンはすこしとまどっていた。

「命令を確認しろ、伍長」

「命令を確認しました。ただちにシャトルへむかいます」

〝なにも問題はないのか〟

「なにも問題はない」ウィルスンはライス・アブラントに言った。「たったいま、あんたの内部構造のいくつかの部分がほかのところより扱いにくいことがわかった。ちがう道具が必要なんだ。ニューリマル号へ取りに行かないと。すぐにもどるから」

〝なるほど。あまり長く離れないでくれ。船はすでに機能を停止しかけている〟

「できるだけ早くもどるよ。約束する」

ライス・アブラントはなにも言わなかった。ウィルスンとウァードは静かにシャトルとのランデブー地点へむかった。ふたりとカーンと合流し、それ以上なにも言わずにシャトルへ引き返していった。

シャトルが動き出すと、ウィルスンはクラーク号との回線をひらいた。「ハート」彼はシュミットに呼びかけた。「アブムウェをニューリマル号へ連れてきてくれ。できるだけ早く。不都合が起きた。えらくでかい不都合だ」ウィルスンは、シュミットが返事をするまえに接続を切り、ウァードへ顔をむけた。「あんたの艦のやつらに命じてアーシ・ダーメイ号の電源システムの回路図を用意させてくれ。いくつか知りたいことがある。いますぐに」

「ないかもしれないぞ」ウァードが言った。「アーシ・ダーメイ号はコンクラーベの軍事艦隊の一員ではないからな」

「だったら、そっちのエンジニアのだれかに、コンクラーベの電源システムがどんなふうに作動するのか説明させてくれ。それくらいはできるだろう？」

「やってみよう」ウァードはそう言って、ニューリマル号との回線をひらいた。

カーンがそんなふたりの表情を見つめていた。「なにがあったんです？」

「おれたちの相手はどうしようもないクズだった」ウィルスンは言った。

「それはわかっていたと思うんですが」

「いや、こいつは新しいネタだ。あの箱の電力供給部に爆弾がつないであった。ライス・アブラントがはいっている箱だ。見たところ、箱への電力供給に異常が生じたら爆発するようにセットされているようだ。おれたちがライス・アブラントを動かしたら、あいつは死ぬことになる」

「動かさなかったら、彼はやっぱり死にます。電力の供給が途絶えかけているんです」

「これで、おれたちの相手はどうしようもないクズだと言った理由がわかっただろう」ウィルスンは言った。ニューリマル号に到着するまで、彼は黙り込んだままだった。

〝こんどはきみだけか〝

「ああ」ウィルスンはライス・アブラントに言った。

〝良いしるしではなさそうだな〝

「もどると言ったじゃないか」

〝きみはわたしに嘘をつくことはないだろう〝

「あんたは、噂で聞いていた人間とおれが似ていないからいいと言った。そのとおり、おれはあんたに嘘をつくことはない。だが、あんたは真実を聞くのがつらいことだと知らなけりゃならない」

〝わたしは箱にはいった脳だ。真実を聞くのはもともとつらい〝

ウィルスンはにっこりした。「えらく哲学的なものの見方だな」

〝箱にはいった脳は、哲学的になるしかないのだよ〝

「あんたの箱には爆弾が仕掛けられている。電源バッファにつながっているんだ。おれにわかるかぎりでは、電力の流れをチェックする監視装置があるようだ。アーシ・ダーメイ号の電源システムは非常用電源システムと一体化しているから、前者が停止するときには後者がすでに起動していて、あんたの箱も含めた、重要なシステムへの電力の供給が途切れないようになっている。ところが、あんたの箱をシステムから完全に切り離すと、監視装置がそれを検知して、爆弾が作動する」

〝わたしは死ぬわけか〝

「そうだ。嘘をつくなと頼まれたから言うが、この爆弾の本来の目的は、あんたがはいっている箱のテクノロジーが奪われて調べられるのをふせぐためじゃないかと思う。あんたが死ぬのはそれに付随するできごとにすぎない」

〝よく考えてみると、きみはすこしは嘘をついてもいいかもしれないな〟

「すまない」

〝わたしを箱から取り出す方法はないのか？〟

「おれにわかるかぎりではない。少なくとも、あんたを生かしたままではむりだ。その箱は、こう言っちゃなんだが、実にみごとな工業技術の結晶だ。もっと時間があれば、リバースエンジニアリングでその仕組みを解き明かせるんだが。いまはそんな時間はない。あんたを――本来のあんただけを――箱から取り出すことはできるが、そのあとでバッテリへつなぐことができない。その箱は統合システムだ。あんたはそれなしでは生きられない」

〝箱があっても、やはり長くは生きられない〟

「システムからはずしたバッテリをつなぎなおすことはできる。それでおれたちはすこし時間を稼げる」

〝おれたち？〟

「おれはここにいる。まだまだこいつを調べることができる。なにか見逃していることがあるかもしれない」

〝爆弾をへたにいじったら、作動させてしまう可能性がある〟

「ああ」

〝それに電力が尽きたら、どのみち爆弾は作動する〟

「ああ、爆弾はバッファ内のエネルギーを使うんだと思う」

〝きみはふだんから爆弾を解体しているのか？　それはきみの専門分野なのか？〟

「おれの専門はテクノロジーの研究開発だ。こいつはいちばんの得意分野だ」

〝きみはすこし嘘をついているようだな〟

「あんたを救えるかもしれないんだ」

〝なぜわたしを救いたいんだ？〟

「あんたがこんなふうに死んでいいはずがない。付け足しで。箱のなかの脳として。ちゃんとした自分でないまま」

〝きみはこの箱をみごとな工業技術の結晶と言った。これを仕組んだ連中は、多くの努力を払って箱が絶対に奪われないようにした。きみを侮辱するつもりはないが、残された時間がわずかしかないのに、きみはほんとうに敵の裏をかいてわたしを救う方法を見つけられると思っているのか？〟

「おれはこの道では優秀なんだよ」

〝それほど優秀なら、こんなところにはいないだろう。気を悪くしないでくれ〟

「試してみたいんだ」

〝試してはもらいたいが、それはきみが死ぬ可能性がない場合だ。現時点では、どちらかひとりが死ぬのは避けられないようだ。ふたりとも死ぬのは避けられるはずだ〟

「助けてくれと言ったじゃないか」ウィルスンはライス・アブラントに思い出させた。

〝きみは助けてくれた。助けようと努力した。この期におよんで、きみがまだ努力を続けようとするなら、わたしにそれを止められないのはあきらかだ。しかし、わたしが助けてくれと頼んだとき、きみは助けてくれた。いまわたしは、もうやめてくれと頼む〟

「わかった」ウィルスンはひと呼吸おいて言った。

〝ありがとう〟

「ほかになにかできることはあるか？　友人や家族に連絡をとってほしいとか。だれかにメッセージを送ってほしいとか」

〝血のつながった家族はいない。友人の多くはアーシ・ダーメイ号に乗っていた。わたしの知っている人たちはほとんど死んでしまった。あとに残る友人はいない〟

「そんなことはないだろう」

〝きみが志願するか？〟

「あんたがおれを友人と思ってくれるなら、よろこんで」

〝わたしはきみを殺そうとしたんだぞ〟

「それはあんたがおれと知り合うまえのことだ」ウィルスンはくり返した。「こうして知り合ったいま、あんたはできることならおれを死なせたくないと思っている。以前の軽率な行動については、それで充分埋め合わせになると思う」

〝きみがわたしの友人なら、ひとつ頼みたいことがある〟

「言ってくれ」

〝きみは兵士だ。いままでも殺してきたはずだ〟

「誇りに思ってはいないが、そのとおりだ」

〝わたしが死のうとしているのは、わたしのことをなんとも思っていない連中がわたしを使い捨てにしたせいだ。できれば自分の思いどおりの去りかたをしたい〟

「おれに手伝ってくれというのか」

〝もしもできるなら。きみ自身に手をくだしてくれと頼んでいるわけではない。この箱がきみのいうほど敏感なものだとしたら、わたしが死ねば、爆弾は作動するかもしれない。そのときぎみに近くにいてほしくはない。だが、きみなら別の方法を見つけられるだろう〟

「できると思う。少なくとも、努力はできる」

〝迷惑をかける代わりにこれを進呈しよう〟

ウィルスンのブレインパルにデータの受信通知があった——暗号化ファイルで、なじみのないフォーマットだった。

〝任務を完了したら——きみの船とコンクラーベの船を破壊したら——わたしはこれを船の誘導システムへ入力することになっていた。帰りの旅のための座標だ。そこでこの件の黒幕を見つけられるかもしれない〟

「ありがとう。ものすごく役に立つよ」

〝黒幕を見つけたら、わたしの代わりにすこしぶっ飛ばしてやってくれ〟

ウィルスンはにやりとした。「了解」

〝非常用電源が完全に切れるまでそれほど時間がない〟

「もう行かないと。なにがあろうともどってこないという意味だぞ」

〝なにがあろうともどってきてほしくはない。このあとも連絡はとれるか？〟

「ああ、もちろん」

〝では、もう行ってくれ。急ぐんだ、あまり時間は残っていない〟


「みなの思いとは相容れないでしょうが、あの男はどのみち死ぬのです」フォーテュー艦長が言った。「そんな労力をついやす必要はありません」

「急に予算がだいじになったんですか、艦長？」ウィルスンはたずねた。「コンクラーベにはもうミサイルか粒子ビームを割く余裕もないんですか？」ふたりがいるのはニューリマル号のブリッジで、アブムウェとソルヴォーラもいっしょだった。

「みなの思いとは相容れないだろうと言ったでしょう。それでもだれかが指摘しなければいけないのです」

「ライス・アブラントは、彼を送り出した人びとの居所に関してきわめて重要な情報を提供してくれました」ウィルスンはブリッジの通信・科学ステーションを指さした。すでに科学士官がその暗号化された指令書の解読にせっせと取り組んでいた。「われわれが彼の船に乗り込んでから、彼は一貫して協力的でした」

「彼にほかの選択肢があったとでもいうのですか」

「もちろんありましたよ。彼がカーン伍長に合図をしなければ、われわれは彼がいることに気づかなかったでしょう。なんらかの組織がコンクラーベの失踪した船を拿捕して、それを見せかけの武装ドローンに転用していることもわからなかったでしょう。その組織が何者であるにせよ、コンクラーベとコロニー連合の双方にとってひとしく脅威であるということもわからなかったでしょう。そして、どちらの政府も相手に対してひそかに戦争を仕掛けていたわけではないということもわからなかったでしょう」

「最後の点についてはまだわかりませんよ、ウィルスン中尉」ソルヴォーラが言った。「なぜなら、まだ〝だれが〟の部分が判明していないからです。このゲームのプレイヤーがだれなのかわかっていないからです」

「いまのところは」ウィルスンはそう言って、科学ステーションを身ぶりでしめした。「しかし、あなたがたの暗号解読係の腕前次第では、それも一時的な謎にすぎなくなるかもしれません。少なくとも現時点では、われわれの政府は情報を共有しています。なにしろ、あの情報はおれが渡したものなんですから」

「しかし、これは比較の問題ではありませんか？　あなたから入手した情報は、それを入手するためにわたしたちがついやしたすべてのものに値するのか？　ライス・アブラントの死の願いを聞き届けることでわたしたちが失うものは、わたしたちが手に入れるもの、たとえば、爆発のあとも残る箱の残骸よりも価値があるのか？　破片からでも学べることはたくさんあるはずです」

ウィルスンは懇願するようにアブムウェに目をむけた。

「顧問官」アブムウェが言った。「しばらくまえに、あなたはわたしたちに自分の船を明け渡そうとしました。ウィルスン中尉はあなたの降伏を拒否しました。あのとき、あなたは中尉の配慮をほめていました。こんども彼の配慮を検討してやってはどうですか」

「中尉の配慮を検討する？」ソルヴォーラは言った。「それとも、中尉には借りがあるはずだから、それに免じて決定をしてほしい？」

「最初のほうがいいですね。しかし、二番目でもかまいませんよ」

ソルヴォーラはこれを聞いて笑みを浮かべ、まずウィルスンに、ついでフォーテューに目をむけた。「艦長？」

「わたしは浪費だと思います」フォーテューが言った。「とはいえ、決定するのはあなたです、顧問官」

「ミサイルの準備を」ソルヴォーラが言った。フォーテュー艦長はその命令を遂行するためにきびすを返した。ソルヴォーラはウィルスンに注意をもどした。「あなたはわたしへの貸しを利用しました、中尉。これから先、あなたがなにか別のことでまたそれを利用したりしないよう祈ります」

ウィルスンはうなずき、アーシ・ダーメイ号との回線をひらいて呼びかけた。「ライス・

アブラント」

〝わたしはここだ〟返事がテキストで表示された。

「あんたの望みをかなえてやれるぞ」

〝きわどかったな。バッテリの残量は二パーセントだ〟

「ミサイルの発射準備がととのいました」フォーテュー艦長がソルヴォーラに言った。ソルヴォーラがウィルスンにむかってうなずいた。

「いつがいいか言ってくれ」

〝いまがいい〟

ウィルスンはフォーテュー艦長にうなずきかけた。「発射」艦長が兵装ステーションへむかって命じた。

「発射された」ウィルスンは言った。

〝なにもかもありがとう、ウィルスン中尉〟

「どういたしまして」

〝寂しくなるな〟

「おたがいさまだよ」

返事はなかった。

「指令書の解読が完了しました」科学士官が言った。

「内容は」ソルヴォーラがたずねた。

科学士官はブリッジにいる人間たちを見てから、フォーテューに目をむけた。「艦長？」

「命令は聞こえたでしょう」フォーテューが言った。

「アーシ・ダーメイ号が帰還するための座標はこの星系内です」科学士官が言った。「ここの恒星の表面より下だと判明しました。その地点にスキップした場合、船は一瞬で破壊されたはずです」

「あなたの友人はどうやっても故郷に帰れなかったようですね。ウィルスン中尉」ソルヴォーラが言った。

「ミサイルがアーシ・ダーメイ号に到達」フォーテュー艦長がブリッジのディスプレイを見ながら言った。「直撃です」

「あいつはたったいま自分の力でそこにたどり着いたんだと思いたいです、顧問官」ウィルスンは言った。

彼はニューリマル号のブリッジを出て、シャトルベイへむかった。ひとりきりで。

エピソード12 やさしく頭をかち割って

「きみはとても興味深い仮説をもっているのだね、陰謀について」グスターヴォ・ヴィニキウスが言った。ニューヨークシティにあるブラジル領事館の副領事だ。

ダニエル・ローウェンは眉をしかめた。ほんとうは総領事とこうして会うはずだったのに、いざ領事館に着いてみたら、代わりにヴィニキウスが出てきたのだ。副領事はとてもハンサムで、とてもうぬぼれが強く、ローウェンの見たところ、これっぽっちも聡明ではなさそうだった。彼は縁故主義の影響を全身から発散させているタイプの人物で、おそらくは、ブラジルの上院議員か大使のあまり有能でない甥っ子として、その個人的な欠点が外交官特権によって隠される場所へ配属されたのだろう。

ローウェンは縁故主義に対してはあまり怒りをぶつけられなかった。なにしろ、彼女の父親はアメリカ合衆国の国務長官なのだ。とはいえ、このヴィニキウスなる人物の、愛想のよい、ハンサムな愚かしさは、どうにも神経にさわってならなかった。

「ルイーザ・カヴァーホがひとりで犯行におよんだとおっしゃるのですか？」ローウェンは言った。「生え抜きの政治家で、いかなる犯罪行為や違法行為とも縁がなく、まして目立った政治的色彩もなかった人物が、突然、別の外交官であるリウ・コングを殺そうと決心したと？　しかも、地球とコロニー連合との関係にひびを入れることを狙ったやりかたで？」

「ありえないことではないさ。人びとが陰謀論に走るのは、ひとりの人間がそれほど大きなダメージをあたえられるはずがないと思い込んでいるからだ。ここアメリカでは、人びとはいまだにケネディ大統領やスティーヴンソンを撃った男たちが陰謀の一部だったと信じている――すべての証拠が単独犯であることをしめしているのに」

「でも、どちらの事件でも、証拠は提示されていましたよね。だからわたしはここへ来たんです。ミスター・ヴィニキウス、あなたの政府は国務省に対して、この目立たない裏ルートを使って問題に対処するよう依頼しました――ワシントンにあるブラジル大使館をとおすのではなく。われわれはこころよく応じるつもりです。しかし、あなたがたが言い逃れをするつもりなら話は別です」

「わたしは言い逃れなどするつもりはないよ、約束する」

「では、どうしてわたしはナシメント総領事ではなくあなたと会っているのですか？　これは高レベルの秘密の会合になるはずでした。わたしはこの会合のためだけに昨日ワシントンから飛んできたんですよ」

「ナシメント総領事は一日ずっと国連に詰めているんだ。緊急の会議があってね。申し訳ないと言っていた」

「わたしはここへ来るまえに国連にいたんですが」

「大きな施設だからね。ふたりがたまたま出会わないという可能性は充分にある」

「ミズ・カヴァーホの行動に関係する情報をいただけると言われていたのですが」

「残念ながら、現時点で渡せるものはなにもないんだ。事前のやりとりでおたがいに誤解があったのかもしれない」

「ほんとうですか、ミスター・ヴィニキウス？　両国の国務省は、一八二四年にあなたの国がワシントンに最初の使節を派遣して以来ずっと連絡を取り合ってきたのですが、それが突然、意思疎通の面で問題が生じるようになったと？」

「ありえないことではないさ」ヴィニキウスがこの台詞を口にしたのは二度目だった。「読みちがえる可能性のある微妙な表現というのはつねにあるものだからね」

「読みちがえが起きているのはたしかだと思いますよ、ミスター・ヴィニキウス。どこが微妙なのかはさっぱりわかりませんが」

「言わせてもらえるなら、ミズ・ローウェン、今回の問題では、事件についてあまりにも多くの偽情報が出まわっている。事件の起きた船でなにがあったのかについて、ありとあらゆることとなった解釈がなされているのだ」

「そうなんですか」

「そうだ。目撃者の報告もかならずしも信用できない」

ローウェンはヴィニキウスにほほえみかけた。「それはあなたの個人的な意見ですか、ミスター・ヴィニキウス、それともブラジルの外務大臣の意見ですか？」

ヴィニキウスはほほえみを返し、返事は〝両方ともすこしずつ〟だと言うように、手を小さく動かした。

「では、あなたはわたしのことも信用できない目撃者だと言うのですね」

ヴィニキウスの笑みが消えた。「なんだって？」

「あなたはわたしのことも信用できない目撃者だと言うのですね」ローウェンはもういちど言った。「なぜなら、わたしはあの外交使節団の一員だったのですよ、ミスター・ヴィニキウス。単に現場にいただけでなく、検死をおこなってリウが殺されたことをたしかめ、さらに、その殺人がいかにして実行されたかを突き止める手助けをしました。目撃者の報告が信用できないと言うのなら、それは具体的にはわたしを指していることになります。あなたのおっしゃることが外務大臣の意見を反映しているのだとしたら、両国は問題をかかえることになります。とても大きな問題を」

「ミズ・ローウェン、わたしは――」

「ミスター・ヴィニキウス、わたしたちが出だしで失敗したのは明白です。それは、情報がいただけるという約束があったせいでもあり、あなたがあきらかになにも準備していない役立たずだからでもあります」ローウェンが立ちあがると、ヴィニキウスもあわてて立ちあがった。「ですから仕切り直しを提案します。これからの流れはこうです。わたしは下の階へおりて通りを渡り、コーヒーを飲んでひょっとしたらベーグルを食べます。ゆっくりとその時間を楽しむつもりです。三十分ほどでしょうか。わたしが三十分後にもどるときには、ナシメント総領事がここにいて、ブラジル政府がルイーザ・カヴァーホについて知っているあらゆることについて秘密裏に詳細な説明をおこなってくれるでしょう。その後、わたしは国務長官へ報告をしますが、ひょっとしてあなたが知らないかもしれない、というかあなたがどんなこともろくに知らないのは明白なので補足しますと、その人物はわたしの父親でもあり、それゆえ、わたしから電話をすればかならず出てくれるのです。わたしがもどるときに、もしもナシメント総領事がここにいてあなたが近くにいなかったら、わたしはあなたを今日中に解雇するべきだと勧めたりはしないかもしれません。わたしがもどるときに、もしも総領事がここにいなくて、あなたの気取った顔をもういちど見るはめになったとしたら、わたしはあなたに長い昼休みをとってブラジルへ帰るための飛行機をおさえるよう勧めるでしょう。なぜなら、明日のいまごろにはあなたはむこうに着いているはずだからです。以上、わかっていただけましたか？」

「あの、その」

「けっこう。では、三十分後にナシメント総領事とお会いできることを期待します」ローウェンは、ヴィニキウスがまばたきするよりも先に、彼のオフィスを出て領事館のエレベーターのまえに立っていた。

通りを渡ってドーナツ屋にはいると、ローウェンはＰＤＡを取り出して父親のオフィスに電話をかけた。応答したのは、首席補佐官のジェイムズ・プレスコットだった。「どんなぐあいだった？」回線がつながるやいなや、プレスコットは前置き抜きでたずねた。

「ほぼこちらが予想したとおり」ローウェンは言った。「ナシメントは不在で、言語道断に無能な下っ端を人質に差し出してきた」

「当ててみようか。ヴィニキウスという男だろう」

「ピンポン」

「バカさ加減で有名なやつだからなあ。母親が教育大臣なんだ」

「やっぱりね。マザコンぼうやがすごくまぬけな発言をしてくれたおかげで、ナシメントを出さなかったら大きな外交事件になるぞと言ってやれた」

「ああ、やさしく頭をかち割ってやったと」

「遠回しに言ってもこの男には通じないのよ」ローウェンが言ったとき、ドーナツ屋の窓が、通りのむこう側で建物が爆発したことで生み出された圧力波によって砕け散った。

ローウェンと店内にいたほかの人びとが頭をさげて悲鳴をあげたとたん、おもての六番街のいたるところで、割れたガラスや落下する破片の音が響きわたった。ローウェンはそっと目をひらき、ドーナツ屋の窓ガラスがひび割れだらけになりながらもフレームのなかにおさまっていることと、店内にいるすべての人が、とにかく生きていて怪我もしていないのを見てとった。

プレスコットの叫び声がローウェンのPDAのスピーカーから流れていた。ローウェンはそれを耳に当て直した。「ぶじよ、あたしはぶじ。なにもかもだいじょうぶ」

「なにが起きたんだ？」プレスコットがたずねた。

「通りのむこう側のビルになにかあったみたい」ローウェンは、まだうずくまったままの客たちのあいだを抜けてドアへむかい、ひび割れたガラスがはずれないようにそっと押しひらいた。そして顔をあげた。

「ナシメントと会うのはむりだと思う」ローウェンはプレスコットに言った。

「なぜだ？」プレスコットが言った。

「ブラジル領事館がもうなくなったから」ローウェンはPDAの接続を切り、それを使って六番街にそびえる瓦礫の山を撮影してから、医師として、通りにいる怪我人の手当てにとりかかった。


「アマゾン分離主義者」プレスコットが言った。彼は爆破事件の一時間後にはシャトルをつかまえてワシントンを飛び立っていた。「犯人とみなされている連中だ」

「冗談でしょ」ローウェンは、プレスコットとともに、ニューヨークの国務省外交使節室にあるスタッフ用ラウンジにいた。彼女はすでに、ニューヨーク市警本部とFBIから事情聴取を受けていて、撮影した写真のコピーもそれぞれに渡していた。いまは、国務省を相手にまた最初から同じことをするまえにひと休みしているところだった。

「きみが信じてくれるとは思っていない。ブラジル人たちが言っていることを伝えているだけだ。彼らはグループのだれかが犯行声明を出したと主張している。われわれはあえて見落とさなければいけないようだな——彼らが責任を負わせようとしているグループは、いちどたりとも暴力行為におよんだことはないし、ましてよその国へ出かけて警戒厳重な施設に爆弾を仕掛けたことなどないという事実を」

「アマゾン分離主義者というのは狡猾な連中よ」ローウェンは言った。

「だが、これがやりすぎなのは認めるしかないだろう。きみと話すのを避けるために領事館を爆破するなんて」

「ジョークなのはわかっているけど、口に出して再確認したいから、それでも言わせてもらうね——ブラジル人は自分たちの領事館を爆破したりはしない。われらが友人のルイーザ・カヴァーホと寝ていただれかがやったのよ」

「ああ。それでもやりすぎだ。なにしろ、いまブラジル大使が国務省をおとずれて、きみの父親に、カヴァーホの生活や交友関係について知っていることを残らず伝えているんだからな。犯人の狙いがブラジル政府を威嚇して黙らせることだったとしたら、とんでもなく逆効果だったことになる」

「そういう狙いではなかったと思うけど」

「どういう狙いなのか思いつくことがあるなら、よろこんで聞かせてもらうよ。今夜にはワシントンへもどってローウェンの親父どのと会わなけりゃいけないんだ」

「見当もつかないよ、ジム。あたしは医師であって、私立探偵じゃないんだから」

「過激な推測でもかまわないんだが」

「注意をそらすためとか？　アメリカにあるブラジル領事館を爆破したら、両国の政府の注意はひとつのことだけに集中する――領事館の爆破。だれもがその事件に数ヵ月は手をとられてしまう。そのあいだ、犯人がやっている別のこと――たとえば、カヴァーホがリウ・コングを殺した事件の裏にどんなもくろみがあるのか――は、棚上げにされる」

「それでもカヴァーホに関する情報は入手しているぞ」

「ええ、だけどその情報でなにをする？　あなたが合衆国政府だとするね。コロニー連合の宇宙船で外国人が別の外国人を殺したという、あなたには管轄権もなくほとんど関心もない事件に集中するか、ニューヨークシティで三十二名の人びとを殺したばかりの犯人を探すことに時間とエネルギーを集中するか。いったいどっちを選ぶ？」

「同じ犯人かもしれない」

「そうかもね。でも、たとえそうだとしても、黒幕はふたつの事件から遠く離れたところにいて、証拠がしめす先には別のだれかがいるんだと思う。どういうことになるかわかるでしょ。明白な動機のある明白な容疑者がいたら、だれもがそいつを追及する」

「たとえばアマゾン分離主義者を」プレスコットはいたずらっぽく言った。

「そういうこと」

「ちょっとタイミングが合いすぎだけどな。きみが外へ出たとたん、領事館は爆発した」

「それは偶然だったと思う。タイミングを計っていたのなら、ナシメントがオフィスへもどるのを待ったはず」

「その場合はきみも死んでいたことになる」

「そのほうが注意をそらすという目的にもっとかなうことになる。国務長官の娘を吹き飛ばせば、アメリカ中の注目が集まるのはまちがいない。これも爆弾がずっとまえに仕掛けられていたことをしめす証拠だね」

「きみの仮説を国務長官に伝えるときには、最後の部分は削ることにしよう」プレスコットはPDAを取り出してメモをとった。「理由はわかるはずだ」

「ぜんぜんかまわないよ」

「おう」プレスコットがPDAを見て言った。

「どうかした?」

「たったいま転送されてきたニュースリンクをそっちへ送っている」

ローウェンは自分のPDAを取り出してリンクをひらいた。爆破事件のあとで彼女が六番街の怪我人の手当てをしたというニュース記事だった。ローウェンがうつぶせになった女性の上にかがみこんでいるビデオもあった。

「うわ、かんべんしてよ」ローウェンは言った。「この女性は怪我もしてなかった。爆発でパニックになって倒れただけなのに」

「メッセージキューを見てみろ」

ローウェンは言われたとおりにした。何十ものマスメディアからインタビューの要請が届いていた。「あーあ」PDAをテーブルにほうりだす。「あたしまで注意をそらすのに協力しちゃった」

「それはつまり、現時点ではきみはインタビューを受け付けないと国務省から発表する必要があるということかな」

「永遠でもいいけど」ローウェンはそう言って、急速に迫りくる頭痛に対処するためにコーヒーを取りにいった。

結局、ローウェンは六件のインタビューを受けた。ニューヨークタイムズから一件、ワシントンポストから一件、朝のニュースショーが二件とオーディオ番組が二件。いずれのインタビューでも、笑みをたたえながら、ただ務めを果たしただけですと説明したが、これは厳密には正しくなかった。アメリカ国務省の仕事があるので日常的に医療にたずさわるのはもうあきらめていたし、どのみち彼女の専門は血液学だった。とはいえ、その点をつっこむ者はだれもいなかった。国務長官の娘がテロ事件の現場に癒やしの天使のように降臨したというのは、だいなしにするのがもったいないほど心あたたまる話だった。

ローウェンは、ニュースで二度と話題の中心になって自分の写真が惑星中のスクリーンを飾っていたあいだは、じっと身をすくめてすごした。二度目に話題になったのは、大統領からの電話を受けて、国家への尽力に感謝すると言われたせいだった。ローウェンは、大統領に電話をくださってありがとうと礼を言いながら、父親を怒鳴りつけてやろうと心に決めた。彼女の父親がボスのためにマスコミをあやつっていたのはあきらかで、そのボスは中間選挙にそなえて前向きな広報活動のネタがどうしてもほしかったのだ。

ローウェンは、これ以上のインタビューやお祝いの電話やメッセージやブラジル観光省からの訪問の誘いは望んでいなかった。彼女がほんとうに望んでいたのは、ルイーザ・カヴァーホに関するファイルを手に入れることだった。プレスコットと自分の父親をしつこくせっついたらファイルはあらわれたが、くっついてきた国務省の職員の仕事は、そのファイルからけっして目を離さないことだった。ローウェンはその女性職員にソーダを渡して、いっしょにキッチンテーブルにむかって腰をおろし、ファイルを読みはじめた。

数分後、ローウェンは国務省の職員に目をむけた。「ほんとにこれがそうなの？」

「わたしはそのファイルを読んでいないんです」職員はこたえた。

そのファイルにはルイーザ・カヴァーホに関して注目すべきことはなにひとつ載っていなかった。生まれはベロオリゾンテ。両親はどちらも医師。兄弟姉妹はいない。ミナスジェライス連邦大学にかよい、経済学と法律の学位を取得してから、ブラジルの外交団に加わった。ベトナム、シベリア国、エクアドル、メキシコと渡り歩いたあと、ブラジルの国連派遣団への参加を要請され、そこで六年間つとめてからクラーク号の任務を引き受け、そのさなかにリウ・コングを殺害した。

ブラジル人の外交官がみなそうであるように、カヴァーホも、年にいちどは上司たちから交友関係や活動について質問を受けていて、さらには、ブラジルの諜報機関によるランダムな〝調査〟（つまり、尾行されたり盗聴されたり）で悪事に関与していないことを確認されていた。何度かのあやしげな性的関係――この〝あやしげ〟は、パートナーの趣味に関してであり、国家の安全保障に関してではない——を別にすると、変わったところはなにもなかった。

カヴァーホには外交官コミュニティを離れた知人や友人はまったくいなかった。旅行に出かけたのも、クリスマスにベロオリゾンテへ帰省して両親と休日をすごしたときだけだった。長期休暇もほとんどとらず、例外といえば、死の二年まえにウイルス性髄膜炎で入院したときだけ。病院で四日すごしたあと、さらに二週間自宅で静養した。そのあとはさっさと仕事を再開した。

ペットもいない。

「つまらない女だなあ」ローウェンは声に出してひとりごとを言った。職員はあたりさわりのない咳払いをした。

一時間たって、職員がファイルをかかえて帰ったあと、ローウェンには満たされない焦燥だけが残った。なにか飲めばマシになるかと思ったが、冷蔵庫をのぞいてみると、そこにあったのは、いれたことすら記憶にないアイスティーの残りだけだった。ローウェンは、いつそれをつくったのか思い出せないという事実に顔をしかめてから、ピッチャーをつかんで中身をシンクにあけた。そのあと、アレクサンドリアにあるマンションを出て、ブロックふたつぶん歩き、いちばん近くて照明のまぶしい郊外型チェーンのテーマレストランにたどり着くと、中央のバーで腰をおろして、なにか大きくてフルーティなものを注文した——ルイーザ・カヴァーホが口のなかに残した退屈な味を洗い流したいというだけの理由で。

「大きなドリンクだね」数分後にだれかがローウェンにむかって言った。ローウェンが飲み物から目をあげると、一般的にはハンサムとされる見栄えの男が、カウンターの数フィート離れたところに立っていた。

「皮肉なことに、これはスモールサイズなの」ローウェンは言った。「この店のラージサイズのマルガリータは、バスタブなみの大きさのグラスで出てくる。あれはアルコール中毒こそ人生と決心したときに飲むもの」

ものやわらかでハンサムな男はこれを聞いて笑みを浮かべてから、頭をかしげた。「見覚えがあるな」

「もうすこしマシな口説き文句があると言って」

「あるよ。でも、別に口説こうとしてるわけじゃない。ただ見覚えがあるんだ」男はローウェンをまじまじと見てからパチンと指を鳴らした。「あれだ。ブラジル領事館の爆破事件で現場にいた医師に似ているんだ」

「よく言われる」

「そうだろうね。でも、ありえないな。きみはここワシントンDCにいるし、あの領事館があったのはニューヨークだ」

「理にかなってる」

「一卵性双生児の妹はいない？」男はそうたずねてから、ローウェンのとなりのスツールを身ぶりでしめした。「すわってかまわないかな？」

ローウェンは肩をすくめて、〝ご自由に〟という手ぶりをした。男はスツールに腰をおろした。「一卵性双生児の妹はいないよ」ローウェンは言った。「二卵性双生児の妹もいない。男のきょうだいはひとりいる。似ていないことを神さまに祈りたいけど」

「だったら、きみはあの女性の替え玉として雇ってもらえるよ。身代わりでパーティに出たりとか」

「あの人がそこまで有名だとは思えないけど」

「おいおい、彼女は大統領から電話をもらったんだよ。きみが最後にそんな経験をしたのはいつだ？」

「聞いたらおどろくと思う」

「キューバ・リブレを」男は近づいてきたバーテンダーにそう言ってから、ローウェンに目をむけた。「一杯おごりたいところだけど……」

「うう、かんべんして。これを飲みほしたらタクシーで帰るしかないけど、住んでいるのはたった二ブロック先なのよ」

「キューバ・リブレを」男はもういちど言って、またローウェンに顔をむけた。そして手を差し出してきた。「ジョン・バーガー」

ローウェンはその手をとった。「ダニエル・ローウェン」

バーガーは一瞬とまどった顔をしてから、にっこり笑った。「やっぱりブラジル領事館のところにいた医師なのか。国務省で働いているんだよね。だから、昨日ニューヨークにいたのにいまここにいられるんだ。すまない、あらためて自己紹介させてくれ」バーガーはもういちど手を差し出した。「はじめまして、ぼくはニブ男」

ローウェンは声をあげて笑い、また男の手をとった。「はじめまして。気を悪くしないでね。あまり正直じゃなかったけど」

「いや、この二日であれだけ注目を集めたあとなら、なりをひそめていたい気持ちはよくわかるよ」バーガーはローウェンの飲み物をしめした。「特大マルガリータを飲みたくなったのはそのせい？」

「え？　ちがうよ」ローウェンは顔をしかめた。「いや、どうかな。厳密にはちがう」

「お酒の効果はあるみたいだね」

「原因は注目されたことじゃないんだけど、あれでお酒に走ったとしてもふしぎはなかったよね。もっと別のこと、仕事にまつわる」

「どんなことなのかきいてもかまわないかな？」

「あなたはなにをしてるの、ミスター・バーガー？」

「ジョンでいいよ」バーガーのキューバ・リブレが到着した。彼はバーテンダーに会釈をしてグラスを受け取った。そのあとは彼が顔をしかめる番だった。「これはいままでに飲んだ最高のキューバ・リブレとは言えないな」

ローウェンはマルガリータのグラスのふちを指ではじいた。「つぎはこの特大版でも試してみたら」

「そうだな」バーガーはキューバ・リブレをもうひと口飲んでからグラスを置いた。「ぼくはセールスマンだ。製薬会社の」

「あなたみたいな人たちにおぼえがある」

「そうだろうね」

「これでわかった。話がうまくて、ものやわらかな魅力があって、あまり奇抜じゃなく、商売のネタを探してる」

「正体を見抜かれたか」

「商売にはならないよ。だって、気を悪くしないでね。今夜はこの店からひとりで歩いて出る予定だから」

「いいさ。どのみち、楽しい会話こそぼくの唯一の目的だったから」

「過去形なんだ」ローウェンはマルガリータをもうすこし飲んだ。「わかった、ジョン、ひとつ質問させて。退屈な人物にだれかを殺させるにはどうすればいい?」

バーガーはちょっと黙り込んだ。「薬を売り込む予定がないことが急にありがたく思えてきたな」

「まじめにきいてるの。仮の話として、こういう人がいるとするね。彼女はごくふつうの人。ふつうの両親がいて、ふつうのこども時代をすごして、ふつうの学校へかよって、ふつうの学位をとってから、ふつうの仕事につく。そしてある日、端《はた》から見てそれとわかるような理由もないのに、彼女はひとりの男を殺害する。それもふつうのやりかたじゃなくて――つまり、銃とかナイフとかバットじゃなくて。手のこんだやりかたで実行する。どうしてそんなことが起こると思う？」

「その男は元恋人なのかな？　つまり、仮の話だけど」

「仮の話だけど、ちがう。ふたりの関係をあらわすいちばんいい表現は仕事上の同僚、それも特に近い間柄ではない」

「彼女はスパイでもなく、秘密工作員でもなく、狡猾な暗殺者として二重生活を送っているわけでもないんだね」

「完全にふつうで、完全に退屈なの。ペットすらいない。仮の話だけど」

バーガーはキューーバ・リブレをひと口飲んだ。「だったら、ぼくの知っている分野のことで考えてみよう。薬物によって引き起こされた精神障害」

「退屈な人をきちょうめんな殺人者に変えるような薬があるんだ。家のなかにあるものすべてを、魚まで含めて、怒りにまかせて殺しまくるようなやつじゃなくて。あたしが医者として働いていたときには、そんなのを売り込まれたことはなかった気がする」

「まあ、ないよ、そこまではっきりした効果のある薬はない。でも、きみだって知っているはずだけど、ひとつ、ときとして薬はおかしな影響をおよぼす——」

「人をきちょうめんな殺人者に変えるとか」ローウェンはもういちど、いかにも信じられないという声で言った。

「——ふたつ、服用しすぎたら頭がやられてしまう製品はたくさん出まわっていて、もしも頭をやられてしまったら、その人は柄《がら》にもないことをやりはじめる。たとえば、きちょうめんな殺人者になるとか」

「理にかなった仮説ね。でも、仮の話だけど、この人物は合法であれ非合法であれ薬物を常用してはいなかった。つぎをどうぞ」

「なるほど」バーガーは急いでなにか考えている顔になった。「腫瘍だな」

「腫瘍」

「そう、腫瘍だよ。脳腫瘍が成長すると、仮の話だけど、脳の一部を、たとえば社会的に適切なふるまいを判別したりする部分を圧迫しはじめる。成長が進むにつれて、退屈な人物の心のなかに殺人の願望が芽生えていく」

「おもしろい」ローウェンは自分の酒をまたひと口飲んだ。

「そういう物語を読んだことがあるんだ。ぼくの会社で、体内にある腫瘍のかたまりへの血液の供給を遮断する薬物を売っているせいばかりではないと思う」

「気晴らしの読書は楽しいよね」

「ぼくもそう思う」

「いまの仮説はなかなか興味をそそられるけど、この仮の人物は、最後の仕事につくまえに完全に健康だと太鼓判を押されていたの。仮の話として、その仕事ではとても長い距離を旅しなければならなかったから、徹底した健康診断を義務づけられていたわけ」

「この仮の人物はどんどん具体的になってきてるな」

「あたしがルールを決めてるわけじゃないし」

「いや、そうだよ。だからみんな仮の話なんじゃないか」

「最後のチャンスよ、ミスター・バーガー、もとい、ジョン。だからがんばって」

「うわ、きついな。よし、リモコンだ」

「は？　まじめにやってよ」

「最後まで聞いてくれ。だれかを殺したいとして、それをだれにも知られず、証拠をいっさい残さないようにするとしたら、どうやる？　だれも予想すらしていないだれかにやらせればいい。じゃあ、どうやってそれをやらせる？　有能な暗殺者はふつうの人のように見せかけるのが得意かもしれないが、最高の暗殺者はふつうの人そのものだ。だから、ふつうの人を見つける。そして脳内にリモコンを仕込む」

「あなたはちょっとSFスリラーを読みすぎみたいね」

「全身をまとめて操作して、なにもかもぎくしゃくしてしまうようなリモコンじゃない。必要なのは、前頭葉にへばりついて、すこしずつゆっくりと、長い時間をかけて、その人物を口にはできない行為へと駆り立てていくものだ。それなら、本人は自分の性格が変わっていくことに気づきもしないし、だれかを殺すことの必要性に疑問をいだくこともない。ただ計画を立てて実行に移すだけだ——税金の申告をしたり報告書を書いたりするように」

「でも、頭のなかにリモコンがあれば気づくでしょ。この仮の人物は、だれかがそれを入れるために自分の頭蓋骨をひらいたことをおぼえているはず」

「まあ、もしもそういうリモコンを開発するなら、簡単には見つからないようにするだろうな。脳へ入れるときだってあからさまにはやらない。相手が予想していないときにそっと忍び込ませる方法を見つけるはずだ」バーガーはローウェンの酒を指さした。「ナノロボットを飲み物に入れてもいい。ほんのすこしでも、あとで必要なだけ体内で増殖するようプログラムしておけばいい。問題があるとすれば、体がそのナノロボットを排除しようとして、その人物が体調を崩す可能性があるくらいかな。それは、たとえば、なにかの髄膜炎《ずいまくえん》というかたちであらわれるだろう」

ローウェンは酒を飲む手を止めてバーガーに目をむけた。「いまなんて言った？」

「髄膜炎。脳が腫れたときに――」

「髄膜炎がなにかは知ってる」

「だから、見た目は髄膜炎のようになる。少なくとも、ナノロボットを投入した連中が、免疫反応を引き起こさないように微調整を加えるまでは。その後、ナノロボットは、ほぼなんの活動もせず、ほぼ検知不能なまま、脳内にとどまる――スイッチがはいってゆるやかな裏の活動を開始するときまで」

バーガーはまた酒をひと口飲んだ。「あとはタイミングだけの問題だ。リモコンを組み込んだ人物を適切な場所に配置し、状況をうまく利用するように本人に脳を使わせておき、そこへ必要な指示と誘因を忍び込ませて、こちらがやらせたいことをだいたい狙った時期にその人物に実行させれば、本人は自分の考えで行動したと思うだろう。他人には話す必要を感じない、自分だけの静かな秘密の考えで。もしも成功したら、リモコンは動作を停止して数日のうちに体外へ排出されるから、だれも気づくことはない——とりわけ、リモコンにあやつられていた本人は」

「もしも失敗したら？」ローウェンはささやくような声でたずねた。

「そのときは、リモコンにあやつられていた人物がなんとか方法を見つけてみずからを消し去るから、だれもその脳内にあるリモコンを見つけることはできない。当然、その人物があやつられて犯行におよんだこともわからない。まさにそこがリモコンを使うポイントだ。いずれにせよ、こちらにはリモコンがあったことはわからない。知る方法がないからね。実際のところ、それを知る唯一の方法は、内情を知るだれかに教わることだ。こういうクソなやり口にうんざりして、あとがどうなろうと気にしなくなっただれかに」

バーガーは残ったキューバ・リブレをあおり、グラスをカウンターに置いた。

「仮の話だけどね」彼は言った。

「あなたはだれなの？」ローウェンはあらためてきいた。

「言ったとおり、製薬会社のセールスマンだ」バーガーは尻のポケットに手を入れて財布を取り出し、数枚の紙幣をつかんだ。「おもしろい会話をもとめている製薬会社のセールスマンだよ。それは実現したし、酒も飲んだから、もう家に帰るとしよう。でも、きみにはそれはお薦めしないよ、ドクター・ローウェン。少なくとも今夜だけは」彼は紙幣をカウンターに落とした。「さあ、これでふたりぶんに足りるだろう」もういちど手を差し出す。「おやすみ、ダニエル」

ローウェンは無言で握手をかわし、男がレストランから出ていくのを見送った。

バーテンダーがやってきて、紙幣とバーガーのグラスに手をのばした。「だめ」ローウェンは強い口調で言った。バーテンダーがふしぎそうに彼女を見た。「ごめんなさい。ただ……そのグラスにはさわらないで。いい？　あたしが買い取りたいから。レジで代金を打っておいて。それとコーヒーを一杯お願い。ブラックで」

バーテンダーはあきれたような顔でローウェンを見たが、レジへ行ってグラスの代金を打ち込んだ。ローウェンは、下に敷いてあるカクテル用ナプキンをつまんでグラスを引き寄せてから、PDAを取り出した。そしてジェイムズ・プレスコットに連絡した。

「ああ、ジム」ローウェンは言った。「パパには言わないでほしいんだけど、あたしはいまとんでもないトラブルに巻き込まれているみたいなの。ここへ迎えにきてもらわないと。FBIも連れてきて。証拠採集用キットを持ってくるよう伝えて。急いで、お願いだから。必要以上に外にいたくないの」

「最近のきみはトラブルとおもしろい関係を築いているみたいだな」プレスコットがローウェンに言った。しばらくたって、ふたりは国務省にあるプレスコットのオフィスにぶじに身をおちつけていた。

「好きでそうしてるとでも思ってるの？」ローウェンはそう言って、プレスコットのカウチに深々と身を沈めた。

「〝好き〟かどうかはなんの関係ないと思う。だが、それでわたしの発言の妥当性が変わるわけではないな」

「あたしがどうして偏執的になったかはわかってくれたんでしょう？」

「つまり、たまたま店にあらわれた男が、バカげた話ではあるが、ルイーザ・カヴァーホがリウ・コングを殺した問題について完璧な説明を披露し、きみに酒代をおごってから、家に帰るなと忠告したから？　いいや、きみがどうして偏執的になったかはまったく見当がつかない」

「このビルの地下には掩蔽壕《えんぺいごう》があるんでしょう？　そこへ行きたい」

「それはホワイトハウスだ。おちつけよ。ここは安全だ」

「そうね、つい最近、あたしは外交官でいっぱいのビルをすぐそばで爆破されたりしていないものね」

「わたしまで偏執的にさせるなよ、ダニエル」

オフィスのドアがひらいて、プレスコットの補佐官が頭をのぞかせた。「FBIからごく予備的な報告が届きました」

「ありがとう、トニー」プレスコットは自分のPDAに手をのばした。「コーヒーをもってきてくれるかな」

「承知しました」補佐官はローウェンに顔をむけた。「あなたはいかがですか、ドクター・

ローウェン？」

「これ以上神経をたかぶらせるものはいらない」ローウェンは言った。トニーはドアをしめた。

「重要なことからいこう」プレスコットが予備報告書を読みながら言った。「〝ジョン・バーガー〟、あるいは、少なくともきみが出会った人物は、実在しない。税務データベースでその名前の相互参照をおこなった。ワシントンDC首都圏にジョン・バーガーは十名いるが、そのなかにアレクサンドリアに住んでいる者はいないし、製薬会社のセールスマンを職業としている者もいない。この事実には、きみもおどろきはしないだろうな」

「まあね」

「グラスから採取したDNAについては処理中だから、あとでなにか報告があるかもしれない。指紋は連邦警察と地元警察のデータベースで照合したがなにも出てこなかった。国際データベースについてはいまチェック中だ。バーの監視カメラの映像も入手して顔認識スキャンをおこなってみた。こちらも、いまのところ成果はない」

「じゃあ、この件であたしはそれほど偏執的でもないんだ」

「いや、きみはまちがいなく偏執的だよ」プレスコットはPDAをおろした。「偏執的になるだけの理由があるだけだ」

「あの男の話はやっぱり異常だけど」

「たしかにそのとおりだ。唯一の問題は、それが絶対に不可能ではないということだ。カヴァーホはリウを、血流で運ばれる、彼を窒息させるよう設計されたナノロボットによって殺した。だれかがきみの友人が説明したようなやりかたで脳にはたらきかけるナノロボットを設計したと信じるのは、それほどバカげたことでもない。コロニー連合のブレインパルは所有者の脳の各部に刺激をあたえる。個々の点についてはとりたてて新しいことではないんだ。新しいのはその使われかただ。仮の話だが」

ローウェンは身ぶるいした。「あのね、いまはあたしのまえでその台詞を使わないで、お願いだから」

「わかった」プレスコットはやや慎重に言った。「この件でほんとうに問題なのは、われわれにはそれを証明する手段がないということだ。コロニー連合はカヴァーホを宇宙へ流したままにしてしまった。有望な仮説ではあるが、有望な仮説だけでは足りないんだ」

「あなたは信じてるんだ」

「可能性はあると信じている。充分に可能性があるから、ナノバイオ感染とその除去に関するプロトコルを策定するようきみの父親に勧めるつもりだよ——万が一それが発見されたときのために。この仮説のありがたいところは、たとえそれが非現実的なことだったとしても、対応策を決めておけば、このやりかたの妨害工作については阻止できることだ。もしも存在しないのなら、問題になるまえに阻止できる」

「偏執症さまさまね」

「もちろん、いちばん助かるのは、このきみの友人が見つかることだ。脳内リモコン陰謀論をより信じてもらうためには、それを正確に説明できる人物がいるほうがいい」

「とても見つけられるとは思えないんだけど」

「絶対なんてことはないさ」プレスコットがそう言ったとき、ドアがひらいて、トニーがコーヒーを手にはいってきた。「コーヒーです」トニーは言った。「それと、FBIが映像での通話を要求しています」

「わかった」プレスコットはコーヒーをおろして、またPDAを取りあげ、ちょっと考えてからイヤホンをつけた。「プレスコットだ」彼はPDAを見ながら言った。

ローウェンが見守っていると、プレスコットはじっとPDAの音声に聞き入り、ちらりと彼女を見てから、またPDAに目をもどした。「わかった」プレスコットはしばらくして言った。「一瞬だけ音を消すぞ」彼はスクリーンを押してローウェンに顔をむけた。「きみの友人が見つかったようだ。とにかく、監視カメラで入手した画像で判断するかぎりは。FBIがきみに確認をもとめているんだが」

「いいよ」ローウェンはPDAにむかって手を差し出した。

「あー、彼はすこしばかりひどいことになっている」

「死んでいるということね」

「そうだ。おどろいていないようだな」

「それをよこして」

プレスコットはPDAをイヤホンごと渡した。ローウェンはイヤホンをつけてPDAの消音を解除してから言った。「ダニエル・ローウェンよ。見せて」

スクリーン上の画像は、しばらくあちこちへ動いたあと、ほかにはなんの特徴もない路地に横たわる死体に固定された。死体の頭は血まみれだった。画像がアップになると、右のこめかみの上にある深い裂け目が見えるようになった。だれかが頭を叩き割ったのだ。

にもかかわらず、その顔はやはりものやわらかでハンサムで、かすかな、こわばった笑みのなごりをとどめていた。

「あの人だ」ローウェンは言った。「やっぱりあの人だ」

エピソード13　眼下に地球、頭上に空

前篇

1

「きみには正直に言わせてもらうぞ、ハリー」ハート・シュミットが言った。「いまわたしは、整備用エアロックへ連れてこられたので少々不安になっている」

「あんたを宇宙へほうりだしたりはしないよ、ハート」ウィルスンはそう言って、エアロックの外部扉をコンと叩いた。そこには分厚い透明な合金でできた小さな舷窓が組み込まれていた。「ただ、この神に見捨てられた風呂桶のなかで、エアロックってのは、こいつをじかに見ることができる数少ない場所のひとつなんだ」

「クラーク号を風呂桶と呼んでるところをコロマ船長に聞かれないようにしろよ」

「本人が風呂桶だと知ってるし」

「ああ、だけどきみに言われるのはいやだろうな。船長はこのエアロックの空気の循環をはじめかねない」

「船長はブリッジだよ。どのみち、彼女がおれを宇宙へ飛ばすつもりなら、この船についてのきついジョークなんかよりもっとまともな理由がいっぱいあるんだ」

シュミットは舷窓をしげしげと見つめた。「あんまりいいながめにはならないぞ」

「充分いけるって」

「船内にはたくさんのモニタがあって、もっとよく見えるのに」

「ちがうんだよ」

「ディスプレイの解像度はきみの目の処理能力を超えている。目で見るかぎり、ディスプレイの映像はまったく同じものだ。広く見えるからもっといいくらいだ」

「問題は目じゃない。脳のほうだ。おれの脳にはちがいがわかるんだよ」

シュミットはこれには返事をしなかった。

「わかってくれよ、ハート」ウィルスンは言った。「出発するときには、二度と帰れないと言われる。あれはただの脅しじゃない。出発するまえには、すべてを奪われる。法的には死を宣告されるんだ。所有物はすべて、もしも遺言状を残していれば、それに従って分配される。人びとに〝さようなら〟と言うときには、それっきりほんとうにお別れだ。彼らと再会することはない。二度と会うことはない。彼らの人生がその先どうなるかを知ることはない。

ほんとうに死んだようなものだ。それから、デルタロケットに乗り込んで、ビーンストークをのぼって宇宙船までたどり着く。そして宇宙船で連れ去られる。二度と連れもどされることはない」

「いつか帰れるかもしれないと考えたことはないのか？」

ウィルスンは首を横にふった。「だれひとり帰っていないんだ。だれひとり。いちばん近くまで行くのは兵員輸送船に乗っている連中だ。新兵でいっぱいの部屋に立ち、十年後にはおまえたちのほとんどが死ぬと伝えるやつらだな。だが、そいつらでさえ実際に帰るわけじゃない。船を離れることがないんだよ、少なくとも、フェニックス・ステーションへもどるまでは。出発したらそれっきり。永遠にそれっきりだ」

ウィルスンは舷窓から外をのぞいた。「こいつはとんでもないことだぞ、ハート。そのときは、悪い取引じゃないように思えるかもしれない。コロニー連合に入隊するときは、もう七十五歳で、たぶん重大な健康問題がいくつかと小さめの問題がいくつかあって、膝が悪くなっていて目も悪くなっていて、だいぶまえから勃《た》たなくなっているかもしれない。出発しなければ、いずれ死ぬことになる。どのみち遠くへ行ってしまうわけだ。それなら出発して生きるほうがマシだ」

「理にかなっているようだが」

「ああ」ウィルスンは認めた。「だが、それで実際に出発する。そして生きる。そして長く生きればそれだけ――この宇宙で長く生きればそれだけ――なつかしくなる。かつて暮らしていた場所が、知っていた人びとがなつかしくなる。自分が厳しい取引をしたことを実感する。出発したのはまちがいだったのかもしれないと気づく」

「きみはいままでこういう話をしたことはなかった」

「話すことなんかないだろう？」ウィルスンは友人をふり返った。「おれのじいさんがよく言ってたんだが、じいさんのじいさんは、どこかよその国からアメリカへやってきた自分のじいさんについて話してくれたそうだ。どこの国だったのかは言わなかったらしい。昔いた国のことはだれにも、それこそ妻にすら、けっして話さなかった。なぜなのかきかれたときには、その国を離れたのには理由があったし、その理由が良かろうが悪かろうが、どうでもいいと言ったそうだ」

「その人の妻は、夫がどこから来たのかを知らないことが気にならなかったのか？」

「ただのお話だからな。じいさんはその部分についておおげさに言っていたんだと思う。重要なのは、過去は過去でもう変えられないんだから、気にするなということだ。おれの遠い昔のじいさんが自分の出身地を話さなかったのは、二度ともどらなかったからだ。好むと好まざるとにかかわらず、人生のその部分はもう終わったんだ。おれにとっても同じなんだよ。人生のその部分はもう終わった。ほかに話すことなんかないだろう？」

「いままでは」

「いままでは」ウィルスンは認めて、ブレインパルをチェックした。「まさにいまと言うべきだな。スキップまであと十秒」彼は舷窓に注意をもどし、無言で秒読みを続けた。

スキップはいつもどおりのスキップだった。静かで、地味で、拍子抜け。エアロック内の光は舷窓のむこう側の空をかき消すほど明るかったが、ウィルスンの遺伝子改造された両目には、いくつかの星を見分けられるだけの能力があった。

「オリオン座が見えるような気がする」ウィルスンは言った。

「オリオン座って？」シュミットがたずねたが、ウィルスンは無視した。

クラーク号が旋回し、ひとつの惑星が視界にはいってきた。

地球だ。

「よう、べっぴんさん」ウィルスンは舷窓をとおして呼びかけた。「会いたかったぜ」

「故郷に帰るのはどんな気分だ？」

「いちども離れていなかったみたいだ」ウィルスンは言って、また黙り込んだ。

シュミットはすこしだけ待ってから、ぽんとウィルスンの肩を叩いた。「よし、そろそろわたしの番だ」

「ディスプレイを見に行けよ」

シュミットはにっこりした。「おいおい、ハリー。それはちがうと知ってるだろ」

2

「これはまずい」エイベル・リグニー大佐は、パスタ越しにリズ・イーガン大佐に言った。

「ほんと」イーガンが言った。「タイ料理にすればよかった」

「ひとつ、今回はおれが店を選んだのは知ってるはずだ。ふたつ、おれが話しているのは料理のことじゃない」

「あたしたちはまたもや、コロニー連合と地球人が地球ステーションでひらくサミットのことを話している」

「そうだ」

「これは公式の話し合いなの？　あなた、リグニー大佐は、あたし、コロニー防衛軍における外務省との連絡係に対して、あたしが長官に届ける義務を負うあなたの上役たちからのメッセージを伝えているわけ？」

「そういう言い方はよせよ、リズ」

「じゃあ、ちがうのね。これは公式の話し合いではなく、あなたはランチタイムに便乗してあたしの方向性についてまた文句をつけていると」

「この状況をそういうふうに評価されるのはおちつかないな。しかし、基本的にはそのとおりだ」

「あなたはサミットに反対しているの？」イーガンはフォークにパスタをくるりと巻き付けた。「大砲をかかえて地球へ出かけて、そこを占領しなければいけないとか思ってるＣＤＦの一派のお仲間なの？　言っておくけど、それこそ危険な冒険だからね」

「おれはサミットは時間のむだだと思う」リグニーは認めた。「地球にはいまだにCDFに腹を立てている連中がいやというほどいる。さらに、自分たちが死ぬまえに移民や入隊を認めてくれないと言って地球政府に腹を立てている連中もいる。さらに、あの惑星にいまでも残る二百の独立国は、おれたちに不満があることを別にすれば、ほかの国々と意見をともにする気がまったくない。結局は、怒鳴ったり叫んだりで時間が浪費されるだけだ——おれたちにも地球にもそんな暇はないのに。だから、そう、時間のむだだよ」

「サミットが当初の計画どおり開催されるんだったら、あたしも同じ意見だと思う。だけど、サミットが開催されなくて、地球がコロニー連合に背をむけて、舞台の袖で待ちかまえているコンクラーベにさらわれてそっちに加盟したりしたら、はるかにまずいことになる。かかわりをもつことがだいじなのよ、たとえなにも成果がなくても。実際ないでしょうけど」

「おれがほんとうに心配しているのはそこじゃない。こっちの外交官とむこうの外交官が真っ青になるまで話し合いを続けたいというのなら、楽しんでくれと願うだけだ。問題は段取りのことなんだ」

「サミットが地球ステーションで開催されることを言ってるのね」

「そうだ。このフェニックス・ステーションで開催するほうがいいのに」

「なぜかというと、この人類がかつて建造した最大の物体ほど、地球人たちが威圧感をおぼえる環境はどこにもないから。ついでながら、それはあたしたちがこの二百年かそこらのあいだ地球人をどれほど封じ込めていたかを、彼らに思い出させることになる」イーガンはパスタを口に押し込んだ。

「一理あるかもしれないな」リグニーがちょっと考えてから言った。

「あるに決まってる」イーガンはそう言いながらパスタをもぐもぐやって、ごくりとのみこんだ。「サミットをここで開催できないのは、いまあげたような理由。地球で開催できないのは、あの惑星上で、コロニー連合をきらっている人びとや、あたしたちにそういう連中を追い払ってほしいと思っている人びとが暴動を起こさない場所といえば、南極点のアムンゼン・スコット基地しかないから。よりにもよってコンクラーベが、いわゆる中立の第三者としてサミットのホストをつとめたいと申し出てきたけれど、そのとき開催地となる彼らの行政府がある岩は、忘れてないと思うけどフェニックス・ステーションとは桁ちがいに大きいの。こちらとしては、地球人たちにそんなことで判断をくだしてほしくない。となると、あとはどこが残る？」

「地球ステーション」

「地球ステーションよね。所有しているのはあたしたちだけど、場所は地球の上空。それに、あそこはいずれ交渉のポイントになるし」

リグニーは眉をひそめた。「どういう意味だ？」

「あたしたちはステーションのリースを申し出るつもりなの。実を言うと、このリース戦略が承認されたのは今日の朝」

「だれも教えてくれなかったぞ」

「気を悪くしないでほしいんだけど、なぜあなたに教えるわけ？　あなたは大佐であって将軍じゃないのに」

リグニーは軍服の襟を引っぱった。「いっそナイフで刺したらどうだ」

「そんなことを言ってるんじゃないの。あたしだって教わることはなかったはずだけど、あたしは連絡係だし、外務省はこの件でCDFに承認をもとめる必要があった。あたしたちふたりの給与等級よりはるかに上でかわされた合意なのよ。だけど、考えてみると、たしかにこれは大正解といえる」

「地球上空にあるわれわれの唯一の拠点を失うことが？」

「失うわけじゃない。所有するのはやっぱりコロニー連合だし、どういう取り決めになろうと係留権は残す。なぜ大正解かというと、これでゲームの性質が変わるから。いまの地球は宇宙へ出ていく手段をもっていない。あたしたちが惑星をずっと封じ込めてきたせいで、宇宙旅行のためのインフラが存在しない。ステーションもない。宇宙港もない。なにより宇宙船すらないにひとしい。準備のためには何年もの時間と彼らの年間世界生産高の数倍の予算が必要になる。そしていま、コロニー連合がすでにそこにある宇宙へのルートを提供しようとしている。そこをコントロールする者は貿易をコントロールし、宇宙旅行をコントロールし、地球の運命をコントロールする。少なくとも、あの惑星上にいるほかのすべての人びとが力を合わせようとするまでは。それがなにを意味するかはわかるでしょ」

「つまり、だれかほかの人びとに標的になってもらうことで、われわれにむかう矛先をそらすことができる」

「手始めにね。それほどたたないうちに、地球人たちが敷いているかもしれない共同戦線はすべて崩壊する。あなたが自分で言ったのよ、エイベル。地球上の各国家が合意できるのは、コロニー連合へ怒りをぶつけることだけだって。たったひとつの提案で、こちらは低姿勢で分別ある存在に見えるようになり、彼らは内輪もめをはじめて我先に同盟を組んだり協定を結んだりして――」

「おれたちはそのプレイヤーたちから適当なのを選んで、おたがいに争わせ、こちらの有利になるようにことを進めていく」リグニーが締めくくった。

「そのとおり。これでサミットの力学そのものが変わるのよ」

「ただし、すべての地球人がささやかな意見の相違をわきに置いてわれわれに意識を集中したら話は別だ」

「可能性は低そうね。あなたもあたしも十五年まえに地球を離れたけど、当時のあの惑星で国家間の関係が〝手をつないで歌おう〟という段階まで達していたとは思えないでしょ？」

「ここでの正しい答は〝そうならないことを祈ろう〟になるのかな」

イーガンはうなずいた。「これであなたも、なぜ地球ステーションがサミットの開催地として最適なのかわかったはず。あたしたちは地球とコロニー連合との問題を協議するだけじゃなく、店頭見本をたずさえてショールームを歩くの」

「きみたち外交官は、自分たちが販売部へ異動になったことを知っているのかな？」

「いまごろはもうわかっていると思うよ」イーガンはそう言って、またパスタにフォークを突き刺した。

「きっといやがられるでしょうね」レイ・サールズが、クラーク号の船内で大急ぎで召集された外交スタッフ会議の席で言った。「われわれがここに来たのは、まったく別の問題について率直に協議するためだったのに、はじまる数時間まえになって協議事項を変えようというんですよ。こんなやりかたはないでしょう」

後方に控えていたウィルスンは、アブムウェにちらりと目をむけて、大使はこの反抗的な部下の頭をどんなふうに踏みつけるんだろうと思いめぐらした。

「なるほど」アブムウェが言った。「では、その意見を長官自身に伝えますか？　あるいは、この計画を承認したコロニー防衛軍の指揮官に？　あるいは、この政策変更に関与したコロニー連合内のほかのすべての省の長官に？」

「いいえ、大使」サールズが口をひらいた。

「そうですか。では、どういうやりかたをするべきだったかについてこれ以上の時間をついやす代わりに、いましなければならないことにもうすこし時間を使うことを勧めます。地球の各国政府からの代表者たちは、わたしたちが地球ステーションのリースを認めると伝えたら、たしかにおどろくかもしれません。しかし、ミズ・サールズ、わたしたちの仕事はこの変更によって彼らを満足させることです。あなたがたならやり遂げられるはずです」

「はい、大使」

ウィルスンはにやりとした。〝頭の踏みつけ終わり〟と彼は思った。

「これを別にすると、基本的には、わたしたちの役目は変わっていません」アブムウェが続けた。「わたしたちに割り当てられたのは、地球上の比較的小規模で中立的な国々との一連の協議です。これらは、地球における権力と影響力という点では三列目に位置する国々ですが、コロニー連合はそれらを無視したり軽視したりする立場にはありませんし、これはわたしたちにとって大きな優位をもたらす可能性を秘めています……」アブムウェはPDAを取りあげて、新しい任務における役割の一覧を送信した。部下たちはそれぞれのPDAを取りあげて、教会にでもいるように、牧師さまのお導きに従った。

三十分後、部下たちは部屋からいなくなり、アブムウェとウィルスンだけが残った。「あなたには特別な任務をあたえます」アブムウェが言った。

「ミクロネシアの代表とでも会うんですか？」ウィルスンは言った。

「いいえ、それはわたしです。たまたま、わたしはカピンガマランギ環礁に拠点を築く可能性について彼らと話すことになっています。これはけっして重要度の低い交渉ではないですし、長官自身もそのように明言しています。さて、あなたがわたしたちに割り当てられた任務についてわたしとわたしのチームを見くだすのが終わったなら、話を続けましょうか」

「すみません」

「ペリーの事件があって以来、地球は、コロニー連合の軍艦あるいは軍人が地球ステーションあるいは惑星そのものを訪問したりそこに駐留したりしないよう要求しています。ときおり階級の高い人物がひとりかふたりおとずれるのを別にすれば、コロニー連合はその要求を尊重しています」

「うわあ。ここまできて、おれの任務はクラーク号のリベットを守ることだとか言うんじゃないですよね」

「これ以上話のじゃまをするなら、そのとおりになりますよ」

「すみません」

「ちなみに、答はノーです。ほかのことはさておき、あなたを地球にこれほど近いところへ連れてきながら船内に閉じ込めておくのは気の毒すぎるでしょう。それに、あなたは自分が役に立つことを証明し続けています」

「ありがとうございます、大使」

「それでも悩みの種なのは変わりません」

「よくわかります」

「CDFはこれらの交渉に正式に加わることはありません。とはいえ、あなたの存在は地球の軍事組織と接触するうえではチャンスです。特に、アメリカ合衆国はサミットに小規模な軍の部隊を派遣するそうです。あなたがいることを伝えたところ、彼らはあなたと会うことを受け入れました。というわけで、あなたの任務はふたつあります。ひとつは彼らに応じられるよう準備をしておくこと」

「応じるというのは？」

「彼らが望むことならなんでも。ＣＤＦでの生活について話してほしいと言われたら、そうしてあげなさい。ＣＤＦの軍事力や戦術について教えてほしいと言われたら、機密情報を明かすことのない範囲で、教えてあげなさい。ビールを飲みたいとかアームレスリングをしたいとか言われたら、そのようにしてあげなさい」

「それをやっているあいだに、おれも彼らから情報を引き出すんですね？」

「もしも可能であれば。あなたは階級が低いので、派遣部隊の兵士たちもあなたとは個人として気楽に付き合うでしょう。それを利用するのです」

「もうひとつの任務というのは？」

アブムウェはにっこりした。「ＣＤＦはあなたにスカイダイビングをしてもらいたがっています」

「なんですって？」

「アメリカ軍の幹部は、ＣＤＦが軌道上から惑星へ兵士を降下させることがあるという噂を聞きつけています。彼らはそれを実際に見たがっているのです」

「すばらしい」

「あなたは以前にもやったことがありますね。少なくとも、あなたの配属時に受け取った書類にはそう記されていました」

ウィルスンはうなずいた。「いちどやったことがあります。だからといって気に入ってるわけじゃありません。超音速で大気中へ落下するときに、ナノロボットの薄い流動性の被膜だけを頼りに、摩擦熱で黒焦げになって空の半分を横切るのをふせぐというのは、おれの考える楽しいひとときとはちがいます」

「そうでしょうね。しかし、これは正式な命令なので、あなたにはあまり選択の余地がないと思います」

「ささやかな問題として、おれは標準仕様の軍用ユニタードは持っていますが、降下用のスーツがありません」

「CDFが送ってくる貨物ドローンに二着はいっています。一着はあなたのために、もう一着はあなたといっしょにジャンプする人のために」

「だれかがおれといっしょにジャンプするんですか？」

「サミットに派遣されてくる部隊に空中降下の経験者がいて、もっと奇抜なことを試したがっているようです」

「降下用スーツがブレインパルで制御されていることがわかっているんですかね？ そいつにはブレインパルはありません。まず窒息して、それから燃えあがって、最終的にはちっぽけな破片だけが雨のしずくの核となって地上にふりそそぐことになります。あまりいい計画とは思えません」

「あなたが両方のスーツの展開を制御するのです」

「じゃあ、そいつがジャンプの最中に死んだら、おれの責任になるんですね」

「もしもその人がジャンプの最中に死んだら、あなたはあとを追って死ぬのが賢明だと思いますよ」

「この任務は、やるべきことがビールを飲んでアームレスリングをすることだけだったときのほうが良かったですね」

「スカイダイビングを完了したあかつきには、あなたはふたたび地球におりたつことになるのですよ」アブムウェが指摘した。「あなたの身にはけっして起こらないと言われていたことです」

「それはあります」ウィルスンは認めた。「楽しみじゃないとは言えません。とはいえ、地球ステーションは宇宙エレベーターで惑星とつながっています。そっちでおりるほうがいいですね。華々しさでは劣りますが、ずっと安全ですし」

アブムウェはにっこりした。「良い知らせとして、あなたは実際にビーンストークを使うことになります」ビーンストークというのは宇宙エレベーターの非公式な呼び名だ。「悪い知らせとして、あなたはそれを地球からのぼるほうで使うことになります。着陸したらほとんど間を置かずに」

「それまでは楽しむようにしますよ。あなたはどうなんですか、大使？　あなたも地球出身でしょう。地表へおりることに興味はないんですか？」

アブムウェは首を横にふった。「地球の記憶はほとんどないのです。わたしの家族がそこを離れたのはナイジェリアの内戦のせいでした。それはわたしの両親が地球で暮らしていたあいだずっと続いていました。この惑星にまつわる母と父の記憶は楽しいものではありません。そこを離れられたのも幸運でしたし、移住する先があったのも幸運でした。わたしたちはコロニー連合があって幸運だったのです」

「今回の交渉は大使にとって重要なんですね」

「ええ。どのみち同じことですが。これはわたしの仕事ですから。それでも、母の語ってくれた話や父の体に残っていた傷あとはおぼえています。コロニー連合は多くの罪を負っていますが——たしかに罪はあったのです、ウィルスン中尉——地球にはつねに戦争や難民があり、コロニー連合はその人たちのためにドアをひらき続けていました。少なくとも、彼らに隣人に怯える必要のない生活をあたえました。わたしはいまも地球にある戦争や難民について考えます。コロニー連合が彼らを受け入れることができていたら、すでに亡くなった難民たちのどれだけが生きていたのだろうかと」

「コロニー連合にとっての優先事項があなたと同じかどうかはわかりませんよ、大使」

アブムウェはウィルスンにむかって苦い笑みを浮かべた。「コロニー連合が地球との関係を再建するおもな目的は、兵士の供給の再開です。コンクラーベから新しい植民地を建設したら抹殺すると脅されているので、もはや植民が不可能なのはわかっています。しかし、既存の惑星にはまだゆとりがあり、まだ人びとを必要としています。従って、わたしの優先事項はこれからも変わりません。わたしたちみんながこの仕事を続けているかぎりは。あなたも含めて」

「大使のために、せいいっぱい空から墜落しますよ」

「頼みます」アブムウェはPDAを取りあげて、別の仕事にとりかかった。「ついでながら、ハート・シュミットをあなたの下につけることにしました。なにか手助けが必要なことがあるかもしれません。あなたたちふたりは仕事でうまくやっているようですし。なんなら、シュミットをあなたと組ませるのは、彼が重要でないからではなく、あなたの任務がコロニー連合にとって優先事項だからだと伝えてもかまいませんよ」

「そうします。ほんとにそうなんですか？」

「それはあなた次第です、中尉」アブムウェはすでにPDAに没頭していた。

ウィルスンがドアをあけると、シュミットがそこに立っていた。

「ストーカーかよ」ウィルスンは言った。

「よせよ、ハリー」シュミットは言った。「チームで任務がないのはわたしだけで、きみはアブムウェとふたりきりで十分間こもっていた。別に天才でなくたって、今回の旅でだれがきみの使いっ走りになるかは見当がつくさ」

3

「あまり大きくは見えませんね？」ネイヴァ・バーラがソフィア・コロマ船長に言った。

「地球ステーションのことを言っているのか」コロマは副長に言った。

「はい、船長」バーラは言った。ふたりはクラーク号のブリッジにいた。船は地球ステーションから安全な距離をとった位置にとどまっており、クラーク号のシャトルが行き来して外交官たちを運んでいた。

「きみはフェニックスで育ったからな」コロマはバーラに言った。「見あげれば空にフェニックス・ステーションがかかっていることに慣れていた。あれと比べたら、どんなステーションも小さく見える」

「わたしは惑星の裏側で育ったんです。フェニックス・ステーションをこの目で見たのは十代になってからでした」

「わたしが言いたいのは、フェニックス・ステーションがきみの評価基準になっているということだ。地球ステーションは小さい部類にはいるが、たいていのコロニーの上空にあるステーションより小さいというわけではない」

「宇宙エレベーターというのはおもしろいですね」バーラは話題をすこし変えた。「よそで使われていないのがふしぎです」

「たいていは政治的な問題だ」コロマはディスプレイに表示されているビーンストークを指さした。「ビーンストークの物理学は、標準的な物理学に照らすとなにもかもまちがっている。本来なら空から落ちるはずなんだ。それが落ちていないという事実は、地球の人びとにわれわれがテクノロジー面でどれだけ進んでいるかを思い出させる。だから彼らはわれわれとかかわるのを避けようとするのだ」

バーラは鼻を鳴らした。「あまりうまくいっていないようですが」

「いまでは地球人たちもビーンストークの物理学を理解している。ペリーの事件がその問題を解決した。いまは富と組織のほうが問題だ。別のビーンストークにしろ必要な大きさの宇宙ステーションにしろ、建造するだけの余裕がない。どこかの国がそんなことを試みようとしたら、ほかの国々は大笑いするだろう」

「めちゃくちゃですね」

コロマが同意しようとしたとき、PDAが鳴った。彼女はちらりと目を落とした。点滅する赤と緑のバナーが、最優先の機密メッセージの着信を知らせていた。コロマはメッセージを読むために一歩さがった。バーラは船長の行動に気づいて、ほかの作業に集中した。

コロマはメッセージを読み、個人コードを入力して受信承認をしてから、副長に顔をむけた。「シャトルベイをからっぽにしてもらう必要がある」彼女はバーラに言った。「クルーを全員そこから出して、わたしが言うまでもどらせるな」

バーラはこれを聞いて眉をあげたが、命令には従った。「シャトルの到着予定は二十五分後です」

「わたしがそれまでに作業を終えていなかったら、シャトルを十キロメートル離れた地点で待機させて、わたしがドッキングしてもいいと伝えるのを待て」

「承知しました、船長」

「ブリッジはまかせる」コロマはそう言って、ブリッジから出ていった。

数分後、コロマはシャトルベイの管制室にある指令パネルのまえで椅子にすわり、ベイの空気の循環を開始した。ベイのなかの空気は圧縮タンクへ吸い込まれ、扉が真空へむかって音もなくひらいた。

小型の個人用車輛くらいの大きさの無人貨物ドローンがすべりこんできて、デッキの上におりた。コロマは扉をしめてベイに空気を再注入してから、管制室を出て貨物ドローンへとむかった。

そのドローンのロックを解除するには身分証明が必要だった。コロマは右手をロックに押し当て、掌紋と血管配置がスキャンされるのを待った。数秒後にロックは解除された。

最初に目にはいったのはハリー・ウィルスン宛ての包みで、二着のスーツとナノロボット入りの缶がおさめられていた。後日おこなわれるスカイダイビングで使うものだが、そのときには、不愉快なことに、あの男がまたもや彼女のシャトルを必要とすることになる。ウィルスンがからんだときにシャトルになにが起きるかは考えたくなかった。

コロマはその思いを押しのけ、ウィルスンの包みもわきへ押しのけた。彼女はそんなものを取りに来たわけではなかった。

コロマが取りに来たのはもうひとつの包みで、それはウィルスンの包みのとなりにおさまっていた。そこには彼女の名が記されていた。

「わたしはきみの補佐をすることになっているんだが」シュミットがウィルスンに言った。

「補佐してるじゃないか」ウィルスンは言った。「おれにビールを運んできた」

「とにかく、こういうのはもうなしだ」シュミットはバーから運んできたインディア・ペールエール――IPA――をウィルスンに差し出した。「わたしはきみの助手であって、ビールボーイではない」

「ありがとう」ウィルスンはビールを受け取り、あたりを見まわした。「このまえここへ来たとき、この食事エリアの、たしかこのテーブルだったと思うが、はじめてエイリアンを見かけたんだ。ゲハール族だった。おれにとっては重要な日だった」

「ゲハール族をここで見ることはもうないだろう。彼らはコンクラーベの創立会員だ」

「残念だなあ。いいやつらに見えたのに。食事のしかたはきたなかった。でもいい感じだった」ウィルスンはビールをひと口飲んだ。「こいつはうまい。コロニー連合では上等なIPAは手にはいらないんだ。なぜかはわからないが」

「プレッツェルでもお持ちしましょうか、ご主人さま？」

「そういう態度ならいらない。その代わり、サミットの状況についてわかったことを教えてくれ」

「当然ながら、大混乱だよ。歓迎セッションすら終わらないうちに、サミット全体の議事日程がひっくり返ってしまった。コロニー連合がこのステーションをリースする相手を物色しているせいで、協議がはじまるまえにすべてがぶち壊しになったんだ」

「それこそコロニー連合が狙っていたことだ。地球を長く停滞させたことに対する賠償については、いまじゃだれも話していない」

「いまでも話してはいるんだが、だれも気にしていないんだよ」

「じゃあ、現時点でだれがリードしているんだ？」ウィルスンはそう言って、ビールをまたひと口飲んだ。

「アメリカだな、さほどおどろくことでもないが。ただし、単独行動を避けるために、カナダ、日本、オーストラリアを誘い込んでの共同入札を検討している。ヨーロッパは各国のチップを集めていて、それは中国とシベリア国も同じだ。インドは現時点では単独でいく。それ以外はごちゃごちゃだ。アブムウェ大使のもとには、アフリカと東南アジアのほとんどが押し寄せ、三人か四人のグループで大使とのスケジュール確保にやっきになっている」

「で、この状態が四、五日続いたら、こちらから申し入れをするわけだ——地球の外交官たちはそれぞれの母国へもどって提案を正式なものにしてから、新しい交渉ラウンドでそれを提出してもらいたいと。第一ラウンドで一部が脱落したら、それが同盟や提案に変化を引き起こして、状況はどんどんコロニー連合にとって有利なものとなり、最後には、こちらが惑星のほとんどを望みどおりに動かして、兵士と、ときどきは植民者を供給させる」

「そういう計画のように見えるね」

「うまくやったな、コロニー連合。これは実際的政治の観点からだぞ、念のため」

「了解。それで、きみのほうは？」

「おれ？　おれはここにいたよ」ウィルスンは片手でバーをぐるりとしめした。

「きみはアメリカ軍の連中と会うことになっていたと思ったんだが」

「もうここで会った。ただし、おれといっしょにスカイダイビングするやつだけは別だ。どうやら遅れているらしく、あとで会うことになってる」

「どんなぐあいだった？」

「一団の兵士たちが酒を飲んで戦争の話をしていた。退屈だったが、居心地はよく、操縦もしやすかった。兵士たちが帰ったあと、おれだけここに残って、やってくる連中が今日あったできごとについて話すのを聞いていたところだ」

「それにしてはすこし騒々しくないか」

「ああ、しかし、あんたには遺伝子改造された超人的な耳がないだろう。それと、聞く必要のないことはぜんぶはじいてくれる頭のなかのコンピュータも」

シュミットはにやりとした。「わかったよ。いまはなにを聞いているんだ？」

「おれにビールを運んできたことに関するあんたの文句を別にすると、おれの背後にいるオランダの外交官とフランスの外交官が、ヨーロッパは自分たちのステーションの入札にロシアを参加させるべきか、それともロシアが過去のことは過去のこととしてシベリア国と中国の入札に加わるのだろうかと考えている。やはりおれの背後の左では、アメリカの外交官がインドネシアの外交官をもう二十分ほども口説いていて、今夜はだれからもなんの言質《げんち》もとれそうにないと途方にくれているが、それは本人がどうしようもなく無能だからだ。おれの真向かいでは、南アフリカ共和国の四人の兵士たちが一時間ほど酒を飲んでいて、ここ十分ほどは、おれに喧嘩をふっかけておれが先に手を出したように見せかけるにはどうすればいいかと考えている」

「待った、なんだって？」

「ほんとだよ。まあ、おれは緑色だからな。人込みのなかではよく目立つ。あの連中は、コロニー防衛軍の兵士はとんでもなく腕っぷしが強いと聞いていたのに、おれはそんなふうに見えないと思っているようだ。そう、ぜんぜんそんなふうには見えない。で、おれに喧嘩をふっかけてほんとはどれくらいタフなのか試してみたいんだ。純粋なる探求心によるものだよ、まちがいない」

「どうするつもりだ？」シュミットは、ウィルスンが話した兵士たちのほうへ目をむけた。

「ここですわってビールを飲んで会話を聞き続ける。心配ないよ、ハート」

「相手は四人だぞ。しかも行儀の良い連中には見えない」

「なにも危険はないって」ウィルスンはＩＰＡをぐいとあおってグラスをおろしてから、しばらくなにかに耳をすませた。「ああ、うん。連中はたったいまやると決めた。来るぞ」

「まいったな」シュミットは四人の男たちがテーブルから立ちあがるのを見た。

「おちつけよ、ハート。やつらがパンチを叩き込みたいのはあんたじゃない」

「副次的被害は受けるかもしれない」

「心配するな、おれが守ってやる」

「我がヒーローよ」シュミットは皮肉っぽく言った。

「よう」兵士のひとりがウィルスンに呼びかけてきた。「おまえは例のコロニー防衛軍の兵士なのか?」

「いや、おれは緑色が好きなだけだ」ウィルスンはビールの残りを飲みほして、空のグラスを残念そうに見つめた。

「まじめな質問なんだが」兵士が言った。

「あんたはクルーガーだな?」ウィルスンはグラスをおろした。

「なんだと?」兵士は一瞬とまどった。

「そうだろ。声でわかる」ウィルスンは別の兵士を指さした。「となるとあんたがグーセンだな。そっちはモスーディかな」彼はまた別の兵士を指さしてから、最後のひとりを指さした。「ということは、あんたがパンディットだ。みんな合ってるかな?」

「どうしてわかった?」クルーガーがたずねた。

「あんたたちの話を聞いてたんだ」ウィルスンは立ちあがった。「ほら、あんたたちはおれが先にこぶしをふりまわしたように見せかける方法について考えていたじゃないか。そうすれば遠慮なくおれを叩きのめせるって」

「そんなことは言ってない」パンディットが言った。

「言ったさ」ウィルスンはふりむいてグラスをシュミットに渡した。「もう一杯持ってきてくれるか?」

「わかった」シュミットはグラスを受け取ったが、四人の兵士たちから目を離さなかった。

ウィルスンは兵士たちにむきなおった。「あんたたちもなにか飲むか？　おごるぞ」

「そんなことは言ってないと言ったんだ」パンディットが言った。

「言ったんだよ、ほんとに」

「おれが嘘つきだと言うのか？」パンディットはいらついていた。

「そう言ってるのは明白じゃないか？　で、酒はどうする？　だれか？　いらない？」ウィルスンはシュミットをふりむいた。「おれだけだな。そうそう、あんたも自分のぶんをとってこいよ」

「ゆっくり行ってくるよ」シュミットは言った。

「ああ。こっちは長くはかからない」

パンディットがウィルスンの肩をつかみ、ぐいとふりむかせた。「友人たちのまえで嘘つき呼ばわりされるのはがまんできねえ」パンディットはそう言って、ウィルスンの肩から手をはずした。

「だったら友人たちのまえで嘘をつくなよ。単純なことだ」

「おまえはパンディットに謝るべきだと思う」クルーガーが言った。

「なんで？　彼が言ったことを正確に再現したから？　おれはそうは思わないな」

「あんた、謝ったほうが身のためだぜ」グーセンが言った。

「そういうことにはならないな」

「だったら、おれたちはここで問題をかかえることになるぜ」

「それはつまり、あんたたちがやっぱりおれを叩きのめそうと努力するってことか？　やれやれだな。さっさと認めてくれれば、いまごろはもう終わってたのに」

「おれたちは努力するわけじゃないんだが」モスーディが言った。

「そりゃそうだ」ウィルスンは怒ったように鼻柱をぎゅっとつまんだ。「諸君、気づいてほしいんだが、あんたたちは四人でこっちはひとりだ。もうひとつ気づいてほしいんだが、あんたたちみたいに見るからに経験豊富な軍の筋肉頭の四人組がおれをぐちゃぐちゃに叩きつぶそうとしているのに、おれはこれっぽっちも気にかけていない。さて、これはいったいどういう意味なのか？　ひとつ、おれがただの妄想野郎だということ。ふたつ、あんたたちがどんなものを相手にしているかまるでわかっていないということ。どっちだ？　あんたたちが選んでくれ」

四人の兵士は顔を見合わせてにやりと笑った。「とんでもない妄想野郎のほうだな」クルーガーが言った。

「そうか」ウィルスンは、バーのすぐまえにある広い公共通路へ歩いていった。兵士たちはウィルスンが去っていくのをとまどったように見送った。ウィルスンは兵士たちをふり返った。「ほら、そんなところでバカみたいに突っ立ってるなよ。ここを出るぞ」

四人の兵士はためらいがちにあとを追った。ウィルスンは手をふって男たちをそばへ招き寄せた。「さあさあ。やりたくないなんてふりはするなよ。集まってくれ」

「なにをするんだ？」グーセンがたずねた。

「あんたたちはおれを殴りたい。わかった、じゃあこうしよう。あんたたちは好きなようにひろがってくれ。それから、だれかひとりがおれに殴りかかってこい。おれにブロックされずに殴ることができたら、もういちど殴っていい。だが、おれがブロックしたら、つぎはおれの番だ。おれはだれにもブロックされずに四人全員を殴らなくちゃいけない。だれかひとりでもブロックできたら、つぎはまたあんたたちの番だ。わかったか？」

「なんでこんなやりかたをする？」モスーディがたずねた。

「こうすれば、おれたちは害のないおふざけをしているだけで、あんたたち四人がコロニー防衛軍の兵士をやみくもに襲撃して地球とCDFとのあいだで戦争をはじめようとしているようには見えないだろ。そのほうが賢明だと思わないか？　じゃあ、はじめよう、位置についてくれ」

四人の兵士はウィルスンのまえで半円を描くようにひろがった。

「いつでもいいぞ」ウィルスンは言った。

「ハリー・ウィルスン？」女性の声がした。

ウィルスンは声のしたほうへ顔をむけた。クルーガーが腕をふりあげて突進してきた。ウィルスンはクルーガーをブロックしてあおむけに押し倒した。クルーガーはびっくりして息を吐き出した。

「おれがよそ見しているときに攻撃するとは。いいね。むだだけど、いいよ」ウィルスンはクルーガーを引き起こしてもとの位置へ押しやった。それから、彼に声をかけた女に注意をもどした。

「ダニエル・ローウェン」ウィルスンは言った。「こいつはうれしいおどろきだな」

「わかった、降参」ローウェンが言った。彼女は制服姿の男といっしょだった。「あなたがなにをしているのかさっぱりわからない」

「こちらの四人のゲンコツ屋さんたちを困惑させているところだ」

「手助けはいりますか？」ローウェンのとなりの男が言った。

「いや、だいじょうぶ」ウィルスンが言ったとたん、モスーディが突進してきた。モスーディもほどなくデッキに寝ころがった。「あんたの番は終わりだ」ウィルスンはおだやかに言った。彼がモスーディの首を放すと、兵士は這ってもとの位置へもどった。ウィルスンはローウェンをふり返った。「あんたたちはどこへ行くところなんだ？」

「実はね、あなたを探していたの」ローウェンはそう言って、となりに立っている男へうなずきかけた。「こちらはアメリカ空軍のデイヴィッド・ハーシュ大尉。あたしのいとこでもある」

「おれといっしょに高空ダイビングをやる人かな」ウィルスンは言った。

「そうです」ハーシュが言った。

「会えてうれしいよ」

「ちょっと失礼するよ」

「おい」クルーガーが言った。「おれたちは戦ってるんじゃないのか？」

「すまん」ウィルスンは兵士に言ってから、ハーシュとローウェンをふりむいた。「ちょっと失礼するよ」

「ごゆっくり」ハーシュが言った。

「すぐ終わるから」ウィルスンはまた四人の兵士へむきなおった。「三ラウンドだ」

「あ？」クルーガーが言った。

「三ラウンドだ」ウィルスンはくり返した。「おれがあんたたちをそれぞれ三回ずつ殴ったら、それでおしまい。おれは人と会わなけりゃならないし、あんたたちは口かどこかで息をする練習が必要になる。だから、三ラウンドだ。いいな？」

「好きにしろ」クルーガーが言った。

「よし」ウィルスンは兵士たちの顔面を一発ずつ強く殴った。兵士たちにはなにが起きたのかさえわからなかった。彼らは頬を押さえて、呆然と立ちつくした。

「これで一回」ウィルスンは言った。「第二ラウンド行くぞ」

「ちょ——」クルーガーは言いかけたが、あとのことばは立て続けに響いたパンパンという音でかき消された。

「よし、これで二回だ」ウィルスンは言った。「三ラウンドの準備はいいか？」

「クソくらえ」グーセンが叫び、四人の兵士がいっせいにウィルスンに襲いかかってきた。

「で——これが三回目」ウィルスンがそう言ったとき、四人はデッキに倒れ込み、自分の首をつかんで息をあえがせていた。「心配するな、諸君、気管はつぶれちゃいない。一日で元気になる。まあ、二日かな。急ぐことはない。さて、これでおしまい……だよな？」

　クルーガーがデッキに嘔吐した。

「それは〝イエス〟と受け取っておく」ウィルスンは手をのばしてクルーガーの後頭部をぽんと叩いた。「トレーニングに付き合ってくれてありがとう。楽しかった。心配するな、送ってくれなくてだいじょうぶだから」彼は体を起こし、ローウェンとハーシュのそばへ歩いていった。

「たいしたものですね」ハーシュが言った。

「ほんとうにヤバいのは、おれがCDFの基準だと完全に運動不足だってことだ」ウィルスンは言った。「ここ数年は研究室でオタクをやってたからな」

「ほんとよ」ローウェンが言った。「このまえ会ったときはほとんど動かなかった」

「おれがあんたを飲み負かしたときのことか」

「あたしが色目を使ったのに無視したとき」

「おれはそういうタイプの男の子じゃないんだよ」

「わたしはここにいてかまわないんでしょうかねえ」ハーシュが言った。

「ただの冗談だよ」ウィルスンはきっぱり言った。

「いくじなし」ローウェンは笑顔で言った。

「そういえば、おれの友人のハートがバーへもどって、ビールを用意しているはずだ。いっしょにどうだい？」ウィルスンは親指をぐいとふって、まだデッキでへたりこんでいる四人の兵士をしめした。「あいつらにビールをおごってやろうとしたんだが断られた。それであのざまだよ」

「お付き合いしたほうがよさそうですね」ハーシュが言った。「身を守るためだけでも」

「賢明だな」ウィルスンは言った。「とても賢明だ」

4

「会いたいとのことでしたが」アブムウェがコロマに言った。

「ああ」コロマは言った。「仕事中にじゃまをして申し訳なかった」

「だいじょうぶですよ。一時間ほど食事をしてくつろぐ予定でした。ちょうどよかった。ケニヤの使節から、宇宙エレベーターの基部がナイロビにあることを根拠に、なぜ地球ステーションが彼の国に譲渡されるべきであるかを四十分にわたって説明されたあとなので、あなたになにを言われようと、合理性のかたまりのように聞こえるはずです」

「わたしは徴兵された」

「前言を撤回します。どういう意味ですか、徴兵されたとは」

コロマはアブムウェに、ＣＤＦからの命令書が表示されているＰＤＡを見せた。「コロニー防衛軍が、外務省の許可を得て、少なくとも当面はクラーク号をCDFの所属とし、少なくとも当面はわたしを徴兵した。階級は同じで、コロニー連合の民間船の船長という肩書きはそのまま残るので、わたしの命令に従わせるためにクルーを徴兵する必要はない。それから、この徴兵のことや、クラーク号の新しい所属については、絶対に秘密にしろと命じられている」

「わたしに話していますよ」

「いや、話してはいない」

「わかりました」

「これはきみにもきみの部下たちにも関係がある。命令があろうがなかろうが、きみは知っておくべきだ」

「CDFはなぜこんなことをしたのだと思いますか？」

「なにかを期待しているのだと思う。われわれはクラーク号を――先代のクラーク号を――ダナヴァー星系で犠牲にした。だれかがウチェ族に罠を仕掛けたせいで。それがだれなのかはわからない。こちらの船はCDFに利用されて、内部にいるスパイを探し出そうとしたことがあったが、うまくはいかなかった。地球の使節団が船をおとずれたときには、そのうちのひとりが別のひとりを殺害して、われわれに罪を着せようとしたが、その理由はいまだにわかっていない。アーシ・ダーメイ号の件もある。あの船は、コンクラーべと会おうとしたわれわれに発砲したが、どこの勢力にコントロールされていたのかは不明だ」

「それらの事件はわたしたちの責任ではありません。いずれも、特にわたしたちを狙ったものではなかったのですから」

「ああ、もちろんちがう」コロマは認めた。「われわれはまちがった時にまちがった場所にいただけだ。しかし、いずれの事件でも、外部の未知のグループがなんらかの目的で状況をコントロールしていた。同じグループなのか？　別々のグループなのか？　もしも別々だとしたら、手を組んでいるのかいないのか？　そして目的はなんなのか？　いまわれわれはここにいて、地球の代表者たちと会っている。ＣＤＦの内部にまだスパイがいることはわかっている。地球でも、だれかが陰で糸を引いているのだ」

「そのいずれかが声明を出すか行動を起こすかするとしたら、いまがその時でありここがその場所であると」アブムウェは締めくくった。

コロマはうなずいた。「よけいにそう思えるのは、コロニー防衛軍が地球ステーションに一隻の船もひとりの兵士も派遣していないせいだ――ウィルスン中尉を別として」

「あなたもそうなりましたね」

「そうだ。わたしにあたえられた最初の命令は、到来する宇宙船に細心の注意を払うことだ。コロニー連合であれどこであれ、今後九十六時間以内に地球ステーションへ到着することになっているすべての船についてスケジュールを渡されている。さらに、地球ステーションの航宙管制システムへのアクセス権をあたえられたので、それぞれの船の通信を追跡することができる。なにか疑わしいことがあったら、地球ステーションに警告して、スキップ可能な距離で待機させているドローンをただちにフェニックス・ステーションへ送り返すことになっている」

「脅威は外部からではなく地球から来る可能性もありますよ。地球ステーションへつながるビーンストークは以前にも爆撃を受けました。このサミットとCDFのせいで、いまも地球ではあちこちで暴動が起きています。そのいずれかは陽動作戦かもしれません」

「可能性はあるが、CDFがもっとも気にかけているのはそのことではないと思う。空の彼方でこのモデルを組み上げているやつは、宇宙船からの攻撃こそふさわしい遊びだと考えているはずだ」

「なぜそんなに確信があるのです?」アブムウェはたずねた。

「CDFが、わたしに命令以外のあるものをよこしたからだ」コロマは言った。

「じゃあ、コロニー連合はほんとうはなにをたくらんでいるわけ?」ローウェンがウィルスンにたずねた。彼らふたりと、シュミットと、ハーシュは、バーでそれぞれ三杯目にとりかかっていた。

ウィルスンはにっこり笑って、椅子に背をもたせかけた。「おれはここで、いかにもおどろいた顔をして、コロニー連合は最善かつ純粋な目的でのみ行動しているんだと叫ぶべきなのかな?」

「このうぬぼれ屋」

ウィルスンはローウェンにむかってグラスをかかげた。「よく知ってるな」

「でも、まじめな質問なのよ」

「わかってる。じゃあまじめにこたえよう——おれが知ってるのはあんたが知ってることと変わりない」ウィルスンはシュミットを身ぶりでしめした。「みんな同じさ」

「われわれが新しい指示を受けたのは地球ステーションに足をおろす一時間ほどまえのことだった」シュミットが言った。「われわれもこの件ではきみたちと同じくらいおどろいているんだよ」

「なぜあなたたちはこんなやりかたをするんです？」ハーシュがたずねた。「わたしは外交官ではありませんから、どこか深いレベルでチェスの駒が動いているのを見逃しているのかもしれませんが、あなたたちは計器を使わずに飛行機を飛ばしているように見えます」

「まさにそういうふうに見せかけたいのよ」ローウェンが言った。「ステーションをリースするという話を地球からの代表たちにいきなりぶつければ、コロニー連合に対する当然の不満をいっせいに表明するという彼らの計画はぶち壊しになる。同じ話をコロニー連合から来た外交官たちにいきなりぶつければ、彼らには、ステーションのリースに一枚嚙もうとして這いつくばる地球の代表たちの話を聞く以外、なにをする権限もなくなってしまう。話の中身を変えることで、コロニー連合に対する地球の見方を変える。そうよ、デイヴィッド、これは混乱しているように見せかけているだけ。でも、賭けてもいいけど、コロニー連合はこのちょっとした戦略をずっとまえから計画していたはず。そしていま、その戦略は彼らの狙いどおりに機能している」ローウェンはビールを飲んだ。

「すまないな」ウィルスンは言った。

「あなたを責めているわけじゃない。あたしたちみんなと同じように、あなたはただの道具でしかない。でも、いまのあなたはほかのみんなよりも楽しそうに見える」

「彼はビールを飲んで兵士たちを叩きのめしたんだ」シュミットが言った。「そう見えて当然じゃないか？」

「おれがいっぺんに四人の男を相手にしていたあいだずっとバーに隠れていたやつの台詞がこれか」ウィルスンは言った。

「きみが行けと言ったんじゃないか。わたしは命令に従っただけだ」

「とにかく、こちらのハーシュ大尉とおれには、明日とても重要な仕事がある」

「そうですよ」ハーシュは同意した。「来たる一四〇〇時に、ウィルスン中尉とわたしは申し分のない宇宙ステーションからジャンプするんです」

「最初の一歩がたいへんなんだ」ウィルスンは言った。

「踏み出すことについては心配していません。ちょっと心配なのは着地のほうです」

「まあ、それはおれにまかせろ」

「あなたにまかせるしかないですよ」ハーシュは指摘した。「頭のなかにコンピュータがあるのはあなたなんですから」

「どういう意味？」ローウェンがたずねた。

「おれたちが着るスーツはブレインパルによって制御される」ウィルスンは自分のこめかみをつきながら言った。「残念なことに、あんたのいとこにはそれがないし、いまからジャンプまでのあいだに用意するのもむずかしい。そこで、おれが両方のスーツの展開を制御するわけだ」

ローウェンは自分のいとこを見つめてから、ウィルスンに目をもどした。「安全なの？」

「暗い宇宙から地球へ落下するんだぞ」ウィルスンは言った。「どこが安全なんだ？」

ハーシュが大きく音をたてて咳払いした。

「おれが言いたかったのは、もちろん安全だってことだ」ウィルスンは続けた。「これ以上安全なことはない。バスルームへ行くよりも安全だ。クソをして死ぬやつは大勢いる。毎日のように起きてることだ」

ローウェンは目をほそめてウィルスンを見た。「こんなことを言うつもりはなかったんだけど、デイヴィッドはあたしのお気に入りのいとこなの」

「レイチェルに教えてやろう」ハーシュが言った。

「あなたの妹はあたしからお金を借りてるのよ」ローウェンは言った。「さあ黙って。あたしはいまハリーを脅しているんだから」ハーシュはにやりと笑って口をつぐんだ。「いまも言ったとおり、デイヴィッドはあたしのお気に入りのいとこなの。もしも彼の身になにかあったら、あたしがあなたに襲いかかることになるよ、ハリー。あたしはあの四人の兵士みたいにやさしくないから。約束する、あなたのケツを蹴り飛ばしてあげる」

「だれかのケツを蹴り飛ばしたことがあるのか?」ハーシュが言った。「いちどでも? きみはいつだって女の子らしい女の子だったのに」

ローウェンはハーシュの腕を殴りつけた。「ケツ蹴りは特別なときのためにとってあるのよ。これがそのとき。あなたは光栄に思わなくちゃ」

「ああ、心から光栄に思うよ」

「そんなに光栄に思うんだったら、おかわりをおごってくれてもいいのよ」

「そこまで光栄に思ってはいないな」

ローウェンはショックを受けた顔をした。「あなたのためにコロニー防衛軍の兵士を脅しているのに、ビールすらおごってくれないの? わかった、あなたはもう正式なお気に入りとこの地位から陥落した。レイチェルがトップに返り咲く」

「レイチェルはきみに金を借りているんだろ」

「ええ、でもあなたはあたしにビールの借りがある」

「家族ってやつは」ハーシュはウィルスンとシュミットにむかって言ってから、立ちあがった。「おふたりはどうします?」

「ハリーのぶんはわたしが」シュミットが立ちあがった。「さあ、デイヴィッド。バーまで送っていくよ」ふたりは人混みのなかをビールの蛇口めざして歩いていった。

「いいやつみたいだな」ウィルスンはローウェンに言った。

「そうなの」ローウェンが言った。「あたしは本気よ、ハリー。彼の身になにか起きたりするのはいや」

ウィルスンは宣誓するように片手をあげた。「あんたのいとこの身になにも起きないようにすることを誓うよ。少なくとも、彼の身になにか起きるときは、おれの身にも同じことが起きるから」

「その最後の部分からは自信が感じられないんだけど」

「だいじょうぶだよ、約束する。前回やったときは、降下していくおれにむかって人びとが銃を撃っていた。あと数ミリで片脚を吹き飛ばされるところだった。こんどのはあれに比べたら楽勝だ」

「それでもやっぱり気に入らない」

「気持ちは痛いほどわかる。知ってのとおり、これはおれの考えじゃないからな。でも、そうだな。明日、デイヴィッドとおれはジャンプのまえに会うことになっている。ダイブの手順をおさらいして、あいつのためにリハーサルをするんだ。時間に空きがあったら、あいつに付き添ってやったらどうだ？　おれはちゃんと自分の言うことがわかってるところを見せてやるからさ、誓うよ」

ローウェンはPDAを取り出してスケジュールをスクロールした。「十一時にしてもらえる？　そこに十五分だけ空きがある。おしっこをしに行くつもりだったけど、代わりにこれに付き合ってもいいよ」

「あんたの膀胱に責任はもてないぞ」

「おぼえておく」ローウェンはPDAをしまった。「でも、おしっこをする時間くらいはあるはず。すごくたくさんの会議に出ている何人かの知り合いは、腹膜炎になる危険性がとても高いと思うけど」

「忙しいスケジュールだな」

「まあ、そうね。ある一派が全員のスケジュールの上に爆弾を落として、通常のサミットをどうしようもない混乱に変えてしまったら、こういうことになるのよ、ハリー」

「すまない」

「そこでまた例の傲慢さの問題にもどるのよ。おぼえてるでしょ。まえにあなたとふたりで話したじゃない。コロニー連合の最大の問題はその傲慢さだって。これはその完璧な例。あたしたちを何世紀ものあいだ封じ込めていた悪影響について地球の国々と腰を据えて話をする代わりに、巧妙な策を弄して、このステーションのリースの問題であたしたちの目をそらそうとするんだから」

「おれもあんたに言ったことをおぼえてるが、コロニー連合のやり口を弁護してくれる相手がほしいんだったら、相手がちがうぞ。もっとも、あくまで観察の結果として言うなら、コロニー連合の計画は完璧に機能しているように見えるな」

「いまは機能してる。短期的な解決策として理にかなっていることは認めざるをえない。だけど、長期的な解決策としては問題がある」

「たとえば」

「たとえば、アメリカ、中国、ヨーロッパがそろって、賠償問題の一環として、コロニー連合は地球ステーションをわれわれに譲渡するべきだと主張したら、コロニー連合はどうするの？　このリースとかいうたわごとは忘れて。ひとつの宇宙ステーションの費用なんて、コロニー連合が二世紀にわたって基本的には無料の労働力と防衛手段を手に入れたことで得た利益を考えれば大割引。あなたたちは安い支払いですむのよ」

「コロニー連合がその理屈に同意するかどうかはわからないな」

「同意なんかいらない。あたしたちがしなくちゃいけないのは待つことだけ。コロニー連合は植民者と兵士が補充されなければやっていけない。あなたたちの経済学者や軍事計画者たちはとっくにそのことに気づいているはず。こちらがそちらを必要とする以上に、そちらはこちらを必要としている」

「それに対する自然な反応は、コロニー連合が崩壊したときに地球がどうなるかをあんたは見たくないはずだ、というところかな」

「地球だけのことなら、あなたの言うとおり。でも、選択肢はもうひとつある」

「コンクラーベに加盟するということか」

「当たり」

「そのときには地球はいまよりはるかに組織化されていなけりゃならないぞ。コンクラーベは惑星のごく一部と取引をすることは好まない」

「地球には充分な動機が生まれると思うの。選択肢が、元圧制者との強制的な同盟と、その元圧制者が倒れたときの副次的な損害のふたつだとしたら」

「だが、人類は分裂する。それは良いことじゃない」

「だれにとって？」ローウェンは切り返した。「人類にとって？　それともコロニー連合にとって？　そのふたつは同じことじゃないでしょ。結果的に、もしも人類の分裂があるとしたら、その責任はだれにある？　あたしたちじゃないよ、ハリー。地球じゃない」

「おれを説得する必要はないって、ダニー。それで、こういう論法についてアメリカの代表はどんなふうに考えているんだ？」

ローウェンは眉をしかめた。

「おや」ウィルスンは言った。

「ここでも縁故主義があたしを助けてくれると思うでしょうね。アメリカの国務長官の娘ならいろいろ特典があるはずだ──特に、あたしが正しいときには。でもね、ちょっと困ったことに、パパはサミットが終わるまでに取引を決着させろとあたしたちに伝えるよう命令されているの。あたしの主張は、もしもリース契約が結べなかったときの有望な〝代替策〟になるだろうと言われた」

「おとうさんは本気で言ってるのか？」

ローウェンはまた眉をしかめた。

「おや」ウィルスンはもういちど言った。

「ああ、良かった、飲み物が届いたみたい」ローウェンはそう言って、ビールを手に人混みを縫ってくるハーシュとシュミットを身ぶりでしめした。「ちょうどあたしの悲しみをまぎらしてくれそう」

「なにか聞き逃したことは？」ハーシュがいとこにビールを渡しながら言った。

「つねに正しくあるのはむずかしいという話をしていたところ」ローウェンが言った。

「それならちょうどいい相手に話したよ」シュミットが言った。「ハリーも同じ問題をかかえているからね。彼にきくのがいちばんだ」

「さてさて」ローウェンはグラスを持ちあげた。「じゃあ乾杯しましょ。つねに正しくあることに。神と歴史のお許しがあらんことを」

四人はグラスを打ち合わせて乾杯した。

後篇

5

「コロマ船長」レミュエル少尉が言った。「また別の船がスキップしてきました」

コロマはレミュエルに感謝のことばをつぶやき、ＰＤＡをチェックした。彼女はブリッジのクルーに、地球ステーションへ到着したりそこから出発したりする船があったら報告するようにと命令を出し、それ以上はなんの説明もしなかった。クルーはその命令に異議をとなえなかった。別の船を追跡するのはどうでもいいくらい簡単なのだ。その命令はいまやほとんど一日中実施されていた。それはサミットの二日目の遅い午前中のことだった。

コロマのディスプレイに新しい船が表示されていた――小型の貨物船だ。それは地球ステーションの外側に浮いている十一隻の船のうちの一隻で、ほかの十隻は係留ゾーンに整列していた。四隻はコロニー連合の外交船で、クラーク号のほかに、アバーフォース号、チャウ号、ショルツ号が、ビーンストーク経由でステーションへのぼってくる地球からの代表者と交渉をおこなう外交官の補充部隊を運んできていた。三隻の船、ロビン・マイズナー号、リーピング・ドルフィン号、ルース・アルゴ号は、コロニー連合からやってきた貨物船で、地球を相手に限定された貿易をおこなっていた。残る二隻はブーデク族の貨物牽引船だ。ブーデク族はコンクラーベに加盟するための交渉を進めていたが、そのいっぽうで柑橘類が大好物だった。

イヤホンをとおして、コロマは地球ステーションの航宙管制官が新たに到着した船の身元を確認するのを聞いていた――最初の危険信号だ。コロニー連合の貨物船には暗号化トランスポンダが搭載されていて、ステーションは船がその宙域へスキップしてくるやいなや問い合わせをかける。管制官が身元の確認をもとめているという事実は、相手がトランスポンダを搭載していない、あるいは解除していることを意味する。それはまた、その船が予定外に到着したということでもある。予定どおりだがトランスポンダの応答がない場合、管制室は予想される名前で呼びかけるはずだ。

コロマは新たに到着した船をクラーク号にスキャンさせ、そのデータをCDFから提供された艦船データベースで参照した。一秒とかからずに適合するデータが表示された。船の名称はイアリ・モーニングスター号、何カ月もまえから行方不明になっていた民間の人員・貨物輸送船だ。イアリ・モーニングスター号は、七十年以上まえにCDFの巡洋艦としてその生涯をスタートさせた。民間へ転用された時点で、はらわたを抜いて貨物運搬に使用できるよう改造されていた。

だからといって、ふたたび戦闘用に改造できないわけではなかった。

地球ステーションはイアリ・モーニングスター号に対して三度目の呼びかけをおこなっており、コロマはこれでその船が正式に〝不審船〟に分類されたことに満足していた。

「船長、新しい船がスキップしてきました」レミュエルが言った。

「また別の船か？」コロマはたずねた。

「はい、船長。あー、それとまた……二隻……船長、ほぼ同時に一団の船がスキップしてきます」

コロマは自分のディスプレイを見おろした。新たに八隻の船が出現していた。見ているうちに、また二隻あらわれ、さらに別の二隻が続いた。

イヤホンをとおして、コロマは地球ステーションの管制官が毒づくのを聞いた。その声にはパニックのきざしがあらわれていた。

いまやイアリ・モーニングスター号のほかに十五隻の新たな船が出現していた。コロマがCDFから入手したデータベースには十六隻の船が載っていた。コロマはほかの十五隻をわざわざ参照したりはしなかった。

「シャトルはどこだ?」コロマはたずねた。

「地球ステーションにドッキングしたところで、帰還の準備を進めています」レミュエルがこたえた。

「そのまま待機してこちらの人員を連れもどす準備をするよう伝えろ」

「何人ですか?」

「全員だ」コロマは、クラーク号に緊急警報を発令するよう命じ、アブムウェ大使に緊急メッセージを送った。


アブムウェ大使が、地球ステーションにまつわる自国の計画について論じるチュニジア代表の話を聞いていたとき、PDAが短く三度振動して、そのあとに長い振動が続いた。アブムウェはPDAを取りあげて画面を表示させ、コロマ船長からのメッセージを読んだ。

〝大問題が起きた。宇宙船が十六隻。いますぐそちらの部下を脱出させろ。シャトルは第7ゲート。十分後に出発する。遅れた者は置いていけ〟

「ビーンストークへもどりなさい」アブムウェはチュニジア代表に目をむけて言った。

「なんですって?」チュニジア代表が言った。

「ビーンストークへもどれと言ったのです」アブムウェはくり返し、立ちあがった。「最初のエレベーターでおりなさい。立ち止まらないで。待たないで」

「なにが起きているんです?」チュニジア代表はたずねたが、アブムウェはすでにドアの外へ出て、チームのメンバー全員にメッセージを送っていた。

6

「まるでユニタードを着ているみたいね」ダニエル・ローウェンが、ハリー・ウィルスンの戦闘用スーツを指さしながら言った。ウィルスンとハート・シュミットが、ローウェンとデイヴィッド・ハーシュのそばへやってきたところだった。四人が顔を合わせたのは、地球ステーションの、ほかにだれもいない貨物庫だった。

「なぜそう見えるかというと、おれがユニタードを着ているからだ」ウィルスンはローウェンのまえで足を止め、運んできたキャンバス地の大きなバッグをおろした。「おれたちの戦闘用スーツはまさにそれなんだよ。こいつは特別頑丈な戦闘用スーツで、真空でも使える造りになっている」

「あなたダンスバトルに参加したことある?」ローウェンは言った。「だって、そうしたらものすごい見ものになると思うよ」

「残念ながら、ない。それにおれたちじゃとても勝てないな」

「では、わたしもそれを着なければいけないんですね」ハーシュが戦闘用スーツを指さして言った。

「生きのびたければな」ウィルスンは言った。「別の道を選ぶのは自由だ」

「生きるほうを選びたいですね」

「正しい選択だと思うぞ」ウィルスンは運んできたバッグに手を入れて、引っぱり出したユニタードをハーシュに渡した。「これがあんたの分だ」

「ちょっと小さくないですか」ハーシュはユニタードを受け取り、疑いのこもった目でそれを見つめた。

「のびて体にフィットする。あんたでも、ハートでも、ダニーでもフィットする。ひとつのサイズでだれにでも合うんだ。カウルも付いていて、起動すると顔を完全に覆い隠す。そうなったときにパニックを起こすなよ」

「了解」

「よし。いますぐ着るか？」

「あとにします」ハーシュはユニタードを返した。

「ビビったか」ウィルスンは受け取ったユニタードをバッグにもどし、別の物体を引っぱり出した。

「パラシュートに見えますね」

「機能面から言えば正解だ。実際にはちがう。こいつはあんたの分のナノロボットだ。大気圏へ突入すると、ナノロボットが放出されて周囲に耐熱シールドを作りあげ、あんたが燃えないようにする。対流圏にはいったら、ナノロボットはパラシュートに変わり、あんたはそれで滑空して降下する。着陸地点はナイロビ郊外のフットボール競技場だ。あんたの友人たちがヘリコプターを待機させているそうだから、おれはそれでビーンストークへもどる」

「そうです。滞在時間が短くて申し訳ありません」

「それでも故郷の土を踏めるのはうれしいよ」ウィルスンはナノロボットの容器をおろして、さらに別の物体を取り出した。「これは酸素サプリメント。長い降下になるからな」

「ご配慮いただいてありがたいです」

「どういたしまして」

「酸素があまり多くないように見えるけど」ローウェンがサプリメントを見て言った。

「ああ」ウィルスンは言った。「戦闘用スーツで顔を覆われると、それが二酸化炭素を吸収して酸素を再循環させる。それほど多くは必要ないんだ」

「便利なスーツね。見た目が残念すぎるけど」

「彼女の言うとおりだな」シュミットが言った。

「やめておけよ、シュミット」ウィルスンがそう言ったとき、彼のブレインパルとシュミットのPDAが同時に警報を発した。ウィルスンはメッセージにアクセスした。アブムウェ大使からだった。

〝十六隻の船が地球ステーションの周辺にあらわれました。作業を中断して第7ゲートへむかいなさい。シャトルの出発は十分後。待ちません。パニックを起こさずに。とにかく移動しなさい。ただちに〟

ウィルスンは、メッセージを読み終えたばかりのシュミットに目をむけた。シュミットが不安げに見返してきた。ウィルスンは手早く荷物をキャンバス地のバッグへもどした。

ローウェンがふたりの表情に気づいた。「なにかあった？」

「トラブルかもしれない」ウィルスンはバッグを持ちあげた。

「どんなトラブルです？」ハーシュが言った。

「謎の十六隻の宇宙船がいきなり窓の外にあらわれるようなトラブルだ」

ローウェンとハーシュのPDAが鳴った。ふたりは同時にPDAに手をのばした。「読むのは歩きながらにしてくれ」ウィルスンは言った。「行くぞ」四人は貨物庫を出てステーションの中央通路へむかった。

「ビーンストークのエレベーターへむかえって」ローウェンが言った。

「こっちもだ」ハーシュが言った。「ステーションから避難するらしい」

四人が整備用扉を抜けて中央通路へ出ると、そこは大混乱だった。情報がひろまったのだ、あっというまに。地球の市民たちが、不安からパニックまでさまざまな表情を浮かべて、ぞろぞろとビーンストークのエレベーターの搭乗エリアへむかおうとしていた。

「こりゃまずいな」ウィルスンは、人びとの流れへむかってきっぱりした足どりで歩き出した。「さあ。おれたちのシャトルは第7ゲートだ。いっしょに行こう。あんたたちもシャトルに乗ればいい」

「それはできません」ハーシュが立ち止まった。ほかの三人も足を止めた。「わたしのチームは避難の手助けをするよう命じられています。ビーンストークへ行かないと」

「あたしもいっしょに行く」ローウェンが言った。

「だめだ。ハリーの言うとおり、ここは大混乱だし、これからもっとひどくなる。きみはふたりといっしょに行け」ハーシュはいとこを抱きしめて、頰に軽くキスした。「すぐにまた会えるよ、ダニー」ウィルスンに顔をむける。「彼女をここから連れ出してください」

「わかった」ウィルスンはいった。ハーシュはうなずき、ビーンストークのエレベーターをめざして通路を進んでいった。

「第7ゲートまではステーションをまだ四分の一ほど移動する必要がある」シュミットが言った。「走らないと」

「走ろう」ウィルスンは同意した。シュミットが群衆のあいだを縫って走り出した。ウィルスンは、ローウェンとペースを合わせ、彼女のために道を切り開きながらあとを追った。

「あたしが乗る場所はあるの？」ローウェンがたずねた。

「場所はつくるさ」ウィルスンはこたえた。

「なにも動きがありませんね」バーラが、十六隻の宇宙船を見つめながら、コロマにむかって言った。「どうしてもなにもしないんでしょう?」

「待っているのだ」コロマは言った。

「なにをですか?」

「まだわからない」

「船長はこのことを知っていたんですね。われわれに出現する船の数をかぞえさせていました。こうなることを予想して」

コロマは首を横にふった。「CDFから一隻の船を探すよう言われた。諜報部から一隻の船がサミットを妨害するか攻撃するかしてくる可能性があるとの指摘があったのだ。ちょうど、一隻の船がわれわれのコンクラーベとの会合を妨害したように。それには一隻の船で充分だから、CDFも一隻の船に対してそなえをとっていた。これは」コロマはディスプレイにむかって手をふった。十六隻の宇宙船が音もなく浮かんでいた。「わたしの予想とはちがう」

「スキップドローンを送り出しましたよね。あれが騎兵隊を連れてくるのでしょうか」

「あのドローンにはデータを送った。ドローンはスキップ可能な距離にいる。データがドローンにたどり着くのに二時間、それから彼らが船を派遣するかどうかを決めるのに少なくとも同じだけの時間がかかる。ここでなにが起きるにせよ、そのころにはもう終わっているだろう。われわれは自力でやるしかない」

「なにをするのですか？」

「待つのだ。シャトルからの報告を教えてくれ」

「満員になりつつあります」バーラがしばらくして言った。「二、三人行方がわかりません。期限が近づいています。どうしますか？」

「シャトルはできるだけ長く待機させろ」

「はい、船長」

「アブムウェに知らせてくれ。あちらの落後者のために待機しているが、状況が悪化したらシャトルは密閉するしかないと」

「はい、船長」バーラはそう言ってから、ステーション自体に焦点を合わせているディスプレイを指さした。ステーションの底のあたりで動きがあった。一基のエレベーターがビーンストークを降下しはじめた。「エレベーターで人びとを避難させているようですね」

エレベーターが音もなく降下するのを見たとたん、ひとつの考えが目のくらむような確信をともなって頭に押し寄せ、コロマはこぶしで殴られたような衝撃をおぼえた。「シャトルの操縦士にいますぐ船を密閉して発進するよう伝えろ」

「船長？」

「急げ、ネイヴァ！」コロマは叫んだ。「すぐに！　いますぐに！」

「船長、ミサイルが発射されました！」兵装デスクのラオ士官が言った。「六基のミサイルがステーションへむかっています」

「標的はステーションじゃない」コロマは言った。「いまはまだ」

「ぎっしり詰め込め」デイヴィッド・ハーシュがベリンダ・トンプスン軍曹に言った。「トウキョウの地下鉄みたいに押し込むんだ」

ふたりの任務は、エレベーターのかごに乗り込む人びとの誘導をおこなうことだった。それを〝かご〟と呼ぶのはいささかむりがあった。それぞれのかごは広い会議室なみの大きさがあり、円環状にケーブルのまわりを取り巻いていた。ひとつのかごに百人かそこらであれば快適にすごすことができる。ハーシュはその二倍の人数を詰め込むつもりだった。トンプスンとふたりで、あまりやさしくない手つきで人びとを押し込み、かごの奥のほうへずっと詰めるよう叫んだ。

ハーシュの足の裏に伝わる単調な振動が、もう一基のエレベーターのかごがようやく降下を開始し、ケーブルをすべりおりて安全なナイロビへむかったことを告げた。〝これで心配すべき人びとが二百人減った〟彼はそう考えて笑みを浮かべた。こんな日になるはずではなかったのだが。

「なにを笑っているんですか？」トンプスンがまたひとり外交官を押し込みながらきいた。

「人生はおどろきに満ちて――」ハーシュは言いかけたが、そこで宇宙へ吸い出されてしまった。出発したエレベーターを狙った六基のミサイルがかごに命中して、それを破壊し、ビーンストークのケーブルにも命中して、それをゆがませ、衝撃波がケーブルをのぼって搭乗エリアまで伝わったのだ。衝撃でデッキがぱっくりとひらいて、ハーシュとそれ以外の数名は真空のなかへころげだし、ハーシュとトンプスンが人びとを詰め込んでいたかごは搭乗エリアへ激突した。空気が裂け目から吸い出されて、さらに何人もの不運な人びとがステーションの下の宇宙へ旅立っていった。

ステーションの自動制御システムがコントロールを引き継いで、エレベーターの搭乗エリアを他のエリアから封鎖したために、そこにいたすべての人びとが――三、四百人ほどの地球からの外交官たちが――窒息死する運命となった。

地球ステーションのいたるところで気密隔壁が作動して、ステーション各部を、そこにいる人びともろとも封じ込めた。空気のロスをいくつかのエリアだけにとどめ、残りのエリアを外側の宇宙の真空から守るために。

それがいつまで続くかが問題だった。

7

ウィルスンは、非常用隔壁が彼のすぐまえでせりあがるのを、目で見たというよりも体で感じた。ハート・シュミットが隔壁のむこう側にいた。ウィルスンはローウェンをつかんで、いまや完全なパニック状態におちいった群衆のなかを強引に進もうとしたが、群衆はふたりを押しもどしてその流れにのみこんだ。ウィルスンが愕然としているシュミットの顔をちらりと見たとき、上下の隔壁がぴったりと閉じてふたりを分断した。ウィルスンはシュミットにシャトルへむかえと叫んだ。その声は喧噪のせいでシュミットには届かなかった。

ウィルスンのまわりで、自分たちが隔壁によって締め出されたことに気づいた人びとの悲鳴が最高潮に達しようとしていた。彼らは地球ステーションのこのエリアに閉じ込められてしまったのだ。

ウィルスンがふと目をむけると、ローウェンが真っ青になっていた。彼女もほかの人びとと同じことに気づいたのだ。

ウィルスンはあたりを見まわして、そこが第5ゲートだと気づいた。

〝ここにシャトルはない〟ウィルスンは思った。それから別のことを考えた。

「行こう」ウィルスンはローウェンに言って、また彼女の手をつかんだ。群衆をまっすぐ突っ切ってシャトルゲートへむかう。ローウェンは力なくあとに従った。シャトルゲートの扉を調べてみたら、ロックはかかっていなかった。ウィルスンはそれを引きあけて、ローウェンを奥へ押し込み、群衆に見られていないことを期待しながら扉をしめた。

シャトルエリアは寒くてがらんとしていた。ウィルスンはかかえていたバッグをおろして中身をさぐりはじめた。「ダニー」彼は呼びかけたが、返事がないので顔をあげた。「おいダニー！」もっと強い声で呼びかける。ローウェンはちらりと彼を見たが、その目は焦点を失っていた。「きみに服をぬいでもらう必要がある」

これでローウェンは気を取りなおした。「なんですって?」期待どおりの反応が返ってきた。

ウィルスンはにやりとした。彼の不適切な発言のおかげで、ウィルスンはCDFの戦闘用ユニタードを差しあげた。「服をぬいでもらう必要があるのは、これを着てもらうためだ」

「なぜ?」ローウェンは言って、すぐにその目を見ひらいた。「いやよ」

「だめだ」ウィルスンはきっぱりと言った。「ステーションは攻撃を受けているんだ、ダニー。おれたちは閉じ込められた。襲撃者たちにはこのステーションをオレンジをむくようにして破壊するだけの力がある。シャトルには乗りそこねた。ここから脱出する手段はひとつしかない。跳びおりるんだ」

「やりかたがわからない」

「きみがやりかたを知っている必要はない。なぜならおれが知っている」ウィルスンはユニタードを差しあげた。「きみはこいつを着るだけでいい。急いでくれ、それほど時間はないと思うから」

ローウェンがうなずき、ユニタードを受け取ってブラウスのボタンをはずしはじめた。ウィルスンはくるりと背中をむけた。

「ハリー」ローウェンが言った。

ウィルスンはわずかに頭をうしろへむけた。「どうした?」

「いちおう言っておくけど、あなたのまえで服をぬぐときはこんなふうになる予定じゃなかったの」

「そうか。おれにとっては最初からの計画どおりだけどな」

ローウェンは、ふるえた、疲れきった笑い声をあげた。ウィルスンはそっぽをむき、ローウェンが慎みを守れるようにしてやった。そして、ハート・シュミットへ連絡をとろうとしているときに自分の顔に浮かぶ表情を見せまいとした。


地球ステーションがふるえて、サイレンが鳴り響くと、クラーク号のシャトルの操縦士であるジャスティン・ゴースはもはやこれまでだと判断した。「密閉します」彼女はそう言って、シャトルの扉を閉じた。

「まだふたり残っています」アブムウェが言った。「彼らを待ちます」

「発進します」ゴースは言った。

「聞こえなかったようですね」アブムウェは、とっておきの最強に冷淡な〝わたしをコケにするな〟声で言った。

「聞こえましたよ」ゴースは発進シーケンスにとりかかりながら言った。「待ちたいんですか？　五秒だけ扉をあけますからどうぞ外へ出てください。でもわたしは発進しますよ、大使。そこらじゅうで爆発が起きています。ステーションが崩壊するときにここにいるつもりはありません。さあ、外へ出ないのなら口を閉じてください。あとでわたしを絞首刑にするのは勝手ですが、いまこの瞬間、これはわたしの船です。すわってわたしに仕事をさせてください」

アブムウェは冷たい怒りのこもった目でしばらくゴースを見つめたが、ゴースはそれを無視した。アブムウェはむきを変え、スタッフのひとりをにらみつけて座席をあけさせてから腰をおろした。

ゴースが制御パネルで〝緊急放出〟のボタンを押した。これはステーションの通常の空気循環より優先する。ドンッという音がしてシャトルベイの外部扉がわずかにひらき、ゆっくりとひろがるすきまからベイの空気が吸い出されていった。ゴースは扉が完全にひらくまで待ったりしなかった。シャトルで強引にそこをとおり抜け、扉に損傷をあたえた。この時点では、そんなことが問題になるとは思えなかった。

シュミットは隔壁がせりあがるのを見て、ハリーがこちらには聞こえない声でなにか叫んでいるのを目にとめたあと、そのエリアの遠い端に見える第7ゲートへむかってふたたび走り出した。すでに間に合いそうもないことに気づいてはいたが、それでも自分で見てたしかめたかった。

こうして、シュミットはシャトルが去っていくのを見た。ゲートにたどり着いたちょうどそのとき、待合所の大きな窓をとおして。

「あとすこしだったのに」シュミットはつぶやいたが、同じエリアに閉じ込められた人びとの悲鳴で、自分の声がほとんど聞こえなかった。彼らは全員がここでいっしょに死ぬことになるのだ。

シュミットは、事実をそんな大声でいちいち指摘してほしくなかった。

待合所に目をむけて、肩をすくめ、ベンチのひとつにどさっとすわりこんで、ゲートエリアの天井を見あげた。ほんの数秒で乗りそこねてしまった。ある意味ふさわしいことかもしれない。結局のところ、彼はいつでも半歩だけ遅れるのだ。

エリアのどこかで、だれかが恐怖のあまり声をあげてむせび泣いているのが聞こえた。シュミットはそれに気づいたが、自身はなんの感情もこみあげてこなかった。これで終わりだとしても、想像できる最悪の終わりかたではなかった。怖くはなかった。ただ、こんなに早くなければと思った。

シュミットのPDAが鳴り出した。音からするとウィルスンだ。〝運のいいやつだ〟シュミットは思った。ハリーならいまごろはここから脱出する方法をなにか思いついているはずだ。シュミットは友人のハリーが大好きで、いつも感心していたし、自分なりに尊敬すらしていた。だが、いまこうして、自分の生涯の終わりらしきものに直面してみると、なによりもやりたくないのはハリーと話をすることだった。

「新たなミサイルが二基発射されました」ラオが言った。「われわれのシャトルへむかっています」

「当然だろう」コロマは言った。襲撃者が何者であれ、地球ステーションを離れようとする人びとについてはなにかしら主張したいことがあるはずだ。

幸い、コロマはそんなものをがまんする必要はなかった。

コロマは自分のディスプレイに歩み寄り、シャトルへむかうそれぞれのミサイルにしるしをつけ、それを発射した宇宙船にもしるしをつけた。彼女はディスプレイ上に指令パネルを表示させて、ボタンを押した。

二基のミサイルは雲散霧消し、それを発射した宇宙船は爆発して炎と化した。

「いまのはなんです？」バーラが言った。

「ネイヴァ、シャトルの操縦士に地球へむかうよう伝えろ」コロマは言った。「あれらの宇宙船が発射しているのはメリエラックス・シリーズのミサイルだ。大気圏での使用は想定されていない。燃えつきてしまうはずだ。シャトルをできるだけ大気圏の奥深くへ、できるだけ急いでもぐらせるんだ」

バーラはその命令を伝えてから、船長へ顔をもどした。

「まえにも言ったが、ＣＤＦは一隻の船を予期していた。そこで、彼らはわたしに新しいおもちゃをひとつよこした――反物質粒子のビームを発射するドローンだ。それが昨日からクラーク号のそばに浮かんでいた。ＣＤＦは実地テストをしてみたかったのだろう」

「うまく作動したようですね」

「問題は、発射できるのが約六発ということだ。それぞれのミサイルに一発ずつ、宇宙船に三発のビームを発射した。運が良ければまだ発射できるかもしれない。残っている宇宙船が一隻なら、それは問題にならないだろう。だが、残りは十五隻だ。しかも、たったいまわたしはクラーク号を標的にしてしまった」

「どうしますか？」

「クルーを脱出ポッドへむかわせろ。敵がわれわれを攻撃してこないのは、なにが起きたのか突き止めようとしているからだ。いつまでもそうはいかない。そのときまでに全員を船外へ脱出させるのだ」

「船長はどうするんですか？」バーラはたずねた。

「わたしは船とともに沈む」コロマは言った。「運が良ければ、何隻かは道連れにしてやれるだろう」

8

最初に地球ステーションを狙っていっせいに放たれたミサイルは、ぜんぶで六基あり、エレベーターのかごを破壊してビーンストークのケーブルに修復不可能な損傷をあたえた。つぎにいっせいに放たれたミサイルは、最初の五倍の数があり、地球ステーションをそのケーブルから手荒くもぎとった。両者をその接続部のすぐ下で切り離したのだ。

それまでのステーションとビーンストークは、とてつもなく高次の物理学に拘束されて現在の位置にとどまっていたが、本来はありえない高度だったし、建造方式も必要を満たすものではないはずだった。この物理学の曲芸は、文字どおり大地そのものから、すなわち惑星の地殻にうがたれた深い地熱エネルギーの源泉から動力を得ており、それは、海抜が一マイルを超えるナイロビからでは、手に入れるのによけいな労力が必要だった。

　このほぼ無尽蔵のエネルギーがなくなれば、ステーションはもとどおり従来の物理学に支配されることになる。ステーションとそこにエネルギー供給しているビーンストークには避けようのない破滅がおとずれる——ステーションそのものと同じくらい、緻密に、意図をもって設計された破滅が。

　その破滅はふたつのことを目的として設計されていた。ひとつは、眼下の惑星（と、ついでに頭上の宇宙）を、直径一・八キロメートルの宇宙ステーションと全長数百キロメートルのビーンストークの落下する破片から守ること。ふたつ、テクノロジーの秘密が地球人の手中に落ちるのをふせぐこと。とある解決策がこのふたつの目的にぴったり適合した。

　ビーンストークは落下しない。そういう設計になっている。それまでは全体の構造を安定させるために使われていたエネルギーが、突然、まったく別の仕事にふりむけられることになる——それを分解するという仕事だ。惑星の表面から数百キロメートル上空で、ビーンストークの縒糸《よりいと》が分子レベルでほぐれはじめ、金属ダストの微細粒子と化す。発生する廃熱が、このプロセスで放出されるガスを拡散させ、ダストを大気圏の上層部へと吹き飛ばす。大気圏の下層部における空気のパターンと乱流が、はるか下で同じ役割をになう。ナイロビの住民たちには、ビーンストークが卓越風に押されて空へ塗りひろげられていくのが見えるだろう——熱狂する画家によってこすりつけられる木炭のように。

ビーンストークが消えるまで六時間かかる。その粒子状物質は、東アフリカに一週間にわたって目のさめるような日没を披露し、世界には一年にわたって本来よりも摂氏で百分の一度低い気温をもたらすだろう。

損傷を受けて動力源からも切り離された地球ステーションは、回転エネルギーによって大混乱とともに分解するまえに、組織だったやりかたで自己破壊のプロセスを開始した。ステーションはみずからの死を覚悟していたが、それでも非常用エネルギーの出力をあげ、密閉されたステーションの各部をおよそ二時間にわたって温かく呼吸可能な状態にたもつことで、ステーションに残った人びとが脱出ポッドに乗り込む時間を稼ごうとしていた。その脱出ポッドは、道順をあらわす照明と自動音声システムによってみずからの存在をしめし、閉じ込められて絶望した人びとを導いていた。ステーションの外側では、パネルがつぎつぎと吹き飛んで、脱出ポッドの外殻を宇宙にむかってさらけだし、人びとが乗り込んだあとで発進しやすいようにしていた。

すべての脱出ポッドが離脱すると、ステーションはみずからを解体することになるが、ビーンストークの解体時に使われる莫大な指向エネルギーは、ステーションにはもはや存在しないし、よそから引っぱってくることもできないので、より単純で、より優雅さに欠ける解決策がもちいられる——高エネルギー成形炸薬をもちいてみずからを爆破するのだ。残るのは三十立方センチメートル以下の大きさの物体だけで、それもすべて大気圏で燃えつきるか宇宙へほうりだされる。

すぐれた計画ではあったが、積極的に攻撃してくる軍勢が秩序だった自己破壊にあたえる影響については考慮されていなかった。

ハート・シュミットは、ステーションのそのエリアで泣いたりわめいたりしていないごくわずかな人びとのひとりであり、自動音声が閉じ込められた人びとにむかってすべてのゲートのシャトルデッキで脱出ポッドが利用可能になったことを伝えるのを耳にした最初のひとりでもあった。ウィルスンは目をしばたたき、もういちど聞き直して、いま聞いたのが思ったとおりの意味であることをたしかめてから、一瞬だけ思いをめぐらした――〝人びとが閉じ込められて自分たちは死ぬのだと悟ったあとで脱出ポッドの存在を知らせるなんて、いったいどんなバカ野郎なんだ？〟それから、ウィルスンは立ちあがり、第7ゲートの扉へとむかった。

扉はひっかかっていた。とにかく、そのように思われた。シュミットがそれを引きあけようとするのは、プロのアスリートが閉じている扉をこどもがあけようとするようなものだった。シュミットは悪態をついて扉を蹴飛ばした。扉を蹴った痛みがようやくおさまったとき、ひとつの考えが頭に浮かんだ。扉はひどく冷たくて、いちど蹴っただけなのに靴から熱を吸いとられるのを感じた。シュミットは手を扉の本体、側柱に近いところに当ててみた。まるで氷のようだ。しかも指先に吸いつくような感覚があった。

扉に頭を近づけると、泣き叫ぶ人びとの喧噪のむこうから、まったくちがう音が聞こえてきた――かん高い、切迫感のある、ホイッスルのかすかな音。

「その扉をあけるのか？」だれかがシュミットに呼びかけてきた。

シュミットはふり返り、扉から一歩離れて耳をこすった。声のしたほうへ目をむける。

クルーガーとその三人の仲間たちだった。

「おまえか」クルーガーが言った。首に紫色のあざがついていた。

「やあ」シュミットは言った。

「その扉をあけろ」クルーガーが言った。このころには、自動音声のメッセージを聞いた人びとが集まってきて、不安そうにクルーガーの背後に立っていた。

「それはとてもまずい考えだな」シュミットは言った。

「なにをたわけたことを言ってやがる？　ステーションがまわりで崩壊しかけていて、脱出ポッドがその扉のむこうにあるのに、そこをあけるのがまずい考えだと？」クルーガーはシュミットに反応する暇をあたえずに、その体をつかんで横へ突き飛ばした。シュミットは勢いあまってベンチに倒れ込んだ。クルーガーはドアノブをつかんで引っぱった。「ひっかかってやがる」彼はそう言ってから、思いきり引っぱろうと身がまえた。

「真空が――」シュミットは言いかけた。

クルーガーはおそるべき力でドアを引きあけ、なんとかすり抜けられるくらいのすきまをあけたが、一瞬のうちにそこから吸い出されたために、ドアが彼の手の上でばたんと閉じたとき、残ったのは三本の指の先端部分だけだった。

この危機がおとずれてからはじめて、第7ゲートに完全なる沈黙がおりた。

「いったいなにが起きた？」モスーディの怒鳴り声が沈黙を破った。

「その扉のむこう側は真空なんだ」シュミットはそう言ってから、モスーディのぽかんとした顔に気づいた。「空気がないんだよ。そこへはいったら息ができないんだ。スロープをくだって脱出ポッドへたどり着くまえに死ぬことになる」

「クルーガーは死んだのか？」別の兵士がたずねた。グーセンと呼ばれていた男だ。

〝あの男が自前の酸素を持ち歩いていないかぎり、まずまちがいないな〟シュミットは思ったが、口には出さなかった。そしてこう言った。「ああ、クルーガーは死んだ」

「知ったことか」三人目の、パンディットと呼ばれていた兵士が言った。「おれは第6ゲートへ行く」彼はエリアのはずれにあるゲートへ突進していった。そこでは、脱出ポッドへむかおうとする人びとが列をつくっていた。モスーディとグーセンも一瞬おいてそれに加わり、そのあとを、脱出ポッドは全員の分はないかもしれないということにようやく思い当たった第7ゲートの人びとが怒号を発しながら追いかけていった。暴動がはじまっていた。

シュミットは、生きのびるためには第6ゲートの乱闘に加わるしかないとわかっていたが、どうしてもそんな気になれなかった。基本的にはまっとうな人間として死ぬほうが、他人の肝臓をえぐりだして脱出ポッドへ乗り込もうとするクズ野郎になるよりはましだった。

そう思ったら心に平穏がおとずれたが、五秒ほどだけだった。そのあと、自分は死ぬのだという事実がふたたび心に迫ってきて、どうしようもなく怖くなった。シュミットは、クルーガーによって投げつけられたベンチに頭をもたせかけて、目を閉じた。それからまた目をあけて、前方を見た。ゲートの案内係が使う演壇の奥。そこには、ほかのいろいろなものに混じって、大型の救急箱がはめこまれていた。

シュミットはクルーガーの指先へちらりと目をむけてから、そっと近づいて救急箱に手をのばした。それを抜き出してあけてみる。

箱のなかには、ほかのたくさんの品物にまじって、ホイルの毛布とごく小さな酸素キットがあった。

〝おい、見ろよ、まさに自前の酸素じゃないか〟シュミットの脳が語りかけてきた。

「まあそうだが、あんまり興奮するな」シュミットは自分の脳にむかって、声に出して呼びかけた。「それでも、手を失わずにあのドアをあけることはできないんだから」

第6ゲートが爆発した。

その直後のシュミットには、爆風で鼓膜が吹っ飛んで耳が聞こえなくなったのか、それとも、第6ゲートと第7ゲートを含むエリアにある空気がそっくり宇宙へ吸い出されて、グーセンやパンディットやモスーディをはじめとする第6ゲートへ殺到していたすべての人びとを巻き添えにしたのかよくわからなかった。それから、自分の肺にある空気が唇や鼻からしみだしていくのを感じて、そんなことはどうでもいいと判断した。救急箱をつかみ、片手でできる範囲でホイルの毛布を上半身にきつく巻き付け、反対の手で顔と口に酸素キットのマスクをかぶせた。

マスクはすぐにくもった。シュミットはすばやく酸素を吸い込んで、パニックを抑えつけようとした。

一分もたつと、エリア内は完全に静まり返り、シュミットは体がこごえはじめたのを感じた。ベンチの下から這い出して立ちあがり、第7ゲートの扉へとむかった。それはほんのすこしだけ抵抗してからひらいた。

扉のむこうにはクルーガーがいた——チアノーゼを起こし、指をなくして、こごえて、死んではいても、ものすごく怒っているように見えた。シュミットはクルーガーの凍死体をよけてから、せいいっぱい急いでスロープを駆けおりた。青ざめた指で宇宙用毛布と酸素をしっかりと握り締めたまま。

第7ゲートのシャトルデッキには、いくつかのひらいた扉らしきものがならんでいて、それが床下の小室へ通じていた——脱出ポッドだ。シュミットはいちばん近くのを選び、ふるえる両手で扉を閉じた。密閉されると、脱出ポッドが真空とこごえるような寒さを検知して、酸素と暖気をポッド内へ噴射した。シュミットは悲鳴をあげて体をふるわせた。

「ポッドの発射まで十五秒」コンピュータ合成の声が言った。「体を固定してください」

シュミットが、あいかわらず激しく体をふるわせながら、手をのばしてパッド入りのシートベルトを引きおろすあいだも、脱出ポッドは秒読みを続けていた。彼は声が三秒まえを告げるより先に気を失って、発射の瞬間を完全に見逃した。

ローウェンは、自動音声のアナウンスで脱出ポッドの準備ができたことを知って安堵の叫びをあげ、デッキフロアへの扉がひらくとさっそく一機のポッドへむかおうとした。ウィルスンが手をのばしてそれを制した。

「なんのつもり？」ローウェンは叫び、ウィルスンの手をひっかいた。

「おれたちにはこのステーションから脱出する手段がある」ウィルスンは言った。「ほかの人たちにはない」

ローウェンは、周囲でひらいている脱出ポッドの扉を指さした。「こっちで行くほうがいいよ。宇宙へ飛び出すときは自分のまわりになにかあるほうがいい」

「ダニー、だいじょうぶだから。おれを信じろ」

ローウェンは脱出ポッドに乗り込もうとするのはやめたが、それについてはこれっぽっちもうれしそうではなかった。

「脱出ポッドの射出がはじまるときには、おそらく空気は排出されるだろう。さっさと顔を覆わないと」ウィルスンは酸素マスクを装着してから、頭全体をカウルで覆った。

「あなたはどうやって外を見るの？」ローウェンがつるりとしたカウルを見てたずねた。

「スーツのナノロボットが感光性で、データをおれのブレインパルに送ってくるから、それで見ることができる」ウィルスンは手をのばして、ローウェンが酸素マスクを着け、カウルを密閉するのを手伝おうとした。

「すごいね。あたしはどうやって見るわけ？」

ウィルスンは手を止めた。「あー」

「〝あー〟？　からかってるんじゃないよね、ハリー？」

「ほら」ウィルスンはブレインパルからローウェンのスーツへ指示を送った。スーツは密閉されたが目の部分だけは残った。「これで出発するまではいいだろう」

「いつ出発するの？」

「おれはデッキの緊急排気をおこなうつもりだった。こうなったら、ポッドが発射されるのを待ってから出発するしかないな」

「そのときあたしはなにも見えなくなる」

「すまない」

「おりているあいだずっと話しかけてね、いい？」

「あー」

「また〝あー〟なの？」

「いや、待った。PDAは持ってるよな？」

「下着のなかに入れてあるよ、あなたに服をぬげと強要されたから」

「音量を最大にしてくれ。そうすればおれのほうから話しかけることができる」

シャトルデッキのほうから、パニックを起こした悲鳴や叫びが聞こえたかと思うと、人びとがスロープをシャトルデッキめがけて駆けおりていく雷鳴のような音が響いた。

「ああ、ハリー」ローウェンが殺到する人びとを指さした。「あれを見て」

ハリーがふり返ったちょうどそのとき、閃光が走って、スロープの床があったところの隔壁に穴があき、人びとが空中へ投げ出されたりその穴から吸い出されたりしていった。ローウェンは悲鳴をあげてむきを変えたが、脚がもつれてデッキに勢いよく倒れ、一瞬だけ気絶した。穴から流れ出す空気が、その体をごろごろと音もなく宇宙へ送り出していった。

ハリーは、大急ぎでローウェンのスーツに目の部分を閉じる指示を送ってから、彼女を追って宇宙へ飛び出した。

9

コロマ船長は、クラーク号の迷子の羊であるシュミットとウィルスンの動きを、ふたりのPDAとブレインパルを経由してそれぞれ追跡していた。ウィルスンは第5ゲートでうろうろしていたがぶじなようだった。シュミットは第7ゲートでシャトルに乗りそこね、脱出ポッドのアナウンスがあるまではほとんど動かなかった。その後、地球ステーションを攻撃している宇宙船がシャトルゲートへミサイルを射ち込みはじめた。人びとが脱出ポッドへ殺到しているデッキをあえて標的にして。

「このクソ野郎」コロマはつぶやいた。

彼女はたったひとりでクラーク号に残っていた。船から離れた脱出ポッドは敵の注意を引いてはいないようだった。少なくとも、そちらへむかってミサイルが発射されることはなかった。クルーは全員がよろこんで脱出したわけではなかった。ネイヴァ・バーラは、不服従の罪になるぞと脅してポッドへ乗せなければならなかった。コロマはそのときのことを思い出して苦笑した。バーラはすばらしい船長になるだろう。

敵の宇宙船がウィルスンとシュミットのいるエリアを攻撃した。コロマは画面をズームさせて、残骸や死体が地球ステーションにあいた穴から吐き出されるのを見た。コロマの追跡データによると、ウィルスンもシュミットもまだ生きていて動いていた。「がんばれ、ふたりとも」コロマはつぶやいた。

ウィルスンのデータによれば、彼は第5ゲートから吸い出されていた。コロマは顔をしかめたが、そこで彼のブレインパルのデータをよく見てみた。すこし過呼吸になっていることを別にすれば、ウィルスンは生きて元気にやっていた。いったいどんな手品を使ったんだろうと考えたところで、今日、彼がアメリカの兵士といっしょにジャンプする予定になっていたことを思い出した。どうやらすこし早めにそれをやったらしい。コロマはウィルスンのデータをもうすこしながめて彼のぶじを確認してから、シュミットへ注意を移した。

シュミットのデータは、ブレインパルとちがってPDAが生命活動の追跡まではしていないために、より正確さに欠けていた。コロマにわかるのはシュミットが動いているということだけだった。彼は第7ゲートのスロープをくだっていたが、そこはクラーク号のシャトルの操縦士が損傷をあたえたために、真空になっているはずだった。にもかかわらず、シュミットは脱出ポッドにもぐりこんでいた。コロマは彼がどうやったのか知りたくなったが、いまとなってはけっして知ることができそうにないのが残念だった。

脱出ポッドが射出され、大気圏めがけて落下していった。

イアリ・モーニングスター号がそれを狙ってミサイルを発射した。

コロマはにやりとした。ディスプレイに近づき、ミサイルを追跡して、最後に残った反物質粒子のビームの一撃でそいつを蒸発させた。「だれにもわたしの部下を撃ち落とさせたりはしないよ、このクソ野郎」

そしてとうとう、コロマとクラーク号が侵入してきた宇宙船群の注意を引いた。イアリ・モーニングスター号がクラーク号の方向へ二基のミサイルを発射した。コロマはぎりぎりまで引き付けてから対抗策を展開した。ミサイルはクラーク号から離れたところできれいに爆発した。そのクラーク号は、コロマの指示に従って船首を回頭させ、イアリ・モーニングスター号へむかう進路をとろうとしていた。

イアリ・モーニングスター号が二基のミサイルで反応した。コロマはやはりぎりぎりまで待ってから対抗策を展開した。こんどは運が良くなかった。右舷のミサイルがクラーク号の船殻を突き破り、前部区画のいくつかを破壊した。だれかがそこにいたら死んでいただろう。コロマは猛々しい笑みを浮かべた。

遠方で、三隻の船がクラーク号を狙って二基ずつミサイルを発射した。コロマはディスプレイに目をむけて、命中までどれだけかかるか計算した。彼女はその数値に顔をしかめ、クラーク号のエンジンを全開にした。

イアリ・モーニングスター号は、いまやあきらかにクラーク号の狙いに気づいていて、回避行動をとろうとしていた。コロマは補正をかけて再計算をおこない、その結果に満足した。

イアリ・モーニングスター号がクラーク号の口づけを受けずにすませる道はなかった。

新たに発射されたミサイル群の最初の一基がクラーク号に命中し、そのあとに、二基目が、三基目が、四基目が、立て続けに命中した。クラーク号は真っ暗になった。それは問題ではなかった。クラーク号は慣性を味方につけていた。

クラーク号がイアリ・モーニングスター号に激突すると同時に、五基目と六基目のミサイルが命中して、両方の船を破壊した。

コロマは笑みを浮かべた。コロニー防衛軍から受けた命令は、もしもクラーク号か地球ステーションを攻撃する敵の宇宙船と交戦することがあったら、なるべくならそれを行動不能にし、必要な場合のみ破壊せよというものだった。その宇宙船にだれが乗っているかを調べて、コロニー防衛軍が直面しているあらゆる問題の背後にだれがいるのかを突き止めたかったのだ。

〝敵船はたしかに行動不能になっている〟コロマは思った。〝破壊されたか？　そうだとしても自業自得だ。わたしの部下を攻撃したのだからな〟

暗闇ですわりこんだまま、コロマは手をのばしてクラーク号をいとしげになでた。「おまえは申し分のない船だった」コロマは言った。「おまえがわたしのもので良かった」

七基目のミサイルがブリッジを直撃した。


ウィルスンはローウェンを見ることはできなかったが追跡することはできた。ブレインパルの視野に、二十キロメートル東でくるくると妖精のように舞う彼女の姿が表示されていた。まあ、しかたがない。地球ステーションからあわてて脱出したせいで、ウィルスンだって回転しているのだ。ブレインパルはデータ処理で安定させた周囲の映像を表示していた。ウィルスンが心配しているのは、ローウェンが回転していることではなく、ずっと沈黙したままでいることだ。これなら悲鳴をあげているほうがまだマシだ。それは意識があって生きている証拠になる。だが、ローウェンからはなんの反応もなかった。

ウィルスンはできるだけそのことを考えないようにした。いまできることはなにもなかった。大気圏に突入すれば、ローウェンに近づいてどういう状況か確認できる。いましなければならないのは、彼女が再突入で燃えあがる段階をなんとか生きのびられるようにすることだけだ。

ローウェンについて考える代わりに、ブレインパルの視野を地球ステーションのほうへむけてみた。頭上に浮かぶその姿は真っ暗で、ときおりミサイルがまた別のエリアに命中して炎があがるくらいだった。ウィルスンは地球ステーションにいたコロニー連合の外交船の状況をチェックした。アバーフォース号、チャウ号、ショルツ号は、外交団を乗せているかどうかはともかくとして、地球ステーションから急速に離れようとしていた。それぞれの船長たちもすでに気づいているのだろう。いずれにせよ、地球ステーションはローマ花火のように燃えあがることになるのだと。

クラーク号は行方不明になったか、あるいは応答していなかった。これはまずい。もしもクラーク号がいないとしたら、シャトルが全員を救出したかどうかは問題ではなくなってしまう。彼らはシャトルのなかで最期を遂げることになる。ウィルスンはそのことは考えないようにした。

特に、ハートのことは考えないようにした。

地球ステーションからまばゆい光がひろがった。ウィルスンはあらためてそちらへ注意をむけた。

それは爆発していた。攻撃による偶発的なものではなかった。そう、これは計画された集中的なもので、一連の華々しい閃光はステーション全体を人の手より大きなものがない小片へと変えることを目的としていた。襲撃者の船がはじめたことを、いまはコロニー連合の自爆プロトコルが完了させようとしていた。

ウィルスンの脳裏にひとつの思いがひらめいた——〝いくつかのデブリはこっちへふりそそいでくるし、それはおれたちよりもはるかにスピードがある〟

もうひとつの思いがウィルスンの脳裏にひらめいた——〝うわ、まずいな〟

ウィルスンのブレインパルから、ローウェンが地球の大気圏へ引き寄せられているとの警告があった。一瞬おいて、ウィルスン自身もそうなっていることがわかった。ウィルスンがナノロボットの放出を命じると、たちまち全身がくすんだ黒色の球体につつみこまれた。その外側は、再突入の摩擦で数千度に達することになるが、ナノロボットはその高温をしっかりと遮断し、生じる熱の一部を降下時のシールドの強化にまわしていた。

〝ダニーを起こすのにいいタイミングではないな〟ウィルスンは周囲を取り巻くのっぺりした暗闇をながめながら考えた。それから、ローウェンにはブレインパルがないのだから、どのみち暗闇につつまれることになるのだと思い出した。

〝楽しい初デートにはならないなあ〟ウィルスンは思った。

さらにしばらく落下しながら、ローウェンやハートやクラーク号のことは考えまいと努力した。そして、地球ステーションの破片がほぼ確実に超音速でびゅんびゅんと周囲を落下していて、もしも衝突したらウィルスンを挽肉《ひきにく》に変えてしまうということも。

となると、考えることはあまり残らなかった。

急にばさばさっという音がしてナノロボットが剝がれていった。ウィルスンは真昼の太陽のもとで目をしばたたいた。まだナイロビ時間で正午をすぎたばかりだということを思い出してびっくりした。すべてがほんの一時間ほどのあいだに起きたのだ。

ウィルスンには、何時間もこんなことを続けられるとは思えなかった。

ローウェンのことが意識にまぎれこんできた。距離はすでに五キロメートルを切っており、ウィルスンより一キロメートルほど上にいて、あいかわらず回転してはいたが、大気のなかでは勢いが弱まっていた。ウィルスンは慎重にそちらへ近づき、ローウェンの体を安定させてから、できる範囲でその生命活動をチェックした。とにかく息はしていた。それだけでも意味がある。

とはいえ、意識をなくしたままでは着陸のときにありがたくない。

ウィルスンは考え込んだが、ほんの一瞬だけだった。とても近い将来に地面が問題になることがわかりきっていたからだ。そこで、どれだけナノロボットが残っているかチェックして、それでどれだけの重量を支えられるかを計算してから、ローウェンの体をむかいあう格好でかかえこんだ。タンデムで降下しようというのだ。

それがすむと、ウィルスンはようやく、自分はどこにいるのかとあたりを見まわした。ビーンストークはそれほど離れていないところにあり、風に吹かれて輪郭が薄れていた。ウィルスンにはそれがどういうことなのか見当もつかなかったが、まだナイロビの近くのどこかにいることだけはわかった。下を見おろして、ブレインパルにはいっている地形図と比較してみたところ、彼とハーシュが最初に着陸する予定でいたフットボール競技場へまだたどり着けることがわかった。

ローウェンは高度三千メートルあたりで目をさまし、悲鳴をあげて暴れ出した。ウィルスンは彼女の耳へじかに語りかけた。「おれはここだ。パニックを起こすな」

「ここはどこ？」ローウェンが言った。

「ケニヤの一万フィート上空だ」

「ああ、神さま」

「おれがあんたを抱いている。タンデムだ」

「どうしてそんなことに？」ローウェンはすこしおちついてたずねた。

「あんたが気を失ったままひとりで落ちるよりはマシだと思ってね」

「一理ある」ローウェンは一瞬おいて言った。

「あと五秒ほどでパラシュートをひらく。準備はいいか？」

ローウェンはウィルスンにぎゅっとしがみついた。「二度とこんなことはしたくない」

「約束する。さあ行くぞ」ウィルスンはふたりのパックからナノロボットを同時に放出して、どちらもパラシュートで支えられるようにした。急激に制動がかかったかと思うと、ふたりは空中に浮かんでいた。

「もう地上に近いし、スピードも落ちているから、よければあんたの目を使えるようにしてやるぞ」ウィルスンはすこしたってから言った。ローウェンがうなずいた。ウィルスンは彼女のカウルをひらいた。

ローウェンは下を見おろし、すぐに頭をのけぞらせて目を閉じた。「わかった、これはとんでもなくまずい考えだった」

「あと一分もしたら着地するから」ウィルスンは約束した。

「このパラシュートは、あたしたちをぐちゃぐちゃにしたりしない？」

「ああ。ほんもののパラシュートより賢いからな」

「お願いだから、ほんもののパラシュートじゃないとか言わないで」

「ほかのパラシュートより賢いんだ」ウィルスンは訂正した。「ひらいたときからずっと風やそのほかの要因を補正してくれている」

「すごいね。でも説明はおりてからにして」

ふたりは一分半後に着陸し、ナノロボットはふたりの足が地面に着いたとたんに風に吹き流されていった。ローウェンはウィルスンから体をほどき、自分の頭をつかむと、わきのほうをむいて嘔吐した。

「すまないな」ウィルスンは言った。

「あなたのせいじゃない」ローウェンは口に残ったものを吐き捨てながら言った。「あらゆることのせい」

「わかるよ。それも含めてすまないと思う」

ウィルスンは空を見あげて、地球ステーションの破片がきらきらとふりそそぐのをながめた。

10

「だからまずい考えだと言ったじゃないか」リグニーがイーガンに言った。

「あなたのあいかわらずの熱意のなさには感心する」イーガンがこたえた。「この段階ではなんの役にも立たないけど」

ふたりはエイヴリーパークという、フェニックス・シティの郊外にある小さな周辺住民用の公園ですわりこみ、カモに餌をやっていた。

「ここはいいな」リグニーはパンをカモに投げながら言った。

「そうね」

「平和だ」

「ほんとに」イーガンは自分のパンをガーガー鳴く鳥たちに投げた。

「年に何度もこういうことをやるはめになったら、なにかを刺してしまうかもしれない」

「いえてる。でも、あなたが最新の情報を知りたいと言ったのよ。まさかスポーツのスコアについて話すだけじゃないでしょ。いまは、フェニックス・ステーションそのものについてなにか知りたいという時期じゃないし」

「それならもう知ってるよ」

「じゃあ、なにを知りたいわけ？」

「どれくらいまずいのかを知りたい。きみのほうは、という意味だ。おれのほうがどれくらいまずいかは知ってる」

「あなたのほうはどれくらいまずいの？」

「完全なるパニックだ。くわしく話してもいいが、きみは悲鳴をあげて逃げ出しそうだ。そっちは？」

イーガンはちょっと口をつぐんで、またパンを鳥たちに投げた。「あたしが中級官僚相手のプレゼンテーションで、コロニー連合は三十年で完全に崩壊すると言ってたことをおぼえてる？」

「ああ、おぼえてる」

「実は、あれはまちがっていたの。むしろ二十年に近い」

「地球ステーションの事件だけでそんなことになるはずはないだろう」

「どうして？　地球人はあたしたちがやったと思っているのよ、エイベル。あたしたちが彼らのトップクラスの外交官と政治家を射撃練習場へおびき寄せて、偽のテロリストにそこを爆破させたと思ってる。やつらは宇宙ステーションそのものを破壊するために攻撃していたんじゃなかった。エレベーターを攻撃して、人びとが脱出ポッドに集まるのを待って、シャトルベイに穴をあけた。やつらは地球人を狙ったのよ」

「やつらはクラーク号とそのシャトルも攻撃したぞ」リグニーは指摘した。

「あのシャトルは逃れた。脱出ポッドがひとつだけ地球ステーションを逃れたように。クラーク号について言うと、あれは犯人の正体をごまかすためのおとりだという主張に反論するのがどれほどむずかしいかわかる？　船長以外は全員が生きのびたのよ？　しかも地球ステーションを攻撃した宇宙船のうちの十四隻は、出現したのと同じブラックホールに消えてしまったようだし。みごとな陰謀ってこと」

「それはちょっとひどいな」

「まともな状況ならそういうふうに考えられるでしょうね。でも、地球の立場から見たらどう？　これで地球は宇宙への足がかりを失い、政治的カーストは多大な犠牲を払って疑心暗鬼になり、いまはまだ自分たちの運命は自分たちのものではないということを思い知らされた。いちばん簡単な、いちばん都合のいいスケープゴートはあたしたちなの。彼らはけっしてこのことを忘れない。けっしてこのことを許さない。この件で、あたしたちの容疑を晴らすどんな証拠が明るみに出ようとも、地球人はけっして信じないでしょうね」

「じゃあ、地球はもうテーブルにはつかないか」

「それどころか、テーブル自体が惑星の地平の彼方へ去ってしまった。あたしたちは地球を失った。こんどこそほんとうに。期待できることといえば、彼らが中立をたもってどこの仲間にもならずにいてくれることだけ。七十年くらいたったら、また話し合いができるかもしれないけどね。もしも彼らがコンクラーベに加盟したら、なにもかもおしまい」

「外務省はどれくらいあると考えている？　地球がコンクラーベに加盟する可能性だが」

「現時点で？　地球があたしたちのところへもどってくる可能性よりは高いね」

「ＣＤＦの統一見解では、コンクラーベがこの件の黒幕とみなされている。ダナヴァー星系の一件からずっとだ。彼らにはＣＤＦと外務省にスパイを送り込む手段がある。われわれの船を空からつまみとり、それを戦艦にもどして地球ステーションのとなりへほうりこむだけの能力がある。消えた十六隻の船がすべて現場に出現したんだ。そしてもうひとつ、われわれがまだ外務省に伝えていないことがある」

「というと？」

「コロマ船長がクラーク号をぶつけた船のことだ。イアリ・モーニングスター号。あれにはクルーが乗っていなかった。箱にはいった脳によって操縦されていた」

「アーシ・ダーメイ号にあったやつと同じね。もちろん、コンクラーベはアーシ・ダーメイ号もやはり奪われたのだと主張している。ほかの何隻かの船と同じように」

「うちの諜報部はその言い分について確認していない。コンクラーベがわれわれを混乱させるためにわざとやっている可能性もある」

「そのうえで、だれかがあたしたちと地球との関係をせっせと壊しているという問題があるわけ。おまけに、コロニーの住民のあいだでは、コロニー連合を地球を中心とするまったく新しい連合に置き換えようとする一派が勢いを増してきている。まるで一夜のうちに出現したように見えるんだけど」

「それだってコンクラーベならできることだ」リグニーが指摘した。

「そうかもね。あるいは、別の第三者が地球とコンクラーベをコケにしているのかも。あたしたちにはまだわからない、なんらかの目的のために」

リグニーは首を横にふった。「ふつうはもっとも単純な説明が正しい説明なんだ」

「そうね。あたしが同意できないのは、コンクラーベを悪者に仕立てあげるのがいちばん単純な説明なのかということ。だれかがコロニー連合を完全に崩壊させたがっていて、地球がそのための梃子《てこ》になっているのはたしかだと思う。でも、同じだれかがコンクラーベをついて、そっちを崩壊させるための梃子《てこ》を見つけようとしている可能性もあると思うの。過去にいちど、あたしたちはそれを見つけそうになった」

「CDFがそういうレベルの陰謀論で満足するとは思えないよ」リズ。「彼らは棒で叩けるようなものが好きなんだ」

「先にそれを見つけるのよ、エイベル。そうすればあなたが好きなように叩ける」

ふたりは無言ですわりこみ、カモたちにパンをほうり続けた。

「少なくとも、あなたはひとつだけ正しかった」イーガンが言った。

「なんだろう」リグニーは言った。

「あなたの特命チームのことよ。アブムウェ大使とその部下たち。何度も実行不可能な任務をあたえたのに、彼女はつねになんらかの成果をあげてみせた。ときにはあたしたちが望んでいない成果だった。でも、つねに成果はあった」

「アブムウェはブーラ族との交渉でしくじった」

「ブーラ族との交渉でしくじったのはあたしたちでしょ」イーガンはリグニーに思い出させた。「あたしたちがアブムウェに嘘をつけと言って、彼女はあたしたちに言われたとおりにして、そのとたん、あたしたちが現行犯でつかまっただけ」

「まあそうだな。きみはこれからアブムウェをどうするつもりだ？」

「つまり、いまやアブムウェとそのチームは地球ステーションへの攻撃をぶじに生きのびた唯一のグループだし、その船長はみずからの外交チームを救っただけでなく襲撃者の船を二隻撃破したことで死後に英雄になっているし、このみじめな惨状のなかでコロニー連合にとって唯一の明るいできごとは、ウィルスン中尉が爆発する宇宙ステーションからアメリカ国務長官の娘といっしょに飛びおりてその命を救ったことだから？」

「ああ、そうだ」

「まずは昇進でしょうね」イーガンは言った。「アブムウェとその部下たちはもはやBチームではないし、あたしたちにはむだにできるような時間はない。ものごとはけっしてもとにはもどらないのよ、エイベル。あたしたちはせいいっぱい急いで未来を築かなくちゃいけない。それが崩れ落ちてくるまえに。アブムウェがその助けになる。アブムウェとそのチームが。彼ら全員が。とにかく、生き残った全員が」

ウィルスンとローウェンは、ナイロビのビーンストークと地球ステーションの残骸の上に立ち、迎えを待っていた。シャトルはゆっくりと着陸態勢にはいろうとしていた。

「で、どんな感じ？」ローウェンが話しかけてきた。

「なにが？」ウィルスンはたずねた。

「もういちど地球を離れる気分」

「似ている部分は多いな。出かけて、宇宙にあるものを見られることに興奮してる。それと同時に、ここへは二度ともどってこられそうにないとわかってる。そしてまたもや、気にかけている人びとをあとに残していくことになる」

ローウェンはにっこりして、ウィルスンの頰に軽くキスした。「出かけなくてもいいのよ。いつだって亡命はできる」

「誘惑だな。しかし、おれとしては、地球を愛しているのと同じように、ひとつ認めなけりゃいけないことがある」

「どんなこと？」

「もう故郷はここだけじゃないんだ」

シャトルが着陸した。

「じゃあ、もしも気が変わることがあったら、連絡先はわかってるよね」

「わかってる。あんたもおれの居所はわかってるよな。上へ会いに来てくれ」

「いろいろ考えると、いまはなかなかむずかしそうだけど」

「わかってる。それでも申し出は有効だ」

「いつか、その申し出を受けさせてもらうから」

「よかった。あんたがそばにいるほうが人生はおもしろそうだ」

シャトルの扉がひらいた。ウィルスンは乗り込もうとバッグを取りあげた。

「ねえ、ハリー」

「なんだ？」

「命を助けてくれてありがとう」

ウィルスンはにっこり笑って手をふった。

ハート・シュミットとオデ・アブムウェ大使が機内で待っていた。

ウィルスンは笑みを浮かべて大使と暖かい握手をかわした。「あなたと再会できておれがどんなによろこんでいるか、見当もつかないでしょうね、大使」

アブムウェも同じくらい暖かな笑みを浮かべた。「こちらこそ、中尉」

ウィルスンはシュミットにむきなおった。「あんたのほうは、二度とやらないでくれよな。あんなふうに死にかけたりするのは」

「約束はできないよ」シュミットが言った。

ウィルスンは友人を抱きしめてから、腰をおろしてベルトを締めた。

「地球では楽しいひとときをすごせたのか？」シュミットがたずねた。

「ああ」ウィルスンはこたえた。「さあ、家へ帰ろう」

アブムウェがシャトルの操縦士へうなずきかけた。一行は地球を眼下に見て、頭上の空をめざした。

付録

作者のメモ――

「ハリーの災難」には、『戦いの虚空』の主要登場人物のうちの三人が登場する。これは独立した短篇として、二〇〇八年の Tor.com のデビューに合わせて執筆された。この物語で描かれるのは、『戦いの虚空』の数カ月まえに起きたできごとだ。

「きみはどれくらいパンチに耐えられる?」シュミット副大使がたずねた。

ハリー・ウィルスン中尉は目をぱちくりさせてグラスをおろした。「なあ、その質問のあとに考えられる会話の流れはたくさんあるよな。どれも楽しい結末にはならないけど」

「そういうつもりではなかった」シュミットは自分のグラスを指でとんとんと叩いた。ハリーもよく知っているとおり、ハート・シュミットは神経がたかぶるとこんなふうにとんとんやりはじめる。おかげで、この男とのポーカーは楽しい。「きみにこの質問をするのは明確な理由があるからだ」

「そう願いたいね。会話のきっかけづくりとして、そいつはあまり気のきいたものとはいえないぞ」

シュミットはクラーク号の士官用ラウンジをそっと見まわした。「ここで話すようなことではないかもしれない」

ハリーはラウンジをちらりと見まわした。おそろしく殺風景だ。ずらりとならぶ磁化折りたたみ椅子と磁化カードテーブル。ひとつきりの舷窓では、コルバ＝アティの黄緑色の外縁部がにぶく輝いている。飲み物は壁に組み込まれた自動販売機の列で手に入れた。ほかにラウンジにいるのは、クラーク号の操舵手であるグラント大尉だけ。彼女はPDAをながめていて、頭にはヘッドホンをかぶっていた。

「別にかまわないだろう、ハート」ハリーは言った。「芝居がかるのはそこまでにしようや。さっさと話してくれ」

「わかった」シュミットはグラスをもうしばらくとんとん叩いた。ハリーは待った。「つまりだ、今回の任務は順調には進んでいない」シュミットはようやく言った。

「へえ」ハリーはそっけなく言った。

「それはどういう意味かな？」

「そう身がまえるなよ、ハート。あんたを責めてるわけじゃない」

「きみがどのようにしてその結論に達したのか知りたいな」

「というと、おれは今回の任務でマッシュルームにされてるのに、どうやってその結論に達したかということか」

シュミットは眉をひそめた。「よく意味がわからない」

「つまり、あんたがおれを暗がりに閉じ込めてクソしかあたえていないってことさ」

「ああ。それはすまない」

「まあいいけどな。これはコロニー連合の外交任務で、おれはCDFの一員だから、あんたたちとしてはおれの姿をコルバ族に見られたくない——おれの存在を挑発とみなされるのを避けたいからだ。それで、あんたたちが惑星へおりて、ほんものの空気を吸ってほんものの日光をあびているあいだ、おれはこの便所みたいな宇宙船にとどまって、あんたたちの技術者にフィールド発生器の使い方を教えたり、たまった本を読んだりしているわけだ。ちなみに、そっちは順調だよ。ちょうど『アンナ・カレーニナ』を読み終わったところだ」

「どうだった？」

「悪くはない。列車には近づくなというのが教訓だな。要するに、おれは自分が暗がりに閉じ込められている理由を知っているんだ。それはいい。当然だろう。だが、おれだってバカじゃないんだよ、ハート。あんたたちが任務についてなにも話してくれなくても、そいつがうまく進んでいないことはわかる。クラーク号へもどってくるとき、副大使たちも補佐官たちも一日中殴られていたような顔をしている。なにげないヒントってやつだな」ハリーはグラスを持ちあげてすこし飲んだ。

「ふむ。それはともかく、たしかに、任務はうまく進んでいない。コルバ族は、こちらが考えていたようには交渉に乗ってこないんだ。われわれはなにか新しいことを試したい。新しい方法を。新しい外交戦略を」

「その新しい戦略ってのが、なぜかおれがパンチをくらうことに関係していると」ハリーはグラスをおろした。

「そうかもしれない」

「一発だけか、それとも何発もか？」

「それはきみの定義によると思う」

「〝一発〟の？」

「〝パンチをくらう〟のほうだ」

「この計画にかかわるのを早くも遠慮したくなってきたんだが」

「では、すこしばかり状況を説明させてもらえるかな」

「ああどうぞ」

シュミットはPDAを取り出し、それをハリーのほうへすべらせようとしてから、ふと手を止めた。「わかっているだろうが、わたしがこれから話すことはすべて機密事項だ」

「あのなあ、ハート。クラーク号の乗組員で事情を知らないのはおれだけなんだぞ」ハリーは手をのばしてPDAを取りあげた。スクリーンに表示されていたのは、超高層ビルの近くに浮かんでいるどこかの戦艦の画像だった。より正確に言うと、それは超高層ビルの残骸だった——おそらくはその戦艦によって、ビルはかなりひどく破壊されていたのだ。画像の手前のほうで、小さな、人間らしきしみがいくつも、崩壊しかけたビルから逃げているように見えた。「よく撮れているな」

「きみはそれがなんだと思う？」

「訓練兵に戦艦を運転させるなという説得力ある実例かな」

「最近になってコルバで起きたクーデターの際に撮影されたものだ。軍の上層部とコルバ族の文民指導者とのあいだに意見の相違が生じてね。その超高層ビルにはコルバ族の行政本部がある——というか、あった」

「すると、文民側がその論争に負けたわけか」

「まさにそのとおり」

「どこでおれたちが関係してくるんだ？」ハリーはＰＤＡを返しながらたずねた。「文民政府を再建しようとしているのか？　正直いって、コロニー連合がそういうことを気にかけるとは思えないんだが」

「そんなことは考えていない」シュミットはＰＤＡを受け取った。「クーデターが起きるまで、コルバ族はわれわれのレーダーにほとんどひっかかっていなかった。彼らは非拡張主義者だったからな。ごく少数の自分たちの世界だけで暮らし、何世紀ものあいだそれを固守していた。彼らとはなんの対立もなかったので、われわれも気にかけていなかった。ところが、クーデターのあと、コルバ族はふたたび領土拡張に大きな関心をしめすようになった」

「それで心配していると」

「われわれの敵がいる方向へ拡張していくよう仕向けられるなら問題はないんだ。この星域には、人類にちょっかいを出そうとしている種族がいくつかある。彼らがもっと別の種族の心配をしなければならなくなったら、われわれを攻撃するための資源がそれだけ減ることになる」

「ほら、それでこそコロニー連合だ。いつだってよろこんで相手の顔にナイフを突き付ける。だが、こんな話はおれが顔面にパンチをくらうこととはなんの関係もないな」

「実を言うと、あるんだ。われわれは駆け引きでミスをおかした。今回の任務は外交上のものだが、コルバ族の新しい指導者たちは軍人だ。彼らは人類の軍隊に興味をもっていて、CDFの兵士たちにはなみなみならぬ関心を寄せているが、両種族が戦ったことがいちどもないため、実際に遭遇したことはない。われわれは文民だ。すぐに動かせる軍隊などないので、彼らに見せられるような軍事力もほんのわずかしかない。きみがわれわれの技術者に使い方を教えてくれたフィールド発生器は持参したんだが、あれは防衛用のテクノロジーだ。コルバ族はわれわれの攻撃能力のほうにずっと大きな関心をいだいている。とりわけ、戦闘中の兵士たちを見たがっているんだ。ここまでの交渉が不調だったのは、コルバ族が望むものをわれわれが用意していなかったからだ。しかし、われわれはつい口をすべらせて、クラーク号にCDFの一員が乗り組んでいることを教えてしまった」

「われわれが口をすべらせたのか」

「いや、実際には、わたしが口をすべらせた。おいおい、ハリー、そんな目で見ないでくれ。この任務は失敗しかけている。だが、どうしても今回の任務を成功させなければならない者もいるんだ。知ってのとおり、わたしのキャリアは絶好調というわけではない。今回の任務が失敗に終わったら、わたしは資料室へ転属になるだろう」

「あんたのキャリアを救うためにおれが鈍的外傷を受けたりしなくてすむなら、もうすこし

「きみに同情する気になれるんだが」ハリーはそれを謝罪とみなした。

シュミットはうなずいてわずかに上体をかがめ、「われわれはコルバ族の新しい指導者からきみのことを話したら、コルバ族はとても興奮した。

——国家元首からのじきじきの要請だよ、ハリー——頼まれたんだ、きみとコルバ族の兵士を腕比べの競技で戦わせたいと。それが実現すれば交渉の流れは大きく変わるだろうという力強いほのめかしがあったよ」

「で、もちろんあんたは受け入れた」

「念のために返すが、任務は失敗しかけているんだ」

「この計画にはひとつ小さな不備がある。おれがさんざん殴られることはおいといて、という意味だぞ。ハート、おれはCDFに所属しているが兵士じゃない。技術者なんだ。この数年は防衛軍の軍事科学部門で働いてきた。だからここにいるんじゃないか。おれは、CDFの開発したテクノロジーの使い方をあんたの部下たちに教えているんだ。戦いかたを教えているわけじゃなくて、ノブのまわしかたを教えているんだ」

「そうはいっても、きみはCDFの遺伝子改造を受けている」シュミットはすわっているハリーの姿を指さした。「きみの肉体は、それを使おうが使うまいが、最高の状態をたもっているんだ。反射神経はあいかわらず速い。力もあいかわらず強い。自分を見てみろ、ハリー。ぶよぶよしたところはどこにもない。きみの体のぐあいは最前線の兵士たちにまったくひけをとらないんだ」

「そんなのはなんの意味もないって」

「そうかな？　教えてくれ、ハリー。この任務のほかの参加者は全員が改造されていない人間だ。きみが素手の戦いで勝てない相手がひとりでもいるか？」

「そりゃまあ、いないさ。だが、あんたたちはみんな軟弱だからな」

「ありがとう」シュミットは酒をひと口飲んだ。

「だからな、戦闘用に改造されていようがいまいが、おれはもう長いこと兵士をやっていないんだよ。戦いは自転車に乗るのとはわけがちがう。練習もせずにこつを思いだすことはできないんだ。その連中がどうしても戦闘中のCDFを見たいというなら、フェニックスへスキップドローンを送って小隊をひとつ派遣してもらえばいい。最優先で要請すれば二、三日でここへ着くだろう」

「もう時間がないんだよ、ハリー。コルバ族は今夜のうちに戦闘競技を実施したがっている。具体的には――」シュミットはPDAでクロノメーターをチェックした。「およそ四時間半後だな」

「おーい、かんべんしろよ」

「コルバ族からの要請があったのは今日の午前中なんだ、ハリー。きみに隠していたわけではない。われわれがきみのことを話して、コルバ族からの要請があって、それから十分後には、きみに伝えるためにわたしがクラーク号へもどるシャトルへと追いたてられた。それでこうしているわけだ」

「コルバ族がおれにさせたがっている〝競技〟ってのは？」

「儀式化された戦闘だ。肉弾戦だが、スポーツとしておこなわれている。カラテやフェンシングやレスリングみたいなものだな。三ラウンド制で、ポイントをつける。審判もいる。わたしの理解するかぎりでは、ほぼ安全なスポーツだ。きみの身に危険がおよぶことはない」

「パンチをくらうだけで」

「傷はいずれ治る。それに、きみもパンチを返せるんだぞ」

「断ることはできないんだろうな」

「もちろん断ってもかまわない。その場合、任務が失敗して関係者全員が左遷され、コルバ族がわれわれの敵と手を組んで人類のコロニーを利用可能な資源とみなすようになったときでも、きみだけは怪我をせずにいられたという満足感にひたれるだろう」

ハリーはため息をついてグラスを干した。「これは貸しだぞ、ハート。コロニー連合じゃなくて、あんた個人への貸しだ」

「やむをえないな」

「いいだろう。じゃあ今回の計画は、おれがコルバ族の惑星へおりて、やつらの兵士と戦い、すこしばかり殴られて、それから全員で幸せに帰途につくということだな」

「おおむねそんなところだ」

「おおむね」

「アブムウェ大使からきみにふたつの要望が届いている。本人の伝言によれば、きみがこのふたつの〝要望〟のいずれかをやり遂げられなかった場合、彼女のほうできみの残りの生涯を絶えざる苦悩と悲哀に満ちたものにする手立てを考えるそうだ」

「そうかい」

「大使はことばの使い方についてはとてもきっちりしている人だ」

「最高だな。そのふたつの要望というのは？」

「ひとつは、競技を接戦にすること。コルバ族には最初から、CDFの名声は不当なものではないとしめす必要がある」

「競技のルールも、どんなふうに戦うのかも、おれが肉体面で対抗できるのかどうかもわからないが、いいさ、かまわない、接戦にしてやるよ。もうひとつの要望は」

「きみが負けることだ」

「ルールは簡単だ」シュミットが、彼らのまえに立っているコルバ族のことばを翻訳してくれた。ふだんのハリーなら、翻訳にはブレインパル——頭のなかにはいっているコンピュータ——を使うところだが、クラーク号のネットワークにアクセスできないので必要な言語を参照できなかった。「三ラウンド制で、一ラウンドはボンカ——これは棒術みたいなものだ——一ラウンドは素手の格闘、あと一ラウンドが水戦闘。いずれのラウンドにも設定時間はない。三名の審判が勝者を認定するか、片方の戦闘者が倒れて気を失うまで続く。こちらの審判長は、きみにそのことをしっかり理解してもらいたいと言っている」

「よくわかった」ハリーは対戦相手のコルバ族を見つめた。背丈は彼の腰のあたりまでしかなかった。コルバ族は、ずんぐりむっくりで、左右対称で、あきらかに筋骨たくましく、重なり合う無数のプレートとうろこで全身が覆われていた。ハリーが突き止めたコルバ族の生理機能に関するわずかな情報によれば、彼らは水陸両生の種族で、生涯の一部を水中ですごすらしい。少なくとも、これで〝水戦闘〟ラウンドの意味はわかる。だが、彼らのいる集会場には水源は見当たらなかった。ハリーは、翻訳の過程でなにか情報が欠落しているのではないかといぶかった。

コルバ族がふたたびしゃべりはじめた。彼が話したり息をしたりするたびに、首や胸のまわりのプレートが、なんともいえない奇妙で不安定な動きを見せていた。はじめにあった場所へもどっていないように見えるのだ。ハリーには、それが本人も知らないうちに催眠効果を発揮しているように思えた。

「ハリー」シュミットが言った。

「なんだ?」

「裸になるのはかまわないか?」

「ああ。——待った。なんだって?」

シュミットはため息をついた。「ちゃんと聞いていろ、ハリー。競技は裸でおこなわれて、トリック抜きの純粋な技能だけの争いになる。その点はだいじょうぶだな?」

ハリーは体育館に似た会場をちらりと見まわした。コルバ族の観客たち、人類の外交官たち、上陸中のクラーク号の乗組員たち。集まっている人間たちのなかにはアブムウェ大使の姿もあった。彼女がハリーにむけている目つきは、〝絶えざる苦悩と悲哀〟という脅しを裏付けるものだった。「じゃあ、みんなにおれのアレを見せろと」

「残念ながらそういうことだ。かまわないな？」

「おれに選択権はあるのか？」

「現実にはないな」

「だったら、かまわないというしかないだろう。サーモスタットの設定温度をあげてもらえるかどうかきいてみてくれ」

「たしかめてみよう」シュミットがコルバ族にむかってなにか言うと、長々と返事がかえってきた。ハリーには、ほんとうにサーモスタットの話をしているのか疑問だった。コルバ族はふり返り、びっくりするほどの大音声を発して、同時に首と胸のプレートをぱっとひろげた。ハリーは急に地球のツノガエルを思い出した。

会場のむこう側から、別のコルバ族が、長さが二メートル弱の棍棒をかかえて近づいてきた。両端に赤いペンキみたいなものが塗ってある。コルバ族がそれを差し出してきたので、ハリーは受け取った。「ありがとう」ハリーは言った。コルバ族は走ってもどっていった。

審判長がしゃべりだした。「彼は、もっと魅力的なボンカを用意できなかったことを謝罪している」シュミットが翻訳してくれた。「だが、きみの背が高いので特別に一本作らなければならず、熟練工に依頼するだけの時間がなかった。それでも、これは機能的には申し分ないので、きみにはなんの不利もない。きみは対戦相手をこのボンカで好きなように攻撃できるし、体のどこを狙ってもかまわないが、使えるのは両端だけだ。ボンカのしるしのついていない部分を使って攻撃した場合は減点となる。ただし、しるしのついていない部分で防御するのはかまわない」

「わかった」ハリーは言った。「どこを叩いてもいいんだな？　やつらは選手が失明するのが心配じゃないのかな？」

シュミットが審判長にたずねて説明を受けた。「もしも対戦相手の目をつぶしたら、それは得点になる。先端部でならどんなふうに攻撃しても正当だ」シュミットはちょっと黙り込んで、審判長の長い話に耳をかたむけた。「どうやら、コルバ族は失った手足や一部の臓器をいずれは再生できるらしい。戦いで失うことを大きな問題とは思っていないんだ」

「たしかルールがあると言ってなかったか、ハート」

「わたしのミスだ」

「この件がすっかり片付いたら、ふたりでじっくり話し合わないとな」

シュミットは返事をしなかった。審判長がまたしゃべりだしたのだ。「彼はきみにセコンドがついているのかどうかたずねている。もしもいないのなら、よろこんで提供すると」

「セコンドをつけるものなのか？」

「必要だとは思わなかった」

「ハート、頼むからおれの役に立つための努力をしてくれ」

「翻訳しているじゃないか」

「おれにはあんたのことばしか頼るものがない。審判長に、あんたがおれのセコンドだと伝えてくれ」

「なに？　ハリー、それはむりだ。わたしは大使と同席することになっている」

「そしておれは、クラーク号の寝棚で『カラマーゾフの兄弟』の第一部を読むことになっている。どっちにとってもがっかりな一日ってことか。ごちゃごちゃ言うなよ、ハート。審判長に話せ」

シュミットは審判長に伝えた。審判長はシュミットにむかって長々としゃべりだし、同時に首と胸のプレートをざわつかせた。ハリーは、コロニー連合の外交官とクラーク号の乗組員のために用意された客席をちらりとふり返った。みんなもぞもぞと体を動かしている。スタンドは人間用サイズの半分しかなかった。観客たちは、幼稚園の公開見学に参加した親たちのように、両膝を胸にくっつけてすわっていた。これっぽっちも快適そうな顔はしていない。

〝よしよし〟と、ハリーは思った。

審判長はしゃべるのをやめて、ハリーのほうへ顔をむけた。彼がうろこでなにかしてみせると、さざ波のようなゆらめきが頭のまわりをぐるりとめぐった。ハリーは思わず身をふるわせた。審判長はそれを返事とみなしたらしく、そのまま立ち去った。

「あと一分ではじまる」シュミットが言った。「服をぬぐならいまだぞ」

ハリーはボンカをおろしてジャケットをぬいだ。「あんたはぬがないんだな。おれのセコンドなのに」

「職務内容説明のとき、審判長はその件についてなにも言っていなかった」シュミットはハリーからジャケットを受け取った。

「あんたの職務ってなんなんだ？」

「きみの対戦相手について調べ、きみに彼を倒すためのヒントを教えることだ」

「おれの対戦相手についてなにか知っているのか？」ハリーはシャツをぬぎ、ズボンをするりと落とした。

「相手はおそらく小柄だろう」

「どうやってやつを倒せばいい？」ハリーは靴をぬぎ、スポンジのようなフロアをつま先でつついてみた。

「きみは彼を倒すわけじゃない。接戦に持ち込んだうえで負けるんだ」

ハリーはひと声うめいて、シュミットにズボンと靴と靴下を渡した。「おれのセコンドとしては、豆の木のほうがあんたよりも役に立つんじゃないかと思うんだが」

「すまない、ハリー。ここではわたしの経験や勘は頼りにならないんだ」

「おれのズボンもな」

「そのようだ」シュミットは全裸のハリーを見て、手にした衣服の数をかぞえた。「パンツはどうした？」

「今日は洗濯の日だったんだよ」

「外交上の式典にパンツをはかずに出席したというのか」シュミットの声には、聞きまちがえようのない恐怖があった。

「そうだよ、ハート、おれは外交上の式典にパンツをはかずに出席したんだ」ハリーはそう言って、自分の体をぐいと指さした。「そしていま、ご覧のとおり、おれはスパルタ人となってチビ助に棒きれで叩かれるんだ」上体をかがめてボンカをひろいあげる。「ほんとに頼むぜ、ハート。おれの手助けをしてくれよ。ちょっとは集中して」

「わかった」シュミットはかかえている衣服の山をちらりと見おろした。「これをどこかへ置いてこよう」彼は人間たちがすわっているあたりへ歩き出した。

シュミットが離れているあいだに、三人のコルバ族がハリーに近づいてきた。ひとりはさっきの審判長。もうひとりのコルバ族は、自分の体格に合ったボンカを手にしていた――これがハリーの対戦相手だ。三人目はそのすぐうしろにくっついていた。おそらく相手方のセコンドだろう。

三人のコルバ族はハリーの目のまえで止まった。ボンカを手にしているやつが、それをセコンドに渡し、ハリーを見あげてから、手のひらをまえにして両手を突き出し、同時にぶぶうという音をたてた。ハリーにはどうすればいいのか見当もつかなかった。そこで、ちょうど走ってもどってきたシュミットに自分のボンカを渡し、相手と同じように両手をまえに突き出した。「ジャズダンスでやるポーズみたいだな」ハリーは言った。

コルバ族は満足したらしく、ボンカを取りもどして、会場の反対側へとむかった。審判が口をひらき、手にしたなにかを差しあげた。「競技をはじめる準備ができたそうだ」シュミットが翻訳した。「ラウンド開始の合図はあのラッパで、ラウンド終了時にも同じように吹く。各ラウンドが終わったあとは、つぎのラウンドの準備のために何分か時間があく。そのあいだに各自休憩をとり、セコンドと打ち合わせをする。わかったかな？」

「ああ、わかったよ」ハリーはこたえた。「さっさとはじめようぜ」シュミットが返事をすると、審判が離れていった。ハリーはボンカをいじくり、バランスやしなり加減を試してみた。なにかの硬い木でできているようだ。裂けたり折れたりすることはあるんだろうか。

「ハリー」シュミットが呼びかけてきた。審判がラッパを高くかかげて立っているあたりを指さしている。「はじまるぞ」

ハリーは両手でボンカをつかみ、胸の高さで、地面に対して水平にかまえた。「最後になにかアドバイスは？」

「狙いは低く」そう言って、シュミットは離れていった。

「そりゃどうも」ハリーは言った。審判長がラッパを吹き鳴らし、会場のわきのほうへ引っ込んでいった。ハリーはボンカをかまえて前方へ踏み出した。目はじっと対戦相手にむけたままだ。

対戦相手はボンカをかまえ、胸と首を不安になるほどふくらませると、げっぷとうなり声の中間くらいの耳をつんざく轟音を発し、その小さな両足をせいいっぱい速く動かしてハリーめがけて突進してきた。人間用に確保されたごく一部をのぞいて、会場のスタンドをぐるりと埋めつくしていたコルバ族は、同じように胸をふくらませて、げっぷのような歓声をあげた。

三秒後、ハリーは自分がなにをしているのかさっぱりわからないという事実に直面していた。コルバ族は目にも止まらぬ速さでボンカをあやつり、矢継ぎ早に打ちかかってきた。ハリーはその三分の一をブロックし、残りはふらふらと後退してかわしたが、敵はそのままどんどん押し込んできた。ハリーは長いボンカをヘリのローターのようにぶんぶん回転させていた。ハリーは長いボンカは有利ではないと気づいた。ふりまわすにもブロックするにも攻撃するにも時間がかかる。小柄なコルバ族のほうが優勢ということだ。

コルバ族はハリーにむかって突っ込み、すこし踏み込みすぎたようだった。ハリーは頭上からボンカをふりおろし、敵の背中側を叩こうとした。そのとたん、コルバ族がハリーの描いた弧の内側で体をひねった。ハリーが罠にかかったと気づいたそのとき、コルバ族が彼の左右の足首を激しく打ち据えた。ハリーは倒れた。コルバ族はわずかに飛び退いて、倒れたハリーの腹のあたりを熱心に叩きつぶしはじめた。ハリーはごろりと体をまわし、コルバ族めがけてやみくもにボンカを突き出した。ありえないことに、その一撃が敵の鼻をとらえた。コルバ族はめんくらって攻撃をやめ、一歩あとずさった。ハリーはボンカを突き出して敵をさらに後退させてから立ちあがり、足首のぐあいをたしかめた。痛みはあるがなんとかなりそうだ。

「つつくんだ！」シュミットが叫んだ。ハリーはちらりとそちらへ目をむけてなにか叫びかえそうとし、敵に隙を見せてしまった。コルバ族はその機に乗じて、ハリーの頭のてっぺんを強打し、ついでふたたび足首を攻撃してきた。ハリーはふらついたがなんとかこらえ、酔っぱらいのような足どりで会場の中央へむかった。コルバ族はあとを追ってきて、すでにあざになっているハリーの足首の骨めがけて楽しげにボンカをくりだした。ハリーは敵にもてあそばれている気がしてならなかった。

〝これじゃだめだ〟ハリーは立ち止まり、ボンカの端を会場のマットにしっかりと打ち込むと、棒の上へぱっと跳びあがった。一瞬後には、彼は棒のてっぺんで逆立ちをして、ふだんは使っていない精密に調整された運動制御機能によってバランスをとっていた。コロニー防衛軍の遺伝子工学のなせるわざだ。

この戦術は予想していなかったらしく、コルバ族は足を止めてぽかんと見とれた。

「さあどうだ」ハリーは言った。「足首を殴れるならやってみろ、このチビ助め」

ハリーがしたり顔をしていられたのは、コルバ族がしゃがみこみ、力強い両脚でぱっと空中へ舞いあがるまでだった。コルバ族はハリーの足首の高さまで跳ぼうとはしなかった。彼が跳んだのはハリーの顔の高さまでだった。

〝ああ、くそっ〟ハリーがそう思った瞬間、目のくらむようなボンカの一撃が鼻柱に命中して、攻撃に反応することも、状況を分析することも、考えることもできなくなった。そうした能力が強烈な痛みとともにもどってきたのは、倒れ込んで脊柱を会場のマットにくいこませたときだった。それから、コルバ族のボンカがハリーの体のあちこちを叩く妙に遠い感覚がしばらく続き、そのあとに、もっと遠くからラッパの響きが聞こえてきた。第一ラウンドは終わった。コルバ族は嵐のようなげっぷの喝采にむかって得意げに歩き去った。ハリーはボンカを支えにして体を起こし、よろよろとシュミットのもとへむかった。シュミットはハリーに水筒を差し出した。

「だいじょうぶか？」シュミットが言った。

「あんたバカか？」ハリーは水筒を受け取り、水をすこし顔にはねかけた。

「あの逆立ちでなにを狙ったのかふしぎだったんだが」

「なんとかしなかったら足首の骨が粉々になると思ったんだ」

「あのあとどうするつもりだったんだ？」

「わからない。大急ぎだったんだよ、ハート。戦いながらその場で考えたんだ」

「きみの狙いどおりにはいかなかったようだな」

「まあ、あのチビ助がしゃがんだ姿勢から二メートルの高さまで跳びあがれることを教えてくれるセコンドがいたら、なにか別の手立てを考えたかもしれない」

「正当な指摘だな」

「どのみち、おれに負けてほしいんだよな？」

「ああ、しかし僅差で負けてもらいたいんだ。いまよりは接戦に持ち込まなければいけない。たったいま、アブムウェ大使がきみの後頭部を穴があきそうなほどにらみつけている。よせ、見るな」

「ハート、もっと接戦にできたならそうしていたさ」ハリーは水をすこし飲んで、体のあちこちをのばし、痛みのないところを見つけようとした。左足の甲がその第一候補のようだった。ハリーはちらりと下を見て安堵した。コルバ族は、人間の睾丸は叩かれると特別に痛いということに気づいていないらしい。彼のそれはなんとか損傷をまぬがれていた。

「第二ラウンドの準備ができたようだな」シュミットが、ラッパをかまえて立っている審判長を指さした。会場の反対側では、コルバ族が足から足へひょいひょいと重心を移し、素手の格闘にそなえて体をほぐしていた。

「うれしいねえ」ハリーは水筒をシュミットに返した。「このラウンドの助言は？」

「足首に気をつけたまえ」

「あんたはほんとに助けになるよ」ハリーは言った。ラッパが鳴り、彼は会場のフロアへと踏み出した。

　コルバ族は、敵と対面することで時間をむだにしたりせず、フロアに出るやいなやハリーめがけて突進してきた。あと数メートルのところで、コルバ族は地を蹴って宙へ舞いあがり、鉤爪を突き出した。ハリーの頭を狙っているのだ。

〝こんどはそうはいくか、クソ野郎〟ハリーはフロアへむかってあおむけに倒れ込んだ。コルバ族はハリーの頭上をかすめすぎながら、さっと切りつけてきた。ハリーは片脚をふりあげ、コルバ族の臀部めがけてきれいなバイシクルキックを叩き込んだ。コルバ族はぐんと加速して頭からスタンドへ突っ込み、ほかの数名の同胞に激しくぶつかって、彼らが手にしていた飲み物をはじきとばした。ハリーは横たわった状態から頭をのけぞらせて、その惨状を確認した。ちらりとわきへ目をやると、シュミットが勢いよく親指を突きあげた。ハリーはにやりと笑ってフロアから立ちあがった。

飲み物まみれになったコルバ族は、怒りをあらわにスタンドから飛び出してくると、またもやハリーめがけて無謀な突進をしかけてきた。いきなりスタンドへぶざまに突っ込んでしまったことで、攻撃戦略が〝あの人間を引き裂いて新しいケツの穴をつくってやる〟というレベルまで単純化しているようだった。ハリーは気にしなかった。

コルバ族は接近してぐっと腕を引くと、ハリーの腹でも生殖器のあたりでも、どちらか近いほうを狙って、強烈な一撃をくりだしてきた。ハリーは最後の瞬間までじっと待ってから、いきなり腕を突き出した。ハリーの左の手のひらがコルバ族のひたいにぶつかり、小さなエイリアンの突進がぴたりと止まった。ものすごく攻撃的な八歳児を押さえつけるようなものだ。ハリーは薄笑いを浮かべた。

コルバ族のほうは、ハリーが使った相手をコケにするような防御戦術に不快感をおぼえていた。そしてげっぷとうなり声がまじったような怒りの叫びをあげ、ハリーの前腕をずたずたにしようと身がまえた。ハリーは右腕を引いて殴るようなふりをして、敵の注意をそらしてから、すばやく左の手のひらを引っ込めて軽くこぶしを握り、コルバ族の顔面を殴りつけた。コルバ族がびっくりして鼻を鳴らした。ハリーはその瞬間をとらえて、右フックを相手の鼻へ叩き込んだ。

　コルバ族の顔のうろことプレートが、まるで外的ショックで花が咲くように、ぶわっとひろがった。コルバ族がフロアにばったりと倒れると、それもおさまった。プレートが一枚でも動くたびに、ハリーは敵がフロアから起きあがってこないよう激しく蹴りつけた。ほどなく、審判長がこの展開に退屈してラッパを吹き鳴らした。ハリーは歩いてフロアから退場した。コルバ族はセコンドの手で引きずられていった。

「蹴りすぎてしまったのではないかと心配したよ」シュミットはそう言って、中身を詰め直した水筒をハリーに差し出した。

「あんたは第一ラウンドに腎臓をすりつぶされそうになったわけじゃないからな」ハリーは言った。「やつがしたことを、こっちもしてやっただけだ。やつはラウンドの終わりでもまだ息をしていた。だいじょうぶさ。これで競技は接戦になって、あんたの望みどおりってわけだ」ごくごくと水を飲む。

　会場の側面にある一枚のドアがひらき、フォークリフトに似た奇妙な装置がごろごろとあらわれた。運ばれてきたのは、水をいっぱいに入れた大きなこども用プールのようなものだった。プールはハリーのそばにおろされた。フォークリフトは引っ込み、一分後にふたたびプールを運んであらわれると、それをハリーの対戦相手の近くにおろした。

　ハリーが目をむけると、シュミットは肩をすくめた。「水戦闘ラウンドのためかな？」

「いったいなにをするんだ？　水のかけあいか？」ハリーは言った。

「見ろよ」シュミットが指さした。対戦相手のコルバ族がいくらか復活して、自分のそばのプールに踏み込んでいったのだ。審判長はふたたび会場の中央に立ち、ハリーにむかってプールにはいるよう身ぶりでしめした。ハリーはシュミットを見た。「わたしにきかないでくれ」シュミットは言った。

ハリーはため息をつき、自分のほうのプールに踏み込んだ。水はとても温かく、ふともものなかほどまでの深さがあった。ハリーは腰をおろしてゆっくりひたりたいという誘惑と戦った。彼はシュミットに目をむけた。「さて、どうする？」シュミットは返事をしなかった。ハリーはシュミットのまえで手をふった、「ハート。おいハート？」

シュミットがハリーへ目をむけた。「ふりむいたほうがいいんじゃないかな」

ハリーがふりむくと、対戦相手のコルバ族がいきなり一フィートほど背が高くなっていて、しかもまだ成長中だった。

〝なんだこりゃ？〟そう思ったとたん、ハリーは気づいた。コルバ族のプールの水位がゆっくりとさがっていた。同時に、コルバ族の体表のうろことプレートが動いて、ずるずると分離しようとしていた。胴体にならぶうろこの間隔がひろがって、継ぎ目が——もとは下にあったプレートが上にあったプレートとともに所定の位置へおさまって——プールからコルバ族の体へ流れ込む水でひろがっていた。ハリーの視線は、コルバ族の胴体からその両手へ移った。指がふくらむにつれて、重なり合うそれぞれのうろこが回転して、所定の位置へおさまり、それまでは見えなかったフィボナッチ数列のダンスを披露する。

ハリーはいくつかのことを同時に考えた。

第一に、いまあきらかになったコルバ族の実にみごとな生理機能に驚嘆した。彼らの体表のうろことプレートは、単なる外皮ではなく構造体となっていて、コルバ族の肉体がどちらの状態にあるときでもその姿を保持する役目を果たしている。彼らの体内には、少なくとも人間の肉体にあるような骨格はなさそうだし、あんなふうに全体がふくらむとすれば、コルバ族の構造システムは空気と水の両方を使ってさまざまなことを実現しているにちがいない。この種族はあきらかに十年に一度レベルの解剖学的発見だ。

第二に、どのような進化上の圧力がコルバ族に——というか、その遠い水陸両生の祖先に——こうした劇的な防御機構を発達させたのかを考えると寒けがした。この惑星の原初の海になにがいたにせよ、そいつはよほどおそるべき怪物だったのだろう。

第三に、コルバ族がその体内に水を取り込むことで、ハリーと比べて、体の大きさでは二乗、容積では三乗というおそるべきサイズに成長したいま、自分はこれから力いっぱい叩きのめされることになるのだと気づいた。

ハリーはくるりとシュミットにむきなおった。「これを知らなかったとはいわせないぞ」

「誓って言う、ハリー」シュミットは言った。「わたしもいま知ったんだ」

「どうやったらこんなものを見逃せる？　あんたたちは一日中なにをしてるんだ？」

「われわれは外交官なんだ、ハリー、宇宙生物学者ではない。知っていたらきみに伝えたに決まっているだろう？」

審判長のラッパが鳴り響いた。そびえたつコルバ族が、ズシンという足音とともにプールから踏み出してきた。

「ああ、くそっ」ハリーは水をはねちらかして自分のプールから出ようとした。

「今回は助言はなしだな」シュミットが言った。

「冗談だろ」

「おいっ、来たぞ」シュミットがあたふたとフロアを離れた。ハリーが顔をあげたちょうどそのとき、肉と水と流体力学から成る巨大なこぶしが腹に命中して、彼は部屋の反対側までふっとばされた。ハリーの脳の一部は、彼の体をこんなふうに持ちあげるために必要な質量と加速について検討し、また別の部分は、いまのパンチで少なくとも二本の肋骨がいかれたことを報告した。

観客がどっと歓声をあげた。

ハリーがもうろうとしながら周囲の状況を評価しようとしたとき、コルバ族がドスドスと近づいてきて、その巨大な足を持ちあげ、ハリーの胸をまっすぐに踏みつけた。まるで強制的に除細動をほどこされたような感覚だった。ハリーは、足がふたたびあがるのを見て、そこにふたつの大きな六角形のくぼみがあるのに気づいた。すこしまえにコルバ族の生理機能に驚嘆していた脳の一部が、それらを体内への水の取り込み口と認識した。あれだけの速さで肉体を巨大化させるためには、最低でもそれくらいの大きさは必要なのだろう。

ハリーの脳のそれ以外の部分が、分析している一部にむかって、黙ってさっさと動けと命じた。さっきの足が彼をもういちど踏みつけようとしていたのだ。ハリーがひと声うめいて横へころがったとたん、かすかに体が跳ねあがった。いままでハリーがいた場所を踏みつけた足の衝撃が、ありとあらゆるものをふるわせたのだ。ハリーは這ってその場を逃れてから、大急ぎで立ちあがり、彼を壁に叩き込もうとしたキックをぎりぎりでかわした。

コルバ族がドスドスと追ってきて、ハリーめがけてパンチをふるった。客席から喝采がわきあがる。動きが速いのは、巨体であっというまに距離を詰められるからだが、コルバ族がパンチをくりだしたとき、ハリーはその攻撃がまえよりものろくなっていることに気づいた。慣性があまりにも大きいため、急に方向転換したりすばやくパンチをふるったりはできないのだ。ふたりのコルバ族がこのラウンドを戦ったら、基本的にはフロアの中央に突っ立って、どちらかが倒れるまで殴りあいを続けることになるのだろう。ここではそういう戦略は使えない。ハリーは第一ラウンドのことを思い出した。あのときはコルバ族のサイズが小さいことが有利にはたらいた——サイズと、あいつがボンカをかわす方法を知っていたことが。いまはまったく逆の状況だ。ハリーのサイズが小さいことは彼に有利にはたらくし、巨大化したコルバ族は自分よりも小さな相手と戦う方法を知らないはずだ。

〝試してみるか〟ハリーはいきなりコルバ族めがけて走り出した。敵が強烈なパンチをふってくる。ハリーは頭をさげてそれをかわし、ふところに飛び込んで、コルバ族の胴体に肘を叩き込んだ。たいへん残念なことに、水でぱんぱんにふくれたコルバ族のプレートを攻撃するのは、コンクリートを殴るようなものだった。

〝あいてっ〟ハリーは胸のうちでつぶやき、すぐに悲鳴をあげた。コルバ族が髪の毛をつかんでハリーを持ちあげたのだ。頭皮が剝がれないように、ハリーは自分を持ちあげている腕にしがみついた。コルバ族はハリーのあばらめがけてパンチをふるいはじめ、さらに何本か骨をへし折った。痛みのなかで、ハリーはコルバ族の腕をてこにして足をふりあげ、つま先を敵の鼻へきつく蹴り込んだ。今日は、コルバ族の肉体のその部分についてだけは、ハリーにも運があるようだった。コルバ族が怒声をあげて手を放し、落下したハリーは背中からフロアにぶつかった。ハリーが体をころがすより先に、コルバ族がピストンのように彼の胸を踏みつけた——一回、二回、三回と。

吐き気がするほど強烈な痛みだった。肺が破裂したと充分確信できる痛みだった。コルバ族はもういちど踏みつけて、ハリーの口から体液を絞り出した。〝まちがいなく肺が破裂したな〟とハリーは思った。

コルバ族はまた足をあげると、こんどはハリーの頭を標的にして、正確に狙いをつけるためにちょっと間をとった。

ハリーは左手をのばしてコルバ族の足先をつかみ、指をすぼめた右手を六角形のくぼみへ力いっぱい突き立てた。なにかが破れる感触があった。コルバ族の体内に水をとどめていた肉のバルブだ。それが裂けて、大きな足から温かな水が噴き出し、ハリーの全身にはねかかってきた。

コルバ族は言語に絶するおぞましい悲鳴をあげ、予期せぬ痛みで集中力を完全に失ったまま、ハリーをふりはらおうとした。ハリーは敵の足にすがりつき、指をさらにバルブの奥へと突っ込んだ。左腕を敵の下肢に巻きつけてぐっと締め付け、コルバ族のジュースを絞り出していく。水がフロアに飛び散った。コルバ族はぴょんぴょん跳ねて、死にものぐるいでハリーをふりはらおうとしたが、噴き出した液体で足をすべらせた。そいつがあおむけに倒れると、フロア全体が地震のように揺れた。ハリーは位置を変え、こんどは下から脚をぐいぐい押して、さらにたくさんの水を絞り出した。脚がしぼむのが見えるほどだ。コルバ族は怒声をあげてのたうちまわった。もはやどうにもならないのはあきらかだった。審判たちにすこしでも脳みそがあるなら、すぐにでもこのラウンドの終了を宣言するはずだ。

ハリーはシュミットに目をむけた。こちらを見るシュミットは、顔にむきだしの恐怖のようなものを浮かべていた。その理由に思い当たるまですこしかかった。

〝ああ、そうそう〟ハリーは胸のうちでつぶやいた。〝おれは負けることになっていたんだっけ〟

ハリーはため息をつき、コルバ族のジュース絞りをやめて、脚を放した。コルバ族はまだ痛みに苦しんでいたが、どうにか上体を起こしてハリーを見た。その表情から読み取れるのは完全な当惑だけだった。ハリーはコルバ族に近づき、その顔のまえで膝をついた。

「こうするのがどんなにつらいことか、おまえには見当もつかないだろうな」ハリーは手をのばして、コルバ族の顔をつかむようなしぐさをした。そして、人差し指と中指のあいだから親指を突き出し、コルバ族に見せつけた。コルバ族はなにも理解できないままハリーを見つめた。

「けど」ハリーは言った。「おまえの鼻はやっつけたよな」

コルバ族がハリーのこめかみへ強烈なフックを叩き込み、世界から光が消えた。

「われわれはきみにああいうことを期待していたわけじゃなかった」シュミットが言った。

自分の寝棚にいるハリーは、苦労してしかめっ面をこらえた。顔の表情を変えると痛むのだ。「あんたは接戦にしろと言った。そのうえで負けろと言った」彼は人にできる限界まで小さく顎を動かしてこたえた。

「そうだな。しかし、あそこまで露骨にやるとは思わなかった」

「びっくりしたろ」

「ありがたいことに、それはわれわれにとって好都合だった。コルバ族の指導者は——これは偶然だが、きみが対戦相手をスタンドへ送り込んだときにフルーツジュースまみれになっていた人物だ——きみがなぜ対戦相手を勝たせたのか知りたがった。われわれはきみに負けるよう指示したと認めるしかなかった。彼はそれを聞いて大よろこびした」

「相手のほうに金を賭けてたんだな」

「ちがう。いや、賭けてはいただろうが、問題はそこではない。彼はこう言っていた。勝利が手中にあったときでさえ命令に従おうとした心構えを見ると、きみは長期的な目標のためなら目先のことは犠牲にできる人物なのだろう。きみがほぼ勝利していたという事実はCD

Fの強さをしめしているし、そのあとで負けたという事実は規律の高さをしめしている、と。彼がその両方に深い感銘を受けていたようだったので、われわれはまさにその点を強調したかったのだと伝えた」

「ほう、あんたにも脳みそはあったんだな」

「臨機応変に対応しただけだ。この結果、最終的におたがいが合意に達することができそうだ。きみは交渉を救ったんだよ、ハリー。ありがとう」

「どういたしまして。あとで請求書を送るから」

「アブムウェ大使からメッセージをあずかっている」

「待ちきれないねえ」

「大使はきみの働きぶりに感謝していて、きみの表彰を推薦しているそうだ。二度ときみには会いたくないとも言っている。きみの離れわざは今回は成功したが、裏目に出る可能性も多分にある。ひっくるめて考えると、割に合わないと」

「どういたしまして」

「悪気はないんだよ」

「そりゃそうだろう。しかし、ああやってぼろぼろに叩きのめされるのが、こまかなところまでぜんぶおれの演出だったという考えはすごいな。自分が天才になったような気がするよ、ほんと」

「気分はどうだ？　もうだいじょうぶなのか？」

「あんたはそのバカげた質問を何度もくり返してる。頼むからもうきかないでくれ」

「すまない」シュミットは帰ろうとしかけたが、そこで足を止めた。「そういえば、もうひとつの質問に対する答は出たようだな」

「質問って？」

「きみはどれくらいパンチに耐えられるのか」

ハリーはにやりと笑い、顔をしかめた。「おい、ハート、笑わせるなよ」

「すまない」シュミットはまた言った。

「あんたはどれくらいパンチに耐えられるんだ、ハート？」

「それを知るためにこんな目にあわなければならないのなら、わたしは知りたくない」

「ほらな」ハリーは言った。「やっぱりあんたは軟弱だ」

シュミットはにやりと笑って立ち去った。

ハフト・ソルヴォーラがチュロスを食べて現代の若者と話をする

エイリアンのハフト・ソルヴォーラは、ワシントンDCのモールを歩いて、アントニオ・モラーレスのもとへむかっていた。彼がオーナーをつとめる〈トニーズ・チュロス〉は、リンカーン記念館からそれほど離れていないところにある小さな屋台だった。ソルヴォーラは午前中の会議を終えたところで、午後の約束まで二時間ほどあったので、DCをおとずれるときはいつもそうなるように、あの熱々のメキシコのペストリーを食べたくてしかたなくなっていた。

トニーは、ソルヴォーラが屋台へ近づいてきたときには、いつも注文される半ダースのシナモンチュロスを用意していた。彼はそれを袋に入れて、笑顔でソルヴォーラに渡した。

「わたしが来るのがわかっていたのですか」ソルヴォーラは袋を受け取りながら言った。

「あんたは十フィートはあるからね、セニョーラ」トニーがスペイン語の敬称を使ったのは、ソルヴォーラがよろこぶのを知っていたからだ。彼は生まれてからずっとDC地区に住んでいて、ハイスクールでスペイン語と格闘させられていた。「気づかずにいるほうがむずかしいよ」

「そうかもしれませんね」ソルヴォーラはペストリーの代金を払った。「調子はどうですか、トニー？」

「商売は順調だよ。けど、商売はいつでも順調なんでね。みんなチュロスが大好きなんだよ。幸せかい？　チュロスをどうぞ。おちこんでる？　チュロスをどうぞ。横領で刑務所にはいるって？　そのまえにチュロスをどうぞ。刑務所から出てきたばかりだって？　チュロスがぴったりだね」

「ほんとうに、奇跡の食べ物です」

「あんたは街へ来るたびに買いにきてくれるんだろ。まちがってたら言ってくれ」

「まちがっていません。ただ、知的生物はチュロスだけでは生きられないのです」

「そうとはかぎらない。ウルグアイでは、チーズを入れたチュロスをつくってる。むこうじゃランチなんだよ。おれも試してみるかもしれない。つぎにあんたが来るときには実験台になってもらうかも」

「やめておきましょう。自分の好みはよくわかっています。わたしは習慣をたいせつにするのです」

「残念だなあ。で、あんたのほうはどうだい、セニョーラ？　外交のごたごたはどんな調子かな？」

ソルヴォーラは彼女の種族のやりかたで顔をしかめた。状況はまったく良くなかった。地球ステーションの崩壊以来、なにもかもめちゃめちゃだった。彼女が代表をつとめるコンクラーベは、その事件にはまったく関与していなかったのに、ステーションを失ったことで惑星全体が疑心暗鬼におちいり、地球生まれの人間以外の者に対して怒りをむけるようになっていた。その結果、ペキンやモスクワやパリやハーグでおこなわれた人間の外交官や役人との会合は、協議というよりもセラピーのようになり、人間の外交官たちがそれぞれの感情を発散させるあいだ、ソルヴォーラは、狭苦しいオフィス（身長が十フィート近くあると、人間のオフィスはどれも狭苦しい）でじっとすわって、人間たちに同情と解釈してもらえそうな表情をつくり続けるのだった。

「いまひとつですね」ソルヴォーラは認めた。

「そりゃ困ったね」トニーはソルヴォーラの生理機能を読み取ることに慣れていて、彼女がいまは口にしないと決めたことがたくさんあるのをちゃんと見抜いていた。

「わたしたちの住む世界は複雑なのですよ、トニー」

「あんたの住む世界が複雑なんだよ。おれはチュロスをつくるだけだ」

「それは複雑ではないのですか？　チュロスなりに」

トニーは肩をすくめた。「実は、これは二番目の仕事なんだ。おれは経営学の学校にいって、修士号を取得して、それから十年は例の愚劣な金融マンとしてすごして、ほかのすべての人びとを不幸にしていた。はじめはすごく楽しかったけど、やめる直前のころには、毎日酒をあおるかだれかと喧嘩をはじめるかしないとおさまらない感じになっていた。だから人生を複雑じゃなくした。それで、こうしてチュロスの屋台をやってるわけだ。いまはたいていのときは幸せだよ。だれだって不幸せなチュロス売りなんか見たくないからね」

「チュロス売りではどうやっても金持ちになれないでしょう」

トニーは笑顔で両腕を大きくひろげた。「おれは金融マンだったんだよ！　とっくに金持ちなんだ！　それに、さっきも言ったとおり、商売は順調だ。ほら、もう新しいお客さんがやってきた」トニーはモールの先のほうを指さした。八歳児の群れが、いらいらしているふたりのおとなに連れられて、大騒ぎしながらチュロス方向へむかっていた。

ソルヴォーラはトニーの指を追ってこどもたちに目をむけた。「まさか全員があのふたりのこどもではないですよね」

「ちがうだろうな。学校の遠足で記念館を見にきたんだろう」

「わたしは離れていたほうがいいですか？」ソルヴォーラはたずねた。どんな人間でも身長十フィートのエイリアンがそばにいて平気なわけではない。彼女はトニーの商売をじゃましたくなかった。

「そうかもな。みんなおとなだったら、おれがおちつかせることもできるけど、こどもたちはどんな反応をするかわからないからなあ」

ソルヴォーラはうなずき、すこし歩いて屋台の近くにあるベンチへむかった。体形と長身のせいですわってもくつろげるわけではないのだが、なんらかの理由により、ベンチ——指定の着席エリア——の近くの地面で体をのばしてすわるほうが、ほかの場所でそうするよりも場違いな感じがしないのだ。それについてよく考えてみたら、どこでこのような奇妙な癖がついてしまったのかわかるはずだったが、実を言えば、そんなことよりも、すでに冷めかけたチュロスのほうがはるかに重要な問題だった。ソルヴォーラがチュロスに没頭しはじめたころ、トニーの屋台は、金切り声をあげるちっぽけな人間たちに蹂躙されていた。みんな大興奮で揚げパンを食道の奥へ押し込んでいる。ソルヴォーラはそのあいだほとんど別の方向を見つめていた。

　チュロスについてしばらく静かに思いをめぐらしたあと、ふと目をもどすと、それほど離れていない場所にいるひとりの人間のこどもが、まじめくさった顔でこちらを見つめていた。ソルヴォーラはチュロスをもぐもぐやるのをやめて、ごくりとのみこみ、そのこどもにまっすぐ話しかけた。「こんにちは」

　だれかほかの人に話しかけたと思ったのか、こどもは背後をふり返ったが、そうではないとわかったので、また顔をもどした。「こんにちは」女の子は言った。

「チュロスはおいしいですか？」ソルヴォーラは女の子が手に持っているチュロスを指さした。女の子は無言でうなずいた。「よかった」ソルヴォーラはそう言って、また自分のチュロスを食べはじめた。

「あなたは怪物なの？」女の子が唐突にたずねた。

　ソルヴォーラは首をかしげてその質問について考えた。「そうは思いません。でも、それはあなたがどういうものを怪物だと思うかによるのかもしれません」

「怪物は戦ってものを壊すんだよ」

「わたしはそういうことは避けています。やはり怪物ではないのかもしれません」

「でも、あなたは怪物みたいに見えるかもしれませんよ」

「地球では、わたしは怪物みたいに見えるよ」

きわめてふつうなのですよ、約束します。たいていの仲間よりは長身ですが、それ以外はみんなと同じです。わたしの惑星では、あなたのほうが奇妙に見えるでしょう。このことをどう思いますか？」

「惑星ってなに？」

「おやおや。学校ではなにを教えているのですか？」

「今日はエイブラハム・リンカーンのことを教わったよ。あの人も背が高いんだ」

「そうですね。地球とはなにか知っていますか？」

女の子はうなずいた。「あたしたちがいるところ」

「正解です。それが惑星です。あなたたちが住んでいる大きくてまるい場所。わたしたちの同胞にも同じような場所があります。でも、地球と呼ぶ代わりに、わたしたちはそこをララと呼んでいます」

「ハンナ！」おとなの人間のひとりが、女の子がグループから離れて、ベンチのとなりにすわっている、大きな、おそろしい姿をしたエイリアンと話していることに気づいた。その人間のおとな――女――は、女の子を取り返そうと駆け寄ってきた。「ごめんなさい」女はソルヴォーラに言った。「迷惑をかけるつもりはなかったんです」

「その子はすこしも迷惑などかけていません」ソルヴォーラは楽しげに言った。「それどころか、いっしょに基礎天文学について検討していたんです。たとえば、なぜ地球は惑星なのかといったことを」

「ハンナ、あなただって知ってるはずでしょ」女は言った。「今年のはじめにちゃんと習ったじゃない」ハンナは肩をすくめた。女はソルヴォーラに目をむけた。「太陽系についてはほんとうに今年のはじめにやったんですよ。カリキュラムにはいっているんです」

「信じますよ」

「そいつは惑星から来たんだって。ラー・ラーっていうの」ハンナは必要以上にはっきり発音してから、教師を見あげた。「やっぱり太陽系にあるんだよ」

「別の太陽系ですけどね」ソルヴォーラは言った。「それと、わたしは女です。あなたたちと同じように」

「あなたは女に見えないよ」ハンナが言った。

「わたしがいたところでは女に見えるんですよ。おたがいに見た目がちがうというだけのことです」

「あなたはこどもの相手が得意なんですね」女がソルヴォーラの返事や声の調子を聞いて言った。

「わたしは何日も人間の外交官たちの相手をしてきました。こどもと外交官にはおどろくほどよく似ているところがあります」

「かまいませんか？」女は、騒々しいこどもたちの本体のほうを身ぶりでしめした。「ほかのこどもたちのなかにも、エイリアンと会いたがる子がいると思うんです――エイリアンと呼んでいいんでしょうか？」

「そのとおりですから。あなたがたにとっては」

「中傷になるのかどうかわからなくて」

「なりません。少なくともわたしはそうは思いません。それと、ご希望ならほかのこどもたちを連れてきてもかまいませんよ。彼らを相手に教育を体験できるのは幸せです」

「まあ、そうですか、すごいわ」女はそう言ってから、ハンナの両肩をつかんだ。「いい子だからここにいるのよ。すぐにもどるからね」そして、ほかのこどもたちを連れてくるために走っていった。

「すてきな人のようですね」ソルヴォーラはハンナに言った。

「ミセス・エヴァーストン」ハンナが言った。「先生の香水で、あたしくしゃみが出るの」

「そうですか」

「あたしのおばあちゃんみたいなにおいになるんだよ」

「あなたはおばあさんのにおいが好きなのですか？」

「そうでもない」

「では、あなたのおばあさんにもミセス・エヴァーストンにも話さないと約束します」

「ありがとう」ハンナはまじめくさって言った。

ほどなく、ソルヴォーラは騒がしいこどもたちに取り囲まれ、期待のこもった視線をあびていた。ちらりとミセス・エヴァーストンに目をやると、こちらも期待のこもった目をむけていた。全面的におまかせということらしい。ソルヴォーラは胸のうちでため息をついてから、こどもたちにむかってほほえみかけた。

何人かが息をのんだ。

「いまのはほほえみです」ソルヴォーラは急いで言った。

「そうは思えない」ひとりのこどもが言った。

「そうだと約束します。こんにちは、みなさん。わたしはハフト・ソルヴォーラ。エイリアンと話したことがある人はいますか？」そこらじゅうで頭がふられ、〝ない〟ことをしめした。「では、これはチャンスですね。知りたいことをなんでもきいてください」

「おまえ、なんなんだ？」ひとりのこどもがたずねた。男の子だ。

「わたしはララン族です。ララという惑星からやってきました」

「そうじゃなくて、トカゲか両生類みたいなのか？」

「みなさんから見ると爬虫類に似ているかもしれません。しかし、実際にはすこしも似ていません。トカゲよりはあなたたちに似ていますが、どちらともほとんど似ていないことは認めます。わたしのことは、そのとおり、ララン族と考えるほうがいいでしょう」

「人間を食べるのか？」別の男の子が言った。

「わたしはチュロスを食べます」ソルヴォーラは、いまやなおざりにされたごちそうを差しあげた。「ですから、チュロスが人間でできていないかぎり、答はノーです」

「ずっとチュロスを食べるわけにはいかないだろ」同じ男の子が指摘した。

「実を言うと、できるならそうしたいのです」ソルヴォーラは、さっきトニーに言ったこととは反対の立場をとった。「それはおとなであることの特典のひとつです」

こどもたちはちょっと考え込んでいるようだった。

「しかし、そんなことはしません」ソルヴォーラは言った。「地球にいるとき、ふつうは果物や野菜を食べます。スイートポテトとタンジェリンが特に好きです。こちらの肉はめったに食べません。体に合わないのです。そして人間も食べません。わたしも人間に食べられたくありませんから」

「結婚してるの？」別のこどもが質問した。

「わたしの種族は結婚しません」

「はしたない同棲をしてるの？」同じこどもがたずねた。「かあさんがリンダおばさんのことを言ってるみたいに？」

「あなたのおかあさんやリンダおばさんのことは知りません。〝はしたない同棲〟というのがなにを意味しているのかもわかりません。わたしの種族が結婚しないのは、ただそういうやりかたをしないからです。いちばん良い表現は、友人が大勢いて、ときどき友人どうしでこどもをつくるというものです」

「リンダおばさんといっしょだ」

「そうかもしれません」ソルヴォーラは、せいいっぱい外交官らしく言った。

「いま妊娠してるの？」別のこどもがたずねた。

「もう歳をとりすぎました。それに、わたしたちは妊娠しません。卵を産むのです」

「ニワトリだ！」最初の男の子が言うと、こんどは笑い声があがった。

「ニワトリではないと思います。でも、たしかに、こちらの鳥のように卵を産みます。みなでいっせいに産んで、それから共同体でぜんぶの世話をします」

「おまえはいくつ卵を産んだんだ？」

「こたえるのがむずかしい質問です」ソルヴォーラは、ミセス・エヴァーストンはララン族の繁殖問題にあまり深入りしてほしくないのではないかと考えた。人間がそのてのことに神経過敏なのはよく知られていた。「いちばん良い言い方をすると、おとなまで育ったこどもが四人で、そのうちのふたりにはもう自分たちのこどもがいます」

「どうやってあたしたちのことばをしゃべってるの？」ソルヴォーラの近くにいる女の子が質問した。

「練習したのです。だれでもそうするように。わたしはことばを学ぶのが得意で、毎晩あなたがたのことばを練習しています。ほかの国へ行くときには、これを使います」ソルヴォーラはPDAを差しあげた。「これが翻訳してくれるので、わたしもほかの人間に話しかけられますし、彼らもわたしに話しかけられます」

「バスケットボールはやる？」別のこどもがたずねた。

「わたしくらいの身長があると、あまり挑戦のしがいがないと思います」

「どうやって部屋にはいるの？」また別のこどもがたずねた。

「とても慎重に」

「大統領とは会った？」別の小さな女の子がたずねた。

「ええ、いちど」ソルヴォーラはそのときのことを思い返した。「大統領と会うのはうれしかったですね。あそこの執務室だと楽に立っていられるんです。天井が高いので」

「クソはする？」男の子がたずねた。

「ブライアン・ウインターズ、おやめなさい！」ミセス・エヴァーストンがいかめしく呼びかけた。

「妥当な疑問だよ！」男の子は抗議した。彼は、〝妥当な疑問〟という言いまわしがレパートリーにあるのが当然と思えるような八歳の少年だった。ミセス・エヴァーストンがブライアンになにか言っているあいだに、ソルヴォーラはPDAで〝くそ〟の意味をすばやく調べた。

「ごめんなさいね」ミセス・エヴァーストンが言った。

「とんでもない」ソルヴォーラはすらすらと言った。「これまでに受けた最悪の質問というわけではありません。その質問にこたえますと、ブライアン、わたしは〝クソ〟はしません。」

少なくともあなたがするようには。ときどき排泄物は出しますし、そういうとき、それ以外の点ではあなたがバスルームへ行くのとよく似ています。つぎの質問を」

「ほかのエイリアンを知ってる？」別の女の子がたずねた。

「惑星ぜんぶと言ってもいいくらいです。個人的には四百の知的種族のメンバーたちと会ったことがあります。ある種族はそれくらい小さいですし」ソルヴォーラは、一本の木にむかって必死に走っていくリスを指さした。「ある種族はとても大きくて、わたしがちっぽけに見えるほどです」

「そいつらもクソをする？」

「ブライアン・ウインターズ」ソルヴォーラはいかめしく言った。「それは妥当な質問ではありません」ブライアン・ウインターズは身長十フィートのエイリアンに叱られるのに慣れていなかったので、ぴたりと口を閉じた。

「もっとたくさんのエイリアンがここへ来るの？」男の子がたずねた。

「わかりません。最近はもっと来ているのですが、それは、わたしが代表をつとめるコンクラーベという政府が、地球のさまざまな政府と話し合いをしているからです。しかし、彼らの姿が珍しくなくなって、あなたがたがモールを歩いていてもそのことに気づかなくなるまでには、たくさんのことが起きなければならないと思います」

「戦争が起きるの？」ハンナがたずねた。

ソルヴォーラは頭をまわしてハンナをまっすぐ見つめ、すこしたってから言った。「なぜそんなことをきくのですか、ハンナ？」

「うちのパパがママに戦争になるだろうって言ってたの。人間とそれ以外のみんなとの戦いで、そのみんなは戦争を起こしてあたしたちを追い出そうとしてるの。あなたたちがあたしたちと戦って、あたしたちがいなくなったら、あなたたちはあたしたちが住んでいたところに住んで、だれもあたしたちがここにいたことを知らなくなるの」

「〝怪物は戦ってものを壊す〟ですか」ソルヴォーラは言った。ふと見ると、こどもたちはじっと黙り込んで、彼女の返事を待っていた。ふたりのおとなも、やはり黙って、辛抱強くその場にたたずんでいた。

「戦争は絶対に起こらないとは言えません」ソルヴォーラは言った。「そんな約束はできません。わたしに言えるのは、わたしが外交官だということです。わたしの仕事は、戦わなくてすむように人びとと話をすることです。そのためにここにいるのです。話をして、話を聞いて、わたしたちみんながいっしょに生きていける方法を見つければ、戦ったり、おたがいを怖がったりしなくてすむのです」彼女は手をのばして、ハンナの頬にそっとふれた。「わたしの仕事は、だれもがほかのだれかを怪物と思わなくてすむようにすることです。わたしの言っていることがわかりますか、ハンナ？」

ハンナはうなずいた。

「よろしい」ソルヴォーラは言った。「では、あなたのパパに、わたしも戦争は望んでいないと伝えてかまいませんよ」

「わかった」ハンナは言った。

「さあ、あなたたち」ミセス・エヴァーストンが両手をぱんと打ちあわせて言った。「ミセス・ソルヴォーラにお別れを言う時間よ。これからまだワシントン記念塔まで歩かなくちゃいけないんだから」

「写真をとろう！」ひとりのこどもが言った。「そうしないとだれも信じてくれないよ」

ミセス・エヴァーストンがソルヴォーラに目をむけた。「かまいませんか？　今日はいろいろとむりを言っていることはわかっているんですが」

「とんでもない」ソルヴォーラは言った。「ええ、かまいませんよ」

五分後、写真をとりおえると、こどもたちは八歳児の集団にできる範囲で列をつくり、全員でワシントン記念塔をめざして歩き出した。ソルヴォーラは彼らを見送った。ハンナが歩きながらこちらをふり返った。ソルヴォーラは手をふった。ハンナはにっこり笑って、自分のグループへ顔をもどした。ソルヴォーラは冷えきったチュロスの残りを見つめて、近くのゴミ箱へほうりこみ、揚げたてのペストリーを買いにいくことにした。

トニーが、もう袋に詰めてあるチュロスを手に待っていた。

「よくわかりますね」ソルヴォーラは新しいチュロスを受けとりながら言った。そして金入れに手をのばした。

トニーは手をふってそれを制した。「店のおごりだ。今日のあんたはそれだけのことをしたよ」

「ありがとう、トニー」ソルヴォーラは袋からチュロスをひとつ取り出した。「自分でもそう思います」彼女は友人にほほえみかけ、ぱくりとひと口かじった。

感謝のことば

今回の〈老人と宇宙《そら》〉シリーズの執筆では、これまでにない挑戦がいくつかあって、なかでもむずかしかったのは、独立して読める十三のエピソードを書きながら、同時に、それらをひとつにまとめたときに長篇としても読めるようにすることだった。ものすごく楽しい仕事ではあったが、ものすごくしんどい仕事でもあった。

というわけで、まず最初に感謝を捧げるのは、編集者のパトリック・ニールスン・ヘイデン。はじめて話を持ちかけたときからすべての作業が終わるまで彼がずっと自信満々でいてくれたことは、わたしにとって——とりわけ、なんてことに手を出してしまったんだと頭をかかえていた時期には——おおいに助けになった。けっしてパニックを起こさないという彼の能力はすばらしく心強いものであり、深く感謝する。

アート方面を仕切ってくれたアイリーン・ギャロにもお礼を言いたい。今回のプロジェクト（とりわけ電子版）では、ふだんよりもはるかに精力的に奮闘してくれた。アイリーンはSF界で、ことによると全出版界で最高のアートディレクターであり、わたしはいつでも彼女の仕事によって恩恵を受けている。

『戦いの虚空』の表紙絵（原書）を担当したジョン・ハリスの貢献はきわめて大きく、すでに冒頭の献辞でもその名をあげているが、ここでもういちど、本書と電子版でのそれぞれのエピソードのために用意されたみごとなイラストにお礼を言っておきたい。最初に目にしたときもうれしかったし、読者のみなさんに披露したときはもっとうれしかった。彼の労作がなければ本書はずいぶんちがうものになっていただろう。

本書の原稿整理はとてつもない難事業であり、それをみごとにやり遂げてくれたソーナ・ヴォーゲルに感謝する。わたしのたくさんのミスを見つけてくれてありがとう。ブックデザインを担当したヘザー・ソーンダーズと、人びとのまえにわたしを引っぱり出してくれたアレクシス・サーレラーやパティ・ガルシアをはじめとするトー社の宣伝部のみなさんにも感謝する。

『戦いの虚空』は、一冊の紙本としてだけでなく、電子版でもエピソード単位で刊行された。これはトー社とマクミラン社にとって新たな挑戦であり、両社は小説を読者に届ける新しい方法を試すという困難に取り組んだのだ。それを実現するにあたり、トム・ドーアティ、リンダ・クイントン、フリッツ・フォイ、ダン・シュウォーツ、ブライアン・ネイパックのお世話になった。

ここで名前をあげそこねているトー社の人びとはまだいるはずだ。どうかわたしの謝罪を受け入れてほしい。ぜひ知っておいてほしいのだが、彼らがわたしやほかの作家たちのためにしてくれていることを、わたしはとてもうれしく思っている。

オーディオ版の『戦いの虚空』を担当したオーディブル社については、スティーヴ・フェルドバーグとウィリアム・デュフリスに多くの感謝を捧げる。

いつものように、わたしのフィクション担当エージェントであるイーサン・エレンバーグとエヴァン・グレゴリーにも感謝したい。海外における本書の売り込みで成果があがることを祈っている。それと、いい機会なので、わたしの映画およびテレビ担当エージェントであるジョエル・ゴトラーと、『老人と宇宙《そら》』の映画化プロジェクトにかかわっている人びと――ウォルフガング・ペーターゼン、スコット・ステューバー、アレクサ・ファイゲン、デイヴィッド・セルフ、クリス・ボール――にも感謝しておきたい。みんながんばって。

『戦いの虚空』の電子版では、それぞれのエピソードに献辞がついていた。そこで名前をあげたのは（エピソードの刊行順で）ブラッド・ロバーツとカール・リグニー、アレックス・セロピアンとティム・ハリスとハーディ・レベルとマイク・チョイ、アレクシス・サーレラーとパティ・ガルシアとトー社宣伝部、ポール・サボーリンとグレッグ・ディコスタンツォ、グレン・レナルズ、ジョナサン・コールトン、アメリカSFファンタジー作家協会の二〇一二－一三年度理事会、ダイアナ・シャーマン、ジャレド・クラウドとジョアンナ・ベウ、ウェッブ・スクール・オブ・カリフォルニアの一九八七年度同期生、リーナ・ワトスン・ホーキンス、ミーガン・トトゥセクとジェシ・パーシング。

『戦いの虚空』の執筆中、わたしは *Redshirts*（ひとつまえの長篇）のツアーにも出て、やたらたくさんの旅行をしていた。長篇に集中しながら、しかもあれだけいろいろな仕事をこなすというのは、ひかえめに言ってもめまいがするような体験だった。そのあいだわたしが正気をたもつのを手伝ってくれた友人たちは（順不同で）カレン・マイズナー、デヴン・デサイ、メアリ・ロビネット・コワル、ジョー・ヒル、カイル・キャシディ、ドセール・ヤング、ウィル・ウィートン、ビル・シェーファー、ケイト・ベイカー、パット・ロスファス、ナターシャ・コルダス、ロバート・ローレンス、ジェニー・ローソン、パメラ・リボン、ロレイン・ガーランド、ニール・ゲイマン、パオロ・バチガルピ、ヒロ・ササキ、デイヴ・クレチャ、ヤンニ・カズニア、カレン・ヒーリー、ジャスティン・ラーバレスティア、アダム・リズバーグ、ダニエル・マインツ。途方にくれていたときのわたしに耐えてくれて、みんなありがとう。書き忘れている人はいるはずだ。申し訳ない。頭のほうがまだまだ回復途上なもので。許してほしい。

アメリカSFファンタジー作家協会の理事たちにも感謝する。この長篇を仕上げていた十月中、わたしはずっと穴に落ちていたも同然だったのにがまんしてくれた。ジム・フィスカス、マシュー・ジョンスン、アン・レキー、リー・マーティンデイル、バド・スパーホーク、キャサリン・M・ヴァレンテ、ショーン・ウィリアムス。すまない、みんな。わたしが会長でいるあいだは二度とあんなことが起きないようにする。約束する。

そしてもちろん、いつものようにクリスティンとアシーナ・スコルジーに感謝する。わたしがだれよりもこのふたりを愛しているのはきわめて賢明なことであり、それでなにひとつ問題はない。

最後に、読者のみなさんにありがとう。みなさんはずっと、わたしに〈老人と宇宙《そら》〉の世界へもどってくれと言い続けていた。わたしとしては、もしもそうするなら、みなさんが時間を割くだけの価値がある作品にしたかった。楽しんでもらえたならいいのだが。みなさんのために書くのは楽しかった。これを実現させてくれてありがとう。

ジョン・スコルジー
二〇一二年十月二十七日

訳者あとがき

二〇一三年の暑い夏。広島で開催された日本SF大会〈こいこん〉で、前年に邦訳刊行された単発長篇『アンドロイドの夢の羊』により、ジョン・スコルジーはファンが選ぶ星雲賞をふたたび受賞しました。ハインラインを思わせる正統派冒険SFとして、こちらも日本のファンから高い評価を受けたようです。

とはいえ、スコルジーのファンが心待ちにしているのは、やはり〈老人と宇宙《そら》〉シリーズの新作でしょう。七十五歳以上の老人だけが入隊できる宇宙軍という奇抜な設定のみならず、その卓越したストーリーテリングにより世界的に大人気となり、現在はハリウッドで映画化の作業も進行中というこのシリーズ。今回お届けするのは、アメリカでも二〇一三年の五月に刊行されたばかりの最新長篇です。

このシリーズは、既刊の三冊プラス外伝一冊でいったん完結となりました。たしかに、ジョン・ペリー一家の物語はきれいに終わったと言えるのですが、〝その後はみんな幸せに暮らしました〟で、すむわけではありません。人類の立場から見ると、実は問題は山積みのま